PROJECTION PRIVÉE

RICHARD
NORTH PATTERSON

PROJECTION PRIVÉE

ROMAN

traduit de l'anglais par
Sílvia Sueli Milanezi

Albin Michel

Édition originale américaine :
PRIVATE SCREENING

Villard Books, A Division of Random House, Inc., New York

Traduction française :

22, rue Huyghens, 75014 Paris

ISBN 2-226-03204-5
ISSN 0290-3326

A mes parents,
Marjorie et Richard Patterson,
et à mes enfants,
Shannon et Brooke,
avec amour et reconnaissance pour
le bonheur de les avoir avec moi.

Prologue

Phoenix

LE KIDNAPPING

7 avril

De loin, les joueurs auraient pu être n'importe qui... deux silhouettes frappant en silence une balle invisible.

Le court est un rectangle vert dans un creux de la vallée de la Napa. Le terrain descend vers eux en pente douce sur un demi-mile. Des ravins et des talus envahis par des broussailles d'un vert profond se succèdent : on dirait une mer de bruyère qui, au-delà, se transformerait en une chaîne de montagnes couvertes de pins. Çà et là, les chênes allongent les ombres de l'après-midi finissant. Deux hommes s'en détachent ; ils portent des armes semi-automatiques et avancent vers les deux minuscules silhouettes blanches. Utilisant les buissons pour se dissimuler, ils progressent par bonds, zigzaguant adroitement à travers les ravins et les talus. Au fil des minutes, le regard les perd, les retrouve, les perd de nouveau : à chaque talus, ils réapparaissent, mais plus petits, plus proches du court. Ce qui ne change pas, ce sont les joueurs, insouciants comme des enfants.

Les hommes disparaissent dans un creux à dix mètres du court. Quelques instants de paix encore. Un joueur est monté au filet et a levé ses bras dans un geste comique, pour saluer sa victoire.

Les deux hommes armés font irruption sur le court.

Les joueurs s'arrêtent ; les hommes masqués les regardent.

Soudain, un fourgon blanc apparaît sur le côté. Armé et coiffé d'une cagoule, le chauffeur avance vers les quatre personnages qui semblent l'attendre. Sans hâte, le nouvel acteur brandit son arme, qui a une forme étrange et alors seulement il annonce à ceux qui le regardent : « Je suis Phoenix... »

Tony Lord augmenta le volume de son poste de télévision sans savoir exactement ce qu'il voyait. La voix enregistrée était basse quoique mal articulée : on aurait dit un disque tournant trop lentement. « Au cours des huit prochains jours vous participerez, via Satellite News International, à toutes mes actions... »

L'image changea brusquement.

Un gros plan. Lord reconnaît les deux joueurs : Colby et Alexis Parnell. Incrédule, il regarde mieux. Parnell s'est tourné instinctivement pour protéger sa femme de la caméra. Ce geste est touchant et pathétique. Comme dans un film de Chaplin.

L'image suivante montre Phoenix.

« Il y a trois jours, j'ai enlevé John Damone, l'imprésario de Stacy Tarrant. Ce soir, comme vous le voyez, j'ai pris Alexis Parnell. Demain, par satellite, je ferai connaître ma première exigence à Stacy Tarrant et à Colby Parnell, et ils devront la satisfaire sous vos yeux, sur SNI... »

Les deux hommes armés s'approchent d'Alexis. De l'autre côté du filet, Parnell se tourne vers la caméra et sur ses lèvres on lit : « Prenez-moi. »

« A la télévision, vous pourrez juger si ce riche magnat de la presse et cette célèbre chanteuse de rock se soucient des gens qui leur sont les plus proches autant que de leurs privilèges. Alors comme moi, vous serez leurs accusateurs... »

Lèvres serrées, Parnell regarde un homme armé attacher les mains d'Alexis tandis que l'autre applique un revolver sur sa tempe. Elle semble abasourdie, quoique toujours parfaitement élégante, un mannequin bien coiffé ; Lord pouvait ressentir son effroi.

« Mon plan est absolument inédit : je vais organiser un procès populaire qui sera suivi par des millions de téléspectateurs. Colby Parnell et Stacy Tarrant seront les accusés. L'enjeu, la vie de ceux qu'ils aiment.

« Personne ne pourra arrêter ce procès électronique avant le verdict, ni délivrer les otages. Personne ne pourra découvrir où je les garde ni repérer l'endroit d'où proviennent mes émissions. Que personne n'essaie : cet endroit est gardé par des hommes armés et protégés par des charges de dynamite qui éclateront à la première intrusion ; mon rythme cardiaque est enregistré sur électrocardiogramme relié à des explosifs. Si mon cœur s'arrête de battre, en quinze secondes une explosion se déclenchera qui réduira en miettes John Damone et Alexandra Parnell. Leurs vies dépendent de moi, et de vous... »

Stupéfait, Lord regardait les deux hommes en cagoule pousser Alexandra vers le fourgon.

« John Damone mourra si Stacy Tarrant ne parvient pas à vous convaincre d'offrir cinq millions de dollars dans un seul acte public d'altruisme, dont je dévoilerai la nature dès ma première émission demain soir... »

La porte arrière du fourgon s'ouvre. Alexandra fait un faux pas et tombe, s'égratignant le genou sur le gravier. Instinctivement, elle veut toucher son éraflure, mais, très vite, elle se rend compte que ses mains sont attachées.

« Quant à Alexis Parnell, dans les jours suivants vous jugerez si son mari satisfait à mes demandes, toujours exprimées devant les caméras. Ensuite, le septième jour, vous prononcerez votre verdict par l'intermédiaire de SNI et vous déciderez si elle doit vivre ou mourir... »

Quand la caméra s'avance vers elle, Alexis relève la tête et la regarde.

« Et le dernier jour, vous serez témoins de sa délivrance ou de son exécution — en direct. »

Alexis crevait l'écran, sa chevelure platine étincelait au soleil. Quand l'image se figea, il y avait des larmes dans ses yeux. Sous son visage apparut la légende : « Avec l'aimable collaboration de SNI. »

— Mon Dieu ! murmura Lord, et Alexis disparut.

La présentatrice du week-end se mit à parler, d'une voix précise et saccadée :

« Le film bouleversant que vous venez de voir a été trouvé à côté de Colby Parnell très tôt ce matin, après que les terroristes l'eurent abandonné, attaché mais indemne, dans le pré d'une ferme dans le comté de Sonoma. Avec ce film, il y avait aussi une cassette enregistrée dans laquelle celui qui se fait appeler Phoenix menace d'exécuter la femme de Parnell, Alexis, si son message n'est pas diffusé par SNI. Les terroristes ont ajouté qu'ils retenaient aussi en otage John Damone, l'imprésario de la chanteuse Stacy Tarrant, qui a été enlevé au début du week-end dernier dans sa villa de Los Angeles. Et maintenant, le magnat de la communication et la superstar féministe du rock attendent avec des milliers d'autres téléspectateurs le message que Phoenix a promis de diffuser.

« Cette nouvelle est d'autant plus terrible que les Parnell et Stacy Tarrant ont déjà été, auparavant, victimes d'une tragédie. Robert, le fils des Parnell, a été kidnappé : en 1968, il a disparu de leur bungalow au bord du lac Tahoe. La liaison entre Stacy Tarrant et James Kilcannon, candidat à la présidence de la République, a pris brutalement fin quand, en juin dernier, James fut assassiné par un vétéran de la guerre du Vietnam, Harry Carson. »

La présentatrice introduisit un flash sur Stacy Tarrant. C'était un document d'archives. Lord se souvint qu'il avait été tourné au moment où Stacy quittait le tribunal. Le visage ravagé, Stacy montait dans sa limousine sans rien dire et sans regarder personne.

« Mlle Tarrant n'a pas fait d'apparition publique depuis sa déposition au cours du procès très controversé de Carson. »

Le téléphone de Lord sonna. Il éteignit la télé et passa rapidement à la cuisine pour répondre. Le gardien de son immeuble semblait déboussolé :

— Il y a une équipe de journalistes dans le hall, monsieur Lord, quelque chose à propos de Phoenix.

— Passez-les-moi.

— Tony ? Ici Tom Isaka, d'*Headline News*.

— Si j'avais su que tu venais, Tom, je t'aurais invité.

— C'est ta femme qui nous a donné le tuyau : elle nous a dit que tu venais de quitter ton fils.

Lord devinait le triomphe amer de Marcia, divulguant son départ.

— Mon ex-femme ! Franchement, je n'aime pas que les gens sachent où j'habite.

— Pourquoi tu le prends comme ça ?

Lord se demanda s'il n'allait pas raccrocher :

— Parce que j'en ai par-dessus la tête de répondre aux admirateurs de Stacy Tarrant et de James Kilcannon qui appellent pour me dire ce qu'ils vont faire à mon enfant avant de jeter son corps dans la baie. Écoute, je viens de regarder vos informations, et je n'ai pas de commentaires à faire sur cette histoire.

— Mais selon l'UPI, le président aurait dit que la façon dont tu as défendu Carson est un encouragement pour cet acte de terrorisme sans précédent. Étant donné que Parnell, Damone et aussi Stacy ont joué un rôle dans ta carrière...

Lord l'interrompit brutalement :

— Dis-moi, ce mutant, est-ce qu'il peut réellement diffuser une émission ?

— S'ils s'y connaissent et avec des équipements comme ceux qu'ils ont utilisés pour le procès de Carson... Damone et Stacy Tarrant ont tous deux joué un rôle dans ta carrière...

— Il menace de tuer deux otages, s'ils ne le diffusent pas. Et bien sûr vous allez diffuser leurs films, je suppose.

— C'est l'actualité, Tony.

— Alors, ne comptez pas sur moi. Amusez-vous bien !

Lord raccrocha.

Pendant un instant, tout à ses pensées, il resta à la fenêtre, à contempler les maisons de Portofini avec leur façade de stuc rose et blanc, les mâts élancés des bateaux dans le port, le bleu de la baie moucheté de voiles et de taches de soleil à travers le Golden Gate. Mais toute cette beauté semblait irréelle — une illusion.

Lord se détourna et vit les jouets de Christophe éparpillés dans l'appartement. Distraitement, il se mit à ramasser les petites voitures.

Ce chantage exercé sur des célébrités avec en prime, pour s'assurer que des milliers de gens regarderaient, une course de huit jours et une exécution en direct, ce chantage-là, s'il réussissait, pourrait bien marquer un tournant dans les méthodes terroristes. Le cerveau qui l'avait conçu avait bien choisi ses victimes — Stacy Tarrant et Colby Parnell devaient avoir l'impression de vivre un cauchemar à répétition, mais pour eux, le cauchemar était bien réel.

Lord rangea les petites autos de Christophe et rentra machinalement dans la salle de bains.

Deux rasoirs étaient posés sur le lavabo. Un seul avait des lames. Pendant le procès de Carson, quand Lord était encore marié à Marcia, Christophe se rasait tous les jours avec lui pour qu'ils puissent passer un petit moment ensemble. C'était devenu un rituel. Christophe se tenait à ses côtés et imitait solennellement chacun de ses gestes : il raclait la mousse de son visage avec un rasoir sans lames. Mais maintenant Christophe était trop grand pour jouer à « faire semblant » ; il l'avait annoncé ce week-end même : il était un joueur de base-ball.

Lord rangea le rasoir sans lame dans le tiroir et le referma.

Le petit lit pliant de Christophe était encore là, et le deuxième gant de base-ball que Lord lui avait acheté.

Lord fit disparaître le petit lit et contempla le gant. Depuis son divorce, Lord nourrissait toujours la même superstition : faire disparaître le dernier jouet de Christophe, ce serait faire disparaître Christophe lui-même.

« Qu'elle aille se faire foutre », pensa-t-il.

Alors qu'il se dirigeait vers le téléviseur, le téléphone sonna à nouveau.

Cette fois, c'était Cass qui voulait lui parler :

— Est-ce que tu as vu le film ? L'UPI n'arrête pas d'appeler...

— Je l'ai vu.

Depuis trois ans qu'elle travaillait dans son cabinet d'avocats comme assistante — et comme amie — c'était la deuxième fois seulement qu'il la sentait bouleversée.

— J'espère que ce dingue ne les tuera pas.

— Tu sais très bien ce que le président a dit !

— Oui ! Est-ce qu'il a fait allusion aux habituelles menaces de mort ?

— Non.

— Qu'est-ce qu'il y a alors ?

Il entendit son soupir :

— Stacy Tarrant a laissé son numéro au bureau.

Lord regarda par la fenêtre. Enfin il répondit :

— C'est une blague, Cass.

— J'ai appelé les renseignements. Stacy n'est pas dans l'annuaire, évidemment. Mais l'indicatif est de Malibu. C'est là qu'elle se cache depuis que toi et Harry vous l'avez contrainte à l'exil, comme dirait *People*.

Lord resta muet.

— Tony ? Je te donne le numéro, au cas où...

Il nota le numéro.

— Rien d'autre ?

— Si, dit-elle d'une voix neutre. Larry Parris a appelé de Hollywood. Il dit que tu ferais mieux de vendre les droits du film sur l'affaire Carson avant que Phoenix l'ait rendu tout à fait sans intérêt. Il est très inquiet : en plus de ton divorce, il craint que, côté argent, Harry ne t'ait pas porté chance.

— Dis-lui que la chance, c'est un don.

— Il pense qu'il peut avoir Jaclyn Smith dans le rôle de Stacy Tarrant.

Lord se souvenait maintenant de Stacy telle qu'elle était, répondant à sa dernière question au cours du procès :

— Mais elle ne ressemble pas à Stacy Tarrant.

— Personne ne ressemble à Stacy Tarrant.

— Alors il pourrait essayer d'avoir Jody Foster.

Elle dit gentiment :

— Tu es mal fichu, n'est-ce pas ?

Lord sentait qu'elle était inquiète.

— Tu es gentille, Cassie. Je t'aime à ma drôle de façon !

— Ah ! mon petit Tony, si seulement tu n'étais pas un homme... (Elle fit une pause.) Je ne peux pas m'empêcher d'avoir pitié de Stacy, maintenant.

Par la fenêtre, le crépuscule tombait comme une poudre rose sur la baie bleu argent. Plus près de lui, au dernier étage d'une maison victorienne, Lord aperçut l'éclair soudain d'un poste de télévision qu'on allume ; il imaginait ce geste répété dans toutes les maisons du pays. Enfin il dit :

— Je ne peux pas vendre les droits du film.

— Je sais.

Cass raccrocha.

Lord débrancha le téléphone, entra dans le salon et mit la télé sur SNI.

Ils diffusaient l'autre film de l'assassinat, comme Lord l'avait prévu. En préparant le procès, il l'avait étudié au moins vingt fois. Mais c'est pendant le contre-interrogatoire (il avait forcé Stacy à le regarder avec lui) qu'il l'avait vu pour la dernière fois. Kilcannon, blessé, était étendu sur scène ; comme la caméra s'approchait, Stacy pencha la tête vers lui. Ses lèvres remuèrent, puis celles de Kilcannon. Cherchant de l'aide, elle leva les yeux, regardant droit dans l'objectif.

La vie de Carson était en jeu. Lord avait demandé à Stacy si l'acte de Carson lui semblait rationnel. Mais à l'époque ni lui ni elle — il le comprenait seulement maintenant — ne connaissaient la vraie réponse.

Encore une fois, SNI repassa le film du kidnapping.

Lord retourna à la cuisine. Les paroles du terroriste le

poursuivaient comme la voix d'un monstre de baraque foraine : « Je suis Phoenix. »

Lord s'aperçut avec gêne que ce nom lui était déjà devenu familier.

« John Damone mourra si Stacy Tarrant ne parvient pas à vous convaincre d'offrir cinq millions de dollars dans un seul acte public d'altruisme, dont je dévoilerai la nature dès ma première émission demain soir... »

A ce moment précis, Lord eut la certitude que les otages ne seraient pas libérés.

Il brancha le téléphone et fit le numéro que Cass lui avait donné.

Une femme répondit à la deuxième sonnerie.

— Allô !

— Stacy ?

— Oui.

— C'est Tony Lord.

Silence.

— Je n'étais pas sûre que vous appelleriez.

Lord reconnaissait maintenant sa voix rauque et grave. C'était tellement étrange, et il était si mal à l'aise qu'il faillit rire.

— C'est vraiment vous ?

— Oui, c'est vraiment moi.

Le ton était froid.

— Pour Damone, dit-il, je suis désolé.

— Je l'imagine. (C'étaient des mots neutres, délibérément neutres.) Je veux vous voir.

Lord marqua une pause.

— Vous êtes sûre que c'est vraiment moi que vous voulez voir ?

Elle négligea la remarque.

— Il sera à la télévision demain soir. Pouvez-vous venir ?

Depuis le salon, l'enregistrement de Phoenix faisait écho à leur conversation : « Et le dernier jour, vous serez témoins de sa délivrance ou de son exécution — en direct. »

— Je viendrai, dit-il, vous le saviez bien.

Première partie

Stacy Tarrant

LE CONCERT

Le 2 juin de l'année précédente

1

Couchée là, dans le lit, Stacy Tarrant se sentait une étrangère dans sa propre ville.

Jamie s'habillait en silence, tout à ses pensées. Avec les rideaux fermés, la suite qu'ils occupaient rappelait à Stacy ses tournées et les petits matins dans les chambres d'hôtel.

La course à la présidence avait fini par ressembler au rythme fou du rock'n'roll auquel elle vivait ; dans une quinzaine d'heures, pour la première fois en un an, elle allait se retrouver face à vingt mille spectateurs ; déjà, elle paniquait.

— Rien à foutre, déclara-t-elle en se dirigeant, nue, vers la fenêtre dont elle ouvrit brusquement les rideaux.

Il était six heures du matin.

Dans l'aube brumeuse, des autoroutes dessinaient une carte. La cité des mirages... Jamie qui était à ce moment-là devant la glace se retourna pour lancer d'un ton moqueur :

— D'accord, c'est Los Angeles, et alors ?

Stacy sourit :

— Ce que j'aimerais savoir, c'est où on va.

Elle lui tournait le dos, mais elle devinait qu'il s'efforçait de redevenir le sénateur James Kilcannon, svelte, élégant, vif.

— En route vers un destin inconnu, pour une tournée de rêve, Los Angeles, San Diego, San Francisco, Sacramento et encore San Francisco pour le cocktail chez Alexis Parnell et le formidable concert de rock qui va financer la victoire de mardi, j'espère.

La voix s'était rapprochée, radoucie et elle sentit un baiser dans le cou.

— Au cas où mon charme juvénile n'y suffirait pas, c'est toi qui feras de moi le candidat démocrate à la présidence.

Il y avait de l'amertume dans sa voix. Alors, pour le titiller un peu, elle dit :

— C'est pas ce que tu voulais quand on s'est rencontrés ?

— A cette époque, tu m'as dit que tu ne voulais pas chanter, rétorqua-t-il tendrement. Et les circonstances nous ont amenés à faire autre chose.

Elle se retourna et toucha son visage.

— Pourquoi ce sourire à la Mona Lisa ? demanda-t-il.

Elle hésita.

— Sans doute parce que je me dis que des gens comme nous ont la vie qu'ils ont voulue.

Une lueur d'ironie et d'intelligence éclaira les yeux de Jamie.

— Mais alors rien n'est parfait, dit-il d'un ton léger. Rien ni personne.

Il l'embrassa et partit rejoindre ses collaborateurs qui l'attendaient dans la pièce à côté pour planifier sa journée.

Suspendue entre présent et passé, Stacy contempla Los Angeles.

Elle aimait cette ville depuis le premier jour où elle y était venue avec John Damone. Elle était encore gamine, elle venait de sortir son premier disque et elle n'avait jamais entendu parler de James Kilcannon. « The freeway is forever », annonçait le disc-jockey alors que sa Volvo toute cabossée arrivait à la hauteur d'une véritable marée humaine qui faisait la queue devant un cinéma. Et les embouteillages avaient commencé, elle avait dû coller aux voitures, freiner, changer de vitesse, accélérer pour finalement arriver à Beverly Hills, toujours sublime, avec ses rangées de cocotiers qui semblaient flotter, évanescents, dans les chatoiements de la lumière subtropicale.

C'est à ce moment-là que cette idée de mirage lui était venue et, depuis, elle voyait Los Angeles comme une illusion de ville orientale, et son absence de centre comme une métaphore : on pouvait rouler pendant des années dans ce vaste dédale, à la recherche de l'endroit où il se passerait enfin quelque chose, mais ce lieu se dérobait toujours, il dansait un moment derrière quelque cocotier et finissait par disparaître dans un cañon. Pourtant, ce jour-là, elle avait eu la certitude qu'eux, elle et Damone, allaient y arriver.

En doublant une décapotable, dans West Hollywood, sa propre voix lui était parvenue d'une radio voisine. C'était la première fois. Stacy s'était garée sur le côté, au bord des larmes.

Elle avait vingt-cinq ans et cette chanson, elle l'avait écrite à dix-sept ans ; tout ce qu'elle avait dû faire, tous ces clubs miteux qu'elle avait dû se farcir. « On a travaillé si dur », murmura-t-elle.

Une année après, au retour de sa première tournée épuisante où elle s'était rendu compte qu'elle faisait plus d'argent que Dieu, elle avait découvert, sur les collines de West Hollywood, une villa aux allures espagnoles si outrageusement kitsch qu'elle n'avait pu s'empêcher de sourire en la visitant : un bar qui imitait les pubs anglais, avec des distributeurs automatiques ; une baignoire et un bidet, à côté du sauna ; des colonnes grecques décorant la piscine. Après ça, avec Damone, ils avaient découvert la chambre noire aux miroirs, alors là, elle avait éclaté carrément de rire.

« C'est ringard comme un Walt Disney » avait-il dit ; elle avait décidé de l'acheter sur-le-champ. Elle avait installé son piano et tout le matériel de sono dans la chambre noire et planté deux cocotiers au bord de la piscine. C'est là qu'elle écrivait ses chansons. Et maintenant, elle était aussi célèbre que sa voix et la cité des mirages était devenue sa ville. La regarder de chez Jamie la désorientait.

Elle avait rencontré Jamie quatre ans après. Son troisième album était numéro un au hit-parade et elle brûlait sa vie en tournées ou à écrire, à tel point qu'elle se demandait s'il restait encore quelque chose de vivant en elle.

C'est à cette époque que Damone l'avait appelée pour lui annoncer avec emphase : « Le sénateur James Kilcannon veut te rencontrer. »

Que des étrangers l'appellent parce qu'ils étaient célèbres et elle aussi ne lui faisait plus ni chaud ni froid depuis longtemps.

— Il veut de l'argent, c'est ça ?

— Il veut que tu chantes. Légalement tu ne peux lui donner qu'une brique mais si tu remplis une salle, tu peux faire quatre cent mille de plus.

— Mais pourquoi je le ferais ?

— C'est ce que tu veux que je lui dise ?

Elle avait réfléchi un instant.

— Je le lui dirai moi-même.

James Kilcannon la surprit.

A force, elle avait fini par se sentir agressée par tous ces hommes politiques qui ne pensaient qu'à donner d'eux une image chaleureuse. Mais il y avait en Kilcannon quelque chose d'amusé qui laissait penser qu'il n'était pas tout entier dans ce qu'il faisait ; et c'est cette petite touche de complexité qui l'avait séduite.

Il avait des yeux couleur de brume avec un iris beaucoup plus grand que la normale, comme s'il voulait absorber le monde, tandis que son visage finement sculpté lui donnait un air irrémédiablement trop jeune pour un président.

— Vous vous demandez ce que je vous veux, dit-il. Mis à part ces quelques secondes qui ne manqueront pas de faire jaser.

Ils déjeunèrent au Harry's Bar qui, comme tout à Los Angeles, avait son modèle original ailleurs ; la différence avec celui de Hemingway à Florence c'est que tous les visages étaient tournés vers eux et les observaient. Stacy répondit avec un sourire :

— Je suis seulement curieuse de savoir comment vous allez rationaliser tout ça.

— Très simplement. Je veux être président et je pense que pour y arriver j'ai besoin de vous.

— Je ne le crois pas. Et je ne crois pas non plus que vous le pensiez.

— Et pourtant si, je le pense. Il y a six mois de cela, je suis allé vous voir à Washington. Tous ces gens qui attendent pendant des heures pour vous entendre chanter ne traverseraient même pas la rue pour voter, pour moi ou pour quelqu'un d'autre.

— C'est parce qu'avec moi ils peuvent éprouver des choses sans se sentir utilisés.

— Non, Stacy, c'est parce que aujourd'hui il y a deux Amérique, et celle que vous touchez ne réagit pas aux mots ou aux idées mais aux sons, aux images de films, de la télé, de la vidéo, de la musique. Je n'aime pas ça, mais moi j'y suis pour rien. Vous, si. (Son visage s'animait sous l'enjeu de la discussion.) Je me demande si ça vous suffit qu'ils fassent de vous une célébrité simplement parce que vous êtes une belle femme qui sait chanter.

Elle secoua la tête.

— Si vous essayez de me culpabiliser, laissez tomber. J'ai travaillé trop dur.

— Alors, vous avez fait quelque chose, dit-il sèchement, pour vous-même. Mais si des gens comme vous ne demandent pas à leurs fans de s'impliquer dans le monde où ils vivent, on finira avec une génération complètement passive, si facilement manipulable que le prochain Hitler pourra organiser l'Holocauste en séries télévisées.

L'incrédulité de Stacy était comique à voir.

— Vous faites tout ça pour chasser Hitler de la télé ?

— Je fais tout ça pour des choses qui vous concernent. C'est du moins ce que vous avez dit, des choses comme les droits des femmes et des jeunes.

Avec un haussement d'épaules, il lâcha :

— Et parce que je ne peux pas envisager de mourir sans avoir été président.

Alors, tout d'un coup, elle eut envie de communiquer avec lui vraiment, de ne plus être sur la défensive.

— Un besoin si fort ne vous fait jamais peur ?

Il parut un instant si vulnérable que Stacy comprit qu'il ne s'attendait pas à une question pareille.

— Et vous ? demanda-t-il.

— On se sent à part, répondit-elle tout bas, et l'on peut tenter de faire ce que les autres ne peuvent pas faire. Mais ce n'est pas facile de ne jamais savoir pourquoi ils veulent être avec vous.

Kilcannon baissa les yeux et elle remarqua qu'il avait des cils inhabituellement longs.

— Stacy, je ne suis pas en train de vous demander de chanter, vous comprenez ?

— Alors, qu'est-ce que vous voulez ?

— Quelque chose de plus, je crois.

Il leva les yeux et lui demanda d'une voix calme :

— Êtes-vous libre ?

C'était direct. Au bout d'un moment, elle dit ·

— Je peux l'être.

Quand ils s'en allèrent, Stacy se rendit compte qu'ils formaient un couple étonnant.

Plus tard, dans ses bras, dans le noir, elle se demanda pourquoi ils en étaient arrivés là.

— Stacy ? murmura-t-il.

— Oui ?

— J'ai vraiment beaucoup aimé ton concert.

Stacy éclata de rire.

— Alors cette fois tu vas me demander de chanter ?

— Non, pas après ça. (Sa voix se fit plus tendre.) Ce que je veux maintenant, c'est te voir.

Et c'est ce qu'il avait fait pendant deux ans, dans les moments volés à sa campagne présidentielle ou entre deux tournées de rock. Pendant des semaines, il n'était pour elle qu'un visage sur un écran de télévision, puis il était son amant à Baja. Ils avaient loué une maison là-bas. Le matin, ils nageaient ou couraient sur la plage. L'après-midi, loin de la lumière violente, ils faisaient l'amour. Il lui lisait des poèmes de Yeats ou de Dylan Thomas. Parfois, Stacy chantait des chansons qu'elle venait d'écrire, et il l'écoutait, pensif. Jamie semblait fasciné par les raisons qui la poussaient à se produire sur scène, peut-être comme s'il se voyait dans un miroir. Avec Damone, il était le seul homme à qui elle pouvait parler si facilement.

— Comment c'est pour toi ? demandait Jamie. Sur scène.

Ils étaient assis à une table en bois blanc, surplombant l'océan, une bouteille de chardonnay à moitié vide.

— Ça devient de plus en plus dur, finit-elle par répondre. Ils en demandent tant aujourd'hui.

— Tu ne prends jamais de drogues ?

— Je préfère ne compter que sur moi-même, c'est plus sûr. (Elle haussa les épaules.) Quelquefois, juste avant d'entrer en scène, je ne me sens pas très brillante.

Jamie contempla fixement l'océan.

— Tu sais pourquoi tu continues ?

Stacy se demanda comment elle pourrait expliquer.

— Quand j'écris une chanson, dit-elle, rien n'est encore joué. C'est seulement quand j'arrive à saisir quelque chose qui n'existe pas au-dehors pour y mettre un peu de moi et le donner aux autres que je sens une plénitude. Je n'ai jamais rien éprouvé d'aussi fort que ça. (A mesure qu'elle parlait, elle se rendit compte qu'elle avait peur.) Parfois, j'en ai assez. Peut-être qu'ils cesseront de venir. Peut-être, un soir, je ne pourrai pas venir devant le rideau.

— Et alors, qu'est-ce que tu deviendrais ?

Elle se tourna vers lui.

— Je n'ai jamais pu répondre à cette question.

Jamie tendit la main pour écarter les cheveux qui couvraient le visage de Stacy.

Plus tard, appuyé sur son épaule, il parla, comme s'il se parlait à lui-même.

— Toute cette peine, Stacy. Mais pourquoi ?

Elle ne répondit pas. Il n'en reparla plus jamais, ni de ce qu'elle faisait non plus.

Il ne disait rien de la campagne qu'il menait. Elle en suivait le déroulement, de loin, jusqu'au jour où elle ne put s'empêcher de vouloir participer à ses activités. Mais il lui parlait très rarement de ses ambitions et elle comprit qu'il tenait à les séparer de leur vie. La campagne creusait entre eux un fossé. Elle ne sut jamais ce qui lui arriva alors. Jamais il ne demanda d'aide.

Tout ce qu'elle pouvait dire, c'est que cette campagne le minait. Il s'affalait sur un fauteuil et regardait la mer de Baja ; tout d'un coup, son regard se voilait. Et, comme s'il pouvait lire dans ses pensées, il riait tout seul. « Absent à l'appel, une fois de plus », disait-il en lui prenant la main.

Ils tenaient la presse à l'écart de leur relation. Et peu importait qu'il ait des raisons politiques pour ça ; elle n'avait pas envie de parler de lui aux autres, pas même à Damone. Il avait appris à demander quand Jamie devait venir et alors il n'appelait pas. Pour tout commentaire, il se contentait de lui poser toujours la même question :

— Alors, cette fois, il t'a demandé de chanter ?

— Il ne me le demandera pas.

— Non ? C'est bien, donc. Si c'est ce que tu veux.

— Qu'est-ce que tu veux dire ?

Damone souriait d'un sourire qui n'en était pas un.

— Je me demande seulement s'il n'est pas en train de te faire marcher un peu.

Jamie gagna dans le New Hampshire, puis en Floride et dans le Massachusetts, et il ne demanda rien. Pendant ces trois mois-là, elle ne le vit pas. A la mi-mai, quand la campagne atteignit la Californie, il n'y avait plus qu'un seul homme devant Jamie dans la course à l'investiture démocrate. Sa vie paraissait plus animée que celle qu'elle menait.

Dix jours avant les primaires, après une journée de campagne électorale dans cinq villes différentes, Jamie passa une nuit avec elle.

Elle fut bouleversée de le voir si changé. A la télévision il paraissait triomphant et plein de vie. On aurait dit que les caméras l'avaient saigné à blanc. Il était pâle, maigre, il avait aux coins des yeux des pattes d'oie qu'il n'avait pas auparavant, et ses tempes commençaient à grisonner.

— Tu as une sale tête, dit-elle.

Il s'étendit sur le canapé pour regarder le journal du soir comme un mari fatigué qui tombe de sommeil.

— On dit qu'après la quarantaine, on prend enfin son vrai visage. Aujourd'hui, j'ai quarante-trois ans.

Stacy fut peinée de n'en avoir rien su. Elle alla dans la cuisine chercher une bouteille de champagne, elle l'ouvrit et revint avec un plateau et deux verres. Jamie était penché vers la télévision qui montrait son adversaire en train de faire un discours dans une école de commerce ; il rata lourdement la plaisanterie qu'il était censé faire en ouverture. Jamie l'observait avec quelque chose comme de la sympathie.

— Il ne faut jamais contrarier sa propre nature, murmura-t-il.

— Bon anniversaire.

Il se retourna et vit le champagne. Il grimaça un sourire.

— A mon âge, ça va me faire dormir.

— Mais ce n'est pas interdit.

Ils étaient assis, chacun à un bout du canapé. Seuls leurs pieds se touchaient. Jamie regardait son verre fixement.

— Qu'est-ce qui ne va pas ?

Il ne leva pas les yeux. Il dit enfin :

— Je vais être battu, Stacy.

— Comment tu le sais ?

D'un mouvement de tête, il désigna la télévision.

— Ça va me tuer. Juste à la fin.

— Tu as la prophétie dure. (Il eut un mouvement d'hésitation. Stacy vit qu'il avait les doigts enflés à force de serrer des mains.) Dis-moi tout. J'en ai assez de ne rien savoir.

Jamie trempa ses lèvres dans le champagne.

— D'accord, dit-il enfin. La vérité est simple, il me reste dix jours et je n'ai plus un sou. (Elle fut surprise par son ton amer.) En 1980, personne dans le New Jersey n'avait entendu parler de moi. Pendant quatre ans, j'ai passé mon temps à voyager partout, à serrer des mains, à mendier de l'argent ; à la fin je ne savais même plus où j'étais, ni qui j'étais. Maintenant tout va se jouer en Californie. Ici, celui qui gagne gagne tout. Il y a trois semaines, j'avais dix points à remonter et j'étais dans un État si grand et si difficile que la télévision était décisive. Alors, j'ai passé quatre heures par jour à téléphoner dans toute l'Amérique pour extorquer des chèques aux quelques partisans qu'il me reste. Tout ça pour ramasser mille dollars à peine, qui étaient déjà partis en spots télévisés, et pour réduire de cinq pour cent l'avance que mon adversaire avait sur moi en jouant sur les sept pour cent d'indécis.

Stacy trempa ses lèvres dans son verre de champagne.

— Tu as besoin de combien ?

— Tu devrais plutôt dire : c'est pour ça que tu es venu ?

— Ce n'est pas ce que j'ai demandé.

Il ferma les yeux.

— Quatre mille dollars, répondit-il. Exactement ce que Damone m'a dit que tu pouvais faire dans un concert, il y a deux ans.

Stacy observait ses traits.

— Bon, dit-elle, la prochaine fois, c'est toi qui offres le dîner.

Quand il ouvrit les yeux, elle lui souriait.

— Je ne peux pas te laisser battre. Pas si je peux faire quelque chose.

Jamie ne put même pas sourire. Stacy lui prit la main, elle la sentit moite.

— J'aurais beaucoup donné pour assister à ce spectacle, dit Damone quand Stacy lui téléphona le lendemain. Est-ce qu'il a souffert un peu au moins ?

— Écoute, John, je t'appelle pour te demander combien de temps il faut pour organiser un concert.

— Est-ce qu'il s'est rendu compte que tu n'as pas chanté ces derniers temps ?

— Écoute, il s'occupe de sa campagne présidentielle !

— Alors tu ne lui as même pas dit que quand tu es rentrée de ta tournée en Europe, tu avais perdu cinq kilos parce que tu étais en train de tomber malade ?

— Non, dit-elle pour couper court, parce que je veux le faire.

Il y eut un silence.

— Pour que ça lui serve à quelque chose, il faut que le concert ait lieu vendredi. Tu penses que tu pourras ?

— Aux arènes de San Francisco. (Damone rit sans le moindre humour.) Je les avais réservées il y a trois mois.

Stacy raccrocha.

Ce soir-là, Jamie l'appela de Sacramento ; en fond, on entendait annoncer des vols.

— Viens me rejoindre, dit-il.

— Pour la campagne ?

— Oui. (Il avait la voix jeune et gaie.) Pour te distinguer de mes autres commanditaires.

— Je ne sais pas, Jamie. La presse...

— Si tu chantes pour moi, je veux aussi que tu participes à ce que je fais.

Stacy savait que c'était exactement ce qu'elle voulait entendre.

— D'accord, dit-elle, où on se retrouve ?

Deux jours plus tard, leur photo faisait la couverture du *L. A. Times.*

Tout s'était passé si vite qu'elle n'avait pas eu le temps de comprendre. Le premier jour, le secrétaire de l'Intérieur avait déclaré : « Quand vous avez vu un séquoia, vous les avez tous vus », et un journaliste lui avait demandé ce qu'elle en pensait. Sa repartie fut cinglante : « Si seulement il lui est arrivé d'en voir un, alors il a compris qu'il était tout petit. » Cela avait été plus fort qu'elle ; elle avait répondu parce que ça lui faisait du bien. Les médias avaient adoré, elle apportait à la fois de la romance et de l'air frais, et quant à Jamie, ça avait l'air de lui être égal.

Maintenant, dans cette suite au quarante-cinquième étage surplombant Los Angeles, Stacy essayait d'y voir clair en elle.

La veille, quand ils avaient quitté Central Valley, la campagne battait son plein, l'équipe de presse buvait et riait et la foule était comme chaque jour plus nombreuse.

Jamie avait commencé par envoyer promener tous ses beaux discours ; entouré de travailleurs immigrés, il plaisantait et citait Yeats et Robert Kennedy, et ils applaudissaient à tout rompre au grand étonnement de Stacy. Puis l'avion se posa à Los Angeles et ils s'engouffrèrent dans la limousine. Elle eut alors le pressentiment que Jamie pouvait réellement devenir président. Une fois de plus, la foule était au rendez-vous, amassée le long des appartements en stuc, au coin des épiceries, au milieu des publicités de whisky en espagnol et en anglais, ralentissant la limousine qui elle aussi avait l'air de flâner.

« Ils ne peuvent pas me voir », murmura Jamie. Oublieux du danger, il ouvrit la portière et s'assit sur le toit de la voiture. La foule le touchait. Ce fut un moment d'une grande beauté ; Stacy aurait voulu se détourner de ce spectacle, mais elle ne le pouvait pas. Au-dessus de la marée mouvante de têtes et de cris quelqu'un lança : « Stacy à la vice-présidence ! »

Jamie désigna en riant le toit de la voiture que le chauffeur ouvrit. Elle se leva, la tête vide, le soleil dans les yeux, agitant sa main en direction de la foule qui scandait : « Stacy-Stacy. » Elle ne vit plus rien, les visages se perdirent dans l'obscurité, comme dans une salle de concert.

Pourtant, elle resta debout tout le temps du parcours qui les menait à l'hôtel où Jamie devait parler. Elle participait.

D'autres pancartes l'attendaient. Elle était à la table d'honneur quand Jamie se leva.

— Vous vous souvenez sûrement de moi, dit-il pour commencer. Je suis l'impresario de Stacy Tarrant.

Surprise, Stacy le regarda. Au milieu des rires et des applaudissements, Jamie lui sourit. Stacy pensa que jamais il n'avait eu l'air aussi jeune.

Deux heures plus tard, dans leur chambre d'hôtel, son visage était devenu gris, ses mains gonflées.

— Stacy, dit un collaborateur de Jamie, tes fans, là, dehors, ils vont l'empêcher de dormir toute la nuit.

— Je peux leur parler...

— Il vaut mieux laisser tomber. La sécurité se chargera de les déloger.

Elle regarda Jamie.

Il était entouré de ses hommes. L'un avait réussi à dégoter des sandwiches, un autre s'était débrouillé pour obtenir que le pressing de l'hôtel fonctionne toute la nuit ; au journal télévisé les images de leur cortège avaient l'air d'être sorties d'un film d'action.

Jamie montra l'écran :

— Une journée de seize heures et voilà ce qu'il en reste, trente secondes.

— Ça passe très bien, affirma un de ses hommes. La télé c'est comme ça.

Sceptique, un autre, aux cheveux roux, hochait la tête.

— Trop démonstratifs, tous ces Latino-Américains en train d'acclamer deux célébrités. Même Joe Six Park n'aurait pas un tel succès.

— Éteins, murmura Jamie.

— C'est très bien, je t'assure, répéta le premier. Dans les derniers spots, il n'y a que des pelouses vertes et des arbres. Même pas de musique, juste des acteurs et une voix. Lauersdorf nous en portera un demain pour qu'on le regarde. Nous pourrons le passer dans tout l'État après le concert de Stacy.

Jim Sherman, le manager de Jamie, un Californien à la sale gueule, entra avec les dernières statistiques du soir.

— Deux cents appels, dit-il à Jamie. La plupart de San Diego. Pour les personnes âgées, c'est la sécurité sociale, pour les femmes c'est la guerre et pour les jeunes en fin d'études, c'est l'emploi. Cible là-dessus dans tes discours de demain et moi je me débrouille pour que la télé suive.

Jamie acquiesça de la tête.

Sherman fourra ses statistiques dans sa poche.

— A propos, ton numéro en voiture : tu n'es pas un toréador. Ça me rend malade quand je pense à ce qui aurait pu arriver.

Jamie leva les yeux.

— Il n'y a rien à faire, Tim.

Mais sa voix disait autre chose.

— Laissons dormir le candidat, dit Sherman, et aussitôt ils se retrouvèrent seuls.

— Qu'est-ce que tu dis de tout ça ? demanda Jamie.

— Tu es parfait. (Elle hésita.) Cynique, non ?

— Réaliste, rectifia-t-il. La politique, c'est convaincre les gens de te laisser faire un peu ce que tu veux faire. Tes chansons aussi sont écrites pour un public, ne l'oublie pas.

— Mais c'est différent.

— Tu crois ? (Il persifla.) Tu crois qu'on te laisserait chanter si tu n'avais personne pour venir t'écouter ? Et toi, tu crois que tu écrirais encore des chansons ? (Stacy écarta de la main les cheveux qui lui tombaient sur le front.)

— Peut-être que tout simplement je ne fais pas partie de tout ça. C'est ce que pensent certains de tes hommes, d'ailleurs.

— Demain soir, ce sera différent. (Son ton se fit plus léger.) J'espère que tu n'as pas été contrariée par la plaisanterie de Charlie McCarthy à propos de « Jamie Jagger ».

Elle sourit en pensant au surnom que l'adversaire politique de Jamie lui avait décerné. Charlie McCarthy avait été vice-président. Il était maintenant complètement sous la coupe de ceux qui finançaient sa campagne. Quand il avait pris la parole au dîner donné aux candidats, Jamie avait chuchoté : « Regarde bien. Ils tirent les ficelles et ses lèvres bougent. » Elle demanda :

— Mais toi, ça ne te blesse pas ?

— Pas ici. En plus des minorités et des chômeurs qui s'en foutraient si j'étais homosexuel, j'ai besoin des jeunes, des mères célibataires, des Blancs libéraux, tous ces millions de gens qui achètent tes albums. Pour eux, nous sommes ensemble, et chaque fois que ce vieux Charlie parle de toi comme de la secrétaire de la stéréo, tu peux les entendre hurler de Berkeley à Baja. Il sait que tu les as emballés, et que t'as pas besoin de programme. (Il regarda ses mains gonflées.) Tu vas chanter, et on pourra acheter le temps d'antenne pour passer les derniers spots dans tout l'État. Là, peut-être que j'aurai ce que j'ai toujours voulu avoir depuis que je suis au Congrès.

Stacy l'observa attentivement.

— Moi, ici... Tu avais tout prévu.

Il posa sur elle un regard lourd — elle n'avait jamais pu y résister.

— Stacy, dit-il froidement, j'ai toujours tout prévu.

Elle resta un moment silencieuse.

— Même ce qui peut t'arriver ?

Il eut une expression singulière, presque distante.

— Intellectuellement ou physiquement ?

— Je suis d'accord avec Tim, ce que tu as fait en voiture, c'était risqué. Ça me fait peur.

Il haussa les épaules.

— C'était le seul moment où on a pu me voir réellement.
— Autrement qu'en image ?
— Je veux croire qu'il y a une différence.
Il se leva en direction de la chambre à coucher.
— Quoique, en ce moment...
— Si, tu as raison, il y a une différence. Je m'en suis rendu compte à Baja.
— C'était bien, non ? dit-il en passant la porte. Je me sens seul sans toi. Ça aussi je l'avais prévu.
Stacy sourit.
— Mais ça veut dire quoi ?
Il répondit à son sourire puis, sérieux, ajouta :
— Ça veut dire que, dès le départ, j'ai eu dans la vie des motivations contradictoires et que toi, tu connais assez la vie publique pour l'accepter — et accepter aussi tes propres contradictions.
Il disparut dans la chambre.
Stacy ne se sentait pas fatiguée. Mais quelle journée, un vrai embrouillamini ! Quand elle gagna la chambre, Jamie dormait.
Avec ses cheveux ébouriffés, il avait l'air d'un adolescent. Elle l'embrassa sur le front et éteignit la lumière.
Quand elle se réveilla, il ne faisait pas encore jour. Il lui fallut un certain temps pour comprendre où elle était. Près d'elle, elle entendait la respiration régulière de Jamie. Elle ne pouvait pas voir son visage.
Dans l'obscurité, Stacy se mit à fouiller dans sa mémoire pour trouver une chanson. C'était un vieux truc. Elle l'avait appris dans les tournées. Quand elle était tendue à cause d'une trop grande décharge d'adrénaline, elle écrivait pour se rappeler qui elle était et comment elle en était arrivée là.
Couchée près de Jamie, elle se rappela la première fois où elle avait fait l'amour.
Le garçon avait garé sa voiture à Beverly Hills ; sans quitter la voiture, ils avaient tous les deux contemplé la baie de San Francisco au loin. La ville dessinait des motifs luminescents qui scintillaient comme des diamants ; le Golden Gate formait une arche de lumière où se croisaient deux courants jaunes. Quand elle était petite, enveloppée d'une couverture, entre ses parents, elle avait l'habitude d'imaginer la vie et la destination des gens qui

empruntaient le pont. A quinze ans, les souvenirs lui donnaient la nausée.

— Je t'aime, Stacy. (Il s'était rapproché.) Tout ira bien.

Ses yeux étaient immenses comme ceux d'un lapin, si innocents qu'on pouvait presque penser qu'il croyait ce qu'il disait. Elle lui avait pris le visage dans ses deux mains.

— Tout ce que je veux, c'est que tu aies peur avec moi. Si c'est comme ça, c'est bien. Je ne veux pas que tu prétendes ne pas avoir...

Une fois réveillé, James Kilcannon l'avait caressée. Maintenant, il était avec son équipe et l'on entendait sa voix dans la pièce à côté. Stacy se tenait devant la fenêtre, seule.

Si elle ne pouvait pas s'abandonner complètement à lui, pensa-t-elle, c'était autant de sa faute à elle que de la sienne à lui.

Elle resta pensive un moment puis se détourna de la lumière du petit matin. Elle ouvrit le cahier où elle écrivait ses chansons.

« Aie peur avec moi » : elle griffonna ce titre et sourit. Trente et un ans, et toujours à faire des chansons avec des lambeaux de vie...

Elle s'arrêta. Elle se demandait si tout ça ne commençait pas à lui faire un peu peur.

Cette campagne, elle avait voulu la faire, non pas tant peut-être parce que Jamie en avait besoin que parce que c'était elle qui avait un très grand besoin de quelqu'un ou de quelque chose pour chanter. Trop vite, et sans qu'elle s'y attende, ses chansons ne lui appartiendraient plus et deviendraient la question banale de quelqu'un d'autre ; à ce moment-là, elle serait incapable de répondre à Jamie qui lui demanderait, ironique : « Mais qu'est-ce que cela veut dire ? »

Sous le titre, elle écrivit :

Ne me déçois pas s'il te plaît
Et que le matin montre
ce que veut dire aimer
quand nos cœurs ne le savent...

Elle se rappela soudain le matin qui avait suivi la première fois qu'elle avait fait l'amour.

Le silence l'avait frappée ; elle s'était dit que quelque part ses parents savaient. Elle s'était sentie coupable et avait quitté sa chambre sur la pointe des pieds. Au lieu des conversations du petit déjeuner, du bruit des assiettes, on entendait la télévision.

Ses parents étaient devant le poste. Elle s'était mise à genoux près d'eux, pour regarder. « Robert Kennedy a été tué », avait dit son père.

Un court instant, Stacy voulut tout avouer pour que Kennedy vive. « Je suis désolée », s'était-elle entendue dire.

Stacy referma le cahier.

Les nerfs, pensa-t-elle. Plus que douze heures à peine maintenant. Stacy entra dans la salle de bains et jeta un regard mauvais aux miroirs épais qui reflétaient les premières rides.

Elle prit une douche, mit ses lentilles de contact et rejoignit Jamie.

Il était en train de décrocher le téléphone et Sherman lui tendait une fiche.

— Pourquoi je dois faire ça ? demanda-t-il.

— Un coup de fil pour un coup de moralité. Parnell est un vieux réactionnaire et sa femme tient à sa party. En plus, elle, c'est un pipeline qui conduit droit aux capitaux.

L'homme aux cheveux roux s'avança.

— J'ai appelé un des nôtres ce matin de Bay Area. Un jeune avocat qui promet défend un homosexuel contre Parnell et son journal.

Kilcannon lança un regard à Sherman.

— Et pourquoi je n'en ai rien su ?

— Je n'en savais rien moi-même. De toute façon, nous avons besoin d'argent et il est trop tard pour reculer.

Sherman fixa l'homme aux cheveux roux :

— Tu peux peut-être organiser un meeting avec des leaders gay représentatifs ? Pour après le concert de Stacy.

Jamie les dévisagea puis il composa le numéro inscrit sur le carton que lui avait présenté Sherman.

— Je ne me rappelle pas d'enfants.

Sherman acquiesça.

— Le fils a été kidnappé, tu ne t'en souviens pas ?

— Vaguement. (Brusquement, son ton changea.) Alexis ? C'est James Kilcannon. (Il rit à ce que lui disait l'autre au téléphone.) Je vous appelle pour vous remercier d'avance. Je sais que vous êtes la conscience libérale de Colby, ce qui ne doit pas être facile.

Rencontrant le regard de Stacy, Jamie fit une grimace de dégoût, puis de nouveau au téléphone, il sourit.

— Oui, je l'emmène. C'est elle ma conscience libérale...

— Un café noir, Stacy ?

Elle répondit par un sourire. Nat Schlessinger, l'attaché de presse de Jamie, avait déjà appris ce qu'elle aimait. De tous ceux qui étaient là, c'était lui qu'elle préférait : elle avait de l'affection pour cet homme hirsute, sans foyer, qui vivait sa vie par délégation, par Jamie interposé.

— Nat, lui dit-elle, vous êtes mon chez-moi quand je suis loin de chez moi.

Nat rayonnait de plaisir. Jamie raccrocha.

— Que se passe-t-il à San Diego ? demanda-t-il à Sherman.

— C'est le coup des vieux. A Sacramento, c'est le coup de la crèche.

— Qu'est-ce qu'il veut dire ? demanda à voix basse Stacy à Nat.

Nat se pencha.

— Ce que Tim appelle un « coup » c'est ce qui en trente secondes d'antenne rapporte un point. Si Jamie va dans une crèche, les gens sauront rien qu'en regardant le journal qu'il est pour les parents qui travaillent.

La porte s'ouvrit. Nat regarda qui entrait.

— Voilà quelqu'un pour les spots télé que tu as commandés.

Un homme massif, serré dans un costume rayé, se précipita dans la pièce, une cassette à la main.

— Qui c'est ? demanda-t-elle.

— Celui qui achète les médias : Bob Lauersdorf. Il négocie le temps d'antenne sur tout le marché de l'État. A lui seul, il représente de gros intérêts privés comme Procter & Gramble qui paie le prix fort toute l'année. Avec un atout pareil et l'argent qu'on lui donne, il peut placer les derniers spots de Jamie en plein milieu de *Dallas.* (Le visage de Nat s'assombrit.) Votre copain, Damone, il a bien pensé à tout, au moins, même à la sécurité ?

Il tripotait le nœud de sa cravate bleu marine. Stacy se souvint qu'il la mettait chaque fois que Jamie avait besoin d'un coup de chance.

— John est tout à fait compétent, lui dit-elle pour le rassurer.

Lauersdorf introduisit la cassette dans le magnétoscope.

Jamie, les mains dans les poches de son pardessus, s'approcha de l'écran. Stacy se pencha.

Un vieil homme est en train de peindre amoureusement en vert gazon la porte de sa maison toute blanche. Il met la dernière touche tandis qu'une femme, très grand-mère, finit de briquer le marteau en cuir. Ils se regardent ; d'une voix altérée par l'émotion, elle dit : « Cinq enfants sont passés sous cette porte. » L'homme hoche la tête tristement.

Avec une lenteur angoissante, la caméra fait alors un zoom arrière qui découvre une pelouse fraîchement tondue. Au moment où les vieux se prennent par la main, un panneau « A vendre » apparaît au premier plan. Sur cette image silencieuse, la voix d'un acteur enchaîne : « Ne les laissez pas gâcher vos noces d'or. Votez pour James Kilcannon, votez pour des lendemains sûrs. »

— De la dynamite, s'écria le vendeur.

Jamie se passa la main dans les cheveux.

— « Les », c'est qui ? demanda-t-il, perplexe. Les termites ?

— C'est tout : l'inflation, la réduction de la retraite, l'opposition...

— L'ennemi, nous savons qui c'est, nous l'avons rencontré.

— En tout cas, ce n'est pas nous.

Le vendeur sourit.

— Quand nous avons testé ce spot, une vieille dame a pleuré.

— Mais qu'est-ce que ça veut dire ? murmura Stacy.

Jamie se tourna vers elle. Le sourire du vendeur se décomposa.

— Vous avez vu les spots de l'autre ? demanda-t-il en enflant le ton. Celui où il emmène sa petite fille mongolienne à la pêche et où il lui parle de la sécurité sociale ?

Jamie gardait le silence.

— On ferait mieux d'y aller, lui dit Sherman, tu es dans la course présidentielle, ne l'oublie pas.

Encore une fois, Jamie la regarda.

— J'appelle John, lui dit-elle doucement, il pourrait me prendre à San Francisco pour les essais de son.

C'est ce qu'elle fit. Puis ils partirent, traversèrent le hall de l'hôtel bourré de caméras, en souriant pour le journal télévisé de la mi-journée.

2

Farfouillant dans son sac à dos, Harry Carson sentit le canon relevé de son Mauser.

Dans sa tête, Stacy finissait de chanter « Love me now ». Et de l'obscurité montaient les cris de la foule qui en redemandait jusqu'à ce que Stacy leur montre Kilcannon. Il montait dans la lumière, Carson levait son arme mais le coup ne partait pas. Il était paralysé.

— Harry ?

Carson sursauta. Il bougea sa main et trouva un paquet de cigarettes sous son cahier de poésie. Il le tendit à Damone. Damone le prit, donna une tape sur le fond du paquet et prit une cigarette avec sa bouche. Même avec la barbe, il avait un visage de bronze battu.

— Ça va ? demanda Damone.

Carson se rendit compte qu'il était en nage.

— Juste quelques problèmes.

— C'est pour ça que je t'ai engagé : pour être le roi des problèmes.

Tirant sur sa cigarette, Damone se mit à regarder la télé qu'il avait installée sur scène.

— Il y a trop d'amplis, lui dit Carson.

Damone ne se retourna pas.

— Laisse les amplis en trop dehors jusqu'à ce qu'on ait fini les essais. Si on n'en a pas besoin, je les remettrai dans le camion.

Sur l'écran de télé, on voyait Stacy et Kilcannon traverser un hall d'hôtel. Sous ses boucles blond foncé, et avec ses yeux verts et son regard préoccupé, elle rappelait Beth à Carson. Quand son sourire éclata, surprenant de candeur, il détourna les yeux. « SNI poursuivra la retransmission de la campagne de James Kilcannon jusqu'à San Francisco dans Chinatown... »

Damone éteignit et rejoignit son équipe.

— Assurez-vous que le monitor est en place et qu'il fonctionne. Je vais chercher Stacy à midi.

Carson alluma une cigarette pour essayer de se calmer.

Vide, la scène lui faisait l'effet d'un énorme bunker en béton. De chaque côté, quatre niveaux de passerelles, des rampes de projecteurs, une toile peinte en arrière-fond ; les techniciens traînaient lourdement les caisses en métal, toutes cabossées, et leurs pas résonnaient sur le plancher sale. Ils travaillaient sans s'interrompre, en silence. Quand ils auraient fini, on baisserait les lumières ; on les règlerait de telle manière que la toile de fond ressemble à de la soie multicolore et la scène à une bulle suspendue dans le noir. Alors, Stacy apparaîtrait dans le feu des projecteurs.

Il appellerait son poème — Carson venait de le décider — « Golden Anniversary ».

Le matin même, il avait relu les vers qu'il n'avait pu achever.

Chaque année je me souviens de vous
avec vos cheveux dorés, libre de vivre
attendant la caméra
pour lui donner sa vie dorée.

Carson ferma les yeux.

Le sang de Capwell giclait sur ses mains, puis il atterrit à Oakland. Sur un journal, on pouvait lire : 2 juin 1970. Carson ne pouvait toujours pas se rappeler les trente-six heures qui avaient précédé le moment où Capwell était mort dans ses bras. Il regarda longuement ses mains, pour voir s'il y avait du sang.

Sa cigarette s'était consumée jusqu'au filtre. Carson leva les yeux, il vit que Jésus, un des hommes de la sono, l'observait.

— Tu as un problème, mec ?

Jésus haussa les épaules.

— J'ai besoin d'aide pour le son.

Carson jeta son mégot.

— Tu veux que je lise dans tes pensées : Jésus, bouge un peu tes lèvres !

Aux aguets, Carson ouvrit une caisse et s'arrêta net devant les fils de la sono, comme si c'étaient des fils de mines et que les amplis allaient lui sauter à la figure. Que le passé fasse ainsi irruption dans le présent ne l'affolait pas outre mesure, ce qui l'inquiétait plutôt, c'était le fait que quand ça se passait il ne contrôlait plus rien, il ne se souvenait de rien, il ne savait pas pourquoi ça revenait. Et ce moment qu'il avait oublié au Vietnam lui avait déjà coûté sa gosse.

Il se mit à déballer la caisse.

La carte postale que Beth lui avait envoyée il y avait plus de deux mois et qu'elle lui avait adressée par l'intermédiaire de Damone était dans son sac à dos, tout près du Mauser. Cathy allait bien, disait-elle, et elle avait trouvé du travail comme caissière. La carte avait été postée à Columbia, en Caroline du Sud, mais Beth ne donnait pas d'adresse. Elle terminait en disant qu'elle ne voulait plus le voir.

Il brancha les amplis et sentit soudain une décharge électrique comme s'il avait un revolver entre les mains. Il en fut surpris, et, pendant un instant, il ne sut plus si c'était en rapport avec le passé ou avec l'avenir. Et puis, il pensa à la carte postale.

Il se leva machinalement et alla au milieu de la scène.

Le corps gisait là, devant lui, sur le sol. Calmement, il faisait ce qui était prévu.

— Où tu vas, Harry ?

On criait ; il ne se retournait pas.

— Déchargez les autres caisses du camion.

Il se ferait prendre s'il allait à l'ascenseur. Il se dirigeait vers la passerelle et comptait cinquante pas.

Trois volées d'escalier métallique de dix marches chacune et Carson était à l'entrée de l'aire de chargement. Sa moto l'attendait. « Moins de trente secondes », se dit-il. La décharge d'adrénaline lui faisait l'effet de la dexédrine.

Il imagina qu'il enfourchait sa moto et qu'il s'enfuyait dans la nuit.

Carson souleva une autre caisse et prit l'ascenseur.

Quand il arriva sur la scène, il alla vers son sac à dos. A côté, il trouva un journal que Damone avait posé, ouvert. Il était daté du 2 juin. Comme s'il avait voulu apprendre par cœur, Carson lut à haute voix le titre : « Lord interpelle Parnell sur la question des droits des homosexuels. »

Il alluma une cigarette.

3

Tony Lord sentit que le jury passait de son côté contre Colby Parnell.

Il fit une pause, à la manière d'un acteur qui prépare ses effets. Il prit conscience du regard du juge, du greffier à sa machine, de la tension de son client, de l'avidité de la presse, du jury sur le point de se faire une opinion. Alors, il s'avança.

Parnell, costume en flanelle, cravate club, chaussures impeccables, avait l'air de vouloir lui rappeler à qui il avait affaire. Il effleura du doigt sa pochette.

— Bonjour, monsieur Parnell.

Parnell eut un mouvement de recul imperceptible.

— Bonjour.

— Vous avez affirmé que les préférences sexuelles de mon client n'avaient influé en rien sur votre décision de le licencier. C'est bien cela ?

— Oui, tout à fait.

— Mon client a été renvoyé en novembre. C'est exact ?

— Oui.

Lord se plaça à la gauche de Parnell de manière à ce que le jury, à droite, pût voir l'expression du témoin et les mouvements de son corps.

— Vous avez dit que les raisons essentielles de ce renvoi étaient dues au fait que mon client n'avait pas accepté d'être chargé d'une rubrique moins importante que celle de la politique de la ville dont il était responsable jusque-là.

Parnell joignit les mains.

— C'est du moins ainsi que M. Halliburton, son rédacteur, m'a présenté les choses.

— Avez-vous discuté de cette situation directement avec M. Cole ?

— Non. (Parnell porta la main à l'épaisse monture en écaille de ses lunettes.) Je me suis toujours donné comme règle de ne pas faire intervenir mon opinion personnelle.

— Mais vous êtes bien le directeur du journal, n'est-ce pas ?

— Tout à fait.

— Et M. Cole, vous a-t-il demandé un rendez-vous ?

— Oui.

Parnell crut qu'une autre question allait suivre mais Lord attendait.

— Je pensais que ce ne serait pas une situation agréable.

— Agréable pour qui ? Pour M. Cole ?

— Pour nous deux. (Parnell chercha une meilleure réponse.) Et pour moi en tant qu'administrateur.

— Quand vous avez refusé de lui accorder le rendez-vous

qu'il demandait, étiez-vous informé que M. Cole était homosexuel ?

— Oui.

— Comment l'aviez-vous appris ?

— Par un concours de circonstances. (Parnell regarda ses ongles.) Quand il a divorcé, son homosexualité avait été alléguée, ce que certaines tendances dans ses articles confirmaient.

Lord redressa la tête.

— Pouvez-vous définir, je vous prie, ce que vous entendez par « tendances » ?

Parnell porta ses doigts à ses lèvres, son visage prit une expression malheureuse, ce qui donnait à son geste l'air d'une vague prière. L'opinion de Lord était faite, instinctivement : Parnell se sentait dans une position inconfortable mais il n'avait aucune agressivité. Il décida de ne pas hausser le ton :

— Est-ce que ma question n'est pas claire ?

Parnell enleva ses lunettes et se mit à les nettoyer.

— J'avais remarqué une insistance sur ce qu'on peut appeler le problème « gay ».

— Par exemple ?

— La question du SIDA, ou le nombre restreint d'homosexuels dans la police ou dans la municipalité ou la violence antihomosexuelle. M. Halliburton se plaignait que M. Cole ne s'intéressât à rien d'autre, alors que son travail le lui demandait.

— Monsieur Parnell, m'accordez-vous qu'ici, à San Francisco, les homosexuels représentent près de vingt pour cent de la population ?

Parnell finissait de nettoyer ses verres. Il leva les yeux.

— Oui.

— C'est donc une communauté plus importante que la colonie japonaise ?

— Oui, je crois.

— Et pourtant, il y a deux ans, un journaliste nippo-américain a publié dans votre journal une série d'articles sur les Japonais qui avaient été envoyés en camps de concentration pendant la Seconde Guerre mondiale. L'avez-vous licencié pour manque d'objectivité ?

— Non. (Parnell se redressa.) Nous lui avions demandé de faire ce reportage.

— Mais vous n'aviez pas demandé à M. Cole de faire un reportage sur les problèmes des homosexuels ?

— Non, c'était son initiative.

Lord marqua un temps d'arrêt comme s'il venait de comprendre quelque chose.

— Il ne vous est jamais venu à l'idée, monsieur Parnell, qu'un journaliste non objectif aurait pu se soucier plus tôt du sort des Japonais ?

— Objection, lança John Danziger.

Il était imposant avec ses cheveux blancs. Ses trois collaborateurs se hâtèrent de prendre aussitôt un air extrêmement attentif.

— La prétendue question de M. Lord est en fait un procédé fallacieux pour faire des rapprochements qui n'ont aucun fondement.

Lord observait Parnell, il remarqua qu'il avait repris son expression pensive. Sans attendre l'intervention du juge McIlvaine, Lord dit d'une voix douce :

— Je retire ma question.

Puis il demanda :

— Est-ce que M. Halliburton avait d'autres motifs de se plaindre de mon client ?

— Oui. (Là, Parnell devint plus ferme.) Il n'était pas dans ce qu'il faisait et il avait des horaires fantaisistes.

— Depuis combien de temps ?

— Deux ou trois mois avant son renvoi.

Lord s'interrompit pour préparer la question suivante qu'il posa avec beaucoup de précaution :

— En vous basant sur votre propre expérience, pensez-vous pouvoir dire qu'une telle attitude dénotait quelqu'un qui avait des problèmes familiaux ?

Parnell cilla.

— Objection, lança Danziger d'un ton sec.

— Je reformule ma question. Pensez-vous, monsieur Parnell, qu'un tel comportement puisse être caractéristique de quelqu'un qui vit une crise familiale qui l'a déjà séparé de sa femme et qui risque de le priver de son seul enfant ?

Parnell s'adossa au dossier de son siège et pour toute réponse regarda Lord.

— Objection encore, cria Danziger. Mon client n'est pas un psychiatre.

— Objection valable.

— Avez-vous essayé de comprendre les causes de cette sorte d'« absence » de M. Cole.

Parnell fit non de la tête.

— Je suis directeur d'un journal, je considère que ce n'est pas de mon ressort.

Parnell ne s'entêtait pas, il avait plutôt l'air blessé.

— Et en tant qu'homme ? demanda Lord.

— Objection. (Danziger s'avança.) Je demande à la cour de mettre un terme au harcèlement auquel est soumis mon client avec des questions insidieuses et qui portent sur sa vie personnelle.

Pas une fois, Lord n'avait haussé le ton. S'adressant à McIlvaine, Lord précisa en direction des jurés :

— Mon propos n'est pas d'accabler M. Parnell. (Son ton était d'une douceur exquise.) Je voulais seulement amener M. Parnell à considérer s'il avait eu des raisons particulières pour refuser à mon client la compréhension dont il avait fait preuve en d'autres circonstances.

Penché sur son estrade, McIlvaine leva un sourcil.

— Alors pourquoi ne pas aller droit au fait ?

« Crétin », pensa Lord. Il répondit d'une voix douce :

— Merci, Votre Honneur.

Il savait que dans le jury, pour quiconque avait un peu de mémoire, il avait, avec sa dernière question, réussi son coup : quand il se retourna, Parnell était encore en train d'essuyer ses lunettes ; des gouttes de sueur perlaient à son front.

— Dites-moi, monsieur Parnell, c'est bien en toute connaissance de cause que votre journal a engagé un homosexuel ?

Parnell rangea ses lunettes.

— Nous ne demandons pas à nos employés quels sont leurs préférences sexuelles.

Lord se rapprocha.

— Est-ce que vous savez s'il y a des homosexuels dans votre équipe ?

— Non, je ne sais pas.

— Donc, s'il y en a, ils ne vous le disent pas.

— Ça doit être ça.

Méfiant, Parnell ajouta :

— Et je ne leur demande pas non plus.

— Et ils n'emmènent pas leurs amis ou leurs partenaires au journal ?

Pour la première fois, Parnell semblait en colère.

— Je ne vois pas pourquoi il faudrait rendre publiques des questions qui sont d'ordre privé.

— Mais vous ne trouvez pas bizarre que dans cette ville où la communauté gay est si importante et si visible, vous ne connaissiez pas un seul homosexuel dans votre journal ?

— Bizarre ? Je ne vois pas.

— Est-ce qu'il faut en conclure qu'on n'engage pas d'homosexuels ou alors qu'ils ont peur de dire qu'ils le sont quand ils sont engagés ?

— C'est une interprétation à laquelle je ne me risquerais pas. En tout cas, mon journal est hors de cause.

— Pourtant, la première fois que vous avez rencontré M. Cole, vous avez interprété qu'il était hétérosexuel.

Parnell hésita.

— Il avait parlé d'une femme et d'un enfant...

— Et quand la femme de M. Cole a déclaré, pour avoir la garde de sa fille, que son mari avait des tendances homosexuelles, votre première impression a changé ?

— Oui.

— C'était au mois de juin de l'année dernière, à peu près ?

— Oui.

— Avant cette époque, M. Halliburton avait jugé bon de lui donner de l'avancement, et plusieurs fois.

— Oui.

— Et vous étiez d'accord chaque fois avec cette promotion ?

— Oui, sur les recommandations de M. Halliburton.

— A quel moment avez-vous remarqué ce manque d'objectivité de M. Cole au sujet de la question des homosexuels ?

— Je ne m'en souviens pas. Je me rappelle seulement en avoir parlé avec M. Halliburton.

— Avant ou après que sa femme eut affirmé qu'il était homosexuel ?

— Après, je pense.

— Et c'est alors que vous avez remarqué ses soi-disant penchants.

— Oui.

— Que vous n'aviez pas remarqués auparavant.

Une fois encore Parnell retira ses lunettes pour frotter une tache.

— Peut-être, monsieur Lord, qu'ils n'étaient pas encore affirmés.

— Et ils se sont affirmés quand M. Halliburton a décidé de le licencier ?

Parnell acquiesça d'un signe de tête.

— Excusez-moi, monsieur Parnell, mais vous devez donner une réponse intelligible.

— Oui.

— Et quand vous avez donné votre accord à ce renvoi, M. Cole a demandé à vous voir ?

— Oui.

— Pour parler de ses problèmes et vous demander de le garder ?

— Oui.

— Mais vous avez refusé.

Parnell remit ses lunettes et regarda ailleurs.

— Oui.

Lord attendit que le regard de Parnell revienne sur lui. Lentement, il demanda :

— Parce que ça vous aurait mis mal à l'aise de rencontrer un homosexuel ?

La bouche de Parnell s'ouvrit légèrement.

— Objection, interrompit Danziger. Mon client a déjà répondu. M. Parnell a eu l'occasion de dire que si malaise il y avait, c'était d'un point de vue strictement administratif.

— Objection valable.

Mais Parnell observait Lord. Jouant de cette assurance innée qu'il se connaissait, Lord alla lentement se placer à droite du témoin de sorte que le jury pût voir à la fois son visage et celui de Parnell.

— Si vous faites un examen de conscience, monsieur Parnell, en tenant compte qu'il s'agit là de la carrière d'un homme qui a déjà payé très cher le fait d'être homosexuel, pouvez-vous jurer devant la cour que la préférence sexuelle de M. Cole n'a joué aucun rôle dans son licenciement ?

Lord sentit que les jurés se penchaient en avant. Tapotant sa pochette, Parnell dit dans un murmure :

— Oui.

Lord lentement montra du doigt les jurés :

— Le jury, monsieur Parnell, est là.

Parnell regardait fixement le doigt tendu.

— Mon client a déjà répondu, s'écria Danziger. Je m'oppose à cette mise en scène qui vise à nuire à mon client.

Ses collaborateurs l'approuvèrent.

Mais Lord ne prit même pas la peine de répondre. Il se contentait d'observer Parnell avec un sourire ironique et de lui intimer silencieusement l'ordre de s'adresser au jury.

— Monsieur Lord ?

Lord laissa encore planer un moment de silence. Puis, toujours le regard fixé sur Parnell, il répondit :

— Je retire ma question, Votre Honneur. Je pense que M. Parnell se la posera à lui-même.

Ce n'est pas le jury que Parnell regardait, mais Lord.

— Je pense qu'il est temps de suspendre la séance, dit hâtivement McIlvaine. Merci, monsieur Parnell, nous n'aurons plus besoin de vous.

On entendait un brouhaha sourd du côté de la presse. Parnell quitta la salle d'audience.

En sortant, plusieurs jurés lancèrent un regard furtif à Lord, qui se dirigeait vers son client avec la nonchalance d'un professionnel.

Le sourire de Cole exprimait une gratitude douloureuse ; d'avoir vécu la moitié de sa vie dans le secret lui avait appris à voir le côté caché des choses. C'est pour cela que Lord l'aimait bien.

— Beau travail, murmura Cole.

Lord haussa les épaules.

— Parnell est un honnête homme, à sa manière. Il s'est rendu compte que quelque part il ne voulait pas vous renvoyer. Je n'ai fait que l'aider à s'en souvenir.

— Je doute fort qu'il ait apprécié, dit Cole d'un ton sec.

Son corps mince de jockey contrastait sans doute avec la gaucherie bedonnante de Parnell. Pourtant, ce qui avait frappé Lord, c'était à quel point le côté tiré à quatre épingles de son client — jusqu'à sa moustache qui avait l'air de sortir du pressing — renvoyait à celui de Parnell. Ce qui l'avait amené à réfléchir sur le rapport qu'il pouvait y avoir entre une apparence extrêmement soignée et un grand désordre intérieur. Il posa la main sur l'épaule de Cole.

— Je doute fort aussi que Parnell accepte encore une confrontation avec vous.

— Vous pensez qu'il y aura un arrangement à l'amiable ?

— Probablement. Et si nous arrivons à vous faire réembaucher, peut-être même obtiendrez-vous la garde de votre fille.

Et pour détendre l'atmosphère, Lord ajouta :

— Et par-dessus le marché vous pourrez peut-être me payer, en attendant je vais vous chercher à manger.

Cole donna une chiquenaude à son panama ; c'était la première fois que Lord le voyait aussi décontracté.

— Alors dans ce cas, d'accord, répondit Cole.

— Tony ? (C'était l'huissier.) Le juge McIlvaine vous demande dans son bureau.

— Est-ce que Danziger y est ?

L'huissier opina du bonnet. Lord se tourna vers Cole :

— Désolé, Jack. Pouvez-vous me rapporter un sandwich ?

— Il y a un problème ?

— Je ne crois pas. C'est probablement Danziger qui demande une suspension de séance pour laisser à Parnell le temps de se retaper.

Lord donna de l'argent à Cole et se dirigea vers le bureau du juge.

Quand il entra, McIlvaine et Danziger le regardèrent comme s'il les avait interrompus ; les trois collaborateurs de Danziger s'étaient repliés dans sa limousine. Lord en avait déduit que c'était pour réconforter Parnell.

— Entrez, Tony, dit le juge de sa grosse voix.

Remarquant que Danziger était là comme chez lui, les coudes appuyés sur le bureau du juge, Lord choisit de s'asseoir de telle manière que, pour lui parler, Danziger fût obligé de se détourner du juge.

McIlvaine se pencha en avant.

— John a demandé une suspension de séance jusqu'à lundi prochain. Avez-vous des objections ?

Lord feignit la surprise.

— Et pour quelles raisons, John ?

Danziger avait une manière d'être assis de tout son poids qui semblait suggérer qu'il anoblissait la chaise en y apposant son derrière ; avoir à se retourner l'ennuyait au plus haut point.

— M. Parnell envisage un arrangement à l'amiable.

— Impossible, à moins qu'il ne se décide à payer à mon client les mois qu'il n'a pas touchés. Et à le réembaucher, évidemment.

Le visage de Danziger se marbra de rouge. McIlvaine enchaîna rapidement.

— Je suis sûr que John retransmettra à M. Parnell vos conditions, dit-il, cherchant sur le visage de Danziger un signe d'assentiment.

— En tant qu'avocat — Danziger prononça le mot comme s'il parlait d'une race à part —, j'ai le devoir moral de tout retransmettre à mon client.

— Alors, dans ce cas, dit Lord avec amabilité, prenez tout le temps qu'il vous faudra.

— Merci, dit Danziger au juge.

Il se leva lentement de sa chaise, comme par degré, fit un vague geste de la tête dans la direction de Lord et sortit.

McIlvaine fit signe à Lord de rester.

— Je n'ai pas l'impression que John ait beaucoup de sympathie pour vous, dit-il d'un air approbateur.

Lord prit un air grave.

— Vous êtes un observateur perspicace de la nature humaine, Votre Honneur. J'espère que c'est parce que je suis en train de lui botter les fesses.

McIlvaine leva un sourcil, tordit sa bouche et émit un glapissement en guise de rire. C'était vraiment extraordinaire qu'un homme puisse tout à la fois avoir l'air pieux, cynique, affable et corrompu, quand il n'était que corrompu, pensa Lord. Chaque partie de son visage semblait vouée à une fonction différente : les sourcils levés pour les mondanités, les grands yeux pour la sincérité toute fraternelle ; le nez rouge était un phare de sociabilité et la bouche élastique pouvait s'étirer et recouvrir toutes les émotions qu'elle recelait. Quand la bouche eut fini de rire, celui à qui elle appartenait dit :

— Ça peut rendre les choses plus difficiles.

— Plus difficiles que de perdre ?

— Laissons cela, dit McIlvaine avec amabilité. Mais j'ai une modeste suggestion à vous faire qui pourrait aplanir les difficultés, en particulier en ce qui concerne l'arriéré de salaires qui semble être la condition première de votre client.

Lord eut aussitôt le sentiment qu'il n'allait pas aimer ce qui allait suivre.

— Un conseil est toujours précieux.

— Bon. Alors, ce matin vous avez mis Colby Parnell dans l'embarras. (McIlvaine leva une main apaisante.) C'était peut-être inévitable. Mais quelques marques de respect entre gentlemen...

— Un procès est un combat moral, Votre Honneur. Il est difficile de l'agrémenter de quelques attraits.

— Il y a d'autres occasions. (McIlvaine se racla la gorge.) Mme Parnell donne une fête chez elle, ce soir.

Lord comprit que quelque chose dans cette suggestion était dans l'intérêt de McIlvaine.

— Une fête ?

— Oui. En l'honneur du sénateur Kilcannon.

En un éclair, Lord comprit où il voulait en venir.

— Pour lui trouver des fonds, dit-il de son ton le plus plat.

McIlvaine acquiesça :

— C'est une grande admiratrice du sénateur, comme la plupart de mes collègues.

« Vieux roublard, pensa Lord, tu veux que ce charlatan te fasse juge fédéral. »

— En fait, ils pensent tous que James Kilcannon est extraordinairement capable de...

« L'emploi assuré et une pension à vie. Tu n'as qu'à aider tes amis à trouver de l'argent. »

— Et je suis sûr que vous aurez plaisir à le rencontrer. (Le juge ébaucha un sourire lascif.) Sans parler de son amie : quel est son nom déjà ?

— Stacy Tarrant.

Le matin était devenu moche ; seul le souvenir de Jack Cole donnant une pichenette à son panama empêcha Lord de partir.

— Franchement, tout ça est un peu trop pour moi.

— Trop ?

— Trop cher.

C'était la stricte vérité. Avec le peu qu'il avait donné à Cole pour le déjeuner, il lui restait en tout et pour tout cinq dollars pour l'argent de poche de Christophe.

— En plus, j'ai promis à mon fils de l'emmener ce soir au match de base-ball. Il n'y est jamais allé encore.

— Mais il y en aura d'autres. (McIlvaine posa ses deux mains sur son ventre.) Quel âge avez-vous, Tony ?

— Trente-trois ans.

— Vous êtes au commencement de votre carrière et vous n'avez pas choisi la facilité en décidant de faire cavalier seul. Vous ne croyez pas qu'un peu d'aide vous ferait du bien ?

Lord tenta d'éluder la question.

— J'aime travailler pour moi, dit-il doucement, comme ça au moins je sais ce que je veux.

McIlvaine parut agacé.

— Pourtant, il y a des gens, partisans de Kilcannon, que vous auriez intérêt à connaître. J'y serai et je vous les ferai rencontrer.

McIlvaine sourit.

— Après tout, un arrangement à l'amiable ou un verdict qui prévoit un arriéré de salaires seraient plus faciles à digérer avec quelques agréments. De la manière dont les choses ont l'air de se dessiner dans ce procès, vous avez toutes les raisons d'espérer.

Lord se rendit compte que s'il avait eu jusque-là la direction des opérations, McIlvaine pouvait en un instant tout anéantir en refusant la conciliation, en montant les jurés contre lui de telle sorte qu'ils ne seraient pas d'accord pour que Cole soit payé. Si ça pouvait dépendre de lui, se jura Lord, jamais McIlvaine ne serait juge fédéral.

— Quel est le tarif ? demanda-t-il froidement.

— Deux cent cinquante, dit McIlvaine d'un ton qui se voulait anodin. Un petit prix pour, comme je vous le disais, garantir les chances d'une conciliation. (Il sourit avec une complicité bonhomme.) Franchement, je ne serais vraiment pas contre le fait de virer cet homosexuel de mes dossiers.

Combines et malversations, pensa Lord, mais McIlvaine s'en tirerait toujours.

— Franchement, répondit-il d'un ton suave, c'est moi qui ne serais vraiment pas contre le fait de virer cet homosexuel de vos dossiers.

Dans sa contrariété, le sourire de McIlvaine s'étira si largement qu'il découvrit ses plombages. Il donna le temps à Lord de faire un rapide calcul : mille sept cents dollars par mois pour son deux-pièces, cent soixante-treize dollars pour la voiture, deux cents pour l'école de Christophe — ce qui lui rappela que Jack Cole ne pouvait pas voir sa fille.

D'un ton peu amène Lord dit :

— Je vais essayer.

Et il se dirigea vers la porte. Il en était à retirer les cinq cents dollars d'économies quand le juge lui cria :

— Amenez donc votre femme.

4

Jamie grimpa dans la limousine noire.

Ils s'étaient arrêtés en plein Chinatown. Stacy se tenait près de la portière avant. Entourée par les collaborateurs de Jamie, les reporters, un cordon de police et des agents des services secrets, elle ne pouvait voir que quelques visages. Le brouhaha s'amplifiait. Chinatown lui arrivait par bouffées, avec ses odeurs de porc, de poissons, de légumes cuits, ses néons en caractères chinois ou le spectacle de cette femme à la fenêtre d'un second étage, son bébé aux beaux cheveux noirs dans les bras.

Par-dessus l'épaule des policiers une voix jeune lui parvint : « A ce soir ! » Neuf heures à tirer, pensa-t-elle, et elle sourit sans intention particulière.

Jamie était au-delà du bruit. Caméra à l'épaule, les journalistes cherchaient à prendre son visage.

— Madame la vice-présidente, dit une voix familière.

Avec cet accent du Bronx, on ne pouvait pas s'y tromper. Stacy se tourna vers John Damone qui souriait, imperceptiblement sardonique.

— Tu arrives juste ? lui demanda-t-elle.

— Ouf ! Ton ami a fait le plein, les rues sont bondées. Toute cette foule, et que des Blancs, pour ramasser trois sous.

Même après dix ans passés avec lui, Stacy continuait à ne pas supporter la manière qu'il avait de deviner des pensées qu'elle ne voulait pas s'avouer.

— J'ai vu aussi des Chinois.

— Pas beaucoup. Mais de toute façon, qu'est-ce qu'ils ont à faire de tout ça ?

Elle ne répondit pas. Le regard de Damone allait et venait de Kilcannon à la foule en passant par les caméras : dans les situations nouvelles, il était toujours en état d'alerte, ce que dénotait sa manière de regarder ou de se déplacer. Tout dans son visage était en éveil. Sa barbe noire accentuait le côté émacié de son visage, ses pommettes saillantes, son nez proéminent, les rides qu'il avait au coin des yeux. Il leva les yeux vers les toits et murmura : « Quel est l'idiot qui a fait croire à Kilcannon qu'il était pare-balles ? »

Alors, Stacy regarda les immeubles puis la limousine, puis les immeubles à nouveau. Au-dessus d'eux, Jamie leva la main pour faire signe qu'il voulait parler. Le brouhaha s'apaisa ; des cris épars encore de-ci, de-là. « Jamie ! » hurla une femme.

Jamie eut un large sourire.

« Bon (sa voix résonnait dans les micros), c'est agréable d'être désiré. Mais après, est-ce que j'aurai toujours droit à votre respect ? »

Rires. Stacy vit le groupe de presse qui souriait autour de Nat Schlesinger : ils adoraient quand Jamie faisait son cirque avec la foule.

« Oui », firent les voix en réponse.

« Et mardi ? »

« Oui. »

« C'est bien. Parce que j'ai envie que ça change et pour ça, j'ai besoin de vous. »

Acclamations et applaudissements fusèrent. Jamie laissa son sourire s'attarder sur ses lèvres.

« J'ai tenu à venir dans la communauté chinoise qui connaît le taux le plus élevé de chômage, parce que celui que j'espère remplacer à la présidence pense qu'on ne vient ici que pour manger. Quand, par hasard, il lui arrive d'y penser. »

Éclats de rire approbateurs. Quand ils s'estompèrent, Stacy entendit le grincement de nouvelles caméras. Le regard de Damone errait sur les toits.

« Le président prétend qu'il est daltonien. Je crois que c'est vrai... »

« Non ! » cria quelqu'un.

« Si, réellement, je le crois. Rappelez-vous, quand il a nommé un homme noir à son cabinet, le jour où il a pris ses fonctions, il l'a reçu en l'appelant " monsieur le maire " ! »

Cascades de rires, bousculades de caméras.

« C'est là que j'ai compris que pour le président les membres de minorités non seulement sont égaux mais ils sont interchangeables... »

Comme les rires montaient, la voix de Jamie lança :

« Quand il lui arrive d'y penser. »

Il s'adossa et laissa les applaudissements se déchaîner jusqu'à ce que de nouveau l'attention se porte sur lui. Stacy éprouva la même excitation troublante — oui, elle pouvait l'aider à devenir président.

Damone se rapprocha d'elle :

— Il fait un tabac, non ?

— Oui et sans se donner de mal.

Un journaliste annonça : « Quarante secondes » et continua, montre en main, à mesurer la durée des applaudissements. Stacy vit qu'une caméra était en train de la prendre, alors elle adressa un sourire à Jamie. Une part en elle commençait à en avoir assez et aurait bien voulu s'en aller.

Damone fixait quelque chose. Elle regarda ce qu'il observait et vit un homme, seul, accroupi sur le toit d'une agence de voyages.

— Tu me rends nerveuse, lui dit-elle.

— Je n'aime pas ça. Surtout pour toi.

Jamie empoigna à nouveau le micro.

« Mais les chômeurs, ici, dans cette communauté, sont bien obligés, eux, de penser à lui. Car ils feront de la figuration dans le film de série B qu'il a préparé et qu'il appelle son programme économique... »

On entendit trois détonations.

Jamie eut un mouvement de recul, la bouche ouverte.

« Non ! » cria quelqu'un.

Damone se rua sur la voiture et plaqua Jamie sur les genoux ; ils roulèrent à l'intérieur de la voiture. La foule exhala une plainte d'angoisse.

« Jamie ! » cria-t-elle.

Dans la confusion générale, la police se précipita sur Damone. Comme Stacy essayait de les rejoindre, un caméraman l'écarta. Tout ce qu'elle apercevait c'étaient les jambes de Jamie. La caméra cachait son visage.

— Arrêtez ! lui ordonna un policier.

Deux agents des services secrets maintenaient brutalement Damone agenouillé.

Lentement, Jamie redressa la tête.

Les deux hommes se regardèrent.

— Ça va, vous ? réussit à dire Damone.

Les caméras tournaient, la foule se pressait pour faire céder le barrage de police. Jamie, livide, regarda les hommes qui tenaient Damone.

— Laissez-le, dit-il, qu'est-ce que c'était ?

— Des pétards, probablement, sénateur.

Stacy avait la gorge serrée. Jamie marmonna :

— En tout cas, merci, Damone.

Il ne la regarda pas.

Quand Damone s'extirpa par la capote, elle vit qu'il avait la lèvre fendue.

— Oh, John...

— Simple réflexe, maugréa-t-il.

Elle lui caressa la lèvre et appuya sa tête sur son épaule.

Elle se retourna pour voir Jamie. « Je t'en prie, pensa-t-elle, arrête ça. »

Il s'était réinstallé sur le toit de la voiture, comme si de rien n'était.

Les caméras suivaient ses gestes. Quand le tumulte eut cessé, Damone revint à son poste d'observation.

Jamie dit : « Ce n'est rien, des pétards... »

Des grondements de désapprobation répondirent.

« Et pourtant, je devrais m'inquiéter. A Princeton, jamais on ne m'a plaqué par-derrière. »

Le rire nerveux se transforma en applaudissements émus, pleins de gratitude. Pour la première fois, il la regarda. Elle lui fit un grand sourire ; elle était sans voix, les mots restés fichés dans sa gorge.

5

En prévision de son rendez-vous avec Danziger, Parnell avait suggéré le Pacific Union Club.

Il leur fallait déjeuner et ils avaient besoin d'un endroit calme pour parler. Et c'est en attendant Danziger que Parnell se rendit compte de l'habileté de Lord. Il avait mis le doigt sur une blessure vieille de seize ans.

Parnell s'adossa, tout à ses souvenirs.

Il était en train de faire une partie de bridge. On lui avait apporté le téléphone. Dans ce décor huppé — bois de chêne, cuir et serveurs à la voix feutrée — il avait pris son correspondant pour quelqu'un qui voulait devenir membre du club. Avec la voix légèrement essoufflée d'un asthmatique, il avait demandé à Parnell quand, pour la dernière fois, il avait eu des nouvelles de son fils. La question était posée avec tant de courtoisie, la situation était si incongrue que Parnell resta un moment troublé.

— Qui est à l'appareil ? avait-il demandé enfin.

Son correspondant avait raccroché.

Au bout d'un moment, Parnell s'était excusé et il était allé téléphoner à son avocat.

— Qu'est-ce que vous savez sur Robert ? demanda John Danziger.

— Pas grand-chose. (Parnell avait la bouche sèche.) Il vit au bord du lac Tahoe. C'est une rupture en quelque sorte.

— Une rupture provoquée par... ?

— Par une accumulation de conflits. Il avait dix-sept ans, il ne se sentait pas bien à la maison.

— Je vois. Avez-vous essayé de le joindre ?

— Pas encore. (Parnell avait ajusté les branches de ses lunettes.) Comme je vous ai dit, nous ne nous parlons pas vraiment.

— Si vous devez continuer à tergiverser, lui avait sèchement répondu Danziger, laissez Alexis l'appeler. Et tenez-moi au courant.

Quand il avait raccroché, Parnell s'était épongé le front avec son mouchoir. Sans même appeler Alexis, il avait fait le numéro de Tahoe. Mais personne n'avait répondu.

Pendant tout le dîner, Alexis avait été extrêmement tendue. L'après-midi même, on avait passé un de ses vieux films à la télévision, avec la scène où elle se promenait en tenue de bain avec Cary Grant. Elle avait dit à son mari que cela lui avait rappelé que même Dorian Gray avait un corps.

Parnell avait pris congé pour se rendre dans la bibliothèque où il avait encore appelé, en vain : toujours personne. Le lendemain, après sa troisième tentative, il avait prétexté une excursion à Bohemian Grove et il avait filé pour Tahoe sans s'arrêter une seule fois.

Sur la colline boisée de pins, inondée de lumière, la porte de leur chalet était grande ouverte. Quand il s'était rapproché, il avait vu que la serrure avait été forcée ; le désir inconscient qui lui faisait refuser d'avoir un fils lui avait donné la chair de poule.

Quand il était entré, il avait vu un fauteuil renversé, une bouteille de bière et un reste de sandwich sur la table basse, une couverture abandonnée. Derrière, sur le sol, il y avait la machine à écrire de Robert avec encore une feuille de papier dedans.

Le message était simple : « Votre fils vaut-il un million de dollars ? Détails suivront. »

Parnell n'avait pas touché au téléphone. Il s'était rendu à la station d'essence la plus proche d'où il avait appelé le FBI. Cette fois encore, il n'avait pas appelé Alexis.

Il les avait attendus pendant deux heures sur le pas de la porte, redoutant la question qu'ils n'allaient pas manquer de lui poser : pourquoi était-il là ?

Jamais il n'aurait pu le leur dire.

Il ne le savait pas vraiment lui-même. Il comprenait seulement qu'il aurait fallu aller chercher les raisons de leur dernier affrontement dans la relation qu'ils avaient, Alexis et lui. Mais quand Robert, ne supportant plus la situation, était parti, les causes et les conséquences de son départ étaient si inextricablement mêlées à leur vie qu'y penser ne les aidait pas, au contraire cela ne faisait que les blesser davantage.

Tout avait commencé quand il avait rencontré Alexis.

C'était à Newport, à l'occasion du mariage de son camarade de chambre, en juin, l'année même où il venait de finir ses études à Yale. Il était dans la lune pendant la fête qui avait précédé la cérémonie et il avait littéralement trébuché sur Alexis.

Quand elle eut repris son équilibre, Colby se rendit compte qu'elle était plus que jolie.

— Je suis désolé, s'excusa-t-il, je rêvais que j'étais à San Francisco.

Ses yeux d'un gris métallique riaient amicalement.

— Alors, il faudra que je vous accompagne, dit-elle, pour veiller à ce que vous ne trébuchiez pas sur les gens.

Soulagé de voir qu'elle prenait bien les choses, il s'était dit que ce n'était pas pour lui déplaire quand il réalisa qu'il ne lui avait même pas demandé son nom.

Elle lui avait dit s'appeler Lexie Fitzgerald, elle était actrice.

— Je dois aller travailler à Hollywood, alors peut-être qu'un week-end, j'irai vraiment visiter San Francisco.

Trois mois plus tard, quand il avait emmené Alexis chez ses parents, l'accueil que lui avait réservé son père n'avait pas été très chaleureux. « Elle est une actrice sans le sou, avait dit John Joseph à son fils, donc une aventurière en puissance. Si elle ne réalise pas son ambition, alors tu es son prix de consolation. »

Peu importait à son père que Lexie soit devenue comédienne alors qu'elle était étudiante à Smith ; et Colby était bien trop fier d'elle pour s'avouer vaincu. Alors il lui offrait le voyage les week-ends où elle n'était pas prise par les petits rôles que lui donnait la Fox et bientôt, il la désira comme ça ne lui était jamais arrivé auparavant.

Elle était petite, posée, vivante, et elle avait les traits si finement ciselés que le léger défaut qu'elle avait aux dents lui paraissait d'un charme fou. Le fait qu'elle n'avait pas de fortune l'avait aidé à se sentir plus fort, plus assuré. En voyant le plaisir qu'elle prenait aux promenades en bateau, aux parties de polo, aux fêtes, il s'était pris à espérer que les plaisirs partagés pourraient remplacer la séduction masculine dont il se savait dépourvu. Et puis, elle semblait s'adapter si bien à la vie qu'il menait que Colby avait peine à imaginer qu'il aurait pu y avoir une part secrète d'elle que San Francisco n'aurait pas satisfaite.

Quand il l'avait embrassée, il avait senti qu'elle répondait, mais rien dans ses baisers n'indiquait si elle en attendait plus ou si, comme lui, elle s'en souvenait.

Il n'avait pas la virilité franche de son père et sa propre virilité lui faisait peur, alors il avait trouvé plus rassurant d'adopter le code du gentleman respectueux de la vertu des femmes.

Un soir qu'ils étaient garés devant la résidence des Parnell, une vaste maison en brique de style géorgien, Colby, pensant que c'était mieux pour tous les deux, s'était jeté à l'eau.

— Tu ne vas pas passer toute ta vie à Hollywood, lui avait-il dit, je ne veux pas qu'à leur contact tu changes.

Elle avait souri.

— Tu te fais des idées.

— Pourquoi alors tu refuses toujours quand je veux venir te voir ?

Elle avait le regard impénétrable ; Colby s'était senti mal à l'aise.

— C'est parce que tu es pour moi quelqu'un qui n'a rien à voir avec tout ça. C'est important pour moi que les choses soient clairement séparées.

— Mais qu'est-ce que tu attends d'Hollywood ?

— D'avoir la chance d'être plus que quelqu'un d'ordinaire, pour un temps du moins. Peut-être que j'ai besoin qu'on fasse attention à moi. (Elle l'avait embrassé sur la joue.) Mais je n'ai rien fait là-bas qui puisse m'empêcher de vivre avec toi.

Il s'était senti rassuré ; ce n'est que plus tard qu'il avait compris les choses autrement.

Dans les mois qui avaient suivi, Colby s'était efforcé de personnifier aux yeux d'Alexis sa ville, qu'il aimait. Il voulait qu'elle sente qu'elle y serait protégée et respectée. Il souhaitait secrètement qu'elle ait de moins en moins de rôles. Elle passait plus de temps à San Francisco. Il attendait, ne parlant toujours pas mariage.

C'est en septembre que l'état d'expectative dans lequel il se trouvait avait pris fin.

Après avoir dîné chez Orsi, il l'avait raccompagnée. La nuit était claire et glacée. Colby se demandait pourquoi elle avait si peu d'appétit. Près de Fairmont, elle avait voulu s'arrêter. Colby l'avait abritée du vent frais et elle avait contemplé les lumières des bateaux qui croisaient dans la baie. Un car de touristes était passé et avait disparu dans la pente raide en klaxonnant. Elle avait appuyé sa tête sur l'épaule de Colby en murmurant :

— J'aime cette ville.

Il avait tenté de refréner l'élan qui le poussait vers elle mais c'était impossible. L'attirant à lui, il avait dit :

— Épouse-moi, Lexie, je t'en prie.

Elle l'avait regardé si fixement que pendant un moment il avait pensé qu'il n'avait aucune chance. D'une voix rauque, elle avait répondu :

— Oui, Colby, je vais t'épouser.

Il l'avait embrassée maladroitement.

— Viens, avait-elle dit tout bas.

La lampe de chevet était allumée. Ils s'étaient embrassés et elle s'était pressée contre son corps. Transporté de bonheur en même temps que tout confus, Colby avait fait glisser les fines bretelles de sa robe. Elle avait frissonné et il n'avait pas su si c'était de désir ou de dégoût. Alexis lui avait pris le menton de ses deux mains en murmurant :

— Aide-moi.

Tout s'était passé si vite qu'il en avait été embarrassé. Il n'avait pas osé la regarder.

— Est-ce que ça t'a fait mal ? avait-il demandé.

— Non, pas très.

— Je ne savais pas !

Et dans un accès de confiance, il ajouta :

— C'est que pour moi aussi c'était la première fois.

Elle s'était rapprochée et il avait senti le parfum de sa peau.

— Quand on sera mariés, on aura tout notre temps, on aura des années devant nous.

Cette pensée rendait les choses plus simples.

— Quand allons-nous nous marier ?

— Très vite. (Il avait été étonné de son impatience.) Maintenant que j'ai pris cette décision, je veux venir à San Francisco et tout laisser derrière moi.

Colby s'était rendu compte que dans une conversation antérieure avec lui, John Joseph l'avait envisagé.

— Et ton contrat ?

Elle était d'abord restée silencieuse.

— Je pense qu'ils me laisseront partir.

Le lendemain matin, Colby avait parlé à son père.

— Alors ça n'a pas marché pour elle là-bas, répliqua John Joseph.

Colby était devenu tout rouge.

— J'ai appris à ne plus rien attendre de toi. Aussi je suis venu avec ma réponse toute prête.

— Ah oui ? Et alors, c'est quoi ?

— Vas te faire foutre, papa.

Colby était parti. Six semaines après, Lexie lui avait annoncé qu'elle attendait un bébé.

Dans l'excitation des préparatifs de noce, Colby avait savouré les toasts que ses copains lui portaient, il avait apprécié les bourrades qui signifiaient qu'il avait de la chance d'avoir rencontré Alexis. Mais la part de lui qui souffrait du silence de son père s'était mise à compter les mois.

Cela n'avait pas duré longtemps. Une fois mariée, Lexie avait l'air si heureuse d'être enceinte qu'il n'avait pu faire autrement que de se mettre au diapason.

Il avait senti qu'ils devenaient un couple sans les angoisses du sexe. Le bébé scellait leur mariage et quand ils referaient l'amour, ses doutes s'apaiseraient avec le temps.

Huit mois après la nuit où ils avaient fait l'amour pour la première fois, Lexie lui avait donné un fils : il avait une taille normale et des cheveux noirs comme ceux de son père. John Joseph n'était pas venu le voir. Comme Colby n'arrivait pas à lui choisir un prénom, Alexis avait décidé de l'appeler Robert. Dès qu'elle avait pu faire l'amour à nouveau, il était allé la rejoindre.

Les nuits s'étaient succédé et il l'avait entendue gémir sous lui. C'était là qu'il s'était souvenu qu'elle était une comédienne. Mais quand elle avait été enceinte, il avait eu honte de ses soupçons. Les douleurs aiguës d'une fausse couche avaient brutalement mis fin à sa grossesse et presque à sa vie. Ils avaient alors décidé de se consacrer à Robert.

Déterminé à lui donner l'affection qu'il n'avait pas eue lui-même, Parnell rivalisait avec Alexis : il jouait avec Robert, lui parlait, s'enivrait de la douceur de sa peau de nouveau-né. Mais la nuit, il se surprenait lui-même à scruter le berceau. Robert le regardait et Parnell avait l'étrange sensation que le bébé partageait ses doutes.

Et ça n'arrangeait rien pour lui de se savoir un piètre amant, qui se fatiguait vite. Bientôt, sa peur que Lexie ne fasse que simuler le plaisir avec lui s'était muée en crainte que tout dans sa vie ne soit plus que simulation. Et cette pensée l'obsédait. Il s'était mis à cocher dans son agenda les dates qu'il devait lui fêter, à noter les cadeaux qu'il devait lui offrir pour lui plaire. Et toujours, il voulait partager avec elle la vie qu'il pensait être la leur, faite d'œuvres de bienfaisance et de mondanités : ils avaient des largesses, ils faisaient don à la ville d'une statue, d'un cerisier, ils patronnaient le concert d'une jeune soprano. Avec, en arrière-fond, les visages familiers qui partageaient le même idéal, celui de faire prospérer le lieu de leurs racines. Leur maison à Broadway surplombait l'eau, dont l'immobilité l'apaisait, et la fenêtre où ils s'asseyaient pour prendre l'apéritif laissait entrer les rayons du soleil couchant. Il était sous le charme du moment et de ce lieu qui était le seul qu'il eût jamais voulu connaître. Mais le calme avec lequel Alexis regardait par cette même fenêtre faisait dire à Parnell qu'une part d'elle était toujours à Hollywood, ou ailleurs, hors de son atteinte, avec Robert.

Dès que Robert avait été en âge de parler, elle avait inventé des saynètes rien que pour lui, où elle jouait tous les rôles, et Robert battait des mains de plaisir ou se contentait de la regarder, les yeux brillants. A quatre ans, il était lui aussi plein d'imagination. Pour la moindre fleur piétinée, le moindre plat cassé, il inventait un personnage, avec tant de précision que Parnell en avait des frissons. Alexis lui avait acheté une télévision ; à partir de ce moment-là, il était venu à table déguisé comme le chanteur ou la comédienne qu'il avait vue et il voulait qu'on l'appelle de son nom. Parnell ne disait rien ; Alexis était ravie.

Comme si ça l'excitait de voir que ses parents réagissaient très différemment, Robert s'était mis à se barbouiller du rouge à lèvres de sa mère.

— Il faut l'arrêter, dit Parnell alors qu'ils étaient en train de prendre l'apéritif, avant qu'il ne découvre tes serviettes hygiéniques.

Elle s'était contentée de sourire en regardant par la fenêtre.

— Il a tellement d'imagination, et il est si impulsif. Je suis sans doute la seule ici à pouvoir le comprendre.

— Il n'est pas impulsif, il n'est pas normal, c'est tout.

— Est-ce que je dois en déduire que moi non plus je ne suis pas normale ? (Elle lui avait fait face.) Il est aussi ton fils, Colby.

Parnell sirotait son Manhattan.

— C'est bien pour ça que je me fais du souci.

— Je comprends bien. Mais s'il te plaît, essaie du moins de ne pas être ton père.

Parnell avait levé les yeux vers elle, elle s'était détournée et regardait à nouveau par la fenêtre.

Plus il était embarrassé par le comportement de Robert, plus Alexis soutenait son fils. Il n'avait pas cinq ans qu'il la suivait partout, même quand elle se déshabillait. Elle le serrait contre elle et lui disait tout bas : « Amour de Lexie », jusqu'à ce qu'il répète comme si c'était son nom à lui. Parnell peu à peu s'était détaché de tout ça.

Un soir, alors qu'il partait du journal, Parnell s'était

subitement rendu compte qu'il faisait comme son père ; jamais il ne jouait avec son fils. Alors sur le chemin du retour, il lui avait acheté une batte de base-ball. Il l'avait montrée à Robert.

— Ici, lui avait-il dit.

Un court moment, il avait pu voir le désir de Robert de se saisir de la batte. Puis l'enfant avait regardé son père. Il avait eu un sourire étrange et il était parti en courant.

Et c'est cette nuit-là qu'avait commencé la scène du coucher.

Toujours blessé, Parnell était venu dans sa chambre. Il faisait noir. Quand il s'était baissé pour embrasser son fils, Robert s'était caché les yeux avec sa main. L'enfant avait le visage et le corps presque raides et Parnell n'arrivait pas à savoir s'il avait peur, s'il jouait la comédie ou si c'était du dégoût. Bouleversé, il était parti. Pendant des années, Robert avait continué à se cacher le visage et Parnell se rappelait la voix de l'enfant dans son dos qui disait : « Amour de Lexie. »

Robert grandissait et Alexis prêtait une oreille complaisante à tous ses caprices. Tantôt il voulait être Laurence Olivier, tantôt président de la République. Le salon de musique était devenu son royaume.

Musicienne accomplie, Alexis lui jouait du piano. Les *Variations* de Paganini étaient son morceau préféré et il le lui demandait encore et encore, la regardant jusqu'à ce qu'elle se décide à placer le tabouret près du clavier. Pour des raisons qu'il n'aurait pas pu dire, Parnell évitait de les rejoindre jusqu'au jour où il se dit qu'il avait tort. Un soir, en rentrant du travail, il avait entendu Alexis qui jouait les *Variations*. Il était entré dans le salon de musique et il avait attendu, debout derrière son fils, que sa femme ait fini de jouer. Comme elle regardait les touches, encore perdue dans ce qu'elle venait de jouer, le petit Robert, qui avait alors dix ans, lui avait caressé le visage.

Alexis avait eu un sourire, et puis elle avait vu son mari. Robert, qui avait suivi le regard embarrassé en direction de son père, s'était rué hors de la pièce. Les deux parents s'étaient regardés. En disant tout bas : « Excuse-moi », Alexis était partie chercher son fils.

Dans le silence qui était la langue de leur couple, Parnell avait perçu qu'elle se sentait coupable de lui préférer Robert. Et le sentiment qu'une part d'elle était absente quand il la touchait persistait. Sans véritable motif de jalousie, il avait senti qu'elle attendait l'amour de quelqu'un qui n'avait pas de nom. Quand elle s'habillait devant la fenêtre qui donnait sur la cour, il se rendait compte, avec une angoisse qui le faisait se mépriser, qu'il avait peur qu'on pût la voir et la séduire.

Il devait lutter pour ne pas le lui faire payer. La mort soudaine de John Joseph l'avait alors aidé : il était libre de diriger le journal à sa guise. Par son calme et la sûreté de son jugement qui lui faisait bien choisir ses collaborateurs, il l'avait fait prospérer. Il n'était pas un fondateur — il s'était fait une raison —, mais un conservateur. Il ne se passait pas grand-chose dans la ville dont il n'eût connaissance. Ils avaient, Alexis et lui, une vie agréable, une vie privée publique en quelque sorte, dans un petit cercle où ils étaient aimés. Et tout cela lui avait fait oublier ses doutes sur le bonheur de sa femme et ce quelque chose d'étrange qu'il y avait entre lui et Robert.

Quand Robert était devenu adolescent, leur relation avait pris les aspects du conflit classique entre père et fils, dont Parnell, d'une certaine manière, n'était pas dupe. Avec sa mère, Robert pouvait prendre du plaisir à aller voir un opéra ou un ballet, mais il n'avait que mépris pour le monde de son père ou pour les projets que celui-ci faisait pour lui. Parnell avait pourtant choisi les meilleures écoles de San Francisco, rien n'y faisait, les résultats de Robert étaient médiocres. Même ses talents pour le théâtre pâtissaient d'un excès d'excentricité et d'imagination qui allait jusqu'à lui faire inventer ses propres tirades, et malgré la fascination que cette singularité exerçait sur ses camarades, il n'avait pas vraiment d'amis. Grand et costaud, Robert avait adopté une attitude de protection virile envers Alexis qui était toute petite ; et Parnell avait lu de la violence dans le regard de son fils. Jamais il ne parlerait à un psychiatre ; tout ce qu'il voulait, c'était entendre sa mère jouer du piano. La bonne avait trouvé de la marijuana dans son armoire.

Alors Parnell avait décidé d'envoyer son fils en pension dans le Maine. L'idée avait semblé effrayer Alexis.

— Il n'a que quinze ans, il a encore besoin de nous, c'est évident.

— Quand j'avais son âge, mon père m'a envoyé beaucoup plus loin, à Groton. Il faut voir la réalité en face, il y a ici quelque chose qui ne va pas — qui ne lui convient pas en tout cas. C'est de l'égoïsme de ne rien faire et de remettre à l'année prochaine quand chaque jour il devient de plus en plus étrange.

Elle lui avait fait face :

— Tu veux qu'il s'en aille. Voilà la vérité.

Pour une fois, il n'avait pas fui son regard.

— Je n'aime pas Robert à ta manière, dit-il doucement, et je ne l'aimerai jamais comme ça.

Le visage d'Alexis s'était révulsé :

— C'est un reproche ?

— Non, Alexis, je ne peux pas te reprocher de ne pas l'aimer, au contraire.

Au dîner, Parnell avait fait part à Robert de sa décision.

La table les séparait. Robert s'était dressé et s'était avancé, menaçant, vers son père, le visage convulsé.

Parnell s'était levé.

— Robert ! avait crié Alexis.

Elle avait des larmes dans les yeux. Robert s'était tourné vers elle et presque doucement, il avait dit :

— Oh ! toi, putain !

Elle avait le visage ruisselant de larmes. Lentement, Robert s'était avancé vers sa mère. Il avait appuyé son front contre le sien.

— Je suis désolée, avait-elle murmuré.

A la lumière des bougies, Parnell avait vu la gorge de son fils se contracter. Il avait fermé les yeux.

Une semaine plus tard, Robert était parti pour le Maine.

Mais les choses ne s'étaient pas améliorées, pas plus d'ailleurs que dans les trois autres écoles où il alla ensuite. Robert déclenchait des bagarres qu'il n'arrêtait que quand il avait cassé un nez ou des dents. C'était un solitaire qui avait découvert la drogue et qui vivait en marge des règles. Il avait — avait écrit un de ses professeurs à son père — une violence qui ne manquait pas de brillant et une sensibilité complètement dévastée. A dix-sept ans, renvoyé de son dernier collège, il était revenu chez eux.

Subitement, son humeur avait changé. Robert n'avait plus cherché à tourmenter son père, non, il s'était contenté de l'observer. Sa mère avait voulu voir un progrès dans ce changement d'attitude mais Parnell avait senti que son fils était en train de le sonder. Se rappelant que la fenêtre de la chambre de Robert donnait sur la leur, il avait pris l'habitude de tirer les rideaux. Il avait envoyé Robert chez un psychiatre. Quand il était revenu, Robert s'était enfermé à clé dans sa chambre pour se projeter les vieux films de John Garfield qu'il étudiait comme si sa vie en dépendait. Il téléphonait tard dans la nuit et disparaissait ensuite mystérieusement. Parnell s'était dit qu'il allait se passer quelque chose.

Mais Alexis semblait persuadée qu'elle pouvait guérir Robert. D'abord, il avait refusé les marques d'affection qu'elle lui prodiguait impulsivement, comme ses propositions d'aller avec elle au cinéma ou au théâtre. Et puis, comme s'il avait été repris par ses désirs d'enfant ou parce qu'il trouvait qu'il l'avait assez punie comme ça, Robert lui avait demandé de lui jouer des sonates ou de venir dans sa chambre écouter les morceaux qu'ils aimaient quand il était petit. Encouragée, Alexis lui proposa d'aller à l'Opéra. Il passait plus de temps avec elle et rien dans son attitude n'indiquait qu'il allait partir.

— Qu'est-ce qu'il a l'intention de faire ? avait demandé Parnell à sa femme.

— Comment ça ?

— Il n'a jamais achevé sa scolarité.

— Je t'en prie, Colby, ne le chasse pas maintenant. Nous nous sommes presque retrouvés.

L'après-midi qui avait suivi cette conversation, pour la première fois depuis le retour de son fils, Parnell avait entendu Paganini dans le salon de musique. Et ce soir-là, en partant avec Alexis pour l'Opéra, Robert avait souri à son père. Le sourire était si triomphant que Parnell en avait été saisi et qu'il n'avait pu trouver le sommeil.

Le lendemain matin, tandis qu'Alexis s'habillait, Parnell avait enfilé une robe de chambre et était allé chez Robert. Moins d'une heure après, Robert était parti.

Six mois plus tard, Parnell serrait la main de l'agent du FBI qu'il recevait dans son chalet.

L'agent spécial McCarry était venu avec deux collègues à lui qui avaient fouillé tout le coin pendant que McCarry, qui s'était composé un visage délibérément inexpressif, questionnait Parnell.

— Avez-vous une idée de celui qui aurait pu faire ça ? (Parnell avait fait signe que non.)

— Non. Mais ce n'est un secret pour personne que ma famille possède un journal. Ou ce chalet.

— Pourquoi était-il ici ?

— Ses résultats scolaires avaient été décevants. (Parnell avait soigneusement préparé sa réponse.) Ce chalet était pour lui une sorte de retraite. Pour réfléchir.

— Qui d'autre était au courant qu'il était ici ?

— Sa mère, quelques amis aussi peut-être. Je ne connais pas les amis de Robert. Jusqu'à très récemment, il était dans l'Est.

— Avait-il des problèmes de drogue ou des besoins d'argent ?

— Il fumait de la marijuana. Et pour le reste, sa mère lui donnait de l'argent chaque fois qu'il en avait besoin.

— Des problèmes sentimentaux ?

— Non, rien de ce genre. (Parnell hésita.) Vous pensez à quoi ?

— A beaucoup de choses. (L'agent avait le regard fixe.) Est-ce qu'il s'est passé quelque chose d'inhabituel ?

Parnell resta silencieux.

— C'était quoi ?

— Mon fils et moi, nous avions les conflits habituels entre père et fils sur la manière de voir les choses, sur les résultats scolaires.

— Rien d'autre ?

— Il semblait perturbé.

Parnell s'était arrêté, il avait ôté ses lunettes et s'était mis à les frotter.

— Et avec sa mère, les rapports étaient bons ?

Parnell regarda devant lui.

— Très bons.

— Meilleurs qu'avec vous ?

Parnell remit ses lunettes.

— C'était sa mère.

Les mains dans les poches, McCarry l'observait.

— Vous avez dit qu'il était bagarreur. Est-ce qu'il y a eu de la violence entre vous deux ?

— Nous n'en sommes jamais arrivés là.

— Et envers sa mère ?

Lentement, Parnell avait fait non de la tête.

— Quand l'avez-vous vu pour la dernière fois ?

— Il y a six mois.

— Et parlé ? Quand lui avez-vous parlé pour la dernière fois ?

— Pareil, six mois.

McCarry lui lança un regard aigu.

— Est-ce qu'il s'est passé quelque chose de particulier ?

— Vous revenez toujours à ça. Mais est-ce que je suis suspect ?

— A votre avis ?

Parnell se sentit fatigué.

— Non, bien sûr que non, excusez-moi.

— Et Robert ?

— Quoi, Robert ?

McCarry semblait chercher ses mots.

— Quand un adolescent disparaît, c'est moins souvent pour des questions d'argent que pour une histoire de haine. Quelque chose qui s'est passé dans le milieu familial qui fait que le gosse veut se venger.

Parnell retourna au chalet. Un agent vint à leur rencontre. Il portait une paire de chaussures de marche.

— Ce sont les chaussures de votre fils ?

Parnell les reconnut.

— Je crois, oui.

L'homme s'adressa à McCarry.

— Nous avons relevé des empreintes de bottes près de la fenêtre — une pointure et demie au-dessus.

— Des chaussures usées ou neuves ?

— Usées, semble-t-il. Autre chose ; celui qui s'est servi de la machine à écrire portait des gants et nous n'avons trouvé aucune empreinte, pas même du gosse. Évidemment, vu son âge, on n'a jamais dû lui relever ses empreintes.

Parnell regarda McCarry.

— Si je comprends bien, il semble qu'il n'y ait aucun doute : quelqu'un l'a enlevé ?

— Peut-être.

Parnell eut l'impression que le ton de l'agent était moins sec.

— Une question encore : Robert, il était intelligent ?

— Il avait beaucoup d'imagination. Je ne peux pas dire s'il était intelligent ou non.

— Vous ne semblez pas très bien le connaître, Robert.

— Mais y a-t-il beaucoup de pères qui comprennent vraiment leurs fils ?

McCarry n'avait pas eu l'air d'apprécier la question.

— Tôt ou tard, on va exiger de vous un million de dollars. Vous aurez à vous décider et à payer si vous trouvez que c'est ce que vous avez à faire.

— Qu'est-ce que je dois prendre en compte ?

— Mis à part votre fils ? Beaucoup de choses. Généralement, la demande de rançon est une première piste, mais nous ne pouvons vous garantir que nous prendrons le kidnappeur ou que vous récupérerez votre million de dollars. Qu'est-ce qu'une somme pareille représente pour vous ?

— Je devrai sans doute vendre le journal. Ça vous arrive de donner des rançons bidon ?

— Oui, quelquefois. Mais ça risque toujours de rendre le kidnappeur fou furieux et qu'il se venge sur sa victime.

— Est-ce que j'ai le choix ?

— Si vous prenez les choses de front et si vous dites que vous ne payez pas, ils auront le temps d'y réfléchir et de le libérer. Mais il se peut aussi que ça leur donne le temps de planquer Robert dans un endroit où on ne pourra jamais le retrouver.

Parnell se frotta les yeux.

— Je vois.

Le ton de McCarry s'adoucit.

— Vous avez d'autres enfants ?

— Non, seulement Alexis.

— Je dois vous dire encore quelque chose. Vous êtes riche, monsieur Parnell, vous êtes connu. Une fois que vous aurez payé la rançon pour votre fils, rien ne dit que le kidnappeur ou quelqu'un d'autre ne voudra pas vous soutirer encore de l'argent pour votre fils l'année d'après.

— Ou pour Alexis ?

— Oui, pour elle aussi.

Parnell se gratta l'oreille.

— Il faut que je l'appelle. Elle n'est pas encore au courant.

— Dites-lui que nous voulons lui parler.

— C'est absolument nécessaire ? Elle n'en sait pas plus que moi.

— Vous comprenez bien qu'on n'est sûr de rien.

— Bon, je lui dirai.

Parnell se dirigea d'un pas pesant vers sa voiture.

— Monsieur Parnell ?

— Oui ?

— Nous allons recevoir plein d'appels dans les jours qui viennent. Il faut que nous puissions poser une question à laquelle seul Robert puisse répondre, s'il est encore en vie. C'est à vous de dire.

Parnell eut un haut-le-cœur.

— Demandez-lui... demandez-leur comme l'appelait sa mère quand il était petit.

Au téléphone, Alexis n'avait pas du tout paru prête à accepter la nouvelle. Mais quand il rentra, il la trouva dans le salon de musique, étrangement calme.

— Ils sont déjà venus, lui dit-elle. Deux agents. J'étais incapable de leur dire ce qui s'était passé.

— Ça n'a pas d'importance. Sauf si c'est lui qui a tout manigancé.

Elle se mit à pleurer. Il s'agenouilla contre elle mais elle secoua la tête presque avec fureur.

— Il m'aimait...

Elle partit en courant, monta les escaliers au bord de l'hystérie. Le docteur lui fit prendre des sédatifs.

Parnell avait appelé Danziger pour lui demander conseil. Mais il n'avait pas mentionné à l'avocat les raisons pour lesquelles Alexis ne voulait pas lui parler.

Pendant les cinq jours qui suivirent, leur vie devint le théâtre d'un drame mais Alexis refusait de participer. Devant leur maison, les conférences de presse tenaient la scène. Leur téléphone était sur table d'écoute. Des inconnus écoutaient toutes leurs conversations pour passer au peigne fin les appels extravagants qui s'étaient multipliés. Parnell et Danziger s'étaient renseignés pour des emprunts rapides auprès des plus grandes banques. Mais jusqu'au soir du cinquième jour, Parnell ne savait toujours pas si Robert était vivant ni ce qu'il allait décider quand il recevrait la demande de rançon.

Il était dans la bibliothèque quand McCarry avait téléphoné.

— C'est moi que le kidnappeur a appelé, c'est étonnant, il a dû avoir mon nom par la télévision. Ils veulent qu'un avion largue la somme à onze heures trente demain soir, dans la prairie qui est près de votre chalet. C'était trop rapide pour repérer d'où ça venait, mais la voix était comme celle que vous avez décrite : asthmatique.

Parnell hésita.

— Vous lui avez posé la question ?

— Oui. Il a dit qu'il vous rappellerait dans une demi-heure chez vous. J'arrive.

Parnell raccrocha et alla trouver Alexis. Elle était assise dans le salon de musique ; Parnell ne put se résoudre à entrer.

Par la fenêtre de la bibliothèque, il vit une lumière de phares. Un moment après, un policier introduisait McCarry.

Parnell lui serra la main.

— Et s'ils savent la réponse ?

— Alors, c'est qu'il est vivant.

Le téléphone sonna.

McCarry alla décrocher. En se retournant, Parnell vit qu'Alexis avait levé la tête en entendant la sonnerie.

McCarry posa le récepteur et il regarda Alexis, puis Parnell. Dans la pénombre, ses yeux étaient clairs, son regard compréhensif.

— « Amour de Lexie », dit-il.

Une dernière fois, Parnell regarda sa femme. Elle était assise au piano ; son visage, de profil, avait l'air en porcelaine.

— Je ne paierai pas la rançon, dit-il doucement, et il raccrocha.

— Colby ?

Parnell se rendit compte qu'il avait fermé les yeux. Il se leva pour serrer la main à Danziger, avec une courtoisie appuyée.

— Désolé d'être en retard, dit l'avocat. Il y avait une telle foule venant de Chinatown. Êtes-vous pressé ?

— Un peu. Alexis est un peu nerveuse à cause de la fête qu'elle organise pour Kilcannon et je crois qu'il faut que j'y sois. Personnellement, je n'aime pas sa politique mais... — il eut un haussement d'épaules résigné — cet homme lui a tapé dans l'œil.

Danziger eut un sourire entendu :

— Le charisme !

Ils commandèrent des apéritifs. Parnell buvait son Manhattan à petites gorgées d'un air rêveur.

— C'est sans doute bon pour elle, en un sens. Une manière de mettre la tête hors de l'eau...

— Bien sûr.

Parnell s'arracha à sa rêverie.

— Bon, alors, dit-il, ce jeune M. Lord.

— J'ai parlé avec lui (Danziger avait adopté son ton méprisant). Il demande trop.

Leurs regards se croisèrent.

— Il s'est très bien débrouillé, ce matin, répondit Parnell d'un ton tranquille.

— Ça ne valait rien. Lord est un chasseur de primes qui veut se faire de la publicité.

— Qu'est-ce qu'il demande, John ? Que Cole soit réintégré ?

— Ça, plus les salaires depuis son renvoi. Il y a une histoire compliquée au sujet de la fille de Cole et je suis sûr que Lord veut se servir de vous pour soutenir les démarches de son client.

— Je vois.

— Vous n'avez pas à payer (La voix de Danziger se fit plus aiguë). Il n'y a aucune raison.

Parnell finit son verre.

— Je suis d'accord.

— Ne soyez pas idiot, Colby. Jamais le jury...

— Payez-le, bon sang ! Donnez à Lord l'argent qu'il réclame.

Parnell se leva en s'excusant de ne pouvoir rester déjeuner.

6

Damone avait changé si rapidement, pensait Stacy, que même neuf ans après ça l'effrayait encore.

Elle chantait alors dans un club miteux à Oakland ; le plancher avait une odeur de vieille bière, et les toilettes puaient le vomi des jeunes drogués. Stacy les entendait pendant les breaks. Damone ne la lâchait pas ; il forçait tout le monde à entrer pour l'entendre chanter. Pourtant, la veille, elle n'avait eu pour tout public que quelques lesbiennes contestataires qu'elle avait finalement conquises avec « My Funny Valentine ».

Après le spectacle, elle avait attendu dans la pièce de derrière que Damone s'arrange avec le patron. Il avait fait irruption dans la pièce et lui avait pris le bras.

— Alors, on est payés ?

— Ça, on verra après. J'ai quelque chose de drôle à te dire, je ne veux pas que tu restes ici une minute de plus.

Le patron vivait dans une caravane derrière le club. Il y avait de la lumière ; le videur qui aurait dû veiller sur Stacy montait la garde à la porte. Dans l'obscurité, elle voyait son ombre bouger légèrement, les bras énormes de chaque côté du corps. Il était plus grand que Damone.

— Où est Naxo ? demanda Damone.

— Il dort.

— Réveille-le. On n'a pas encore été payés.

— Marque-le dans tes tablettes, ça te servira, petit con.

Quand Damone passa près de lui, l'homme tira un revolver et le visa à la tête. Stacy se mit à crier ; et soudain, le videur gisait aux pieds de Stacy, les mains sur sa bouche tuméfiée. Damone prit le revolver et, en trois enjambées, il fut à la porte de la caravane qu'il commença à défoncer à coups de pied. Stacy ne criait plus.

Une voix calme lui parvint de la caravane. C'était celle de Damone. Le videur gémissait dans la poussière.

Damone sortit, une liasse de billets au poing. Quand il passa près du videur, il murmura :

— Marque-le dans tes tablettes, ça te servira, petit con, et il lui fourra un billet dans la bouche.

Puis il enlaça Stacy pour l'entraîner vers la vieille Ford toute rouillée.

Ils étaient sur l'autoroute qu'ils n'avaient pas encore échangé un seul mot.

— Je te fais peur, dit-il.

— C'est que ça s'est passé si vite.

Damone alluma une cigarette.

— Le Vietnam.

— Tu n'en as jamais parlé.

Le bout de la cigarette avait luit, orange.

— Et je n'en parlerai jamais, dit-il enfin.

A présent qu'ils revenaient en silence de Chinatown, ce souvenir la faisait hésiter.

— Tu as failli sauver la vie de Jamie, lui dit-elle finalement.

Ils étaient dans la régie en train de régler les essais de son de Stacy ; les instruments étaient prêts pour le concert. Damone fouilla dans une poubelle pleine de glaces et de bières. Assis sur la moquette, le dos au mur, ils buvaient la bière à même la boîte. Ce rituel leur rappelait qu'ils revenaient de loin et que les autres les avaient laissés seuls.

— Je l'ai plus embarrassé qu'autre chose, dit Damone. Il avait peur de ne pas être à son avantage à la télé.

Stacy perçut qu'il avait été blessé.

— Non, ce n'est pas ça, je t'assure.

— En tout cas, dis-lui d'être prudent.

— Je lui ai dit. (Elle le regarda.) C'est comme s'il essayait de prouver qu'il est bien réel, John. Ça me fait peur.

Damone hocha la tête. Au bout d'un moment il lui demanda :

— C'est pour ça que tu n'étais pas bien tout à l'heure ?

— Ce n'était qu'une répétition. Tout ira bien ce soir.

Damone haussa les épaules et laissa tomber.

— Qu'est-ce que tu vas mettre ? demanda-t-il.

— Je ne sais pas. (Elle buvait sa bière.) Quand j'ai ouvert ma valise, mon chemisier bleu ressemblait à *The Elephant Man*.

— Ce sont les joies des tournées. (Damone la gratifia de son sourire en coin.) Tu n'as pas à faire tout ça, Stacy.

— Pas plus que tu n'as à jouer les managers de la route pour moi.

— Pour que je rate ta première crise de trac en un an ? Et puis conduire un camion me donne du vague à l'âme.

Elle lui caressa la main.

Carson, le « roadie », entra en coup de vent. Stacy lui sourit.

— Merci, Harry, le son est super.

— Ce n'est rien, répondit Carson d'un ton morne et il se dirigea, comme s'il planait, vers la réserve de boissons.

Pour Stacy, Carson était le « roadie » type : finement musclé, les yeux enfoncés, les traits anguleux et la petite moustache blonde. Mais il y avait quelque chose d'autre en lui, quelque chose de distant, d'un peu effrayant. Il sortit de la glace une flasque de tequila pleine de buée, en but une longue goulée et essuya sa moustache.

— T'as trouvé ta gosse ? lui demanda Damone.

Carson avait le regard vitreux, comme si la question se baladait dans son cerveau.

— Pas encore, finit-il par répondre et il sortit avec sa bouteille.

— Il va bien, John ?

Damone ramena les genoux pour y appuyer ses deux coudes, et resta à regarder sa bière.

— Harry fait son travail et il n'a pas cassé sa moto ces temps-ci. (Il avala une gorgée.) Il boit un peu.

— Il était avec toi au Vietnam, non ?

Damone lui lança un regard en biais.

— Harry n'en est pas encore tout à fait revenu, dit-il et il se remit à boire sa bière.

Stacy avait fini la sienne.

— Je vais à l'hôtel. Je suis en train d'écrire une nouvelle chanson.

— Tu es bien nerveuse.

— C'est bon signe, non ? (Elle se leva.) Tu viens chez les Parnell ?

— Dans cette ville pourrie ?

Damone jeta sa boîte de bière dans une corbeille à papier.

— Il vaut mieux que je m'occupe du public. Le rock'n'roll, c'est comme la politique : une histoire de sous. (Il lui lança un regard perçant.) Kilcannon ne craint pas que d'aller chez Parnell lui mette les homosexuels à dos ?

Stacy protesta.

— Il sera très bien.

— L'important, c'est de gagner. (Damone avait toujours son sourire en coin.) Je suis sûr que tu continueras.

— Il ne me l'a pas demandé.

— Est-ce qu'il a besoin de te le demander ? (Damone souriait toujours mais ses yeux étaient froids.) En fin de compte, tu as rencontré la tentation, Stacy. Kilcannon peut te donner ce qu'il veut, tu ne peux pas refuser.

Stacy se baissa pour l'embrasser sur la joue.

— A ce soir, dit-elle en partant.

7

Rien. Temps mort.

Six heures. Il y avait encore trois heures avant le concert, et Damone était déjà aux réservations. Toute l'équipe était à la sono à se défoncer ; Jesus s'était préparé un rail de cocaïne ; on avait trouvé Curtis en train de baiser avec sa copine bigleuse ; une femme coiffée d'un béret, avec des bas rouges, se penchait pour regarder par la porte de la réserve. Rien. Tout semblait vide. Il ne se passait rien et ça rendait Carson de plus en plus nerveux.

Il emporta son sac à dos, prit la bouteille de tequila et monta pour prendre une douche et travailler à son poème. Il sentait dans sa main la bouteille glacée.

La copine de Curtis était sous la douche ; elle paraissait dans un état lamentable. La drogue l'avait lessivée, pensa Carson, elle n'avait plus aucune apparence sexuelle. Aucune réaction musculaire, des meurtrissures sombres sur les jambes. On aurait pu la croire morte.

Morte comme Capwell, disloqué dans ses bras comme un cadavre de chien. Il y avait de ça quatorze ans et le poème n'était pas achevé.

Son sac à dos à ses pieds, Carson buvait la tequila à petits coups, en attendant que la douche soit libre. La fille arrêta l'eau, prit ses vêtements et sortit.

L'eau chaude sur la peau, c'était comme le Vietnam.

Quelquefois, c'est magnifique. Le soleil se lève sur le delta comme une énorme orange, et vers l'océan, une mer de riz se jette dans une mer d'eau. Les fleurs sont si lumineuses que ça vous fait presque mal de les regarder. Les arbres croulent sous le poids des fruits. Les singes le canardent avec des noix de coco. A la saison sèche, il tranche à la machette les tiges de bambou et l'eau fraîche coule dans sa gorge.

Carson se pencha pour boire une goulée brûlante de tequila.

Un singe sans tête tombe, de l'eau jusqu'au cou.

Carson regarda longtemps ses mains.

Ça le surprit encore de ne pas voir de sang. Il n'arrivait pas à se souvenir d'avoir atterri à Oakland et ce qu'il avait fait. L'eau et la sueur ruisselaient sur son visage.

Ils le poursuivaient. Il fallait qu'il les sème.

Il sortit de la douche. Les traces humides de ses pieds se mêlèrent à celles laissées par la fille, les effacèrent.

Il pensa à Cathy.

Quand elle était née, sa peau et ses cheveux étaient tout neufs. « Je prendrai soin de toi », avait-il pensé alors.

L'eau coulait dans ses poumons ouverts.

Carson laissa tomber sa tequila.

La bouteille se brisa. Carson se jeta pour se plaquer au sol, il vit les empreintes des pas, il stoppa sa chute avec ses deux mains. Une douleur cuisante. Il y avait du sang sur ses mains.

Il alla aux toilettes vomir. Il plongea la tête dans l'eau froide et il se rappela le téléphone.

Lentement, il se mit à se rhabiller en prenant soin de ne pas mettre de sang sur son T-shirt. Il avait les membres lourds, comme s'il était empoisonné.

Il mit sa serviette humide sur le Mauser pour le cacher et reprit la passerelle qui menait à la scène ; le sac à dos se balançait dans sa main.

Curtis était assis sur une caisse près du téléphone.

— Tu as vu Joan ? demanda-t-il à Carson.

— Oui, à la douche, et même qu'elle était nue.

Derrière eux, Jesus gloussa.

Carson se rappela quand il avait pris sa fille dans ses bras. Calant son sac à dos entre ses jambes, il dit :

— J'ai besoin d'un peu d'air.

— Qu'est-ce que tu t'es foutu aux mains ?

— Ta copine a pris mon pouce pour ta bite.

Carson alla au téléphone et lança :

— Tire-toi, mec.

Il composa le numéro.

« Pourvu que je les trouve », pensa-t-il. Jesus et Curtis le laissèrent.

— Opérateur 270.

Il ne s'y attendait pas.

— Euh... Columbia, Caroline du Sud.

— Oui ?

— Mme Harry Carson ou peut-être Beth Carson.

— Vous avez une adresse, monsieur ?

— Non. Je sais juste que c'est à Columbia.

Il imaginait les pages qu'on feuilletait.

— Je suis désolé, monsieur. Est-ce que c'est un nouvel abonné ?

— Oui, je l'avais oublié.

Oakland — il ne se rappelait rien d'autre. Le poème ne serait jamais fini.

— Je suis désolé, monsieur...

— Winship, dit-il, c'est le nom de jeune fille de Beth.

— Pouvez-vous l'épeler, monsieur ?

— W-I-N-S-H-I-P.

— Désolé, monsieur, il n'y a rien sous ce nom-là.

Carson commença à crier :

— Vous ne pouvez pas prendre le temps de chercher...

— Je regrette monsieur...

Carson raccrocha et refit le numéro.

— Opérateur 270.

Il posa le combiné et vit un palmier orange vif peint sur le mur. La douleur lui martelait les tempes.

— Toujours rien ?

— Elle a peur de moi, répondit Carson comme un automate avant de se rendre compte que Damone était derrière lui. Il se retourna et le vit qui fouillait dans son sac.

— Les cigarettes sont toujours là ?

Carson avait la gorge sèche.

— Oui.

Damone sortit le paquet et, une cigarette aux lèvres, il attendit.

— Stacy a demandé si tu allais bien.

Carson haussa les épaules.

— Tu veux rentrer ?

— Rentrer où ?

Damone regarda le palmier peint sur le mur.

— J'ai balayé là-haut, dit-il doucement.

Carson bougea lourdement.

— Ça ira, John. Ne te fais pas de bile.

Damone l'observait. Le regard de Carson se posa sur la caisse que Damone avait portée jusque-là.

— Tu veux que je charge les amplis en trop ? demanda-t-il.

Damone prit la caisse.

— Je m'en occupe, dit-il et il se dirigea lentement vers le camion.

Carson attendit qu'il soit parti.

La scène était sombre, vide, il était seul avec les amplis et le podium. Il prit son sac et alla là où ils devaient le mettre.

Subitement, la seconde strophe lui vint, les vers s'enchaînèrent peu à peu.

Une âme en lunettes de soleil
cheveux dorés, des idées plein la tête
Sa vie était votre tremplin
Son sang repose sur ses mains...

Carson était seul, il sortit le revolver.

8

Dans sa prochaine vie, Stacy interdirait l'emploi de l'air conditionné.

C'était le Groenland dans la limousine qui la conduisait chez les Parnell. A l'hôtel, impossible de trouver des paroles pour sa chanson. Elle le sentait comme un mauvais présage ; alors, pour faire diversion, elle avait commandé la limousine et demandé de faire un détour par North Beach. Mais le bruit persistant de l'air conditionné l'énervait. Dehors, les restaurants, les délicatessen — les gens étaient figés comme sur une carte postale ; pas de sons, pas d'odeurs, pas d'émotions.

— Vous pouvez baisser les vitres ? demanda-t-elle.

Le chauffeur stoppa à Whashington Square qui s'anima quand l'ouverture automatique des vitres se déclencha.

Sur le gazon, un chien courait après un frisbee, deux couples buvaient du vin, un clochard mendiait des pièces et des cigarettes. Sur les bancs, des gens parlaient entre eux ou lisaient un livre ; la boîte de son instrument ouverte pour recevoir la monnaie, un saxophoniste jouait du jazz. Plus loin, l'église de Saint-Pierre-et-Saint-Paul, masse de marbre blanc coiffée de flèches. Stacy n'était pas catholique mais elle imaginait les générations d'Italiens qui étaient venues dans cette église attirées par sa grandeur et son mystère. Une brise légère soufflait dans ses cheveux. Le chauffeur l'observait dans le rétroviseur.

— Vous connaissez le quartier ? demanda-t-il.

— J'avais l'habitude de venir ici quand j'étais au lycée.

Le dimanche, elle y venait de Berkeley quelquefois avec Damone. Il avait découvert North Beach bien avant elle — simple question de gènes italiens, prétendait-il — et il n'avait pas son pareil pour dégoter ce qu'il y avait de mieux en fromages, salamis, chianti, maisons du café ou petits restaurants. Une fois, dans une boulangerie à la vitrine pleine de pains chauds, elle s'était arrêtée pour compter les miches.

— Oui, profites-en, lui avait dit Damone, North Beach ne sera pas toujours comme ça.

Elle s'en rendait bien compte. Les restaurants étaient devenus plus pimpants, plus chers aussi ; il y avait de moins en moins d'hommes âgés portant sweaters et chapeaux européens. Deux femmes sur un banc près de la voiture se retournèrent pour la regarder.

— Il y avait une boulangerie, dit-elle au chauffeur, dans Green Street. Je voudrais voir si elle y est toujours.

Là, au moins, ça n'avait pas changé. Stacy regarda sa montre.

— Je reviens tout de suite.

La bonne odeur de la pâte, façonnée en formes et tailles diverses, embaumait la boulangerie. Derrière le comptoir, une vieille femme italienne la dévisageait. Visiblement, elle ne la reconnaissait pas du tout et Stacy ne put s'empêcher de sourire.

— Autrefois, vous aviez quelque chose qui s'appelait *panettone*, dit-elle, une sorte de gâteau rond qui avait un très bon goût.

— Nous le faisons toujours. (Elle avait un accent chuintant. Et avec fierté elle montra l'étagère derrière elle.) Ils sont là.

La miche tendre était bourrée de fruits. Stacy la posa sur le comptoir pour fouiller dans sa bourse.

— J'en mangeais tout le temps, dit-elle, c'était trop bon.

La femme sourit.

— C'est toujours bon, dit-elle et elle glissa le gâteau dans un sac.

Stacy partit en lui faisant au revoir de la main.

— Ça n'a pas changé, dit-elle au chauffeur.

Il remonta les vitres et ils quittèrent North Beach.

Stacy regarda sa montre ; plus que trois heures à peine avant le concert. A cette minute, elle aurait voulu partager le gâteau avec Jamie, sans penser à rien d'autre. Elle le goûta sur la route qui la menait chez les Parnell.

Leur maison à trois étages surplombait la baie. Elle était entourée d'une allée circulaire et d'un jardin méditerranéen, soigneusement taillé, qui lui rappela de vagues souvenirs.

Colby Parnell se tenait sur le perron et répondait aux questions des journalistes. Elle avait regardé le journal avec ses parents. Son fils avait été kidnappé. Parnell semblait avoir perdu la capacité de se mouvoir, mais pas l'usage de la parole. Sans rien dire, la mère de Stacy avait posé sa main sur son épaule. Un autre souvenir vint s'associer à cette scène : le fils des Parnell avait disparu le printemps où Robert Kennedy avait été tué.

— Pouvez-vous allumer la radio pour les nouvelles ? demanda-t-elle.

Le chauffeur trouva une voix douce sur la station FM.

— Après l'incident dans Chinatown qui a bouleversé tout le monde aujourd'hui, le candidat à la présidence James Kilcannon a été acclamé par une foule enthousiaste dans sa montée vers le Capitole en compagnie de la star du rock Stacy Tarrant...

— Merci, dit-elle au chauffeur.

Il se gara pour la laisser descendre. Stacy prit le gâteau.

Un garde du corps répondit à l'entrée. Elle restait toute bête, quand Colby Parnell surgit derrière lui.

— Bonjour. (Elle eut l'impression de tendre sa main par-dessus un immense golf.) Je suis Stacy Tarrant.

Parnell hésita puis serra la main qu'elle lui tendait. Pour lui, se dit-elle, ça devait être comme se trouver en face d'un Martien. Il ne devait pas être tout à fait sûr de faire ce qu'il fallait. Elle ajouta :

— C'est gentil à vous de faire tout cela et je suis heureuse de pouvoir faire votre connaissance.

Le visage de Parnell se détendit ; malgré sa stature imposante, sa pression de main était douce comme la patte d'un dogue anglais.

— Nous sommes ravis de vous avoir parmi nous, répondit-il et il s'effaça pour la laisser entrer.

L'entrée donnait sur un vaste rez-de-chaussée. Stacy pouvait entendre les traiteurs qui s'affairaient à la préparation de la réception dans une salle à manger. Mais la pièce tranquille où ils entrèrent était très sobrement décorée : des meubles anciens, un tapis chinois tissé à la main, le tout selon une disposition parfaite. Une telle symétrie évoquait à Stacy un musée soigneusement gardé à l'abri des intrus ; on imaginait mal des gens, et le monde extérieur avec eux, évoluer au milieu de tout cela. A l'autre bout de la pièce au plafond haut, une femme mince se tenait, le dos à l'une des nombreuses fenêtres en ogive.

— Alexis, dit Parnell, je te présente Stacy Tarrant.

La femme la regarda ; le rapide sourire qui suivit semblait dissimuler de la nervosité.

— De mon temps, dit Alexis à Stacy, des femmes aussi belles que vous étaient des stars de cinéma.

— Merci.

— Je le pense vraiment.

Parnell couvait sa femme d'un regard protecteur ; Stacy perçut de la tension dans sa voix à la Katharine Hepburn.

— Le sénateur Kilcannon est-il avec vous ?

— Il est dans l'avion qui le ramène de Sacramento.

Stacy sortit le sac de *panettone.*

— Mais je vous ai rapporté quelque chose de North Beach.

— C'est pour moi ? (Alexis eut un sourire rayonnant ; Stacy vit le sourire du mari.) Comment ça s'appelle ?

— *Panettone.* J'adore ça.

— Vous êtes d'ici ? demanda Parnell.

— Mon père était professeur à Berkeley et c'est là que j'ai fait mes études. Les week-ends, j'allais souvent avec un ami manger à North Beach.

— Nous y allions aussi Colby et moi, ça fait longtemps que nous n'y sommes pas revenus.

Alexis prit le gâteau.

— C'est vraiment très gentil.

— Goutez-le d'abord.

Les Parnell rirent. Alexis tendit le gâteau à son mari.

— Peux-tu le cacher quelque part ?

Il lui jeta un regard rapide, comme s'il avait peur de les laisser seules, puis il partit.

Alexis prit Stacy par le bras — son contact était doux, il y avait comme une invite dans son geste.

— Vous êtes la première ce soir. Nous voulions faire le tour de la maison avec le sénateur et vous. Puis-je vous faire visiter ?

— J'espérais que vous me le proposeriez.

Par la fenêtre, Stacy aperçut un jardin à la française, entouré par les ailes de la maison, avec une vue panoramique sur la baie.

— Ah ! cette vue, c'était mon rêve ! Si seulement j'avais pu faire que mon père travaille plus.

— Elle fascine Colby. (Elles longèrent les fenêtres.) Ce doit être excitant de faire cette campagne.

Stacy crut percevoir une pointe de nostalgie.

— Oui, répondit-elle.

Puis voyant que la pièce donnait dans un salon de musique où se trouvait un piano, elle ajouta :

— Vous jouez ?

— Depuis que je suis petite.

Sur le seuil du salon de musique, Alexis baissa le ton.

— C'est merveilleux, n'est-ce pas ?

— Et c'est un instrument magnifique. (Stacy se dirigea vers le piano dont elle caressa le poli satiné.)

— Voulez-vous jouer pour moi ?

Alexis rejeta la tête en arrière, avec l'air surpris et flatté d'une jeune femme.

— Vous voulez vraiment ?

— C'est une faveur que je vous demande. Je me sens un peu crispée avant le concert. Ça me fera du bien de vous entendre.

— Dans ce cas, d'accord.

Alexis s'assit au piano et arrangea sa robe autour d'elle.

— Vous devez travailler beaucoup.

Stacy sourit.

— Quelquefois, sur la route, je me dis que la vie n'est que la recherche d'une bonne nuit de sommeil.

— Jouer pour un public, avec toute l'intensité que ça signifie... C'est plus difficile que le cinéma. (Alexis plaça une partition devant elle.) J'étais à la Fox, il y a des siècles. Mais je n'ai pas dépassé le stade du désir de jouer.

Stacy hocha la tête.

— Je pense que pour moi ça a été la plus mauvaise période, d'une certaine façon. Le temps où je ne pouvais pas obtenir ce que je désirais.

— Et regardez où vous en êtes arrivée maintenant.

Alexis posa ses mains sur le clavier.

— J'ai oublié de vous demander si vous vouliez vous asseoir.

Sentant que ça lui ferait plaisir, Stacy s'assit sur une chaise basse, à ses pieds, d'où elle pouvait voir ses mains.

— J'aimerais que vous me jouiez votre morceau préféré, dit-elle.

Alexis toucha les touches.

— Connaissez-vous les *Variations* de Paganini ?

— Le troisième mouvement est sublime !

— Comme composition, dit Alexis d'un ton léger et elle commença.

Elle jouait avec virtuosité. Peu à peu, elle ferma les yeux comme si elle jouait de mémoire. Et pourtant, elle restait très droite, consciente d'être observée. Ses cheveux blond cendré lui arrivaient aux épaules, et les rides de son visage étaient si fines qu'avec à peine un peu de recul elle pouvait passer pour beaucoup plus jeune qu'elle ne l'était. Elle n'appartenait pas à la génération de celles qui faisaient du sport pour garder la ligne. C'était aux régimes qu'elle la devait. Dans le soin extrême qu'elle semblait porter à son apparence, Stacy perçut de la fragilité mais aussi quelque chose d'autre d'indéfinissable, une sorte de sexualité endeuillée.

— C'est très beau, dit Stacy quand elle eut fini, votre interprétation.

Alexis ouvrit les yeux.

— Vous êtes gentille. D'où vous est venu votre intérêt pour la musique classique ?

— Je n'ai pas eu le choix. Quand j'ai eu quatre ans, mon père a découvert que j'avais une oreille exceptionnelle. Il jouait une note au piano et je lui disais ce que c'était.

— Alors qu'a-t-il fait ?

— Il était si excité qu'il a téléphoné à toute la famille pour essayer de trouver d'où ça venait.

— Il l'a trouvé ?

— De ma grand-tante Dorothy. Elle fait partie de la ligue antialcoolique et elle travaille à la John Birch Society. Mon père ne pouvait pas la sentir.

Pour la première fois, Alexis rit. Elle enfonça une touche et regarda Stacy, interrogative.

— *La* bémol, dit Stacy.

Alexis joua une autre note.

Stacy sourit.

— *Fa* dièse.

— Diable. Vous êtes vraiment douée !

Et elles rirent toutes les deux.

— Qu'est-ce que c'est que ce concert ?

Stacy surprit le regard étrange de Parnell qui se tenait sur le pas de la porte, un regard inquiet et soulagé à la fois. Près de lui, il y avait Jamie.

Alexis se leva, rose d'excitation, et Stacy put imaginer la jeune fille qu'elle avait été. Elle tendit la main et dit :

— Sénateur, Stacy est un vrai trésor.

Jamie plissa ses yeux.

— Et quand on pense que quand je l'ai rencontrée, c'était une droguée perdue.

— Et quand on pense, dit Stacy en direction d'Alexis, que vous le prenez au sérieux.

— Ce qui est une erreur évidente.

Alexis alla vers Stacy, l'embrassa sur la joue et prit Jamie par le bras.

— Allez, venez, sénateur, nous avons mieux à vous montrer.

Le regard de Parnell se posa sur le piano puis sur Jamie et sa femme. Elle laissait derrière elle une traînée de rires.

Parnell remit soigneusement la chaise à sa place.

— Merci, dit-il à Stacy. Alexis joue si rarement.

— C'était un plaisir.

Quand ils quittèrent le salon de musique, Stacy se rendit compte que le concert allait commencer dans moins de deux heures.

9

— Cinq cents dollars, dit Marcia.

Lord s'assit sur une chaise en osier.

— Il m'a eu.

Elle jeta son soutien-gorge sur le lit.

— Il a eu Jack Cole.

— C'est pareil.

A mi-chemin de la salle de bains, Marcia s'arrêta et se retourna.

— Tu n'as pas les moyens d'ouvrir un cabinet seul. Pas comme ça.

Lord ne répondit pas, il observait son corps menu, sa jolie petite gueule de renard, parsemée de taches de rousseur, et ses cheveux bruns comme ses yeux. En sept ans, pensa-t-il, elle n'avait pas vraiment changé. C'était lui qui la voyait avec d'autres yeux.

— Qu'est-ce qui ne va pas, Tony ?

— Rien.

— Tu me regardes d'un drôle d'air.

— Je ne m'en rends pas compte alors, Marsh, ce n'est pas conscient.

Elle entra dans la salle de bains. Lord savait qu'elle allait se peser, se pincer le ventre à la recherche d'un bourrelet qui n'existait pas, comme elle le faisait chaque jour depuis la naissance de Christophe.

Quand elle revint, il lui demanda :

— Combien tu pèses ?

Elle ébaucha un petit sourire.

— Quarante-cinq. Tu crois vraiment que c'est une bonne idée que Jack Cole ait la garde de son enfant ?

— Je pense que c'est un bon père. Au fait, tu as dit à Christophe qu'on n'irait pas au match ce soir ?

— J'ai pensé que c'était à toi de le dire.

Son ton l'agaça.

— Comme c'est à moi de gagner de l'argent ?

— Tu as un diplôme d'avocat, moi j'ai Christophe. Je n'ai jamais eu l'occasion... excuse-moi. (Lord leva une main.)

— On pourrait continuer cette conversation en swahili.

Le ton de Marcia se radoucit.

— Si tu deviens magistrat fédéral, au moins tu auras un salaire.

— Et je travaillerai aussi pour Ralph Di Palma.

— Il ne doit pas être aussi mauvais qu'on le dit.

— C'est un psychopathe en costume trois-pièces. Et puis j'ai déjà donné.

Elle fronça les sourcils.

— Oui, mais tu ne veux pas travailler non plus pour une

société. Avec la compétence que tu as, tu aurais pu gagner le double...

— Je ne me vois pas non plus travailler pour quelqu'un comme Danziger.

Marcia l'observait.

— Ni pour quelqu'un d'autre ?

Lord s'appuya contre un des bras du fauteuil.

— Non, dit-il d'un ton las, ni pour quelqu'un d'autre.

— Mais pourquoi t'es comme ça ?

— A cause de mon père, j'imagine. (Lord examina la marque de sa cravate.) Chaque matin, il mettait son chapeau et avec lui sa tête de travail et il partait avec d'autres hommes à chapeaux comme lui et ils allaient dans une compagnie d'assurances bourrée de bureaux en métal. Son patron était une vraie brute. De temps en temps, il augmentait son maigre salaire et mon père le remerciait pour ma mère et pour moi. (Lord leva les yeux vers elle.) C'est grâce à lui que moi je suis allé dans une école chère, alors que lui n'y est jamais allé. Je l'aime pour ça, et il le sait. Mais ce qu'il ne saura jamais, si ça ne tient qu'à moi, c'est que je hais ce qu'il a dû faire.

— C'est du passé, dit-elle en soupirant. Tony, pourquoi tu ne veux pas faire comme les autres ?

— J'ai du talent. (En s'entendant dire ça, Lord eut l'impression que c'était trop pompeux.) J'ai besoin d'une belle affaire, c'est tout.

Marcia marqua un temps.

— Tu as peur d'être un homme ordinaire, dit-elle enfin.

C'était si juste qu'il en fut saisi.

— Oui.

Elle se laissa tomber, résignée.

— Je me demande si le héros de ton enfance a eu, lui, une hypothèque.

Lord sourit faiblement.

— Mais alors il n'avait pas Christophe non plus.

Marcia ne lui renvoya pas son sourire.

— Il est en bas, dit-elle et elle alla sous la douche.

— Salut, papa.

Lord finit de descendre l'escalier et sourit.

— C'est tout, Christophe ?

L'enfant jeta son ballon et se rua dans les bras de son père. Il l'embrassa sur la joue.

— Les garçons n'embrassent pas les garçons sur la bouche, expliqua-t-il, quand ils ont six ans.

— Je n'ai pas six ans. Et puis j'embrasse encore grand-père.

— Et maman.

— Oui.

Tête contre tête, ils se souriaient. A part les taches de rousseur, Christophe était le portrait de Lord à six ans — mêmes cheveux blonds, mêmes yeux bleux, même sourire confiant, il y avait même la fossette au menton. La ressemblance était si frappante qu'on riait en les voyant ; Christophe riait aussi, tout heureux de l'effet produit.

— J'ai dit à toute ma classe qu'on allait au base-ball, dit-il.

— C'est vrai ?

— Oui. (Christophe se dégagea et sauta au sol.) Ça a rendu Clifton malade. Il est chinois.

— Il en est toujours malade ?

— Encore un peu. Mais on est redevenus copains. Quelquefois on est copains et quelquefois non. C'est quand je joue avec Mikie.

Il se dirigea vers son étagère à jouets ; son pas incertain donnait à sa démarche un air un peu crâne qui prêtait à sourire. Il revint avec une casquette de base-ball sur la tête et demanda :

— Tu portes ça ?

Lord maudit intérieurement Marcia.

— J'ai bien peur que nous devions remettre le match à demain.

Les épaules de son fils s'affaissèrent. C'était quand il avait sommeil ou bien qu'il était déçu que Lord se rendait compte qu'il était tout petit.

— Tu avais dit ce soir, papa.

— Je sais, chef. Mais il s'est passé quelque chose.

— Quoi ?

— C'est un peu compliqué.

Lord s'assit et tapota le sol de la main pour inviter son fils à venir s'asseoir à côté de lui.

— J'essaie d'aider un homme qui a des problèmes.

Christophe vint s'asseoir tout près.

— Quel genre ?

— Tout un tas. Il a divorcé et puis il a perdu son travail, alors il ne gagne plus d'argent.

— Et tu vas lui donner de l'argent ?

— J'essaie de l'aider à retrouver son travail. Et puis, vois-tu, il a une petite fille à peu près de ton âge, et depuis le divorce, la maman de la petite fille ne veut pas que mon ami la voie.

— Pourquoi ?

— Parce qu'elle est en colère. Elle a été blessée dans son cœur. Mais je pense que mon ami devrait obtenir de pouvoir être avec sa petite fille, et s'il a de l'argent et un métier, alors peut-être que les gens qui décident de tout ça le laisseront faire.

Christophe était silencieux. Lord sentit son épaule contre lui.

— Qu'est-ce que tu penses, Christophe ?

— Je pense que les papas devraient être avec leurs enfants.

Lord passa un bras autour de son fils. Le téléphone sonna. Il écouta jusqu'à ce qu'il comprît que Marcia ne répondrait pas. Puis il alla répondre.

C'était Cass.

— Danziger a appelé, dit-elle. Il veut te rencontrer demain pour discuter des modalités d'une conciliation.

Lord jeta un coup d'œil à Christophe. Il avait ramassé sa balle et il s'amusait à la faire rebondir.

— Est-ce qu'il a proposé une heure ?

— Non.

— Essaie de fixer un rendez-vous pour le matin, d'accord ? J'aimerais avoir l'après-midi libre.

— D'accord.

— Sois ferme avec lui, dit-il en souriant. Laisse-moi un message par la baby-sitter.

— Amuse-toi bien à la soirée, dit-elle d'un ton sec et elle raccrocha.

Christophe lançait la balle contre le mur, juste à l'angle pour essayer de la faire rebondir par ricochet et atterrir dans la lanterne chinoise que Lord avait installée pour lui.

— Si tu y arrives, qu'est-ce qui se passe alors ? lui demanda Lord. La balle reste coincée dedans.

Les yeux de Christophe vacillèrent.

— Ça sera charmant.

— Charmant ? (Lord riait franchement.) Où tu as pris ce mot ?

— C'est ce que tu as dit quand les toilettes étaient bouchées.

Christophe se retourna, prêt à lancer la balle à nouveau.

— Bon, alors on fait une règle : tu dois rester là jusqu'à ce que j'y arrive.

Lord s'adossa au mur en souriant.

— Mais alors j'aurai eu le temps de devenir très vieux.

— Non, pas trop vieux...

— Tony ? cria Marcia. La baby-sitter est arrivée.

— Juste une seconde. (Il souleva Christophe de terre et l'embrassa.) Il faut que tu y ailles maintenant.

— Mais on n'a même pas commencé à jouer !

— Tu as besoin de te reposer. On va avoir une grosse journée demain.

Quand ils partirent, Lord l'observa dans le rétroviseur, en train d'agiter sa main sur le pas de la porte. Leur maison était blottie au flanc d'une colline, avec des arbres tout autour et un pont enjambant le district de Noe Valley ; Lord rêvassait. Christophe, songeait-il, n'avait jamais vécu dans une autre maison que celle-là.

— Tu es ravissante, dit-il à Marcia.

— J'essaie. Il me tarde en fait de rencontrer James Kilcannon. Il va sûrement passer à la télévision.

Lord régla le rétroviseur.

— Avec ou sans maquillage ?

— T'es minable, Tony. J'aime vraiment ce qu'il fait.

Comme Lord se taisait, Marcia alluma la radio.

10

Stacy dévisageait les invités, essayant de deviner quelle était leur vie.

Elle était avec Jamie dans le salon, ils bavardaient avec les gens qu'Alexis ou les hommes de Jamie venaient leur présenter. Les autres buvaient et parlaient en attendant leur tour. Nat Schlesinger, sur la gauche de Jamie, lui signalait à voix basse le nom de ceux qui étaient susceptibles de donner de l'argent puis, pour qu'ils ne lui prennent pas trop de temps, il les refilait un moment à Stacy. Jamie tenait le premier rôle de ce théâtre en chambre apparemment sans aucun effort. Il n'y avait que Stacy pour savoir qu'il avait ces mondanités en horreur et que ça lui coûtait beaucoup. Mais pour elle, regarder tous ces visages la distrayait de ces vingt mille spectateurs qui l'attendaient là-bas. Elle sentit qu'elle avait un creux à l'estomac.

— Tout ça doit être pour vous si inhabituel, lui dit d'un ton condescendant une blonde outrageusement platinée.

Stacy répondit avec un sourire :

— C'est ce qui en fait tout l'intérêt.

Et la coquette sur le retour s'adressa à Jamie :

— Oh, sénateur, dit-elle en grand émoi, il faut que je trouve quelque chose d'intelligent à vous dire.

Jamie rit, et lui prenant la main :

— Non, soyez tout simplement gentille avec moi.

Ce qui amusa Stacy malgré son agacement. Elle jeta un regard circulaire.

Sourires étincelants, mouvements de tête, mouvements de lèvres à vide, son coupé, serveurs, champagne, boissons sur plateaux d'argent. Aucune figure ne se détachait de la masse. Pour passer le temps, Stacy jouait à deviner à qui appartenaient ces regards aigus, vifs ou attentifs. Avocats, banquiers ? Costumes à l'européenne, langueur affectée, trop jeunes, pas assez de personnalité pour être dans la finance ; des héritiers sans doute ; pochettes en soie, regards brillants et animés : des restaurateurs, des décorateurs, de jeunes entrepreneurs ; costumes bleus ou gris et corpulence en plus : hommes d'affaires à leur compte ou politiciens du coin. L'un d'eux, un homme aux cheveux roux taillés en brosse et au cou rose et gras, parlait avec un homme blond vêtu d'un costume en lin beige qui l'écoutait avec une grande attention mais sans le moindre respect.

Celui-là, décida Stacy, n'était pas comme les autres. Il devait avoir tout juste trente ans, se dit-elle, et avec son visage mince aux traits décidés, elle l'imaginait actif. Avec son nez volontaire et son regard bleu d'acier, il ressemblait au portrait qu'il y avait sur un paquet de cigarettes mais en plus frappant. Sans doute parce qu'il avait l'impassibilité de quelqu'un qui contrôle parfaitement ses pensées.

— J'ai vraiment eu un très grand plaisir à faire votre connaissance, mademoiselle Tarrant.

Nat manœuvrait pour se débarrasser de la femme.
— Merci, répondit-elle.
Celle-ci s'immobilisa un instant et Stacy put voir qu'elle avait été liftée.
— Vous faites un drôle de métier, somme toute. C'est un milieu où il y a plein de drogues, non ?
Stacy lui réserva un sourire enjoué :
— Et de sexe.
La femme resta interloquée ; Stacy sentit que Jamie lui donnait un coup de coude.
— Mais une sexualité tout à fait normale, ajouta-t-elle, la plupart du temps...
— Oh ! Je vois.
Le sourire de Stacy s'élargit.
— J'ai moi aussi eu beaucoup de plaisir à faire votre connaissance.
Jamie regarda la femme qui battait en retraite. Il murmura :
— Je n'ai en fait jamais voulu être président.
Il n'avait pas l'air de plaisanter du tout.
Stacy se demanda si elle allait manger quelque chose ou pas. Elle jeta un coup d'œil dans le salon derrière elle.
Les femmes, se dit-elle, battaient les hommes à plate couture. Il y avait celles qui avaient le vêtement bien coupé et l'air confiant de la femme qui travaille. Et celles, trop bien coiffées et trop bien habillées pour avoir le temps de travailler jamais. Et celles-ci contrariaient particulièrement la jeune fille « middle-class » qu'elle avait été et la féministe qu'elle était devenue. Elle trouvait que c'était du plus mauvais goût et pas libéré du tout de s'habiller comme une image de *Vogue*. Par contre, la brunette qui était avec l'homme blond l'intriguait au plus haut point.
Elle avait une jolie petite frimousse, la silhouette fine et le sourire vif, mobile. Comme l'homme blond, elle était bien habillée, avec simplicité ; quelque chose dans leurs manières à tous les deux était différent. Comme lui, elle écoutait aussi le politicien roux — c'est ainsi que Stacy l'avait étiqueté — mais elle, elle exprimait toute l'excitation de la soirée à la différence de son compagnon. Elle était à quelques pas de lui. Il ne la regardait pas.
Ce qui le différenciait des autres, c'était la façon qu'il avait d'observer. Allant des invités au politicien, son regard ne

cherchait pas à plaire, il disséquait. Elle se demandait ce qu'il faisait là ; s'il lui était arrivé d'avoir été fan de quelqu'un, ça devait faire si longtemps qu'il ne s'en souvenait probablement plus lui-même. Alors il lui vint à l'idée qu'il était de la famille d'Alexis.

— Mais, mon Dieu, qu'avez-vous bien pu dire à Nancy Pickering ?

Alexis venait à sa rencontre, en chuchotant, tout excitée de curiosité.

— Je l'ai juste fait marcher un peu, lui confia-t-elle. Elle était à deux doigts de m'inspecter le bras pour voir si j'avais des marques de seringue.

Alexis rit.

— Si je la connais, celle-là ! Je crois que Colby était persuadé que j'allais à Hollywood pour devenir la maîtresse de Sam Goldwyn.

Elle tapota le poignet de Stacy et repartit dans la foule, intrépide. Elle surprit le regard de Parnell, qui, au milieu d'amis plus âgés, suivait sa femme comme si elle avait été un oiseau rare prêt à s'envoler, ou comme si elle risquait d'être piétinée par la foule.

— Stacy, lui lança Jamie, s'interrompant dans sa conversation avec un homme rubicond et expansif, as-tu rencontré George Carroll ?

On aurait dit qu'il lui proposait un voyage à Marrakech. Ce qui fit sourire Stacy.

— Bonjour, dit-elle, et toute la party se déplaça vers elle.

Tout paraissait si rapide ; Stacy vit que les collaborateurs de Jamie veillaient à ce que tout le monde pût le voir avant qu'il partît. Les visages défilaient avec une telle rapidité que son propre sourire était devenu un réflexe.

Une femme en robe de soie lui mit un album et un stylo dans les mains :

— J'ai promis à mon fils de vous demander un autographe.

— Comment il s'appelle ?

— Charles.

— « Pour Charles », écrivit-elle. Quel âge a-t-il ?

— Dix-huit ans.

— « Et votez s'il vous plaît », rajouta-t-elle. « Affectueusement, Stacy. »

Sourires à la cantonade ; encore des visages et des mains à serrer.

— Je ne m'étais jamais rendu compte à quel point le sénateur Kilcannon était séduisant.

Stacy mit un doigt sur ses lèvres.

— Prenez garde qu'il ne vous entende !

Rires. Nat Schlesinger, qui surveillait, sourit. Stacy commençait à aimer tous ces gens avec lesquels pourtant elle avait du mal à entrer en contact ; c'est qu'elle n'aimait guère son rôle. C'est la nervosité d'avant concert, pensa-t-elle ; il aurait mieux valu être seule. Elle regarda sa montre. Huit heures quinze. Elle décida de ne pas manger.

— Et la balance des paiements ? demandait un homme à Jamie.

— C'est un problème qui prendra dix ans. (Un sourire illumina le visage de Jamie.) A moins que Stacy ne vende plus de disques aux Japonais. Au fait, vous vous connaissez ?

Comme l'homme s'en allait, Stacy jeta un coup d'œil aux Parnell.

Alexis, dressée sur la pointe des pieds, cherchait des couples qu'elle pourrait présenter à Jamie. Parnell, lui, tomba sur l'homme blond. Il fit un salut rapide et détourna la tête très vite. Stacy se demandait ce que cela voulait dire, quand le regard de l'homme blond rencontra le sien. Elle était habituée à ce que les hommes aient l'air impressionnés en la voyant. Celui-là continua à la regarder sans ciller. Juste une pointe d'amusement, comme pour indiquer qu'il perçait le vernis de charme et de glamour et qu'il savait qu'il s'agissait des affaires de Jamie.

— Nous espérons vous revoir, sénateur.

Rien qu'à sa façon de répondre, elle devinait que Jamie souriait.

— Vous viendrez à la séance inaugurale, n'est-ce pas ? C'est pour ça que je travaille !

Et il ajouta :

— Stacy, je te présente Carla Cunan, une très grande amie d'Alexis, et son regard quitta l'homme blond pour tomber sur le sourire mutin de la seconde femme d'un héritier de grands magasins.

Encore des visages. Stacy éprouvait le besoin maintenant de passer en coulisses ; il lui fallait deux heures de calme. La dernière fois qu'elle avait regardé autour d'elle, l'homme blond avait disparu. La réception devenait plus bruyante ; un épais nuage de fumée flottait, les invités buvaient et fumaient de manière plus désordonnée, on en était au second verre. Alexis l'aperçut, lui fit un signe de la main et vint vers elle :

— Ça se passe très bien, non ?

— C'est magnifique, répondit Stacy.

Elle avala sa salive, ce qu'elle faisait chaque fois qu'elle se sentait mal ; elle chercha un moment une place tranquille pour s'asseoir. Alexis était déjà repartie.

Quand Stacy se retourna, l'homme blond était en train de parler avec Jamie.

Les traits anguleux, pas une ride, sa vivacité juvénile aurait suffi pour deviner qu'il était Américain même en plein Paris. La brunette était près de lui — sa femme ; Stacy avait vu leurs alliances.

— Alors vous êtes un ami de Colby, était en train de dire Jamie.

— Une connaissance.

Il ne parlait pas fort. Seuls ceux qui étaient proches pouvaient l'entendre.

— Nous avons des rapports qui ne sont pas vraiment simples.

Prudent, Jamie se contenta d'émettre :

— Ah oui ? Comment cela ?

— Je lui ai fait subir un petit interrogatoire ce matin dans une histoire de procès.

Nat Schlesinger se rapprocha. Jamie hésitait et Stacy pouvait lire dans ses yeux l'association qu'il faisait. Il s'en sortit avec une plaisanterie.

— Alors, en somme, ma campagne vous a réunis.

— Le juge est un de vos supporters. (Cette réponse voilée suggérait qu'il était trop bien élevé pour gâcher une réception en en disant plus.) J'ai d'ailleurs été impressionné par la profondeur de son engagement.

Jamie regarda autour de lui : personne ne semblait avoir entendu.

— Que voulez-vous dire ?

— Exactement ce que vous avez compris.

La brunette était aux cent coups. Jamie en était encore à se demander si cet inconnu était sérieux qu'elle pirouettait sur ses talons et plantait là son mari.

— Nous vous revaudrons ça, dit Jamie.

— Non, je vous en prie. (L'homme eut un petit sourire.) Content de vous avoir rencontré, sénateur.

Il s'apprêtait à partir.

— Vous n'êtes pas exactement ce qu'on appelle un admirateur.

L'homme se retourna, regarda Jamie en ayant l'air de se demander s'il allait répondre.

— Non, pas exactement, dit-il à mi-voix. Mais ce qui m'inquiète, c'est que vous êtes trop intelligent.

Jamie s'apprêtait à lui répliquer, l'homme s'arrêta devant Stacy.

— Désolé, dit-il tout bas et il s'en alla.

Stacy l'observait.

— Jésus, marmonna Nat Schlesinger.

— Stacy, demanda Jamie, as-tu rencontré Nancy Stewart ?

11

— Bon sang, dit-elle.

Elle regardait devant elle, à travers le pare-brise. Il voyait son profil en colère. Tranquillement, Lord répondit :

— Ils s'occuperont de McIlvaine.

— Ça, c'est déjà fait.

La voix de Marcia monta.

— Je dois dire que le sénateur Kilcannon s'en est très bien tiré.

Lord regardait le faisceau des phares qui coupait l'obscurité.

— Reagan n'est pas le seul à être un comédien en politique. Il est juste le seul à monopoliser les écrans.

— Tu l'as insulté, Tony. Et tu m'as humiliée.

— Tu ne te sentais pas tellement humiliée d'aller à une telle soirée ?

— Il y a des choses pratiques à faire au lieu d'attendre la « belle affaire ». (Marcia se pencha sur le tableau de bord.) C'est quoi ce bruit ?

— L'embrayage est fichu.

Marcia laissa tomber la question de l'embrayage.
— Mais tu es beaucoup trop fier pour défendre ta pratique.
— C'est surtout que je ne suis pas un courtisan.
— Et que tu ne supportes pas l'idée qu'on dise que tu en es un.
Elle se tourna.
— J'ai vu que tu regardais Stacy Tarrant.
Pour la première fois, Lord sourit.
— Où as-tu pris ça ?
— Tu la regardais, dit Marcia, le visage froncé. Je sais qu'elle est ton type.
— Et quel type ?
— Les grandes, style mannequin. Tu as même acheté son disque, c'est pas vrai ?
Lord sourit à nouveau.
— Ça ne mène quand même pas à l'adultère, Marsh.
Elle garda le silence. Ils traversèrent Market Street pour se diriger vers Noe Valley, se mêlant à la vie nocturne « gay » de la ville. Des hommes seuls, des hommes en couple, des groupes de trois se croisaient sur les trottoirs devant les magasins et les cafés regroupés sur deux blocs. Des lumières multicolores, des bribes de rock ou de folk s'échappaient des boîtes et disparaissaient dans le bruit de la circulation ; Lord se sentait déprimé par l'agressivité de ces questions.
Il caressa la main de Marcia.
— Toute cette conversation est absurde. Nous sommes mariés, nous avons une maison et un enfant.
Doucement, elle demanda :
— Est-ce qu'il y a quelqu'un d'autre ?
— Bien sûr que non.
En attendant la baby-sitter, il se demanda pourquoi elle lui avait posé cette question. Quand il fut de retour, elle était devant son miroir, le visage enduit de démaquillant. Il alla dans la chambre de Christophe.
Son fils dormait, le casque de base-ball à portée de sa main.
Lord ressentit une sorte de tristesse ; la journée avait été si longue que le procès Parnell aurait pu avoir lieu la veille. Il tenta de se rappeler quand il avait fait l'amour avec Marcia pour la dernière fois.
Peut-être que ça faciliterait les choses.

Le lendemain allait être bien rempli, avec Danziger. Il regarda le visage paisible de Christophe et, pour la première fois, Lord se laissa aller à penser qu'il abandonnait tout.

— Demain, promit-il à son fils, demain je passe du temps avec toi.

Il alla rejoindre Marcia.

Quand ils partirent, Alexis serra très fort Stacy.

— Nous vous regarderons à la télévision.

Stacy l'embrassa.

— Nous reviendrons, c'est promis.

Cela faisait visiblement plaisir à Alexis.

— Je l'espère bien.

Derrière elle, Parnell acquiesça et dit :

— Il faut les laisser partir maintenant, Alexis.

Jamie lui serra la main et conduisit Stacy vers la limousine. Quand elle se retourna pour leur faire au revoir, Alexis avait descendu plusieurs marches.

La limousine était entourée d'ombres, de journalistes et d'agents des services secrets. Une autre ombre sortit des ténèbres — c'était Nat Schlesinger. Jamie se pencha vers lui et lui parla de très près :

— Mets quelqu'un en contact avec ce juge, quel qu'il soit, dit-il à mi-voix. Je ne veux pas avoir d'histoires.

— Sénateur !

Jamie comprit aussitôt.

— Nous allons être en retard, dit-il.

Jamie et Stacy se dépêchèrent vers la limousine. Nat ouvrit la portière.

Stacy se glissa à l'intérieur. Un homme attrapa Jamie.

— Sénateur, seulement une petite question. Pensez-vous que la gaffe de votre adversaire à propos des armes nucléaires aura le même effet que quand Romney a reconnu qu'il avait subi un lavage de cerveau au Viêt-nam ?

Jamie se retourna.

— Oh, je ne sais pas, dit-il, sans faire attention. Dans ce cas, je pense qu'un bon rinçage arrangerait les choses.

Le journaliste rit. Nat se hâta d'intervenir.

— Jamie est fatigué, pour l'amour du ciel, ne publiez pas ça.

— D'accord, mais vous me devez une interview.

— Quand vous voulez.

Jamie monta dans la voiture.

Nat ferma la portière derrière lui. Jamie s'y appuya du coude et regarda dehors. Tandis qu'ils se dirigeaient vers la route, Stacy vit Alexis dans la pâle lumière du porche qui leur faisait au revoir de la main. Parnell la tenait par les épaules : il ne regardait pas la limousine, c'était sa femme qu'il regardait.

— Bon, dit Jamie, une bonne chose de faite.

Le regard de Stacy passa sur lui.

— Elle semble si fragile. Un papillon dans une boîte.

— Tu crois ?

Il consulta sa montre.

Stacy sentit des crampes d'estomac.

— Ne t'inquiète pas, John est le meilleur.

Les réverbères défilaient accentuant les creux de son visage.

— Que Dieu me garde, murmura-t-il, de tous ces hommes frustrés et ambitieux.

— John ?

— Ce Lord. (Jamie continuait à fixer les ténèbres.) Norman Mailer m'a dit une fois que tout le monde se croit capable d'écrire. Mais la vérité est que tout le monde se croit capable d'être président de la République. Mais qu'est-ce qu'un homme comme cet avocat connaît de la vie des médias ?

— Jamie, ça aurait pu être pire. Au moins, il ne parlait pas fort.

— Mais toi tu l'as entendu, non ?

— Ça n'a pas d'importance, murmura-t-elle. Ce n'est pas lui, c'est Chinatown qui me donne du souci.

Jamie s'enferma dans le silence ; quand il parla à nouveau, il avait le ton d'un homme qui vient de se souvenir de quelque chose qu'on lui a raconté.

— La définition de fanatique, dit-il en regardant par la fenêtre, c'est celui qui continue et qui ne se rappelle plus pourquoi.

Aux prises avec ses propres angoisses, Stacy laissa tomber la discussion. Il était vingt et une heures quinze ; elle était en retard.

— Qu'est-ce que Romney a vraiment dit sur le Viêt-nam ? demanda-t-elle finalement.

— Qu'on lui a fait un lavage de cerveau pour qu'il soit

d'accord avec cette guerre. (Il la regarda bien en face, les yeux brillants.) C'est sans doute la chose la plus honnête qu'il ait jamais dite. Nixon l'a détruit avec cette histoire...

Stacy s'efforçait de visualiser le concert.

— Il y a un type dans la troupe, dit-elle au bout d'un moment... John n'en parle pas beaucoup mais il pense que le Viêt-nam l'a complètement bousillé.

— Il a sûrement raison. (Le regard de Jamie se tourna à nouveau vers la fenêtre.) J'ai rencontré des anciens du Viêt-nam. Mais ils ne sont pas assez organisés, ils n'ont aucun impact. Et qu'est-ce que moi je peux faire si personne ne proteste ?

Il fixait les ténèbres d'un air morose. Cette question résumait tout.

Stacy regarda ailleurs.

Dans sa tête, elle les entendait hurler « Sta-cee ». Mais elle ne put se voir s'avancer devant le rideau ; elle était toujours contrariée de n'avoir pu écrire cette chanson.

12

Derrière le rideau, Carson était tout oreilles et tout yeux.

De l'autre côté, les agents des services secrets bouclaient la scène ; leurs pas résonnaient sur le sol en béton ; des fans se faufilaient aux toilettes pour sniffer encore un peu de coke avant le concert et s'attroupaient près des rampes. Carson entendait et voyait tout avec les antennes que lui donnait sa nervosité.

« Sta-cee. »

Le cadran lumineux de sa montre indiquait vingt et une heures vingt-cinq.

Il était minuit vingt-cinq à Columbia. Cathy dormait.

« Sta-cee. »

La lumière du jour.

Une mission-suicide qu'un gars aussi doué peut trouver bonne. Damone n'en fait pas partie ; dans le soleil, ni lui ni Capwell ne peuvent passer pour des Vietnamiens ; les arbres ont été ratissés au napalm. Rien pour les protéger.

« Sta-cee. »

Les sangsues collent à leurs chaussures.

« Elle me donne de bonnes vibrations... »

Ils ont changé de cassette.
Ce fils de pute écoute l'album des Beach Boys.
« Sta-cee... »
Putain de parasite. Dieu merci elle dormait.
« Elle m'excite tant... »
Le sang de Capwell sur ses mains. Les doigts paralysés.
« Sta-cee... »
A tâtons, Carson ouvrit son cahier et lut le poème qu'il venait de terminer.

La caméra se repaît
de tes cheveux d'or, esprit mort.
Le temps t'encercle peu à peu
une balle dans la tête.

Les mains tremblantes, il chargea son Mauser d'une balle.

La limousine stoppa à l'entrée de derrière.
L'aire de chargement était nimbée de jaune pâle, une faible lumière filtrait de l'intérieur. Les hommes des services secrets attendaient. L'un d'eux ouvrit la portière et Stacy entendit le cri qui retentissait venu de là-haut.
« Sta-cee. »
Jamie monta avec elle, jusqu'au cœur de l'arène. Couvés par les services secrets, ils attendaient le monte-charge. Des caisses métalliques s'amoncelaient tout autour ; près de la passerelle, Stacy vit une moto.
« Sta-cee. »
Ils s'entassèrent dans la cage de fer. Au fur et à mesure qu'ils s'élevaient, dépassant des murs de ciment et des passerelles d'acier, l'appel s'enflait. Elle remarqua l'esquisse d'un sourire ironique sur la bouche de Jamie.
L'ascenseur eut un à-coup, et stoppa au niveau de la partie obscure de la scène. Elle les entendit à travers les rideaux. Elle n'était pas prête.
Curtis attendait avec une lampe de poche. De la main il leur indiqua le chemin et éclaira le sol.
— Le groupe est à la régie, dit-il tout bas.
« Sta-cee. »
Ils suivaient le faisceau lumineux. En bordure de la lumière,

elle crut voir une forme affalée sous le téléphone. Quelqu'un de malade, lui aussi, se dit-elle, mais elle n'avait pas le temps de s'y attarder. Quand ils arrivèrent dans les loges, une porte se ferma derrière eux, étouffant la clameur.

A la régie, Greg Loughery, son bassiste, louchait sur son instrument. Leo Brennis, le synthétiseur, leur sourit.

— J'étais en train de me préparer pour jouer le rôle du sénateur, lui dit-il. John est dans ta loge.

Jamie lui serra la main. Stacy lui trouva l'air ahuri d'un adulte obligé de jouer avec des gosses. Elle se précipita dans la pièce à côté.

« Sta-cee... »

Elle ferma la porte derrière elle.

Damone détourna son regard du miroir.

— J'essayais de me rappeler à quoi je ressemblais sans barbe, dit-il sèchement. Comment tu te sens ?

— Je les sens dans mon estomac.

— Au moins, ils sont là.

Et, pour la taquiner :

— Tu te souviens de ce club où tu passais à Oakland ?

— Ça oui.

— Tu as fait un bout de chemin depuis !

Il lui montra la salle de bains ; une blouse en soie bleue était pendue à la porte.

— Pas de repassage ce soir. Alors je l'ai passée sous la douche pour la défroisser.

Avec sa rudesse sardonique, pensa Stacy, cette sensibilité presque féminine était encore plus évidente.

— Qu'est-ce que je ferais sans toi, John ?

— Tu t'occuperais de tes blouses. (Et en s'en allant, il lui caressa le visage avec deux doigts.) Sois super, Stacy.

La porte se referma. Elle vit qu'il avait ouvert sa valise et que sa trousse de maquillage était posée sur la table.

Tout irait bien. Elle ne voulait pas y penser.

Elle se déshabilla très vite ; nue devant la glace, elle se demanda si elle était trop maigre. Elle sentait la foule sur sa peau maintenant, les vibrations montaient par le plancher et les murs, comme les secousses d'un lointain tremblement de terre.

« Sta-cee... »

Elle pouvait les entendre très distinctement à nouveau,

même si le son était amorti. Elle s'obligea à s'asseoir. Soigneusement, sacrifiant au rituel, elle se passa du gras sur les lèvres pour les faire briller et elle souligna d'un trait de Khôl ses yeux, pour que le garçon qu'elle imaginait assis au tout dernier rang puisse les voir.

« Sta-cee... »

Elle se leva et enfila son jean. Il était très serré ; elle sentait le contact froid du satin de sa blouse sur sa peau. Elle avait la sensation intense, explosive, d'aller vers un rendez-vous d'amour.

Elle ouvrit la porte et fit un signe à Jamie. Il avait l'air fatigué.

— C'est l'heure ?

— J'ai oublié de te dire la chanson qui annonce ton entrée en scène. Tu connais « Love me now » ?

— Oui, oui. (Pour la première fois depuis des heures, il lui sourit.) C'est le moment des aveux. J'ai acheté la cassette. Tu vois, j'ai réellement aimé ton concert.

Elle l'embrassa.

— Encore quelques kilomètres, murmura-t-il, avant de pouvoir dormir.

Elle se retourna vers le groupe.

— On y va.

Ils se levèrent tous.

Stacy ouvrit la porte de la régie, en lui adressant un rapide sourire. Puis elle repartit dans le couloir, avec le service de sécurité qui lui faisait une haie de chaque côté.

« Sta-cee... »

La scène était noire. Quand il la vit arriver, Jésus appuya sur des interrupteurs qui étaient au mur.

De l'autre côté du rideau, il y avait un grand silence, comme si la foule avait avalé son propre bruit.

Curtis surgit avec sa lampe. Un par un, tout le groupe la précéda et ils allèrent se placer devant leurs claviers, batterie et guitares. Ils se tenaient derrière leurs instruments comme les mannequins d'un musée de cire.

— OK, murmura Curtis.

Stacy remarqua que la forme affaissée s'était redressée, comme si elle l'avait réveillée. Et puis Curtis la guida, avec sa lampe, au milieu des fils électriques, sur le plancher jusqu'au rideau où elle s'arrêta. Il lui tendit un micro et à nouveau murmura :

— Bonne chance.

Elle entendit ses pas qui s'éloignaient vers l'arrière de la scène. Il n'y eut plus que le son qui venait de l'autre côté du rideau, celui de l'attente, étouffé, immense.

Ensemble, pensa Stacy, ils pouvaient faire un président.

Elle ferma les yeux, respira un grand coup. L'éclair d'un instant, familier et toujours plus effrayant, elle voulut reculer. Puis elle se jeta sur scène.

Les projecteurs lui blessèrent les yeux. Elle se sentit glacée, assommée, presque aveugle, submergée par leur rugissement animal. Des bras s'agitaient comme des pistons, des bouches hurlaient son nom : des flots de lumière colorée se frayaient un chemin dans la fumée, le brouillard, les ténèbres, suscitant un moment des arcs-en-ciel fugitifs pour illuminer les coins les plus reculés où la foule se tenait, captive, dans son faisceau. Tout était noir et vaste. La foule debout, masse moite, s'étirait à perte de vue ; deux gradins de sièges l'entouraient, d'autres gens debout, criant, hurlant si fort que les poutrelles en résonnaient. En bas, projetée sur un écran à quatre côtés, suspendu au-dessus de la foule, son portrait géant. Ses lèvres brillaient ; ses yeux étaient grands et ronds. Stacy vit qu'elle souriait.

« Sta-cee... »

Derrière elle le rideau s'ouvrit.

La scène devint soudain un brasier de lumière. Le groupe attaqua par l'ouverture métallique de « Equal Nights ». La foule hurla dès les premières notes ; Stacy aspira l'air au plus profond de ses poumons.

Elle commença à chanter :

Je prendrai ma liberté
Toi, prends mes nuits
aussi longtemps que tu pourras me regarder
toutes lumières éteintes...

Le cri en réponse, frénétique et primal, l'aspira en avant ; elle maniait le fil du micro comme un fouet tandis que les mains se tendaient vers elle. Stacy sentait le pouvoir de la musique emplir ses poumons, courir le long de la sono et lui revenir en écho jusqu'à ce qu'elle se vive comme un élément de l'ensemble, et que sa nervosité se mue en une énergie folle. C'est pour ça qu'elle les aimait. Elle était comme magnétisée et sillonnait la scène de part en part. Et la vibration passait dans la foule et les amplis comme un courant qui la traversait. Elle aperçut sur le côté les caméras de télé, celles de Jamie, qui la suivaient dans ses déplacements. Au-dessus, des mains tendues, là-haut, son image multipliée par quatre bougeait avec elle. Sa chanson fendit l'obscurité comme un laser.

Elle s'immobilisa.

Et de sa voix apaisée, pure, claire et solitaire, elle enchaîna avec les premières notes plaintives de « Returns at midnight » :

Éclats de rêves
sur l'écran de l'enfance
Effrayée de devoir croire
à ce que j'ai déjà vu...

La foule était muette.

Elle se sentait proche d'eux ; leurs visages silencieux étaient levés vers son image. Elle ferma les yeux.

Dans la chanson, une femme en habits de ville regarde la télévision avec un homme qui autrefois l'a abandonnée. C'est la nuit ; l'écran est argenté ; l'homme lui demande d'être encore son amant. Elle n'a pas confiance, ou bien elle veut être seule. A la fin, quand un feuilleton romantique de son enfance danse devant ses yeux, elle se laisse séduire par les mêmes serments qu'elle avait entendus autrefois. Stacy sentait la scène.

Elle termina.

Dans le silence, elle prit une inspiration et attaqua « Love me now ». Elle avait toujours les yeux fermés.

Seul le clavier jouait, des notes douces, comme hésitantes. Lentement, avec une voix cristalline d'enfant, Stacy commença :

Chéri, aime-moi si tu peux
je ne peux pas attendre,
peux-tu le comprendre
La cendre dit le feu d'hier...

Le groupe improvisa.

Un solo de batterie et la voix de Stacy reprit avec les deux guitares :

Sache que le feu
vit dans les amants
avant que le feu
ne s'envole en fumée
Ne fais pas de feu
C'est les autres que je veux.
Nous ferons que le feu
Pour nous tous brûle mieux...

Ils hurlèrent son nom.

Ils ondulaient, poussés par un élan irrépressible vers la scène. Stacy déambulait, tournoyait, criait dans leurs visages, les implorait de plus en plus près, à peine consciente qu'elle était presque à leur portée. La foule applaudissait, dansait, transportée. De l'arrière, elle jeta un jeune homme brun sur ses épaules, de plus en plus près de la scène, comme pour le livrer en sacrifice à Stacy. Une odeur mêlée de dope, de sueur et de corps : l'arène sentait le sexe.

Sache que le feu
vit dans les amants...
Nous ferons que le feu
Pour nous tous brûle mieux.

Elle avait la blouse trempée. Le jeune homme aux cheveux noirs, d'épaules en épaules, arrivait jusqu'à elle, criant : « Baise-moi, Stacy. »

Elle lui sourit.

Il leva le bras, riant, en extase, et sombra dans la foule. Ils agitaient les mains, ils sautaient, ils criaient, ils semblaient avoir perdu tout contrôle. Stacy, un moment, aurait voulu être avec eux.

Puis, aussi soudainement que le début muet de sa chanson était devenu un grand cri d'amour, sa voix tomba. Seul le clavier l'accompagnait. Elle termina à voix basse, en murmurant presque, tout doucement :

Tu sais que le feu
vit dans les amants
Ce soir le feu
en nous tous brûle mieux.

C'était le silence. Tous se taisaient. Ils lui appartenaient.
« Sta-cee... », appela une voix qui venait des gradins.
Stacy ouvrit les yeux. « Salut », dit-elle.
Rires ; applaudissements.
« Sta-cee... » D'autres voix appelaient. Bientôt ce ne fut qu'un cri.
« Sta-cee... ce... »
Elle était là, immobile et seule, au centre de leurs désirs. Son cœur battait très fort. Derrière elle, Damone éteignit la scène.
Dans le cercle rond de lumière, elle tendit une main.
« Kilcannon », dit-elle doucement.
Des murmures épars reprirent le nom.
« Kilcannon », répéta-t-elle.
Ils se saisirent du cri « Kilcannon ».
Sa voix devint plus forte, plus insistante : « Kilcannon... »
« Kilcannon... »
Stacy regarda l'écran. Sur la scène derrière elle, Jamie avançait entouré de ses gardes de corps.
« Kilcannon... »
Jamie s'approcha. Les acclamations montèrent vers lui.
« Kill-cannon... »
Quand Jamie fut à ses côtés, elle leva une main et, d'une voix douce et claire, elle dit : « James Kilcannon, sénateur des États-Unis. »
Leurs doigts se touchèrent.

A l'ombre des rideaux, Carson les regardait.
Avec un sourire éblouissant, Stacy se tourna vers Kilcannon.
Ils se tenaient à l'intersection de deux faisceaux de projecteurs, comme suspendus dans le noir. Les applaudissements de la foule étaient comme une bénédiction.
La main de Carson tremblait.
Le garde du corps ne pouvait pas le voir, il ne pouvait pas voir Damone...
« Kill-cannon... »
Quand Kilcannon avança, Carson ferma les yeux. Dans une

maison qu'il ne verrait jamais, Cathy dormait dans son lit. La scène oscillait sous ses pieds.

« Kill-cannon... »

De l'autre côté, Carson entendit le bruit des moteurs d'une caméra qui filmait la scène.

« Kill-cannon... »

Il y avait du sang sur ses mains, la caméra tournait. Encore et encore, ils répétaient : « Kill-cannon... Kill-cannon... Kill-cannon... » et des vagues de son déferlaient sur lui, résonnaient, se mêlaient.

Carson ouvrit les yeux.

Kilcannon leva la tête, souriant à leur appel. Ses cheveux semblaient dorés.

Stacy fit un pas de côté ; elle lui donnait la foule. Sous le grondement, Carson entendit d'autres caméras.

« Kill-cannon... »

Il fit un pas en avant, son Mauser au côté.

Les applaudissements explosèrent en cris stridents. Il ne les entendait plus, les yeux fixés sur sa cible, à sept mètres de là. Comme un automate, il s'avança pour accomplir sa mission.

Un coup sec.

Quatre mètres maintenant. La route de la fuite s'ouvrit dans sa tête : trente secondes pour descendre la passerelle jusqu'à sa moto, et fuir dans la nuit. Il leva son Mauser, soutenant de l'autre main son poignet.

Sa cible se tourna, ouvrit la bouche.

Carson devint de glace.

Aux confins de son champ visuel, les agents des services secrets sautaient sur scène. Cinq secondes. Il regarda le visage de Kilcannon.

Trois secondes.

L'éclair d'un flash. Le visage de Kilcannon n'était qu'une tête sans visage couronnée d'une blonde auréole.

Le temps t'encercle peu à peu.
Une balle dans la tête...

Carson fit encore un pas en avant et tira. Il sentit le recul de l'arme dans sa main ; la tête retomba ; les cris qui suivirent furent pour lui un passage à blanc.

Il se dirigea vers la passerelle, le service de sécurité à ses trousses. La fuite était encore possible.

Il s'élança.

Un cameraman se précipita sur la scène pour filmer Carson.

Mû par une sorte de mémoire musculaire, Carson s'agenouilla et tira trois coups sur la caméra.

Le cameraman s'abrita, il n'avait pas été touché. Carson ne pouvait pas le reconnaître.

Impossible de se rappeler par où il devait s'enfuir.

Il se retourna et regarda la scène.

Les policiers allaient l'attraper ; Stacy Tarrant était à genoux au-dessus de sa cible.

« Kilcannon », pensa-t-il, hébété, et les cris parvinrent à ses oreilles.

Carson laissa tomber le Mauser, ils le tenaient des deux côtés à la fois.

Tout s'était passé si vite.

Les doigts de Jamie étaient froids, électriques.

Il s'était avancé ; elle lui avait donné le micro ; les ovations montaient vers lui.

Elle avait regardé l'écran géant.

Sa tête rejetée en arrière, Jamie semblait lui sourire. Le plan s'élargit pour montrer le sourire qu'elle lui adressait, c'est là qu'elle avait vu l'homme derrière eux.

Il levait son arme.

La foule hurlait. C'était comme si elle assistait à un film ; elle ne pouvait pas bouger et reprendre pied dans la réalité.

Jamie avait pivoté.

Elle avait crié dans sa direction, ses cheveux semblaient dressés sur sa tête.

Il s'était effondré, il était tombé sur le côté puis sur le dos.

Stacy se jeta sur lui pour le protéger.

Elle dérapa sur la scène, et le couvrit de son corps. Les cris fendaient l'espace ; elle ferma les yeux, s'attendant à être abattue. Elle sentit sous elle la poitrine de Jamie qui se soulevait. Elle sentit en lui touchant la tête une moiteur chaude sous ses doigts. Son souffle contre sa joue. Il n'y eut pas de deuxième coup de feu.

Elle le regarda. Son visage était inchangé. Il battit des paupières puis ouvrit les yeux.

Du bout des doigts, elle écarta une mèche qui lui tombait sur les yeux.

Ses lèvres s'entrouvrirent. Il murmura très bas :

— Est-ce que tout le monde va bien ?

« Oh, Mon Dieu, Jamie », pensa-t-elle. Elle lui fit oui de la tête.

— Oui, je crois.

Ses yeux remontèrent vers son front ; Stacy n'était pas sûre qu'il la voyait ni même qu'il l'entendait.

— Quelle farce, chuchota-t-il. Mais qu'est-ce que cela veut dire ?

Elle avait des larmes sur son visage. Hébétée, elle regarda autour d'elle pour trouver de l'aide.

Le service d'ordre repoussait la foule. Une caméra, se faufilant entre leurs jambes, pointa son objectif sur Jamie.

— Dégagez, cria Damone.

A cette voix, elle se retourna ; Damone et deux flics venaient vers elle. Des ambulanciers arrivaient avec un brancard.

Damone s'agenouilla et regarda Jamie. Il y avait une flaque de sang sous sa tête.

Leurs regards se croisèrent au-dessus de son visage. Damone était pâle.

— Harry, dit-il.

— Tony !

Lord accourut de la douche.

Ils avaient fait l'amour et Marcia était encore nue sur le lit. Elle montrait du doigt la télévision.

— Regarde, cria-t-elle d'une voix perçante. Regarde ce qu'ils ont fait.

Lord regarda l'écran.

Kilcannon était allongé sur la scène, du sang brillait sous sa tête. Stacy Tarrant tournait son front, ses lèvres remuaient, puis celles de Jamie. Leurs mots se perdirent dans la confusion.

— Oh, non ! rugit Lord. Ce n'est pas possible.

Marcia se tourna comme s'il n'avait pas le droit de parler.

En silence, Lord s'assit sur le bord du lit.

Le film zigzaguait sauvagement.

A l'arrière-plan, un homme en T-shirt regardait Kilcannon comme s'il était épouvanté de ce qu'il voyait. De ses mains tomba un revolver ; il n'opposa aucune résistance.

— J'espère qu'ils le tueront, siffla Marcia.

Ils la laissèrent monter dans l'ambulance. Elle se pelotonna dans un coin tandis que les infirmiers penchés sur Jamie le veillaient. Ils ne disaient rien mais leurs yeux parlaient pour eux. La sirène de l'ambulance retentit.

Elle se souvenait vaguement d'avoir pris l'ascenseur pour descendre ; elle avait perdu Damone quelque part. Ses côtes et ses coudes étaient à vif.

Elle frissonna.

Ils s'arrêtèrent ; la porte s'ouvrit, ils évacuèrent la civière ; Stacy vit que les cheveux de Jamie retombaient sur son front. Quelqu'un avait ouvert sa chemise.

— Il vit encore, dit un infirmier.

Les policiers formaient une haie jusqu'à une porte à double battant. Une enseigne de néon indiquait les « urgences ».

Ils rentrèrent rapidement la civière.

Derrière les policiers, les flashes crépitaient. Et Jamie disparut à l'intérieur.

— Mademoiselle Tarrant.

Deux policiers s'approchèrent d'elle ; elle les laissa l'accompagner jusqu'au rez-de-chaussée. A demi consciente, elle entendait le bruit persistant des caméras en marche. Des flashes lui sautèrent au visage.

« Stacy, cria quelqu'un. Comment va-t-il ? »

Elle mit la main sur ses yeux ; elle se retrouva dans un couloir lugubre, carrelé. Quelqu'un la toucha. C'était Nat Schlesinger.

— Il est en haut, dit-il. Ils vont l'opérer.

Ses yeux étaient rouges et gonflés. Hébétée, elle fixait son nœud papillon porte-bonheur. Comme s'il avait compris, il répondit :

— Peut-être qu'il a une chance, Stacy.

Elle s'appuya contre lui.

— Une chance pour quoi ?

Nat l'emmena jusqu'à l'ascenseur. Ils montèrent jusqu'au quatrième étage.

Un cordon de policiers barrait la route. Ils passèrent outre et Nat la conduisit — encore du carrelage... — vers une chaise verte, à côté d'un cendrier dont elle n'avait que faire.

— Je reviens, dit-il, dès qu'il y a du nouveau.

Stacy le regarda disparaître. L'éclairage du plafonnier était impitoyable ; il y avait du sang sur ses doigts et sur ses manches.

Les assistants de Jamie arrivèrent ; de jeunes hommes perdus qui parlaient à voix basse. Leurs pas crissaient sur le carrelage. Inutiles, impuissants. Stacy ne pouvait pas les regarder.

— Stacy ?

Une voix douce l'appelait. C'était Damone à côté d'elle.

— Comment as-tu fait pour arriver ici ?

— Peu importe. Je voulais être avec toi.

Elle s'appuya contre lui.

— Pourquoi a-t-il fait ça, John ?

— Je ne sais pas. (Damone regardait au loin.) Stacy, quelqu'un a volé l'argent du concert. Tout est parti.

Les mots n'avaient pas de sens. Stacy vit arriver Nat Schlesinger du fond du couloir ; il venait vers eux. Il marchait comme un vieil homme.

— Aucune importance. (Elle parlait d'un air doux, fou.) Jamie n'en aura plus besoin maintenant.

Il était trois heures du matin.

Lord et Marcia n'arrivaient pas à trouver le sommeil ; ils regardaient la télé.

Dans la salle de presse, à l'hôpital, un homme au visage fatigué, portant un nœud papillon, se mit à lire une déclaration :

« A deux heures dix-sept, le matin du 3 juin, James Kilcannon, sénateur des États-Unis, est mort victime d'un attentat. »

Marcia se tourna vers Lord ; la voix de l'homme tremblait.

« La mort a été causée par une seule balle de revolver qui est entrée par l'arrière du crâne et a traversé le cortex. »

Le téléphone sonna...

D'un geste mécanique, Lord décrocha.

— Oui.

— Tony, ici Ralph Di Palma.

La voix de Di Palma était tendue.

— Oui, répéta Lord.

— Je suis au palais de justice. Tu ferais mieux de venir.

— Pourquoi ?

— Harry Carson — le type qui a tué Kilcannon. (Di Palma fit une pause et respira profondément.) Il te demande.

Lord aussi garda le silence pendant un moment.

— Je viens, répondit-il, et il resta un long moment, le téléphone à la main.

A la télé, Stacy Tarrant quittait l'hôpital, cernée par les caméras. Marcia se retourna en pleurant :

— Qu'est-ce que c'est ? demanda-t-elle.

Mais Lord ne l'entendit pas vraiment.

— Une défense psychique, murmura-t-il. C'est le seul moyen.

Deuxième partie

Tony Lord

LE PROCÈS : HARRY CARSON

Juin-septembre, la même année

1

Les sirènes étaient tout ce dont Lord se souvenait. Ça commença par un cri ténu. Bloc après bloc, le cri s'amplifia dans les rues vides, monta, grossi bientôt par d'autres sirènes aiguës. Quand il arriva au palais de justice, leurs hurlements déchirants l'assaillirent.

Une foule muette, attroupée sur la pelouse et le trottoir, était là à regarder les gyrophares des voitures de police, tourbillons rouges reflétés par les fenêtres noires. Dans l'allée où Lord se gara, un Chicano armé d'une barre de fer était en train de défoncer le pare-brise d'un camion de la télé. Mais les autres étaient figés, comme en état de choc.

Les journalistes, séparés de la foule par un cordon de police, attendaient à l'entrée. Lord s'approcha en se faufilant entre un clochard et une jeune femme qui pleurait. Un flic lui barra la route.

— Jamie..., sanglota la femme.

Lord dit dans un souffle :

— Je suis l'avocat de Carson.

Le flic lui prit sa serviette des mains et le poussa presque en avant. Les reporters réagirent à la nouvelle.

— Hé, Tony, cria l'un d'entre eux. Tu défends ce type ?

Lord ne se retourna pas. Le flic qui l'escortait dit tout bas à celui qui gardait l'entrée :

— Il dit qu'il est l'avocat du meurtrier.

Le policier fit signe à un collègue de l'intérieur à travers la porte vitrée. Un agent noir sortit, contrôla les papiers de Lord. Puis les portes se refermèrent derrière lui.

Le hall était sombre et sonore. Le commissaire fouilla la serviette pour vérifier qu'elle ne contenait pas d'arme. Puis il téléphona à Di Palma et le conduisit à l'ascenseur. En montant, Lord essayait de se faire à l'idée que Kilcannon était mort.

Au septième étage, l'agent ouvrit la première des portes grillagées qui donnaient dans le couloir. Lord entendait des sonneries de téléphone, des bruits de voix qui venaient d'une salle de police pleine d'agents et de flics en civil. Trois détectives de la criminelle étaient en train de faire leur rapport au procureur général. Les yeux extrêmement luisants de Di Palma allaient de l'un à l'autre puis se posèrent sur Lord.

Les détectives quittèrent la pièce.

Di Palma, tout en se tapotant les dents avec un crayon, demanda :

— Comment se fait-il que Carson vous connaisse ?

— Il ne me connaît pas.

Les yeux de Di Palma brillèrent.

— J'ai entendu dire que vous avez eu des mots avec Kilcannon.

— Trêve de plaisanterie. Je veux savoir ce qu'il a dit.

— Rien. (Di Palma était tendu, ce qui le faisait parler trop vite ou pas assez.) Tout ce qu'il sait dire, c'est son nom et son adresse.

— De quelle arme s'est-il servi ?

— D'un Mauser. L'arme du parfait assassin.

Lord détourna son regard.

— A la télévision, il semblait venu du fond de la scène.

— Il avait été engagé par Tarrant. (Di Palma jeta un coup d'œil circulaire, puis revint à Lord.) Sa moto était sur l'aire de chargement. C'est un crime froidement prémédité.

— Devant vingt mille témoins ? Et son mobile ?

Le sourire de Di Palma avait l'air d'un tic.

— Pendant que lui descendait Kilcannon, quelqu'un volait la recette du concert. Plus de quatre mille dollars d'après le manager.

Lord fut surpris, il se rendit compte alors que ses propres réflexes de pensée étaient calqués sur ceux de Di Palma.

— Vous allez l'accuser d'avoir agi avec des complices ?

— Oui, dès qu'on trouve l'argent, ou les complices.

— En supposant qu'il y en ait. Et en supposant qu'il reste en vie.

Di Palma plissa les yeux.

— Il est dans la cellule de Dan White. Il n'y a personne d'autre, il n'y a pas de draps, pas de ceinture pour qu'il puisse se pendre. Je l'aurai.

Lord hocha la tête.

— Et qu'est-ce que vous avez trouvé à part le Mauser ?

— Un sac à dos, des cigarettes, un journal, un cahier.

— Je veux voir tout ça.

— On verra. (Di Palma fourra son crayon dans la poche.) Encore faut-il que vous le défendiez.

— Oui, répondit l'autre, il faut d'abord que je lui parle.

Di Palma le dévisagea.

— Quand vous le verrez, demandez-lui s'il a des amis. Sa seule chance, c'est d'avoir quelqu'un à balancer.

Leurs yeux se rencontrèrent.

— On verra, répondit Lord doucement.

Di Palma regardait ailleurs. Lord se retourna et vit le maire, le chef de police, le procureur des États-Unis. Il se rendit compte subitement que Di Palma avait rasé avant de venir la longue barbe qu'il portait habituellement.

— Si Carson a des complices, dit Di Palma à voix basse, il est bon pour la chambre à gaz. Vous aurez l'air d'un con devant Dieu et les hommes.

Il se précipita vers ceux qui arrivaient, l'œil aux aguets.

Lord prit des cigarettes au distributeur automatique. Puis il suivit le commissaire Ils longèrent d'autres portes grillagées avant d'arriver à un cube, blanc et nu.

Carson portait la tenue de prisonnier, une combinaison orange. La porte se referma derrière Lord. Le regard fixé sur la table, Carson ne leva même pas les yeux.

Lord s'assit et se trouva face à un homme mince et sec, à la moustache blonde, et aux yeux de lévrier.

— Je suis Tony Lord.

Carson esquissa un mouvement de tête.

— Cigarette ?

Son regard vacilla. Carson prit une cigarette, dont il ôta le filtre et qu'il tapota sur la table pour tasser le tabac.

Comme s'il ne le croyait pas, Lord dit :

— Ils m'ont dit que vous aviez tué Kilcannon.

Il fit à nouveau un très léger signe de tête.

Cette manière insensée de reconnaître les faits sidéra Lord. Carson avait tué quelqu'un qu'il avait rencontré neuf heures auparavant, ironique, plein de vie. Lord alluma sa première cigarette depuis des années, puis celle de Carson.

— Pourquoi m'avez-vous demandé ?

— Aujourd'hui... (il aspira une bouffée) j'ai lu votre nom dans le journal.

Il avait le ton de quelqu'un qui parle d'un souvenir lointain.

— Vous pensez que vous avez besoin d'un avocat ?

Pas de réponse, rien dans les yeux. Lord se demanda si c'était délibéré.

— Quand avez-vous décidé de tuer Kilcannon ?

Carson secoua la tête lourdement.

— Je ne sais pas.

— Vous vous rappelez de ce qui s'est passé ?

— Je me rappelle des cris. (Carson semblait étrangement détaché.) J'ai regardé et j'ai vu son visage.

— Vous vous rappelez avoir tiré sur la caméra ?

Une légère lueur.

— Ouais.

— Pourquoi vous n'avez pas essayé de fuir ?

Le regard de Carson devint fixe.

— Il nous filmait.

— Nous ?

— Nous tous... là.

— Comment vous vous êtes retrouvé là ?

Carson regarda le plafond.

— John Damone.

Lord prit un air indifférent.

— Qui est John Damone ?

— Son manager.

Carson se pencha en avant et serra le bout de sa cigarette, où manquait le filtre, comme un joint.

— Il m'avait engagé.

— Comment vous l'avez connu ?

Carson remit le mégot à ses lèvres.

— A l'armée.

— Au Vietnam ?

Un air surpris passa sur le visage de Carson. Il fit oui de la tête.

Lord parlait doucement maintenant.

— Est-ce qu'il savait que vous alliez tuer Kilcannon ?

Les yeux de Carson se vidèrent de toute expression.

— Lui ou quelqu'un d'autre, lâcha Lord.

Pas de réaction ; on aurait dit que chaque question poussait Carson à rentrer davantage en lui-même. Puis, très lentement, il secoua la tête.

Lord, tout en observant, écrasa la cigarette qu'il n'avait pas fumée.

— C'est Damone qui a volé l'argent du concert ? (Lord se pencha.) L'argent a disparu ; ils croient que c'est votre mobile. Si Di Palma retrouve quelqu'un que vous connaissiez, il s'en servira pour demander la peine de mort.

Carson écrasa son mégot entre ses doigts. Très doucement, il dit :

— Je ne sais rien à propos de l'argent.

— Est-ce que vous avez été payé pour faire ça ?

Carson fixait le cendrier.

— Non.

— Mais alors, pourquoi, bon Dieu, l'avoir tué ?

Carson parut se durcir.

— Il avait trahi les vétérans.

— Comment ça ?

— Il ne voulait pas nous aider. Pendant la guerre, il était en tête pour manifester...

Lord eut un mouvement de tête.

— Vous avez dû faire des études.

Carson acquiesça, comme si sa colère était toujours neuve, en même temps que tout à fait raisonnable.

— Où habitez-vous, lui demanda Lord.

— Dans le New Jersey.

— Vous l'aviez déjà rencontré auparavant ?

La bouche de Carson se contracta.

— Non, juste ce soir.

Lord prit un temps.

— Où dans le New Jersey ?

— Dans le comté de Montmouth. (On aurait dit qu'il avait besoin de rassembler ses pensées.) A côté de Clarkburg.

— Est-ce que vous voulez que j'appelle quelqu'un ? Vous avez une femme ?

Une émotion passa dans ses yeux.

— Non, ce n'est pas la peine.

Mais cette fois, la réponse avait quelque chose d'humain même si elle était désespérée.

— Il faut qu'elle sache, Harry.

Carson croisa les bras et son regard s'éloigna.

— J'ai un conseil à vous donner, dit finalement Lord. Écoutez-moi bien.

Carson ôta le filtre d'une deuxième cigarette.

Lord prit un ton grave et expliqua :

— Vous ne vous en doutez peut-être pas mais Di Palma veut vous charger un maximum. Il ne vous lâchera pas, quand bien même il devrait outrepasser ses fonctions. Ne dites rien, ne faites rien. Ne montrez aucune émotion, ne parlez à personne, ils peuvent introduire un indic ici. Faites comme si vous étiez prisonnier de guerre. Vous n'êtes plus qu'un nom, un grade, un matricule. Jouez la comédie s'il le faut.

Derrière la main qui tenait la cigarette, Lord crut voir l'ombre d'un sourire. Il se radoucit.

— Sauf avec moi.

Carson regarda ailleurs. Lord se demanda si le sourire était réel ou si c'était parce que celui de Kilcannon lui était revenu en mémoire.

Il fit un signe au gardien.

Quand il regarda Carson, il lui montrait le paquet de cigarettes.

— Sans filtre, dit Lord, je m'en souviendrai.

Le gardien passa les menottes à Carson et l'emmena. Il ne se retourna pas.

Di Palma attendait.

— Alors ? Quelque chose ? demanda-t-il brusquement. Ou quelqu'un ?

— Non, pas encore. Où est-ce que je peux trouver Damone ?

Di Palma leva le menton.

— A l'hôtel Fairmont.

— Merci.

Di Palma s'arrêta devant lui :

— Si je n'obtiens rien de Carson, c'est la peine de mort.

— J'ai compris.

Lord le planta là et alla à l'ascenseur. Il gagna la sortie. La foule était toujours amassée malgré l'heure tardive et les premières lueurs de l'aube.

Les journalistes l'entourèrent : caméras, flashes. Tout ça va trop vite, pensa Lord, ça s'annonce mal. « Y a-t-il des complices... ? » Une question parmi d'autres. Au micro qu'on lui tendait, Lord déclara d'une voix claire et posée :

« M. Carson m'a demandé de le défendre. J'ai accepté. »

« Salaud, cria quelqu'un qui se trouvait sur le trottoir, tu l'emporteras pas en paradis ! »

Des applaudissements, de-ci, de-là. Trois policiers l'escortèrent jusqu'à l'allée où il avait garé sa voiture. On avait défoncé son pare-brise.

« En tout cas, merci pour tout », murmura Lord. Il démarra, dépassa les camions de la télé, laissa la foule et les flics, et fonça à son cabinet.

Cass était assise, un journal plié sur les genoux. Il était sept heures du matin.

— Je suis désolé, dit Lord, ça m'a pris plus de temps que je ne le croyais.

Cass passa une main dans ses cheveux courts et roux foncé. Elle avait l'air fatiguée, déprimée.

— A quoi il ressemble ?

— C'est un désaxé ou un super-comédien. Lord se laissa tomber sur une chaise. Il a aussi fait le Vietnam.

— C'est ça son mobile ?

Le téléphone sonna.

— Il prétend avoir agi pour des raisons politiques.

— Pas pour du fric ? Tu crois ça, toi ?

— Les clients vous mentent tout le temps. (Lord fit une pause.) Cette histoire politique avait l'air complètement plaquée. Comme tout le reste d'ailleurs.

— Peut-être qu'il s'est drogué.

Lord la regarda dans les yeux.

— Je sais que tu aimais bien Kilcannon, dit-il finalement. Mais c'est comme ça, je n'y peux rien.

Cass lui sourit tristement.

— Et Marcia, qu'est-ce qu'elle en dit ?

— Qu'est-ce que tu veux qu'elle dise ? Elle aimait bien Kilcannon, elle aussi.

Le téléphone continuait à sonner. Au bout d'un moment, Cass dit :

— Je vais essayer de me débrouiller. Tu n'auras pas beaucoup de temps.

Lord pensa que sa défense serait passée au peigne fin non seulement dans la presse mais aussi dans tous les cafés du pays.

— J'ai besoin d'en savoir plus sur Carson aussi. Et vite.

Avec un soin exagéré, Cass décrocha le téléphone, appuya sur une touche, et coupa la communication.

— Carson a répondu à Di Palma avec une formule toute faite, dit Lord, tirée tout droit d'un manuel pour parfait combattant. Ça c'est intéressant, si on voit comment il s'est comporté. (Cass prit un carnet et un stylo.) Appelle l'Association des vétérans du Vietnam et tous les groupes qui existent. Trouve-moi quelqu'un, je veux tout savoir sur le syndrome du stress du Vietnam, et surtout des psychiatres.

— Tu ne vas pas un peu trop vite ?

— Il faut bien que j'aille quelque part. Mais je veux tout savoir aussi sur sa scolarité, tout, son travail, ses antécédents, traitements psychiatriques, etc. Mets le paquet sur son engagement politique, pour voir si cette histoire est vraie. Après ça, nous discuterons avec les parents et les amis. Je pense qu'ils sont à New Jersey, dans le comté de Montmouth.

Cass prit tout en notes.

— A moins que Carson se décide à lâcher le morceau, continua Lord, je serai obligé de plaider coupable ou alors l'irresponsabilité psychique. Di Palma le sait. Il fera tout pour coincer Carson, il lui fera endosser le vol — tous les mobiles rationnels possibles — et il l'enverra à la chambre à gaz. Pour plaider l'irresponsabilité psychique, il faut prouver qu'il ne savait pas ce qu'il faisait, ni que c'était mal. (Lord marqua une pause, cherchant un argument.) Un jury a tout lieu de croire que tirer sur Kilcannon était de la pure folie...

Quand il s'arrêta à nouveau, Cass jeta un coup d'œil sur le journal plié qu'elle avait sur ses genoux.

— Qu'est-ce que c'est ? demanda Lord.

Elle le plaça sur la table, ouvert à la première page. En gros titre : « Kilcannon assassiné. » Au-dessus, Stacy Tarrant penchée sur lui, les lèvres entrouvertes.

Lord regarda la photo.

— Je l'ai rencontrée hier soir, murmura-t-il finalement. Avec elle, Di Palma va m'enfoncer.

Cass se détourna.

Le téléphone se mit à sonner, rompant leur silence.

— Il faut préparer ce que la standardiste devra dire, dit Lord, à nouveau crispé. Aucune interview, aucune déclaration jusqu'à nouvel ordre de ma part. En attendant je vais faire un tour au Fairmont.

Le visage de Cass se colora.

— Tu vas essayer de voir Stacy Tarrant ?

— Non, son manager, un homme nommé Damone. C'est lui qui a déclaré le vol. C'est lui aussi qui a embauché Carson, et ça m'intrigue. J'aimerais le voir avant qu'il n'ait eu le temps de penser.

— C'est pas lui qui a tenté de sauver Kilcannon à Chinatown ?

— C'était lui ? (Lord se frotta l'arête du nez.) Ça m'était sorti de la tête. De toute façon, il faut que je voie s'il va me dire ce qu'il a dit à la police.

Il se leva pour partir, puis se retourna, avec un mouvement de tête en direction du journal.

— Lis-le pour moi, dit-il doucement, après jette-le, d'accord ?

— D'accord.

— Merci.

Lord se dirigea vers la porte.

Le voyage se passa sans incident. Les passagers de l'autocar semblaient vidés ; les journalistes qui regardaient l'entrée décorée du Fairmont ne connaissaient pas encore son visage. Il prit le téléphone de la maison pour demander le numéro de la chambre de Damone. Personne n'y fit attention.

Il monta avec l'ascenseur jusqu'au sixième étage, pour détourner l'attention du flic qui devait surveiller le huitième. Mais un deuxième policier, auquel il ne s'attendait pas tout à fait, surveillait la cage de l'escalier.

— Vous êtes un invité, monsieur ?

— Un visiteur pour la chambre 803.

Le gardien hocha la tête.

— C'est la chambre de M. Damone.

Lord prit une carte de visite dans son portefeuille et écrivit « Harry Carson » au-dessus de son propre nom, puis il ajouta : « Vietnam ? »

— Pouvez-vous lui faire passer ça ?

Le policier se dirigea vers le hall et appela quelqu'un.

Comme le temps passait, Lord avait l'impression de se mouvoir dans un rêve fade ; il était sûr que Damone ne le recevrait pas. Quand un policier apparut pour le faire monter, Lord en fut étonné.

Deux policiers en uniforme surveillaient la suite voisine de celle de Damone.

Le policier, qui avait suivi le regard de Lord, lui montra la 803 en disant : « C'est là. »

La porte était grande ouverte. Lord hésita, frappa, puis entra.

Les rideaux étaient fermés. Un homme solidement bâti, au teint olivâtre, aux yeux noirs et à la barbe sombre était assis par terre, en tailleur. Il avait le regard si fixe que Lord se contenta de murmurer :

— Je suis l'avocat de Carson.

De la tête, Damone montra la suite voisine. Un geste qui signifiait que Lord n'avait aucune excuse, et que ça se passait de commentaire.

— Excusez-moi, dit Lord. Mais j'essaie de comprendre le pourquoi.

Avec l'agressivité d'un boxeur, Damone se leva d'un bond et tira les rideaux :

— Et qu'est-ce qui vous permet de penser que je le sais !

La surveillance de la police et cette colère sourde de Damone déconcertaient Lord. La lumière du jour lui fit mal aux yeux.

Il s'avança vers le centre de la pièce.

— Vous n'avez jamais parlé ensemble de Kilcannon ?

— Non.

A la lumière, le visage de Damone paraissait rude et dur. Seule sa voix se radoucit :

— Lui, il n'a pas dit pourquoi ?

— Pas encore. (Lord remarqua qu'il avait des cernes sous les yeux.) Comment était Carson avant le concert ?

— Il était crispé, mais il a fait son boulot. (Damone ajouta avec une ironie cinglante :) Le son était parfait.

Lord savait qu'un jury ne manquerait pas de voir là la preuve d'une parfaite santé mentale.

— Est-ce que la police vous a déjà posé cette question ?

— Oui. (Damone le regarda.) Mais pas à propos du Vietnam.

— Il a mentionné que vous y étiez, dit Lord, alors j'ai pensé que vous pourriez peut-être aider.

— Qu'est-ce qu'il a dit ?

Lord tenta d'esquiver la question.

— C'est surtout son comportement, sa façon distante, presque détachée. J'ai pensé que la guerre y était pour quelque chose.

Damone resta silencieux.

— Rien de ce qui s'est passé là-bas, dit-il finalement, ne peut justifier son geste.

— J'aimerais savoir ce qu'il faisait.

Damone l'observait toujours. Lord perçut une deuxième conversation sans paroles sous la première, un avertissement muet, qu'il ferait mieux de ne pas insister.

— Nous étions dans une unité spéciale, répondit-il laconiquement...

— Quelle unité ?

— Elle n'avait pas de nom. Et je n'ai pas envie de raconter des histoires de guerre.

Lord tenta d'aborder la question autrement.

— Je suppose qu'il allait bien au Vietnam ?

— Pas exactement.

Damone se détendit et dit d'un ton tranquille :

— Il a fait de la prison à Long Binh. Il s'en était pris à un officier.

À ce moment précis, Lord se vit en Di Palma en train d'imaginer pour son client une conduite de violence.

— Est-ce qu'il est passé par une cour martiale ?

Damone alla à la fenêtre.

— Non. (Sa voix était douce maintenant.) Je l'ai fait sortir.

La réponse avait une telle résonance que l'attitude de Damone et tout ce qu'il avait dit auparavant prirent aux yeux de Lord une nouvelle coloration.

— Qu'est-ce qui vous a poussé à le faire ?

— Nous cherchions des volontaires. (Les épaules de Damone se tassèrent.) Et puis, avant, on s'était rencontrés dans l'association Vietnam.

— Comment il était à ce moment-là ?

— Jeune. (Il regarda Lord bien en face, un mouvement passa dans ses yeux noirs humides.) Cette guerre, elle a été faite par des gosses ou alors par de bonnes poires.

Lord marqua un temps.

— Mais après, vous l'avez embauché pour travailler pour Stacy Tarrant.

— Il n'arrivait pas à garder un boulot. Ça m'embêtait pour lui. (Damone regarda par terre.) Encore maintenant.

Lord s'attarda.

— Quand vous avez protégé Kilcannon, est-ce qu'il y avait quelque chose dans Carson qui vous causait du souci ?

Il y eut un silence.

— C'était des réflexes.

— Réflexes de guerre ?

— Oui.

— Mais le Vietnam n'a pas de rapport avec ce que Carson a fait ?

Damone leva ses yeux vers ceux de Lord.

— Qu'est-ce qui vous fait penser, dit-il lentement, que ce que je dirai peut aider Harry Carson ?

Dans sa voix, Lord entendit le temps s'écouler.

— Et l'argent ? demanda-t-il.

Pour la première fois, Damone eut un sourire amer :

— Quelqu'un a défoncé la porte pour le voler — ça arrive souvent sur la route. J'ai oublié ça quand Harry a tiré sur Kilcannon. (Il y avait dans sa voix une colère à peine dissimulée.) Vous pourrez dire que j'ai saboté mon boulot.

— Il fallait une valise pour tout cet argent. Comment a-t-on pu s'en aller avec, comme ça, sans problème ?

Damone croisa ses bras.

— Vous avez quand même vu le film ?

— Oui.

— La foule qui était là, continua-t-il, elle regardait Stacy et Kilcannon, c'est tout.

Sa voix était altérée par l'émotion. Sous la colère, on sentait comme une profonde culpabilité et une espèce de contradiction.

— Comment va-t-elle ? demanda Lord.

Le visage et les yeux de Damone se durcirent.

— Partez, dit-il.

— Tu te rappelles où nous étions hier soir ? demanda Marcia.

Lord mangeait du chili en boîte. Il était vingt-deux heures ; Christophe était au lit. Il ne l'avait pas vu depuis la mort de Kilcannon, il n'avait pas dormi une seule fois en quarante-huit heures. Il ne répondit pas.

Le téléphone sonna.

Marcia décrocha.

— Il mange, répondit-elle brusquement. N'appelez pas ici.

Elle raccrocha violemment et fixa Lord.

— Je sais ce que tu ressens, dit-il.

— On a appelé toute la journée, pas seulement des journalistes. Quelqu'un m'a dit qu'il aurait ma peau s'il ne réussissait pas à avoir la tienne.

Il sursauta.

— Je vais appeler la police.

— Comment peux-tu accepter de défendre quelqu'un comme ça ?

Marcia, raide, se tenait dans l'embrasure de la porte de la cuisine.

— Je n'ai pas la même manière que toi de voir les choses, Marsh. Parfois j'aimerais bien.

— Mais t'as trouvé la belle affaire, dit-elle brusquement, c'est ça ?

Il regarda le journal à côté de son assiette. Dans un encadré noir, il y avait une déclaration du président, le même qui méprisait Kilcannon de son vivant : « Aujourd'hui, nous déplorons la perte tragique d'un jeune leader, courageux et plein d'avenir... »

— Oui, dit enfin Lord. J'ai trouvé la belle affaire.

— Même si ce n'est qu'une sale histoire de vol ?

— Ça c'est le problème de Di Palma. (Lord continua à lire le journal.) Dans un sens, il vaut mieux que je ne sache pas par où est passé l'argent. Ça ne serait pas d'un grand secours pour Carson.

— Je n'aime pas que tu fasses ça.

— Tu n'es pas la seule.

— Va te faire foutre. Tu n'as donc vraiment pas de cœur ?

À nouveau, il leva les yeux.

— Peut-être que tu devrais aller voir tes parents...

— Je ne vais pas tout laisser tomber parce que tu as choisi de faire ça.

— Alors, on fera bien de brancher le système d'alarme.

— Comment peut-on justifier une chose pareille ? Est-ce que Carson est riche ?

Lord esquissa un faible sourire :

— Encore un procès avec assistance juridique.

— Tony, nous n'allons pas encore faire une deuxième hypothèque. Je ne signerai pas.

Lord la fixa.

— J'appellerai Tom Mulvaney de la police, dit-il finalement. Comment va Christophe ?

— Il est un peu déboussolé. Il n'a qu'une chose en tête : il n'arrive pas à comprendre pourquoi tu ne peux pas aller au match de base-ball.

Quelques minutes auparavant, Lord avait été dans la chambre de Christophe, en se rappelant qu'il avait fait la même chose la nuit précédente.

— Laisse tomber, fais ça pour lui, dit Marcia.

Au bout d'un moment, elle reprit d'une voix plus basse :

— Après tout, c'est toi qui l'as voulu cet enfant.

Alors Lord perdit la tête :

— C'est vraiment commode de pouvoir tout mettre sur le dos de quelqu'un. Tu aurais déjà le prix Nobel, c'est ça ! Et puis merde, tu aurais pu te trouver un travail, non ! Je t'en ai jamais empêchée, je crois.

Marcia devint blême. D'une voix tremblante, elle dit :

— Jamais je ne te pardonnerai ça.

— Il y a tant de choses impardonnables.

Marcia lui tourna le dos. Lord restait là, sans trouver les mots à dire avant qu'il ne soit trop tard.

— Excuse-moi...

Le téléphone sonna à nouveau. Marcia sursauta, mais elle ne fit pas un geste.

— Il nous faudra un répondeur, dit Lord.

Elle gardait le silence, le dos toujours tourné ; le téléphone continuait à sonner. Lord lui dit :

— Je dois sortir.

Le téléphone sonna encore.

— A dix heures et demie, dit-elle d'un ton lugubre.

— Oui.

Elle s'entoura de ses deux bras et se tint ainsi serrée.

— Ferme bien la porte et mets le verrou, lui dit-il, et il s'en alla.

Lord traversa les chemins qui menaient à Protero Hill, bordés d'entrepôts recouverts de tôle ondulée. On aurait dit les dessous d'une ville, sauf que les lumières de San Francisco brillaient, toutes proches.

Lord se gara à côté d'un entrepôt en briques sur De Haro Street et marcha jusqu'à la sortie de secours. Il monta au deuxième étage et vit que la porte était grande ouverte.

L'entrepôt était dans le noir et silencieux. En rentrant Lord ne put s'empêcher de penser à Kilcannon. Puis il vit la lumière qui filtrait sous une cloison en bois.

À l'autre bout, il y avait un lit de camp, un vieux frigo, un évier et une cuisinière. Un homme était assis devant un chevalet, plusieurs boîtes de bière à côté de son tabouret taché de peinture. Son visage luisait de sueur.

— Alors, dit-il, le type qui a tué Kilcannon est un vétéran ?

Lord s'approcha.

— C'est ça.

L'homme posa son pinceau. Il était maigre et portait une moustache ; Lord l'avait vu à la télé, c'était David Haldane, leader d'un groupe d'anciens du Vietnam, mais une certaine force cachée lui faisait penser à Damone. Ce qui l'intriguait aussi c'est qu'il habitât un endroit pareil.

— Et maintenant, il te faut mettre au point la défense Vietnam.

— Je suis ici pour apprendre.

— D'accord. Tu sais comment les vétérans tuent, quand cela leur arrive ? (Haldane claqua des doigts.) Comme ça, pour rien, parce que quelque chose leur rappelle le Vietnam. Alors, comme ça, Carson portait un putain de Mauser pour bosser.

— Je n'ai pas la prétention de le comprendre encore.

— Comprends d'abord ça. (Haldane se plaça pour lui faire face.) J'ai parlé aux vets ; il n'y en a pas un seul qui ait envie que ce mec soit libéré avec la carte du stress post-Vietnam. Il y a trop d'enjeux.

— Par exemple ?

— Tous les mecs qui eux n'ont pas tiré sur Kilcannon. (Ses yeux bleus emprisonnèrent ceux de Lord.) Regarde les chiffres : dix mille cent suicides parmi les anciens du Vietnam, cinquante mille morts d'accidents de voiture ou de drogue ou d'alcool. Ce dont ils ont besoin, c'est de travail et d'aide ; pas d'un avocat essayant de leur foutre Carson sur le dos, parce que c'est tout ce que vous avez trouvé à faire.

— Alors, il vaut mieux faire mon éducation. Si une défense ne marche pas, j'insiste pas.

— Et si par hasard elle marche, tout le pays nous montre du doigt.

— Alors peut-être que je peux faire leur éducation. Écoute, vous êtes capable de sacrifier Carson rien que pour des raisons politiques ?

— C'est déjà arrivé, répliqua Haldane, cinquante-six mille fois !

La toile sur le chevalet représentait un enfant vietnamien.

— Alors comme ça, rien à faire... Et moi, j'ai un vétéran en prison.

— Qu'est-ce que tu veux savoir ?

— Comment on distingue le stress post-Vietnam d'un autre ?

Finalement Haldane haussa les épaules.

— Pour commencer, il faut faire une enquête détaillée sur la vie de Carson, avant, pendant et après la guerre. La plupart des anciens du Vietnam avec un bon stress ont deux vies — la guerre est comme une ligne de démarcation entre les deux.

— Pourquoi ?

Haldane ébaucha un sourire amer.

— C'est vraiment très simple, mec. Prends ton chat et lance des grenades autour de lui : à la tombée de la nuit, tu auras un chat différent.

Lord marqua une pause.

— Comment ça a été pour toi ?

— J'étais dans le Triangle de Feu, pendant Têt. (Le visage de Haldane se ferma.) Toi, tu étais à l'école, n'est-ce pas ?

— Oui, puis à la faculté de droit.

— Et moi, je suis gardien de nuit. (Haldane alluma une cigarette.) Un tas de vétérans sont rentrés avec une seule idée en tête, mec. Ils ne peuvent pas oublier le temps où les gens qui les poussaient à partir ont tué leurs amis.

— C'est pour ça que Carson ne pouvait pas garder un boulot ? Je suis tombé sur un problème concernant le client du procureur. (Lord hésita.) Disons qu'il y a eu quelque chose avec Kilcannon qui aurait blousé les vétérans.

— Alors là il a tout à fait raison. (Haldane se pencha, remontant une jambe de son pantalon. Lord aperçut des cicatrices décolorées.) Ça c'est l'agent Orange et pas du poison de chêne. J'ai montré ça à Kilcannon.

— Tu l'as rencontré ?

— Oui, avec d'autres. Nous voulions que le comité du Sénat où il siégeait vote une subvention pour l'étude des effets de l'agent Orange — lésions, bousillage chimique du cerveau, enfants malformés, tout le bin's quoi. Il nous a fait des claquettes pour montrer qu'il était sympa et puis il nous a dit de nous organiser. Il faisait sa campagne présidentielle le jour où ils ont rejeté la subvention.

— Comment Carson pouvait savoir tout ça ?

— Un des mecs a écrit un article intitulé « Celui qui sait entendre », où il disait que Kilcannon n'était qu'un faux-jeton. Mais personne ne voulait sa mort. (Haldane haussa les épaules en signe d'impuissance.) Je veux dire : quelle est la question ?

— Il y en a qui ont rencontré Carson ?

Haldane secoua la tête.

— J'ai appelé à Los Angeles. Personne n'a entendu parler de lui.

— Et Damone ?

— C'est seulement un nom ! Il est trop occupé avec Tarrant, donc il n'a pas le temps pour autre chose.

— C'est lui qui a donné du boulot à Carson.

Haldane écrasa sa cigarette.

— Il a foutu la merde, c'est ça ?

Lord haussa les épaules.

— Je vais avoir besoin d'un psychiatre pour l'examiner. Un psychiatre honnête, qui fasse de la thérapie et non des expertises.

Haldane réfléchit un moment.

— Appelle Marty Shriver à Berkeley. C'est un brave type, il travaille avec des vétérans qui ne peuvent pas payer beaucoup. Mais fais ce que tu as à faire.

— Je le ferai...

— Car il n'aimera pas ça non plus. Et si Carson a tiré sur Kilcannon pour que ses copains ramassent le magot, personne voudra y être mêlé.

D'un ton légèrement narquois, il ajouta :

— T'as intérêt à savoir qui est ce type.

— Je comprends...

— Oui, je suis sûr que tu comprends ça.

Haldane se rassit et regarda l'enfant qu'il avait presque terminé. Quand Lord quitta la pièce, il était de nouveau en train de peindre.

Dehors tout était noir et froid. Lord prit par la sortie de secours ; peu à peu ses yeux s'habituèrent à l'obscurité. D'en bas, venait un bruit métallique. Il tressaillit et se retourna.

C'était un chat qui roulait une boîte de conserve. Ses yeux brillaient comme des pierres jaunes.

2

Lord et Cass regardaient les funérailles de Kilcannon à la télévision.

On avait transporté le corps à Princeton et SNI retransmettait en direct la cérémonie religieuse qui se déroulait dans une église catholique. Un plan sur la foule amassée dehors montrait une vieille femme qui pleurait, deux enfants noirs, un prêtre. Les visages disparurent, laissant place au cercueil.

Un sénateur aux cheveux argentés lut un discours avec une éloquence tout irlandaise :

« Un romancier écrivit un jour de son héros : " Il était né doué du rire et conscient que le monde était fou. " Jamie Kilcannon savait trop bien que le monde qu'il voulait rendre meilleur était fou, bien souvent. Pourtant dans cette folie même, nous ne pouvons oublier le don qu'il nous fit de son rire. »

La caméra s'arrêta sur le président et sa femme, puis passa sur un homme effondré en nœud papillon pour se fixer ensuite sur Stacy Tarrant.

Lord se rapprocha de l'écran et reçut en plein cœur son regard égaré et son port de tête impassible. C'est avec la même dignité qu'elle avait monté les marches de l'église, lentement, si lentement que Lord pensa qu'elle voulait montrer à tous le mal que Carson avait fait. Il en arrivait à se demander si la loi ne l'avait pas privée d'humanité face à cette tragédie. Cependant, une pensée persistait : elle s'était donné un but et ça la soutenait.

Quand Lord regarda, elle écoutait l'éloge funèbre du sénateur.

« Et même dans la mort, la terrible beauté de ses derniers mots reflète sa confiance dans la nature humaine : " Est-ce que tout le monde va bien ? " »

Le regard de Stacy se troubla, puis elle ferma les yeux.

— Jésus, murmura Lord.

La cérémonie prit fin.

Lord et Cass la virent sortir avec Damone, à nouveau maîtresse d'elle-même. Le visage de Damone était imperturbable ; vaguement, Lord tenta d'imaginer la complexité des sentiments qu'il éprouvait.

— On ferait mieux d'y aller maintenant, Cassie. On nous attend au palais.

Elle fit oui de la tête, les yeux toujours tournés vers l'écran. Quand ils partirent, Stacy montait dans une limousine noire, puis elle disparut.

Après cela, la salle du palais de justice se mit à ressembler à une cathédrale, et la procédure fut encore plus solennelle que d'habitude. Quand le juge Rainey lui déclara qu'il était accusé du meurtre de James Kilcannon, Carson le regarda comme s'il parlait latin. Journalistes et artistes remplissaient tous les bancs, griffonnant des notes ou des ébauches de dessins. Quand tout fut fini, Lord toucha l'épaule de Carson, et deux agents l'emmenèrent.

Cass le suivit du regard.

— Il a l'air défoncé, dit-elle à Lord.

— Il mène la grande vie.

A son grand soulagement, Lord la vit esquisser l'ombre d'un sourire.

Dehors les journalistes se pressaient sur les marches.

« Quelle est sa défense ? » demanda une voix. Cass et Lord passèrent outre sans se retourner jusqu'à ce que celui-ci butte sur un trench-coat avec des seins. Il fut obligé de s'arrêter et vit alors des cheveux noirs en désordre, une bouche expressive, des yeux noisette brillants, avec une lueur amusée.

— Accordez-moi un moment, monsieur Lord, je ne suis pas assez jolie pour faire la présentatrice.

Cette séduction déplacée avait quelque chose de si humain que Lord faillit en rire.

— Qui êtes-vous ?

— Rachel Messer, TV 6.

— D'accord, Rachel. Peut-être quand je saurai quoi dire.

— Je peux vous aider, dit-elle joyeusement et elle s'écarta.

La Volkswagen de Cass était garée en double file juste à l'entrée. Lord se glissa à la place du passager et regarda la foule.

— Je me demande, lui dit-il, si même sur la lune Carson aurait une chance d'avoir un vrai procès.

Cass démarra.

— Di Palma n'a pas encore retrouvé l'argent. Ni les complices.

— Et Carson ne dira pas un mot du Vietnam.

Elle lui jeta un coup d'œil.

— J'ai l'impression qu'il va falloir exploiter Long Binh Jail. Avec un peu de chance, nous trouverons bien quelqu'un qui a fait l'armée avec lui et qui acceptera de nous en parler.

— Mais pas Damone. Il m'a donné l'impression qu'il était plus capable d'enfoncer Carson que de l'aider.

— Peut-être que tu trouveras un moyen de faire appel à lui. Plus tard.
— Non, rien à faire. (En le disant, Lord comprit qu'il en était sûr.) Damone n'agit que pour lui.

Carson fumait une Lucky Strike.
— Vietnam ? dit-il. Encore ?
— Des choses dont vous vous souvenez.
Carson pouffa de rire en même temps qu'il avalait une bouffée de cigarette.
— De l'eau.
— Vous étiez trempé ?
— Oui. (Son sourire disparut.) Je peux la sentir encore sur ma peau.
Lord griffonna sur son carnet de notes.
— Et quoi d'autre ?
Carson tendit une main et la regarda :
— Les hélicoptères qui se balançaient au-dessus de vous avant de vous canarder.
— C'était quand ça ?
— Je ne me rappelle pas. (Le bras de Carson se relâcha.) Demandez à Damone.
— Il ne veut rien dire. Où étiez-vous, de toute façon ?
— Dans la jungle. (Carson ferma les yeux.) Tout est brouillé, noir. J'ai pris beaucoup de Dexédrine.
Un moment, la peau autour de ses yeux sembla se tirer. « Le voilà parti, pensa Lord, complètement parti. » Il regarda ses notes inutiles, en se demandant si Carson se rappelait que Di Palma n'attendait qu'une chose, le convaincre de meurtre.
— Est-ce que c'était après votre séjour en prison ? demanda-t-il.
Carson ouvrit les yeux.
— La prison de Long Binh, dit Lord.
Carson se concentra, en épelant :
— LBJ...
— Que s'est-il passé quand vous êtes sorti ?
Lentement Carson secoua la tête :
— Je ne me rappelle pas, mec.
— Qu'est-ce que vous aviez fait ?

— J'avais tabassé un lieutenant.
— Pourquoi ?
— Le salaud voulait qu'on compte les cadavres.
— Et Kilcannon, lui, qu'est-ce qu'il a fait ?
Carson écrasa sa cigarette.
— Je ne vois pas pourquoi on en fait un tabac !
— On en fait un tabac parce qu'il est mort.
— C'est un monde pourri, mec. (Tout d'un coup, les yeux de Carson luisirent, humides.) Je me rappelle quand mon enfant est née, elle était si jolie. J'ai eu presque envie de l'étrangler pour qu'elle ne le sache jamais.
— Où est-elle ?
— Quelque part. En Caroline du Sud. Je ne peux pas la trouver.
— Qu'est-ce qui s'est passé ?
— J'ai foutu le camp. Je ne pouvais plus les supporter...
— Que s'est-il passé avec l'argent du concert ?
Carson regarda sa cigarette consumée.
— Je ne sais pas, dit-il enfin. Réellement, je ne sais pas.
Lord se demandait s'il devait le croire. Il n'y avait que son enfant qui brisait la litanie de ses non-réponses.
Moitié par curiosité, moitié parce qu'il désespérait de rien obtenir de lui, il décida d'adopter une nouvelle tactique.
— Comment c'est la vie en cellule, Harry ?
Carson prit un temps avant de répondre.
— C'est la sensation d'être engourdi. Personne. Parfois j'ai l'impression que ma tête flotte là-bas.
— A quoi pensez-vous ?
Carson regarda ses mains.
— J'essaie de me souvenir des choses. Vous savez, des choses réelles.
Lord se retint de lui parler du Vietnam.
— De choses réelles ?
Carson resta un moment silencieux.
— Des fois, je pense à l'époque où j'étais petit.
Lord lui tendit une autre cigarette.
— Quelle est la première odeur qui vous revient ?
— Odeur ?
— Oui. (Lord hésita.) Je me rappelle quand mon grand-père

me prenait dans ses bras. Il portait des cols amidonnés — pour moi, il sentait le savon et l'amidon.

Carson eut un pâle sourire. Puis il alluma une cigarette, prit une bouffée et ferma les yeux à nouveau. Il garda le silence pendant quelques instants.

— L'odeur de fraise, dit-il.

Cinq heures plus tard, Lord dictait ses notes, tentant d'y mettre de l'ordre et de capter le ton et l'émotion de ce que Carson lui avait dit.

L'odeur de fraise.

Il avait trois ans peut-être et le sous-sol en était plein. La lumière filtrait par une petite lucarne carrée. Les fraises étaient stockées dans les coins : dans ce lieu humide, qui sentait le moisi, elles exhalaient un parfum frais, doux et sucré. Il avait l'habitude d'aider sa mère à les mettre en barquettes. Bien plus tard, après que son père fut parti, Harry imaginait encore que sa mère sentait les fraises.

La ferme. Quelquefois, il y repensait.

Il en sentait tous les mouvements. A cinq heures du matin, il tirait Joey du lit pour traire les vaches. Ils avançaient dans l'obscurité en trébuchant, Joey se frottant les yeux ; ils allumaient la grange où les vaches attendaient. Joey leur donnait à manger ; Harry écrémait le lait tiède à l'odeur de trèfle, le pasteurisait en le passant dans la machine au fond du porche, puis il le mettait en bouteilles. A quatre heures de l'après-midi, il recommençait tandis que Joey nettoyait la grange. Les vaches ne savent pas ce que c'est qu'un week-end.

Leur maison en bois, perchée sur une crête entourée de pins et de chênes, surplombait les champs ondoyants et les tertres où s'étalaient les principaux centres du New Jersey. Harry père avait l'habitude d'inspecter le Mas pour voir s'il avait besoin de réparations. Quand les marches foulées par des milliers de pieds commencèrent à montrer des signes de fatigue, son père en construisit de nouvelles, si ajustées qu'on ne pouvait pas passer un doigt entre les lattes.

Son père avait soigneusement organisé leur journée : déjeuner à deux heures de l'après-midi suivi de l'émission d'Ed Sullivan qu'ils regardaient depuis qu'Harry était gosse, puis ils plantaient ou réparaient le tracteur ou l'étable ou répandaient du fumier sur les plantations, ou creusaient un nouveau trou à ordures ou fermaient un puits. Harry et Joey ne posaient jamais de questions, sauf pour les pins.

Un dimanche — Harry avait dix ans —, son père décida de vendre un peu de bétail pour faire de l'argent ; il en discuta avec un voisin. Sur la route du retour, il conduisait sans mot dire, le coin de ses yeux était plissé. Il se gara et conduisit les enfants vers un fourré très dense.

— Nous les planterons ici, dit-il, les pins. Pour payer l'université.

— Des pins, pour payer l'université ? Comment c'est possible ? demanda Harry.

— Quand ils seront assez grands, les gens viendront les couper pour leurs arbres de Noël. Nous utiliserons cet argent pour que tu démarres dans la vie.

Harry n'était pas convaincu.

— Tous les gens qu'on connaît coupent leurs propres pins.

— Si, il y en a qui achèteront. John Raskin m'a dit que quelqu'un de New York lui avait demandé si sa ferme était à vendre. Ils voulaient construire une entreprise d'électronique.

— Est-ce qu'ils achèteront du bétail ?

— Non. (Son père se tourna vers le fourré.) Nous retournerons la terre avec un tracteur et nous les planterons en rangées. Peut-être cinq cents.

Les arbres demandèrent beaucoup de travail. Harry et Joey enlevèrent les mauvaises herbes, le sumac, qu'ils arrachèrent jusqu'à la racine. Une fois le terrain délimité, les arbres plantés, leur père mit au point un système de siphon pour l'irrigation, ce qui valut à Harry et à Joey de transporter de l'eau dans des tonneaux. Il fonctionnait si bien que le désherbage devint un fichu boulot. C'est par cet été humide, en portant ces tonneaux sur le dos qui lui faisait mal, qu'Harry sentit les premiers signes de la rebellion. Mais la vue de son père inspectant les pins lui imposait silence.

Tout ça ne le préoccupait pas outre mesure. Allongé dans sa chambre, il préférait écouter les sons de la nuit qui entraient par la fenêtre. Il y avait le cricri des grillons et le coassement des grenouilles qui se mêlaient, discordants. Il y avait les ramages de tous les oiseaux du monde, des cailles et des engoulevents avec leur chant à deux, trois temps finissant par une note aiguë, les aboiements des chiens et les tintements des clochettes du bétail, les cris des oies, et le gloussement lointain des poules. Les sens d'Harry étaient devenus si fins qu'il était capable de dire à quelle distance était tombée la foudre en comptant un kilomètre à la seconde entre l'éclair et le fracas du tonnerre, en même temps qu'il captait tous les autres sons. Un bruit avalait tous les autres, c'était le vrombissement des jets de la base aérienne de McGuire. Quand il fut adolescent, les jets devinrent de plus en plus nombreux.

Harry remarqua que son père s'était mis à regarder Huntley et Brinkley à la télé quand il avait fini d'inspecter la plantation de pins. D'habitude, le vieux lisait le *Reader's Digest* pour se tenir au courant, mais maintenant il suivait les informations sur la guerre. Un jour, Harry rentra dans le salon au moment où Chet Huntley était en train de lire la liste des morts de la journée.

— On dirait que nos garçons meurent tous le week-end, remarqua Harry père.

— Pourquoi c'est comme ça ?

— Personne ne les surveille. (Son père se retourna.) Ces pins-là ont besoin d'eau.

Une année plus tard environ, après qu'ils eurent vendu tout leur bétail, Harry père parla de l'université.

Ils étaient en train de transporter de l'eau pour les pins.

— Nous ne pouvons plus nous permettre d'élever du bétail, dit son père. Il vaut mieux planter plus de tomates.

— Ça va me manquer, pourtant.

Harry père hocha la tête. Il arrosa le sol et, debout, au milieu des arbres dont le plus haut lui arrivait au menton, il remarqua :

— Ça ne pousse pas aussi vite que je le croyais. Dans deux ans, peut-être.

Harry remarqua des reflets gris sur le noir de ses cheveux.

— Ils ont sans doute besoin d'un désherbage.

Son père se retourna.

— Je ne peux pas t'envoyer l'année prochaine. Pas l'année de ton diplôme.

Harry haussa les épaules.

— Je n'y tiens pas tant que ça à partir.

— Raskin vend son élevage de volailles à une compagnie — les gens ont toujours besoin de faire quelque chose d'autre... (Son père s'arrêta pour arracher une mauvaise herbe.) Peut-être l'année prochaine.

Quand il fut en dernière année, il commença à y avoir des appelés. Le père d'Harry regardait les nouvelles mais ne parlait jamais de la guerre. Une seule fois, il laissa éclater sa colère en voyant un jeune étudiant en droit nommé Kilcannon organiser une manifestation pacifiste à Princeton. « Ils s'en foutent que toi tu partes, dit-il brusquement, ils ont seulement peur pour eux quand leur sursis sera fini. »

Harry se rappelait cette conversation quand il passa la visite médicale pour le conseil de révision, à Princeton. Ils l'ont fait se déshabiller complètement et passer, avec d'autres types, un tas de tests médicaux qui montraient qu'ils avaient le cœur qui battait et qu'ils étaient capables de pisser dans un pot.

Par groupes de quinze, ils se sont retrouvés sur des croix tracées sur le plancher : pour une raison qu'il ignorait, Harry et un jeune Noir étaient avec treize gars de Princeton qui se connaissaient tous très bien. Trois médecins en blouse blanche leur ont donné l'ordre de baisser leurs pantalons et de se pencher, puis ils ont demandé que tous ceux qui avaient une attestation médicale disant qu'ils ne pouvaient pas aller à la guerre fassent un pas en avant. Les treize types de Princeton, tous blancs, sortirent de la croix avec leur lettre à la main ; on les envoya voir d'autres médecins. Le pauvre Noir qui ne comprenait pas ce qui se passait fut réformé car il avait une jambe plus courte que l'autre. Seul Harry est resté dans la croix.

Il était déprimé en rentrant à la maison. Mais le printemps arriva et comme il n'avait toujours rien reçu, il n'y pensa plus. Beth Winship l'aida beaucoup. Ils étaient dans la même classe : elle l'aimait bien, elle l'estimait parce qu'il avait de bons résultats. Après, elle l'aimait bien pour ce qu'ils avaient fait dans sa voiture. Il y avait de la douceur dans ses traits un peu effacés, comme sculptés dans de l'argile, mais juste au milieu ses yeux verts illuminaient tout. Bientôt, Harry ne vit plus que ces yeux.

Le soir de la remise des diplômes, Beth le laissa faire.

— Je ne veux pas que tu partes, dit-elle après.

Son corps était chaud :

— Peut-être qu'ils ne me prendront pas tout de suite.

Le mois suivant, il reçut sa convocation. Son père ne fit pas de commentaires, il se contenta de regarder les pins.

Un soir, Harry alla le rejoindre à la fenêtre :

— Un tas de jeunes vont au Canada, dit-il. C'est ce qu'ils ont dit aux informations.

La bouche d'Harry père esquissa un mouvement.

— Ça les regarde.

— Beth et moi, on pourrait y aller. On a parlé ensemble.

— Peut-être que cette ferme ne nous a pas donné ce dont nous avions besoin, mais je l'ai construite et ce n'est pas pour rien. Qui va s'en occuper, après ?

— Joey pourrait.

— Non. (Quand son père le regarda une veine saillait sur son front et sa voix était dure.) Est-ce que tu as peur, Harry ?

Harry s'en alla.

Mais le vieil homme ne put le regarder quand il partit pour l'armée.

Quand le téléphone sonna, il était dix heures et demie passées et Lord avait fini.

— Anthony Lord ?

Une voix étouffée, calme, sans accent.

— Oui.

— Vous avez un fils prénommé Christophe ?

Lord se leva.

— Qui êtes-vous ?

On raccrocha.

3

— Carson, dit Shriver en reposant les notes de Lord, est un boy-scout.

Ils étaient assis dans une maison située au beau milieu du quartier des affaires de Berkeley. Avec sa calvitie, ses oreilles décollées et ses larges mâchoires, ce psychiatre au demeurant très jeune rappela à Lord le Grincheux des Sept Nains de son enfance.

— Boy-scout ? demanda-t-il.

— Oui, fit Shriver de la tête.

— Vous avez deux types d'individus particulièrement enclins au stress d'après-guerre. Le premier qui, lui, avait peur avant d'y aller. Le second qui est un jeune plein de naïveté et qui a vu sa confiance dans l'autorité être littéralement pulvérisée au Vietnam. C'est peut-être le cas de Carson.

— Ça arrive comment ?

— Il y a bien des explications. Dans toute notre histoire, c'est la première fois qu'on a envoyé au combat des soldats aussi jeunes, et dans une guerre qui n'avait aucun sens, et qui était particulièrement meurtrière ; personne ne pouvait expliquer pourquoi ils étaient là ; c'était une vraie boucherie et ils se faisaient tuer pour une colline qu'ils allaient perdre aussitôt après. Et puis ils savaient bien que beaucoup y échappaient, des gens comme vous, par exemple, si je ne me trompe.

— Oui, c'est vrai.

— Y a tout à parier que Carson a pigé ça tout de suite. Il y a un principe : les vétérans ne font confiance qu'aux vétérans. Il ne vous a pas dit qui sont ses amis ?

— Damone, peut-être.

— Ce qui leur est arrivé est crucial, ce qui me confirme dans mon idée d'un système de rotation.

— Tous les treize mois ?

— Oui. Pour un combattant moyen, le temps passé au Vietnam c'était tirer sur la corde, mais la corde de la mort. Chaque jour gagné sur la mort était un pas vers la sortie du tunnel. Les engagés n'avaient pas confiance dans les bleus qui pouvaient se faire tuer et les nouveaux arrivés ne voulaient pas investir dans des types qui ne restaient pas. Les jeunes comme Carson avaient bien quelques amis très proches, mais il a dû tous, un à un, les entasser dans des sacs.

— Charmant.

Shriver eut un sourire sardonique.

— Encore plus charmant quand les officiers aidaient à les entasser. Quand Carson est arrivé là-bas, nous commencions juste à nous sortir de ce merdier ; il n'y avait que les officiers de carrière qui y trouvaient encore un quelconque intérêt. Ces pauvres types n'avaient plus aucune victoire à remporter, tout ce qui leur restait, c'était de compter les cadavres des Viets. (Il eut un haussement d'épaules désabusé.) Pour en garder certains, il fallait en laisser tomber d'autres.

Lord réfléchissait :

— Mon problème c'est le lien entre le Vietnam et l'assassinat de Kilcannon. Pour un boy-scout, Carson n'est pas très accueillant.

— Tu le fais passer pour un témoin récalcitrant. La vérité est que ce qui lui est arrivé a dû être si terrible qu'il a dû le refouler. (Schriver se pencha et fit craquer ses doigts.) D'abord, les expériences de combat les plus fortes sont en général si rapides et si horribles que la mémoire ne peut pas les enregistrer, pas vraiment. Et puis, beaucoup étaient si accrochés à la drogue ou à la dexédrine que jamais plus ils ne pourront se souvenir. C'est sûrement le cas de Carson. Et en fin de compte, ce qu'ils ont gardé en mémoire doit être trop douloureux pour pouvoir en parler — parce que c'est traumatisant, parce qu'ils ne te font pas confiance, parce qu'ils ont tellement honte qu'ils ne peuvent pas, parce qu'ils ont peur de regarder en face ce qui les a bousillés.

Lord fronça les sourcils :

— C'est pas la peine de perdre son temps, c'est évident que Carson est bousillé. Mais il pourrait bien hurler à la lune, la question c'est celle de la démence légale. La loi californienne exige la preuve que, quand Carson a tiré sur Kilcannon il ne savait pas ce qu'il faisait, ni que c'était criminel ; même s'il allait travailler avec un revolver chargé.

Shriver haussa les épaules.

— Ils ont acquitté Hinckley.

— C'était la cour fédérale, et le gouvernement avait besoin de prouver qu'il était parfaitement sain. En Californie, je dois prouver que Carson est fou, et après l'acquittement de Dan White, ils ont changé la loi de telle manière que c'est extrêmement difficile. C'est pour ça que les fédéraux ont permis à Di Palma de s'emparer de l'affaire et de se servir du FBI. Et en plus, dans une cour d'État, ils peuvent demander la peine de mort. (Lord s'arrêta, exaspéré.) Sans l'aide de Carson pour ce qui concerne le Vietnam, je n'ai pas l'ombre d'une chance. Personne ne croira qu'il prenait son Mauser pour une banane.

Shriver écoutait avec la plus grande attention.

— Dans un sens, je suis plus curieux de savoir pourquoi il a tiré sur la caméra. Personnellement, je n'arrive pas à croire qu'il faisait ça pour détruire les preuves. (Il s'adossa et tendit les mains.) Le jeu entre le réel et l'imaginaire, dans les cas de stress, est très drôle. L'année dernière, un ancien du Vietnam regardait les collines d'Oakland quand, tout d'un coup, il a flashé sur le

Vietnam. Il a piqué un revolver dans une maison, il a exigé une camionnette pour sa fuite, et il disait à la femme qui conduisait d'aller plus vite pour qu'il puisse échapper aux Vietcongs sans y laisser la peau. Finalement, ils ont eu une panne d'essence.

Lord sourit, malgré lui.

— Qu'est-ce qui s'est passé ?

— Il a été poursuivi pour kidnapping et puis acquitté. On ne pouvait expliquer son comportement autrement que par le stress. (Shriver examina ses ongles.) Malheureusement, il s'est pendu.

Lord hésita avant d'en venir à la question cruciale.

— Si je plaide l'irresponsabilité, commença-t-il, j'aurai besoin d'un expert.

Shriver leva les yeux :

— Je n'ai jamais témoigné.

— Vous pouvez être tranquille. Je ne cherche pas à acheter un témoignage.

Shriver secoua la tête d'un air pensif.

— Ce n'est pas seulement le fait que l'argent a été volé, mais le meurtre lui-même me semble prémédité. Et puis il s'agit de Kilcannon. Peu importe ce que vous pensez de l'affaire, Carson vous a donné clairement un motif politique. Ce Sirhan a été condamné pour la même chose. (Son regard rencontra celui de Lord.) J'essaie d'aider les vétérans qui ont des problèmes réels — ceux qui font ce qu'ils font parce qu'ils ont servi au Vietnam. Jusqu'à maintenant, ils n'ont pas trouvé beaucoup de compréhension ni de la part du gouvernement, ni auprès de leur association, ni même auprès de leurs propres familles. Je ne suis pas sûr que j'aie envie de les mêler à l'assassinat le plus spectaculaire depuis celui de Robert Kennedy.

Lord se rendit compte qu'il était fatigué.

— Parfois, dit-il, je me dis que Carson, c'est pas du gâteau.

Shriver eut un geste de sympathie :

— C'est sûr.

Lord s'approcha.

— Écoutez, en moins de trois mois, je dois savoir ce qu'il me faut plaider. Et si c'est le stress, il aura vraiment besoin de quelqu'un, moi je ne pourrai rien et c'est pas un témoin qui peut l'aider. Il aura besoin d'un traitement, sinon le procès pourra être plus que dangereux. (Lord fit une pause, tentant de retenir l'attention de Shriver.) Ne me dites pas non tout de suite, d'accord ? Pensez-y.

Shriver se leva.

— Peut-être vous pouvez discuter encore un peu avec lui et puis vous revenez me voir dans un moment. Je suis intrigué, je voudrais bien savoir ce qui s'est passé au Vietnam à sa sortie de prison.

— Merci, moi aussi. (Lord lui serra la main.) Est-ce qu'il y a une sortie par-derrière ? J'aimerais descendre Delaware Street.

— Au bout du couloir. (Shriver hésita.) Et bonne chance.

En sortant, Lord se trouva à deux blocs de sa Datsun.

Un demi-bloc derrière lui, de l'autre côté, il y avait la voiture noire qui l'avait suivi. Lord se dirigea vers la voiture jusqu'à ce qu'il arrive à en lire la plaque d'immatriculation, alors il traversa la rue.

Le chauffeur baissa la vitre. Comme si de rien n'était, Lord se pencha vers lui.

— Salut, Johnny.

— Ça va tes combines, Tony ?

La barbe rousse de Johnny Moore et son visage rubicond lui donnaient plus l'air d'un professeur qui se plaisait au grand air que celui d'un agent du FBI.

— Tu m'as vu parce que je l'ai bien voulu.

Lord le reconnut.

— Qu'est-ce que veut Di Palma ?

— On cherche à savoir si tu as un rapport avec le meurtre de Kilcannon.

— Dis-lui que l'argent est en Suisse.

Moore sourit.

— Ça le rend fou de ne pas le retrouver. Surtout qu'il sait qu'il a intérêt à réussir.

Lord haussa les épaules.

— Tout le charme d'un vol de recette de concert de rock, c'est que jamais personne ne peut en retrouver la moindre trace.

— Quand même, il accepte pas la coïncidence. Mais je suppose qu'il fait tout ça pour t'intimider.

— Et identifier mon témoin.

Moore regarda par le rétroviseur.

— Fais gaffe avec lui, Tony, et fais gaffe aussi à qui te suit. Cette affaire ne va pas te rendre très populaire...

Lord donna un léger coup sur le capot et se dirigea vers sa voiture pour aller rendre une petite visite à Carson.

Ce soir-là, comme si c'était devenu un besoin, Lord transcrivit les notes de tout ce que Carson lui avait dit.

Dans la chaleur chatoyante de l'après-midi, les tentes de Fort Benning s'étendaient à perte de vue comme une hallucination.

Depuis le début, tout était irréel. Deux mille recrues marchaient au pas, cheveux rasés, vers une tribune écrasée de soleil du haut de laquelle un chapelain catholique les exortait à se méfier de « l'athéisme communiste, des dangers de la drogue et des plaisirs charnels avant le mariage ». Ce dernier point fut extrêmement applaudi.

Après ça, l'unité d'Harry n'eut plus qu'un seul jour de sommeil par semaine, ils étaient tous épuisés et écœurés. Seules les lettres de Beth et le fait qu'il était en bonne forme physique, par rapport à la plupart des autres, l'aidaient à tenir le coup. Il n'arrivait pas à croire qu'il était là.

Son premier sergent, Pullman, était un homme noir, à la voix calme, qui admirait Harry pour son habileté au tir. Mais le sergent de son unité était une brute qui était obsédé par sa haine des gens de couleur, de quelque bord qu'ils soient. En son for intérieur, Harry l'avait surnommé Tête-de-con ; ça n'avait pas de sens pour lui d'aller au Vietnam.

Le colonel-prêtre qui n'aimait ni les communistes ni le sexe perdit son assistant chapelain. Ce travail était une assurance de sécurité et le sergent Pullman se proposa pour l'aider.

Harry attendait de voir venir. Une semaine avait passé. Son unité était en train de cuire au soleil, devant Tête-de-con qui leur décrivait les méthodes viets tout en caressant un lapin qu'il avait attrapé. Ils étaient fatigués. Et le lapin avait la fourrure si douce à regarder que ça donnait envie de le caresser aussi. Et puis comme ça, d'un seul coup, Tête-de-con lui trancha la gorge avec un couteau. Les yeux du lapin étaient grands ouverts.

Et ils durent rester là, assis, malades, à le regarder le dépecer. Il leur lança les boyaux qui vinrent jusque sur Harry.

« Ce qu'il faut, dit Tête-de-con en guise de conclusion, c'est ne jamais se laisser attendrir par rien. »

Quand il leur donna l'ordre de marcher, Harry avait les yeux fixés sur sa nuque. Quelqu'un murmura : « Ça lui vient des marines. »

Le dimanche, Tête-de-con arriva avec des bons du trésor.

Harry ne pouvait pas oublier le lapin.

— Je ne crois pas que j'en aie envie maintenant.

— Écoute, Carson, je le veux.

Le regard au sol, Harry fit non de la tête, calmement.

Tête-de-con l'empoigna par le T-shirt.

— Si tu n'en prends pas, couille molle, on réglera nos comptes.

Harry leva les yeux. Cette fois il acquiesça.

Tête-de-con regarda autour de lui, prêt à tout.

— De quoi s'agit-il ? dit-il pour le provoquer.

Harry pensa à Beth. Il cherchait un moyen de se sortir de là quand il sentit que l'autre lui donnait des coups de poing dans les côtes. Il tituba contre le mur des baraques et vit le sergent s'approcher.

Harry lui fendit le nez avec un coup bien placé. Une chance, Pullman accourut.

Tête-de-con avait sa tête dans les mains. Pullman immobilisa Harry ; dans ses yeux il y avait une lueur amusée et aussi une sorte de tristesse.

— Mec, murmura-t-il, tu devais le faire.

Deux mois plus tard, Harry débarquait au Vietnam.

Le matin suivant, Lord regardait la couverture de *People.* La photo de Stacy penchée sur Kilcannon et la légende : « Est-ce que tout le monde va bien ? »

— Encore une photo de saint James et de la veuve Tarrant, murmura Lord, et je vais tout gâcher.

Cass le fixa.

— On te demande au téléphone, dit-elle enfin.

Il appuya sur la touche.

— Tony ? C'est Rachel Messer.

Il chercha dans sa mémoire.

— Ah ! Oui, TV 6.

Elle rit.

— Je sais que le monde entier doit attendre mais je veux juste un déjeuner avec vous.

Il hésita.

— Qu'est-ce que ça a à voir avec Carson ?

— Il faut que sa défense s'humanise. Peut-être je peux faire quelque chose.

En silence Lord examina la photo de Stacy.

— Tony ?

— Oui. Peut-être que vous pouvez. (Il regarda son agenda.) Dans quinze jours, ça vous va ?

— Très bien, dit-elle rapidement. Au Fournon's Ovens, à midi.

Quand elle raccrocha, Lord jeta *People* dans la corbeille à papiers et se leva.

Cass leva les yeux.

— Où vas-tu ?

— Rappeler à Harry qu'il y a un procès. Mon Dieu, Di Palma a mis tout le FBI sur le coup.

Il ne rentra pas avant la nuit. Seul, il dicta ce qu'il avait réussi à arracher à Carson du Vietnam, avant que ses yeux ne deviennent éteints.

Le premier sac heurta la piste d'atterrissage, roula et s'immobilisa.

Le bruit qu'il fit en tombant se perdit dans le vacarme de l'hélice de l'hélicoptère. Les Hueys qui suivaient parurent plus grands encore dans le ciel surchauffé et incroyablement bleu. Les uns après les autres, ils jetèrent leurs sacs d'en haut comme s'ils étaient suspendus dans la vapeur qui montait de l'asphalte. Puis ils commencèrent à remonter le delta à partir de l'endroit où ils avaient jeté leurs sacs. Ils étaient là en dessous formant un étrange relief.

Harry se demandait ce qu'ils contenaient. Devant lui le mec de Knoxville commença à marmonner des prières à Jésus. C'était si débile qu'Harry souhaitait qu'il s'arrête.

D'autres hélicoptères arrivaient.

« C'est de ta faute, pensa-t-il, une marche de treize mois au travers de ce putain de tiers monde. Ce qu'il te faut maintenant c'est le coup de pistolet que tu attends, un M-16 de préférence. » C'était son troisième jour dans le pays. Il avait encore la lettre de Beth dans sa poche.

Ils l'ont transporté en avion avec d'autres remplaçants, à la base aérienne de Bin Hoa. Il était à peu près une heure du matin, mais la chaleur quand on quittait l'avion était comme une claque en pleine figure, avec cette odeur de merde qui brûlait dans une vieille latrine. Alors un E-6 qui mâchait du chewing-gum dit : « Bienvenue au Vietnam » et les fit marcher au pas vers quelques baraques comme s'il était toujours à Fort Benning. Ils rencontrèrent un groupe d'engagés qui avaient le rire de John Wayne à la tête d'une charge d'acteurs aux bérets verts, dans une prise en extérieur, contre quelques Vietcongs d'Hollywood. « Ces Congs n'ont pas travaillé depuis le Flower Drum Song », marmonna quelqu'un. Personne ne rit. Harry ne connaissait pas les mecs avec qui il marchait et ne regarda pas autour — il avait peur de voir leur peur.

La deuxième vague d'hélicoptères se rapprochait, le mec de Knoxville priait plus fort. Quelqu'un dit : « C'est seulement un coup, nom de Dieu » ; il y avait des comédiens partout. Harry regarda le ciel. Le 101ᵉ régiment, pensa-t-il, mais il ne se sentait pas un des leurs.

Le premier matin qui suivit il en vit un de près.

Le E-6 les avait conduits, toujours au pas, à travers les palmiers, vers un immense hangar sans murs, plein de gens qui rentraient, qui sortaient ou qui se cachaient de la guerre pendant quelque temps. Il y avait les débrouillards qui vendaient de la drogue, des radios, des montres ; des engagés qui buvaient et tapaient le carton, des journalistes et des cameramen en quête d'un peu d'action, un stand de sodas et de sandwiches, le vrombissement des avions, une paire de sergents, sur les plates-formes, qui s'embêtaient et regardaient d'un air calme comme s'ils allaient tout mettre en mouvement. Mais ce qui frappa le plus Harry fut de se retrouver allant se chercher un Coca comme s'il allait au bar du coin.

Le vendeur vietnamien tendit un Coca à un GI en tenue de corvée et s'adressa à Harry :

— Un Coca, GI ?

Harry fit signe que oui. L'homme lui donna une bouteille tiède.

— Il n'est pas frais, dit Harry.

— Un dollar.

Harry ne pouvait pas savoir en regardant sa tête jusqu'où allait son anglais. Il sentit que l'autre GI le regardait.

— Merci, dit-il, et il laissa un dollar.

En se retournant, il vit que le soldat portait l'enseigne du 101ᵉ. Dans un visage lisse, deux yeux transperçaient Harry comme s'ils regardaient à des milliers de kilomètres derrière sa tête. Harry ressentit le besoin de lui parler.

— Vous étiez où ? demanda-t-il.

L'homme hocha la tête, mécaniquement.

— Custer Flats.

Il y avait une telle douceur dans sa voix et sa manière d'être qu'Harry est resté là, à se balancer d'un pied sur l'autre.

— Comment c'était ?

La tête de l'homme décrivit lentement un long arc de cercle. Puis il mit une main sur l'épaule d'Harry et le regarda avec le détachement d'un prêtre qui a appris que la bénédiction qu'il donne ne sert à rien. Harry retourna dans le rang.

Le lendemain, ils le mutèrent au 101ᵉ.

Comme un troupeau, on les emmena à un autocar qui avait du grillage autour des fenêtres.

— A quoi ça sert ça ? demanda quelqu'un au E-6.

— Les Viets jettent des pierres, des bouteilles de Coca et quelquefois des grenades. Même les enfants.

Quelqu'un brancha un transistor et capta la radio de l'avion, « White Rabbit ». Quand ils quittèrent la base, Harry remarqua qu'elle était entourée de fil de fer barbelé.

Ils voyagèrent une demi-journée. Harry n'avait jamais vu un pays si luxuriant ni un peuple si pauvre. La route pleine de poussière n'était qu'une succession de trous et les gens dans les maisons en terre séchée les regardaient passer avec un air de fatalisme las. Le car soulevait des nuages de poussière sur son passage et Harry ne pouvait plus les voir. Il imaginait ce qu'ils avaient vu avant le nuage de poussière, un rang de visages blancs striés par le grillage. Tout ce qu'il pouvait faire c'était d'écouter la radio et sentir l'odeur des autres soldats ; il faisait une chaleur d'enfer.

Finalement, il jeta un coup d'œil au mec qui était à côté de lui. Il était assis à écouter la radio, content de lui, battant le rythme de la tête comme s'ils roulaient sur la nationale 66. Harry lui tourna presque le dos ; et puis il fut pris par le besoin de parler.

— C'est irréel, murmura-t-il.

Le type baissa la tête pour le voir plus facilement.

— C'est ce que tu penses ?

Harry n'aurait pas pu dire s'il se foutait de lui ou s'il lui parlait vraiment. Il valait mieux se taire. Son compagnon réintégra sa position initiale, se cala dans le siège et ferma les yeux jusqu'à Long Binh. Harry remarqua que ses traits sombres comme taillés au couteau ne s'adoucissaient pas pendant son sommeil.

Le type regarda les hélicoptères, son expression ne changea pas.

L'hélicoptère suivant lâcha deux sacs. Un tomba sur l'autre. Le type de Knoxville murmura :

— Oui, dussé-je traverser la vallée de l'ombre de la mort, je ne craindrais aucun mal...

— Car je suis le plus fils de pute de toute la vallée, le coupa son voisin. Ferme-la, connard.

La rangée avança vers une table de jeu où deux médecins étaient assis ; un par un les recrues eurent droit à leurs piqûres et ils purent enfin échapper aux sacs et aux hélicoptères. « Dans vingt minutes, pensa Harry, je serai malade. Penser à Beth. »

Ils lancèrent un autre sac.

Il s'ouvrit en tombant. Ce qui en sortit n'était plus humain.

Harry sentit que les gens aspiraient l'air. Pendant un moment d'hébétude, il pensa au lapin ; puis autre chose tomba. Il dut se détourner en se tenant l'estomac.

Deux mains le repoussèrent.

— Pas sur moi, mec.

C'était le type aux cheveux noirs. Il regarda le sac, comme si quelqu'un avait raconté une mauvaise plaisanterie.

— Ça va, dit-il, on s'y fera.

— Quel est ton nom ? réussit à demander Harry.

— John Damone.

Le lendemain, Damone était parti.

— Qu'est-ce qu'il s'est passé alors ?

C'était comme si un rideau était tombé.

— Ils ont rempli d'autres sacs, répondit Carson puis il demanda la permission de retourner dans sa cellule.

Quand le téléphone sonna, Lord écarta ses notes pour répondre.

— Vous travaillez trop, monsieur Lord. (Une pause. Lord reconnut la voix, calme comme une menace.) Un soir, à moins que vous en restiez là, quelque chose risque de vous arriver.

Lord sentit plus qu'il n'entendit et sa main lentement raccrocha.

4

— Qu'est-ce que tu as vu ? demanda Cass à Lord.

Pendant trois nuits consécutives, Lord avait étudié la scène de l'attentat sur un magnétoscope loué. Ils étaient assis avec une femme de l'école pour sourds.

— Je ne suis pas encore sûr, répondit-il. Je veux que Nancy me dise.

Cass mit en route l'appareil.

Kilcannon tomba sans bruit ; Stacy plongea pour le protéger. Un gros plan montrait les lèvres de Kilcannon qui bougeaient puis celles de Stacy, puis à nouveau celles de Kilcannon. Le professeur qui regardait fit une grimace.

— Repasse ce moment, dit Lord.

Par trois fois Kilcannon tomba, parla deux fois, et perdit conscience. La troisième fois la femme claqua des doigts.

— Vous pouvez nous dire ce qu'ils disent ? lui demanda Lord.

Elle avait la gorge sèche :

— Il demande si tout le monde va bien.

— Et elle ?

— Elle lui dit qu'elle croit que oui.

— Et qu'est-ce qu'il répond ?

La femme hésita.

— Je ne suis pas sûre d'avoir bien compris.

— Est-ce que je vous repasse la cassette ?

— Non, ça va. (Elle lança à Lord un regard bizarre et

embarrassé.) C'est quelque chose comme : « Quelle plaisanterie... Mais qu'est-ce que ça veut dire ? »

— C'est ce qu'il a dit ?

La femme fit signe que oui. Lord et Cass se regardèrent.

— Merci, Nancy, dit Cass.

Elle la raccompagna jusqu'à la porte.

Lord repassa la cassette de la deuxième chaîne.

Carson tira sur la caméra en faisant sauter les objectifs. Soudain son visage envahit l'écran. Le Mauser tomba devant lui et il resta bouche ouverte devant Kilcannon comme si on l'avait cloué à coups de marteau.

Lord était en train d'étudier le visage de Carson quand Cass revint.

— Où en est son dossier ? demanda-t-il.

Cass regarda l'écran.

— Je travaille sur la liste des noms du 101e : j'essaie de trouver quelqu'un qui était avec lui là-bas.

— À supposer qu'ils soient encore en vie. (Il se retourna.) Et à propos de la période après sa sortie de prison, est-ce qu'on sait quelque chose ?

— Ils disent qu'il n'y a rien du tout — comme s'il avait disparu de la terre. (Elle fronça les sourcils.) Peut-être que Damone se décidera à répondre à tes lettres.

— Il ne l'a pas encore fait. Et rien que pour connaître son numéro de téléphone, il me faut amener Di Palma au tribunal.

— Tu peux toujours le citer en justice.

Lord lui lança un regard ennuyé.

— Je ne peux pas le faire témoigner sans savoir ce qu'il va dire. Il pourrait couler Carson.

— Et Di Palma, est-ce qu'il ne va pas l'utiliser, de toute façon ?

— Damone n'est pas dans sa première liste de témoins ; c'est comme s'ils avaient peur de lui eux aussi.

Cass regarda la cassette.

— J'ai l'impression, dit-elle, que Damone, là-dedans, c'est pas simple.

Lord suivit son regard. Après un moment, il dit :

— Je continue à penser que Carson semble surpris, comme s'il ne savait pas ce qu'il avait fait.

Il sentit la main de Cass se poser sur son épaule.

— J'espère que tu ne te crois pas obligé d'être convaincu de son irresponsabilité psychique.

Il resta encore un long moment à regarder. Puis il se leva et éteignit l'appareil.

— Je vais voir la mère de Carson.

Il se représentait la ferme avec une telle netteté que Lord eut l'impression de revenir dans un lieu mieux conservé dans sa mémoire que dans la réalité. La campagne environnante était défigurée par des lotissements de bureaux d'entreprises d'informatique et de logements pour cadres ; les terres des Carson étaient en jachère et sans clôture, leur maison avait besoin d'être repeinte. Le perron s'inclina sous son poids.

— Je vends, lui dit Mary Carson. Joey est parti au Canada et avec ce qui arrive à Harry c'est la fin de tout.

Son visage était sillonné de rides et son pas lourd, fatigué ; c'était difficile de l'imaginer sentant les fraises. Lord se pencha sur la balustrade et regarda les nuages qui cachaient le soleil. Il ne vit pas de pins.

— Quand est-ce qu'il est rentré à la maison ? demanda-t-il.

Elle plissa les yeux.

— En juin, je pense. En 1970.

— Vous l'attendiez si tôt ?

— Nous pensions qu'il n'avait pas fini son temps. Puis tout d'un coup, il était là sans qu'on sache ni comment ni pourquoi.

— Comment était-il ?

Elle regarda les champs.

— Il était trois heures du matin quand il est arrivé, et il semblait ailleurs, ralenti. Nous nous sommes assis à la cuisine et nous avons essayé de parler. Rien ne semblait avoir de sens. Je n'en croyais pas mes oreilles en l'entendant parler ainsi. Finalement, je suis montée.

— Et son père ?

— Il n'a pas dit grand-chose. Mais je le voyais, il regardait Harry comme s'il ne le connaissait pas.

— Il avait changé ? Comment ?

— Tout en lui était changé. Il buvait et fumait. Sa chambre avait une odeur qui m'a fait penser qu'il ne se contentait pas de fumer des cigarettes, sûrement qu'il fumait autre chose. De toute façon, rien de ce qui se passait devant lui ne l'intéressait plus.

Non loin du perron, les chênes se mirent à bruire sous le vent.

— Est-ce qu'il a parlé de la guerre ? demanda Lord.

— Non, pas même avec son père. Je pense qu'il sentait qu'Harry lui en voulait. (Elle gratta du doigt la peinture de la balustrade.) Ce qui lui faisait du mal c'est qu'il aimait beaucoup ce garçon.

— Est-ce qu'Harry en parlait dans ses lettres ?

— Au début, un peu.

— Vous les avez encore ?

— Je les ai gardées pendant quelque temps. (Elle gratta encore la peinture.) Après ce qui s'est passé, son père a tout brûlé. Mais de toute façon il n'écrivait plus après s'être porté volontaire.

— Volontaire ?

— Pour prolonger son temps.

Lord se tourna vers elle.

— Vous dites qu'il s'est passé quelque chose avec son père ?

Elle hocha vaguement la tête.

— Un matin, je suis allée dans sa chambre. Il y avait des journaux froissés tout autour de son lit. Ils ont fait du bruit quand je me suis avancée, alors il s'est réveillé en sursaut et il a hurlé que je sorte. (Elle débitait son truc comme une vieille histoire de famille trop souvent racontée.) C'est alors que son père est monté.

Le ciel de fin d'après-midi vira au gris, des nuages lourds annonçaient la pluie.

— Qu'est-ce qu'il a fait ? demanda Lord.

— C'était comme s'il avait explosé, avec tout ce qu'il avait sur le cœur. Il était rouge de colère — cette veine sur son front comme chaque fois qu'il était hors de lui ; et puis il a attrapé Harry par son col de chemise et il a crié : « Ne traite jamais plus ta mère comme ça ! » Harry tremblait. Son père hurlait : « Moi je suis allé à la guerre pendant plus de trois ans et quand je suis revenu, j'étais encore un homme. » Harry s'est contenté de le regarder, et puis il a dit une grossièreté.

Elle parlait avec difficulté. Quand Lord la regarda à nouveau elle avait levé deux doigts de chaque main pour indiquer des guillemets, et elle pleurait.

— Est-ce qu'ils se sont battus ? demanda-t-il.

Elle fit oui, comme une aveugle.

— Son père a voulu le frapper et il a raté son coup. Harry ne l'a pas raté, lui, et puis il a descendu l'escalier en courant. Son père avait la bouche en sang et je l'ai essuyé avec les draps du lit d'Harry. Toute sa colère était tombée — c'était comme s'il était désespéré. C'est alors qu'on a entendu la tronçonneuse. Je suis allée à la fenêtre qui donnait sur les pins, son père était derrière moi. Harry était en train de les abattre avec la scie, tous, les uns après les autres. Harry, mon mari, n'a pas dit un mot, il n'a pas fait un geste. Il s'est seulement penché contre les carreaux de la fenêtre, sa bouche saignait encore et il a regardé notre fils couper les arbres. Ces pins représentaient beaucoup pour lui.

— Je sais...

— Et puis Harry est parti. Beth Winship s'est occupée de lui.

Lord ne la regardait pas. Enfin il demanda :

— Vous savez où je peux la trouver ?

— J'ai promis que je ne dirais pas où elle est. (Sa voix devint rauque.) Je veux continuer à voir ma petite-fille.

— Ça pourrait m'aider.

Plus doucement, Lord ajouta :

— Harry ne peut pas venir la voir maintenant.

Elle se redressa, les mains appuyées sur la balustrade.

— Pourquoi a-t-il fait ça, monsieur Lord ?

— Je ne le sais pas encore.

Elle resta un moment silencieuse. Puis elle se tourna et dit :

— Mon carnet d'adresses est à l'intérieur.

Il entendit le plancher craquer sous ses pas et la porte d'entrée qui s'ouvrait.

Il resta dehors. L'air avait l'odeur fraîche de l'ozone avant la pluie.

La blonde décolorée au café de l'aéroport semblait plus âgée que celle des descriptions de Carson ; comme si l'absence d'ossature donnait à son visage un air bouffi qui la vieillissait. Mais il avait raison quant aux yeux ; ils étaient du vert le plus lumineux que Lord ait jamais vu.

— Je suis désolée, dit-elle. Je ne veux pas qu'il sache où j'habite. Et je ne voulais pas que Cathy nous entende parler.

— Comment est-ce qu'elle réagit ?

— Elle est secouée. Ici, personne ne sait qui est son père, c'est déjà ça. Mais de le voir à la télévision la bouleverse.

Lord décida d'aller droit au but.

— Pourquoi exactement vous l'avez épousé ?

Un sourire tira un coin de sa bouche.

— Je pensais que j'étais Florence Nightingale. Vous savez, si vous aimez quelqu'un suffisamment vous pouvez changer ce qui lui est arrivé, même s'il ne vous le raconte jamais.

— Comment est-ce qu'il était ?

Son sourire disparut.

— Quelquefois, il pouvait être très doux ; il tenait mon visage dans ses mains et il me parlait de mes yeux. Mais je crois que ce que je n'oublierai jamais, c'est quand je me réveillais la nuit et que je le trouvais en train de pleurer, de sangloter vraiment. (Elle regarda au loin.) Je ne devrais pas vous dire ça, mais au début, j'ai voulu faire l'amour avec lui pour l'arracher à tout ça, je lui disais que je l'aimais. Il ne pouvait pas. Quand je lui ai demandé ce qui n'allait pas, il m'a dit : « Quand tu me dis ça, j'ai envie de te tuer. »

Lord but encore du café.

— Est-ce qu'il a dit pourquoi ?

— Parce que ça fait mal, il m'a dit, et finalement j'ai compris qu'il avait besoin de plus que ce que je pouvais lui donner. Je crois qu'il avait mis du papier autour de son lit pour étouffer ses pleurs, pour que ses parents ne puissent pas le surprendre ou l'entendre. Il disait toujours qu'il allait bien, mais il n'arrivait pas à conserver un travail, celui pour qui il travaillait était toujours un connard.

Elle secoua la tête.

— Il haïssait les psychiatres, comme il haïssait son père. Ce qui a fait que j'en ai quand même appelé un, ça a été la photo.

— Je ne suis pas au courant.

— C'était une photo d'un de ses copains du Vietnam — il avait des cheveux bouclés, roux, je crois. Il est resté trois jours entiers à regarder la photo comme s'il était ailleurs. J'ai appelé l'Association des vétérans.

— Qu'est-ce qu'ils ont fait ?

Ses yeux brillèrent.

— Ils m'ont dit que peut-être qu'il avait une tumeur, qu'ils lui feraient un électro-encéphalogramme.

Lord prit encore une gorgée de café.

— Est-ce que vous vous rappelez à quel moment ça se passait ?

— En juin. Je le sais parce que je me suis aperçue qu'il se passait toujours quelque chose début juin.

— Par exemple ?

Elle hésita.

— C'est en juin qu'il s'est battu avec son père.

— Quoi d'autre ?

— Une année, je me suis réveillée au beau milieu de la nuit et il a mis sa main sur ma bouche et il m'a dit : « Tais-toi, sinon ils vont nous trouver ! » (Sa voix se cassa.) Il dormait avec un couteau.

Lord la fixa.

— Et il y avait autre chose ?

Elle attendit un peu avant de répondre.

— Il écrivait des poèmes comme si cela pouvait lui sauver la vie.

— Il écrivait ?

Elle ouvrit son sac et en sortit une feuille de cahier pliée.

— J'en ai gardé un.

— Est-ce que je peux le lire ?

Elle garda le poème un moment dans sa main, puis le poussa sur la table.

L'écriture de Carson était un gribouillis penché. Lord mit un moment à le déchiffrer.

Pour pouvoir vivre avec toi
Je dois croire que tu es la femme
que j'aie vu mourir
dans un éclair d'acier
revenue à la vie
parce que j'ai su pleurer.

— Pauvre Harry, dit-elle d'une voix blanche.

— Est-ce que je peux le garder ?

Avant de lui faire signe que oui, elle regarda devant elle.

— Le plus drôle, c'est qu'Harry aimait profondément

Cathy aussi, plus que moi, je pense. Mais il ne pouvait pas nous supporter.

— Est-ce que cela le perturbait ?

— Ça lui faisait honte. (Elle se tourna vers lui.) Est-ce que sa mère vous a dit comment est mort le père d'Harry ?

— Non.

— Il a été renversé par un tracteur qui était en train d'arracher des clôtures à côté de lui. Harry était effondré. Je crois qu'il se sentait coupable de n'avoir pas été là. Mais tout ce qu'il dit c'est : « Toujours à essayer de la faire marcher. »

— Je ne comprends pas.

— La ferme. Harry est allé au Vietnam parce qu'il ne pouvait pas aller à l'université. C'est ce qui a rendu les choses encore pires quand il n'a pas pu s'occuper de Cathy.

— C'est lui qui a dit ça ?

Elle regarda sa tasse vide.

— Il a continué à me téléphoner après qu'on s'est quittés. Son ami Damone l'aidait et Harry allait s'occuper de nous. Mais alors j'avais trop peur.

— De quoi ?

Elle alluma une cigarette douce d'une manière absente quoique tendue, qui lui rappela Carson.

— Le jour où il est parti, Harry faisait la tête et je lui ai demandé d'arrêter, je l'ai supplié d'arrêter. Il n'entendait pas, il avait le regard vague. Alors j'ai crié : « Arrête ! » Il s'est retourné et m'a frappée à la bouche. (Elle toucha sa lèvre inférieure. Lord vit les points de suture.) Juste là ! Cathy, à la porte de sa chambre, était en larmes. J'avais tellement peur, tout ce que je voulais c'était qu'il s'en aille. « Va-t'en, je lui ai dit. Tu n'es pas un mari, ni un père, tu nous fais vivre l'enfer. » Il a battu des paupières comme pour chasser une poussière dans l'œil, il est passé devant moi, a embrassé Cathy qui pleurait toujours sur le front et il est parti sans dire un mot.

Lord fixa la cigarette qu'elle laissait se consumer dans le cendrier.

— C'était quand ? demanda-t-il.

— L'année dernière. (Elle écrasa la cigarette.) En juin.

5

— Parlez-moi de Marcia, dit Rachel.

Clair et aéré, le restaurant offrait une sensation d'intimité avec ses petits espaces séparés sur des niveaux différents. Sirotant son Martini, Lord répondit prudemment :

— Ça fait sept ans que nous sommes mariés.

— Comment vous vous êtes rencontrés ?

— Une de mes premières affaires était une affaire d'abus d'enfant. Marcia a écrit un papier là-dessus. A l'époque elle s'occupait de sociologie.

— Et Christophe...

— Six ans. (Lord lut dans ses jolis yeux noisette indiscrets la question silencieuse.) Franchement, ni Marcia ni moi ne voyons notre mariage comme un sujet médiatique.

— Les gens aiment ça, Tony. Après tout, vous êtes jeune, séduisant et Harry Carson a tué un homme, lui aussi jeune et séduisant, qui aurait pu devenir président de la République.

Ça n'enchantait pas du tout Lord d'être associé au martyre de Kilcannon.

— Il y a des jours, dit-il, où je ne peux pas croire à ma chance.

Rachel mit un doigt sur ses lèvres. Lord saisit un éclair d'ongle rouge, une bouffée de parfum.

— Ce n'est pas une question de chance, c'est une question de nécessité. Ralph Di Palma utilise les médias pour tout, en ce moment même, il est en train d'exploiter les derniers mots que Kilcannon a dits à Stacy. Et vous vous devez d'empêcher qu'il n'enterre Carson avant même qu'il ne soit mort.

Avec un sourire étincelant, elle ajouta, sûre d'elle et drôle à la fois :

— Et moi, je peux vous aider.

Lord posa son Martini.

— Qu'est-ce que vous avez dans la tête ?

Elle fit lentement tourner son vin dans son verre.

— Au sujet de Carson ?

— Oui.

— Refuser les interviews comme vous l'avez fait, c'est une

erreur. J'aimerais que l'opinion publique puisse connaître votre point de vue.

— Et vous, vous pouvez...

— Tout le monde a l'œil sur moi. Je suis la seule à avoir pu vous approcher.

Son sourire avait quelque chose d'effronté et d'enfantin qui éveilla la méfiance de Lord :

— Sans y mêler ma vie de famille ?

— Oh, dit-elle avec innocence, je voulais juste vous connaître mieux. (Au sourire de Lord, ses yeux dansèrent.) De quoi voulez-vous qu'on parle ?

Lord prit l'air de quelqu'un qui s'y résout à contrecœur :

— Un petit tour d'horizon qui pourrait aider Harry.

— Oui ?

— Parce qu'il y a vraiment un problème avec Di Palma.

Lord était assis en face de Shriver, le journal de Carson dans les mains.

— Ce que sa femme et sa mère vous ont raconté, dit Shriver, c'est très courant chez les vétérans. On appelle ça la réaction anniversaire.

— On a peine à croire que tous les mois de juin, régulièrement, il revit un traumatisme oublié.

Shriver fronça les sourcils.

— Ce n'est pas conscient. Regardez, ça ne vous est jamais arrivé, par exemple, d'associer des airs de chansons à vos histoires amoureuses ?

— Si.

— Bon, eh bien, imaginez d'autres associations.

Lord feuilleta le journal.

— Cela ne m'est pas arrivé, réellement, mais j'y ai pensé quand vous avez évoqué Bob Kennedy. Avec ma copine, je faisais campagne pour lui — nous regardions les informations le soir où il a été tué après avoir remporté les primaires ici. Ça a été fini pour moi, je n'ai plus jamais cru à la politique et aux politiciens. (Il s'arrêta.) Je me rends compte maintenant que chaque fois qu'arrive le mois de juin, la colère me reprend.

Shriver lui lança un regard ironique.

— Quel âge aviez-vous ?

Lord sourit légèrement :

— Dix-huit ans.

— Vous voyez. (Shriver continua.) Bon, il y a des cas où le traumatisme est connu. Par exemple, les enfants des gens qui se sont suicidés se donnent souvent la mort le jour où leur parent s'est tué. Dans le cas de Carson, il y a sûrement des espèces de flash-back qui le mettent en situation de revivre une expérience traumatique de l'époque où il était au Vietnam, comme s'il y était toujours.

— Ce qui est bizarre c'est que Carson ait eu une réaction si violente à son départ du Vietnam.

— Si son départ a été ce qu'il a été... Vous avez dit qu'il semble être parti plus tôt que prévu, avant d'avoir fini son temps ?

— Oui. Mais Carson dit qu'il ne se souvient de rien, en ce qui concerne son départ, ou ce qui a pu lui arriver juste avant. Et nous n'avons encore rien trouvé sur ces derniers mois.

Shriver regarda le journal.

— C'est quoi ce que vous vouliez me lire ?

— Un poème dans le journal de Carson, mais je n'en ai pas parlé à Di Palma. Il pense que les poèmes doivent encore rimer.

— J'aurais dû vous dire : c'est très fréquent, beaucoup d'anciens écrivent des poèmes, c'est une sorte d'exutoire.

Il mit ses lunettes et lut à haute voix le titre :

— « Anniversaire d'or. »

Il le parcourut sans un mot, très vite :

— Kilcannon n'était pas blond, dit-il, quand il eut fini de lire.

— On ne comprend pas non plus pourquoi il parle de caméra. En fait, il ne dit rien. C'est un poème, c'est tout, mais je pense que Di Palma peut l'utiliser pour foutre en l'air ma thèse de l'irresponsabilité.

— Et comment ?

— Parce qu'il peut prétendre qu'il y a la preuve que Carson a agi avec préméditation, peut-être pour des raisons politiques. (Lord le regarda.) Il a fini son poème le jour où il a tué Kilcannon.

Shriver enleva ses lunettes et les remit dans leur étui.

— Je crois qu'il est temps que je le voie, dit-il.

« Harry Carson, commença Rachel, pose une énigme. » Filmée au palais de justice, elle semblait grave et décidée. Ses lèvres maquillées de rose pâle brillaient.

« Le portrait que nous en a présenté la défense est celui d'un jeune paysan, tellement différent de l'homme qui a tué James Kilcannon, qu'on dirait qu'il n'y a pas de rapports entre les deux. Le maillon manquant — comment ce temps passé, et sur lequel on ne sait rien, a-t-il affecté Carson ? Voilà la question essentielle pour l'avocat de la défense, Anthony Lord, une question fondamentale pour sa plaidoirie puisqu'elle déterminera s'il choisit de plaider coupable ou non coupable pour irresponsabilité psychique. »

— Voilà au moins, dit Cass à Lord, quelqu'un de décent, ça change un peu...

« La deuxième énigme, poursuivit Rachel, c'est de savoir si le FBI exerce une surveillance sur Lord lui-même. Bien que TV 6 ait pu obtenir les numéros des agents mis sur cette affaire, le procureur Ralph Di Palma se refuse à tout commentaire. Dans une interview exclusive, Lord nous a donné son point de vue... »

Lord était à son bureau envahi de papiers, la cravate desserrée ; il paraissait beaucoup plus jeune que ses trente-quatre ans. « Quand j'ai fait mes études, disait-il, jouant sur la sincérité, on m'a appris que c'était à la justice et à la justice seule de trancher. C'est ce qui fait que, à la différence des soviétiques, nous avons un système judiciaire libre et ouvert. C'est pour défendre ce système que M. Carson est allé au Vietnam. J'aimerais que l'accusation fasse preuve de la même loyauté... »

— Oh, Tony (Cass secoua la tête, presque en riant), je ne crois pas que...

Lord se retourna, piqué au vif.

— Di Palma était en train de nous saborder.

« Ici Rachel Messer pour TV 6 », et Lord éteignit la télévision.

Cass ne riait plus du tout.

— Maintenant, c'est toi qu'il va saborder, dit-elle.

— Cela ne peut pas être pire, Cassie.

— Quand le téléphone sonna, Lord répondit.

— Tony ? dit une voix mâle.

— Oui.

— C'est Hart Taylor. (Il n'avait pas besoin d'ajouter : président de SNI.) Je viens de vous voir. Je crois qu'il faut qu'on se parle.

L'appartement personnel de Taylor était au dernier étage de l'immeuble de SNI, surplombant la baie. Dans la salle à manger, des photos de Taylor dans une partie montée de polo, au sommet du mont Whitney, en compagnie de deux ex-présidents, d'une comédienne, et avec son équipe de football étaient accrochées au mur. Sur chaque photo, il avait le sourire d'Errol Flynn.

Il accueillit Lord avec le même sourire.

— C'est sûr que vous avez enfoncé le clou, à propos de Di Palma, Tony. C'était bien manœuvré, très pro.

Lord finit son Bloody Mary.

— J'essayais simplement de me rattraper.

— Il y a encore du chemin à faire en ce qui concerne la mort de Kilcannon et la retraite de Stacy Tarrant. (Son beau sourire fit place à une expression de sympathie attristée.) C'est la première fois depuis Jéhovah que quelqu'un provoque une telle impression par son absence même.

Lord agita la paille dans son verre.

— Je ne crois pas qu'elle pense beaucoup à ça.

— N'en soyez pas si sûr. Est-ce que vous pouvez prévoir la réaction de Stacy quand Di Palma l'appellera comme son dernier témoin ?

Où, pensa Lord, voulait-il en venir ?

— Ça m'a traversé l'esprit, répondit-il sèchement. Une fois ou deux.

— Et c'est justement pour ça que je vous ai fait venir.

Taylor se pencha et dit d'un ton séducteur :

— On peut donner à ce moment tout son impact, Tony.

— Comment ?

Le sourire resurgit en force.

— Par une retransmission en direct de tout le déroulement du procès, devant tout le pays.

Lord se sentit bête.

— Vous avez besoin de l'accord du juge.

— Je crois qu'on l'aura, Tony, si les deux côtés sont

d'accord. Et hier soir, vous avez perdu votre virginité. (Il sourit à nouveau.) Ce matin, Raplh Di Palma a donné son accord signé.

Lord lutta pour contrôler sa colère.

— Il l'a donné parce que ça l'arrange. Imaginez, Hart, que vous êtes un juré, avec des caméras qui vous observent. Comment voulez-vous donner un verdict impopulaire quand la nation entière vous regarde ?

— A vous de leur raconter l'histoire de Carson.

— Tout ce que je demande c'est que douze personnes veuillent bien la comprendre, c'est tout. De toute façon, coupable ou non, Harry n'est pas très télégénique.

Taylor haussa les épaules.

— Gary Gilmore ne l'était pas non plus, et regardez ce qu'ils en ont fait.

— C'étaient des acteurs, répliqua Lord, et Gilmore est mort.

Taylor s'arrêta de sourire.

— Quels sont les autres problèmes que vous voyez ?

— Les témoins. Les caméras encourageront les leurs et intimideront les miens. Et Di Palma le sait.

— Il sait beaucoup d'autres choses aussi. (Taylor se leva, il tendit un bras vers la fenêtre.) Je ne veux pas paraître cynique, Tony, mais vous savez ce qui fait marcher l'Amérique en 80 ? C'est la célébrité. (Sa voix prit un rythme balancé.) Une fois que vous avez la célébrité, vous pouvez tout faire : footballeur, acteur, reporter, et même arriver à la Maison-Blanche. Mais si vous êtes un assassin ordinaire, on ne verra plus que le sordide, alors qu'un jeune avocat peut espérer devenir sénateur et même plus. Di Palma, répéta-t-il, connaît tout ça.

— Il sait aussi que le juge doit être réélu. (La voix de Lord s'adoucit.) Il doit aussi savoir que vous avez perdu de l'argent l'année dernière, à cause de la baisse du taux d'écoute.

Taylor lui lança un regard mauvais.

— Moi, ce que je pense c'est que plus il y aura de spectateurs, mieux ça vaudra. Pour nous, pour Carson et pour le juge. Le verdict de Dan White a été impopulaire parce que les gens ne l'ont pas compris.

— Si ça passe à la télé, il n'y aura pas de verdict impopulaire. (Lord s'arrêta un moment.) Ce que je veux vous dire, Hart, c'est que vous êtes en train de fausser les cartes.

Taylor s'assit à nouveau.

— Di Palma dit le contraire. Alors qui est-ce que je dois écouter ?

— Votre conscience.

Trois jours plus tard, SNI adressait une requête à la cour.

6

Di Palma, les mains posées à plat sur la table de conférence, parlait d'une voix sobre et précise.

— C'est ma dernière proposition. Coupable de préméditation. Peine à vie dans une prison sûre où il pourra mourir en paix.

— C'est pas donné.

— Tout ce que vous avez réussi à trouver, c'est qu'il y avait quelque chose qui clochait au Vietnam, c'est tout, vous ne savez pas quoi.

— Mais vous, vous n'avez pas de mobile. (Lord se pencha en avant.) Où est la conspiration, Ralph ? L'argent ? Même Carson savait que ça ne lui servirait à rien en prison...

— Ça ne vous pose pas un problème que ça se soit passé pendant la confusion générale, et que Carson vous ait choisi ? Sans parler du revolver. (Les yeux de Di Palma semblaient mouchetés de lumière.) En plaidant l'irresponsabilité, vous courez le risque de le faire condamner à la peine de mort sans savoir comment le juge réagira à la demande de SNI. Vous pouvez finir à la télévision, les couilles en berne.

— Je peux faire appel auprès de la Cour suprême. Ils apprécieront sûrement votre façon d'utiliser SNI comme moyen de pression.

Di Palma tendit les mains, paumes dessus.

— Ton client vit, dit-il, et le Vietnam ne donne rien. Alors tiens-moi au courant.

Lord hocha la tête.

— Oui. Avant l'audience. D'une façon ou d'une autre.

Di Palma était parti avant même que Lord ait eu le temps de fermer sa serviette.

— Ça a duré douze heures, dit Shriver. Impossible de faire parler Carson de la guerre, de comment il a quitté le Vietnam ou de ce poème qu'il venait de terminer. Il ne peut pas ou il ne veut pas. Mais il s'est un peu débloqué sur la question des psy.

Ils marchaient dans le parc du campus de Berkeley.

— Comment ça ? demanda Lord.

— Il ne les aime pas. Car il dit qu'il va tout à fait bien.

— Est-ce qu'il a parlé de politique ?

— Oui, mais je suis d'accord avec vous, c'est plaqué, il récite un truc pour se donner des raisons.

Shriver caressa de la main son crâne lisse.

— A moins que vous ne trouviez quelqu'un qui puisse témoigner sur ce que Carson a fait au Vietnam, vous aurez beaucoup de mal à faire le lien avec Kilcannon, ou même à comprendre cette histoire d'anniversaire.

— Mais ?

— Pour ce qui est de sa vie, il est un cas classique de stress, seulement nous n'avons pas la moindre idée de ce qui se passait dans sa tête ce soir-là. Et c'est là où je me ferai coincer par Di Palma, par Carson aussi. (Il s'arrêta en regardant le parc.) Je ne peux pas dire que je voudrais être à votre place.

Lord fit une grimace.

— Je ne vous le demande pas.

— Qu'est-ce que vous savez des types qui étaient avec lui avant qu'il aille en prison ?

— Je n'en ai pas encore trouvé un. Les noms et les adresses ont plus de quatorze ans.

— Et Damone ne veut toujours pas parler ?

— Non, après notre rencontre de ce matin il s'est tiré.

— Et personne ne sait ce qu'il a fait au Vietnam ?

— Peut-être Di Palma, mais pour une raison que j'ignore il ne l'a pas fait venir devant le grand jury, où j'aurais pu avoir une transcription de son témoignage. Et je ne peux pas le citer comme témoin avant de savoir ce qu'il va dire. Pour le moment il est en dehors du procès.

Shriver fit quelques pas.

— Il doit y avoir des choses que Damone et Carson veulent oublier, quelque chose de très dur qui a dû se passer. (Il croisa les bras.) C'est étrange que les dossiers soient vides.

— Nous avons eu un rendez-vous la semaine dernière. L'armée jure que les dossiers n'existent pas et Rainey l'accepte.

La seule manière dont ça peut nous aider, c'est qu'il n'y ait rien non plus sur le fait que Carson a fait de la prison pour s'être battu avec un officier.

— Vous n'essaierez pas de le faire témoigner, je suppose.

— Je ne peux pas. Je ne sais pas non plus ce qu'il dirait. Et puis le Harry d'après-guerre manque de charme.

Shriver hocha la tête.

— Le Harry d'après-guerre est complètement foutu. Et nous, nous savons où ça lui est arrivé.

Ils s'arrêtèrent devant un banc. Sur la pelouse, un père jouait au catch avec son fils. Lord se rappela alors qu'il n'avait pas joué avec Christophe depuis des semaines. Il regarda Shriver du coin de l'œil.

— Est-ce que vous y êtes allé ?

— Au Vietnam ? (Shriver regardait devant lui.) Vous plaisantez ? Je faisais mes études de médecine... J'ai vu par hasard qu'ils veulent que le procès soit retransmis à la télévision ?

— Oui, c'est exact. Moi, je m'y oppose mais rien ne dit que j'obtiendrai gain de cause.

Shriver enfla ses joues.

— Tout ça n'annonce rien de bon.

— Non, rien de bon. (Lord se tourna vers lui.) Mais si malgré tout je continue, est-ce que vous changerez d'avis et accepterez de témoigner ?

— C'est évident. (Pour la première fois Shriver sourit.) Ça n'a jamais fait le moindre doute.

— La mort ? dit Carson. Là, il n'y a aucun avenir, mec. La vie ? Encore cinquante ans à tirer comme ça.

Il semblait énervé. Lord se demandait combien d'heures de réflexion avaient abouti à cette formule lapidaire.

— Ce n'est pas moi qui risque la peine de mort, répondit-il.

Carson haussa les épaules.

— Ce n'est pas vous qui finirez dans une cellule ?

— Alors parlons de votre défense, Harry. Si je raconte au jury que vous avez tué Kilcannon pour des raisons politiques, alors c'est réglé, vous n'en avez pas besoin.

— C'est pour ça pourtant...

— C'est pour ça que vous avez frappé Beth, l'interrompit Lord, parce qu'elle vous avait offensé politiquement ?

Carson émit une sorte de grognement.

— Oh, mec, pourquoi vous faites ça ?

— C'est une question...

— Vous l'avez vue ?

— Oui, parce qu'il faut que je bâtisse une défense. Quelles que soient vos raisons, c'est moi que vous avez choisi comme avocat.

Carson se détourna, puis d'une voix sans timbre, il demanda :

— Est-ce que Cathy va bien ?

— Beth dit que ça va.

— Beth, comment elle est maintenant ?

— Je l'ai reconnue tout de suite à cause de ses yeux.

Très lentement, Carson s'effondra complètement en cachant son visage avec ses mains. Lord en fut bouleversé.

— Je ne suis pas fou, je l'ai déjà dit au psy.

Lord le regarda.

— Ce n'est qu'une question de stratégie, dit-il. Si je refuse l'offre de Di Palma, y a pas le choix, c'est l'irresponsabilité psychique.

Carson avala sa salive.

— Et qu'est-ce qui se passera si...

— Vous serez soigné. D'ici quelques années, s'ils trouvent que ça va, peut-être vous serez libéré. (Lord fit une pause.) Peut-être vous verrez Cathy.

Le corps de Carson était immobile. Quand il leva les yeux, cherchant une cigarette, ses mains tremblaient.

— Quelle merde, dit-il, il faut toujours qu'on en revienne là.

Christophe posa sa tête sur l'épaule de Lord.

— Qu'est-ce que tu lis ? demanda-t-il.

Lord sentait le parfum de sa peau fraîche et de son pyjama propre.

— Mon poème préféré, répondit-il. Grand-père avait l'habitude de me le lire.

— Tu avais ce livre quand tu étais petit ?

— Oui.

— Il a l'air vieux.

— Merci.

Les yeux de Christophe se plissèrent.

— Toi, tu n'as pas l'air aussi vieux que le livre. Mais presque.

Lord se retourna, feignant d'être dégoûté :

— Alors tu es prêt ?

— Oui, je suis prêt.

— Tant mieux !

Lord commença à lire en forçant le ton, d'une voix théâtrale :

C'est un ours énorme qu'Isabelle a rencontré.
Isabelle, Isabelle ne s'en est pas méfiée
L'ours était vorace, l'ours était affamé
Et sa grande bouche féroce il tendait.
L'ours dit : Isabelle, je suis ravi de vous connaître
Car de vous, Isabelle, je vais me repaître !

Lord s'arrêta pour ménager l'effet de surprise.

Isabelle, Isabelle ne s'est pas affolée
elle ne s'est pas enfuie, elle n'a pas crié
elle s'est lavé les mains, elle s'est lissé les cheveux
Et elle a mangé l'ours, l'air de rien.

Christophe riait à gorge déployée et Lord se souvenait de son propre père qui adorait le surprendre avec ce genre d'histoires bizarres.

— Est-ce que ça veut dire que tu vas me manger ? demanda-t-il à Christophe.

— Avec du beurre et des cacahuètes. (Le rire se fit sceptique.) Tu crois qu'une fille pourrait faire ça ?

— Au moins aussi bien que moi.

— Papa ? (Christophe se tourna vers lui — il était devenu timide tout d'un coup.) Mikie a dit que tu étais un assassin. Moi, j'ai dit que c'était pas vrai.

Lord sentit en lui une profonde colère, silencieuse.

— Tu as raison, car je n'ai jamais tué personne.

— Mais l'autre homme l'a fait et tu es en train de l'aider.

— Oui, parce que je crois qu'il ne sait pas pourquoi il l'a

fait. Notre pays l'a envoyé faire une guerre et je pense que ça l'a complètement déboussolé.

— Et toi, tu as fait la guerre ?

Lord le tira vers lui.

— Non.

Pendant un moment, Christophe garda le silence.

— Quand l'école va recommencer, est-ce que j'irai encore avec le policier ?

— Peut-être, jusqu'à ce que tout soit passé.

Lord leva les yeux et vit Marcia dans l'embrasure de la porte, un verre de vin à la main.

— J'arrive dans une minute, lui dit-il.

Il se tourna vers son fils.

— Il va y avoir beaucoup de choses à la télé. Et puis les gens vont dire n'importe quoi. Il faudra me le dire, on en parlera.

— Mais tu n'es pas toujours là.

Lord l'embrassa sur le front.

— J'y serai, d'accord ?

— D'accord.

Il resta dans la chambre jusqu'à ce que Christophe s'endorme.

Marcia était dans le salon. Elle serrait des deux mains son verre de vin.

— Qu'est-ce qu'il y a ? demanda-t-elle.

Lord s'assit à côté d'elle.

— J'ai décidé de plaider non-coupable, Marsh. Ça veut dire qu'il y aura un procès.

Ses yeux s'agrandirent de stupéfaction.

— Pourquoi ?

Lord hésita.

— Je pense sincèrement qu'il n'est pas responsable...

— Mon Dieu, il te faut à tout prix cette belle affaire, hein !

Comme si elle se rendait compte de ce qu'elle venait de dire, Marcia but une gorgée rapide. Lord décida de clarifier les choses :

— Si j'ai l'air de vouloir à tout prix cette belle affaire, alors il faudra me faire passer un test de salive.

Elle reposa son verre.

— Tu veux quoi ?

— De la compréhension, pour commencer.

— Je ne suis pas à ta place. (A sa manière d'agiter les bras, Lord se rendit compte qu'elle avait bu, beaucoup plus que d'habitude.) J'accepte ce que tu fais. Mais toi tu veux que je n'aie pas de cœur.

— Non, ce n'est pas ça. Et moi aussi j'ai du cœur...

Elle secoua la tête.

— Et voilà où nous en sommes, Tony, à rassembler des preuves et à exhiber nos blessures comme des pièces à conviction. C'est ça que tu fais avec Di Palma.

Étrangement, ça le fit sourire.

— Peut-être tu devrais aller à la fac de droit.

— Avec quel argent? (Elle prit une voix lasse.) Je me rappelle t'avoir demandé ce que tu voulais.

Il la regarda en face.

— Si je plaide la non-responsabilité psychique, nous aurons besoin d'une deuxième hypothèque.

— Pour Harry Carson?

— Pour payer nos dettes. J'aurai encore trois ou quatre mois où je ne pourrai rien faire d'autre. Il faut payer la maison, le nouveau système d'alarme...

— Pour Harry Carson, répéta-t-elle. Je te l'avais dit le jour où tu as accepté cette affaire.

Il eut un haussement d'épaules, pour dire leur impuissance :

— On est fauchés.

Elle le regarda sans un mot, attendant que Lord eut fini.

— Tu as raison, dit-il finalement. Ces discussions domestiques prennent l'allure de procès où rien de ce qui est dit n'est tout à fait vrai ni tout à fait juste. C'est peut-être parce que nous avons des vies très différentes.

— Oh, Tony, je t'en prie. C'est complètement vide quand tu joues les philosophes. Ce n'est pas toi. L'homme avec qui je vis ne pense qu'à la réussite, quel qu'en soit le prix.

Il s'obligea à attendre un peu avant de répondre.

— Si, un jour, je suis déçu par ma vie, ce sera au moins par ce que j'aurai fait, et non pas par ce que je n'aurai pas réussi à faire.

— Alors fais-le! (Elle se leva.) Vas-y, Tony. Je signerai l'hypothèque et je te regarderai.

Et comme il fallait s'y attendre, elle se dirigea brusquement vers la douche.

Lord, en chemisette, blue-jean et mocassins, était assis par terre, dans son cabinet plongé dans le noir. Il était vingt-deux heures trente.

Silencieux, dans un éclair d'argent, Harry Carson tirait sur Kilcannon, comme un robot. Kilcannon s'effondrait et Stacy lui caressait le front, et la manière dont elle le regardait, Lord la connaissait maintenant : elle le touchait profondément. « Ça ne vous pose pas de problème, lui avait demandé Di Palma, que Carson vous ait choisi ? »

Lord introduisit la deuxième cassette.

Carson, au moment où il s'apprêtait à fuir, apercevait la caméra. Il s'agenouillait et tirait encore. Il se relevait mais il ne s'enfuyait pas, il restait là à regarder ses mains. Il se retournait vers l'homme qui était tombé, il ouvrait la bouche. Lord arrêta l'image sur « pause ».

Si Di Palma venait à apprendre que Carson prétendait avoir agi pour des raisons politiques, il avait le dessus, c'était évident. Et Lord savait ce qu'il pouvait exiger d'un client qui avait agi seul et qui était trop perturbé pour savoir même pourquoi ; il n'avait rien à faire des tactiques ou des obligations. C'était une question de morale.

Les yeux fixés sur l'image immobile, Lord réfléchissait à ses propres motivations.

Il resta longtemps assis. Quand il se dirigea vers le téléphone et qu'il composa son numéro, le visage de Carson envahissait l'écran, l'air hébété.

Au bout de la cinquième sonnerie, une voix grave répondit.

— Oui ?

— C'est Tony Lord à l'appareil.

Il y eut un silence.

— Comment vous avez eu mon numéro ?

— Par le tribunal. Ça commence demain.

— Je sais. (La voix était si plate qu'elle en devenait hostile.) Je regarde la télé. J'ai même lu vos lettres.

— Écoutez, j'ai absolument besoin que vous me racontiez ce qui s'est passé là-bas pour lui.

— Demandez-le à l'armée.

— Ils n'ont rien. Rien sur les derniers mois.

Damone se tut encore.

— Eh bien alors, répondit-il tranquillement, vous n'avez qu'à vous poser la question à vous-même.

— C'est inutile. Je dois savoir.

Lord, en dernier recours, essaya la menace, mais c'était inutile.

— Je peux toujours vous citer comme témoin.

Il y eut encore un long silence. Puis, tout doucement, un déclic.

Lord regardait Carson sur l'écran, et lui parvint aux oreilles le son de la communication coupée.

Di Palma était flanqué de quatre assistants. Tous les cinq avaient les yeux fixés sur le juge Rainey comme si Lord n'existait pas.

— Cas 84-762, annonça l'huissier, l'État, partie civile contre Harry F. Carson.

Il y avait ce silence particulier à une foule qui retient son souffle en attendant que ça commence. Rainey était un politicien si préoccupé par son apparence que Cass l'avait surnommé Magicien d'Oz ! Avec ses cheveux blancs, il posait comme s'il s'agissait de faire son portrait.

— Monsieur Carson, commença-t-il, vous êtes accusé d'avoir tiré sur le sénateur des États-Unis, James Kilcannon, le 2 juin dernier, et de l'avoir abattu froidement et avec préméditation. Qu'allez-vous plaider pour votre défense ?

Carson lança à Lord un regard interrogateur.

— Non-coupable pour cause d'irresponsabilité psychique, répondit Lord.

La foule ne respirait plus. Rainey donna un coup de marteau.

— Très bien. Le procès s'ouvrira le 1er novembre. Nous avons eu à délibérer sur la demande de Satellite News International qui souhaitait filmer le déroulement du procès. Nous partagions l'inquiétude de Me Lord qu'une telle retransmission portât atteinte aux droits de l'accusé et nuisît à la justice. Aussi avons-nous pris bonne note de la proposition de SNI de limiter la technique à une caméra et de sa promesse de ne faire aucun gros plan de témoins. Conscients d'autre part que cette affaire avait déjà bénéficié d'une très grosse publicité, que c'était sans doute inévitable, et que les deux parties, l'accusation comme la défense, avaient accepté d'y contribuer, conscients aussi que, dans le passé, les assassinats d'hommes politiques ont donné lieu à des spéculations fantaisistes qui ont nui à la compréhension du verdict par l'opinion publique et que dans l'affaire présente cela ne ferait que rajouter à la tragédie, nous avons décidé de donner notre accord à la demande de SNI.

Le marteau retentit. Rainey se leva et tous les journalistes se ruèrent vers la sortie comme s'ils étaient aspirés.

Carson fixait le siège vide de Rainey. Lord lui toucha l'épaule et lui dit avant que ses gardes ne l'emmènent :

— Je vous vois cet après-midi.

Du fond de la salle, Harry Taylor adressa à Lord un large sourire.

Une colère incontrôlable l'envahit qui le poussa à passer devant Taylor, à se jeter dans les couloirs pour aller prendre l'air. Et là il tomba sur Di Palma qui du haut de l'escalier posait pour les journalistes, répondait à leurs questions parmi les flashes des objectifs brillant au soleil.

Mauvais présage pensa-t-il en un éclair, et il sentit une sorte de crainte l'envahir. Désormais, rien ni personne n'était plus à l'abri : ni sa vie privée, ni celle de Marcia ou de Christophe, ni celle de Carson, ni la vie de Beth Winship ni même celle de Stacy Tarrant. Il avait beau le savoir, cela ne l'aidait pas pour autant.

Di Palma leva une main.

— Le peuple, commença-t-il d'une voix emphatique qui alla s'enflant, sait reconnaître l'acte froid et prémédité d'un assassin là où l'on veut nous faire croire à l'acte de démence d'un individu possédé par son passé. Ce n'est pas par hasard ou par accident que M. Carson a tué. Devant des milliers de spectateurs, il a abattu le sénateur des États-Unis avec un Mauser allemand, d'une balle à la tête, une seule balle. (Il se tourna vers Lord pour que les caméras enregistrent cet échange puis il revint vers les journalistes.) Demander autre chose que la peine de mort serait un véritable outrage à la raison pour laquelle nous sommes ici aujourd'hui.

— Monsieur Lord.

Lord sentit que le doute et la colère qui sourdaient encore en lui se muaient en résolution. Puisqu'on voulait tout filmer, il allait leur concocter une ouverture qu'ils ne seraient pas prêts d'oublier. Il préparait sa réponse quand il vit Rachel Messer qui jouait des coudes pour se rapprocher de lui.

— L'accusation, commença-t-il, montre Harry Carson comme un tueur froid pour éviter sans doute qu'on se demande pourquoi il a tué. Alors moi, cette question, je vais la poser : pourquoi ? En 1968, pendant que M. Di Palma et moi-même nous étions bien en sécurité à la faculté de droit, le gouvernement a envoyé un gars de dix-huit ans faire la guerre la plus traumatisante de toute l'histoire américaine. Quand il est revenu, Harry Carson n'était plus le même. Et c'est cette guerre et non pas quelque « outrage à la raison » qui fait que nous sommes ici aujourd'hui. Attachez votre chien à neuf heures du matin, lancez des grenades tout autour de lui, à six heures du soir, vous n'avez plus le même chien. Et si après ça, on accuse le chien d'avoir changé, alors je parie que c'est le chien qui en saura plus sur Harry Carson que moi ou que M. Di Palma.

Il fit face à Di Palma. Il n'éleva pas le ton mais dit d'une voix claire :

— Et si encore après tout ça, nous exécutons le chien, comme le souhaite l'accusation, alors on est tranquille, on est sûr de ne plus jamais rien pouvoir comprendre.

Il y eut un sifflement lourd. Quand Rachel lui avait tendu le micro, il avait compris comment s'ouvrirait le journal.

— Mais, dit-il pour conclure, j'espère que le jury voudra comprendre.

Rachel lui souriait. Lord fit un signe de tête à Di Palma et il se fraya un chemin dans la foule.

LE PROCÈS : STACY TARRANT

1er-9 novembre

1

Pendant les deux premières semaines du procès qui étaient celles de l'accusation, tandis qu'il observait Di Palma s'évertuant à prouver qu'Harry Carson était un assassin, Lord attendait Stacy Tarrant.

Les jours passaient très vite. Il travaillait tard dans la nuit, se réveillait pour griffonner des notes et dans le peu d'heures de sommeil qui lui restaient, il rêvait au contre-interrogatoire. C'est dans un état second qu'il revoyait à la télévision les attaques de Di Palma.

Chaque matin, il croisait l'énorme camion de SNI, qui pointait son antenne satellite vers le ciel comme un filet d'argent. Le câble noir remontait les marches jusque dans le hall où déambulait la faune habituelle des drogués, des femmes battues, des paumés, des chômeurs et des putains, des cinglés qui commencent par parler tout seuls dans la rue et qui finissent en pleine crise. Les caméras survolaient tout ça pour le prendre, lui, dès qu'il arrivait.

Le câble courait jusqu'à la salle d'audience protégée par un service spécial de sécurité, contournait le détecteur magnétique et les sièges de théâtre où la presse venait s'asseoir pour entendre la diffusion du procès et en regarder le déroulement au travers d'une immense vitre pare-balles qui allait jusqu'au plafond. A droite, se tenaient Di Palma et ses quatre assistants. A gauche, Lord, Cass et Carson. Rainey avait fait mettre la caméra derrière une cloison en bois pour que les agissements du cameraman ne viennent pas troubler l'attention du jury. Mais cet œil immobile qui dépassait hypnotisait Carson.

Lord lui avait acheté un costume gris et lui avait fait couper les cheveux pour tenter d'évoquer aux jurés le jeune Carson qu'il avait été. Mais Lord remarqua que sa manière de fixer l'œil de la caméra avait l'effet inverse : elle leur rappelait la violence qui les avait réunis.

Pour que Carson ait une chance, Lord avait besoin de jurés à l'esprit ouvert. Il s'efforça de repérer ceux qui écoutaient Shriver : opposants à la guerre du Vietnam, femmes plus âgées qui avaient des fils, jeunes femmes qui pourraient le préférer, lui, à l'accusation. Mais Di Palma remarqua sa manœuvre. Et il récusa catégoriquement trois jeunes secrétaires, un scientifique de la NASA et une infirmière qui avait subi un traitement psychiatrique dans son adolescence.

Le choix de Di Palma était tout aussi clair pour Lord : admirateurs de Kilcannon, hommes autoritaires qui ne toléraient aucune faiblesse, anciens officiers ou cadres, fondamentalistes, féministes qui s'identifiaient à Stacy Tarrant. On aurait dit qu'ils venaient à lui d'instinct. Lord eut encore à choisir un dernier juré. Il récusa une femme cadre qui lui souriait. Il avait appris par expérience que ceux qui sourient votent toujours contre l'avocat à qui ils sourient.

Cass, qui regardait qui devait remplacer le juré récusé, en voyant une femme d'allure sévère, une Bible à la main, chuchota :

— Débarrasse-toi de celle-là, sous n'importe quel prétexte.

Di Palma découvrit très vite que la femme n'avait pas d'enfants, qu'elle était comptable, qu'elle n'avait jamais voyagé ni rencontré de psychiatre. Une occasion bénie pour lui. Il lui adressa un sourire d'approbation et se rassit.

Lord se leva et demanda :

— Vous n'ignorez pas que M. Carson est accusé du meurtre du sénateur Kilcannon ?

La femme lui jeta un regard méfiant derrière ses lunettes épaisses. Elle fit de la tête un mouvement raide en regardant Carson et répondit :

— Oui.

— Mais allez-vous pouvoir le présumer innocent ?

Elle fronça les sourcils :

— Je sais que c'est la loi.

— Mais vous craignez que l'accusation en soi signifie qu'il n'est justement pas innocent.

Elle serra sa Bible sur sa poitrine.

— Oui.

— Votre Honneur, je crois que nous pouvons excuser Mlle Walker.

Le juge se pencha en avant.

— Mlle Walker, si je vous dis d'ignorer l'accusation contre M. Carson, le ferez-vous ?

Après un moment, elle répondit :

— Oui.

— Récusation non valable, dit le juge. Vous pouvez continuer, monsieur Lord.

Lord se tourna vers Rainey assez longtemps pour bien montrer son étonnement, puis il revint vers la femme.

— J'ai remarqué que vous aviez porté votre Bible, mademoiselle Walker. Vous priez parfois ?

Ses yeux brillèrent.

— Oui, répondit-elle d'un ton ferme.

— Est-ce que Dieu répond à vos prières ?

— Il les entend. Il entend les prières de tous ceux qui croient en lui.

Lord prit l'air perplexe.

— Mais, est-ce qu'il vous parle ?

Elle hocha la tête avec résolution.

— Oui, dans mes pensées.

— Et cela arrive quand vous le lui demandez ?

— Non. (Et devant l'incompréhension de Lord, elle se renfrogna.) Il me parle quand il veut.

— Même à propos des décisions que vous avez à prendre dans votre vie courante ?

— Oui.

Lord inclina légèrement la tête.

— Supposez qu'il décide de vous parler d'Harry Carson ? A qui allez-vous obéir, à Dieu ou au juge Rainey ?

La femme gardait le silence.

— Prenez votre temps, dit Lord doucement. Je sais que ça doit être un choix difficile.

Derrière lui, Cass toussa.

— Dieu, répondit la femme.

Lord se retourna vers Rainey avec un demi-sourire.

— Vous êtes excusée, dit le juge laconiquement.

Le juré suivant était un homme âgé, aux cheveux coupés en brosse, aux yeux d'un gris froid, à l'allure rigide. Il déclina son identité ; il s'appelait George Kleist.

— Que faites-vous ? lui demanda Di Palma.

— Je suis capitaine de marine, à la retraite.

Cass sur son bloc-notes griffonna : « Quelle marine ? »

Lord lut le message mais continua à écouter Kleist : il était ingénieur de formation, il avait fait la Seconde Guerre mondiale ; il était marié depuis quarante-trois ans, et jamais personne dans sa famille n'avait eu besoin de psychiatre.

— Peu importe la marine, chuchota Lord à Cass. S'il reste, ils le choisiront tous comme président, c'est évident.

Il avait dormi une heure à tout casser et maintenant il avait quelques secondes pour voir par quel bout il allait prendre ce douzième juré de cauchemar, qu'il n'avait plus le droit de récuser, avec les onze autres qui l'observaient. Il se leva et regarda droit dans les yeux cet homme à la mâchoire volontaire dont le regard assuré ne trahissait aucune hostilité non plus que le moindre doute.

— Monsieur Kleist, en vous écoutant j'ai eu la conviction d'une vie exemplaire. Aussi, la seule chose que je vous demande c'est de regarder Harry Carson et de lui promettre, à lui et à moi, de juger ses actes sans aucun préjugé. Pouvez-vous le promettre ?

Lentement Kleist se retourna vers Carson. Surpris, Carson détacha son regard de la caméra et parut, pour la première fois, embarrassé et vulnérable. Par-dessus tout ce qui les séparait, la différence d'âge et d'expériences, les deux hommes se regardaient.

— Oui, je le peux, répondit finalement Kleist. (Lord hocha la tête.) Alors nous sommes d'accord, monsieur Kleist.

C'était fini, pensa-t-il. A travers la cloison de verre pare-balles, il vit Hart Taylor qui souriait.

Le procès commença mal, avec le coroner.

Lord s'adressa au juge Rainey.

— J'ai déjà assuré à M. Di Palma que nous mentionnerions la cause de la mort. Mais l'utilisation qu'il veut faire du rapport du Dr Boyd est dangereuse, elle ne peut qu'émouvoir le jury sans rien apporter de nouveau.

Rainey fronça les sourcils.

— L'accusation a le droit de présenter sa version des faits.

Lord se rassit. Tout ce qu'il pouvait espérer c'était d'avoir un peu atténué la violence de ce qui se préparait.

Le témoignage succinct de Boyd ne dura que dix minutes.

— Et vous avez photographié le mort ? demanda Di Palma.

— Oui.

Quand Di Palma brandit les trois photos en couleurs, le sténographe leva les yeux de sa machine.

— Ce sont bien ces photos, n'est-ce pas ?

— Oui.

— Votre Honneur, je demande qu'elles soient ajoutées aux pièces de l'accusation.

— Monsieur Lord ?

Di Palma alla placer les trois photos devant Carson. Lord fut soulagé quand il vit que quelqu'un avait fermé les yeux de Kilcannon.

— Pas d'objection.

Di Palma les distribua aux membres du jury.

Lord les observa les unes après les autres pour voir leur réaction : un jeune Noir, chauffeur de taxi, une Japonaise exerçant une profession libérale, un Chinois, retiré des affaires, un dessinateur coréen à peu près du même âge que Lord, quelques Caucasiens de la classe moyenne, les deux mères qu'il avait réussi à garder, Kleist. Un jury qui était plus du côté de Di Palma que du sien.

Après avoir appelé l'expert en balistique, les deux policiers qui avaient capturé Carson et la jeune femme en larmes qui était au premier rang quand Kilcannon était tombé, Di Palma appela Curtis Blake.

C'était un homme aux cheveux bruns et plats, aux traits

anguleux. Di Palma l'avait bien préparé à son interrogatoire. Carson le regardait comme s'il faisait partie du mobilier.

— Donc, vous avez aidé M. Carson à installer le son ? demanda Di Palma.

— Oui, monsieur.

— Comment était-il ?

Dans le box des jurés, Kleist se pencha.

— Comme d'habitude, répondit Blake. Peut-être un peu comme s'il avait quelque chose derrière la tête.

— Mais rien d'anormal, aucun signe de folie ? demanda Di Palma.

— Objection, cria Lord. M. Di Palma voudrait nous faire croire que son témoin a les qualifications psychiatriques pour répondre.

— Objection valable.

Di Palma ébaucha un vague sourire.

— Et le son, ça allait ?

— Excellent. Stacy, elle, l'a testé.

La voix du témoin était rapide, ça sonnait faux, pensa Lord. Ses yeux bougeaient plus que sa tête. Son front luisait légèrement.

— Qu'avez-vous fait après ça ?

Blake semblait mal à l'aise.

— On a traîné dans les coulisses. Vous savez ce que c'est, en attendant Stacy et le sénateur.

— Et Carson, qu'est-ce qu'il faisait ?

— La même chose. Vers dix-huit heures, je me rappelle, il a appelé quelqu'un.

— Vous savez qui ?

— Non. (Blake lança un regard à Carson.) Il nous avait demandé, à moi et à Jésus, de nous casser.

Lord se força à ne pas regarder Carson.

— Et ensuite, qu'est-ce qu'il a fait ? demanda Di Palma.

— Je l'ai vu parler au téléphone. Quand je suis revenu, il était très calme.

— Est-ce qu'il est allé quelque part ?

Blake secoua la tête.

— Tout ce dont je me souviens, c'est qu'il était assis contre le mur, comme s'il attendait quelqu'un.

Lord se demandait combien d'heures avait passé Di Palma à mettre en place un questionnaire aussi subtil tout en lui donnant l'apparence de la banalité la plus anodine. Kleist se mit à prendre des notes.

— Vous étiez là, demanda Di Palma, quand le sénateur Kilcannon a été assassiné ?

Le témoin regarda par terre.

— Oui, sûr que j'y étais.

— Vous avez vu qui lui a tiré dessus ?

Comme s'il disait une réplique, Blake se tourna vers Carson.

— C'est Harry. Je l'ai vu.

Carson fixait la caméra.

— Pourriez-vous raconter au jury ce qui s'est passé ? demanda Di Palma.

— Stacy était super, elle n'avait pas aussi bien chanté depuis des années, la foule criait son nom. Elle leur a présenté le sénateur...

— Et puis ?

— Il avance. Tout le monde sourit et applaudit. Puis il s'arrête. (Blake parlait beaucoup plus lentement maintenant, comme s'il était encore sous le choc.) Je me retourne et je vois Harry qui s'avance avec un revolver, vraiment très calme, à pas lents, comme s'il mesurait la largeur du plancher.

— Ensuite, que fait-il ?

— Il s'arrête un moment, le revolver tendu, il vise en ayant l'air de chercher le meilleur angle.

— Votre Honneur, interrompit brusquement Lord. Je propose d'annuler cette question. Mis à part le fait que M. Blake persiste à vouloir caractériser les actions de l'accusé, il n'est pas plus expert en balistique qu'en psychiatrie.

— Il me semble, monsieur Lord, qu'il se contente de décrire les actions de l'accusé. Sa réponse se tient.

Di Palma, le regard fixé sur Blake :

— Et après ?

— Harry a fait encore un pas et il a tiré sur lui.

— Qu'a fait le sénateur ?

— Il est tombé. (Blake regarda le jury en face.) Stacy s'est précipitée. Puis j'ai vu le sang qui coulait du haut de sa tête.

Quand le jury quitta la salle à la pause, Lord vit les journalistes regarder Carson à travers la vitre. Sourires cyniques et bouches mobiles qui n'émettaient aucun son. Il avait encore maigri, pensa Lord, il n'avait plus que la peau et les os, et ses yeux avaient perdu leur éclat.

— Il faut que vous cessiez de fixer la caméra comme ça, lui dit-il doucement.

Le regard de Carson ne bougea pas.

— Elle me rend dingue.

— Oui, mais vous donnez l'impression que vous vous foutez de ce qui se passe.

Carson se frotta les yeux.

— C'est leur problème.

— Je sais qu'il est difficile d'écouter des gens parler de vous, Harry, c'est dur même pour moi. Mais j'ai besoin que vous m'aidiez à propos de ce coup de fil.

— J'appelais Beth. (Quand Carson baissa les mains, ses yeux étaient fermés.) Mais je n'ai pas pu la trouver. Je n'ai eu que l'opérateur.

— Alors, il n'y a aucune trace ?

Carson secoua lentement la tête, puis il leva les yeux, et regardant la cravate rouge en soie de Lord :

— Belle cravate, mec.

— Merci en tout cas, dit Lord.

Quand Blake s'épongea le front, Lord sentit l'odeur douceâtre de transpiration d'un drogué.

— Vous connaissez bien Harry ? Comment ? demanda-t-il.

— Je le connais assez.

— Il vous est arrivé de parler de sa vie ?

Blake tortillait son mouchoir.

— Il ne parlait pas beaucoup.

— Vous savez d'où il vient ?

— Non, monsieur.

— Et qu'il a une femme ?

— Oui, monsieur, dit enfin Blake. Je le sais.

— Quel est son nom ?

Blake hésitait.

— Je l'ai oublié.

— Est-ce qu'il vous a parlé du Vietnam ?

— Je ne crois pas, non.

— Savez-vous ce qu'Harry a fait après le Vietnam ?

— Non, jusqu'à ce qu'il travaille pour Stacy.

— Alors, en fait, vous ne le connaissez pas vraiment, n'est-ce pas ?

Blake s'essuya le front.

— Je sais comment il est.

— Combien d'heures avez-vous passées avec lui ?

— Je ne sais pas.

— Moins de dix ?

— Comme j'ai dit, je ne les ai pas comptées.

— Autant d'heures que celles que vous avez passées avec M. Di Palma pour préparer votre témoignage ?

— Objection, coupa Di Palma. Sans fondement.

— Objection valable.

— Dans le temps que vous avez passé avec l'accusé, est-ce qu'il a évoqué James Kilcannon ?

— Non, monsieur.

— Et pourtant, dites-vous, vous l'avez vu tirer sur Kilcannon. Vous trouvez ça normal, vous, d'aller au travail et puis de tuer un sénateur des États-Unis devant vingt mille personnes ?

— Objection.

Lord se tourna vers Di Palma.

— Ah, non, Ralph ! Pas cette fois !

— Objection non valable, dit Rainey. Calmez-vous, monsieur Lord.

— Monsieur Blake ?

— Peut-être que pour Harry c'est normal, dit Blake en regardant le mur.

— Est-ce qu'il vous a dit ce qu'il avait en tête ?

— Non, monsieur. (Quand Blake se retourna, Lord s'aperçut trop tard du piège que Di Palma lui avait tendu.) Mais il écrivait quelque chose, dans un livre.

Lord sentit son cerveau se ralentir. « Trouve une question, pensa-t-il, tu ne dois pas montrer que tu es sonné. »

— Quel genre de livre ?

— Tout ce que je sais c'est qu'il était noir.

« Finis sur ta lancée, ne montre surtout pas que tu as accusé le coup. » Les mains dans les poches, Lord se mit à dévisager le témoin avec une expression moqueuse, légèrement méprisante.

— Combien d'amphétamines aviez-vous pris ce jour-là ?

— Objection. (Di Palma se leva.) Harcèlement de témoin. Manque de fondement. Injustifié.

Rainey acquiesça.

— Réellement, monsieur Lord !

— Je crois que M. Blake me comprend, Votre Honneur. Et ce soir, je suppose que le journaliste d'une chaîne entreprenante pourra alimenter les potins mondains.

Rainey rougit.

— Continuez, monsieur Lord, dit-il au bout d'un moment.

— Monsieur Blake ?

Dans le regard de Blake Lord vit qu'il se livrait à un calcul rapide — qu'est-ce que cet homme sait, comment peut-il me piéger ?

— Un ou deux comprimés, marmonna-t-il enfin, avec ma copine.

— Et quoi d'autre ?

— Un peu de coke, c'est tout.

— Et malgré ça, vous voulez que nous tenions compte de votre perception de M. Carson ?

Blake détourna son regard.

— Je sais ce que j'ai vu, dit-il au jury, comme tout le monde.

Ils quittèrent le palais de justice pour se retrouver assis au Park Lafayette, après une folle équipée dans la MG de Rachel. La butte couverte de gazon était ombragée de palmiers où se promenaient quelques homosexuels et des petits garçons avec leurs mères. C'était un de ces rares endroits, pensa Lord, où il aurait pu déjeuner sans être importuné.

Lord croqua dans sa pomme. Rachel le regardait.

— Je me demandais où était Marcia, Tony. Ça serait plus sympathique si votre femme était venue à l'audience.

Il y avait en elle quelque chose de cinétique, pensa Lord, comme une enfant trop brillante qui dit des choses pour voir ce qui va en résulter.

— Elle trouve ce genre de choses déprimant, dit-il finalement.

— De toute façon, je pense que le jury vous apprécie. (Rachel but une gorgée de vin.) Est-ce que vous avez vu que les déclarations d'ouverture ont obtenu le plus fort taux d'écoute de toute l'histoire de SNI ?

— Oui, mais aussi bien les gens changeront de chaîne pour voir des saint-bernard ou des exécutions.

— Ça vient de vous, Tony. Que ça vous plaise ou non, vous êtes fait pour la télé. (Elle le regarda.) Je me demande seulement si ce jury convient pour cette affaire.

Lord eut un rire rapide.

— Vous avez une façon d'engager les discussions, Rachel, qui les termine avant qu'elles n'aient commencé.

Son regard était drôle, presque blessé.

— Je me sens concernée, c'est tout. Pour moi, pas pour la chaîne.

Lord se mit à regarder une jeune maman qui aidait son enfant à faire ses premiers pas.

— On a finalement déniché un témoin de poids, dit-il enfin. Un ancien du Vietnam qui peut témoigner qu'Harry a servi dans le 101e.

— Mais personne d'autre ?

— Non. (Lord se sentit soudain mal à l'aise. Il le masqua avec un haussement d'épaules.) Et Di Palma le sait.

Lord regarda la mère et l'enfant disparaître dans un bosquet.

— Vous méritez mieux, Rachel, je suis un piètre compagnon. (Il regarda sa montre.) Il vaut mieux que je rentre. Di Palma m'attend.

2

A son retour, Lord vit un livre noir relié devant Di Palma. Tandis que Johnny Moore témoignait au nom du FBI, il le prit. Lord sentit que le jury attendait.

— Qu'avez-vous découvert, demanda Di Palma, quand vous avez vérifié la vente des armes ?

— Que M. Carson avait acheté son Mauser un mois avant le concert.

— Avez-vous trouvé d'autres choses appartenant à M. Carson ?

— Sa moto, d'abord, garée dans l'aire de chargement ;

c'était la meilleure voie pour prendre la fuite. Après, on a trouvé son sac à dos.

— Qu'est-ce qu'il contenait ?

— Des effets personnels, des cigarettes, un journal. (Moore fit une pause.) Il y avait aussi un cahier intime écrit de la main de M. Carson.

Lord affecta de prendre un air ennuyé. Di Palma tendit le livre à Moore.

— Est-ce que c'est ça le cahier en question ?

— Oui.

— Et qu'y a-t-il à la dernière page ?

— Un poème.

— Pourriez-vous, je vous prie, le lire au jury ?

Carson avait les yeux fixés sur la table ; Moore enleva ses lunettes et se mit à déchiffrer le texte comme si c'était du sanscrit, puis il lut d'une voix plate, embarrassée.

La caméra se repaît
de tes cheveux d'or, esprit mort.
Le temps t'encercle peu à peu
une balle dans la tête.

— Est-ce que cela peut vous laisser penser que M. Carson avait l'intention de tuer quelqu'un ?

— Objection.

Lord dit avec une apparente désinvolture :

— Les vers se suffisent à eux-mêmes ; on peut leur faire dire n'importe quoi.

Rainey se tourna vers Di Palma.

— Nous cherchons à prouver la préméditation, dit l'accusation.

— Objection non valable, monsieur Lord.

— Si, répondit Moore, si on le met en rapport avec d'autres preuves de préméditation, le poème peut laisser penser que M. Carson avait un plan.

— Et après avoir écrit cela et après avoir parlé avec un inconnu au téléphone, qu'a fait M. Carson ?

— Il a tiré sur le sénateur Kilcannon.

— Ce soir-là, est-ce qu'il y a eu une autre violation de la loi ?

— Objection, dit Lord précipitamment. Les autres crimes

qui ont eu lieu, quels qu'ils soient, ne peuvent être imputés à mon client ou mis en rapport avec celui dont il est accusé.

— Votre Honneur, répliqua Di Palma, je ne pense pas qu'il soit raisonnable de mettre en quarantaine les circonstances qui entourent le crime de M. Carson.

— Objection non valable.

— On a volé la recette du concert, dit Moore, qui s'élevait à, à peu près, quatre mille dollars.

Lord vit Kleist sortir son stylo.

— Est-ce que l'argent a été retrouvé ? demanda Di Palma.

— Non.

Moore rajouta :

— Il semble qu'il ait disparu.

— Dans la confusion générale ?

— Peut-être.

Di Palma marqua un temps.

— Est-ce qu'il y a un film du concert, filmé par la chaîne KSRT ?

— Oui.

Di Palma tendit une boîte de film.

— C'est bien ce film-ci ?

— Oui, monsieur.

— Votre Honneur, je propose que ce film soit rajouté aux pièces de l'accusation.

Cass chuchota :

— Ce n'est pas celui qui montre ce qu'Harry a fait après.

— Monsieur Lord ? demanda Rainey.

— Aucune objection.

Le film commençait avec Kilcannon et Stacy. On voyait leurs mains se toucher et Stacy lui sourire. Sous les applaudissements, Lord pouvait entendre le silence des jurés.

Tout d'un coup, Harry Carson était derrière eux. Il marchait d'un pas mesuré, d'un pas régulier, de la démarche d'un tueur professionnel, droit sur Kilcannon.

Puis, comme Blake l'avait dit, il s'arrêtait.

Kilcannon se tournait. Carson se tenait debout, le revolver braqué en direction de la tête de Kilcannon. C'était l'angoisse. On vit que Stacy voulait dire quelque chose.

Froidement, Carson avança d'un pas et tira.

La caméra suivait Kilcannon. Stacy se jetait sur lui ; le film finissait quand elle lui caressait le visage.

Quand la lumière revint, Carson regardait ses mains.

Moore, à la barre des témoins, clignotait des yeux.

— Vous avez parlé d'un journal, demanda Di Palma lentement, trouvé dans le sac à dos de l'accusé ?

— C'est exact.

— Est-ce qu'il était ouvert à une page particulière ?

— Oui, a une page qui parlait du procès d'un homosexuel contre Colby Parnell. Dans le titre, il y avait en toutes lettres le nom de M. Lord.

— Il y a un autre film, commença Lord, n'est-ce pas ?

— Oui, répondit Moore, qui a été fait par la chaîne KQZT.

Lord montra une boîte argentée.

— Celui-ci ?

— Oui. Je crois que c'est ça.

Di Palma se dressa d'un bond.

— Nous notons que le film existe et que M. Lord en possède une copie.

— Merci. (Lord se retourna vers Moore.) Qu'est-ce qui vous a fait choisir le premier film ?

Moore le regarda d'un air narquois.

— Ce n'est pas moi.

— Alors qui l'a fait ?

— M. Di Palma.

— C'est lui aussi qui vous a fait lire un poème parlant de quelqu'un aux « cheveux dorés ». Simple rappel : le sénateur Kilcannon était-il blond ?

— Il était chatain.

— Est-ce que ce poème a un titre ?

— « Anniversaire d'or. »

— Est-ce que ça vous dit quelque chose ?

— Non.

— En fait, vous ne savez pas non plus ce que veut dire le poème.

— Je peux seulement faire des déductions.

— Vous avez aussi déduit que M. Carson avait garé sa moto

dans l'aire de chargement parce qu'elle offrait une voie facile pour sa fuite. C'est aussi la voie express pour le McDonald's, n'est-ce pas ?

Moore eut un petit sourire.

— Je ne sais pas.

— Est-ce que ça vous semble raisonnable que M. Carson puisse espérer s'enfuir devant vingt mille personnes ? à moins de l'éviter...

— Non, cela ne me paraît pas à moi très raisonnable.

Par son interrogatoire extrêmement courtois, Lord espérait neutraliser l'effet du film. Du coin de l'œil, il pouvait voir Kleist prendre des notes.

— Il y a un témoignage selon lequel M. Carson a donné un coup de fil. Y a-t-il la moindre preuve que ce coup de fil ait un rapport quelconque avec ce qui nous occupe ?

— Non.

Lord fit une pause. Dans le regard de Moore, la perplexité faisait place à une lueur amusée.

— Et vous n'avez aucune preuve non plus que le vol de l'argent de Mlle Tarrant, en même temps que la mort du sénateur Kilcannon, soit autre chose qu'une simple coïncidence.

— Non, aucune.

— Donc, vous êtes d'accord avec moi. Vous n'avez pas de preuves.

— Oui, répéta Moore sèchement. Il n'y a pas de preuves.

— C'est fréquent qu'on vole la recette d'un concert, n'est-ce pas ?

— Oui, ça arrive assez souvent. L'argent perdu est rarement retrouvé.

— Pendant votre enquête, est-ce que le bureau a prévenu M. Di Palma qu'il n'y avait aucune preuve qui lui permette de mettre en rapport le vol et la mort du sénateur Kilcannon ?

— Objection.

— Sur quelle base ? rétorqua brusquement Lord. Il n'y a pas de privilège.

Rainey réfléchit.

— Objection non valable.

— Nous l'avons dit, répondit Moore. Oui.

— Combien de fois est-ce qu'il vous a questionné là-dessus ?

Moore se mordilla la lèvre.

— Plusieurs fois.

— Il vous a aussi préparé pour ce témoignage, n'est-ce pas ?

— Oui.

— Est-ce qu'il vous a parlé de son intention de vous questionner à propos de l'argent ?

— Oui.

Lord s'avança vers le témoin.

— Et lui avez-vous dit, alors, qu'il n'y avait aucune preuve formelle du lien entre ce vol et M. Carson ?

Di Palma se leva de son siège. Moore le regarda puis regarda Lord.

— Ce que je lui ai dit, reprit-il prudemment, c'est que moi je ne pourrais pas témoigner qu'il y aurait un lien.

Lord se tourna vers Rainey.

— Votre Honneur, je fais appel pour vice de procédure.

La salle d'audience déserte avait l'air d'une navette spatiale, pensa Lord. Même le cameraman était parti.

— Monsieur Lord ? dit le juge d'une voix sévère.

Lord fit un pas en avant.

— Une défense qui plaide l'irresponsabilité psychique ne tient pas quand la preuve est faite qu'il y a eu conspiration. Tout le monde le sait. Mais M. Di Palma n'a aucune preuve. C'est pour ça qu'il se sert du vol, alors même qu'il sait tout à fait qu'il ne peut le mettre en rapport avec Carson. Son seul but est d'empêcher que le jury demande un nouveau procès.

— Cet appel est infondé, répliqua Di Palma. C'est parce que ça va mal pour lui que M. Lord veut en finir avant le témoignage de Mlle Tarrant. Il fait que la cour se donne en spectacle, en renversant ses propres règles, alors qu'il ne subit en réalité aucun préjudice.

Rainey hocha la tête en signe d'assentiment puis il se tourna vers Lord.

— Ce procès est faussé, Votre Honneur, par la présomption que Carson a téléphoné à un complice et que le meurtre et le vol en sont la conséquence, et qu'après tout ça, il a appelé son avocat.

Di Palma sourit.

— Pourquoi, Tony, vous ne le faites pas témoigner, ça arrangerait tout !

— Je partage l'avis de M. Di Palma, cet appel est infondé, coupa Rainey. Cela pourrait nuire à la crédibilité de la justice. Appel débouté.

Tout s'était passé comme il l'avait prévu. Lord dévisagea Di Palma et attendit un moment avant de reprendre.

— Vous ne pensez pas, dit-il calmement, qu'il y a quelque chose d'étrange à menacer Carson de la chambre à gaz sur des bases aussi frauduleuses ?

— Monsieur Lord, dit Rainey visiblement exaspéré, si vous provoquez encore une fois, je vous poursuivrai pour outrage à magistrat.

Un moment, Lord resta interdit.

— Cela, répondit-il finalement, vous serait impossible.

Rainey devint rouge de colère et fit pivoter sa chaise.

— Où est l'huissier ?

— Écoutez-moi bien, dit Lord brusquement. Je vous ai donné une chance d'éviter cet appel, mais vous avez laissé Ralph continuer, en sachant très bien ce qu'il avait en tête. Vous m'avez coincé avec cette histoire de procès télévisé, avec la sélection des jurés, car vous avez peur de perdre si Harry s'en sort.

— C'est ça, bon sang !

— Mais si je perds, je ne vous lâcherai pas pendant les trois années qui viennent ! Encore un sale coup comme ça, et je vous promets que vous serez le juge qui a balancé le cas Kilcannon à la télévision. (Lord baissa le ton.) Je vais tabler sur le Vietnam. J'exige d'avoir la même latitude que celle que vous avez laissée à Di Palma.

Di Palma se tourna vers Rainey, comme pour lui demander d'appeler l'huissier. Mais le juge ne lâchait pas Lord des yeux.

— Je regrette bien sûr d'en arriver là, ajouta Lord doucement, la passion m'a sans doute empêché de choisir mes mots.

Rainey se redressa.

— Pour cette fois ça passe, dit-il d'une voix sans timbre. Mais attention, n'y revenez pas !

— Incroyable, dit Cass.

Il était vingt-deux heures quarante-cinq.

— On n'a pas le choix, dit Lord. Ce procès tourne mal et demain Di Palma interroge Stacy Tarrant. Il faut que Rainey me donne plus de liberté d'action ou alors Ralph ira trop loin.

— Je pense que le jury est encore vigilant.

— Dans ce cas, ils vont découvrir très vite que je ne peux pas leur donner une bonne raison de croire qu'Harry ne savait pas ce qu'il faisait. D'une certaine façon son expérience de guerre démontre le contraire. (Lord avait terriblement mal à la tête, une douleur sourde qui commençait par les yeux.) Je n'ai pas pu avoir Damone et je ne sais rien sur la deuxième année ; il n'y a pas moyen d'expliquer cette histoire d'anniversaire ou de la lier à Kilcannon. Et Di Palma va faire appel au témoignage choc pour le prouver dès que j'aurai fini.

Cass se mit à ranger le bureau de Lord.

— Enfin, une chose est sûre, aucun des jurés ne t'a adressé un sourire.

— Attends un peu que Stacy Tarrant se présente. (Il se tourna vers elle.) Cassie, tu veux savoir la vérité ?

— C'est évident.

— Si c'était moi qui avais décidé et pas Harry, j'aurais accepté le marché de Di Palma.

— Je sais. (Elle finit de ranger le bureau.) Il vaut mieux que j'y aille. Jeannie dit que je ne suis jamais à la maison.

Lord eut un pâle sourire.

— A demain matin.

Quand elle fut partie, Lord se mit à pianoter d'une chaîne à l'autre.

Sur toutes les chaînes, un Di Palma sûr de lui se présentait « avec la collaboration de SNI ».

Mais SNI n'en restait pas là. Tandis qu'une voix off racontait sa vie, on voyait Stacy Tarrant chanter à Amsterdam, recevoir son deuxième disque d'or, saluer la foule aux côtés de Kilcannon pendant la campagne électorale, se pencher sur son corps.

« Retirée du monde du spectacle depuis les funérailles, Mlle Tarrant se présentera demain au procès d'Harry Carson. »

Lord éteignit et s'assit à son bureau.

Tout était bien rangé. Cass avait classé les demandes d'interview d'un côté. De l'autre, sur cinq feuilles de papier officiel, les grandes lignes des questions qu'il avait préparées pour Stacy Tarrant, et une boîte de film.

Il n'y avait rien d'autre à faire, mieux valait rentrer.

Quand il quitta son bureau, Hayes Street était silencieuse ; l'opéra était fini, les restaurants fermés. Deux blocs plus loin, la coupole du City Hall brillait.

Lord marchait au milieu de la rue, évitant les bateaux et les voitures garées. A la lumière des lampadaires, son ombre s'étirait devant lui, tournait, passait derrière puis devant à nouveau. Le brouillard épais lui mouillait le visage.

A l'angle de la rue, Lord s'arrêta devant sa Datsun. Sur le pare-brise, en lettres rouges, on avait écrit : « Tu vas mourir. » Une écriture d'enfant ou de maniaque.

Lord regarda par-dessus son épaule. Rien. Personne. Il ouvrit la portière, inspecta le siège arrière, puis monta rapidement. Il avait sous les yeux le graffiti inversé ; il se demanda s'il le montrerait à Marcia.

Non, il se garerait dans la rue, décida-t-il. Comme il prenait par Van Ness, les lettres rouges brillèrent à la lumière des phares des voitures qui venaient dans l'autre sens.

3

Le jury se mit à se retourner, à se contorsionner pour la voir, et Lord finit par en faire autant.

Derrière la vitre, il y avait Damone et, à ses côtés, Stacy. Malgré cette vitre entre eux, le regard qu'elle lui adressa avait la clarté et l'étonnante franchise qu'il avait remarquées chez les Parnell.

Quand Di Palma se plaça devant le jury, son image se refléta dans la vitre, juste à côté du visage de Stacy.

« La cour appelle Stacy Tarrant. »

Elle jeta un coup d'œil à Damone. Il alla s'asseoir au premier rang, un agent de police ouvrit la porte en verre et Stacy entra dans la salle d'audience.

Elle se déplaçait avec les mouvements étudiés de quelqu'un qui a l'habitude d'être regardé. Elle était vêtue d'une robe bleue toute simple, son maquillage était discret ; pas de bijou, ni de vernis à ongle ; sa minceur accentuait l'impression qu'elle donnait d'une femme vulnérable qui avait été plus piégée que servie par ses dons. Mais il y avait quelque chose d'électrique en elle, pensa Lord. Un geste d'elle et la foule suivait.

Elle se dirigea vers la barre des témoins, sans un regard pour Carson ni pour Lord.

Di Palma s'était placé de côté pour qu'elle fût bien visible au jury.

Leurs profils se tournèrent comme s'ils ne faisaient qu'un visage. Rainey était assis, très droit. Carson regardait les pieds de son siège, comme s'il se sentait coincé entre la caméra et Stacy. Un silence tendu s'était tissé autour d'elle, fragile, explosif.

Di Palma commença doucement.

— S'il vous plaît, pourriez-vous nous donner vos noms et prénoms ?

— Stacy Lynn Tarrant.

La voix était calme, un peu rauque, étrangement familière.

— Et quel est votre métier ?

— Je suis chanteuse.

— Et vous pensez vous féliciter d'avoir obtenu quelques succès ?

Une petite hésitation imperceptible.

— Oui.

On dirait une pièce de théâtre, pensa Lord. La parfaite tranquillité dont elle faisait preuve colorait les questions et les réponses.

— C'est pour cela que vous avez choisi de vous y consacrer totalement ?

— Je ne m'attendais pas réellement à ce qui est arrivé. (Stacy rejeta ses cheveux en arrière. Lord se rendit compte que ce geste qui lui était propre lui venait de la scène.) Je voulais que les gens entendent ce que j'écrivais.

— Pensez-vous continuer à exercer ce métier ?

Elle marqua un temps :

— Je ne sais pas.

— Quand avez-vous chanté pour la dernière fois ?

Un autre temps.

— La nuit du 2 juin.

— Que s'est-il passé ce soir-là ?

Les mains croisées sur ses genoux, les épaules légèrement rentrées, elle paraissait plus fragile encore.

— Le sénateur Kilcannon a été tué.

Lord pouvait sentir qu'elle entraînait le jury dans une sorte d'intimité avec elle.

— Quelle était votre relation avec le sénateur ? demanda Di Palma.

— Nous étions très liés. (Elle s'arrêta, comme si elle écartait un souvenir.) Et je croyais en lui.

— Comment se fait-il qu'il soit venu au concert ?

Stacy leva la tête.

— Je voulais l'aider à devenir président.

Di Palma attendit un moment.

— Qui, demanda-t-il rapidement, l'a tué ?

Pour la première fois, elle regarda Carson. L'impact de son regard froid, direct, était tel que sa réponse sonnerait comme une accusation, pensa Lord :

— Harry Carson.

Carson regardait le plancher.

— Comment cela s'est-il passé ? demanda Di Palma.

Elle se tourna vers lui, l'air absent.

— J'ai présenté Jamie à la foule, finit-elle par répondre. Quelque chose m'a fait regarder l'écran.

— Et qu'avez-vous vu ?

— Harry Carson était derrière nous. (Elle parlait comme si les souvenirs lui revenaient peu à peu.) Il avait un revolver.

— Est-ce que vous vous êtes retournée vers lui ?

Elle secoua la tête.

— C'est comme si j'avais d'abord cru que c'était un film. Il avait une manière de se déplacer si parfaite. (La voix rauque se radoucit, s'altéra.) J'ai dû penser que si je ne me retournais pas, cela ne deviendrait pas réel.

Les jurés étaient figés sur place ; Lord évita de regarder Kleist.

— Que s'est-il passé alors ? demanda Di Palma.

— Les cheveux de Jamie se sont soulevés. (Un temps.) Quand je me suis retournée, il s'écroulait.

— Qu'avez-vous fait ?

— Je me suis jetée sur lui.

— N'aviez-vous pas peur que Carson vous tire dessus ?

Tête baissée, elle fit signe que oui.

— Si.

— Mais vous avez protégé le sénateur Kilcannon.

Elle releva les yeux vers Di Palma.

— Je ne voulais pas qu'il meure, dit-elle simplement.

Lord vit un des jurés, la femme japonaise, se retourner.

— Était-il encore vivant ? demanda Di Palma.

— J'avais les yeux fermés mais je le sentais respirer. Au bout d'un moment, qui m'a semblé beaucoup plus long qu'il n'était réellement sans doute, je l'ai regardé.

— Et alors ?

— Il avait les cheveux qui lui tombaient sur le front, je les ai écartés.

— Pourquoi ?

Elle s'arrêta.

— C'était tout ce que je pouvais faire pour lui.

Le silence qui planait était presque inquiétant. Lord remarqua qu'il n'y avait pas un bruit, ni toux, ni pages qu'on tourne. Rien. Le silence le plus absolu.

— Est-ce qu'il vous a dit quelque chose ?

Stacy soupira.

— Il m'a demandé si tout le monde allait bien.

— Que s'est-il passé alors ? demanda-t-il.

— John Damone, mon manager, est arrivé avec des infirmiers et une civière. Je suis montée dans l'ambulance.

— L'avez-vous vu après ça ?

— Oui. (Elle fixa un point devant elle. Et dans sa voix on put entendre qu'elle n'avait pas accepté.) Il était mort.

Di Palma se tenait complètement immobile. Stacy se retourna, comme si elle attendait qu'il fît quelque chose.

— Avant le concert, demanda-t-il, avez-vous vu Harry Carson ?

— Oui. (Sa voix était altérée par l'émotion.) Il s'occupait du son.

— C'était un travail difficile, n'est-ce pas ?

— Oui.

— Est-ce que vous avez parlé avec lui à ce propos ?

— Oui, dit-elle la voix défaillante. Je lui ai dit que le son était super.

— Il l'était vraiment ?

— Oui, il était parfait.

Carson se pencha en avant.

— Lui avez-vous dit autre chose ? demanda Di Palma.

Stacy regarda au loin, comme quelqu'un qui est envahi par un souvenir amer.

— Je lui ai dit merci.

— Et que vous a-t-il répondu ?

— Que ce n'était rien. (Pour la première fois sa voix tremblait de colère.) Il semblait presque détaché.

Di Palma s'approcha.

— Est-ce qu'à aucun moment Carson vous a paru incompétent ?

Stacy mit un moment à répondre. Lord admira l'habileté de la question.

— Non, répondit-elle, il m'a toujours paru compétent.

— A partir de là, pouvez-vous dire qu'il vous a toujours paru sensé ?

Encore une question bizarre. Di Palma évitait quelque chose, Lord en était sûr, quelque chose que Stacy aurait peut-être pu dire.

— Oui, dit-elle. Tout à fait sensé.

Di palma était à côté d'elle maintenant.

— Même au moment où il tira sur James Kilcannon ?

— Oui.

Et en se tournant vers Carson, elle dit d'une voix claire et nette :

— Particulièrement à ce moment-là.

La salle était silencieuse.

— Pas d'autres questions, dit Di Palma.

La voiture rouge heurta un nœud du plancher, pivota et alla se renverser près du canapé.

— C'est pas terrible, papa, dit Christophe en lançant la voiture sur le *New Yorker* et la boîte à chaussures qu'il avait transformés en rampe. La voiture s'envola dans les airs et finit par atterrir contre la table basse.

— Pas mal, lui dit Lord. Mais le conducteur n'a pas encore la taille réglementaire.

Christophe rit.

— Et toi, combien tu mesures ?

— A peu près un mètre quatre-vingts.

Christophe resta pensif un moment.

— Je t'ai encore vu à la télé, avant que maman change de chaîne. Tu étais assis juste là.

Lord sourit.

— Quelquefois j'aime bien regarder.

Christophe prit l'air de quelqu'un qui sait qu'il y a une plaisanterie mais qui ne l'a pas comprise.

— T'es complètement piqué, papa.

— Et toi tu en es la preuve ! (Lord ramassa la voiture et la fit rouler jusqu'à son fils.) J'ai appris que tu n'étais pas sage à l'école.

L'expression de Christophe changea devant celle de son père.

— Y a des fois, j'ai envie de rigoler !

— Tu sais pourquoi au moins ?

Christophe haussa les épaules en regardant la voiture.

— Tu aimes maman ? demanda-t-il.

— Bien sûr. Pourquoi tu me demandes ça ?

Christophe fit rouler encore un peu sa voiture. Elle dit que tu ne fais plus des choses avec elle.

« Empêche-la de faire ça », pensa Lord.

— Ça me manque aussi. Mais c'est juste le temps du procès.

— J'espère que c'est pour bientôt.

— Moi aussi, dit Lord en l'attrapant et en tenant à bout de bras son fils qui gigotait dans tous les sens et riait aux éclats. Car tu grandis vraiment trop vite.

Christophe se tortillait, tentant d'échapper à l'étreinte de son père. Il glissa et ils se retrouvèrent front contre front.

— Est-ce qu'on joue ? demanda-t-il de sa voix de grand garçon.

— Laisse-moi seulement le temps de passer un jean. Et je ne veux plus entendre parler de mauvaise conduite à l'école, d'accord ?

— D'accord.

Il trouva Marcia au lit.

— Ça va pas ?

— Je suis fatiguée, répondit-elle d'une voix blanche. Il y a une pizza dans le congélateur.

Il haussa les épaules, tout en mettant son costume sur un cintre.

— Au fait, j'ai besoin de la voiture demain.

— La tienne est en panne ?

— Le carburateur fait des siennes. (Il se tourna, prêt à lui demander ce qu'elle avait dit à Christophe, puis il entendit la voiture de son fils dans le couloir. Elle le regardait, attendant ce qu'il allait dire.) J'ai pensé, dit-il enfin, ça te dirait d'aller demain soir à North Beach ?

Elle réfléchit à la proposition :

— Pourquoi pas ce soir ?

Lord secoua la tête.

— Je dois contre-interroger Tarrant demain matin. Le jury aura eu juste le temps de se remettre de son témoignage. Il faut que j'arrive à l'empêcher d'enfoncer Harry complètement.

Marcia lui lança un regard oblique.

— Elle est si sympathique ?

— Elle est surtout très intelligente. (Il s'arrêta.) Alors, c'est d'accord pour demain ?

Ils se regardèrent un long moment, puis elle baissa les yeux :

— Ça serait bien agréable, Tony.

— Papa !

Lord sortit dans le couloir.

— Attention, cria Christophe, et la voiture rouge fonça sur Lord. Il se baissa pour la prendre.

4

Lord se dirigea vers Stacy. Il pouvait sentir la foule attroupée aux portes, les journalistes dressés sur la pointe des pieds pour la voir, la caméra qui suivait son déplacement et qui allait s'immobiliser sur elle. Stacy attendait, attentive et calme, mais il y avait en elle une telle intensité qu'il avait l'impression de pouvoir toucher ce qu'elle ressentait. Il eut la vision fugitive de deux personnes enfermées dans une cage de verre.

— Je suis vraiment désolé de devoir faire ça, dit-il.

Elle eut un air surpris :

— Moi aussi.

Le silence du jury était comme un souffle retenu.

— Vous avez fait vos études supérieures à Berkeley, n'est-ce pas ?

— Oui.

— Et vous avez obtenu des mentions en musique et en théâtre.

— Oui.

— Sur quoi portaient en particulier vos études théâtrales ?

Elle fit une courte pause, comme pour lui signifier qu'elle savait à quoi s'en tenir.

— La représentation.

— Est-ce que vous avez fait un peu de psychologie ?

— Pas vraiment.

Pour l'accusation, elle est le témoin idéal, pensa Lord. Elle est parfaitement informée qu'elle doit dire le minimum. Il poursuivit toujours sur le même ton.

— Vous avez dit que vous étiez très liée au sénateur Kilcannon. Pouvez-vous préciser ?

Elle le regarda longuement, ne laissant rien paraître.

— Nous étions amants.

— Depuis deux ans, je crois.

— Oui, presque.

— Je pense donc que vous l'aimiez.

Elle eut une légère hésitation, comme si cette question, elle se la posait à elle-même. Et Lord put lire la réponse qui prenait forme dans ses yeux.

— Oui, dit-elle d'un ton ferme. Je l'aimais.

— Sa mort a dû être terrible pour vous.

Dans son regard passa un éclair de révolte et puis très doucement, d'une voix presque inaudible, elle dit :

— Elle l'est encore.

— Vous avez dit que depuis, vous n'avez plus donné de concert.

— Oui.

— Vous n'en aviez pas donné non plus l'année d'avant ?

Ses yeux ne quittaient jamais ceux de Lord.

— Oui, ça doit être ça.

— Par peur de la scène, si j'ai bien compris.

Elle rejeta ses cheveux en arrière, mais Lord remarqua que son geste était machinal ; elle réfléchissait à la question.

— C'est plus difficile maintenant, dit-elle simplement.

Di Palma n'avait pas fait un geste, elle n'avait pas besoin d'aide. Lentement, Lord demanda :

— Que ressentez-vous pour Harry Carson ?

De nouveau, cette légère hésitation. Mais sa réponse et son regard étaient directs :

— Je le hais pour ce qu'il a fait à Jamie.

— Vous avez une idée du verdict que vous souhaiteriez ?

— Oui.

— Ne craignez-vous pas que cela interfère sur votre témoignage ?

— C'est impossible. (Sa voix monocorde donnait à ce qu'elle disait une force particulière.) Ce qui est arrivé est arrivé. Rien ne peut plus interférer.

Lord hocha la tête avec commisération.

— Pour mémoire, nous nous sommes déjà rencontrés, n'est-ce pas ?

Cette allusion semblait l'étonner :

— Je vous ai vu, rectifia-t-elle.

— Dans une fête en l'honneur du sénateur Kilcannon ?

Lord vit dans ses yeux qu'elle avait compris. Pour les jurés il devenait un ami du défunt, défendant Harry Carson parce qu'il lui faisait confiance et obligé d'interroger Stacy malgré leur sympathie.

Elle avait le choix de dire la raison pour laquelle il s'était rendu à cette fête, ou de n'en plus parler.

— Oui, répondit-elle froidement.

— A quel moment cette fête a-t-elle été décidée ?

— Une fois que j'ai décidé de donner mon concert.

— Et quand l'avez-vous décidé ?

— Jamie me l'avait demandé une semaine auparavant à peu près.

— Et quand en avez-vous parlé autour de vous ?

— Le lendemain, j'ai appelé mon manager. (Elle hésita.) Pour qu'il réserve l'Arena.

Pour une raison que Lord ne pouvait pas comprendre, ses yeux semblaient s'élargir en répondant.

— Donc, quand M. Carson s'est procuré un Mauser trois semaines avant le concert, il ne pouvait pas savoir qu'il aurait l'opportunité de se trouver proche du sénateur Kilcannon. Personne ne le savait, ni vous, ni le sénateur, ni M. Damone.

Elle regarda ailleurs.

— Non, personne n'en savait rien, dit-elle enfin.

— Cependant, vous maintenez que le comportement de

Carson le jour de la mort du sénateur Kilcannon était parfaitement normal ?

D'une voix plus forte :

— Oui, je suis sûre.

— Que savez-vous à propos du syndrome de stress du Vietnam ?

Elle le regarda :

— Très peu de choses.

— Est-ce que vous avez quelqu'un de proche qui est allé là-bas ?

Une légère hésitation.

— Seulement John Damone.

— Est-ce qu'il vous a parlé de ce qu'il a vécu là-bas ?

Elle secoua la tête :

— Je crois qu'il veut oublier tout ça.

— Mais il se souvenait d'Harry Carson ?

Elle ne répondit pas tout de suite :

— Oui et c'est pour ça qu'il l'a embauché.

— Est-ce qu'il vous est arrivé de parler ensemble de M. Carson et du Vietnam ; que ça l'aurait atteint, cette guerre ?

Stacy repoussa ses cheveux en arrière. Après un long moment, elle répondit.

— Une fois.

Stupéfait, Lord comprit enfin pourquoi Di Palma n'avait pas convoqué Damone, et pourquoi les dernières questions qu'il avait posées à Stacy étaient si soigneusement formulées. Il prit un temps pour préparer les questions suivantes.

Très doucement, il demanda :

— Quand a eu lieu cette conversation ?

Elle lui jeta un regard blessé, presque de colère.

— Le jour du concert.

Dans le profond silence, Kleist prit son cahier de notes. Une même tension s'était emparée de tout le jury.

— Parce qu'il semblait si « détaché » ? demanda Lord.

Elle fit signe que oui, mais avec réticence.

— Comment ça vous est venu d'en parler ?

Il semblait qu'elle se durcissait :

— C'est moi qui en ai parlé à John.

— Et qu'est-ce qu'il a dit ?

— Que c'était peut-être à cause du Vietnam.

Lord inclina la tête.

— Avant aujourd'hui avez-vous parlé de cela à quelqu'un d'autre ?

Elle hésita :

— A M. Di Palma.

— A quelqu'un d'autre ?

Elle garda le silence un moment.

— A Jamie.

Lord fut si étonné qu'il ne put s'empêcher de demander ·

— Quand ?

— En voiture, juste avant le concert.

Elle marqua une pause et ajouta doucement :

— Avant que je ne sache ce qu'Harry Carson avait dans la tête.

La réponse et la manière qu'elle eut de la dire étaient déchirantes.

Lord dut se forcer pour avoir l'air incrédule.

— Alors le meurtre a répondu à vos questions sur le comportement étrange de M. Carson ?

— Le meurtre, dit-elle lentement, et la façon dont il l'a commis.

— Mais tout ça s'est passé très rapidement.

Sa voix était encore plus douce.

— Ça ne m'a pas paru si rapide.

Lord la regarda d'un air pensif et perplexe.

— Est-ce que par hasard M. Di Palma vous a montré le film de ce qui s'était passé ?

Elle hésita, surprise.

— Oui.

— Et le film vous a remis en mémoire le comportement d'Harry ?

— Ce n'est pas quelque chose que je pourrais oublier.

Elle s'arrêta et reprit :

— Le film l'a enregistré, c'est tout.

Di Palma s'était levé. Lord vit qu'il comprenait ce qui était en train de se jouer.

— Pour mémoire, Ralph, vous avez choisi quel film comme pièce à conviction ?

Di Palma rougit :

— Le film trente-trois.

Lord s'était tourné vers Rainey.

— Votre Honneur, M. Di Palma a demandé à Mlle Tarrant de caractériser le comportement de M. Carson après qu'elle a vu le film qu'il avait choisi comme pièce à conviction. Il m'oblige à lui demander, ainsi qu'au jury, de bien vouloir revisionner une deuxième séquence.

— Objection, coupa Di Palma. M. Lord aura tout loisir de fabuler sur la réalité quand il défendra son client.

— Mais à ce moment-là, répliqua Lord, Mlle Tarrant ne sera plus ici pour le voir.

Rainey lança à Lord un regard appuyé et mécontent.

— Objection non valable.

Lord se tourna vers Stacy. Elle avait la bouche entrouverte.

C'est la faute de Di Palma, lui signifia Lord silencieusement. Il vous a entraînée trop loin.

Elle ne dit rien.

Sur l'écran, elle disait le nom de Kilcannon.

La foule répondait : « Kill-cannon. »

De son siège de témoin, Stacy regardait son image avec un air de fascination épouvantée. Sa voix enregistrée se faisait plus insistante : « Kill-cannon. »

Dans l'Arena plongée dans l'ombre, on voyait se dresser des poings qui exécutaient des mouvements de piston, semblables à des machines étranges. Au-dessus d'eux Stacy souriait tandis que montait leur cri : « Kill-cannon. »

Il était à côté d'elle maintenant. Quand leurs mains se touchèrent, le cri de la foule devint hypnotique, chaque réponse résonnant en écho dans la fumée, le brouillard et la lumière.

« Kill-cannon. »

Comme s'il avait été aspiré, Carson venait vers eux, le revolver au poing.

Soudain, il s'arrêtait. Son dernier pas avant de faire feu était comme la fin d'une transe.

Kilcannon tomba. Dans la salle d'audience Stacy sursauta.

La caméra suivait Carson.

Il bougeait comme par mémoire musculaire. Une caméra apparut sur le côté. Quand il la vit, Carson changea. Il se mit à l'arrêt, d'un coup, bloqué ; il s'agenouilla et tira trois coups. Au dernier coup, il laissa tomber son revolver et regarda Kilcannon, comme s'il était complètement abasourdi, puis il regarda ses mains.

— Bon, dit Lord.

Le technicien immobilisa l'image pour Stacy et pour le jury. Derrière eux, Damone, qui regardait par la vitre, s'était dressé.

On ralluma la salle.

Dans la salle, Carson regardait son image sur l'écran. Stacy ne fit pas un mouvement ; elle était comme assommée, écœurée et il y avait en elle quelque chose qui rappelait l'air de Carson sur l'écran.

— Mademoiselle Tarrant ?

Lentement, elle se tourna vers Lord.

Il se tenait à quelques pas maintenant, derrière elle.

— Je suis désolé, dit-il. Vous n'aviez pas vu ce qu'il avait fait après, n'est-ce pas ?

Elle parlait comme si elle avait la gorge sèche.

— Non.

— Est-ce que vous pensez toujours qu'il a eu un comportement tout à fait normal ?

Elle regarda Carson comme si elle entrevoyait quelque réserve à faire.

— Oui.

— Mais comment pouvez-vous le savoir ? demanda doucement Lord. Ou bien est-ce que cela vous arrange de le croire ?

— Objection.

Lord se tourna vers Di Palma, comme s'il voulait que les jurés se souviennent que c'était lui qui avait provoqué cela.

— Objection non valable, dit Rainey qui se retourna à nouveau vers Stacy.

Ses épaules se soulevèrent, elle leva la tête, elle attendait.

Lord secoua la tête.

— Pas d'autres questions.

Il se rassit. Stacy traversa la salle d'audience sans un regard et sortit.

En entrant au New Pisa, Lord se sentait heureux d'être dans un lieu avec des peintures aux couleurs vives sur les murs et des couples d'amoureux, et de pouvoir s'oublier et oublier Harry

Carson. Il remarqua qu'il s'était mis à une place d'où il pouvait voir la porte d'entrée.

— Tu vois quelqu'un qu'on connaît ? demanda Marcia.

Il sourit automatiquement.

— Non, seulement des inconnus qui attendent notre table.

— Tu as l'air fatigué.

— La journée a été longue. (Il la regarda avec attention.) Tu as regardé mon contre-interrogatoire, n'est-ce pas ? A la télévision.

Elle hésita :

— Oui.

La femme qui venait d'entrer ne semblait pas à sa place dans ce restaurant, pensa Lord — seule, hagarde, presque anorexique. Ses cheveux semblaient avoir été coupés à la machette et elle portait un sac bourré. En la regardant, Lord pensa à la manière dont sa femme lui avait répondu.

— Je ne suis pas le juge, ni les jurés, ni l'accusation, Marsh, je suis là pour protéger Harry. Il fallait que je me serve de ce film.

Elle but une gorgée de chianti.

— Je dois avouer que j'ai été étonnée que tu parles de la réception chez les Parnell.

La femme prit place dans la queue.

— Tarrant aurait pu dire ce qui s'était passé là-bas. (Il se retourna vers Marcia.) Elle a bien montré que ce qu'elle voulait c'était aider Di Palma en prétendant que Carson avait tout son bon sens. Moi, tout ce que j'ai fait, en plus de la rendre encore plus sympathique, a été de maintenir un doute, juste un petit doute. Plutôt crever que d'accepter de m'excuser pour cela.

— Je ne te demandais pas une excuse, Tony. Je tentais simplement de te comprendre.

La femme les observait. Il avait sans doute attiré son attention, et il se retourna vers sa femme.

— Tu n'y es pour rien, lui dit-il. Il y a des jours que j'aime plus que d'autres. Oublions tout ça.

— J'aimerais bien.

D'un geste maladroit, il posa sa main sur la sienne.

— Je crois que Christophe était heureux de nous voir sortir ensemble.

Elle baissa les yeux.

— Je crois qu'il s'inquiète pour nous.

— Moi aussi. (Il voulut encore lui demander ce qu'elle lui avait dit et puis il y renonça.) Ne l'abandonnons pas, d'accord ?

— Je ne l'ai jamais fait.

Il la regarda d'un œil scrutateur et aperçut, derrière, la femme qui les observait, les yeux brillants, rivés sur sa main posée sur celle de Marcia. Elle avait l'air d'un oiseau.

— Tony ?

Il y avait quelque chose qui ne collait pas mais il n'avait pas le courage de s'interroger davantage, même quand il vit la femme s'avancer vers eux.

Marcia se retourna, il se leva, la tête vide. Elle ne les lâchait pas du regard tandis qu'elle s'approchait portant son sac sur sa poitrine.

Quand elle fut à quelques pas d'eux, elle dit d'une voix sombre :

— Vous êtes lui.

Attrape le sac, se dit-il. Mais il ne pouvait soulever ses mains. Les yeux et la bouche de Marcia étaient grands ouverts.

Lord se mit entre elles deux.

La femme lui cracha à la figure.

Tandis que Lord s'essuyait de la main, la femme se baissa et cracha dans le vin de Marcia.

Lord l'écarta violemment de Marcia. Avec une intensité folle la femme hurla :

— Salaud.

Marcia quitta le restaurant en courant.

Lord repoussa la femme sur le côté et courut derrière sa femme, bousculant le personnel étonné.

Il la trouva recroquevillée sur la roue de secours en train de pleurer.

Lord passa son bras autour de sa taille. Il sentit ses épaules secouées de sanglots.

— Ça va, ce n'est rien. On va aller ailleurs. Je t'en prie, il ne faut pas que ça nous gâche...

— C'est ta faute, dit-elle avec une véhémence soudaine. Tout ira mal si tu ne laisses pas tomber cette affaire.

Il garda son bras autour d'elle. Elle se retourna, elle ne pleurait plus. Le visage suppliant, elle demandait une réponse. C'est bizarre, pensa-t-il, qu'on puisse regarder quelqu'un et voir quelqu'un d'autre à la place — Christophe, son père, et même Stacy Tarrant.

— Je ne peux pas faire ça, dit-il enfin.

Elle se débarrassa de son étreinte et regarda le parking :

— Ramène-moi à la maison, Tony.

LE PROCÈS : JOHN DAMONE

12-16 novembre

1

Le lundi matin, quand Lord commença à questionner Shriver, Damone était là.

Il regardait Shriver attentivement, comme s'il comparait ce qu'il entendait avec ce qu'il connaissait.

Crispé, Lord se demandait pourquoi il était là, si c'était pour Stacy Tarrant ou pour lui-même. Tout au long du témoignage de Shriver, la question sur ce que Damone et Carson avaient vécu au Vietnam restait sans réponse.

— Donc à votre avis, résuma Lord, c'est le Vietnam qui a complètement changé Harry Carson.

Shriver acquiesça.

— C'est comme une ligne de démarcation ; avant et après, il y a deux personnes différentes. Il n'y a aucun indice, dans son enfance ou son adolescence, qui peut expliquer ce qu'il est devenu.

— Est-ce que cela expliquerait le meurtre de Kilcannon ?

— Oui. (Lord pouvait sentir ce qu'il y avait de conviction dans cette réponse, posée, donnée sans hâte.) Pour moi, Carson est ici à cause du Vietnam. Je ne peux pas concevoir les choses autrement.

— Est-ce qu'il y a une réaction type propre à ce traumatisme et qui s'exprimerait après la guerre ?

— Oui, on l'appelle la réaction anniversaire.

Shriver regarda les jurés et expliqua :

— C'est comme si on se souvenait de la mort d'un parent, d'un divorce, mais c'est beaucoup plus violent. Ils étaient obsédés par l'idée qu'il leur fallait tenir un an et ils comptaient les jours. Alors, après la guerre, dans leur subconscient, ils ont pu revivre un événement traumatique qu'ils ont vécu là-bas et le revivre à la même période, le jour exactement où il s'est produit.

— Comment se manifeste cette réaction ?

— Par la dépression, l'irritabilité, l'inconstance. Un traumatisme particulièrement violent peut en amener même certains à agir comme s'ils étaient encore au Vietnam.

Lord marqua un temps.

— A votre avis, le poème qu'Harry a terminé d'écrire le 2 juin, le jour de la mort du sénateur Kilcannon, correspond-il au schéma que vous venez de décrire ?

Sous le regard rapide que Shriver lui adressa, Carson parut dérouté, étrangement jeune.

— Le titre, « Anniversaire d'or » suggère qu'il pourrait s'agir de ce type de réaction, répondit Shriver, mais les images — cheveux blonds, lunettes de soleil, une caméra — n'ont apparemment aucune relation avec le sénateur Kilcannon.

— Le 2 juin, est-ce une date liée de quelque manière avec le temps passé par M. Carson au Vietnam ?

Shriver regarda Carson avec un air songeur, comme s'il l'étudiait.

— Il est revenu du Vietnam exactement à cette date-là, répondit-il. Et il était complètement différent. Il n'était plus du tout le même homme.

— Revenons-en au meurtre, proposa Di Palma d'un ton sardonique. La violence peut-elle être provoquée par une réaction spontanée à ce que vous appelez le stress du Vietnam ?

Shriver hésita.

— Oui, c'est possible.

— Provoquée par une menace réelle ou perçue comme telle qui déclenche des réflexes de guerre ?

— C'est souvent le cas.

— Ce qui fait que ce sont les circonstances qui peuvent dicter le choix de la victime plus qu'une décision consciente ?

Shriver resta silencieux un moment.

— C'est comme à la guerre, c'est souvent le hasard ou un concours de circonstances qui font que vous êtes blessé.

— Donc, on ne peut pas dire qu'on ait affaire à un cas typique ?

Lord se rappela ses propres questions, au début, et la méfiance de David Haldane.

— Non, ce n'est pas typique, répondit Shriver.

— Est-ce que le sénateur Kilcannon représentait une menace pour M. Carson ?

Shriver fronça les sourcils.

— Pas de la manière dont vous et moi pouvons entendre menace.

— Alors, pouvez-vous nous dire si l'expérience de guerre de Carson pouvait l'amener à voir Kilcannon d'une manière particulière ?

Shriver fronça les sourcils.

— Comme c'est très fréquent dans ces cas-là, M. Carson n'a plus aucun souvenir. Juste quelques bribes et qui plus est, nous n'avons de la fin de son service là-bas aucune trace dans les archives militaires. Ce qui, ajouta-t-il avec insistance, n'est pas normal ; et ce n'est pas sur lui que la faute doit retomber.

— Mais vous ne pouvez pas nous dire pourquoi, par exemple, le souvenir de son départ du Vietnam l'aurait conduit au meurtre d'un sénateur ?

— Ce qui me manque, répliqua Shriver, ce sont des faits qui m'expliqueraient comment la réaction anniversaire pourrait coller avec ce qu'il a fait.

— En l'absence de ces éléments, docteur Shriver, n'avons-nous pas tout autant raison de croire que M. Carson a utilisé une date commode et un poème au titre habilement choisi pour maquiller ce qui est en fait un meurtre pur et simple ?

Shriver réfléchit un moment.

— Non, ça demanderait beaucoup de connaissance pour manipuler ce qui, à mon avis, est un trait psychologique authentique. Je ne vois rien là qui puisse laisser penser à un tel niveau de sophistication.

— Alors, poursuivit Di Palma, à votre avis il n'aurait pas tiré sur le sénateur Kilcannon si des événements qui ont eu lieu il y a quatorze ans ne s'étaient pas produits ?

— Oui, et je le dis sans aucune ironie.

Croisant les bras, Di Palma demanda d'un ton étonné :

— Mais pouvez-vous établir, docteur, que M. Carson

n'était pas en mesure d'apprécier les conséquences de son acte, ni de savoir que ce qu'il faisait était mal ?

La question était décisive pour les jurés et c'était aux yeux de Rainey déterminant pour la suite. Aussi les visages étaient-ils particulièrement tendus dans une attention soutenue. Ils enregistrèrent tout à fait que Shriver mettait du temps à répondre.

— Je crois qu'il n'était pas en mesure de le faire, répondit-il enfin, mais je n'ai pas encore les données qui pourraient le prouver et expliquer pourquoi.

Di Palma prit un air de stupeur, comme s'il était confronté à une folie absolue.

— Pas d'autres questions, murmura-t-il en se dirigeant vers la table, et il planta là Shriver, l'abandonnant à la frustration du jury.

Mary Carson parlait d'une voix neutre, sans regarder une seule fois son fils.

Lord s'attachait à ne pas la brusquer.

— Avant le Vietnam, donc, Harry était un jeune homme normal qui faisait son travail à la ferme.

Elle pinça les lèvres et sa bouche se marqua d'un pli amer qui soulignait sa face ridée.

— Il était le fils de son père.

— Est-ce qu'il était violent ?

— Non.

— Et après ?

— Il était perdu pour nous.

Comme si elle était emportée par des sentiments contradictoires, elle ajouta :

— Cela a tué mon mari...

Elle s'interrompit, la bouche ouverte. Quand Carson leva les yeux comme sous l'emprise d'une douleur brusque et tangible, Lord se rendit compte qu'il avait les yeux de sa mère.

— Ça s'est passé après la dispute dont vous avez parlé ? dit Lord.

Elle le dévisagea, surprise par cette intervention.

— Oui, dit-elle enfin. Harry est parti ce jour-là.

— C'était quand ?

Elle jeta un long regard vers son fils, puis se retourna.

— Début juin, dit-elle après avoir fait mentalement le compte. Une année jour pour jour, après qu'il fut revenu chez nous.

— Pendant la dispute, lui demanda Di Palma, est-ce que votre fils a fait quelque chose qui indiquait qu'il ne savait pas où il était ?

Elle lui jeta un regard désorienté.

— Non.

— Ou qui il frappait ?

— Non. (Son regard devint sévère.) Mon mari l'avait réprimandé parce qu'il avait été grossier avec moi.

Di Palma hocha la tête.

— Qu'est-ce que représentaient les pins ?

— C'est son père qui les avait plantés.

— Alors, en les coupant, Harry agissait par haine contre son père.

— Objection, coupa Lord. Cette question présume de la clairvoyance de Mme Carson.

— Objection non valable. Vous pouvez répondre, madame Carson.

Elle se tenait très droite, comme durcie par un souvenir.

— Oui, dit-elle finalement. C'était ça.

Comme il regardait Carson, Lord remarqua que le carnet de notes où Kleist était en train d'écrire n'était plus bleu mais rouge. Carson avait fermé les yeux.

— Pas d'autres questions, dit Di Palma.

Confronté à son passé, Carson paraissait étonnamment plus jeune. C'était un sale tour que lui jouait sa mémoire. C'était dû, sans doute aussi, à la situation dans laquelle il se trouvait ; quand Beth vint à la barre, on aurait dit qu'il se recroquevillait dans sa coquille.

Elle s'était assise avec précaution, indécise, comme si elle devait se préparer à courir. Damone la regardait par la paroi vitrée.

— Avant le Vietnam, disait-elle, Harry était différent.

— Différent de ce qu'il est devenu après ?

— Oui, et différent de tous les garçons que je connaissais. (Sa voix devint plus douce, nostalgique.) Il avait une manière de voir les choses sans s'embarrasser de détails. Comme s'il possédait une autre manière de regarder.

— Qu'est-ce que vous voulez dire ?

— C'est comme ça qu'il voyait la ferme. Il disait que la seule raison pour laquelle il voulait la garder, c'était parce qu'il pouvait sentir les odeurs, toucher et sentir les choses, voir le travail qu'il avait fait. (Lord la voyait qui tâtonnait pour arriver à parler et à se faire comprendre du jury.) Il reconnaissait tous les sons, toutes les odeurs. Je me rappelle qu'il m'a emmenée faire une promenade, une fois, à la frondrière qu'ils avaient. Après, il m'a demandé quelle était l'odeur dont je me souvenais...

— Objection, coupa Di Palma. Le témoin ne répond pas à la question.

— Objection valable.

Beth se tourna vers Rainey.

— Ça sentait la menthe sauvage, finit-elle.

Lord remarqua que Carson lui jetait un regard rapide, du coin de l'œil, comme si la regarder pouvait lui faire du mal et, en même temps, comme s'il avait peur qu'elle disparaisse.

— Après la guerre, demanda Lord, est-ce qu'il était encore attentif à toutes ces choses ?

— Non. Mais quelque part, c'était toujours en lui, mais comme si cette seconde nature était blessée maintenant. (Elle fit un mouvement du cou en direction de Carson comme pour s'excuser.) Il pleurait souvent pendant son sommeil...

— Objection. Le témoin ne répond pas à la question.

Lord se retourna.

— De quoi avez-vous peur, Ralph ?

— Objection valable, monsieur Lord. Et ça suffit.

A Beth, Rainey ajouta avec moins de sévérité :

— Vous devez vous astreindre à répondre aux questions posées.

Beth acquiesça de la tête, puis elle ajouta doucement :

— Je croyais que c'était ce que je faisais.

Le juge lui lança un regard perplexe.

— Vous pouvez continuer, monsieur Lord.

— Quand il pleurait, est-ce que vous avez essayé de le réveiller ?

— Au début oui. (A nouveau elle jeta un coup d'œil rapide dans la direction de Carson et agrippa sa robe avec le geste d'un fumeur sans cigarettes.) Une nuit où je l'avais réveillé, il s'est jeté sur moi et a mis sa main sur ma bouche. « Tais-toi, m'a-t-il chuchoté. Ils vont nous trouver... »

— C'était quand ? demanda Lord en l'interrompant.

— En juin. (Elle regarda par terre.) Je suis restée comme ça à essayer de respirer par le nez, et je sentais son cœur frapper contre ma poitrine. Puis il a relevé la tête — c'était comme s'il me reconnaissait de nouveau, mais il n'a jamais pu en parler. (Elle jeta un autre coup d'œil à Carson.) Je pense que c'est de là que vient sa poésie...

— Objection. (Di Palma réitéra sa tirade consciencieusement sur un ton las.) Le témoin ne répond pas à la question.

— Objection valable.

— Est-ce que votre mari écrivait des poèmes ?

— Oui.

— De quoi parlaient-ils ?

— Il ne m'a jamais dit, mais je sais qu'ils parlaient de la guerre, la mort, l'agonie...

— Est-ce que vous les avez montrés à quelqu'un ?

— J'ai essayé de les montrer à sa mère. Elle m'a dit qu'ils étaient trop laids.

— C'était après la dispute ?

— Oui. (Elle regarda Carson de manière plus appuyée.) Je voulais qu'ils le comprennent.

— Est-ce qu'ils l'ont compris ?

Ses yeux s'arrêtèrent à mi-chemin entre Lord et Carson.

— Ils ne le pouvaient pas.

Lord fit une pause.

— Mais il y a eu un moment où Harry est devenu violent avec vous.

— Il ne l'a été qu'une fois. (Elle se tourna encore un peu vers Carson.) Il en était si surpris...

— Qu'est-ce qu'il a fait ?

— Quand je lui ai dit de partir, il l'a fait — comme s'il avait honte de discuter. Moi j'étais si effrayée par ce qui s'était passé.

C'était fini, pensa Lord, elle ne s'adressait plus à lui, ni au jury.

— Vous vous rappelez quand ça s'est passé ?

— L'année dernière. (Lentement, elle regarda Carson en

face, comme si elle voyait ce qu'ils n'auraient jamais.) Je ne l'ai plus revu depuis.

— Est-ce que vous vous souvenez de la date exacte ? demanda Lord.

— C'était en juin. (Elle dit cela d'une voix calme, pour Carson.) Le 2 juin.

— Alors, quand votre mari vous a frappée, demanda Di Palma, vous pensiez qu'il n'était pas dans son état normal ?

— Oui.

Il la regarda avec un scepticisme mélancolique.

— Mais il vous avait raconté qu'il avait aussi frappé un sergent, n'est-ce pas ? Dans le camp d'entraînement.

— Objection, dit Lord. Déposition sur la foi d'un tiers. Le témoin n'était pas dans le camp d'entraînement en question.

— Votre Honneur, la question relève des deux cas d'exception à la règle, en ce qui concerne la déposition sur la foi d'un tiers. Une prédisposition à la violence pourrait expliquer premièrement l'insistance de M. Carson à commettre des actes violents. Et, deuxièmement, elle viendrait ruiner l'hypothèse du stress vietnamien sur lequel M. Lord a échafaudé sa défense.

Rainey acquiesça.

— Objection non valable. Vous pouvez répondre, mademoiselle Winship.

— Il m'a écrit à ce propos, hésita-t-elle. Mais le sergent avait voulu lui faire acheter des bons du trésor.

— Alors il l'a frappé ? demanda Di Palma. Dites-moi, cela se passait avant ou après le Vietnam ?

Beth regarda ses genoux.

— Avant.

Di Palma se redressa. Avec une compassion appuyée qui venait remarquer le découragement de Beth, il dit :

— Pas d'autres questions.

— Monsieur Lord ?

Lord hésita, Carson prit alors sa plume et écrivit « Cathy » et ses lèvres bougèrent : « Je vous en prie. »

Lord se leva.

— Est-ce qu'Harry vous a écrit qu'il avait vu ce sergent scalper un lapin vivant et jeter ses entrailles sur son public de recrues ?

— Oui. (Sa voix était ferme.) Harry détestait qu'on maltraite les animaux.

Les photos de l'autopsie de Kilcannon lui revinrent en mémoire et Lord se crispa intérieurement.

— Diriez-vous qu'il est un bon père ? demanda-t-il.

— Un père gentil. (Elle lança un regard vers Carson.) Malgré tous ses problèmes il a toujours essayé de comprendre Cathy.

Lord fit une pause.

— Comment prend-elle tout ce qui arrive ?

— Objection. C'est hors propos.

Lord lança un regard las dans la direction de Di Palma.

— Dites plutôt que c'est sans conséquence.

Rainey fronça les sourcils un moment.

— Continuez.

— Mademoiselle Winship ?

— Pour l'amour de Cathy, j'aimerais que ceci ne passe pas à la télé.

Elle regarda à nouveau Carson et d'une voix douce :

— Mais je crois que ça va aller pour elle.

— Merci, mademoiselle Winship.

Lord était allongé sur le lit, immobile. Marcia ne le regardait pas.

— Ça va être à Damone de jouer maintenant, dit-il enfin. Il est le seul à savoir ce qui est arrivé à Harry jusqu'en juin. Si ça se trouve, c'est Di Palma qui me l'a mis en face sachant qu'il peut foutre notre défense en l'air, en attendant que je craque et que je n'aie plus rien à perdre.

Il entendit Marcia tourner une page.

— Qu'est-ce que ça fait, répondit-elle absente, si c'est la vérité.

— Je me demande si c'est la vérité que nous voulons. (Il regarda le plafond.) Aujourd'hui je me suis rappelé ce qu'un vieil avocat m'avait dit avant ma première affaire : « Dans un procès, il ne s'agit pas de vérité mais de douze personnes qui votent pour celui qui construit la meilleure histoire. »

— J'ai pensé que c'était ça que tu voulais, Tony. La grosse affaire, où tu peux montrer à tous que tu es le meilleur.

Lord se tourna vers elle :

— Je vais être grillé, dit-il doucement.

— Et moi, j'ai laissé tomber la sécurité, une carrière... (Elle ferma le livre.) Tout.

Il l'observa, sans mot dire. Après l'incident de la femme, elle s'était renfermée. Il y avait toujours entre eux un silence, une certaine distance, un livre sur ses genoux, comme maintenant. Elle trouverait toujours une raison — tout d'un coup ça lui parut évident — pour expliquer ce qu'elle avait fait ou ce qu'elle n'avait pas fait. Mais jamais ce ne serait de sa faute.

— Il vaut mieux que j'aille dire bonsoir à Christophe, dit-il.

La chambre de son fils avait une chaude odeur musquée, un parfum d'enfant et d'animaux en peluche. L'année dernière encore, il s'en souvenait, quand Christophe croyait encore qu'ils avaient des sentiments, il mettait chaque soir un animal différent à côté de son oreiller.

— Papa.

La voix de son fils était ensommeillée dans le noir. Lord embrassa ses cheveux.

— Bonne nuit, murmura-t-il. Ne laisse pas les punaises te piquer.

Il dit cela pour se rassurer, parce que son père le lui avait dit aussi. Et il le dit en prenant la voix de son propre père.

Ça l'effrayait de ne pas se soucier qu'ils ne fassent plus l'amour.

Il s'arrêta dans le couloir.

Ce qu'il lui avait dit au sujet de la loi, c'est ce qu'il avait vécu pendant des années. Mais aujourd'hui ça lui faisait mal de voir toute la vie de Carson passée au crible de la morale et abstraite de son contexte, et servir à des élucubrations intéressées et égoïstes. Un mensonge, comme les mensonges qu'ils se racontaient lui et Marcia, avec leurs deux histoires pour une seule vie.

Il rentra dans leur chambre et prit ses clés dans le placard.

— Tu vas préparer l'interrogatoire d'un autre témoin ? dit-elle froidement.

— Un bon, j'espère. Son nom est Bramley.

2

Le témoin était trapu, avec les épaules larges, des cheveux bruns bouclés et les yeux très ouverts, comme s'il avait peur de paraître stupide. Lord jeta un coup d'œil à Damone, mit les mains dans ses poches et se retourna.

— Voulez-vous décliner vos nom et prénoms ?

— Robert Lee Bramley.

— Quelle est votre profession ?

— Je suis comptable. (Sa voix était claire et plutôt jeune, mais on sentait qu'il se forçait à la rendre monotone.) A Chicago.

— Êtes-vous aussi un ancien du Vietnam ?

— Oui.

— Dans quelles circonstances ?

— Je me suis engagé.

— A quel âge ?

— Dix-huit ans.

— Combien de temps avez-vous combattu ?

Bramley regarda le plafond.

— Deux cent trente-quatre jours.

— Votre temps a-t-il été écourté ?

Un petit haussement d'épaules.

— J'ai été blessé, alors ils m'ont rapatrié.

— Pouvez-vous nous décrire votre retour ?

— Nous avons atterri à Oakland. (Il fit une pause.) Il y avait des manifestants qui scandaient « Tueurs de bébés. »

Il aurait aussi bien pu lire un manuel de bricolage, pensa Lord.

— Après le Vietnam, l'armée vous a-t-elle conseillé pour votre réinsertion ?

Pour la deuxième fois, il esquissa un haussement d'épaules.

— Ils m'ont réformé.

— Est-ce que vous auriez eu besoin d'aide ?

— J'ai encore des cauchemars. (Une pause embarrassée.) Je me mets en colère pour des riens.

— Est-ce que vous êtes suivi en ce moment ?

— Oui.

— Pour quel problème ?

— Ma femme m'a quitté. (Dans sa voix, il y avait une sorte d'incrédulité.) Je n'ai jamais pu lui parler, lui expliquer ce qui s'était passé.

— Mais vous allez essayer de le dire au jury.

— Oui.

— Pourquoi ?

Il se tourna vers Carson et, dans ses yeux grands ouverts, on pouvait lire qu'il n'arrivait pas à comprendre comment ils se retrouvaient là.

— Harry m'a sauvé la vie.

Kleist se pencha pour voir, Carson regarda devant lui.

— Vous étiez donc ensemble au Vietnam, demanda Lord.

— Oui, dans le 101e régiment. (Bramley se mit de nouveau à regarder le plafond.) Nous étions à côté de Khanh Duong, à faire les cent pas sur ces collines couvertes d'une herbe qui avait plus d'un mètre de haut. Le temps était pluvieux et froid ; il y avait des sangsues et des fourmis rouges, et toute la pourriture de la jungle, hépatite et parasites... (Il haussa les épaules comme pour s'arracher à ces souvenirs.) Harry est arrivé pour remplacer un type qui était tombé dans un piège vietnamien.

— Vous vous êtes liés d'amitié ?

— Les remplacements, c'est terrible. Les seuls amis que j'ai eus, Stillman et Cook, étaient avec moi dans mon unité depuis le début. Harry est arrivé, il avait sur lui la photo de son amie et il n'arrêtait pas de parler d'une histoire de sac qui s'était ouvert et qui contenait un cadavre. (Il haussa encore les épaules, Lord comprit que c'était un tic.) Ça aurait très bien pu être le mec qu'il venait remplacer.

— Au début, comment était-il ?

— Pendant à peu près cinq jours, si je me rappelle bien, on essayait de trouver des Viets et lui, il avait du mal à avancer, il trébuchait tout le temps. (Il semblait compter dans sa tête.) Le sixième jour, ce sont eux qui nous ont trouvés.

— Objection. Le témoin ne répond pas à la question posée.

— Objection valable.

Cette admonestation troubla beaucoup Bentley. Lord comprit que Di Palma ferait tout pour le perturber et pour rendre son témoignage anecdotique et sans intérêt. Il fit un pas et se plaça entre eux deux :

— Que s'est-il passé quand ils vous ont trouvés ?

— Nous étions dans une jungle très épaisse.

Bramley s'arrêta et reprit avec son ton monocorde :

— Une mitrailleuse calibre 30 nous tirait dessus on ne savait d'où — on ne pouvait jamais savoir d'où ça venait, les rafales retentissaient partout autour. Alors on surveillait les balles qui déchiraient les feuillages. (Il parlait avec une telle précaution que Lord pensa qu'il essayait de se retenir de hausser les épaules.) J'ai vu la forêt se fendre, en ligne droite, devant moi.

— Que s'est-il passé ?

— J'étais paralysé. Quelqu'un m'a plaqué au sol. Je suis tombé et à ce moment-là j'ai vu l'herbe pulvérisée à l'endroit où j'étais juste avant. (Un sourire étrange, surprenant.) Harry était sur moi.

— Après ça, comment vous vous sentiez à son égard ?

— Je voulais qu'il ne soit pas tué et Cook et Stillman aussi. (Il jeta un regard furtif à Carson.) Après on s'est appelés « frères ».

— Parlez-nous de Cook et Stillman.

— Objection. Question hors propos.

C'était le moment, pensa Lord, en se tournant vers Rainey.

— M. Di Palma et moi, nous avons le choix, Votre Honneur : ou bien nous continuons à rassembler des morceaux ou bien nous laissons au témoin la possibilité de restituer l'arrivée de Carson au Vietnam dans son contexte.

Rainey pinça les lèvres.

— Continuez, monsieur Lord, nous verrons.

— Cook...

Bramley sembla revenir à lui, il reprit :

— Il venait du Kentucky, il portait des lunettes et avait de grandes oreilles. Stillman était drôle ; lui, il était de New York.

— Qui était le commandant de votre bataillon ?

— Le colonel Bast. (Ce souvenir lui fit hocher la tête.) Le premier jour, il a pas lâché Harry parce qu'il trouvait qu'il avait les cheveux trop longs. Il attendait l'occasion de nous envoyer en mission.

— Et il l'a trouvée ?

— Oui. Un soir, il nous a conduits en hélicoptère sur la crête d'une colline de mille cinq cents mètres pour que Charlie sache que nous étions là.

Sa voix ne trahissait toujours pas la moindre émotion.

— Que s'est-il passé ? demanda Lord.

— Tout était noir. D'abord on les a entendus crier : « Tuez les GI's, tuez les GI's. » On a creusé des tranchées. Il tombait une pluie fine ; les hélicoptères nous balançaient des munitions mais pas au bon endroit et c'est Charlie qui les a eues...

— Objection. Le témoin ne répond pas à la question.

— Objection valable.

Bramley resta la bouche ouverte, ce qui lui donnait l'air d'un coureur, fatigué et un peu distrait, perdu dans les pensées avec lesquelles il courait.

— Je... ça a commencé avec les mortiers, c'est tout. On était tous les quatre — comme des frères, disait Stillman. Malheur — les corps volaient tout autour de nous, et puis ce fut des morceaux de corps. Les gens hurlaient.

— Après les mortiers, est-ce qu'ils ont attaqué ?

— Ils ont envoyé une vague humaine — une centaine à peu près. (Le haussement d'épaules était comme un spasme.) Tout autour de nous, on pouvait les voir avec les fusées éclairantes.

— Vous avez eu beaucoup de dégâts ?

— La plupart ont été tués — Stillman, une balle dans l'œil. (Branley s'arrêta et se gratta la tête.) Je ne pouvais pas m'empêcher de regarder son œil. Et puis ils ont touché Cook à la jambe.

— Et Harry ?

— Il a mis le corps de Stillman sur Cook. (Bramley s'arrêta comme si quelque chose lui revenait en mémoire.) Quand les Viets vous ont eu, ils vous passent le corps à la baïonnette pour être sûrs que vous êtes bien mort.

— Et les Viets vous ont eus ?

— Non. (Un autre haussement d'épaules.) Bast a fait venir l'artillerie pour nous secourir.

— Que s'est-il passé avec Cook ?

— Ils l'ont évacué à l'infirmerie.

— Et où était le colonel Bast ?

— Au bataillon HQ. Il est arrivé plus tard, avec cinq hélicoptères et un photographe de guerre.

— Et qu'est-ce qu'il a fait ?

— Il a posé pour une photo, un pied sur le cadavre d'un Vietcong. (Lord avait l'impression que ses mots tombaient un à un, sans emphase, sans aucune inflexion particulière.) Quand il est arrivé, les mouches grouillaient dans les oreilles et dans les yeux du Viet, comme sur le corps de Stillman.

— Où était Harry ?

— A côté de Stillman, il regardait le colonel. (Il s'arrêta et baissa les yeux.) Quand Bast l'a vu, son visage a changé. Il a dit à quelqu'un de mettre Stillman dans un sac et il est reparti à son hélicoptère.

— Qu'avez-vous fait ?

— Nous avons évacué la colline et nous sommes revenus à notre base.

— Et Cook ?

— Il est revenu trois semaines plus tard.

— Avez-vous eu d'autres contacts avec le colonel Bast ?

Il fit signe que oui.

— Il y a eu une autre opération — sur une colline, comme la précédente.

— Que s'est-il passé ?

— Rien, ils ne sont jamais venus. (Son regard passa sur Lord et toujours ce sourire inexplicable.) Un imbécile de Vietcong a montré sa tête et Harry lui a tiré dessus à une distance de mille mètres. Il est tombé à la renverse dans l'herbe et il a disparu, comme dans une salle de tir.

— Mort ?

— Ouais.

— Comment le savez-vous ?

— Bast nous l'a montré plus tard ; il voulait qu'une patrouille de reconnaissance confirme qu'il était bien mort pour le compter dans sa liste. (Un coup d'œil vers Carson.) C'est pour ça qu'il a choisi Harry.

— Qu'est-ce que vous avez fait ?

— Cook et moi, nous savions qu'ils attendaient.

— Vous êtes allés avec Harry ?

— Oui.

— Et avez-vous compté les corps ?

— Oui. Il y avait quatre survivants à côté du cadavre.

— Que s'est-il passé ?

— Ils ont tiré sur Cook ; il tenait son estomac avec ses deux mains. (Son ton monotone se fit plus doux.) Harry a tué deux Vietcongs et moi j'en ai eu un. Le quatrième m'a blessé au genou.

— Qui l'a tué ?

— Harry. Quand il est tombé, il était en train d'enfoncer sa baïonnette dans le cerveau de Cook. C'était bizarre, c'était la première fois que je le voyais sans lunettes.

Lord se tut un moment.

— Comment êtes-vous rentrés ?

— Harry m'a ramené dans une voiture de pompiers et alors un tireur embusqué m'a blessé au bras. (Bramley examina son poignet gauche.) Il conduisait en zigzag. Je pouvais sentir les battements de son cœur et j'entendais le sifflement des balles. Ça m'a semblé une éternité avant qu'on arrive au périmètre.

Il ne haussait plus les épaules, remarqua Lord.

— Que s'est-il passé alors ?

— Il est reparti pour chercher Cook. C'était complètement fou, il tenait tant à Beth. Je lui criais : « Mais il est mort, mec. » Puis d'autres types se sont couchés, en couvre-feu — il y avait des balles vietcongs partout autour de lui, comme dans un film. Et Bast le regardait faire.

— Harry est revenu avec Cook ?

— Oui, les yeux fermés — à part le sang, Cook avait l'air d'un bébé. C'est comme ça qu'Harry le tenait, debout devant Bast. Personne n'a rien dit, on attendait simplement qu'Harry reprenne son souffle. Quand il s'est repris, son visage était encore sauvage mais sa voix tout à fait calme. Voilà votre corps, monsieur, il a dit et il a étendu Cook aux pieds du colonel. Il a fait ça d'une manière très gentille. Bast était en train de regarder Cook quand Harry lui a donné un coup de pied à la bouche.

La voix de Bramley était toujours égale, simplement il s'interrompit. Tandis que Lord attendait qu'il continue, des larmes coulèrent sur son visage, et puis il haussa les épaules.

— Vous voyez, expliqua-t-il, moi j'aurais voulu le tuer.

Carson appuya deux doigts sur ses paupières.

— Merci, monsieur Bramley.

En se retournant, Lord examina le jury.

Le crayon de Kleist était immobilisé sur son carnet de notes.

— Nous allons faire une pause de dix minutes, dit Rainey.

— Durant les dix dernières années, demanda Di Palma à Bramley, vous avez gardé le même travail ?

Bramley avait retrouvé ses esprits, il acquiesça.

— Oui.

— Avez-vous tué quelqu'un ?

Bramley semblait faire des efforts pour garder les yeux baissés.

— Non.

— Ou frappé votre femme ?

— Non.

— Ou quelqu'un d'autre ?

— Non.

— A quoi ressemblait le colonel Bast ?

— Il avait un visage rouge, il était trapu avec des cheveux bruns en brosse.

— Est-ce que vous l'avez vu en lunettes de soleil ?

— Il pleuvait tout le temps.

Di Palma croisa les bras.

— Avez-vous une idée du lien qu'il pouvait y avoir entre les événements que vous avez décrits et le meurtre du sénateur James Kilcannon ?

Lentement, Bramley leva les yeux.

— Tout ce que je sais, dit-il d'une voix différente, tendue, c'est ce qui est arrivé à Harry.

Di Palma s'arrêta, comme s'il préparait une nouvelle question, puis il se ravisa.

— Je n'ai rien d'autre à vous demander.

— Juste une précision, Votre Honneur. (Debout, Lord jeta un coup d'œil dans la direction de Damone, puis il regarda Bramley.) Après que Carson eut frappé le colonel Bast, qu'est-ce qu'on a fait d'Harry ?

— Ils l'ont envoyé à la prison de Long Binh.

— Est-ce que vous lui avez écrit ?

— Mes lettres sont revenues. (Bramley fit une pause.) C'était comme s'il avait disparu.

En se retournant, Lord vit Cass de l'autre côté de la cloison de verre ; il lui fit un signe. Elle toucha l'épaule de Damone et lui tendit une enveloppe.

— Monsieur Lord ?

Damone leva les yeux de sa convocation et regarda Lord.

— Pas d'autres questions.

3

Les images se succédaient sur l'écran de télévision de Lord : Bramley qui pleurait, Carson qui regardait ailleurs, et le profil anguleux et attentif de Damone qui allait de l'un à l'autre.

En le voyant sur l'écran, Lord avait pensé que la dureté de son visage était remarquable — les yeux noirs pénétrants, aux coins profondément marqués par des rides prématurées. Quand ils se retrouvèrent en face l'un de l'autre, Lord commença :

— Nous avons à parler avant...

— C'est vous qui l'avez voulu, dit Damone en l'interrompant brusquement. Demain, nous verrons si vous en serez ravi.

Aussi Lord se retrouvait-il là, assis dans son bureau à préparer les questions qu'il allait poser à un témoin dont il ne connaissait même pas les réponses. Le péché cardinal.

Le téléphone sonna.

Un journaliste, pensa-t-il machinalement. Sa table était couverte de fiches téléphoniques. Il décrocha.

— Monsieur Lord ?

Neutre et pourtant si familière, la voix qui était gravée au plus profond de Lord.

— Oui.

— Avez-vous lu notre message ? (La voix marqua un temps d'arrêt pour laisser à Lord le temps de comprendre.) Si vous continuez...

Un petit déclic incisif.

Le bureau de Lord s'en trouva transformé. La faible lumière jaune parut plus austère avec la fenêtre derrière lui qui dessinait un rectangle noir. Raccrochant le téléphone, il baissa le store.

C'était l'intelligence qui le troublait le plus dans cette histoire. Des approches précises qui faisaient mouche, soigneusement espacées — le nom de Christophe, la voiture de Lord et les moments qui le laissaient perplexe, sans coups de fil, dans l'attente du pire.

Il ne savait pas combien de temps il était resté là, sans bouger, quand il entendit un son résonner. Dix minutes, peut-être.

Il se dirigea vers la réception, tendant l'oreille. A travers la porte vitrée à l'ancienne, le couloir était vide. C'était des bruits de pas qui se rapprochaient.

Un gardien, ou Cass qui rentrait ; ils n'appelleraient pas d'abord. Puis les pas s'arrêtèrent, un long moment, trop long.

Il éteignit la lumière.

Une silhouette passa par la porte vitrée. Pas de clé, des cheveux noirs, avec quelque chose à la main. A tâtons, il se saisit d'un objet lourd.

On frappa à la vitre.

— Tony ?

Une voix étouffée de femme. Il ouvrit la porte, c'était Rachel avec une bouteille de champagne.

Elle portait un imperméable, et ses cheveux mouillés par le brouillard bouclaient.

— Est-ce que je peux rentrer ?

Lord baissa la tête, passa un doigt sur l'arête de son nez et se mit à rire.

— Qu'est-ce qu'il y a de si drôle ?

— Je viens juste de recevoir un coup de fil menaçant. (Il secoua la tête, en riant pour lui-même.) Je me préparais à mourir comme un idiot.

Elle rentra et ferma la porte.

— Quel genre de coup de fil ?

— Tordu — ce n'est pas la première fois. (Il la regarda.) Comment avez-vous réussi à entrer avec le gardien ?

— Je lui ai dit que j'étais votre femme. (Avec un sourire rapide, elle montra son imperméable.) Il m'a fouillée pour voir si je cachais une arme.

Lord l'observait.

— Vous n'avez pas choisi votre jour.

— Je sais ; j'ai consulté votre liste de témoins dans le bureau du greffier. Damone n'y figure pas plus que les autres jours. (Elle fit une pause.) Vous êtes obligé de combler les lacunes, n'est-ce pas ? Vous ne savez pas ce qu'il va dire.

Lord eut un faible sourire.

— Vous irez loin, Rachel.

— Et vous ? Où en êtes-vous ?

Il respira et sentit la décharge d'adrénaline se dissiper.

— C'est la plus mauvaise nuit de toute ma carrière.

Rachel se rapprocha pour poser la bouteille de champagne sur le bureau de la réception.

— Je sais, dit-elle, c'est pour ça que je suis ici.

Quand elle se retourna, ses yeux étaient sérieux. Lord la regarda sans rien dire, elle lui répondit par un sourire embarrassé et un petit haussement d'épaules.

Le téléphone sonna derrière elle.

Lord jeta un coup d'œil au téléphone, puis à Rachel, et attendit. Le téléphone continuait à sonner.

— Pas ici, dit-il.

L'appartement de Rachel avait les luxes de quelqu'un qui vit seul : des toiles signées, une magnifique chaîne stéréo, un lit en cuivre ; des luxes que Lord ne pouvait plus s'offrir et dont il avait appris à ne plus se soucier. Il frôla de la main la chaîne stéréo. Tout était net ; l'absence d'enfant lui parut chose étrange. Elle alluma deux bougies au chevet de son lit.

— Le champagne est en train de devenir tiède, dit-elle avec un sourire.

Il ouvrit la bouteille, lentement, soigneusement, pour éviter que le champagne ne gicle. Il se rappela qu'au début où ils sortaient ensemble, Marcia était impressionnée par son habileté.

— Pas une goutte, dit Rachel.

— Tout est dans le poignet.

Quelque part, il se sentait le personnage d'un film qu'il aurait déjà vu.

Elle buvait son champagne et le regardait par-dessus son verre. Il put lire dans ses yeux la décision qui s'y formait.

Il avait oublié ce que c'était d'être dans l'appartement d'une femme. Oublié à quoi cela ressemblait.

Il l'embrassa. Sa bouche était pleine, insistante, une mémoire.

Rachel se tenait derrière lui. Lentement, elle commença à se déshabiller.

Son corps était plein, ferme quoique plus petit que son énergie aurait pu le faire croire. La chaîne qu'elle portait à la cheville accrocha son collant ; elle tenta de s'en débarrasser. Soudain, Lord se trouva peu serviable.

— Attends.

Il s'agenouilla et ouvrit la boucle de la chaîne.

Elle lui embrassa les cheveux, et posa ses doigts sur le premier bouton de sa chemise.

Les draps étaient frais et sentaient bon. Elle avait le corps tout chaud.

— Mon Dieu, Tony.

Il se sentit perdu à nouveau. La seule chose qu'il comprenait, c'était où la toucher. Elle gémissait doucement, encourageant ses gestes. Elle le guidait en quelque sorte.

Quand il la pénétra, elle l'attira contre elle.

Il bougeait avec elle, mais il ne s'abandonnait pas complètement, comme si une partie de lui se refusait. Il l'embrassa dans le cou comme pour s'excuser et ferma les yeux. Il sentit qu'elle jouissait, puis quelques instants plus tard, à nouveau avec lui.

Après, ils burent du champagne.

— C'est incroyable, Tony, tu as une manière de faire l'amour qui te ressemble.

— Et c'est quoi ? plaisanta-t-il, de la peur, de la fatigue... ?

Elle sourit.

— C'est beau. Et conscient.

Cela aussi il l'avait oublié, cette certitude qu'il avait auparavant, discrète mais consciente, qu'il pouvait plaire à une femme. Mais il se sentait déplacé.

— Pourquoi es-tu si silencieux ? demanda-t-elle. C'est la tristesse d'après l'amour ?

Et comme insensible.

— Non, pas vraiment, dit-il légèrement. C'est la première fois depuis que je suis marié.

Il y eut un long silence.

— Comment c'est avec Marcia, Tony ?

Cette question le renvoya brutalement à ses pensées. Pourquoi insister, pensa-t-il, et la culpabilité vint se mêler à la tristesse ; pour la seconde fois, elle avait posé la question qu'il ne fallait pas poser.

— Pas ce soir, Rachel. Vraiment.

— S'il te plaît. J'essaie simplement de comprendre ce qui te rend si mystérieux.

Marcia n'avait peut-être voulu être enceinte que pour pouvoir ensuite lui reprocher sa propre dépendance, se dit Lord. Et soudain, il se demanda ce qu'il faisait là, alors qu'il tenait le destin d'Harry Carson entre ses mains, qu'il avait un témoin à interroger, une femme, un foyer. Christophe.

— C'est sans importance, répondit-il.

Elle le regarda.

— Tu veux partir ?

— Oui, je crois qu'il vaut mieux.

Elle éteignit les bougies. Ils partirent, laissant derrière eux, sur la table de nuit, deux coupes de champagne à moitié pleines.

— Où veux-tu aller ? demanda-t-elle.

— Juste à la voiture.

Ils traversèrent Pacific Heights, en bavardant de choses et d'autres. Lord sentait qu'elle pesait ses mots pour lui faire comprendre qu'elle ne lui demandait rien. Elle a de l'expérience, pensa-t-il, car elle n'était pas une femme prudente par nature.

Quand ils arrivèrent à Hayes Street, Lord vit le break vert, garé à côté de sa voiture.

Lord resta sans réaction. « Lis la plaque minéralogique », pensa-t-il bêtement. Il ne pouvait pas parler. Rachel stoppa juste à côté.

Par les vitres des deux voitures Lord et Marcia s'affrontèrent.

Rachel le regarda. Le visage de Marcia était très pâle, tendu. Elle avait la bouche ouverte. Lord pensa que peut-être elle disait quelque chose.

— Qui c'est, Tony ?

— Marcia.

Marcia tourna brusquement la tête. Sa voiture fit un bond en avant puis démarra. La lumière des phares disparut à l'angle de la rue.

— Je suis désolée. (Lord, le regard fixe, ne bougea pas. Rachel toucha son épaule.) Elle l'aurait appris un jour ou l'autre.

Lord se tourna vers elle, incrédule. C'est dans ses yeux qu'il l'apprit et il savait avant même d'ouvrir la porte.

Le couloir était plongé dans l'obscurité. Un filet de lumière sous la porte de leur chambre. En passant devant la chambre de Christophe, Lord entendit sa respiration profonde. Il dormait.

La porte s'ouvrit violemment. Ruisselante de la douche,

Marcia semblait fragile, blessée, agressive. Ses cheveux tombaient en lourdes mèches.

— Ne t'approche pas de moi, espèce de salaud !

Il jeta un coup d'œil vers la chambre de Christophe.

— Pas ici, dit-il à mi-voix. Puis il se rendit compte qu'il avait dit la même chose à Rachel.

— Salaud ! (Sa voix tendue se brisa.) Je savais qu'il y avait quelqu'un.

« Elle veut que Christophe entende, pensa-t-il, pour me blesser en exhibant sa blessure. » Doucement, il ferma la porte de la chambre de son fils.

— Non, il n'y avait personne, essaya-t-il de dire, en tout cas pas avant ce soir. Je sais que tu te sens trompée...

— Tu n'as pas de cœur, et tu mens comme tu respires. Évidemment tu ne pouvais pas savoir.

« Dis quelque chose, pensa-t-il, n'importe quoi pour que ce soit différent. »

— Pourquoi es-tu allée là-bas ?

— Quelqu'un a appelé, un homme. (Elle leva la tête.) Quand moi j'ai appelé, tu étais déjà parti. Il m'a dit avec qui tu étais parti et où je pourrais la voir.

Il n'en pouvait plus.

— C'est difficile à expliquer, Marsh. Et je ne suis même pas sûr qu'il vaille la peine de le faire...

— Alors vas-y, baise-la. Mais je ne veux plus que tu me touches.

Elle était immobile, les bras croisés.

— Ça, je le savais, répondit-il.

— Si tu n'as que ça comme excuse...

— Ce n'est pas une excuse. S'il te plaît, pas ici...

— Alors, va-t'en.

— Je ne partirai pas alors que Christophe dort.

— Alors dis-le-lui, tout de suite, ou alors c'est moi qui le lui dis.

Elle exigeait d'un ton dur et âpre et sa voix résonnait, théâtrale, comme si elle était possédée par le drame de sa colère.

— Je ne peux pas faire ça...

Elle fit un pas dans sa direction.

— Lui, c'est tout ce dont tu te soucies...

— Ne l'utilise pas, Marsh. N'essaie pas...

Elle s'enfuit vers leur chambre. Elle eut comme deux convulsions, puis, se retournant, elle lui jeta violemment le réveil à la tête qui vint cogner la porte de Christophe.

— Ça suffit, dit Lord brusquement.

— Fous le camp de là. Va-t'en.

La porte s'ouvrit derrière lui. Effrayé, Christophe apparut ; il s'efforçait de sourire et de prendre ce qui se passait pour une plaisanterie. Il les regarda l'un après l'autre. Lord le souleva de terre :

— Allez, au lit, chef.

— Qu'est-ce qui ne va pas ?

Par-dessus les épaules de son fils, Lord regardait Marcia. Elle n'avait pas bougé ; il savait que maintenant elle ne bougerait plus.

— C'est ma faute, murmura-t-il. J'ai fait de la peine à maman et elle est très en colère. Mais ce n'est pas contre toi.

Elle semblait hésiter. Comme il emportait rapidement Christophe dans sa chambre, Marcia ferma la porte derrière eux. Christophe s'assit sur le lit, en se frottant les yeux.

— J'ai un problème, dit Lord doucement. Où est-ce que je vais dormir ?

Son fils tapota le lit.

— Ici, et il roula sur le côté pour que son père puisse le serrer dans ses bras.

Lord pouvait entendre les battements de son cœur et sentir sa poitrine se soulever précipitamment. C'est terrible, pensa-t-il, pour un enfant de voir les gens dont il a besoin en colère ou malheureux.

— Je t'aime, j'arrangerai tout, dit-il.

Finalement, Christophe s'endormit. Mais Lord, lui, ne dormit pas de la nuit.

Il faisait encore nuit et Christophe dormait toujours, quand Lord prit une douche dans l'autre salle de bains. Il se rasa pour aller au palais.

La maison était bizarrement silencieuse. Sans les éclats de verre dans le couloir, Lord aurait pensé que tout ça n'était qu'un mauvais rêve.

Dans la cuisine Marcia, en jean et pull marin, buvait son café. Le soleil qui rentrait par la fenêtre était pitoyable.

— Je veux que tu t'en ailles, dit-elle. Aujourd'hui.

Ça ne lui paraissait toujours pas réel. Un mauvais script s'il ne s'était agi de son fils.

— Pas sans Christophe.

Ses yeux brillèrent.

— Est-ce que tu sais seulement t'occuper de lui ?

— Je l'aime. Le reste, je peux l'apprendre...

— C'est tout ce qui t'importe.

— Non. (Il hésita, cherchant ses mots.) C'est que, là, dans le couloir, je me souvenais de beaucoup de choses. Mais j'étais incapable d'envisager l'avenir ; je me disais que je ne trouverais pas ce que je cherche, nulle part.

— Sauf pour Christophe.

— Je ne peux pas le laisser ici, pas après cette nuit.

Elle posa son café.

— Je suis désolée, Tony. Tu ne l'emmèneras pas.

Il ne pouvait pas penser, seulement réagir.

— Ce n'est pas à toi de le décider.

— Vraiment ? (Elle se leva tout d'un coup, avec une assurance enragée.) Je l'ai élevé, tandis que toi tu t'occupais de tes affaires et que tu baisais d'autres femmes. Si tu essaies seulement d'en avoir la garde, il sera traîné en justice avec nous deux. Et tu sais mieux que personne à quoi cela ressemble, non ?

Lord lui fit face avec une colère froide.

— La nuit dernière, dit-il lentement, je ne savais pas ce que j'avais fait. Maintenant je le sais.

Elle lui tourna le dos.

En embrassant son fils, Lord lui souhaita une bonne journée et partit pour la cour avant que Christophe puisse voir son visage.

4

« Ne pense pas à ça maintenant, se dit Lord. Ce soir, tu verras bien. »

A côté de lui, Carson, qui jetait un regard furtif et anxieux à Damone, croisa son regard fixé sur lui. Lord toucha l'épaule de son client et se leva.

— Pourriez-vous nous donner vos nom et prénoms.

— John Anthony Damone.

Une voix profonde, douce de pouvoir contenu, à l'accent faubourien.

— Vous avez fait le Vietnam ?

— Oui.

— Et que faites-vous actuellement ?

— Je suis le manager de Stacy Tarrant.

A son ton, on sentait qu'il faisait de cet interrogatoire une affaire personnelle entre eux deux.

— Après que le sénateur Kilcannon a été blessé, demanda Lord, vous avez aidé à le mettre dans l'ambulance ?

— Oui.

— Et avant, à Chinatown, vous vous êtes jeté sur lui pour le protéger alors qu'il s'adressait à la foule de sa voiture.

— Oui.

— Pourquoi ?

— J'avais pris les feux d'artifice pour des balles de revolver.

Lord lui jeta un regard narquois.

— Étiez-vous un admirateur du sénateur ?

— Non.

Sa réponse se voulait si neutre que Lord y perçut un léger mépris.

— Alors, pourquoi avez-vous fait cela ?

Damone plissa les yeux et Lord se souvint de leur première rencontre.

— Réflexe, dit-il, laconique.

Flairant un antagonisme, Kleist se pencha en avant.

— Du Vietnam ? poursuivit Lord.

— Oui.

Ils s'observaient. Lord savait que le procès pouvait prendre une tout autre tournure à la prochaine question qu'il allait poser mais il savait aussi que seul Damone connaissait la réponse. Alors il demanda :

— Quelle était la nature de votre service à l'armée ?

Damone joignit les mains et se caressa la barbe. Toujours avec la même parfaite tranquillité, il répondit :

— J'étais un assassin.

Le mot éclata, cru et choquant. Lord corrigea, feignant la surprise.

— Vous voulez dire que vous étiez un combattant.

Très lentement Damone secoua la tête.

— Je veux dire que j'ai tué sur ordre.

Abasourdi, Lord se rendit compte trop tard que la répugnance à témoigner manifestée par Damone allait bien au-delà de Stacy Tarrant ou de lui-même.

— Qui vous donnait les ordres ? réussit-il à demander.

— Un officier de la CIA. Glennon.

Rainey se pencha vers Damone, comme s'il voulait poser une question. Lord ne put faire autrement que de demander :

— Comment vous avait-il recruté ?

— J'avais été blessé, dans une mission. (Lord perçut un sous-entendu sardonique.) Glennon m'avait promis plus d'indépendance.

— Est-ce que vous opériez seul ?

Damone hésita.

— En équipe de trois.

Lord sentit que le jury s'était instinctivement raidi.

— Où Glennon avait-il trouvé les autres ?

— Dans les prisons militaires. Il était allé trouver des gens accusés de rébellion ou de meurtre et il leur avait donné le choix.

Plusieurs membres du jury jetèrent un coup d'œil vers Carson. Calmement, Lord demanda :

— Et c'est ce genre de choix qu'il a donné à Harry ?

— Non. (Le ton de Damone se fit plus calme encore.) C'est moi qui le lui ai donné.

— Pour quelle raison ?

— J'avais fait sa connaissance à son arrivée.

— Savez-vous pourquoi il a accepté ?

— Il voulait se marier.

Damone se tourna vers Carson et ajouta avec une ironie terrible :

— Harry aurait pu rester en prison pendant très longtemps.

Di Palma ne bronchait pas, sûr que les trois dernières questions seraient fatales. Lord n'avait pas le choix : il fallait en finir.

Lentement, il demanda :

— Comment travaillait votre équipe ?

D'abord surpris, le regard de Damone se durcit.

— La nuit, ils nous lâchaient près d'un village, avec des foulards, des couteaux et des grenades.

Il fit une pause puis ajouta froidement :

— Et avec une carte détaillée des tentes que Glennon voulait.

La dernière phrase, pensa Lord, contenait un avertissement, ou un défi. Il mit les mains dans ses poches.

— Et une fois que vous les aviez repérées ?

— On nouait nos foulards et on se glissait là où ils dormaient.

L'immobilité de Damone comme sa réponse avaient la tension d'une violence contenue.

— Et ensuite ? demanda Lord finalement.

— Nous leur pincions les narines pour qu'ils soient obligés de respirer par la bouche.

Damone s'arrêta, puis reprit avec un fatalisme sobre :

— Alors on leur fourrait l'écharpe dans la bouche pour étouffer leurs cris et on leur tranchait la gorge.

Le silence était suffocant.

Lord le dévisageait.

— Vous tranchiez la gorge de qui ?

— D'officiers vietcongs et de tous ceux qui se trouvaient avec eux. (Il s'arrêta encore et même son silence paraissait sardonique.) Glennon nous donnait des noms à partir des listes informatisées de la CIA.

Consterné, Lord se rappela ce que Shriver lui avait dit.

— Est-ce qu'il vous donnait des drogues ?

Damone, sans le lâcher des yeux, attendit avant de répondre.

— De la dexédrine. Et d'autres trucs que les Français avaient laissés.

— Quels en étaient les effets ?

— Bousiller la mémoire et les inhibitions. (Un sourire rapide, amer.) Glennon n'avait pas très envie qu'on se souvienne ou qu'on fasse du sentiment.

Lord hésita.

— Et vous, alors, comment se fait-il que vous vous souveniez ?

Le sourire disparut. Puis lentement, Damone répondit.

— Je n'avais pas besoin de drogues.

Lord entendait son propre silence.

— Mais Harry en avait besoin, ajouta-t-il doucement.

Lentement, Damone acquiesça.

— Ce travail ne lui allait pas.

Il y avait de l'ironie mais aussi presque de la tendresse, pensa Lord, dans cette dernière remarque.

— Quand vous en êtes-vous rendu compte que ça ne lui convenait pas ?

Toujours le même sourire léger.

— Dès sa première mission.

— C'était quoi ?

— Glennon nous avait envoyés tuer un collecteur d'impôts vietcong.

Lord pencha la tête.

— Est-ce que Harry avait une consigne particulière ?

— Tuer la femme. (Damone fit une pause.) Glennon voulait qu'il se mouille.

— Qu'il se mouille ? répéta Lord machinalement.

— Il devait lui trancher la gorge et que le sang gicle sur lui. (Chaque mot était tendu.) Glennon aimait avoir des preuves.

Carson mit sa main sur sa bouche. Tous les autres, Rainey, Kleist, les journalistes, étaient figés. Damone avait fait sauter le dernier vernis d'un contre-interrogatoire normal ; son dialogue avec Lord était devenu viscéral et explosif.

— La femme, dit Lord. Est-ce que cela était courant ?

Damone acquiesça avec brusquerie.

— Glennon s'était fait comme règle de les tuer tous.

— Pourquoi la femme ?

Les membres du jury regardèrent Damone.

— Si elle avait crié, répondit-il enfin, quelqu'un aurait pu l'entendre.

Les poings de Lord se serrèrent dans ses poches.

— Est-ce que ça a mal tourné ?

— La femme était jeune. (Damone jeta un coup d'œil à Carson.) Harry ne pouvait pas la tuer.

— Est-ce que vous l'avez fait ?

— Non. Capwell, notre éclaireur. (Damone croisa les mains.) Alors il a passé la lame du couteau sur le visage d'Harry pour laisser des traces de sang et il lui a dit : « Comme ça, Glennon ne te renverra pas. »

Lord nota que la femme japonaise portait ses mains à son cou.

— Qu'a fait Harry ?

— Nous l'avons ramené.

Là-bas, Kleist écrivait avec une lente détermination, les autres regardaient partout en évitant Carson.

— Comment a réagi Glennon ?

Damone releva la tête.

— Capwell lui a menti.

— Est-ce qu'il aurait vraiment renvoyé Harry en prison ?

— Il l'avait déjà fait avant. (Damone fit une pause.) Pour d'autres, et Capwell le savait.

Lord sortit ses mains de ses poches.

— Et après ça, demanda-t-il enfin, est-ce qu'Harry a accepté les drogues de Glennon ?

Une fois encore, l'ironie à peine dissimulée donnait à la réponse de Damone un côté paisible.

— Il avait compris que c'était de lui qu'on dépendait.

Kleist s'arrêta d'écrire.

Lord fit un pas en avant, pour attirer sur lui l'attention du jury.

— Comment se fait-il qu'il soit parti ?

Pour la première fois, Damone regarda ailleurs.

— C'était après une mission spéciale, dit-il, de jour.

— Pourquoi de jour ?

— Glennon voulait la filmer.

Étonné, Lord sentit dans sa chair s'inscrire la phrase : « Attend la caméra pour donner sa vie dorée. »

— Pourquoi ?

— Un journaliste avait découvert que la CIA avait des escadrons de la mort — c'était ce qu'ils appelaient le programme Phoenix. Glennon a décidé d'employer notre équipe pour résoudre ce problème de relations publiques.

— Comment ?

— En laissant filmer une mission. Et le type ne pouvait pas filmer de nuit.

— Alors, Glennon vous a envoyés dans une mission de jour ?

Là, la pause se fit douloureuse.

— Il a envoyé Capwell et Harry.

— Et pas vous ?

— C'était du suicide. (Cette fois Damone le regarda bien en face.) J'ai dit à Glennon que tant qu'à faire il n'avait qu'à me tuer lui-même, s'il y arrivait.

— Et qu'a-t-il fait ?

— Il a préféré m'envoyer ailleurs. (Toute sécheresse avait disparu.) J'ai dit à Harry de venir avec moi.

— Et pourquoi ne l'a-t-il pas fait ?

— Capwell. Harry a dit qu'il lui devait ça.

— Que s'est-il passé alors ?

Damone, les yeux toujours fixés sur lui, continua :

— Je suis parti.

— Et quand vous êtes revenu ?

Un éclair d'hésitation.

— Capwell était dans un sac.

— Comment est-il mort ?

— Il a été saigné à blanc. (Ce regard imperturbable qui ne le lâchait pas était comme une auto-accusation.) D'une balle de revolver.

— Qui vous l'a dit ?

— J'ai ouvert le sac.

Cette réponse cassa le rythme des questions de Lord. Il sentit que le jury et que Carson attendaient.

— Est-ce que vous avez demandé des comptes à Glennon ?

Les yeux de Damone se firent encore plus noirs.

— Il n'a pas voulu en parler.

— Est-ce qu'il a réussi à avoir son film ?

— Je ne sais pas.

— Où était le cameraman ?

— Je ne l'ai jamais revu.

— Et Harry ?

— Parti.

Damone claqua des doigts. Ce geste surprenant galvanisa la cour et il ajouta :

— Glennon l'avait renvoyé chez lui, comme ça.

Lord attendit.

— Et depuis, est-ce qu'il vous a raconté ce qui s'était passé ?

— Il ne se rappelle pas.

Quand Lord se tourna, Carson regardait ses mains.

— La dernière mission, demanda-t-il calmement, quand a-t-elle eu lieu ?

Pendant un long moment Damone regarda Carson.

— Le 1er juin, dit-il.

— M. Lord a oublié de demander, commença Di Palma, si Harry Carson était devenu un assassin ?

Damone se pencha en avant, les coudes sur les genoux.

— Oui.

— Combien de personnes a-t-il tuées ?

— Cinq.

Di Palma le regardait avec mépris.

— Et des femmes ?

Damone semblait le jauger.

— Harry prenait les hommes.

La bouche de Di Palma s'ouvrit, se ferma, puis il demanda :

— Quelle était son arme ?

— Après la première mission, Glennon l'a laissé se servir d'un Mauser.

Di Palma se tut pour donner à la réponse plus d'impact.

— Est-ce qu'il avait une manière particulière de tuer ?

Damone regarda plus bas :

— Il visait la tête.

Lord vit que Di Palma, d'abord surpris, semblait plus confiant.

— Comment identifiait-il l'homme qu'il devait tuer ?

— Glennon nous fournissait des photos.

Di Palma croisa les bras.

— Alors Carson mémorisait les visages de ses victimes.

— Oui.

— Malgré les drogues ?

— Oui...

— Et alors il tuait la personne qu'il devait tuer ?

C'était le point clé, Lord le savait. Damone détourna son regard, comme s'il réfléchissait, puis il répondit à mi-voix :

— Sauf quand il y avait une erreur.

Cette plaisanterie morbide était si retorse que Di Palma mit du temps à comprendre. Le jury put observer sa confusion et puis sa colère.

— Et malgré ça, vous l'avez embauché, lança-t-il avec hargne.

L'immobilité de Damone attestait une maîtrise absolue.

— Je savais par quoi il était passé, répondit-il. Et pas ce qu'il allait faire.

— Ni ce qui s'était passé pendant cette mission spéciale ?
— Non.
— Ni même si elle avait eu lieu.
— J'ai vu Capwell. (La voix de Damone était toujours très calme.) Il s'était passé quelque chose pour lui en tout cas.
Di Palma rougit.
— Quoi qu'il en soit, est-ce que vous savez s'il y a un rapport avec l'expérience précédente de M. Carson comme tueur de cibles présélectionnées ?
— Non.
— Ou avec le meurtre du sénateur Kilcannon ?
Damone se tourna vers Carson.
— Seul Harry le sait, répondit-il finalement.
Quand Carson regarda au loin, Di Palma leva un sourcil en direction du jury.
— Alors je n'ai rien d'autre à demander à M. Damone, dit-il à Lord et il se rassit.
Lord avança vers Damone et, hésitant, il demanda :
— Glennon, quel âge avait-il ?
— La vingtaine bien sonnée.
— Pourriez-vous le décrire ?
— L'Américain type, habitué à écouter les Beach Boys dans sa tente. (Damone fit une pause.) Il mettait sa paye de côté pour s'acheter une Porsche à son retour.
La description était tellement la caricature de ce que Lord attendait qu'il se demanda si Damone n'était pas en train de faire une mauvaise plaisanterie, mais les yeux de Damone ne riaient pas ; ils ne souriaient même pas.
— A quoi ressemblait-il ?
— A un Californien du Sud. (La voix de Damone était plus basse maintenant.) Il décolorait ses cheveux blonds.
— De quelle couleur étaient ses yeux ?
— Bleus.
Damone hésita, puis il ajouta lentement :
— Mais il avait l'habitude de porter des lunettes de soleil.
La cour était sans voix.
— Où, demanda Lord, croyez-vous que je pourrais le trouver ?
Damone regarda le plancher.
— Il est mort.

Il semblait si sûr de lui que Lord en fut agacé :

— Vous êtes sûr ?

— Je l'ai vu. (Il leva vers Lord ses yeux qui brillaient d'un éclat extraordinaire.) Il a été saigné à blanc, comme Capwell.

Lord frissonna.

— Comment ? demanda-t-il.

Damone répondit sans ciller :

— Quelqu'un, dit-il calmement, lui a tranché la gorge.

Lord ne pouvait pas détacher son regard de Damone.

— Est-ce qu'Harry le sait ?

— Non. (La voix de Damone n'était plus qu'un chuchotement maintenant.) Je n'ai pas voulu remuer les mauvais souvenirs.

Carson, bouche bée, accusa le coup. Sur son visage, on pouvait lire une confusion extrême. Lord vit Rachel par la vitre et tout d'un coup il pensa qu'il ne pouvait pas quitter la ville en ce moment, que Christophe était en danger.

— Votre Honneur. (Il avait l'impression que c'était quelqu'un d'autre qui parlait.) A la lumière de ce dernier témoignage, je vous demande de m'accorder un délai pour retrouver le film de la dernière mission de l'accusé.

Rainey regardait Damone. Lui, de la barre des témoins, continuait à fixer Lord.

Presque absent, Rainey murmura :

— Délai accordé.

LE PROCÈS : TONY LORD

19 novembre-1er décembre

1

A quinze mille mètres d'altitude, Lord sentait sa vie comme en suspens, avec ce procès derrière et devant lui.

Quand il embarqua dans le 747 pour Washington, il remarqua que des passagers se retournaient pour le regarder. Il n'y avait personne à côté de lui, la cabine était plongée dans l'ombre, et son regard erra sur les têtes et les signaux lumineux.

Il n'y avait pas de Glennon, lui avait dit le chef du bureau de la CIA, du moins ils n'avaient aucun dossier à ce nom. Mais Lord avait vu un assassin aux cheveux blonds mourir dans les yeux de Carson.

Il n'y avait pas de Glennon car Damone l'avait tué — ça il en était sûr.

— Un apéritif, monsieur ?

Une hôtesse lui souriait d'un air mutin. Il demanda un martini. Tout en faisant lentement tourner son verre en plastique, il se demandait s'il n'avait pas rêvé, si son sourire était bien réel.

Pourquoi Rachel dans sa vie ? se demanda-t-il.

A cause de la fatigue, de la solitude ou de la peur ? Ou de cette conviction, qui le mettait en colère, que jamais plus il ne pourrait ressentir de l'amour pour une femme ou se laisser aimer par une femme ; qu'il serait encore bon à payer les dettes, pour se le faire reprocher après, et à envoyer Christophe au collège.

Comme son père l'avait fait pour lui.

« Imbécile, pensa-t-il. C'est bien le moment de se faire du

mal avec Christophe, dans les vapeurs du martini. » Maintenant, Marcia avait compris que la seule façon de l'atteindre c'était à travers leur enfant. Pourquoi n'avait-il pas menti ?

Pourquoi, se demanda-t-il tout d'un coup, Damone ne voulait pas témoigner ?

Un glaçon tomba dans son verre.

Étonné, il leva les yeux vers l'hôtesse.

— Un autre apéritif ? demanda-t-elle.

— Merci.

Elle le lui versa adroitement.

— Vous êtes l'avocat, n'est-ce pas ? Anthony Lord ?

Un homme maigre, dans le rang du milieu, se retourna pour écouter. Lord acquiesça puis se décida à sourire.

— Bonne chance.

Elle jeta un coup d'œil sur sa bague de fiançailles puis s'en alla. L'homme observait Lord qui buvait son verre.

« Tout est en train de changer, pensa-t-il. Tu ne sais pas ce qui va se passer et tu as peur. »

Quand il débarqua, les caméras de la télé l'attendaient.

— Monsieur Lord, lui lança une voix, vous pensez avoir des chances de retrouver le film ?

L'esprit ralenti par l'alcool, il resta à cligner des yeux devant les spots de la télé qui l'empêchaient de voir les visages autour.

— Je l'espère, finit-il par répondre. Harry Carson mérite bien ça tout de même.

Il les contourna et prit un taxi jusqu'à son hôtel. Là, il téléphona à Christophe.

« Allô, lui répondit sa propre voix. Ici c'est Tony Lord. Ni Marcia ni moi ne pouvons vous répondre... »

— Christophe ? dit Lord par-dessus le message enregistré.

« Mais vous pouvez laisser un message... »

Maudit répondeur. Lord insista.

— Christophe, c'est papa... S'il te plaît, sois là.

— Papa.

La voix de son fils était prudente.

— Comment ça va ? demanda Lord soulagé.

— Bien.

— Bon. (Lord sourit au téléphone, pour essayer, malgré la distance, de donner à son fils un peu de tendresse et de gaieté.) Je te rapporte quelque chose à mon retour, promit-il.

— D'accord.

A sept heures du soir, pourquoi était-il si réservé au téléphone ? Ou bien voulait-il se protéger ?

— Qu'est-ce que tu es en train de faire, mon fils ?

Une pause.

— Maman m'a permis de regarder Dawn Rider. Parce qu'elle sait que je l'aime.

Et pourquoi il n'en savait rien, lui ? se demanda Lord.

— Alors, je ne veux pas que tu rates ça, chef. J'ai appelé juste pour te dire que je t'aime.

— D'accord.

« Je t'aime aussi », ajouta Lord en silence pour lui-même, et Christophe ajouta :

— Au revoir.

En raccrochant, Lord regarda le téléphone. En appelant Marcia, un inconnu avait réussi à faire ce que les menaces ne faisaient pas. Qui pouvait le haïr d'une façon si intelligente ?

Lord ferma sa porte à double tour.

Il y avait dans la poche de sa veste tous les messages de la journée, les appels des journalistes ; le dernier était celui de Rachel. Il les jeta et demanda qu'on prenne ses messages au standard.

Allongé sur le lit, il passa en revue les signes de son exil. Une nature morte, le bruit de l'air conditionné, une bible de Gédéon, la télé accrochée au mur. Des chaînes étranges.

SNI passait des extraits du procès.

Lord se regarda, comme s'il s'agissait d'un étranger. Il voyait quelqu'un qui parlait avec facilité, qui avait du charme, qui ne paraissait jamais embarrassé — une illusion destinée à tromper Di Palma. Il éteignit la télé et ne trouva pas le sommeil.

Le lendemain matin, il se présenta aux archives des films de l'armée, suivi par des journalistes.

Un immense entrepôt métallique — des étagères en métal vert, des lampes accrochées à des plafonds très hauts. A un bout, des rangées de casiers emplis de dossiers avec des noms asiatiques, des numéros de peloton, de vagues dates. Étrangement, toute cette profusion eut pour effet de le convaincre que le film n'existait pas.

La politesse extrême avec laquelle l'armée l'accueillit le renforça dans cette conviction. Un employé au visage imperturbable lui expliqua le fonctionnement comme s'il était en train de lui faire exécuter des manœuvres. Et Lord comprit qu'il était embringué dans un voyage kafkaïen au cœur de l'absurde. Piégé, il sentit que le procès était perdu, qu'il n'y avait rien à attendre.

Ils lui installèrent un projecteur dans une salle étroite à côté. Seul avec des boîtes de film, Lord regardait des missions de reconnaissance à moitié oubliées en noir et blanc, des films muets de gens qui mouraient et qui tuaient. Mais pas de Carson.

En rentrant à l'hôtel, il serait obligé d'affronter les journalistes qui lui demanderaient s'il avait trouvé quelque chose. Il leur prépara une série de réponses, passant sa colère sur des films interminables, qui jamais ne sauveraient Carson. Après le premier soir, il demanda qu'on lui serve ses repas dans la chambre.

Le matin du quatrième jour, Lord trouva le film.

Un garçon de dix-neuf ans, avec des mouvements brusques sous l'effet des drogues et de la peur ; les yeux, sans aucun doute possible, étaient ceux de Carson.

Seul dans la salle des témoins, les mêmes yeux qui avaient vieilli regardaient Lord.

— Vous semblez fatigué, dit Carson.

Lord tenta de masquer sa tension.

— C'est un long voyage d'ici.

Tapotant sa cigarette, Carson l'observait.

— Il y a un film, Harry.

Un changement dans les yeux, comme une dilatation des pupilles — peur, espoir peut-être.

— Est-ce qu'il montre ce qui est arrivé ?

— En partie. (Lord alluma la cigarette de Carson.) Est-ce que vous vous rappelez quelque chose ?

— Capwell... (Carson se tordit les doigts. Il tira profondément sur sa cigarette puis exhala la fumée qu'il regarda s'évanouir.) Il saigne...

— Et puis ?

Ses yeux clignèrent.

— Je suis en train de débarquer à Oakland.

La cigarette se consumait dans les doigts de Carson.

— Je veux que vous voyiez ce film, dit enfin Lord.

Une bouffée légère, rapide.

— Quand ?
— Demain.
Une de ses mains trembla, il la cacha avec l'autre.
— Et pourquoi ?
— Pour vous aider à témoigner.
La cigarette continuait à brûler.
— Je ne veux pas, murmura Carson.
— Vous ne voulez pas quoi ?
Une rougeur apparut sur son cou.
— Savoir ce qui s'est passé.
— Pourquoi ?
— Ce dont je me rappelle, ce que John a dit, c'est déjà trop moche.

Lord le regarda — acculé, le regard apeuré.

— Est-ce qu'il y a quelque chose que vous ne m'avez pas dit ? (La cendre tomba sur la table.) Peut-être quelque chose que vous avez dit à Damone.

Regardant les cendres, Carson secoua la tête.

— Pourquoi, mec ? murmura-t-il enfin. Pourquoi voulez-vous que je parle ?

— Parce que je n'ai aucune preuve que vous n'aviez pas prémédité de tuer Kilcannon. (Lord se pencha en avant.) Vous êtes notre seule chance, Harry...

— Alors montrez-moi le film. Avant.

— Di Palma vous attend. (Lord fit une pause.) Si vous le regardez maintenant, il dira que nous avons monté une histoire ensemble. Il vaut mieux que vous tentiez de vous souvenir devant la cour. Tant pis, on verra bien ce qu'il en sortira.

Carson ouvrit la bouche, mais rien ne sortit.

Lord lui serra le bras très fort.

— Vous avez dit que vous vouliez revoir Cathy un jour, loin de tout ça. Quoi qu'il arrive demain, je ferai de mon mieux pour que ça se réalise.

Il y eut un long silence. Finalement, Carson hocha la tête.

Lord espérait qu'il allait pouvoir lui-même se détendre. Mais il n'y parvint pas.

— Alors, allons-y. (Il prit la cigarette des doigts de Carson avant qu'elle ne les brûle.) Je jouerai le rôle de Di Palma.

Il y avait quelque chose qui ne collait pas.

Lord finissait son milk-shake en regardant le plafond de sa chambre d'hôtel. Dans le rôle de Di Palma il avait trop bien joué. Sauf sur la question du mobile. Là, Di Palma allait tiquer.

Si Carson n'avait pas de mobile rationnel, pourquoi avait-il parlé de politique le soir où il avait tiré sur Kilcannon ? Pour cacher sa propre confusion ?

Qui avait appelé Marcia ?

Il regarda l'ours en peluche, rapidement acheté à l'aéroport, et qui était dans sa valise. Il était minuit à sa montre — trop tard pour téléphoner à Christophe.

Dans neuf heures le procès reprendrait et il jouerait banco. Maintenant, il attendait dans une chambre de motel, proche du palais de justice. Il avait donné comme nom le nom de son père, son nom polonais qu'il avait changé par la suite.

Une autre chambre, pensa-t-il, une autre télé. Il écrasa le carton du milk-shake.

Il fallait qu'il gagne. Il n'y avait pas dans sa vie de marge de sécurité, il ne pouvait pas se permettre de perdre.

2

A l'exception de Lord, la salle entière était immobile. L'huissier avait le doigt sur l'interrupteur. Dans la galerie, ils étaient tous debout, pressés contre la vitre. Le jury était assis, face à un écran vide. Kleist avait abandonné son carnet de notes. Di Palma et ses assistants formaient un rang silencieux. Lord vit derrière la vitre Rachel et Hart Taylor, qui regardaient Carson, dans le box des témoins.

Il portait une cravate rouge en soie que Lord lui avait prêtée. Affolé, il tripotait nerveusement son nœud.

— Harry, dit Lord, j'aimerais que vous regardiez l'écran.

Rainey approuva, comme par réflexe ; les yeux de Carson se déplacèrent puis sa tête suivit.

On éteignit les lumières et ce fut l'obscurité totale. Sur l'écran, dansèrent des numéros à l'envers.

Une image apparut — des troncs d'arbres calcinés, grisâtres, balayés par la caméra ; une silhouette entra dans le champ.

Carson était habillé comme un Vietnamien.

Il marchait courbé, pour masquer sa taille, ses cheveux blonds cachés par un chapeau conique. Ç'aurait pu paraître presque comique, s'il n'y avait eu les arbres sinistres et son regard ; ses yeux étaient comme deux trous brûlés.

La caméra s'éloigna, le champ s'agrandit, découvrant deux autres hommes habillés comme Carson ; ils marchaient dans ce qui autrefois avait dû être une forêt — un flanc de la colline, parsemé d'arbres morts avec une uniformité angoissante. L'absence de son rendait la scène surréaliste ; le soleil de la mi-journée ressemblait à la lune.

Les trois hommes s'arrêtèrent — Carson, le radio et l'autre, au nez busqué, qui avec un brusque sourire leur indiqua quelque chose. Capwell, Lord en était sûr.

La caméra suivit le geste de Capwell.

Là-bas, en bas de la pente, la forêt brûlée devenait une jungle luxuriante, si dense que les cimes des arbres formaient une voûte. Un kilomètre plus loin à peu près, il y avait une clairière avec des huttes couvertes de chaume, si petites qu'on aurait dit des jouets. La pellicule se dévidait, immobilisant le doigt de Capwell.

En face de lui, Carson lui faisait un signe de tête, il avait compris.

Le film était précis, étonnamment professionnel. La caméra revint sur les trois hommes, ils descendaient la colline, armés de couteaux, de machettes et de M-16. Le village disparut, ils arrivèrent à la jungle.

Devant eux, des feuilles aux formes étranges, des fourrés de tous les côtés. A grands coups de machette contre ce véritable mur de feuillage, Carson se taillait un chemin en direction du village.

Soudain, tout devint sombre.

Un éclat de soleil sur la lame d'une machette — mise au point, lumière réglée, et les trois hommes réapparurent comme des ombres, brandissant leur machette au milieu des rayons du soleil que laissaient filtrer les arbres. L'atmosphère était étouffante ; des feuilles et encore des feuilles serrées, informes, aucune visibilité, et le rythme fou, répétitif, frénétique, hallucinant des lames qui tranchaient les ténèbres. Une silhouette s'agenouilla — Carson, puis les autres.

Capwell s'essuyait le front, la caméra descendit sur les pieds de Carson. Nus. La sangsue devint une tache quand Carson l'écrasa. Ses yeux fixèrent la caméra, hostiles.

Capwell le tira pour l'aider à se lever.

Et les lames reprirent de plus belle. Ils avançaient pas à pas. La lumière exhalait une sorte de vapeur.

Lord, tendu, attendait.

Tout d'un coup, le radio plongea ; une grenade roula entre ses jambes. Carson tira en l'air. On put voir le recul de l'arme ; quelque chose tomba d'en haut. On entendit dans la salle quelqu'un haleter.

Mouvement de caméra.

Sur le sol, à côté du radio, il y avait le cadavre du singe décapité que Carson avait abattu. Capwell s'approcha, saisit la grenade et la tendit à la caméra. Son sourire était figé, irréel. La grenade était une noix de coco.

Il se tourna vers Carson ; comme s'ils étaient parfaitement synchronisés, ils se firent un signe de la tête. Lord comprit qu'ils écoutaient l'écho du coup de feu et qu'ils calculaient jusqu'où le son avait porté.

Le radio se releva en titubant sous le poids de son matériel. On aurait dit que ses doigts ne fonctionnaient plus. Quand Capwell lança la noix de coco, elle rebondit sur sa poitrine.

Les trois hommes formaient un demi-cercle ; ils se regardaient, cernés par l'ombre. Ils prenaient une décision.

D'un mouvement du cou, Capwell désigna le village. Carson regarda dans la direction. Lentement, il hocha la tête.

Lord regarda Carson, de l'autre côté de la salle. Le faisceau lumineux du projecteur était entre eux ; sous cet éclairage, le visage de Carson paraissait jaune, plus vieux ; il regardait le garçon qu'il avait été repartir machette à la main vers le village.

Ils semblaient extrêmement tendus maintenant ; à chaque pas, ils s'arrêtaient pour prêter l'oreille.

Tout d'un coup, ils rengainèrent leurs machettes et se mirent à ramper. La lumière changea — les feuilles étaient plus fines, l'obscurité dans laquelle ils baignaient se transforma, on put distinguer un sol trempé et des taillis.

Par-dessus l'épaule de Carson, encadrée de feuillage, la clairière.

Pendant quelques minutes, la caméra s'immobilisa. Des bribes de vie passèrent sur l'écran. Un poulet, une bande d'enfants, une femme qui portait de l'eau. Tout était normal, banal même, mis à part qu'il n'y avait pas d'hommes.

Carson et Capwell se regardèrent. Les lèvres de Capwell s'ouvrirent ; quelque part Lord savait qu'il s'agissait là d'un avertissement silencieux. Les yeux de Carson étaient deux trous sombres où disparaissait son regard.

En même temps, ils jetèrent un œil à leur montre. A la lumière du soleil, Lord devina que c'était la fin de l'après-midi.

Puis, avec la même agilité, les trois hommes jaillirent de la jungle pour se ruer dans le village.

Il y avait neuf ou dix huttes, autour d'une place. Les femmes et les enfants s'étaient déjà immobilisés, le dos tourné à la caméra. Trois hommes, trop grands pour être des Vietnamiens, fonçaient sur eux, le fusil au poing.

Ils commencèrent par les huttes.

La caméra s'attacha à Carson en particulier. Après une rapide inspection des abords, ils entraient dans une hutte, le M-16 en avant.

La hutte était à peine éclairée, étroite ; il y avait au mur un portrait de Hô Chi Minh gravé dans le bois et en dessous une cuvette pleine d'eau claire, des ciseaux et un rasoir ouvert. La boutique d'un barbier sans doute, à l'origine, pensa Lord.

Carson regardait la table.

Il y avait une tasse en bambou, à côté d'une bouteille d'alcool de riz, semblait-il. La bouteille paraissait vide. Carson saisit la tasse et la jeta à terre, l'alcool jaillit.

La caméra n'arrêtait pas de bouger, arrêtée sur la déchirure d'un coussin.

Carson s'en approcha, le toucha et se tourna vers les autres. Lord forma dans sa bouche le même mot : « Chaud. »

Capwell sursauta et pivota. Tout d'un coup, ils coururent. Carson tenait une grenade.

La caméra tanguait sauvagement, elle finit par s'immobiliser sur le seuil de la porte.

Dehors les femmes et les enfants étaient partis. Cinq hommes couraient derrière avec des fusils, des hommes plus grands s'écroulèrent. Quand Carson et les autres apparurent, ils ouvrirent le feu.

La tête du radio tomba en arrière ; Capwell s'effondra ; Carson lança sa grenade.

La caméra en épousa la parabole. Un arc parfait. A l'autre extrémité, les Vietcongs se plaquèrent au sol quand la grenade tomba parmi eux.

Le sol explosa. Puis une deuxième grenade projeta en l'air des Viets morts ou blessés. La caméra se focalisa sur un corps. Il semblait s'élever au ralenti, les bras désarticulés comme une poupée de chiffon, puis à mi-hauteur, il se raidit et retomba comme une masse.

A part les cadavres, il n'y avait plus personne sur la place.

Lentement, la caméra filma le village.

Le radio était tombé sur le dos. Un trou à la place de l'orbite, seul le bas du corps bougeait. La caméra tournoyait.

Carson soutenait Capwell qui, de ses deux mains, étreignait une tache qu'il avait sur la poitrine. Il tenta de le porter, le chapeau de Capwell tomba, découvrant ses cheveux roux et bouclés.

Les yeux de Carson fixèrent la caméra, incrédules. Il ouvrit la bouche — peut-être pour un juron ou un appel à l'aide — et puis il s'approcha du radio mort et chargea la radio sur son épaule. Avec difficulté, les yeux de Capwell tentaient de suivre ses gestes.

Carson soutint délicatement la tête de Capwell, et il l'aida à se relever. Les jambes de Capwell étaient raides, paralysées mais appuyées sur les talons. A l'ombre des deux hommes, Lord sut que la nuit tombait.

Carson se mit à traîner Capwell vers la jungle.

Les deux hommes avançaient à reculons, la tête de Capwell reposant sur l'épaule de Carson ; il le regardait ; des larmes coulaient sur le visage de Carson tandis qu'il titubait ; du sang sur ses mains maintenant, qui coulait de la bouche de Capwell. Ils arrivèrent à la lisière de la jungle ; Carson se perdit dans l'ombre, puis Capwell — ses talons nus laissaient des traces derrière eux —, puis plus rien sur la pellicule.

Quand on ralluma la salle, Carson clignait des yeux, toujours tourné vers l'écran, complètement immobile.

— Après ça, demanda Lord doucement, que s'est-il passé, vous vous souvenez ?

Il ne réagit pas. Les regards des jurés traduisaient une sympathie nerveuse.

— Harry ?

Carson tourna la tête mécaniquement vers Lord.

— La première chose qui vous vient...

Le visage de Carson se crispa.

— Ah...

Il y avait une peine sourde dans ce son.

— Vietcong, dit Lord pour l'aider.

Carson regarda le plafond.

— Il n'y en avait plus...

— Où ?

— Dans la jungle. (Sa bouche restait ouverte.) La nuit.

Lord mit les mains dans ses poches.

— Que s'est-il passé ?

— Je les ai tués. (Carson se passa la main sur le front.) Nous avons traversé les rizières. On pouvait entendre le bruit du vent dans le riz...

Ce détail, étrangement poétique, lui agrandit le regard.

— C'était encore pendant la nuit ? demanda Lord.

— Oui.

— Combien de temps ça a duré ?

Un sourire bizarre, surpris.

— Un bon moment.

Lord le regarda.

— Où était le cameraman ?

Le sourire disparut.

— Avec nous !

— Vous vous rappelez son nom ?

Silence.

— Non.

Lord le regarda.

— Capwell était encore vivant ?

— Je lui avais fait un bandage. (Carson était perplexe.) Nous avions de l'eau jusqu'au cou. Je ne pourrais pas dire s'il saignait...

— Est-ce qu'il pouvait marcher ?

— Je le portais. (Carson baissa les yeux.) Il y avait du sang sur son visage.

Lord se rapprocha.

— Les Vietcongs, commença-t-il, est-ce qu'ils...

— Il gémissait. (Carson redressa la tête.) Ils l'ont entendu.

Kleist tenait son cahier de notes mais il n'écrivait pas.

— Qui ? demanda Lord.

— Un Vietcong dans la rizière.

La voix s'estompait.

Lord se pencha en avant.

— Que s'est-il passé ?

— J'ai traîné Capwell...

« Je t'en prie, pensa Lord, rappelle-toi ! »

— Où ?

— Sur la boue. (Carson hésitait.) Il gémissait toujours.

Lord l'encourageait de la tête.

— Qu'est-ce que vous avez fait ?

— J'ai... (une hésitation, puis une illumination soudaine) j'ai mis ma main sur sa bouche et je lui ai donné une dose de morphine.

— On vous avait donné de la morphine ?

— Au cas où on se ferait capturer, vous comprenez, vous pouviez leur raconter n'importe quoi pour un moment... que vous ne vous rappeliez pas...

Lord sentit une crampe à l'estomac.

— Est-ce qu'il s'est arrêté de gémir ?

— Oui. (A nouveau, l'étrange sourire.) Il s'est mis à me demander de la bière...

— De la bière ?

— De la Schlitz. (Le ton sinistre se fit angoissé.) En plein milieu de ce foutu delta, avec l'ennemi à nos trousses...

— Qu'est-ce que vous avez fait ?

Carson ferma les yeux.

— Je l'ai laissé réclamer sa bière, avec l'autre type, le camera.

La bouche de Rainey n'était plus qu'une ligne étroite, pincée.

— Est-ce qu'ils l'ont pris ? demanda Lord.

Une longue pause.

— Non...

De la peine à nouveau, de la réticence. Lord s'approcha de lui.

— Que s'est-il passé ?

Carson ferma les yeux.

— Je me suis caché jusqu'à ce qu'un Vietcong les trouve. Il a levé son arme...

La phrase resta en suspens. Très doucement, Lord demanda :

— Est-ce que le Vietcong les a tués ?

Carson ouvrit la bouche pour répondre mais aucun son ne sortit. Finalement il dit :

— Je lui ai tranché la gorge.

Le silence était absolu.

La voix de Carson retentit, étonnée, calme.

— C'était la première fois...

Il ouvrit les yeux. Lord se plaça en face de lui pour l'aider.

— Est-ce qu'il y en avait d'autres ?

— J'ai traîné le cadavre du Vietcong jusqu'à l'eau et j'ai tourné sa tête pour que l'eau lui rentre par la blessure. (Les yeux de Carson étaient fixes.) Vous comprenez, quand les poumons sont pleins, ils se noient...

— Vous ne vouliez pas qu'on le trouve...

— Ses poumons se remplissaient et Capwell qui continuait à demander de la bière.

Lord avait la gorge sèche. Les jurés avaient les yeux rivés sur Carson, une femme se cachait le visage avec ses mains ; et le public de la galerie formait un mur de silence. Lord se rendit compte qu'il cherchait en fait Damone.

En se retournant vers Carson, il vit une nouvelle lueur dans ses yeux.

— Capwell, demanda Lord, qu'avez-vous fait de lui ?

Carson sembla se souvenir de quelque chose.

— Il se serait étouffé si on lui avait mis encore la main sur la bouche. (Une courte pause.) J'ai dit à ce con de cameraman de ne plus le toucher sinon il allait mourir.

Sa dernière affirmation était d'une lucidité déroutante.

— Est-ce que vous pouviez le bouger ?

Carson regarda par terre.

— J'ai envoyé un message radio à Glennon.

— Que lui avez-vous dit ?

— Que nous avions son film et le prisonnier qu'il voulait qu'on fasse ; qu'il envoie un bateau de patrouille. (Un sourire passa sur ses lèvres.) Je lui ai dit de porter de la bière.

— Est-ce que Capwell en réclamait toujours ?
— Pendant un moment, oui. (La voix de Carson se fit tendre.) Je le soutenais, alors il s'est calmé.
Lord l'étudiait.
— Est-ce que finalement Glennon est venu ? demanda-t-il.
— Avec trois autres. (Carson parlait comme halluciné.) Dans un bateau de patrouille, vers l'aube.
On aurait dit que c'était la fin du récit.
— Que s'est-il passé ?
— J'ai pris une bière à Glennon et je l'ai versée dans la bouche de Capwell. (Carson s'arrêta, incrédule.) Il a tout rendu.
Quelqu'un toussa dans la salle.
Lentement, Lord demanda :
— Et Glennon, qu'est-ce qu'il a fait ?
La bouche de Carson se crispa :
— Il m'a dit : « Tu m'as eu, connard. Il est mort. Tu m'as traîné jusqu'ici pour ce putain de cadavre ! »
Sans y penser, Lord passa son doigt sur l'arête de son nez.
— Vous avez répondu ?
Un petit hochement de tête. Carson tendit un bras devant lui et répondit :
— J'ai sorti le Mauser pour le tuer.
— Est-ce que vous avez tiré ?
Carson regarda son bras.
— Ils m'ont attrapé.
— Et alors ?
— Glennon m'a fait une piqûre de morphine.
Lord sentait que sa poitrine se comprimait.
— Après ça, de quoi vous vous souvenez ?
Carson baissa son bras et le laissa pendre inerte, comme sa tête.
— Je suis revenu à la maison. Ma mère m'a engueulé parce que je disais des grossièretés... »
Il s'arrêta. Il ne parla plus, ne bougea plus. Plus rien.
— Et qu'est-ce que vous vous rappelez, demanda Lord enfin, à propos de la nuit où vous avez tué le sénateur ?
Carson battit des paupières.
— Oh, mec...
— Rien du tout ?
Carson se voûta, comme s'il avait reçu un coup.

— Il y avait des cris, et des cris, partout dans ma tête...
— Qu'entendiez-vous ?
— *Kill Glennon, Kill Glennon...* (La voix monta, puis se cassa dans un murmure.) *Kill Glennon.*
Lord frissonna.
— Que s'est-il passé ?
— Il y a eu la lumière d'un flash. (Sa voix trembla.) Je l'ai vu.
— Qui ?
— J'ai tiré à la tête. (Carson avala sa salive.) La caméra était là...
— Lors de la mission ?
— Quand je me suis retourné, il était couché sur scène, Stacy sur lui...
— Kilcannon ?
— Oui, lui. (Carson passa la main sur ses yeux.) Mon Dieu, je ne peux pas croire qu'il est mort...
Lord inclina sa tête.
— Qui ?
— Lui. (Le visage de Carson s'inclina jusqu'aux genoux.) Glennon...
Ses épaules se mirent à trembler, et des sons sortirent de sa bouche, aigus, inarticulés.
Par-dessus la tête de Carson, Lord et Rainey se regardèrent.
— Pas d'autres questions, lui dit Lord.
Quand les jurés rentrèrent, ils jetèrent un regard sombre vers Carson. Il était assis avec ses mains croisées, replié sur lui-même. Di Palma, le corps tendu, l'observait avec une attention extrême. Quand Rainey donna son coup de marteau, Lord tressaillit.
— Monsieur Di Palma ?
En un instant, Di Palma s'avança vers Carson.
— Ce matin, commença-t-il, M. Lord nous a montré un film. Vous, quand l'avez-vous vu pour la première fois ?
« Parfait », pensa Lord. Nerveusement Carson se lissait la moustache.
— Ce matin.
Une petite hésitation vint trahir la surprise de Di Palma.
— Et quand avez-vous entendu parler de ce qu'il contenait ?
Carson ne pouvait pas le regarder.
— Je n'en ai pas entendu parler.

Kleist prit note. Di Palma s'arrêta, déçu, puis il arbora un air sceptique.

— Vous avez acheté un Mauser quatre semaines avant le concert, n'est-ce pas ?

Carson se pencha en avant.

— Oui.

Lord se croisa les mains. L'air de rien, comme par hasard, Di Palma demanda :

— Et vous pensiez alors à Glennon ?

Carson sembla tressaillir.

— Je ne sais pas.

— C'est le premier revolver que vous ayez acheté après le Vietnam, c'est ça ?

— Je crois, oui.

Il marmonnait. Lord mit ses mains sous la table pour que les jurés ne les voient pas.

— Et quand avez-vous su, continua Di Palma, qu'il y aurait un concert le 2 juin, avec la participation du sénateur Kilcannon ?

— Ah... (Le son mourut dans la gorge de Carson.) Je ne me rappelle pas.

Di Palma se renfrogna.

— Quoi qu'il en soit, vous avez pensé à Glennon à ce moment-là ?

Carson secoua la tête, comme pour s'éclaircir les idées.

— Je ne sais pas.

— Comment avez-vous appris qu'il y aurait ce concert ?

Carson hésita. Le regard sérieux et songeur des jurés se mua en une attention très soutenue.

— Par John, je crois, murmura Carson. Damone.

Di Palma, les mains sur les hanches :

— Et quand avez-vous décidé de tuer le sénateur Kilcannon ?

— Objection. (Lord s'était dressé.) Rien n'a établi encore que l'accusé ait prémédité de tuer le sénateur.

Les sourcils froncés, Rainey regarda Carson.

— Objection valable.

Di Palma adressa un léger sourire à Carson.

— Ce matin-là, vous avez porté votre Mauser au travail. Est-ce que vous l'aviez fait auparavant ?

Carson hésita.

— Non.
— Vous ne l'avez montré à personne, n'est-ce pas ?
Carson secoua la tête.
— Je ne crois pas.
— Vous n'avez pas dit que vous l'aviez ?
Il continuait à secouer la tête comme pour parer les coups.
— Non.
— Alors, avez-vous, ce jour-là, décidé de tuer Kilcannon ?
Lord sentit ses doigts s'agripper à ses genoux. « Regarde-le, merde », pensa-t-il. La voix de Carson s'éleva.
— Je ne sais pas.
— Vous ne savez pas. (Di Palma se redressa, étonné.) Vous êtes en train d'affirmer au jury que vous avez tué un candidat à la présidence, sur scène, devant vingt mille personnes et que cependant vous ne savez pas comment ça se fait que vous portiez un revolver.
— Objection. (Lord s'efforça d'avoir l'air las.) Il n'y a pas longtemps, lors de son interrogatoire, le témoin a décrit son état d'esprit au moment du meurtre.
La caméra se tourna vers Rainey.
— Objection valable, décida-t-il, et Lord remarqua que les yeux de Di Palma brillaient.
— Très bien, dit-il à Carson. Ce matin-là, où étiez-vous à l'heure du réveil ?
— Ah... (La voix de Carson était surprise.) A l'Holiday Inn.
— Est-ce que vous pensiez que vous étiez au Vietnam ?
A travers la vitre, Shriver semblait en colère. Carson regarda par terre.
— Non.
— Est-ce que vous vous êtes rasé et douché ?
— Oui.
— Pensiez-vous au Vietnam alors ?
— Euh... (Égaré, Carson leva les yeux très vite, puis se les frotta.) Quelquefois, dans l'eau, j'ai peur. Je ne sais pas...
Il s'arrêta, le public attendait. Il sembla que Di Palma changeait d'avis et posait une autre question que celle qu'il avait d'abord prévue.
— Comment êtes-vous arrivé au concert ?
— En moto.
— Comment connaissiez-vous la route ?

— Ah... j'ai demandé à quelqu'un.

Les yeux de Di Palma se plissèrent.

— Quand vous êtes arrivé à l'Arena, qu'avez-vous fait ?

— J'ai aidé à installer la sono.

La voix était monocorde. Di Palma sourit à nouveau, comme s'il voulait demander à Carson où il croyait être, puis il demanda brusquement :

— Et c'est dans le journal que vous avez trouvé le nom de M. Lord ?

Carson ferma les yeux.

— Oui.

— Car vous pensiez que vous auriez besoin d'un avocat ?

Carson secoua la tête.

— Répondez, insista Di Palma.

— Je ne sais pas.

— Pourquoi ? demanda Di Palma doucement. Parce que vous pensiez que vous étiez au Vietnam ?

Carson se détourna.

— Je ne sais pas.

Di Palma le regarda.

— Vous avez aussi garé votre moto sur l'aire de chargement ?

— Oui.

— Et plus tard, vous avez téléphoné ?

— Oui.

— Pour appeler qui ?

— Beth... (Carson avait toujours les yeux fermés.) Mais son numéro n'est pas dans l'annuaire.

— Est-ce que les renseignements vous ont dit ça ?

— Oui.

— Quel service de renseignements ?

— Caroline du Sud. Columbia.

Di Palma secoua la tête, comme s'il était dépassé par la rationalité de Carson.

— Dites-moi, monsieur Carson, qui a volé l'argent du concert ?

Cette question sembla surprendre Carson et l'abattre. Comme si personne ne pouvait le croire, il murmura :

— Je ne sais pas.

Les yeux de Di Palma étaient froids.

— Peut-être savez-vous si le sénateur Kilcannon était blond.

Carson essuya son front de deux doigts.

— Il ne l'était pas.

— Est-ce qu'il y avait autre chose en lui qui vous faisait penser à Glennon ?

Lentement, Carson leva les yeux.

— Je pensais à lui tout le temps.

— A qui ?

Et dans la voix de Carson, la colère.

— A Glennon.

— Et vous l'avez bien reconnu comme étant James Kilcannon ?

— Oui.

— Saviez-vous que vous étiez dans un concert de rock ?

La voix de Carson commença à s'altérer.

— Oui.

Di Palma s'approcha.

— Vous aviez l'intention de le tuer alors ?

Un frisson traversa le corps de Carson.

— Je ne sais pas.

— Vous ne savez pas ? demanda Di Palma d'un ton incrédule. Alors pourquoi vous aviez un Mauser ?

Kleist se pencha en avant, attendant. Lord vit Shriver dans le public, la bouche ouverte, comme pour parler à la place de Carson. Mais le témoin était muet.

— Monsieur Carson ? demanda Rainey.

Lentement, misérablement, Carson secoua la tête.

— Je ne sais pas.

— Vous-ne-savez-pas, dit Di Palma en martelant chaque mot. Mais après avoir tué James Kilcannon vous avez demandé M. Lord.

Le ton de Carson était calme.

— Oui.

Di Palma fit une longue pause qu'il exploita un bon moment. Puis très doucement, il ajouta :

— Vous pensiez que vous étiez au Vietnam ?

Les yeux de Carson s'ouvrirent.

— Non, dit-il d'une voix claire et calme. J'étais en prison.

Di Palma acquiesça, il jubilait.

— Oui, murmura-t-il enfin, ça, vous deviez le savoir.

Lord se leva.

— Est-ce une question ? demanda-t-il.

Di Palma regarda vers Carson et lui lança un petit sourire sarcastique.

— Je n'ai plus de questions, dit-il et il se rassit.

— Ce même jour vous avez aussi terminé un poème que vous aviez commencé, dit Lord, intitulé « Anniversaire d'or ». Est-ce qu'il incluait la phrase « Attend la caméra » ?

Carson regarda à côté.

— Je crois bien... oui.

Lord s'approcha.

— Après avoir tiré sur le sénateur, quelle a été la première chose que vous avez faite ?

— Je me suis retourné... (La voix se raffermit.) C'est alors que j'ai vu la caméra.

— Qu'avez-vous fait ?

Carson haussa les épaules d'un air ahuri.

— J'ai tiré dessus.

— Au lieu de tenter de vous enfuir ?

Carson a fait une grimace.

— Oui.

Lord prit un air moqueur.

— Et pourquoi ?

Carson secoua la tête comme s'il se rendait compte de sa propre folie. D'une voix râpeuse, desséchée et embarrassée, il répondit :

— Je ne sais pas.

Lord laissa ces quatre mots se glisser dans l'oreille du jury en se retournant à moitié vers Di Palma.

— Pourquoi ? demanda-t-il gentiment. Pensiez-vous que vous étiez au Vietnam ?

Les yeux de Di Palma s'élargirent, ceux de Carson se fermèrent.

— Je ne sais pas. (Ces mots contenaient une angoisse terrible.) Je ne sais vraiment pas.

Lord hocha la tête.

— Je sais, répondit-il.

3

Le procès se conclut avec les psychiatres. Quoique leur témoignage fût crucial, Carson ne les vit pas, il avait le regard perdu comme s'il était largué et que même son propre sort ne l'intéressait pas.

— Glennon, dit Shriver à Lord, est la pièce manquante.

Il avait une nouvelle assurance, Lord le remarqua.

— À votre avis, docteur, à quel point le souvenir de Glennon a-t-il affecté la vie d'Harry depuis le Vietnam ?

— Il l'a hanté, pendant quatorze ans. (En se retournant vers le jury Shriver fit craquer ses doigts.) Premièrement, Glennon symbolisait l'horreur de ce que Carson avait été obligé de faire, comme le montre le poème qu'il a écrit à Beth. Deuxièmement, le souvenir à moitié refoulé de la mort de Capwell s'est confondu avec la colère qu'il avait éprouvée devant la mort d'autres amis, et avec la culpabilité de leur avoir survécu sans les avoir vengés. Troisièmement — et cela est important —, travailler pour Damone pouvait inconsciemment lui rappeler Glennon. (Il s'arrêta et toucha son quatrième doigt.) Il faut se rappeler que dans la tête d'Harry Carson, Glennon n'était toujours pas mort jusqu'à ce procès. Voilà de quoi parle le poème « Anniversaire d'or ».

Kleist écoutait, pensa Lord, avec l'air de quelqu'un qui a du mal à se décider.

— Et quelle a été l'influence de Glennon sur le meurtre de Kilcannon ? demanda Lord.

— Elle a été décisive.

— Même par rapport au port d'arme ?

Shriver acquiesça.

— C'est la manifestation typique de la réaction anniversaire — déclenchée par toutes les drogues qu'il a prises là-bas, et qui doivent opérer en refoulant les souvenirs en même temps qu'elles suscitent un télescopage du temps. Dans ces circonstances, Carson ne pouvait pas savoir pourquoi il faisait certaines choses dans le monde réel — comme se bagarrer avec son père, frapper sa femme et même porter un revolver à son travail.

Lord sentit que le public, la caméra et les jurés étaient très attentifs.

— Et comment interpréter le moment même du meurtre ?

— Harry a réagi comme on l'avait entraîné à le faire — tirer sur des cibles à la tête. Dans son esprit, quand Mlle Tarrant a lancé « Kill-cannon », c'est devenu un ordre : « Kill-Glennon » — tue Glennon. (Shriver s'arrêta et jeta un long regard à Carson.) C'est tragique vraiment, Harry a tiré sur la mauvaise personne, le jour anniversaire où il tentait de tuer la bonne.

Carson caressa sa moustache. Il ne leva pas les yeux.

— Quand nous nous sommes rencontrés pour la première fois, dit Lord à Shriver, je vous ai demandé comment c'était possible que les vétérans du Vietnam vivent à moitié dans le monde réel et à moitié dans leurs souvenirs de la guerre. Est-ce que vous vous rappelez l'exemple que vous m'avez donné alors ?

— Oui. (Shriver sortit son étui à lunettes.) Il s'agissait de celui qui avait pris une femme en otage, il lui avait donné l'ordre de conduire plus vite pour échapper aux Vietcongs mais pas assez vite pour empêcher que la police les attrape. Il a été inculpé de kidnapping. Selon son psychiatre, ce crime n'avait pas d'explication rationnelle car il avait mélangé le présent et le passé. Le jury a été convaincu et il a été acquitté.

Lord laissa passer un temps.

— Et après, demanda-t-il enfin, que lui est-il arrivé ?

Shriver jeta un coup d'œil à Carson.

— Il s'est pendu.

— Je serais curieux, commença Di Palma, d'apprendre comment vous expliquez le comportement rationnel qui a été celui d'Harry Carson jusqu'au moment où il a tiré sur le sénateur ?

Shriver fronça les sourcils.

— Je ne peux vraiment pas dire plus que ce que j'ai déjà dit ; les victimes de stress peuvent agir d'une façon qui a toute l'apparence de la normalité.

— Je retiens le terme d'apparence. (Di Palma mit les mains sur les hanches.) N'est-il pas possible que Carson soit tout simplement allé au travail avec la ferme intention de tuer le sénateur, et qu'il y soit arrivé ?

— C'est, dit Shriver d'un ton dubitatif, toujours une possibilité.

Di Palma haussa le ton :

— N'est-il pas possible aussi que Carson, dans l'exécution d'un plan préconçu, se soit trouvé confronté à des souvenirs du Vietnam ?

Shriver hésita.

— C'est concevable, oui.

— Et qu'il ait tout bien organisé ?

Le ton de Shriver se fit tranchant.

— C'est concevable, mais peu vraisemblable.

— Mais c'est possible ?

Ce n'est pas de gaieté de cœur que Shriver fut obligé d'acquiescer.

— Oui.

En regardant de biais, Di Palma remarqua que Carson détournait les yeux.

— Pas d'autres questions.

Le Dr George Ford était un homme massif, avec des lunettes noires à la monture d'écaille, un visage carré, et des lèvres pincées qui lui donnaient un air autoritaire. Il avait enseigné à Berkeley, publié des articles, et il avait une clientèle prospère ; son ton brusque laissait penser qu'il se sentait gêné, mal à l'aise.

— Selon moi, dit Ford vivement, il n'est pas fondé de séparer l'acte meurtrier de la conduite rationnelle qui l'a précédé.

Di Palma hocha la tête.

— Même à la lumière du Vietnam ?

— Oui. (Puis il s'adressa à la caméra.) Qu'on ne se méprenne pas. L'expérience de M. Carson au Vietnam a été terrible, injuste même. Mais il y a beaucoup de gens qui ont une vie injuste et qui pourtant continuent à prendre des décisions rationnelles. (Ford se tourna vers le jury, pour conclure.) Et pour parler franchement, je ne crois pas qu'un trauma vieux de quatorze ans puisse être la cause du meurtre d'un étranger fort connu, dans un concert qu'en plus on a aidé à préparer.

Di Palma leva un sourcil.

— Que dites-vous de la réaction anniversaire dont on nous a parlé ?

— Il est évident qu'après des incidents traumatisants, les souvenirs qui leur sont liés sont très puissants. (Ford pinça les lèvres.) Mais cette idée qu'il aurait été obsédé du matin au soir jusqu'à porter une arme avec lui me paraît de la fiction pure.

— Même en ce qui concerne le moment du meurtre ?

Ford haussa les épaules.

— Oh, bien sûr, il a dû à ce moment-là faire des associations. Mais comment a-t-il réussi à aller si loin ? (Les lèvres se pincèrent à nouveau.) Ici nous avons affaire à quelqu'un qui a été entraîné à tuer, à planifier le meurtre, à sélectionner sa victime, des jours ou des heures avant. Je ne vois pas qu'on puisse décemment parler d'erreur.

Il était très fort, pensa Lord. Kleist avait recommencé à prendre des notes.

— Pouvez-vous nous éclairer alors, demanda Di Palma, et nous dire quels sont les mobiles habituels des meurtriers ?

— Objection, coupa Lord. Cette question invite le Dr Ford à parler d'une manière générale des mobiles courants en matière de meurtre, pour ensuite les utiliser contre Harry Carson et le mettre dans le même panier.

— Je me permettrai de faire une observation, répliqua Di Palma crispé. C'est un peu ce qu'a fait le Dr Shriver en racontant cette histoire de vétéran du Vietnam qui s'est donné la mort.

— Objection non valable, dit Rainey.

— Des mobiles autres que l'argent ? répondit Ford à Di Palma. La notoriété en est un, les différends politiques, un autre. Aussi désagréable que le meurtre puisse paraître à la plupart d'entre nous, il y a des mobiles tout à fait clairs, communs à beaucoup de meurtriers.

— Même si le meurtrier n'en a pas conscience ?

Ford examina Carson.

— Absolument.

— Merci.

D'un air satisfait, Di Palma se tourna vers Lord. Celui-ci se leva et regarda Ford jusqu'à ce qu'il sente qu'il avait réussi à mettre le jury dans l'embarras.

— Comment décririez-vous votre pratique ?

— C'est très large. (Et avec une pointe sarcastique destinée à Shriver :) Et très varié.

— Assez varié pour, par exemple, y inclure des anciens du Vietnam ?

— Bien sûr. (Ford semblait piqué au vif.) Dans ma carrière, j'ai soigné des malades de quatre guerres différentes.

Y compris la Crimée ? avait envie de lui demander Lord.

— Pour cause de stress ?

— Leurs problèmes pouvaient inclure aussi cela. Les gens sont très complexes, vous savez.

Lord lui lança un regard ironique.

— Aux prises avec tant de complexité, avez-vous jamais trouvé le temps de témoigner dans d'autres affaires criminelles ?

Ford marqua une pause.

— A l'occasion.

— Combien y a-t-il eu d'occasions ?

— Je ne pourrais pas dire précisément.

Lord pencha la tête de côté.

— Si je disais cinquante-six occasions, est-ce que je serais loin de la vérité ?

Les lèvres de Ford se pincèrent.

— C'est de cet ordre-là.

Lord eut un léger sourire.

— Peut-être serait-il plus simple de faire le compte des occasions où vous avez témoigné pour des accusés.

— Non, réellement, je ne saurais pas le dire. (Ford commençait à s'irriter.) Comme vous l'avez suggéré vous-même, je suis très pris...

— Disons sept fois.

Ford le regarda.

— Vous avez évidemment fait le compte.

— Que fallait-il qu'ils fassent pour vous impressionner ? dit Lord sans tenir compte de la remarque de Ford. Leur fallait-il aboyer comme des chiens ?

— Objection, lança Di Palma. Harcèlement de témoin.

Lord se tourna vers lui.

— Laissez-le répondre, répliqua-t-il. Beaucoup de gens ont une vie injuste...

Rainey donna un coup de marteau.

— Monsieur Lord, je vous saurais gré de bien vouloir vous contrôler. Objection valable.

Mais il avait planté son clou, le jury attendait.

— Est-ce vrai, demanda Lord d'une voix basse où tremblait la colère, que quatre parmi ces accusés avaient été auparavant diagnostiqués comme parano-schizophréniques ?

Ford était assis très droit.

— Les parano-schizophréniques, répondit-il, m'intéressent tout particulièrement.

— Mais pas les vétérans du Vietnam ?

— Non. (La réponse était tranchante, on sentait que Ford en avait assez et qu'il voulait se débarrasser de Lord.) Non, pas tellement.

Le sourire de Lord reparut sur ses lèvres.

— Merci, dit-il poliment. Pas d'autres questions.

Il y eut une interruption avant la délibération.

Lord était seul, assis à la table de la défense.

— Hou hou, lui fit Cass, dans son dos.

— Hou hou à toi-même. Et merci pour ton dossier sur Ford.

— J'ai vu ton contre-interrogatoire, dit-elle en s'asseyant. Tu as déclenché une belle indignation.

— Il fallait bien que je le montre sous son mauvais jour. (Lord sentit qu'il n'avait pas envie de discuter.) Je savais que de toute façon je ne le ferais pas changer d'avis.

Cass le regarda.

— Tu sais, dit-elle, la première fois où j'ai assisté à une défense psychique, j'attendais toujours *la* réponse. Mais il n'y en a jamais, c'est sûr, non ?

— Non. (Lord regarda le box des jurés.) En fait, ils votent, c'est tout.

Le jury attendait. Seule leur nervosité était perceptible.

Di Palma se leva, les regarda, il tenait un magazine ouvert dans ses mains.

— Mesdames et messieurs, le but de la défense à laquelle vous avez assisté était de transformer Harry Carson en victime. Mais la victime n'est pas ici. (Il s'arrêta et montra la couverture de *News Week*.) Cet homme était James Kilcannon.

Une image poignante : cheveux ébouriffés, Kilcannon, douloureusement vivant, souriait.

— Pour des millions de gens de cette génération et pour d'autres millions de gens de races différentes et de milieux sociaux différents, il était le dernier espoir dans un monde dangereux.

Di Palma avait capté le regard du jury. Il posa le magazine en laissant en évidence la photo de couverture.

— En un rien de temps, dit-il doucement, Harry Carson a tout bouleversé. Pendant quatorze heures, il a attendu en dissimulant son arme, en cachant ses intentions, et en vaquant à ses occupations normales. Quand son heure est venue, il est allé sur scène, il a fait un pas et il a tué James Kilcannon, d'une seule balle.

Di Palma se dressa très droit, comme pour dominer ses émotions.

— M. Lord, dit-il, doit vous demander de croire — et il doit vous prouver — que ce moment rationnel, qui est l'apogée de tous les autres moments rationnels, est une bouffée de folie pure. Eh bien, M. Lord a certainement réussi à prouver que son client est loin d'être parfait. (Di Palma se tourna vers Carson avec un profond mépris.) Mais la seule preuve qu'on nous apporte est qu'Harry Carson n'a pas réussi à prendre la fuite. Mais là encore, est-ce qu'il a perdu la raison ? Non, il a appelé l'avocat dont il avait lu le nom dans le journal du matin, quatorze heures avant. Et maintenant son avocat vous demande de croire que son client a tué parce qu'il a souffert au Vietnam, quatorze ans auparavant.

Une fois encore, Di Palma regarda le jury en face.

— C'est véritablement faire injure à tous ceux qui ont souffert là-bas. Mais même la calomnie ne le sauvera point, car la question n'est pas de savoir si ce qu'a vécu Harry Carson au Vietnam est digne de notre sympathie, ni même si cela a porté atteinte à sa santé mentale ou à sa vie. Car, comme le juge vous dira, M. Lord doit apporter les preuves de ce qu'il avance, c'est-à-dire qu'Harry Carson, au moment où il a tiré sur James Kilcannon — et pas à un autre moment — ne savait pas ce qu'il faisait et que ce qu'il faisait était mal. Pour y arriver, il vous demande d'oublier ce qu'a réellement fait Harry Carson et de croire ce qu'il dit — et encore seulement sur le Vietnam.

Di Palma mit une main sur la hanche, dans cette pose qui lui était maintenant familière et qui devait représenter l'incrédulité.

— Il vous présente le meurtre de James Kilcannon comme un tragique malentendu mental, la résurrection annuelle d'un crime commis dans une rizière.

Il marqua une pause et ajouta lentement :

— Le meurtre d'un fantôme dont seul Harry Carson, et uniquement lui, peut dire qu'il a réellement eu lieu.

Trop sarcastique, se dit Lord qui se mit à espérer une ouverture. Mais le jury écoutait attentivement ; le rythme du discours de Di Palma et sa logique sonnaient juste, efficace.

— Même si nous ne savions rien de la conduite froide et rationnelle de M. Carson avant le meurtre, cette excuse fait fi de toute notion de logique psychiatrique. Mais nous, nous savons ce qu'il a fait. Et tout ce que M. Lord trouve à mettre dans la balance, c'est un poème et le fait que M. Carson a tiré contre la caméra. Est-ce que cela peut signifier, en dépit de tout le reste, qu'Harry Carson a tué par erreur ? Et surtout, est-ce que cela peut être considéré comme des preuves ? Se poser de pareilles questions est aussi absurde que de se demander pourquoi il avait besoin d'un revolver pour installer la sono pour Stacy Tarrant.

Il se dirigea vers sa table, avec l'air de quelqu'un qui se ressaisit.

— Quand il gisait, mourant, James Kilcannon a demandé à Mlle Tarrant : « Est-ce que tout le monde va bien ? » Heureusement, ni elle ni personne d'autre n'a été blessé, du moins physiquement. Mais désormais personne ne va plus bien, et n'ira jamais plus bien. Harry Carson a tué non seulement un homme mais aussi un espoir, le *droit* d'un peuple libre à choisir ceux qui le dirigent.

Lentement Di Palma montra la photo de Kilcannon au jury.

— James Kilcannon est mort. Harry Carson l'a tué. La justice demande qu'Harry Carson réponde de ce crime.

Très calme, Lord adressa ses premiers mots à Kleist.

— J'espère que vous avez tous écouté très attentivement M. Di Palma. C'est un procureur très habile et expérimenté, et il a su vous expliquer tout ce qui n'est pas du ressort de ce procès.

Il avait su attirer leur attention et ils l'observaient tous maintenant, avec grand intérêt.

— Il ne s'agit pas ici, poursuivit-il, de savoir si Harry Carson a tué le sénateur Kilcannon. Cela, tout le monde le sait. Il ne s'agit pas de savoir si sa mort est un malheur irréversible, impardonnable. Elle l'est. Non, il s'agit de se poser une question toute simple et d'y répondre : pourquoi ? Pourquoi un garçon de la campagne, attaché à sa famille, qui avait devant lui un avenir et pas seulement une voie de garage, est devenu l'homme qui a tué James Kilcannon ? Mais, dit-il avec une colère sourde, que croit donc M. Di Palma ? Que Carson s'imagine passer au travers de ce procès ?

Les jurés sursautèrent, frappés de surprise, quand il montra Carson.

— Où est le profit, où est la passion, où est la raison qui a motivé cet acte ? Il n'y en a pas. (Lord se tourna et son regard passa lentement sur chacun des jurés.) Car ce meurtre soi-disant délibéré et rationnel est un meurtre sans raison, et Harry Carson en est en fin de compte la victime. Et c'est cela, ajouta-t-il doucement, que le procureur vous demande d'oublier. Par contre, il a suggéré que l'expérience traumatique du Vietnam était un propos dilatoire, que je voulais vous faire oublier ce qu'Harry Carson avait réellement fait. Mais tout ce que je vous demande c'est de considérer avec moi les autres choses qu'il a faites, et de vous demander ce qu'elles signifient. Je ne crois pas que la tentative de meurtre de la rizière soit une simple excuse. Je ne conçois pas non plus la bagarre avec son père — qui a eu lieu un an jour pour jour après — comme un alibi. Ni qu'il préparait sa défense quand en juin dernier il a frappé sa femme et est parti en abandonnant sa fille. Mais si je me trompe, alors en écrivant son poème, en tirant sur la caméra, il n'a fait que mettre la dernière main à une opération savamment organisée. (Lord se tourna lentement vers Di Palma, il y avait entre eux un Carson effondré.) Si je me trompe, dit-il avec une froide ironie, alors, Harry Carson est vraiment très intelligent. Et voyez tout ce que ça lui a rapporté.

Aux deux extrémités de la salle, Lord et Di Palma se regardèrent, puis Lord se tourna vers Kleist.

— Ce qui a été fait à James Kilcannon est irréparable. Tout ce qu'Harry Carson porte en cette cour, c'est l'espoir que vous le regarderez et que vous vous poserez cette simple question : pourquoi ? (Lord fit une pause, puis reprit doucement.) Et, à la fin, je suis sûr que vous trouverez la réponse : non coupable pour irresponsabilité psychique.

Lord, debout, les regardait. Ce fut alors que Kleist lui sourit.

A ce moment précis, Lord sut qu'il avait perdu.

4

Christophe regardait Lord faire sa valise.

— Papa, je veux que tu habites ici.

Lord s'arrêta et jeta un coup d'œil à la valise.

— Je vais rester juste un peu chez Laura et Ray, jusqu'à ce que nous puissions parler mieux.

— Promis ?

Son fils était au bord des larmes, Lord le savait. Avant que Christophe puisse voir son visage, il le souleva de terre.

— Ce n'est pas de ta faute, mon chéri, c'est de la mienne.

Christophe passa ses bras autour du cou de son père et le serra très fort. Quand Lord le posa à terre, il courut vers sa chambre.

Un moment plus tard, il revint avec une photo de lui à l'école.

— Tu peux la prendre, comme ça tu ne seras pas tout seul.

Il se força à lui faire un sourire.

— Merci, chef, dit Lord, je la mettrai près de mon lit.

Christophe regarda son visage.

— Est-ce que tu as une photo de maman ?

— Je vais lui en demander une. (Il prit la photo de son fils, puis il s'agenouilla près de lui.) Tu sais quel a été le plus beau jour de ma vie ?

Christophe approcha sa tête de celle de Lord.

— C'était quoi ?

— Le jour où tu es né !

Marcia l'attendait à la porte d'entrée.

— Tu vas habiter avec elle ?

Lord secoua la tête.

— Depuis ce soir-là, nous ne nous sommes pas parlé.

Ses yeux se plissèrent, méfiants.

— Je ne partagerai pas Christophe, dit-elle finalement, si c'est ça que tu manigances.

— Écoute...

— J'ai déjà parlé à un avocat, Tony. Ce n'est pas la peine de demander la garde conjointe, ce coup-ci tu ne gagneras pas.

Il jeta un coup d'œil vers le couloir.

— Alors ? Tu vas encore utiliser ton fils ?

Elle eut du mal à contrôler sa colère :

— Oui, si c'est le seul moyen qui me reste pour défendre mes droits.

Lord la regarda.

— Mon Dieu, dit-il, et il sortit.

Dans la chambre que ses amis lui offraient, il défit sa valise. Pendant un moment, il s'assit sur le lit et regarda la photo de Christophe. Puis il décrocha le téléphone pour appeler Cass.

— Rien encore, dit-elle, je t'aurais appelé.

— Bon, d'accord.

Silence.

— Cette histoire de sourire, Tony, c'est du folklore.

Pendant quatre jours, Lord alla à son bureau dans l'attente du verdict.

Le jury était divisé, il le savait ; chaque heure accroissait les chances de faire appel. Il dormait peu, irrégulièrement.

L'après-midi du quatrième jour, Cass l'appela. Elle semblait tendue.

— Je crois qu'il vaut mieux que tu viennes.

Quand Lord arriva, ils venaient d'amener Carson.

L'huissier annonça l'entrée du juge Rainey. Debout, Lord se sentait engourdi. Di Palma était pâle. Carson se balançait d'un pied sur l'autre. Les jurés entrèrent, sans regarder personne.

Kleist, président du jury, était debout au centre du rang du milieu.

Les journalistes regardaient par la vitre, fin prêts. La caméra se fixa sur Rainey. Il semblait sous le choc, plus petit dans ses vêtements de juge.

— Le verdict, demanda-t-il.

— Oui.

Le visage de Kleist était sinistre. Sa voix avait des inflexions de mépris. Il ne quitta pas une seconde le juge des yeux.

— Pouvez-vous le lire ? demanda Rainey.

Kleist se redressa.

— Non coupable, dit-il, pour irresponsabilité psychique.

Les minutes qui suivirent, Lord les passa dans une sorte de brouillard.

La rumeur explosa, suivie par la bousculade des journalistes qui se ruaient sur les caméras et les téléphones. Kleist lui fit un signe de tête, suivi par d'autres jurés aussi, mais personne ne lui sourit. Quand Lord le toucha à l'épaule, Carson regarda ailleurs.

— Ce n'est qu'un début, lui dit Lord.

Carson regarda par terre.

— Merci, murmura-t-il.

Puis Rainey frappa quelques coups de marteau pour rétablir l'ordre.

Quand le calme fut revenu, il ordonna que Carson fût envoyé dans un hôpital psychiatrique. Deux policiers l'emmenèrent.

C'était fini.

Cass l'étreignit avec maladresse.

— Tu as réussi, Tony.

— Nous avons réussi, ensemble.

Elle le regarda, en secouant la tête.

— Je vais chercher la voiture, tu en auras besoin, dit-elle en partant.

En se retournant, Lord aperçut Di Palma.

Ils se regardèrent : vainqueur et vaincu. Lord eut la surprise de constater qu'il était plus grand que le procureur. Sans un mot, il lui tendit la main.

Di Palma regarda cette main, les yeux pleins de colère et d'humiliation.

Lord laissa retomber son bras. Il haussa les épaules et se dirigea vers la cloison de verre.

Le hall grouillait de journalistes et de spectateurs. « Hé, Tony... » Lord traversa le hall au milieu des flashes, des journalistes, des caméras de télévision. « Vous avez bousillé ma photo », se lamentait une voix ; il atteignit la porte.

Des caméras, en plus grand nombre encore, en demi-cercle, lui barraient la route. Dehors la foule se pressait sur les marches, les pelouses, les trottoirs, jusque dans les rues. Lord se rendit compte que personne n'oublierait cette histoire, qu'ils s'en souviendraient toute leur vie.

Un morceau de métal brilla. Comme Kilcannon, pensa-t-il dans un moment d'égarement, puis il se rendit compte qu'il ne s'agissait que d'un micro.

— Tony, cria quelqu'un. Est-ce que vous pensez que c'est une revanche pour tous les anciens du Vietnam ?

Lord se ressaisit.

— Ils n'ont pas besoin de revanche, répondit-il. Ils n'ont pas tué James Kilcannon. Ce dont ils ont besoin, comme Harry Carson, c'est qu'on prenne le temps de repenser à ce qu'on leur a demandé de faire.

Un autre micro.

— Mais pensez-vous que le verdict soit légitime ?

Lord fit signe que oui.

— Le verdict du jury est non seulement légitime mais il est courageux. Tout le mérite leur revient...

— Il y a des gens qui pensent que Di Palma a saboté ce procès.

— Non, il n'a simplement pas pu trouver de mobiles. (Lord sourit à moitié.) On n'est pas tenu d'en inventer tout de même.

— Tony !

Une voix de femme, familière. En se retournant pour chercher d'où elle venait, Lord vit Damone appuyé au mur qui esquissa un sourire et lui fit un signe de tête.

— Par ici.

Lord l'observa encore un moment, puis revint vers le micro tendu.

Et derrière, il y avait Rachel, qui le regardait.

— Comment vous sentez-vous maintenant ?

— Fatigué.

Elle s'approcha de lui.

— Mais quelle est votre impression personnelle ?

Quand leurs regards se croisèrent, il sentit que Damone l'observait toujours.

— C'est l'histoire, dit-il, et il la laissa là et partit dans la foule.

Troisième partie

Tony Lord et Stacy Tarrant

LES SEPT JOURS DE PHOENIX

Du 8 au 15 avril
de l'année suivante

PREMIER JOUR : LUNDI

1

Moins de vingt-quatre heures après le coup de fil de Stacy Tarrant, Lord prit l'avion pour Los Angeles.

La veille, il avait travaillé tard avec Cass pour préparer son départ. Ils avaient travaillé vite, dans le calme, étonnés tous les deux par ce que Phoenix avait fait. Lord prépara une liste des avocats qu'il devait appeler, remettant à plus tard les rendez-vous ; Cass classa les fiches de la semaine à venir, puis le courrier du samedi. SNI rediffusait l'enlèvement d'Alexis Parnell.

Le son baissé, la voix contrefaite de Phoenix semblait venir de très loin :

« John Damone mourra si Stacy Tarrant ne parvient pas à vous convaincre d'offrir cinq millions de dollars dans un seul acte public d'altruisme, dont je dévoilerai la nature dès ma première émission demain soir... »

Quand Lord se retourna pour regarder, il revit Alexis trébucher et tomber près de la portière de la camionnette blanche du terroriste.

« Quant à Alexis Parnell, dans les jours suivants, vous jugerez si son mari accède à mes demandes, toujours exprimées devant les caméras. Ensuite, le septième jour vous prononcerez votre verdict par l'intermédiaire de SNI et vous déciderez si elle doit vivre ou mourir... »

La caméra fit un zoom avant. La femme à terre regarda l'objectif, dans un gros plan bouleversant.

« Et à la fin, le dernier jour, vous serez témoins de sa délivrance ou de son exécution, en direct. »

L'image changea. C'était la nuit, un corps gisait sur l'herbe sombre. Puis une lumière éclairait un visage : Colby Parnell, les yeux bandés, la bouche bâillonnée, d'où sortait une cassette.

Ce fut la voix de Rachel qui succéda à celle de Phoenix.

« Tôt ce matin, commença-t-elle, après un coup de téléphone du terroriste, SNI a retrouvé Colby Parnell dans une colline déserte du comté de Sonoma. Mais Parnell, comme la police, n'a aucun élément pour le mettre sur la piste du ravisseur de sa femme ou pour avoir une idée de l'endroit où ils se trouvent. Ce soir, un jour après l'enlèvement, Phœnix semble avoir disparu. Quant à Stacy Tarrant, elle n'accordera pas d'interview. »

Cass regarda Lord et coupa le son.

Lord finit son travail. Comme elle ouvrait la dernière lettre, dans une enveloppe ordinaire, Cass prit un air songeur. Puis, sans mot dire, elle la tendit à Lord.

Lord resta médusé devant un tel ramassis d'injures.

— Pitié, dit-il enfin. Évidemment, il n'y a pas d'adresse.

— Encore un admirateur anonyme. (Cass referma l'enveloppe et alla la mettre dans un des coins les plus reculés du bureau.) Au moins, ç'aura le temps de sécher.

— C'est la poste à votre service.

Pour la première fois de la soirée, Cass sourit.

— La célébrité, dit Lord, a changé ma vie.

Cass laissa errer son regard sur les messages qui s'accumulaient sur le bureau — demandes d'interviews ou de déclarations puis, à nouveau, elle regarda la télé, soudain attentive. Lord l'imita. SNI montrait le film de Stacy Tarrant ; dans le silence des rues trop calmes, en bas de son bureau, Stacy Tarrant, au-dessus du corps de James Kilcannon, les regardait.

— Je me demande pourquoi elle t'a appelé, murmura Cass.

— Je ne sais pas. (Il alla jusqu'à la TV et l'éteignit.) Un dernier coup de fil, Cass, et je pars avec toi.

Il prit le téléphone et composa un numéro. Marcia répondit ; il lui dit :

— C'est moi. Écoute, j'ai une faveur à te demander.

— C'est quoi ?

— J'ai promis à Christophe de l'amener voir *La Guerre des étoiles*, cette semaine, mais je dois partir. Peut-être pour quelques jours.

— Encore une belle affaire ?

Lord attendit un moment.

— De toute façon, je pense qu'on ferait mieux d'y aller ce soir.

— Ce n'est pas possible. (Les mots venaient facilement, le dialogue était au point.) Fred et moi, on l'y emmènera. Je ne veux pas le voir mêlé à ce qui se passe à la télévision.

— C'était convenu entre lui et moi, Marsh.

— Alors dis-le-lui toi-même, dit-elle d'une voix blanche.

Lord l'entendit poser le téléphone et dire :

— Tony veut te parler.

— Papa ? (Il continua à voix basse.) J'ai dit à maman que tu m'emmènerais...

Lord pouvait l'imaginer avec ses sept ans en train de chuchoter au téléphone avec Marcia à côté de lui. Comme maintes et maintes fois ces derniers temps, il essaya de mesurer les effets que certaines réponses avaient sur Christophe. Il avait peur que son fils lui préfère sa mère, et en même temps il avait peur que s'il le choisissait, sa vie en soit plus difficile.

— Tu veux vraiment le voir, hein ?

— Oui, Mikie dit que c'est super.

— Alors tu me le raconteras, d'accord ? Et n'oublie pas de remercier Fred.

— D'accord.

La voix de Christophe se tut. Lord aurait aimé voir son visage.

— Je t'aime, Christophe.

— Moi aussi.

— Alors passe-moi maman, d'accord ?

— D'accord.

Une autre pause. Puis :

— Au revoir.

— Au revoir.

— Qu'est-ce qu'il y a ? demanda Marcia d'une voix dure.

Lord se pencha en avant.

— Deux choses : premièrement, dis à cet imbécile que s'il conduit avec mon fils quand il est ivre mort, je vous traînerai tous les deux devant les tribunaux. Deuxièmement : je suis fatigué de te voir utiliser Christophe. La prochaine fois que je viendrai le chercher, ne le laisse pas attendre sous le porche avec sa valise à la main comme un pauvre orphelin...

— Je ne veux plus te voir dans cette maison sous aucun prétexte.

— Écoute...

Marcia raccrocha.

Cass s'affairait avec le Rolodex. Timidement, elle leva les yeux derrière ses lunettes cerclées de métal.

— Marcia se sert de lui, c'est ça ?

Elle s'arrêta un moment, puis ajouta :

— Et tu donnes trop à Marcia.

— Je voulais qu'il continue à vivre dans cette maison. (Il secoua la tête.) Quoi qu'il en soit, Marcia n'est pas une imbécile. Elle a décidé de me faire du mal par tous les moyens.

— Mais tu as bien réussi à avoir la garde conjointe pour Jack Cole...

— Peut-être que les procès c'est ma manière à moi, perverse, de m'amuser. Mais je ne veux pas de ça pour Christophe. (Lord enfila sa veste.) Est-ce que je t'ai dit que *People* voulait faire un papier sur notre divorce ?

Cass le regarda.

— Je crois, dit-elle finalement, qu'il sera impossible de jamais savoir qui l'a appelée ce soir-là.

— Oui. (Lord se retrouva devant l'écran vide de la télévision.) J'ai tout foutu en l'air, c'est tout.

Ils sortirent en silence.

Arrivés à sa voiture, Cass lui demanda :

— Au fait, comment va Harry ?

Lord haussa les épaules.

— C'est pas brillant. Martin Shriver dit qu'il ne coopère pas du tout.

— Il faut lui laisser le temps.

Elle s'assit au volant, mit la clé de contact et se penchant derrière par la portière :

— Tu es inquiet, Tony, n'est-ce pas ?

— Oui. Pour Damone, pour Alexis et surtout pour Stacy Tarrant. C'est pas seulement de l'argent que veut Phoenix, d'elle ou de Parnell. C'est cette histoire de duplex qu'il a mis en place qui me fait penser ça.

— Et tu n'es pas sûr de pouvoir l'aider...

Lord mit les mains dans ses poches.

— Elle est dans un état de tension incroyable et on n'a jamais parlé vraiment ensemble en dehors du procès, quand elle était dans le box des témoins et quand je l'ai obligée à regarder le film. C'est pas facile d'évoquer cette période.

Cass fit une grimace.

— Ça, je veux bien le croire.

— C'est drôle, je peux même plus compter le nombre de fois où, pendant ces dix derniers mois, un imbécile m'a demandé qui était réellement Stacy Tarrant. Comme si je le savais.

Cass resta un moment sans rien dire.

— Elle doit sûrement penser que tu peux l'aider, Tony.

Elle lui adressa un rapide sourire, plein de sous-entendus, puis lui envoya un baiser.

— Bonne chance, dit-elle en démarrant.

Maintenant, dans l'avion qui le conduisait à Los Angeles pour le rendez-vous avec Stacy Tarrant, Lord écoutait des voyageurs assis devant lui qui parlaient du kidnapping.

— Je ne pense pas que ce Phoenix y arrivera, dit le premier.

— Quelqu'un à mon travail a dit que si, répondit l'autre, d'un ton péremptoire, mais ils ont besoin d'une antenne pour le satellite, comme il y a sur les camions de télé.

Le premier interlocuteur était moins sûr de lui.

— Je plains la femme de Parnell. Vraiment. Ils ont déjà perdu leur fils. (Il s'arrêta puis reprit :) Peut-être qu'ils vont juste nous faire le coup de Patty Hearst, et puis qu'ils la laisseront partir.

— Oui, mais personne ne sait ce qu'il veut ce mec.

— Il le dira ce soir — il l'a promis ; et puis sur l'autre aussi, le petit ami de Stacy Tarrant ou son je-ne-sais-quoi.

— Oui, celle-là..., enchaîna le premier. Je le dis souvent à mes enfants quand ils s'emballent pour un punk : « Devenez connus et finissez morts de trouille. »

La vieille dame assise à côté de Lord remarqua son expression :

— Je plains vraiment beaucoup cette fille, hasarda-t-elle. Elle a l'air si gentille et pourtant, personne ne l'a plus vue depuis le procès. C'est sûr que ça a dû être dur pour elle.

Lord hocha la tête.

— J'imagine, répondit-il et il se réfugia de nouveau dans son silence.

La vieille dame l'observait.

— Excusez-moi, dit-elle, j'ai l'impression de vous reconnaître.

Lord sourit en secouant la tête.

— Je me souviens de vous.

Ça lui faisait visiblement plaisir. Elle ouvrit son sac et lui donna un dépliant sur la Bible.

— Vous aussi avez l'air d'être gentil, dit-elle. Ça vous donnera la voie du salut.

Ça lui fit penser à sa mère, pendant la messe, à son air dubitatif et pourtant plein d'espoir. Lord la remercia et ouvrit le dépliant. Pendant tout le reste du voyage, il fit semblant de le lire, tandis qu'il cherchait quel conseil il allait pouvoir donner sur une affaire aussi compliquée que l'enlèvement de Damone à quelqu'un qui, sans l'ombre d'un doute, le méprisait. De temps en temps, il tournait une page.

Quand l'avion atterrit, la femme lui saisit le bras :

— Que Dieu vous bénisse.

Lord sourit à nouveau. Quand elle eut complètement disparu, il jeta tous les papiers dans une poubelle.

Les gens remarquaient sa présence bien qu'aucun journaliste n'eût été prévenu qu'il était à L.A. Mais les kiosques étaient pleins de gens qui lisaient les gros titres. Le journal de l'après-midi présentait des photos de Stacy et d'Alexis pour rajouter au drame, avec en titre « Les vies tragiques de deux femmes » ; il y avait aussi la photo de SNI qui montrait Parnell ligoté et bâillonné.

Lord ne s'attarda pas plus longtemps. Stacy s'était refusée à reporter le dernier jour de tournage ; sa limousine l'attendait pour le conduire à Paragon Pictures.

En passant sous l'arc en marbre qui symbolisait le cinéma depuis qu'il avait l'âge de Christophe, Lord vit des journalistes, des photographes et des admirateurs qui attendaient Stacy. Un policier de la sécurité, visiblement surpris, vérifia son nom sur une liste, passa deux coups de fil et finalement lui donna un bout de papier où on lisait « Studio 12, Anthony Lord pour Stacy Tarrant ».

En attendant Lord, Stacy ferma les yeux.

Elle était seule, assise sur une chaise pliante : elle n'arrivait pas à jouer convenablement la scène finale, elle n'y croyait pas. Des voix et des pas résonnaient sur le plateau immense : pendant un moment, ce qui arrivait à John Damone lui parut plus réel que ce qu'elle faisait là comme comédienne.

Sa nouvelle carrière du moins, pensa-t-elle avec une ironie amère, c'est à Lord qu'elle la devait.

Tout avait commencé le soir qui avait suivi son contre-interrogatoire ; elle était assise comme elle l'était en ce moment avec John, dans sa suite au Mark Hopkins, et elle regardait sans rien voir.

— J'avais l'impression d'être catatonique, avait-elle murmuré à Damone. Lord posait des questions, et je m'entendais répondre.

Damone alluma une cigarette.

— C'est à cause du film qu'il t'a montré.

— Comment a-t-il pu faire ça ?

— Tu n'es rien pour lui. (Damone n'était pas en colère ni même surpris.) Et Kilcannon non plus. Lord aime vaincre.

— Il réussira, tu crois ? demanda-t-elle.

— Non. (Les yeux de Damone se rétrécirent.) Pas sans aide.

Elle se tourna vers lui.

— Je ne peux pas continuer comme ça, John. Ça n'a pas de sens.

— Joue alors.

La douceur avec laquelle il avait dit ça contenait une question.

— Je ne peux pas.

Il haussa les épaules.

— Plus tu continues...

— Non. (Stacy se leva.) J'ai vu cette ordure le tuer, je ne peux plus monter sur scène.

— Tu as peur qu'un psychopathe te tue aussi ?

Elle hésita.

— J'ai peur surtout de la seconde qui précède, répondit-elle. Quand je sais ce qui va arriver.

Il la regarda en silence.

Enfin, elle se rassit et regarda ailleurs.

— J'aurais l'impression de marcher sur sa tombe.

Damone se pencha pour écraser sa cigarette.

— Tu ne peux toujours pas écrire ?

— Je peux écrire, je peux tout écrire sur l'absurdité d'une mort sans raison. (Elle leva les yeux vers lui.) Je ne ferai pas de l'argent avec ça.

Damone alla jusqu'au bar pour se servir un apéritif.

Son calme lui donnait envie de pleurer.

— Maudit Lord, dit-elle.

Damone se tourna vers elle et répondit d'une voix sans timbre :

— C'est l'homme que j'ai embauché qui l'a tué, Stacy. Lord t'a seulement rafraîchi la mémoire.

Elle ferma les yeux pendant un moment et entendit le bruit du glaçon qu'il faisait bouger dans son verre.

— La question qu'il m'a posée, à propos de Carson qui s'était acheté son revolver avant de savoir que je donnerais le concert...

— Alors ?

— Est-ce que Carson t'a demandé si tu avais réservé une date, au cas où ?

— Non. (La voix de Damone était calme.) Harry n'avait aucun besoin de le savoir.

Quand elle ouvrit les yeux, il buvait encore, le visage vers le mur, perdu dans ses pensées.

— Mark Steinberg a appelé, dit-il enfin. Il veut te voir.

Elle se souvenait d'avoir écarté les cheveux de Jamie. Elle mit un moment à répondre.

— Le directeur ?

— Il s'en fout que tu n'aies jamais joué. (Damone la regarda en face.)

— Et toi ?

Elle marqua une pause.

— Non, pas ce soir.

Damone la regarda longuement, puis son regard dériva sur la chambre, puis il commença à faire les valises. Ce soir-là, elle prit l'avion pour rentrer à Los Angeles.

C'est le lendemain matin, avant l'aube, qu'elle avait fait ce rêve pour la première fois.

Au début, il n'y avait pas de son. Elle était sur scène. Poussé par la foule, tout d'un coup, Carson pointait sur elle son revolver. Tandis qu'elle attendait qu'il tire, Carson regardait au-delà et hochait la tête. Lentement, son bras se déplaçait. Le revolver semblait sauter dans sa main ; sur l'écran au-dessus d'eux, elle voyait Jamie tomber. Quand elle se retournait, les rideaux étaient fermés et ils étaient seuls. Mais qu'est-ce que ça veut dire ? demandait Jamie et alors elle se réveillait. Pendant un moment, son rêve était si présent dans le noir qu'elle avait tendu la main pour le toucher.

Pendant les jours qui suivirent, ce rêve se répéta souvent. Mais Damone était au procès ; elle n'avait personne à qui elle pouvait le raconter et elle n'arrivait pas à se l'expliquer à elle-même.

Une semaine plus tard, en rentrant du procès, Damone lui donna le scénario de Steinberg.

Alors, ils ne parlèrent pas du rêve, ni de ce qu'il avait dit à la cour ; ils n'en avaient pas envie non plus, même s'ils savaient parfaitement tous les deux qu'elle l'avait regardé à la télévision. Pendant la suite du procès de Carson, elle lut le scénario comme si sa vie en dépendait, griffonnant des notes en marge et apprenant le déplacement de chaque caméra, pour chaque prise, tentant d'imaginer le film plan par plan.

L'histoire était pauvre. Après avoir divorcé, une jeune femme découvre qu'elle va mourir. Son ex-mari qu'elle méprise élèvera sa fille. Maladroitement, elle essaie de lui apprendre son rôle de père, jusqu'à ce qu'ils finissent par se connaître et se comprendre. A la fin, la femme envoie sa fille vivre avec lui.

Le jour qui suivit le verdict, Damone et Stacy rencontrèrent Steinberg.

Ce matin-là, Steinberg avait proposé de reporter le rendez-vous sans donner de raison précise. Stacy insista, et il vint la voir chez elle, à Malibu, dans ce qui était devenu sa nouvelle retraite. Personne ne fit la moindre allusion au procès ni ne tenta la moindre conversation. Steinberg ne regarda même pas Damone. Tout de suite, il demanda :

— Vous avez lu le scénario ?

Stacy fit signe que oui.

— Mais je n'ai pas joué depuis le lycée.

— Vous n'êtes pas non plus un mannequin de vingt ans. (Il était réaliste et pratique.) Je n'ai pas grand-chose à vous apprendre.

Stacy eut un sourire en coin.

— Ça me sécurise.

Le lendemain matin, elle dit à Steinberg qu'elle était d'accord si tout se passait très vite. Quand le tournage commença, elle se concentra totalement sur son rôle.

Il y avait pour elle beaucoup d'insécurité ; son partenaire était un acteur diplômé de Yale. Mais Stacy ne se ménageait pas, encore moins que lorsqu'elle chantait. A s'efforcer tous les jours de ressentir ce qu'une mère pouvait ressentir, elle se sentait perdue, et alors le silence s'abattait sur tout le plateau. Pour l'aider à se détendre, Steinberg lui fit installer un piano dans sa caravane. C'était sa seule musique. Sa vie avait trouvé un rythme : elle étudiait le scénario, faisait les prises jusqu'à ce que Steinberg soit satisfait, imaginait la prochaine scène. Pendant les week-ends, elle notait ses idées. C'était le travail le plus pur qu'elle ait jamais fait, elle ne regardait pas les rushes et ne se souciait pas de l'avenir du film à sa sortie.

C'était seulement hier, quelques heures avant d'apprendre que Damone avait disparu, qu'elle s'était rendu compte de ce que le film avait représenté pour elle.

Elle s'était réveillée avant l'aube, seule, comme chaque matin depuis la mort de Jamie. Elle s'était assise dans son lit et contemplait l'obscurité ; elle avait encore fait le même rêve.

Stacy prépara le café et alla jusqu'au balcon.

Ça faisait partie du rituel ; elle ne pleurait plus. Elle regardait l'océan, le parfum de l'espresso venait lui caresser les narines ; tandis que dans un état de demi-conscience, elle voyait défiler son rêve.

L'air était lourd et sentait le sel. A la première lumière du matin, un coureur suivait la ligne où les vagues venaient frapper le sable. A cent mètres de là, les algues ondulaient en longues chevelures, au rythme du flux et du reflux. Quand, à nouveau, elle regarda la plage, le coureur avait disparu.

Une fois encore, le rêve ne voulait rien dire. Seul Carson devait le savoir, pensa-t-elle, ou l'avocat de Carson.

Elle rentra, fit des exercices de gymnastique. Comme toujours, cela lui prenait trente-cinq minutes pour se doucher et se laver les cheveux. Il était sept heures cinquante quand elle eut fini de s'habiller.

Comme un prisonnier, pensa Stacy, qui jalonne le week-end d'habitudes pour tuer le temps. Aussitôt, elle téléphona à son chauffeur : « Pouvez-vous venir me prendre plus tôt ? Mon rendez-vous n'est pas avant dix heures, mais j'aimerais jeter un coup d'œil à l'ensemble tant qu'il n'y a encore personne. »

Quand il passa, le revolver détruisant la ligne de son manteau, Stacy se pencha à la fenêtre.

La façade arrière de l'ensemble de Paragon était bizarre comme les Costwolds. Il datait des années vingt, de l'époque où le cinéma n'était encore qu'une petite industrie et où les constructions de stuc blanc n'avaient pas l'importance d'aujourd'hui. Ils passèrent devant une maison style Tudor qu'on avait construite pour Valentino, sous un palmier noueux ; l'effet était surprenant, et ce drôle de ménage lui rappela la maison que, pour des raisons de sécurité, elle avait dû vendre après la mort de Jamie. Puis ils arrivèrent dans une rue des années vingt.

Tout y était : la salle de billard, l'enseigne aux lettres d'or en filigrane, le balcon en bois sculpté, l'hôtel de brique rouge orné d'inscriptions rococo, les tuyaux de cheminée, la rampe d'escalier en fer forgé, le sol dallé, l'abreuvoir pour les chevaux, les becs de gaz. Et défilaient une ruelle misérable, les abords de Brooklyn, une ville frontière, une maison en pierre de taille, derniers vestiges d'une civilisation éclectique disparue. Puis la limousine tourna à l'angle de la dernière rue et Stacy vit les échafaudages derrière eux. Elle ne savait pas pourquoi cela la déprimait.

Steinberg attendait devant les bureaux de la réalisation. Quand la limousine s'arrêta, il ouvrit la portière.

— Salut, dit-il. Où est John Damone ?

— Je n'ai pas appelé John depuis trois ou quatre jours. J'aurais dû ?

— Il voulait voir ça.

Stacy fit une grimace.

— S'il est intelligent, il aura changé d'avis.

Il regarda sa montre — Steinberg était le seul homme que Stacy connaissait qui fût capable de se tenir tranquille malgré son impatience.

— Bon, on lui laisse encore dix minutes.

Il la conduisit ; ils passèrent devant le bureau de la réception, prirent un couloir décoré de peintures modernes, jusqu'à la salle de projection.

Personne ne pouvait entrer sans permission — Stacy n'avait jamais vu ça. Steinberg ouvrit la porte fermée à clé et alluma le plafonnier ; la pièce ressemblait à un bunker, simplement meublée et sombre. Avec sa moquette rouge, ses murs blancs, ses quatre rangées de chaises, la pièce semblait vide comme seules une scène ou une salle d'audience peuvent l'être. Le sol était en pente et montait de l'écran au mur arrière, en haut duquel se découpait la lucarne d'une salle de projection. Une vague silhouette était à côté du projecteur, celle du seul technicien à y avoir accès.

— J'ai l'impression d'être un prisonnier politique, dit Stacy.

Steinberg se mit à marcher en suivant des cercles invisibles. Il portait des blue-jeans, des Adidas et un T-shirt Disneyland ; sa barbe, ses lunettes et ses beaux yeux d'anarchiste lui donnaient l'air d'un étudiant qui ne dort pas. Il mâchait son éternel chewing-gum avec une telle ardeur, sans même s'en rendre compte, que Stacy, qui s'était prise d'affection pour lui, se demandait si c'était toujours le même depuis le temps de ses études de cinéma à UCLA.

Elle s'assit et l'observa.

— Alors, comment va ton métabolisme basal ce matin ?

Sans cesser d'arpenter la pièce, il sourit.

— Comme un python, je pourrais manger quarante-deux sandwiches sans même m'en rendre compte.

— Qu'est-ce qu'il y a ? Tu ne m'as pas fait venir ici pour me montrer les rushes, je suis timide, tu le sais ?

— J'ai pensé que c'était le moment, que tu le méritais. (Il mit les deux mains dans ses poches.) Je n'ai jamais vu une débutante travailler comme ça.

Elle haussa les épaules.

— C'était pour ne pas devenir folle, Mark.

Son sourire se fit ironique.

— Comme tu aurais fait de la tapisserie.

— Quelque chose comme ça.

Il secoua la tête et continua à décrire ses cercles de son pas égal.

— Hé, tu me rends nerveuse.

— Où il est Damone, enfin ?

— Tu crois que je le cache ? (Steinberg ne répondit pas ; elle tourna la tête vers le projecteur.) C'est si mauvais que ça ?

Il s'arrêta pour la regarder un moment.

— D'accord, dit-il et il se tourna vers la lucarne.

Le technicien fit un signe de tête et éteignit les lumières.

La lumière envahit l'écran. Stacy se revit en train de regarder le film de Carson, puis son visage apparut.

C'était la scène finale, tournée en continu. Le personnage de Stacy se préparait à envoyer sa fille vivre avec son ex-mari. Le dialogue était délibérément banal, des histoires de brosse à dents et de repas à emporter. Tout était dans les nuances. Le jeu de Stacy était totalement dépouillé et elle se rendait compte maintenant que c'est ce qui permettait à l'instant de parler de lui-même. Un geste quotidien prenait une intensité extraordinaire : elle boutonnait le col du manteau de la petite, plongeait son regard vers le visage tendu ; doucement, de deux doigts, elle écartait les mèches qui lui tombaient sur le front.

Ce geste lui donna un choc physique ; elle ne se souvenait pas de l'avoir fait. Sa gorge se noua de douleur, puis quelque chose en elle sut qu'elle était faite pour les caméras. Quand l'écran redevint noir, elle s'aperçut que Steinberg était à côté d'elle.

Il ne la regarda pas ; il ne ralluma pas non plus.

— Tu vas devenir une star de cinéma, lui dit-il au bout d'un moment. Il était temps que tu le saches.

Elle se retourna.

— Ça va arriver, Stacy. Les gens du studio ont commencé à visionner les rushes, il y a une semaine. Ils ont vu ce que j'ai fait.

Elle se leva et alla vers un coin de la pièce :

— C'est trop près de Jamie.

— Mais tu pouvais pas aller contre, c'est ton mode d'expression.

— J'aurais pu essayer.

— Même, ça t'aurait rattrapée. (Il hésita.) Ce film sur toi et

Kilcannon, c'est comme Jackie Kennedy, quoi que tu fasses, les gens te verront comme ça.

Elle se tourna.

— Alors c'est être une image, pas une actrice.

— C'est pire de ne pas se l'avouer. (Il parlait avec une passion qu'elle ne lui connaissait pas.) Fais un autre film, et puis d'autres et d'autres, jusqu'à ce que tu sois une actrice.

Stacy n'aurait pu dire pourquoi elle se sentait honteuse.

— Tu sais, dit-elle enfin, je ne peux même pas avoir d'enfants.

Steinberg se leva pour rallumer la lumière.

— Écoute, Stacy, pourquoi tu ne dis pas à ton chauffeur de t'emmener faire un tour. On pourrait prendre un bon petit déjeuner quelque part, boire un peu de champagne et oublier tout ça. Ça te laissera du temps.

C'est ce qui lui fit se demander ce qu'il avait dans la tête avant qu'elle ne comprenne ses bonnes intentions.

— Merci, Mark, mais je serais une bien triste convive. J'ai trop de choses à penser.

Steinberg ne la regarda pas en face, il paraissait blessé. Elle ajouta gentiment :

— Et puis, il vaut mieux que j'attende John.

Il haussa les épaules.

— Ce sera pour une autre fois.

Stacy était encore à se demander ce qu'elle pouvait lui dire d'autre quand on frappa à la porte. Un agent de la sécurité entra.

— Mlle Tarrant ?

— Oui ?

— Deux hommes du FBI veulent vous voir. (L'agent semblait étonné.) C'est à propos de M. Damone. Ils m'ont demandé si nous avions un poste de télévision...

— Stacy ?

Une main timide se posa sur son épaule.

Elle écarquilla les yeux ; c'était Jack Harrys, le producteur associé.

— L'agent de la Sécurité vient d'appeler, lui dit-il. Lord est ici.

Au bout d'un dédale d'immeubles en carton-pâte, le chauffeur déposa Lord devant un immense studio en béton des années trente.

L'intérieur ressemblait à une grange, des câbles jonchaient le plancher, les murs, recouverts de matière isolante, étaient nus, au-dessus se balançaient des passerelles métalliques. Derrière le bureau de la réception, il y avait encore un important service de sécurité, qui contrôlait l'accès jusqu'aux coulisses improvisées où se tenait l'équipe des techniciens. Lord tendit son laissez-passer à la réceptionniste et la regarda tandis qu'elle continuait à téléphoner.

— Vous êtes Anthony Lord, lui dit quelqu'un.

Ce n'était pas une question. Lord se tourna et vit un homme à l'allure austère, habillé avec une chemise et un pantalon de l'armée, entouré de deux gardiens.

— Oui, c'est exact.

— Je suis Jack Harrys. (Il fronça les sourcils.) Stacy est en train de faire la quatrième prise de la dernière scène. Ça peut durer un petit moment, elle a eu des problèmes.

— Cela ne m'étonne pas.

Harrys regarda par terre d'un air peu affable en se détournant à moitié. Lord lui demanda :

— Ça vous ennuie si je vais avec vous ?

Harrys leva les yeux, en silence.

— C'est elle qui vous a demandé de venir, dit-il enfin.

Lord le suivit et ils passèrent derrière. Il y avait toute une série de décors d'intérieurs : le hall vide d'un immeuble, l'angle d'une crèche, un bar avec des chandeliers en verre de couleur, une cuisine avec une table ancienne, un salon blanc éclairé par des spots et décoré de peintures abstraites. Aux voix, Lord comprit qu'ils se rapprochaient des acteurs.

Au détour d'un bureau, Lord aperçut Stacy.

Elle était assise, les yeux fermés, et prêtait son visage à la maquilleuse qui s'efforçait de gommer les traces des nuits sans sommeil. Un peu désemparé, Lord s'arrêta à quelques mètres. La maquilleuse avait terminé, Stacy ouvrit les yeux et le vit.

Rien sur son visage n'indiquait qu'elle avait remarqué sa présence. Il aurait pu se croire devenu invisible si ce n'était la manière qu'elle eut de le fixer longtemps. Puis elle se tourna vers la maquilleuse pour la remercier.

Une sonnerie retentit à deux reprises. Stacy, sans un mot

pour Lord, se dirigea vers un restaurant au décor russe et avec un demi-plafond. Sur l'autre moitié, une toile diffusait une lumière indirecte.

— C'est le salon de thé russe, expliqua Harrys et il alla sur le plateau.

Il y avait peut-être là vingt personnes. Une femme noire appelait quelqu'un avec un talkie-walkie, un cameraman faisait le point ; trois autres réglaient les lumières ; deux preneurs de son portaient des perches. Assis à une table, un homme blond et une femme très mince à peu près de la taille de Stacy attendaient tandis qu'un photographe contrôlait la lumière.

A côté d'eux, Lord aperçut Mark Steinberg qui parlait à Stacy et à son partenaire. Personne ne souriait.

Stacy écoutait Steinberg en hochant la tête. Quelqu'un mit des verres de vin sur la table, et les deux protagonistes remplacèrent leurs doublures. Les voix se turent, la caméra s'inclina, les projecteurs se dirigèrent sur le couple ; la rumeur s'estompa. C'était, pensa Lord, l'atmosphère d'une salle d'opération. Stacy était immobile.

La sonnerie se fit entendre.

Le silence s'installa, puis elle commença à parler.

Lord pouvait suivre la scène. Stacy et l'homme avec qui elle était ne s'aimaient pas mais ils se voyaient parce qu'elle en avait besoin. Il y avait une telle intensité dans cette scène que Lord se demanda pourquoi Steinberg l'avait gardée pour la fin ; elle parlait en regardant la table, tendue, répétait des mots sans aucune émotion, en suivant avec son doigt le contour du verre de vin. Impatient, son partenaire la questionnait. Sa voix se raffermit, ses réponses se firent plus nettes, plus détaillées. Lord n'était pas sûr qu'elle jouait vraiment.

Alors son partenaire posa une question de trop.

Elle leva les yeux de son verre, le regarda droit dans les yeux, comme illuminée de l'intérieur. « Merde. » D'un ton bas, rapide, plein de colère : « J'ai besoin de toi. »

— Envoyez-moi ça au labo, dit Steinberg.

Le partenaire de Stacy lui serra la main. Quelqu'un commença à applaudir et tout le plateau en fit autant jusqu'à ce que Stacy lève les yeux, confuse. Alors Steinberg lança :

— Super, et il lui sourit.

Elle s'efforça de sourire aussi et, quittant la table, elle alla l'embrasser.

— Je t'appellerai, dit-il.

— D'accord.

Elle se tourna vers les autres. Elle leur serra la main à tous, un par un, embrassant la maquilleuse et deux ou trois autres. La plupart d'entre eux, elle ne les verrait plus. Lord sentit qu'ils étaient venus pour l'admirer et en fut touché. Tandis qu'elle s'approchait de lui, la tête baissée avec encore son faible sourire sur les lèvres, il sentit le vide où elle entrait.

Elle ne souriait plus quand elle le rejoignit.

— Je suis prête, dit-elle.

— Vous étiez splendide, dit Lord.

Hochant la tête, Stacy regardait par les vitres teintées de sa limousine l'obscurité qui tombait, noire comme de l'encre. Elle n'aurait pas su dire combien de temps ils avaient roulé ainsi sans échanger un mot.

Le temps passa.

— Pourquoi m'avez-vous appelé ? demanda-t-il.

Elle se retourna et le regarda avec attention. Il avait vieilli, ça se lisait sur son visage ; il lui semblait juste que l'année qui venait de s'écouler lui ait coûté quelque chose.

— Hier matin, dit-elle finalement, je n'étais pas encore remise du choc, que tout le monde s'est mis à me dire ce que je devais faire. Le FBI, ce pauvre Parnell et même Ralph Di Palma m'ont appelée.

Elle détourna son regard et, à mi-voix, ajouta :

— Je veux que John revienne. Je vais avoir besoin de quelqu'un pour me conseiller et pour me dire quoi faire. Un point, c'est tout. Quelqu'un d'extérieur, pas forcément proche.

— Ça peut aider.

La main de Stacy serra l'accoudoir.

— Vous connaissez John, répondit-elle froidement. Vous connaissez aussi les Parnell, les gens de SNI et les autorités de San Francisco qui s'occupent de l'affaire. C'est pour ça que j'ai pensé à vous. Ça s'arrête là.

Les yeux plissés, Lord regardait la vitre qui les séparait du chauffeur. Finalement, il demanda :

— Pourquoi Phoenix peut penser que vous accepterez de faire acte d'altruisme pour sauver Damone ?

— Nous sommes ensemble depuis mes débuts. (Elle rejeta ses cheveux en arrière, mal à l'aise.) John est un solitaire, je suis sans doute sa meilleure amie.

— Il n'a pas de famille ?

— Peut-être à New York. John a été abandonné alors qu'il était bébé ; c'est comme ça qu'il a fini à l'armée. (On sentait la peur au plus profond d'elle-même.) Être passé par tout ça pour...

— Mort, il n'a aucun intérêt pour Phoenix, dit Lord, pas pour le moment.

Elle se tourna vers lui, révoltée par cette précision.

— Vous lui devez quelque chose, merde...

— Écoutez, comment le FBI a dit qu'il avait été pris ?

Il fallait qu'elle arrête, se dit Stacy. La haine était un luxe qu'elle ne pouvait plus se permettre tant que Damone n'était pas sauvé.

— Quelqu'un a forcé sa porte, répondit-elle finalement. La maison était sens dessus dessous, et la voiture était encore au garage.

— Il y avait autre chose ?

— J'étais trop secouée pour le remarquer. (Son regard passa sur lui pour aller se fixer sur les lumières de Malibu.) Vous avez vu Alexis...

— J'essaie seulement de comprendre qui a bien pu l'enlever, et comment.

Mais Stacy sentit que le film sur Alexis la hantait de nouveau.

— Quelle importance, maintenant ? murmura-t-elle.

Lord était silencieux.

— Ça dépend, dit-il enfin, de ce qu'il attend exactement de vous.

Stacy se rendit compte qu'elle serrait l'accoudoir de toutes ses forces.

Sa montre marquait dix-neuf heures vingt.

2

Il était dix-neuf heures trente-sept.

Adossé contre la cabane, Phoenix regardait les nuages changer de couleur. Le soleil qui plongeait dans le Pacifique les teintait d'un rose profond. Puis le rose vira au gris et il comprit que les avions de recherche ne pourraient plus le voir. Il se tourna et ouvrit les deux portes.

Il y avait deux antennes de satellite pointées vers le ciel. Les paraboles avaient plus d'un mètre de hauteur et de largeur, elles étaient plus petites mais plus puissantes que celles utilisées pour le procès de Carson. Les câbles allaient de l'antenne jusqu'à une salle de contrôle de satellite entièrement reconstituée : monitor, magnétophone, contrôle de couleurs, régie. Il regarda à nouveau sa montre ; le bourdonnement sourd du générateur le fatiguait.

Il était dix-neuf heures quarante.

Encore vingt minutes. Tout le pays attendait, sans qu'il sache encore si cela marcherait.

Pour se calmer, Phoenix pensa à sa bonne fortune depuis le fameux matin où il avait enlevé Alexis Parnell.

Tout avait commencé un peu avant l'aube, au fin fond d'une carrière déserte, à une heure au nord du lieu où il devait l'enlever.

Les trois hommes l'avaient attendu là depuis le crépuscule avec la fourgonnette blanche. Ils l'avaient achetée comptant à Road Island ; ils avaient changé la plaque d'immatriculation qu'ils avaient remplacée par une plaque de New York volée à un drogué. Ils étaient tous complètement anonymes. Deux ans auparavant, à Boston, ils avaient demandé à Phoenix de financer une affaire de drogue ; en retour il avait fait miroiter un kidnapping qui rapporterait gros. Maintenant ils étaient dans le coup. Ils étaient venus de l'ouest du Massachusetts sans rien savoir sur la victime ; ils n'avaient eu aucun problème sur leur route ; ils n'avaient aucun contact avec la Californie. Comme Phoenix, ils portaient des gants.

A la lumière d'une lampe de poche, ils avaient changé les

pneus, pris ceux de la fourgonnette noire qu'il avait, pour les mettre à la blanche. Ils lui laissèrent les clés sur le siège avant.

Dans les dernières heures de la nuit, il quitta sa fourgonnette noire et escalada le chemin escarpé qui menait à la carrière.

Le fourgon blanc s'arrêta à nouveau sur une aire déserte, à une quarantaine de kilomètres de chez les Parnell. Là, ils attendirent plus de cinq heures, dans la chaleur, à passer en revue le déroulement des opérations. Personne ne les avait vus.

Vers quatorze heures, Phoenix les avait conduits chez les Parnell.

Il avait la bouche sèche. Quand il vit les briques rouges de la maison du gardien, il se rendit compte qu'il avait fait les derniers kilomètres avec les mains crispées sur le volant.

A quelques mètres du portail en fer, il mit sa cagoule et prit le Mauser qui était sous le siège. Quand il donna un brusque coup de frein et que les pneus grincèrent, une tête apparut à la fenêtre. Phoenix se glissa hors du fourgon, tenant le revolver des deux mains. A travers la vitre, l'homme ouvrit tout grand la bouche en voyant le revolver ; Phoenix pouvait voir son propre reflet dans la glace.

Personne ne bougea. Phoenix surmonta un nouvel assaut de panique, il ne pouvait pas le tuer tant que le portail était fermé.

D'un air dégagé, il fit signe au gardien de s'approcher. L'homme n'en menait pas large. Il sortit, les mains en l'air. Quand il ouvrit le portail, Phoenix lui donna un coup sur la tête. Phoenix traîna le gardien jusqu'à un buisson touffu ; il lui enleva sa ceinture, l'attacha et le bâillonna. Tout ça lui avait paru interminable ; en fait, ça ne lui avait pas pris plus de quatre minutes. Il fonça vers la camionnette et avança avec une conduite aussi régulière que si rien ne s'était passé.

Un kilomètre plus loin, un coupe-feu bloquait la route. Phoenix s'arrêta et l'écarta. Quand il s'arrêta à nouveau, il avait encore fait cinq cents mètres. A gauche, à travers un rideau de chênes, il jeta un coup d'œil sur le court de tennis.

Il était situé à deux cents mètres de la maison et séparé du fourgon par une pente d'un kilomètre. Sur le sentier qui descendait jusqu'au court, il vit deux silhouettes en blanc. Il prit ses jumelles, la femme se pencha pour toucher l'ourlet de sa jupe de tennis ; la lumière du soleil brillait dans ses cheveux blonds.

Sa gorge se serra.

Il abaissa ses jumelles, immobile. Puis il sortit lentement, alla vers l'arrière du camion et l'ouvrit.

Les yeux des trois hommes clignèrent à la lumière du soleil ; ils fumaient des joints tranquillement. Deux d'entre eux prirent les fusils, le troisième, une caméra. Ils glissèrent silencieusement hors du camion, en descendirent la moto, et Phoenix leur fit alors un signe depuis le rideau d'arbres où, caché, il étudiait le terrain. Quelques semaines auparavant, il était déjà venu, la nuit, tandis que les Parnell dormaient à l'intérieur. Comme maintenant, les broussailles et les fossés avaient dissimulé la route qu'il avait suivie jusqu'au court.

Satisfait, il plaça le cameraman ; puis ils mirent leurs montres à l'heure. Les Parnell commencèrent à jouer, tandis qu'ils passaient leurs cagoules ; à un signe qu'il leur fit, les deux hommes aux fusils dévalèrent la colline.

Il eut du mal à faire demi-tour.

Il lui fallut vingt-sept minutes pour arriver à la route et revenir chez les Parnell.

A quinze heures cinquante-sept, il arriva au portail. Il n'était pas gardé.

Il l'ouvrit et imagina les deux tireurs cachés dans le fossé, tout près du court — effrayés et incrédules. Ils ne pouvaient pas voir les joueurs, ils pouvaient seulement entendre leurs voix et le rebond des balles.

Phoenix mit sa cagoule.

Comme dans un rêve, il traversa le lac artificiel bordé de bambous, puis pénétra dans l'allée de cornouillers que Parnell avait plantés pour faire plaisir à sa femme. Dans la brise de l'après-midi, une rose tomba sur le pare-brise ; puis les cornouillers s'arrondirent en un cercle, donnant sur une pelouse verte soigneusement entretenue.

Comme Phoenix la traversait, les deux tireurs masqués firent irruption sur le court de tennis.

Les joueurs s'immobilisèrent ; Phoenix éprouva une joie sauvage. Alors Parnell se tourna, en entendant un bruit de moteur, comme s'il espérait un secours.

Phoenix sortit du camion, la caméra sur l'épaule.

Parnell restait bouche ouverte, ahuri. La stupeur qui se lisait sur le visage d'Alexis méritait un gros plan. Puis les deux tireurs l'encadrèrent ; l'un lui attacha les mains, tandis que l'autre la menaçait, de son arme pointée contre sa tempe.

Phoenix se mit à la filmer.

Au bruit que fit la caméra, Parnell se détourna de sa femme et s'écria :

— Prenez-moi...

Elle pleurait. Tandis que Phoenix les filmait en train de la pousser vers l'arrière de la fourgonnette, Alexis, qui regardait désespérément vers Parnell, trébucha.

Le temps était suspendu.

Elle était tombée à terre près de son fourgon. Même quand elle leva les yeux vers lui, Phoenix eut l'impression de vivre le dernier jour de sa vie : la femme avec ses mains ligotées, la lumière oblique de l'après-midi, le vert, les pentes des collines au loin, la géométrie blanche du court de tennis. Puis Parnell bougea et leva la main.

Se dégageant de la caméra, Phoenix pointa son Mauser.

— Non, cria-t-elle.

Sans se retourner, Phoenix posa le canon du revolver sur le front de son mari. Parnell avait la bouche grande ouverte ; les deux hommes en cagoule à côté semblaient flancher.

Phoenix prit son élan et le frappa d'un coup de crosse sur la tempe. Il y eut un horrible bruit sourd et Phoenix sentit le choc du coup dans son bras. Parnell tomba lourdement, ses lunettes glissèrent dans la poussière.

Lentement, délibérément, Phoenix les écrasa sous ses semelles et regarda Alexis. Son regard horrifié alla des lunettes écrasées de son mari jusqu'à l'homme en cagoule qui l'avait frappé.

Il se retourna et fit signe à ses complices.

Alors tout alla très vite, les deux hommes armés attachèrent et bâillonnèrent Parnell puis le jetèrent dans le fourgon et bandèrent les yeux d'Alexis. Ils rangèrent les armes et les caméras et la firent monter avec eux. Phoenix prit le volant, il plaça son Mauser sous le siège et appuya sur l'accélérateur. Dans le rétroviseur, il vit un nuage de poussière s'élever et le court de tennis disparut.

Devant, il y avait un kilomètre de gravier ; puis une fuite de douze heures rigoureusement minutée. Il regarda sa montre : il était seize heures onze. Il écrasa la pédale de l'accélérateur.

Le portail en fer et la maison du gardien lui parurent plus

grands qu'à l'aller. Tout d'un coup, un motocycliste surgit de derrière le portail et l'ouvrit. Phoenix freina brutalement puis s'arrêta.

Le motocycliste tendit le film qu'il venait de prendre. Une deuxième caméra était attachée à sa moto.

Phoenix sortit du fourgon.

Avec une hâte silencieuse, il ouvrit la porte arrière ; les deux hommes rangèrent la moto, puis Phoenix et le motocycliste coururent vers le buisson, au bord de la route. Le gardien était toujours où Phoenix l'avait laissé, ligoté et inconscient. Ils le prirent par les pieds et les mains, et l'emportèrent vers le camion où ils le jetèrent à côté de Parnell. Puis le motocycliste s'assit à côté des autres, adossés à une paroi, face à leurs deux victimes couchées sur le ventre. Blottie dans un coin, Alexis tourna son visage aveugle, comme si elle voulait entendre. Phoenix jeta sa cagoule à ses pieds et claqua la porte.

Quand il s'éloigna, le portail semblait fermé normalement.

Son cœur battait encore la chamade.

Il respira profondément et appuya sur l'accélérateur. Pendant les huit prochaines heures, il devrait conduire tranquillement pour ne pas attirer l'attention.

La route de campagne qu'ils prirent traversait des pâturages et des collines couvertes de vignes et de blé. De temps en temps, des chênes jetaient leurs ombres sur l'asphalte, quelques-uns étaient couverts de mousse. A leurs pieds couraient des ruisseaux. Il y en avait qui débordaient et le bruit de l'eau venait jusqu'à lui à travers la vitre. Ils croisèrent deux ou trois camions. Le chapeau sur les yeux, Phoenix conduisait comme quelqu'un du pays, perdu dans ses pensées de bétail, de moutons ou de vignes. Il pouvait sentir la chaleur à l'arrière du camion ; la peur de ceux qui y étaient prisonniers, et sa propre peur.

Pendant une demi-heure encore, il suivit cette route départementale, au nord-ouest du comté de Sonoma.

Devant lui, le soleil basculait derrière les premiers arbres brûlés. Des années auparavant, un feu avait dévasté des kilomètres de collines ; au-dessus du vert de jeunes pousses de chênes, d'arbustes et de sapins, les pins noircis lui donnèrent une sorte de frisson.

Phoenix se pencha en avant et vit le chêne noueux qui indiquait le chemin ; il quitta brusquement la route.

Le temps qu'il mit à remonter la pente raide, se faufilant entre des chênes rabougris et des pins secs, le crépuscule était venu. Phoenix distinguait à peine la ferme en ruine. L'essentiel était que les terres avaient été vendues à la ferme voisine et que, donc, plus personne ne vivait là.

Il s'arrêta sur le haut de la colline et prit son Mauser. Il ouvrit le camion ; l'écho répercuta le bruit.

Les trois hommes le regardèrent ahuris. Alexis était blottie comme un foetus, à côté de son mari. Elle gémissait ; Phoenix jeta le corps de Parnell sur son épaule et s'empara d'un sac à dos.

Pendant quelques minutes, il suivit la ligne de crête jusqu'à une forêt de chênes ; ombres noires au clair de lune. La campagne était silencieuse, on entendait juste le chant des grillons, quelques feuilles frémir dans le vent et Parnell gémir doucement, les yeux bandés.

Phoenix le déposa au pied d'un chêne, et il desserra le bâillon. La voix de Parnell était rauque...

— Pourquoi... ?

Phoenix pointa le Mauser sur sa gorge. L'homme ligoté bougeait sa tête de droite à gauche, gargouillant. Il appuya sur la détente.

Le revolver n'était pas chargé. Le bruit se répercuta dans les arbres. Quand il le lâcha, Parnell sanglotait. Phoenix prit son sac à dos ; s'agenouillant à côté de Parnell, il lui accrocha deux vidéocassettes autour du cou, avec une ficelle. Puis il enfonça une cassette entre les dents du vieil homme et la serra très fort avec le bâillon. Parnell s'étouffa, haleta, puis se calma.

Phoenix retourna au fourgon, marchant doucement pour calmer les battements de son cœur.

Une heure passa avant que Phoenix prît le chemin qui descendait à la carrière. Quand il s'arrêta, le fourgon formait une tache noire, un mètre plus bas.

Il ouvrit les portes du fourgon blanc et entendit les pleurs étouffés d'Alexis.

Elle était plus légère que ce qu'il pensait. Sous la jupe de tennis, ses jambes étaient froides. Il la transporta dans le fourgon noir ; ses sanglots se muèrent en une respiration haletante, comme celle d'un animal traqué qui a peur de ses propres bruits.

Les trois hommes marchaient à côté d'elle, portant leur équipement ; seul le gardien inconscient restait enfermé dans le fourgon blanc.

Les yeux plissés, Phoenix scrutait le ciel plein d'étoiles pour voir s'il y avait des hélicoptères ou des avions de surveillance ; et il tendait l'oreille pour entendre les moteurs.

Demain, quelqu'un trouverait une fourgonnette mystérieuse sans autres empreintes que celles des victimes et les mêmes traces de pneus que celles repérées sur les lieux du kidnapping. La boucle était bouclée, elle ne menait nulle part, à condition que Phoenix réussisse à les séquestrer pendant huit heures encore.

En quelques minutes, l'autre fourgon avait quitté la carrière et pris le chemin qui menait à une route de campagne en direction de l'autoroute Nord. Phoenix se mit à surveiller le niveau de l'essence.

Le réservoir était encore plein aux trois quarts quand il arriva à l'autoroute et qu'il se dirigea vers le nord, vers le comté d'Humboldt.

Cinq heures plus tard, c'était presque un autre pays — accidenté, désert, hostile aux étrangers. Quinze ans plus tôt, c'était une contrée sauvage avec quelques petites villes et Eureka sur la côte Nord. Puis un tas de paumés avaient commencé à rappliquer, fuyant les villes où les affaires de drogue tournaient mal, où les voleurs pullulaient... Ils s'étaient installés dans les montagnes, vivant dans des tentes ou dans des cabanes sans électricité ; ils s'étaient mis à cultiver de la marijuana et à en vendre.

Les villes mouraient les unes après les autres ; les agents immobiliers vendaient des terres qu'aucune route ne desservait plus. Des étrangers commencèrent à piller les récoltes de blé, des auto-stoppeurs imprudents disparurent, des Mexicains venus pour les moissons disparurent avant même d'avoir reçu leurs gages. Des braconniers furent assassinés à côté de leurs camions. Maintenant on ne venait plus ici que pour faire pousser de la drogue.

Phoenix vérifia le compteur d'essence. Il ne pourrait acheter de l'essence que quand il serait au centre du comté ; Alexis risquait de crier et quelqu'un se souviendrait du fourgon.

La flèche indiquait que le réservoir était à moitié vide.

Pendant quatre heures, il roula vers Humboldt avec une

lenteur insupportable, jusqu'à ce que les deux sentiers de chaque côté ne fassent plus qu'un et que le paysage change. Au fur et à mesure qu'il montait, les panoramas se rétrécirent, les chênes firent place aux pins, les villes éparpillées devinrent de plus en plus petites et la route plus abrupte, plus ventée, jusqu'à ce qu'il longe les gorges de l'Eel, un ravin de plus de cent mètres sur la droite. La radio commença à se brouiller, des séquoias gigantesques bordaient la route et cachaient la lune. L'obscurité qui l'entourait lui faisait penser à l'Alaska.

L'aiguille au compteur d'essence s'inclinait de plus en plus.

Le salut était encore à des heures devant lui : l'abri qu'il avait déniché et payé comptant à un agent immobilier de Garberville. Il s'était présenté comme un éleveur sans grande expérience, avec des lunettes épaisses, des boucles d'oreilles, et l'accent traînant de la Californie du Sud-Ouest. C'était une maison de chasseur si éloignée qu'elle n'avait pas été habitée depuis des années.

A vingt kilomètres de Garberville, l'aiguille du réservoir à essence atteignait le niveau le plus bas.

Comme il tournait le bouton de la radio, il trouva la station de Garberville.

Le rythme de la musique folk lui tapait sur les nerfs ; les informations lui furent presque un soulagement. Débitées d'une voix morne, elles ne lui firent prêter l'oreille qu'au moment où elles se précipitèrent.

« Dans une dépêche de dernière minute, le bureau du commissaire de la vallée de Napa signale la disparition du célèbre directeur de journal de San Francisco, Colby Parnell, et de sa femme Alexis. C'est l'avocat John Danziger, qui devait les retrouver pour dîner, qui a communiqué cette disparition. Selon les autorités, les Parnell auraient pu être enlevés au moment où ils jouaient au tennis... »

Instinctivement, Phoenix empoigna son Mauser.

Il baissa la vitre pour s'éclaircir les idées. Son T-shirt était trempé ; l'air de la nuit lui glaça le visage et la poitrine. Les séquoias bordaient sa droite, les falaises abruptes de l'Eel sa gauche.

Impossible de se cacher ailleurs que là où il se rendait.

En bas de la falaise, l'Eel se rua violemment sous un pont ou un panneau indiquait : Comté d'Humboldt.

Phoenix regarda l'aiguille : le réservoir était vide.

Quelques instants plus tard, il sortit de Garberville sans s'être arrêté pour l'essence. Maintenant, à sa droite, l'eau brillait au clair de lune comme une obsidienne.

Phoenix s'éloigna de la rivière et prit entre deux séquoias un sentier qui n'était même pas signalé.

Tandis que le fourgon disparaissait dans le bois, ses phares éclairèrent des camions énormes, rouges et sales. Il ne voyait qu'eux et la route ; il conduisait à trente à l'heure. La radio se tut.

Lentement, il gravit encore pendant une vingtaine de kilomètres la route bordée de séquoias, tandis que son aiguille se bloquait complètement à gauche. Arrivé sur la crête de la colline, il vit un bouchon d'obscurité, une vallée sans lumières. La route virait doucement vers le sud.

Phoenix continua, lâchant l'accélérateur.

Pendant plusieurs kilomètres, il descendit, le moteur coupé pour économiser l'essence. Puis, tout d'un coup, la route arriva à sa fin, au bout d'un pont en bois sous lequel coulait le Mattole.

Sur le panneau, devant, il pouvait lire : Honeydew, 50 habitants. Un magasin bizarre, où on vendait de tout, avec une pompe à essence.

Phoenix s'arrêta près de la pompe, s'épongea le front, puis klaxonna.

Une lumière s'alluma; un visage apparut à la fenêtre. Finalement une silhouette sortit, sans chemise sous la combinaison de travail, et se dirigea vers le fourgon. Phoenix imagina les hommes derrière en train de tenir Alexis, et de l'empêcher de crier, la main sur sa bouche.

— Désolé, dit-il avec son accent traînant. Mon compteur à essence ne marche pas bien.

L'homme hocha la tête.

— J'ai reconnu votre fourgon. Mais j'ai eu du mal à vous reconnaître. Vous avez changé.

Phoenix lui donna dix dollars.

— J'ai changé, c'est vrai.

A chaque clic de la pompe à essence, il s'attendait à ce qu'Alexis fasse du bruit.

— Vingt litres, dit l'homme.

— Merci.

Phoenix mit le moteur en marche et le regarda disparaître à

l'intérieur du magasin. Son front était à nouveau couvert de sueur.

Cinq cents mètres plus loin, il s'arrêta et descendit.

Le Mattole était passé. Devant lui, plus escarpés encore que ce qu'il venait de traverser, se dessinaient les monts King Range.

Il était devant une cabine téléphonique. Phoenix mit des pièces et composa un numéro pour que l'appel ne soit pas enregistré. Il entendit le bourdonnement des longues distances, trois sonneries, puis la voix d'une femme répondit : « SNI. »

Phoenix mit un mouchoir sur le récepteur.

Rapidement, mais d'une voix très calme, il leur dit où trouver Colby Parnell.

Une cinquantaine de mètres plus loin, Phoenix prit le dernier chemin de terre. En moins de deux kilomètres, il arriva au premier portail verrouillé.

Il était en métal galvanisé, haut de un mètre vingt, solidement cadenassé avec une lourde chaîne. A la lumière d'une lampe de poche, Phoenix fit la combinaison du cadenas, l'ouvrit, défit la chaîne, ouvrit le portail qu'il referma ensuite derrière la fourgonnette.

Devant lui, la piste ; il commença à escalader la route escarpée qui menait au sommet du King Range. Une seule erreur et ils basculeraient tous dans le ravin vertigineux qui la bordait ; les heures qu'il avait passées à mémoriser tous les dangers lui étaient maintenant aussi utiles que ses yeux.

A tout le matériel qu'il avait rassemblé étaient attachés des souvenirs précis. A chaque fois, il avait dû se construire une personnalité d'emprunt pour échapper aux recherches éventuelles.

Il avait tout acheté, pièce par pièce, sous des noms différents, pour des usages prétendument divers ; il avait commandé la marchandise dans d'autres États ou dans d'autres pays, payant toujours comptant, pour qu'on ne pût jamais le retrouver dans la semaine qui suivait. Et pièce à pièce, il avait tout transporté dans la montagne, comme un cultivateur qui aurait transporté des engrais, des tuyaux d'irrigation, s'attachant à fixer dans sa mémoire chaque endroit où il serait fatal de quitter le chemin. Et au bout de sa route, il déchargeait ce qu'il avait apporté.

Deux caméras. Un magnétoscope, une sono. Tout pour équiper une salle de contrôle, ni plus ni moins : des postes émetteurs, des caméras vidéo, un générateur pour les alimenter, des câbles pour deux antennes de satellite, une pour recevoir, l'autre pour diffuser, et pas n'importe où, sur le satellite de SNI.

Il avait tout prévu. Pensé à tout. Lors de son dernier voyage, il avait reconstitué un émetteur semblable à celui qui avait retransmis le mariage du prince Charles ou le procès d'Harry Carson ; les gens d'Honeydew s'étaient habitués à son fourgon, ils le reconnaissaient, ils avaient fini par apprendre le nom qu'il leur avait donné comme étant le sien ; ils l'avaient catalogué comme un cultivateur rustique qui portait des boucles d'oreilles et des lunettes épaisses ; lui il avait photographié la route entre Honeydew et l'émetteur aussi clairement qu'il l'avait pu.

Il montait toujours. La dénivellation était de plus en plus forte, les falaises couvertes de pins d'un côté, un ravin de deux mille mètres de l'autre. Devant, une cascade coupait le chemin. Les phares captèrent l'eau qui giclait, puis le fourgon la prit de plein fouet, les pneus patinèrent un moment, puis finirent par avancer tandis qu'une brume recouvrait le pare-brise. Après, la route devenait plus étroite et plus raide encore ; quand Phoenix se rendit compte que la nuit et l'eau l'avaient tellement obligé à ralentir qu'il ne pouvait plus monter la côte, il écrasa l'accélérateur jusqu'au plancher. Le moteur s'emballa.

Un peu plus haut était le dernier pont.

Le fourgon avait du mal à venir à bout d'une déclivité de quarante-cinq degrés, et perdait dangereusement de la vitesse. Le portail en fer éclairé par ses phares se rapprochait de plus en plus lentement. A un mètre, les roues recommencèrent à patiner.

Le fourgon se mit à reculer vers le ravin puis il fit une embardée en avant. Pendant des moments qui lui parurent des siècles, il resta à déraper entre le portail et le ravin. Dans les dernières secondes qui lui restaient avant de dévaler, il fallait que sa fourgonnette redémarre.

Les pneus s'agrippèrent au sol.

Toujours patinant, ils avançaient, centimètre par centimètre, et enfin le fourgon atteignit le portail et s'arrêta sur la crête. Il serra les freins, ça tint bon.

Phoenix sortit. Il avait mal partout comme s'il avait la fièvre.

Il ouvrit le portail et s'assit au milieu du chemin ; il regarda le ravin derrière lui.

En quelques minutes, il passa la prairie de Cooskie Ridge.

Une biche traversa la piste. Pendant un instant, elle s'immobilisa comme s'il l'avait touchée, ses yeux noirs brillant à la lumière des phares. Puis elle bondit et partit se perdre dans la prairie sombre et lisse. Phoenix s'essuya les mains sur son pantalon.

Le fourgon rencontra bientôt d'autres bois, des futaies si épaisses que la lumière n'y pénétrait jamais. Le chemin était raide et trop étroit pour tourner ; à la lumière des phares, les branches de pins semblaient sauter sur la route et venaient cogner contre le pare-brise. Phoenix sentait la résine des branches cassées.

Il conduisait de mémoire, les doigts crispés sur le volant. Quand le fourgon avança vers le haut, il sentit le paysage l'aspirer comme dans un tunnel ; puis la piste s'ouvrit.

Le fourgon déboucha au clair de lune.

Une prairie au creux de la crête. De chaque côté de la route, il n'y avait plus maintenant que le ciel et les étoiles. L'air était vif ; la fourgonnette montait lentement vers les pins du sommet. Il s'arrêta à trente mètres. Quand il sortit, le Mauser à la ceinture, il sentit l'herbe humide. L'ombre de la prairie qui l'entourait se confondait avec le ciel.

Il alla vers l'arrière du fourgon et l'ouvrit. Un homme s'avança à quatre pattes suivi des deux autres et ils le regardèrent. L'ampleur du paysage les rendait muets.

Phoenix les fit avancer dans la prairie. Les membres engourdis par le voyage, ils descendirent du fourgon en traînant Alexis. Phoenix leur montra la ligne de crête. Ils portèrent la femme à demi consciente, les bras et les jambes encore ligotés. Phoenix les suivait ; ils avaient l'air d'un petit groupe d'éclopés, pensa-t-il.

Quand il pointa le revolver, Alexis tomba.

Phoenix tira. Son silencieux émit un son mat ; l'homme de gauche jeta un bras en l'air. L'homme qui était à son côté, sentant une secousse, regarda son ami s'écrouler. Puis il s'effondra à son tour. Seul le troisième sut ce qui n'allait pas.

Il se retourna, Phoenix le toucha en plein cœur.

Il alla vers les masses sombres. Le troisième était tombé sur

Alexis. Phoenix la dégagea, elle gémissait. Il remarqua avec dégoût qu'elle sentait l'urine.

L'un après l'autre, il traîna les corps des trois hommes vers les pins, vers la fosse qu'il avait creusée. Le dernier était froid. Ça lui prit une bonne heure pour les recouvrir de la terre qu'il avait entassée. Quand il revint vers la prairie, la nuit se dissipait comme de la fumée.

Derrière lui, l'aube pointait.

Au nord-ouest, de l'autre côté de l'océan, la forme confuse, que la lumière du petit matin rendait blanc bleuté, se précisa : Mendocine, le point le plus à l'ouest de la Californie, s'avançait dans la mer.

La prairie étincelait de rosée.

Il se tourna face à l'ouest.

La ligne des pins cachait l'océan et le bungalow baignait encore dans les dernières ombres. Mais les avions pouvaient survenir très vite, à la recherche de tout et de rien.

Dans la lumière oblique, il guida Alexis jusqu'au bungalow.

Phoenix la fit entrer.

Dans la pâle lumière du matin, c'est les objets qu'il vit : une lampe de photographe, un poêle à bois, des murs badigeonnés de résine de pin, son matelas à même le sol, l'évier, une souricière, une fenêtre masquée de papier étanche, un vieux frigo au ronronnement irrégulier, une photo de Stacy Tarrant. La télévision.

Il ouvrit la deuxième pièce fermée à clé.

Il y avait un lit de camp étroit, un petit frigo, la douche de fortune qu'il avait raccordée au puits et, dans un placard qu'il avait bricolé, des vêtements achetés pour Alexis.

Phoenix la déposa sur le lit de camp et remit sa cagoule. Lentement, il lui délia les mains et lui ôta le bandeau qui l'aveuglait.

Il vit dans les yeux d'Alexis bien plus qu'un regard. Elle était sous le choc. Un choc si profond qu'elle ne semblait pas le voir. Seule sa faible respiration indiquait qu'elle vivait encore.

Il sentit qu'il tremblait.

Il fit demi-tour et ferma à clé la porte qui les séparait.

Pendant vingt-quatre heures, il ne s'approcha pas d'elle.

Solitaire, il dormit et ne se réveilla que pour regarder Alexis sur SNI, entendre le son de sa propre voix contrefaite et sentir que son pouvoir augmentait. Il attendait que la peur et l'isolement la changent jusqu'au point où elle ferait ce qu'il voulait.

Ce matin-là, il avait remis sa cagoule et ouvert la porte de la chambre d'Alexis.

Elle était couchée, couverte jusqu'aux épaules. Ses cheveux pendaient en mèches grasses.

— S'il vous plaît...

Il mit un doigt sur la bouche de la cagoule et à nouveau s'avança vers elle. Elle attendit, elle ne bougea pas.

Lentement, il lui montra du doigt sa chambre. Il fallut un bon moment pour qu'elle comprenne qu'elle ne saurait pas à quoi elle devait s'attendre.

Elle se leva enfin, elle semblait épuisée mais ailleurs, hors de sa portée. A moitié absente, à moitié indifférente à son sort, seulement effrayée à l'idée qu'il pouvait la tuer.

Il put lire dans ses yeux le moment où elle vit la caméra.

Elle était devant une chaise pliante, un tissu noir épinglé au mur comme toile de fond. Elle s'assit sur la chaise sans qu'il eût besoin de le lui dire. La chaise était trop large pour elle, ce qui la faisait paraître encore plus désespérée.

Phoenix cadra l'image, prêt à compléter sa cassette.

La lumière n'allait pas. Il orienta sur Alexis la lumière de la lampe de photographe. Il était satisfait du résultat ; entourée d'ombres, elle semblait plus petite, plus fragile.

Il lui mit le micro autour du cou.

Elle attendait avec une patience muette, effrayée. Mais, quand il s'écarta, elle toucha le fil qui entourait sa gorge.

— Qu'est-ce que vous voulez ? articula-t-elle.

Debout derrière la caméra, il lui montra le micro. Ce qu'elle pouvait dire n'avait aucune importance : il comptait sur sa voix pour torturer Parnell. Il régla les objectifs, elle avait le regard vide. Puis, instinctivement, elle s'arrangea les cheveux.

Phoenix se mit à filmer.

Il était dehors, devant le bungalow, la cassette dans sa main ; il attendait que disparaissent les dernières traînées rouges du crépuscule. Derrière lui, le générateur bourdonnait.

Dans tout le pays, on attendait son émission, il le savait. Mais surtout Colby Parnell et Stacy Tarrant.

Il était dix-neuf heures quarante-huit.

Tout ira bien, se dit-il.

Il avait appris à l'armée, au collège, dans les livres et dans les bibliothèques. Orientée correctement, l'antenne envoyait une micro-onde au satellite de SNI en un quart de seconde, transmettant images et son. Les championnats de boxe de Muhamed Ali, les funérailles de la princesse Grace et même les concerts de Stacy Tarrant à l'étranger avaient été transmis par des salles de contrôle comme la sienne. Mais il n'aurait pas eu l'occasion de s'en servir s'il n'avait pas pris quelqu'un en otage.

Il était dix-neuf heures cinquante-deux.

Si ça marchait, la terreur qu'il aurait créée au travers d'Alexis se décuplerait ; si ça ne marchait pas, c'était risqué et peu efficace. Ça renforcerait seulement l'illusion d'hommes armés, d'explosifs branchés sur les battements de son cœur, de deux otages. Comme Stacy et Parnell avaient demandé au FBI de ne pas intervenir, deux cents millions de téléspectateurs pourraient suivre les surprises qu'il leur préparait.

Il était dix-neuf heures cinquante-cinq.

Derrière le papier opaque, Alexis regardait SNI. La nuit était tombée, silencieuse et fraîche.

Phoenix se dirigea vers la salle de contrôle.

Il était dix-neuf heures cinquante-sept.

La cassette était prête et attendait.

Il hésita un moment. Puis il l'introduisit dans le magnétoscope et leva les yeux vers le monitor. Des traits de couleur apparurent. Il tourna le bouton du monitor, respira profondément et appuya sur la touche.

Il était vingt heures.

3

La villa de Stacy, en bord de mer, était tout en verre et en bois de séquoia. Elle était décorée d'audacieuses peintures modernes, de tapis de Bokhare, de vases Ming et d'autres curiosités choisies sans doute, chaque fois, sur un coup de cœur : un lapin sculpté main, un vieux porte-journaux où s'entassaient des *New Yorker* et des *Rolling Stones*, un orgue à pédale, ancien. Tout était soigneusement rangé mais on sentait que ces objets n'avaient pas été prévus pour cette maison ; Lord pensa même qu'elle n'avait rien acheté pour ici. Les rideaux cachaient la vue de l'océan.

Sur une étagère, en face d'un canapé recouvert d'une couverture en laine blanche, une petite télévision datant des premiers temps de la télé couleur. Elle était assise à un bout, Lord, appuyé à l'accoudoir, attendait à l'autre bout. Ils ne parlaient pas, ni l'un ni l'autre.

« Pour protéger les otages (Rachel lisait son texte d'un ton pieux), SNI se prépare à retransmettre l'émission de Phoenix. Mais comme l'a dit le président, cet acte de terrorisme électronique a provoqué une profonde émotion dans l'opinion et suscité une condamnation unanime de tous les peuples civilisés du monde. Aucune idée, aucun objectif ne peut justifier la torture publique d'hommes et de femmes innocents... »

Lord se demandait combien de millions de téléspectateurs la regardaient.

La pendule sur le mur indiquait vingt heures trois.

Lord était nerveux. Il jeta un coup d'œil sur l'étagère. Des livres de nouvelles d'Ann Beattie, des livres de psychologie, des piles de partitions. Il n'y avait pas de trophées, pas de disques d'or. Pas de photos de Kilcannon ni de personne.

Quand il se retourna, SNI diffusait de vieux clips. Parnell jeune en train d'annoncer la disparition de son fils. Stacy penchée sur Kilcannon avec Carson à l'arrière-plan.

C'était le film que Lord lui avait montré.

Elle ne broncha pas. C'était douloureux de la regarder. Lord comprit soudain qu'il n'en faudrait pas beaucoup pour qu'elle craque.

— C'est du remplissage, Stacy.

Elle se tourna vers lui.

— Remplissage...

— Je veux dire qu'il ne peut peut-être pas émettre.

La voix de Rachel intervint. « Nous recevons une image... »

Tous les deux se précipitèrent. Une neige phosphorescente occupa d'abord l'écran puis une ombre ; pendant une demi-seconde, Lord eut une sensation bizarre et pensa à Neil Armstrong sur la Lune. Puis l'ombre prit la forme d'un homme en cagoule qui déclara : « Je suis Phoenix. »

— Non, dit doucement Stacy. Ce n'est pas possible...

La voix du terroriste était contrefaite : « Je tiens John Damone et Alexis Parnell. Ma mort déclencherait automatiquement, dans les trente secondes qui suivent... »

Lord se leva, se pencha en avant. Stacy serrait les poings.

« Il n'y a pas d'autre alternative, dit Phoenix, que la coopération. La libération ou la mise à mort de chacun des otages dépend du respect de mes conditions. Et celles-ci sont différentes dans chacun des cas. Elles sont politiques : Stacy Tarrant et Colby Parnell soutiennent ceux qui, par un système économique et social meurtrier, écrasent les pauvres, les chômeurs, les soldats qui donnent leur vie pour défendre les intérêts de quelques-uns. Mais il n'y a que Tarrant qui peut sauver Damone et que Parnell qui peut épargner à sa femme une exécution publique. Et que vous qui pouvez les aider par le biais de SNI. Il n'y aura aucune négociation. Parnell et Tarrant devront seulement faire savoir qu'ils acceptent mes conditions par l'intermédiaire de SNI ; sinon ceux qu'ils aiment mourront. Vous serez juges de leur choix. John Damone ne vivra que si Stacy Tarrant peut vous convaincre de donner cinq millions de dollars pour aider les sans-abri et les crève-la-faim... »

Il s'arrêta un moment.

« Elle le fera, dit-il lentement, d'une voix sobre, en donnant un concert le 11 avril à l'endroit même où elle a donné son dernier concert, à l'Arena de San Francisco. »

Lord pouvait l'entendre, à côté de lui, qui cherchait sa respiration. Il se força à ne pas la regarder.

« Ce concert sera retransmis en direct par SNI. Ce n'est que pendant la durée du concert que le public pourra annoncer ses dons. Si vous l'aidez à rassembler cinq millions de dollars, alors je lui rendrai John Damone. Sinon, je l'exécuterai la nuit qui suivra et le monde entier verra avec elle. Ils ne sont pas tellement à plaindre. Ils en ont bien profité tous les deux sans jamais partager avec personne. S'ils l'avaient fait, je n'aurais pas eu besoin d'intervenir. Maintenant, il le faut. A vingt heures, demain soir, Stacy Tarrant apparaîtra sur SNI pour vous dire si John Damone vivra encore à vingt heures trente. »

Lord était écœuré. Il se tourna vers Stacy : ses yeux luisaient dans la pâle lumière électrique.

Parnell se passa la main là où Phoenix l'avait frappé.

Il avait une douleur lancinante ; il n'avait ni dormi ni mangé. Il était si faible qu'il avait l'impression de flotter dans un état de demi-conscience, comme s'il avait eu la fièvre. Danziger et l'agent du FBI à la barbe rousse lui paraissaient des étrangers qui traversaient sa bibliothèque dans un rêve flou et angoissant. Ils regardaient la télévision et les journalistes, dehors, attendaient.

L'écran devint blanc.

A ce moment, comme par magie, il se sentit transporté dans la campagne, couché à nouveau, le visage mouillé de rosée, la cassette dans la bouche, avec dans la tête les images hallucinantes de ce que ce fou était en train de faire à Alexis. Il était là recroquevillé, la gorge sèche, le cerveau congestionné, à manquer d'oxygène. A tenter de survivre aussi, pour la sauver.

Et puis ce bâillon, cette douleur violente dans la gorge. Il s'étouffait à mort.

Bruit de pas. Hallucination. Les pas s'éloignaient. Les feuilles craquaient. Il s'étouffait. Le bandeau sur ses yeux devenait jaune. Une lumière aveuglante ; la cassette qu'on arrachait de sa bouche ; il haletait, tentant de retrouver sa respiration.

Une caméra filmait.

— Tout va bien, dit la femme aux cheveux noirs. Nous sommes de SNI.

Sur SNI, l'image de l'homme en cagoule réapparut.

Parnell revint à lui ; réintégrer le présent était pire encore.

« Le sort d'Alexis Parnell (Phoenix s'adressait à lui) est entre les mains de son mari. C'est lui qui décidera de sa vie ou de sa mort. Colby Parnell est un homme très riche. La femme qu'il prétend aimer vaut plus cher que ce que sa charité accorde habituellement. Afin que nous puissions en fixer le prix, Colby Parnell nous révélera, immédiatement après Stacy Tarrant, le montant de ses revenus et ce que, pendant les vingt dernières années, il a consenti aux œuvres de charité. Ensemble, vous et moi, nous évaluerons son degré de générosité. Nous évaluerons enfin, à un dollar près, les raisons véritables qui le font s'opposer, par l'intermédiaire de son journal, à tout programme en faveur des pauvres. Alors nous déciderons de ce qu'il convient de faire. Au troisième et quatrième jour de son procès, à vingt heures, je lui dicterai les actes de contrition qu'il devra exécuter le jour qui suivra mon ordre, ou Alexis Parnell sera exécutée. Vous serez ses jurés. Au quatrième et au sixième jour du procès, toujours à vingt heures, il vous rendra compte de ce qu'il a fait. Comme pour Stacy Tarrant, s'il me contrarie en quelque manière, la nuit qui suivra, sa femme sera exécutée sous ses yeux. Mais s'il décide de lui donner la vie, alors, à la fin de sa déclaration au soir du sixième jour, vous pourrez appeler un numéro à SNI et décider par votre vote du sort d'Alexis Parnell. Et le septième jour, vous assisterez en direct à sa libération ou à son exécution. »

L'image changea.

— Mon Dieu, murmura Parnell.

Alexis semblait fragile, absente. En se rappelant les moments qu'il avait vécus avant que SNI ne le retrouve, Parnell pensa qu'elle avait craqué. Puis elle remua les lèvres : « S'il te plaît... »

Parnell se leva.

« S'il te plaît, Colby, tire-moi de là. »

L'écran devint blanc. Quand Danziger se tourna vers lui, ébranlé mais cependant interrogateur, Parnell comprit qu'il pensait à Robert.

La voix de Parnell était épaisse et il ne put regarder personne.

— Ne tentez pas de la libérer, réussit-il à dire. Je ferai tout ce qu'il demande.

Le temps s'écoulait et Stacy ne disait toujours rien.

— Un feuilleton terroriste, murmura Lord pensif.

Stacy se leva, se retourna brusquement et le gifla sur la bouche.

Ses yeux brillaient. Lord sentit un goût de sang sur ses lèvres et il comprit qu'elle n'avait pas pu se retenir, comme si Phoenix lui avait remis en mémoire à quel point elle le haïssait.

— Bon, c'est un coup pour rien, dit-il. Mais c'est le dernier.

Elle s'éloigna, la respiration précipitée. Puis elle se retourna et alla jusqu'au balcon.

Lord éteignit la télé et lui laissa un moment avant de la rejoindre.

La tête penchée, appuyée des deux mains à la balustrade, elle avait l'air de pleurer mais Lord n'en était pas sûr.

Il s'arrêta à quelques pas d'elle.

— Je suis venu pour vous aider, lui dit-il. Et je le veux toujours.

Elle leva le visage vers l'océan.

— Je dois faire ce concert, quoi qu'il arrive.

— Vous vouliez mes conseils pour pouvoir le ramener. La première chose à faire, c'est de demander à le voir, comme Parnell, qui a vu Alexis.

— Je ne peux demander quoi que ce soit. Je ne veux pas qu'il meure.

— Phoenix n'a rien dit qui prouve qu'il ne soit pas mort. Jusqu'à ce qu'il le fasse, vous perdez vos forces en acceptant tout.

Elle se tourna vers lui, le visage dans l'ombre, et dit d'une voix basse :

— Vous, vous pensez que Phoenix l'a déjà tué ?

Lord aurait aimé voir son visage.

— Ce que je pense, dit-il enfin, c'est que si vous ne demandez pas à le voir, eh bien, on ne fera pas tout pour empêcher qu'il soit tué.

— Je ne sais plus... (Ses épaules se voûtèrent.) J'ai besoin d'un peu de temps pour réfléchir.

Il attendit un moment.

— Quelle que soit votre décision, nous devons aller à San Francisco, au FBI et aussi au SNI.

Elle appuya ses doigts sur ses paupières. Au bout d'un moment, elle dit :

— Demain matin, alors.

Lord sentit sa solitude et se demanda si sa présence ne la rendrait pas encore plus difficile.

— Est-ce que votre chauffeur peut me conduire à l'hôtel ?

— Oui, le gardien vous fera sortir.

Il était sur le seuil de la porte quand, d'instinct, il se retourna : elle l'observait.

— Je ne suis pas Harry Carson, lui dit-il. Je n'ai pas de réponses à son sujet. Vous devriez le savoir.

Elle ne lui répondit pas. En sortant, il entendit les vagues qui léchaient la plage, un clapotis profond, régulier.

DEUXIÈME JOUR : MARDI

Les journalistes dévalaient les marches du FBI de San Francisco. De sa limousine, Stacy les observait. Leurs visages se confondirent bientôt, en un collage surréaliste, avec ceux du procès de Carson. Un photographe déboula d'un des côtés, traversa la place en courant avec, à l'arrière-plan, l'immeuble de verre et de béton. Il se rapprochait d'elle et occupait maintenant tout son champ de vision, la caméra sur l'épaule. Armé d'un flash, il cherchait à la filmer à travers la vitre. Elle eut un mouvement de recul en pensant à son rêve de Carson.

— Ça va ? demanda Lord.

Pendant un instant, cette bousculade de gens et d'objectifs lui parut de mauvais aloi. Damone était mort, sûrement. Elle s'arrêta, complètement désemparée. « Hé, Stacy, lui cria quelqu'un, tu vas chanter pour lui ? »

Ne laisse pas Phoenix te faire ça en public, pensa-t-elle. « Bon, allons-y », murmura-t-elle à Lord et elle y alla. La police se précipita pour les accompagner jusqu'en haut des marches. Sur leur passage, il y eut des exclamations de surprise quand la foule vit avec qui elle était. Se rendant compte qu'ils seraient photographiés, Stacy garda la tête baissée.

A l'entrée, il y avait les yeux noisette de SNI qui regardaient venir Lord, entre deux policiers. « Eh bien, lui dit-elle, c'est le couple de l'année. » Stacy remarqua le regard que Lord lança à celle qui l'interpellait ainsi. Et puis, ils se retrouvèrent à l'intérieur.

Le hall dallé était froid, rectiligne. Quand l'ascenseur s'ouvrit, elle reconnut Parnell.

Il avait une sérieuse contusion à la tempe et quand elle le regarda, elle lut une prière dans ses yeux ; avec son costume élégant et sa pochette, c'était encore plus triste à voir. Elle alla aussitôt vers lui, spontanément.

Quand elle fut tout près, Stacy ne put se rappeler son prénom. Elle lui toucha le bras et lui dit à mi-voix :

— J'espère que tout ira bien pour Alexis.

Il avait les yeux gonflés.

— Et pour M. Damone aussi.

Elle hocha la tête, il se rapprocha et, se penchant, lui dit dans un souffle :

— Je vous en prie, soyez prudente, pensez à eux.

Elle sentit que Lord les regardait :

— Je le serai, répondit-elle.

Il lui pressa la main. Puis ils partirent tous les deux, chacun avec son avocat, Stacy par l'ascenseur et lui vers la foule.

Ils étaient assis dans une salle de conférences, à l'abri des téléphones et des agents du FBI qui grouillaient dans le hall et les autres bureaux. En face de Lord et de Stacy, Ralph Di Palma, Moore, l'agent du FBI à la barbe rousse, et David Johnson, procureur des États-Unis, un homme maigre au regard las et anxieux.

— Il s'agit d'une enquête fédérale, était en train de dire Lord, aussi je ne comprends pas pourquoi M. Di Palma est là.

Johnson hésita.

— Le procureur des États-Unis, répondit Di Palma d'une voix sans timbre, m'a autorisé à rechercher le rapport qu'il pourrait y avoir entre le kidnapping de John Damone et le meurtre du sénateur Kilcannon.

Stacy regarda Lord : il était impassible. Une pareille vivacité d'intelligence sous ce masque de maîtrise absolue la fascinait et l'irritait en même temps.

— Vous avez des indices pour penser ça, Ralph ? Parce que je ne peux pas me trouver en porte-à-faux, ce ne serait pas honnête vis-à-vis de Mlle Tarrant.

Di Palma lui lança un regard cinglant ; Stacy remarqua que l'agent du FBI était extrêmement attentif.

— Dans les deux cas, répliqua Di Palma, on peut penser que

Mlle Tarrant est victime de ce qui se passe. D'autant que l'histoire du vol n'a jamais été éclaircie.

Lord le dévisagea.

— Si vous trouvez réellement quelque chose, dit-il à Johnson avec une politesse marquée, je vous saurais gré de m'en informer.

Johnson se balança sur sa chaise :

— Autant que cela nous sera possible, monsieur Lord.

Moore se tourna vers Stacy :

— C'est Washington qui a demandé l'enquête, expliqua-t-il. Moi je m'occupe de San Francisco et mon travail, actuellement, c'est d'en savoir plus sur Damone ; il semble que vous soyez la seule personne qui lui soit proche.

Mal à l'aise à cause de la présence de Di Palma, Stacy hésita.

— John a toujours été extrêmement réservé, dit-elle enfin. Comme si être proche pouvait le blesser.

Moore leva un sourcil.

— Le blesser comment ?

— Comme n'importe qui peut se sentir blessé. (Stacy se rendit compte qu'à force de ne pas dormir elle devenait très irritable.) Je crois qu'il n'a pas eu beaucoup d'amour dans son enfance. C'est tout. Il y a peut-être aussi le Vietnam — il s'est peut-être senti à part.

— Est-ce que cela avait des répercussions sur son travail ?

Stacy secoua la tête.

— Il avait une telle conviction, c'était presque magnétique : quand il disait quelque chose, les gens le croyaient. C'est pour ça qu'il ne se souciait guère de gloire pour lui. Pas pour moi.

— Vous en avez parlé ensemble ?

— Comme je vous l'ai dit, nous étions proches. Mais proche avec lui, ça voulait justement dire ne jamais forcer...

Elle s'arrêta.

— Vous voulez un café ou autre chose ?

— Non. Ça va. C'est que vous ne le connaissez pas, et moi je parle de lui comme s'il était mort. (Elle regarda Moore.) Est-ce que vous pensez qu'il est mort ?

Moore la dévisagea de ses yeux clairs.

— Je suis désolé mais nous n'en savons strictement rien...

— J'ai dit tout à l'heure à Mlle Tarrant, enchaîna Lord,

qu'elle devrait, avant toute chose, demander à Phoenix de lui montrer Damone.

Moore regardait toujours Stacy.

— Et si ça le met en colère ? murmura-t-elle. Alors, John est mort.

Moore jeta un coup d'œil à Lord puis à Stacy.

— M. Lord a raison. C'est une façon de le protéger. Si Phoenix pense qu'il doit garder Damone en vie pour vous faire remonter sur scène, peut-être qu'il le fera.

Pendant un moment, Stacy ferma les yeux.

— Alors, d'accord, je vais essayer.

Moore hocha la tête. Il semblait chercher comment parler de Damone au présent et de manière moins dramatique.

— En dehors de la musique, qu'est-ce qui intéresse Damone ?

— De ne pas être mêlé à tout ça. (Elle rejeta ses cheveux en arrière.) Il a son permis avion et il voyage partout. Se sentir enfermé le rend fou, alors il prend ses affaires et s'en va dans la montagne ; ça lui arrive au moins une fois par mois et il part pour quatre ou cinq jours...

— Il part seul ?

— Je crois. (Un rapide sourire effleura ses lèvres.) Il m'a dit que tant que je vendrais des disques, il n'aurait pas besoin d'amis.

Moore ne lui rendit pas son sourire et elle se sentit seule.

— Avait-il d'autres amis ? demanda-t-il. Du Vietnam, peut-être ?

Le sourire de Stacy disparut.

— A part Harry Carson, vous voulez dire ? dit-elle d'un ton glacial.

Moore lança un nouveau regard à Lord.

— Oui.

— Je ne crois pas. Il n'a jamais apprécié qu'on lui rappelle cette période. (Stacy fit une pause.) Pourquoi ?

— Je cherche qui a bien pu le kidnapper et qui savait que ça vous atteindrait. C'est peut-être la seule piste que nous ayons.

Elle secoua la tête, embarrassée de montrer l'émotion soudaine qui l'étreignait.

— Je suis désolée, j'ai pensé à ça toute la nuit dernière.

Stacy sentait que tous l'observaient. Lord rompit le silence.

— Mlle Tarrant n'a que deux jours. Vous pensez avoir une chance de lui faire parvenir le message à temps ?

Johnson fronça les sourcils.

— C'est possible, en théorie. Mais jusqu'à l'année dernière, les Soviétiques étaient les seuls à avoir le satellite qui peut le faire.

— Est-ce qu'on peut les contacter ?

— Par le Département d'État. Les Russes ont refusé jusque-là pour tout ce qui concernait la sécurité nationale. Étant donné la coloration politique que Phoenix a donné à son message, Washington pense qu'ils adoreront ça.

Stacy pensa à une pièce surréaliste, des heures de dialogue absurde qui se terminent en violence sauvage.

— Vous devez bien avoir une idée de l'endroit où il se trouve, continua Lord.

Johnson se tourna vers Moore.

— Compte tenu du lieu du kidnapping de Mme Parnell, dit l'agent du FBI, il est probable qu'il n'est pas dans une ville. Et le temps de transmission nous fait penser que Phoenix est dans le nord de la Californie. Mais c'est immense, à moins de découvrir où il se cache ou de pouvoir les localiser plus précisément ; et une recherche par hélicoptère sans autres indices ne servira qu'à l'alerter. Avec aussi peu de temps...

— Et si vous avez des indices, vous tenterez un assaut ?

— C'est un problème. D'abord parce que Colby Parnell ne le veut pas. C'est plus que probable que sa femme ou quelqu'un d'autre risque la mort dans l'histoire. Je sais ce que vous pensez, Tony, mais ce n'est pas réaliste d'imaginer une opération qui réussisse avant ce concert.

— Et qu'est-ce que ça apporte aux victimes de savoir son identité ?

— Si on peut l'utiliser pour savoir où il est, alors on peut envisager de le coincer et d'essayer de négocier. (Moore s'arrêta.) Et si le temps presse, on peut avoir besoin de dire qui il est par SNI.

Lord l'observait.

— Il y a des risques, dit-il finalement, que vous ayez raison ou pas.

— C'est notre seule chance. L'idée c'est de l'affaiblir en lui redonnant une identité humaine, y compris à ses propres yeux, et de sortir de là les otages, vivants. (Le ton de Moore se fit important.) Nous pensons qu'il sera moins disposé à tuer, qu'il aura peur qu'on le traque, si on a réussi à l'identifier.

— Et comment vous allez vous y prendre ?

— On a quatre cents agents qui passent au peigne fin la moindre piste, le moindre indice ; ils essaient de repérer des achats de matériel suspects, ils potassent les dossiers de terroristes éventuels et de tous ceux qui ont eu des rapports avec eux pendant les dix dernières années — ce qui explique nos questions au sujet de Damone. (Moore se pencha pour saisir dans le même regard Lord et Stacy.) Au moins, il nous reste deux jours jusqu'à la date de son concert et cinq jours jusqu'à l'échéance qu'il a fixée pour Alexis. Et plus Phoenix sera excité, plus il sera tenté de tuer. C'est l'avis des psychiatres. Aussi si l'un de vous pense à quelque chose qui pourrait nous mettre sur la voie, il ne faut pas hésiter à m'appeler.

S'adressant particulièrement à Stacy, il ajouta sur un ton plus simple :

— Si on ne peut rien faire, je crains fort qu'en ce qui concerne Damone ce soit à vous de jouer.

Stacy ne trouva rien à répondre ; en fait, il n'y avait plus rien à dire. Sans même regarder Lord, elle acquiesça.

Phoenix se regardait sur SNI en fumant un joint.

Les images qu'il voyait concrétisaient toutes ses espérances : son propre visage masqué, les gens qui le regardaient dans les bars et les aéroports, le président qui le condamnait. Ils étaient des millions à être suspendus à son bon vouloir.

A partir du moment où il avait disparu, chaque étape de ce drame avait été méticuleusement programmée. La seule chose, c'est qu'il n'en connaissait pas lui-même encore la fin.

Et cette pièce manquante l'excitait. Ça faisait partie du pari qu'il s'était fixé : se mesurer au monde, avec son intelligence et ses impulsions, et leur prouver sa supériorité jusqu'au moment suprême, qu'il déciderait seul. Ultime acte improvisé de son génie.

Il sourit à cette pensée. Leur lutte était la matière brute de son art. Comme dans un procès.

Instinctivement, il alla vers la porte fermée à clé.

Elle était là, derrière, celle qui était le centre de son drame.

La peur qu'elle avait de lui l'attirait comme un aimant. Le sentiment que ça lui donnait — qu'il pouvait faire d'elle ce qu'il voulait, que tout pouvait arriver — était passé dans sa menace, à la télévision.

Phoenix ne souriait plus.

Il avait prévu de la garder pour la fin. Mais s'il lui laissait la vie sauve, comment pourrait-il leur donner le dernier frisson qu'ils attendaient ?

Tout dépendait de ce qu'on lui répondrait par SNI.

Il inspira une bouffée d'herbe et s'installa devant la télévision.

Ils étaient en train de montrer Stacy et de se demander s'il avait le pouvoir de la faire revenir à la scène pour l'amour de John Damone. Il redoutait sa réponse, au fur et à mesure que les heures passaient. Mais, pour le moment, aux yeux du monde, ils étaient réunis.

Un gros plan de Stacy lui sauta au visage.

Elle était avec un homme blond, se frayant un chemin dans la foule. C'est la télévision, pensa-t-il, tandis que la voix de la présentatrice aux yeux noisette semblait à des kilomètres de distance.

« Sortie de sa retraite, Mlle Tarrant est réapparue au FBI de San Francisco en bien étrange compagnie... »

Phoenix reconnut l'homme. C'était Tony Lord.

Il resta là à le regarder, sans pouvoir y croire.

« L'un et l'autre se refusent à tout commentaire. Mais bien que Lord ait été le brillant défenseur de l'homme qui a tué le sénateur James Kilcannon, l'ex-ami de Mlle Tarrant, on sait de source sûre, confirmée par le gouvernement, qu'elle l'a choisi pour l'aider à assurer la libération de John Damone... »

Phoenix écrasa son joint sous sa botte. Il avait toujours sa photo d'elle à côté de son matelas. Il s'en saisit des deux mains et dut lutter contre une furieuse envie de la déchirer.

Fou de rage, il épingla son visage au-dessus de son lit.

Devant Mark Hopkins, c'était encore pire. SNI avait découvert où elle était. Pourquoi ne pas rester là ? se demandait Stacy ; dans trois heures, de toute façon, elle retrouverait les journalistes.

Lord, qui regardait par la fenêtre, se retourna.
— Il faut qu'on parle. Vous voulez un sandwich ?
— Oui, n'importe quoi.
— Allons-y, dit-il au chauffeur. Vers le sud.
Quand ils démarrèrent, Stacy vit dans le rétroviseur une femme qui courait vers eux.
— Où allons-nous ?
Lord haussa les épaules.
— Je le saurai quand on roulera.
Ils quittèrent Nob Hill, traversèrent Van Ness et prirent Washington Street, passant devant un parc plein d'arbres, d'élégantes maisons des années vingt, des hôtels particuliers et des consulats. Loin du centre ville, pensa Stacy, San Francisco avait encore une dimension humaine, et puis elle reconnut l'endroit où Alexis avait donné sa réception. Elle tourna la tête.
— Une bière, ça vous irait ? lui demanda Lord.
Ils s'arrêtèrent devant un delicatessen.
— Mais une légère, précisa-t-elle.
Il regarda son porte-monnaie et fit une grimace. Stacy lui donna dix dollars.
Par la vitre, elle le vit qui téléphonait. Puis il revint avec un sac en papier et dit au chauffeur de les déposer deux rues plus loin.
Ils s'arrêtèrent devant le garage d'un immeuble blanc des années trente.
— Prenons ma voiture, dit Lord.
Sa Datsun cabossée était garée tout près de la sortie. Stacy vit qu'elle était équipée d'un système d'alarme et que le capot était fermé à clé.
Lord vit son regard interrogateur.
— Ça va, dit-il. La radio marche encore.
— Je n'ai rien contre le silence.
Quittant le garage, Lord longea le Presidio et ses plans d'eau bordés de branches de pins, puis il descendit vers une plage dans l'échancrure de la baie. Il se gara face à l'océan. Stacy aperçut à côté une voiture de police.
— La vue est meilleure qu'au restaurant, fit Lord en lui tendant une bière et un sandwich.
Stacy commença à manger en regardant dehors. Des traînées de brouillard donnaient au soleil l'aspect d'un disque orange et

brumeux. Un terrier poursuivi par son maître courut jusqu'à l'eau ; un homme et une femme préparaient un feu. A leur droite, l'océan se resserrait jusqu'au Golden Gate ; à gauche, une falaise couverte de cyprès et parsemée de maisons en stuc dont les couleurs captaient la lumière du jour.

Lord suivit son regard.

— C'est comme ça que j'imagine une ville italienne sur une colline, dit-il. Portofino, peut-être.

— Vous n'y êtes jamais allé ?

— Non, à la place, je suis venu ici. (Il eut un bref sourire.) Chaque fois, je vois mon fils.

Stacy le regarda et vit qu'il ne portait plus d'alliance.

— Quand j'avais son âge, dit Lord, ma mère a acheté une peinture du Golden Gate de Woolworth. Je pense que c'est à ce moment-là que j'ai décidé de venir ici ; je ne savais pas qu'il y faisait si froid et qu'il fallait se contenter de le regarder par la vitre. Mais Christophe adore cet endroit.

Pour une fois qu'il ne semblait pas sur ses gardes, elle hésita.

— Qu'est-ce que veut dire Di Palma, demanda-t-elle enfin, à propos d'un rapport entre Carson et tout ça ?

Lord plissa les yeux.

— Je ne sais pas. Surtout qu'Harry est sous haute surveillance et que son état mental permet toutes les conjectures.

— Ça ne semble pas simple.

Et d'une voix plus forte :

— Mon Dieu, vous vous souvenez de ce que Moore a dit ? Deux vies sont en jeu.

Lord regarda le sandwich qu'elle n'arrivait pas à finir.

— Ils sont d'accord pour émettre, il faut qu'on décide de ce que vous allez dire.

— Je ne vous ai jamais demandé de décider de ce que nous allions dire.

Lord lui jeta un coup d'œil tandis qu'elle posait son sandwich.

— Dans ce cas, dit-il d'un ton neutre, vous avez dû vous rendre compte au cours du procès que Di Palma va trop loin. Toujours.

Stacy se sentit rougir.

— Et vous, vous n'attendez que ça. Toujours. Mais cela ne veut pas dire qu'il ait tort.

— Pourquoi on n'en finit pas une fois pour toutes ? (La voix de Lord était tendue.) L'hypothèse de la conspiration est le dernier recours quand on sait qu'on ne peut pas aller plus loin. Di Palma ne peut pas aller plus loin parce qu'il a perdu. Vous ne pouvez pas aller plus loin parce que vous avez perdu Kilcannon. Et que vous le croyiez ou non, j'en suis très, très désolé.

— Désolé...

— Désolé, répliqua Lord. Malgré tout ce que vous pensez, pour moi, c'est fini. Et j'étais désolé aussi de vous imposer ce film comme n'importe quel avocat qui a un client à défendre. Mais je le referais si c'était à refaire car c'est mon travail. Maintenant vous allez me dire pourquoi vous me haïssez ? A cause du film, à cause du verdict, ou parce que j'ai affirmé une fois que je n'admirais pas Kilcannon ?

Stacy tenta de se contrôler.

— Pour tout ça, répondit-elle doucement. Mais ce qui m'inquiète, c'est que vous êtes trop intelligent.

Pendant un moment Lord resta abasourdi, aussi étonné qu'elle de s'entendre répéter ce qu'il avait dit à Jamie. Elle pouvait sentir la tension et l'émotion contenue qu'ils éprouvaient l'un et l'autre. Puis Lord sourit sans aucune intention d'humour.

— En d'autres termes, vous avez peur que je gagne quand j'ai raison.

— Oui.

— Cela peut arriver. Mais si je vous dis que très honnêtement je ne sais pas de quoi parle Di Palma, est-ce que vous me croirez ? Parce que maintenant, c'est vous, mon client, et je suis aussi concerné que Moore par tout ça. Sans compter Alexis et Damone.

Elle se détourna, vidée, confusément gênée.

— Continuez.

— Votre problème immédiat, c'est de décider si vous le donnez ou pas ce concert. Je ne suis pas sûr que vous ayez à le faire.

Cette pensée fit diversion à sa colère. Stacy s'imagina derrière le rideau, mais l'élan d'autrefois lui semblait appartenir à une autre vie.

— Si John n'est pas en vie, répondit-elle, ce n'est pas possible de négocier.

— A mon avis, Phoenix le libérera, s'il n'y a rien à gagner.

Et vous n'allez pas encore vous exposer et vous trouver à la merci d'une balle de Phoenix ou d'un autre.

— C'est ce que Colby Parnell a voulu faire pour son fils.

Elle se retourna.

— Est-ce que vous l'avez vu cet après-midi ?

Lord la regarda avec une expression résignée.

— Vous êtes très attachée à lui, n'est-ce pas — à Damone ?

Stacy regarda le pare-brise. Un soleil pâle teintait le brouillard et le feu que le couple avait allumé sur la plage prenait avec les couleurs grises et roses du crépuscule l'apparence d'une forme jaune qui dansait. Cela lui réchauffa le cœur.

— Oui, dit-elle. Je le suis.

— Comment vous êtes-vous rencontrés ?

— John était à Berkeley dans un GI Bill. Au bout d'un certain temps, il s'est mis à organiser des concerts avec l'argent des étudiants. J'ai commencé à chanter dans les clubs et il ne savait trop quoi faire de ses soirées. Un soir, il est venu me voir.

Le dernier soleil bascula dans l'eau. Timidement, Lord demanda :

— Vous étiez amants ?

Stacy se tourna vers lui :

— Vous m'avez demandé la même chose, dit-elle tout aussi timidement, à propos de Jamie.

Lord émit un soupir profond.

— Quelqu'un est en train de vous faire chanter, Stacy, d'une façon particulièrement perverse. Quelqu'un de très bien informé. Je voulais savoir sur quelle corde sensible il escomptait jouer.

Son visage était plongé dans les ténèbres, comme celui de Jamie, pensa-t-elle soudainement, le soir où ils se rendaient au concert.

— Ça n'a pas d'importance, lui dit-elle. Pas cette fois. Allons-y maintenant, d'accord ?

Lord la regarda un moment, puis il mit le contact. Des phares éclairèrent la plage, ceux de sa voiture et ceux de la voiture de police. Stacy les observa ; en silence elle revivait ce qu'elle n'avait pas dit.

Elle rêvassait dans son appartement quand elle sentit les lèvres de John sur sa nuque.

A partir de ce moment-là, tout lui revint : la nuit, Berkeley, l'odeur de l'automne, le contact de sa barbe. Elle s'était retournée presque surprise ; il ne l'avait jamais touchée comme un amant.

Quand sa bouche pressa la sienne, elle sentit sa poitrine et ses bras autour d'elle, puis son excitation. Elle ferma les yeux.

Il lui caressa les seins.

Stacy se dégagea avant même de savoir pourquoi.

— Non...

Ça changeait tout, tout prenait un autre sens, leurs verres de vin vides, la musique de Carly Simon, son lit défait. John respirait précipitamment.

Elle s'efforça d'avoir l'air plus maîtresse d'elle qu'elle ne l'était.

— Ce n'est pas bien. Pas avec ce qu'on veut faire.

Il avait la voix tendue :

— On peut vouloir les deux...

— Je n'ai pas envie d'amant manager. (La douleur qui assombrit ses yeux la rassura d'abord, puis la troubla à nouveau.) Ce n'est pas toi, tenta-t-elle de dire, c'est moi. Je veux encore te connaître dans dix ans, tu comprends ?

Il lui décocha un amer sourire, son sourire en coin.

— Je pourrais te dire quand un autre mec se présentera ?

Lentement, elle sentit que la tension en elle se muait en déception.

— Qui que ce soit, dit-elle, ce sera passager. S'il te plaît, ne changeons rien à nos rapports.

Il se tenait un peu plus loin et la regardait. Il paraissait extrêmement contrarié et en même temps profondément triste comme s'il l'avait désirée depuis des années. Elle s'était sentie alors égoïste, et beaucoup plus jeune que ses vingt et un ans.

— Arrête, John.

Le sourire amer reparut.

— J'ai un problème, comme ils disent, de rejet. Et c'est toi qui paies.

Sa douleur et sa colère sourdes la mettaient mal à l'aise.

— Je me sentirais mieux si, au contraire, tu parlais avec moi.

Puis, assis sur le lit, adossé au mur, les yeux au plafond, il parla avec son accent du Bronx, d'une voix neutre, lointaine, comme s'il parlait de quelqu'un d'autre.

— Quand je pense à mon enfance, commença-t-il, je me souviens de la lumière dans les cheveux de ma mère. C'est la même image tout le temps : cheveux noirs, peau mate. Elle écoute un disque de Frank Sinatra dans l'appartement qu'on avait, et elle attend que mon père revienne. Il était parti parce qu'il ne me voulait pas. Il disait tout le temps que j'étais un emmerdeur, un boulet, qu'elle aurait mieux fait d'avorter. Je me suis réfugié dans ma chambre et j'ai fait comme s'il n'était pas mon père, ou comme si je pouvais le battre jusqu'à ce qu'il me supplie d'arrêter.

Stacy se tourna vers lui en se demandant s'il n'était pas en train d'inventer tout ça pour coucher avec elle. Mais il avait les yeux fermés comme s'il était ailleurs.

— Quand il est parti, elle avait l'habitude de le rejoindre et de passer la nuit avec lui. Quand elle revenait, elle m'embrassait toujours, comme pour s'excuser. Mais à chaque fois, j'étais sûr qu'elle partirait un jour pour de bon. Quand j'avais treize ans, il est revenu. Je les ai vus chuchoter à la porte — je me souviens du regard qu'elle lui avait lancé, si calme et si profond. (Damone haussa les épaules.) Ils m'ont abandonné et je ne les ai jamais revus, ni l'un ni l'autre.

Ses yeux étaient encore fermés. Stacy se rendit compte qu'il avait fini son histoire, mais elle n'était toujours pas sûre de ce qu'elle devait croire. Elle s'assit, immobile, les idées confuses.

— Je suis désolée, lui dit-elle finalement et elle se sentit toute bête.

Il avait ouvert les yeux, ils brillaient.

— Ce n'est pas si triste, dit-il. Une partie de moi les hait encore et réclame ma mère. C'est ce qui m'a amené à partir au Vietnam, à obtenir mon équivalence d'entrée en fac, puis à aller à la fac. Comme si j'avais une famille pour qui je le faisais.

Quand Stacy le regarda, silencieuse, ses yeux changèrent d'expression. D'une main timide, elle lui caressa le visage. Lentement, il appuya son front contre le sien.

Un peu plus tard, sans qu'elle le lui demande, Damone partit.

Il n'avait plus jamais parlé de ça avec elle, ni cherché à la toucher, sauf comme l'ami qu'il était devenu. Maintenant, en regardant les lumières de l'immeuble de SNI, Stacy se demanda ce qui se serait passé — ou ce qui ne se serait pas passé — si elle avait fait l'amour avec lui.

— Nous y sommes, lui dit Lord.

Alexis but une gorgée de vin.

Il avait posé du fromage et des fruits devant la télévision. Mais elle ne mangerait pas tant qu'il serait là. Elle portait encore sa robe sale.

« Le compte à rebours de Phoenix, disait Rachel. Deuxième jour. »

Quand Stacy Tarrant apparut, Phoenix se pencha en avant, tendu par les heures qu'il avait passées à attendre sa réponse. De sa place, Alexis jeta un coup d'œil vers la photo de Stacy.

Elle affronta la caméra avec cette espèce de droiture qui était la sienne. Même cela la faisait paraître plus vulnérable, pensa-t-il ; une femme obligée de devenir plus dure que ce qu'elle aurait voulu. Il en fut bouleversé.

« Ce que je dois dire est très simple, commença-t-elle. Je donnerai le concert. »

Sa voix était égale, mais un petit peu plus voilée que d'habitude, un peu difficile à entendre. Il sentit un immense soulagement dans tout le corps. Le regard d'Alexis quitta la photo avec une expression de perplexité totale et d'effroi.

« Vous savez ce que John représente pour moi. Je chanterai s'il est en vie. » Stacy fit une pause ; quand elle reprit, le timbre de sa voix avait changé. « Je ne vous demande qu'une chose : montrez-moi qu'il est vivant. »

Plus que ce qu'elle disait, son silence même lui fit regretter la cruauté du plan qu'il lui avait préparé. Un moment, il se demanda s'il pouvait vraiment utiliser les cassettes sur Damone qu'il avait faites ; puis il se rappela qu'elle était allée chercher Tony Lord.

« Tout ce que je veux maintenant, finit-elle, c'est le voir. Je regarderai la télévision demain à vingt heures. »

Quand l'image changea, il vit Alexis tressaillir.

Parnell était assis à un bureau, une pile de documents devant lui ; il attendait le signal. Alors il cligna des yeux.

D'une voix âpre, il se mit à lire le montant de ses revenus.

« En 1965, dit-il, nous avons eu une entrée d'à peu près trois cent cinquante-sept mille dollars. Nos donations aux œuvres de charité — argent et autres dons — se sont élevées à neuf mille deux cents dollars... »

Il baissa les yeux, tripota le micro accroché à sa cravate. Alexis mit la main sur sa poitrine.

« En 1966, reprit Parnell, pour un revenu de trois cent soixante-dix-neuf mille dollars, donations : onze mille dollars. »

Entre chaque année, il reprenait son souffle.

« En 1967, continua-t-il courageusement, trois cent soixante et un mille dollars..., donations : dix mille dollars. »

Alexis regardait maintenant. Il y avait des gouttes de transpiration sur la lèvre supérieure de Parnell.

« En 1968... » Sa voix se brisa.

Alexis ne respirait plus — comme si, Phoenix le voyait bien, elle et Parnell étaient seuls. Il saisit de ses deux mains sa déclaration de revenus.

« En 1968, dit-il d'une voix âpre, quatre cent onze mille dollars... »

Parnell avala sa salive, Alexis ouvrit la bouche.

« Donations... (il toussa et finit misérablement) : deux mille... »

Les feuilles lui glissèrent des mains.

Il les regarda ahuri, puis sa tête se releva brusquement. « C'était l'année où notre fils, Robert... »

Phoenix observa Alexis, il vit de la douleur sur son visage. La voix de Parnell était cassée. « Si seulement vous aviez connu notre peine... »

Il se détourna de la caméra, les yeux d'Alexis se durcirent. Parnell regarda à nouveau l'objectif, la bouche ouverte mais aucun son ne sortait, comme s'il la cherchait.

Maintenant, il en était sûr, il pouvait détruire Parnell à la télévision ; ce serait un intermède qu'il pouvait s'offrir. Devant sa propre femme.

Phoenix se demandait à quel point cette épreuve la changerait.

Tandis qu'elle regardait, mortifiée quoique incapable de détourner son regard, Parnell prit lentement une autre feuille.

« 1969, continua-t-il, revenus : cinq cent mille dollars... »

TROISIÈME JOUR : MERCREDI

Stacy se dressa sur son lit, et le cri mourut dans sa gorge.

Son cœur battait très vite. Elle repoussa ses cheveux trempés de sueur. Les draps étaient en bouchon.

— Quelle merde ! murmura-t-elle.

Elle alluma la lumière, cherchant à tâtons ses lunettes. L'aube filtrait déjà dans l'interstice des rideaux. Elle avait dû dormir deux heures peut-être.

Tirant brusquement les rideaux, elle pensa au dernier matin où elle s'était réveillée avec Jamie.

— Vous ne pouvez pas aller plus loin, avait dit Lord, parce que vous avez perdu Kilcannon.

Le matin bleuté descendait des toits portant la promesse de la lumière du soleil. Elle se demanda si Damone pouvait la voir, et s'il était toujours le même.

« L'imagination, lui avait dit Jamie une fois, est une malédiction. » Dans treize heures, elle saurait si John était encore en vie.

Elle alla vers la stéréo, l'alluma, chercha une station de New Wave et s'assit au bord du lit. Sa respiration s'était calmée maintenant ; elle répéta : « Quelle merde ! » comme si elle s'entraînait ; sa voix était redevenue presque normale.

Le début du rêve était le même. Elle chantait à l'Arena, comme avant, Carson était là, avec son revolver, suspendu au-dessus de la foule ; il la visait en plein visage ; et se mettait en marche une séquence que jamais elle ne pourrait arrêter. Il regardait au fond de la scène et tirait mais la balle ne lui était pas destinée : elle se retournait : Jamie était en train de mourir ; il lui demandait ce que cela voulait dire. Mais cette fois, le rêve ne s'arrêtait pas là. Au moment où Carson tirait sur elle, Stacy se réveilla, en appelant Damone.

Il était le seul à qui elle avait raconté son rêve.

« Ça veut dire, avait-il répondu après avoir réfléchi, que tu feras le même rêve jusqu'à ce que tu chantes à nouveau. »

Elle aimerait pouvoir lui dire à quel point elle avait peur.

Lord pédalait très vite.

Pacific Avenue longeait des maisons victoriennes, des villas en pierre de taille, des arbres ombreux, des jardins soigneusement entretenus. La rue était calme : juste quelques voitures, des piaillements d'oiseaux, des enfants en route vers le collège. Et toujours la même vieille dame au regard dur qui promenait son caniche. Le vélo de Lord gravit la côte. Arrivé en haut, il tourna à gauche et prit Pierce Street. Il se retourna. Sur un kilomètre, les maisons descendaient doucement vers le cercle bleu de la baie. Tout en haut de la colline, Pierce débouchait sur une butte verte d'herbe et d'arbres qui surplombait la vue que Lord laissait derrière lui. Un homme barbu, assis sur un banc, buvait un café en lisant son journal. La fumée montait de la Thermos.

Quand Lord entra dans le parc, l'homme posa son journal. Lord s'arrêta et en pressant le bouton de son chronomètre il dit :

— Vingt-neuf minutes...

— Pour quelle distance ?

— Cinq kilomètres. J'ai battu mon record.

— Il faut ça pour doubler les caméras.

Moore jeta un regard sur la première page. Sous « Tarrant et Parnell ont dit OUI », la photo de Lord et de Stacy entrant dans l'immeuble du FBI avec en légende : « Un couple surprenant. »

Lord s'assit près de Moore.

— Elle a simplement plus d'humour qu'eux.

Moore lui lança un regard perçant.

— Pourquoi c'est toi qu'elle veut, Tony ? Ces conneries mises à part.

— Tu veux dire mis à part ce qu'elle m'a dit ? (Lord fit une pause.) D'après moi, elle croit que je sais quelque chose sur Carson que personne d'autre ne sait.

Louchant sur sa tasse, Moore se mit à souffler sur son café pour le refroidir.

— Et c'est vrai ?

— Non, rien en tout cas qui ait à voir avec tout ça. (La rosée sur l'herbe scintillait au soleil.) Et puis, je suis son avocat, si je savais quelque chose, ce n'est pas à toi que j'irais le dire.

— Dans ce cas, tu aurais ce qu'on appelle un cas de conscience, car tu pourrais nous aider à empêcher ce type de tuer encore deux autres personnes.

Lord regardait en silence par-delà les toits un destroyer qui entrait dans le port.

— Vous pensez, dit-il finalement, qu'il a eu cet équipement de transmission comment, sans le voler ?

— En payant en liquide et comptant. (Moore lui lança un regard de côté.) Mais nous ne savons pas d'où vient l'argent.

Lord se tourna.

— Qu'est-ce qu'il a Di Palma, Johnny ?

— Il est outré. (Il sourit mais ses yeux ne souriaient pas.) Il pense que tu l'as eu. Remarque, comment tu te sentirais si c'était toi le pauvre type qui a perdu le procès Carson ? Phoenix est sa dernière carte pour te descendre publiquement et ne pas perdre ses chances d'être réélu.

— S'il n'y avait que ça, le bureau ne marcherait pas.

Moore haussa les épaules.

— Oui, mais Johnson se dit que s'il avait raison, de quoi on aurait l'air ; la pression de Washington est incroyable. Moi, ça m'a jamais plu les questions qui restent sans réponses.

Lord observait ses yeux. D'une voix tranquille, il demanda :

— Est-ce que Damone a organisé son propre kidnapping ?

Moore dévissa sa Thermos et se versa encore du café.

— C'est ça qu'elle pense ?

— Je ne crois pas que cela lui ait même traversé l'esprit. Et toi, Johnny, vas-y, dit Lord sur un ton tranchant.

Le léger sourire reparut.

— Pas le moindre indice qui puisse le faire penser, pas de transactions financières douteuses, pas la moindre complicité avec des fous connus. En fait, rien de suspect dans sa vie depuis ce charmant job qu'il exerça à l'armée. (Les yeux de Moore n'exprimaient plus rien.) Mais peut-être que toi tu sais pourquoi Damone pourrait vouloir abandonner une belle carrière, qui lui assure de jolis revenus, pour devenir un fugitif. En sachant qu'il est très ami d'une des victimes qu'il veut faire banquer et qu'il n'a jamais rencontré l'autre.

Lord n'avait rien à répondre.

— Alors, s'il a été réellement enlevé, demanda-t-il enfin, comment s'y est pris Phoenix ?

— Il a eu du mal, en tout cas. La porte a été défoncée et sur la table, il y avait des traces de sang de Damone. (Moore but encore du café.) Ce matin, on a repéré des traces de pneus près du fourgon avec lequel il a enlevé Alexis.

— Vous l'avez retrouvé ?

— La nuit dernière, juste à côté. Avec le gardien, vivant mais d'aucun secours. L'apparition en cagoule lui a foutu une peur bleue.

— Des empreintes ?

— Oui. Celles du gardien, celles des Parnell et celles aussi de Damone, mais elles sont moins nettes, peut-être plus anciennes. (Moore fit une pause.) Peut-être qu'il est mort.

Lord resta à nouveau silencieux. Au bout d'un moment, il dit :

— Je vois assez bien Damone essayant de s'échapper et se faire descendre, ou tout simplement trop dangereux pour que Phoenix prenne le risque de l'emmener avec eux. Pour travailler Alexis, c'est plus facile. Franchement, si j'étais lui, je ne garderais Damone en vie que tant que j'en aurais besoin.

— On verra bien ce soir.

Lord mit les mains dans les poches de son jogging.

— Et les Parnell ? demanda-t-il lentement. Une famille, deux victimes. Y a-t-il des chances pour que ce soit le même qui ait fait le coup ?

Moore l'observa un moment.

— C'est une vieille histoire. Ça s'est passé il y a dix-sept ans, Tony. Le dossier est archi-froid. Le corps n'a jamais été retrouvé.

— Qui c'était qui s'en occupait ?

— Franck McCarry, mais il est mort l'année dernière. Il n'y avait pas d'empreintes sur les lieux, et les mobiles étaient différents — pas de publicité, pas de politique. Seulement de l'argent contre le gosse.

— Est-ce que McCarry a su pourquoi Parnell n'a pas voulu payer la rançon ?

— Selon ses mots, il y avait des problèmes familiaux, le garçon était parti brusquement, six mois avant le kidnapping. Mais Parnell prétend qu'il n'a pas payé pour les raisons qui te font conseiller à Stacy de ne pas le faire pour Damone. Et pourtant ça n'a pas été une réussite. (Moore se tourna vers la baie.) Comme Parnell l'a démontré hier soir, devant des millions de personnes.

— Et en privé, comment il supporte, Johnny ?

— Ça va pas du tout.

Lord resta pensif.

— Tu sais, murmura-t-il, j'en viens presque à espérer qu'il soit mort.

— Damone ?

— Oui.

— Tu te fais du souci pour elle, c'est ça ? (Moore le regarda bien en face.) Très précisément, tu es en train de penser qu'il n'y a pas moyen d'empêcher Phoenix de se faufiler dans l'Arena et de la tuer.

Ils se regardèrent.

— On ne sait pas qui est Phoenix ni à quoi il ressemble, dit Lord. Imagine ce qu'il pourrait extorquer à Parnell s'il faisait du mal à Stacy.

Moore lui jeta un regard interrogateur.

— Et ça lui a traversé l'esprit ?

— Elle ne le dit pas. Mais je suis sûr qu'elle y a pensé — et avec ce qui s'est passé avec Kilcannon...

— Et s'il montre Damone ?

— Alors j'espère que tu pourras la protéger.

— La protéger de vingt mille personnes ? On mettra des flics sur scène, des tireurs d'élite sur les passerelles, des détecteurs d'armes pour repérer tous les revolvers qui rentrent. Mais il n'y a aucune garantie, surtout si Phoenix arrive à placer des bombes ou des charges de plastique et à se tirer, indemne. (Moore finit son café.) Et puis, un bon million de spectateurs en plus regarderont SNI. C'est très tentant pour un psychopathe — car je suis persuadé que ce connard est un psychopathe.

— Pas un politique ?

— Ça peut aller ensemble. Mais si je savais ce qu'il veut et pourquoi, on pourrait avoir une idée de qui il est. (Moore fit une pause.) Il prend beaucoup de risques. Ce n'est pas simplement la rançon qui l'intéresse. Une chose est claire, c'est qu'il a absolument besoin d'attirer l'attention et de manipuler. Et c'est ce qui fait qu'on ne peut rien prévoir.

— Et si on lui souffle ses prouesses.

Moore acquiesça.

— Oui, chaque fois il faut qu'il se dépasse. Et personne ne sait ce qui peut le mettre en colère ou l'exciter, jusqu'à ce qu'il se grille complètement.

Lord se tourna vers l'eau.

— SNI est devenue son partenaire. Quand je me suis réveillé ce matin, toutes les chaînes montraient ses enregistrements, et une foule de caméras m'attendaient sur le trottoir. Il y en a un qui a dit que, hier soir, à vingt heures, il n'y avait presque personne en ville.

— Et ça va pas s'arranger. Étant donné ce que je t'ai dit, on n'est pas près d'en sortir. (Moore lui jeta un coup d'œil.) Je ne voulais pas le dire devant ta nouvelle cliente, mais Di Palma a soulevé une question à propos de Carson à laquelle tu es sans doute le seul à pouvoir répondre, du moins à temps. Je ne peux pas te dire ce que tu dois faire, mais je sais que nous ferons tout, nous utiliserons tout pour arrêter ça. Donc je me sentirai mieux si je sais que tu veux bien y penser un peu.

Lord se frotta l'arête du nez.

— D'accord, dit-il enfin. Merci pour cette rencontre clandestine.

— A ta disposition. (Moore reboucha soigneusement la Thermos.) Au fait, qu'est-ce que son nom te rappelle à toi ?

— C'est un oiseau mythique. (Lord se leva et regarda ailleurs.) Si je me souviens bien, il se brûle sur un bûcher et il renaît de ses cendres.

— Rien d'autre ?

Lord se tourna vers lui.

— Le procès de Carson, bien sûr.

Alexis s'arrêta de parler.

Devant la caméra, Phoenix la regarda ; il avait peur de

bouger. Il fallait qu'il pense, pour arrêter les sentiments. Puisqu'elle était devenue son arme, il devait la protéger de lui-même.

Tandis qu'il observait Alexis, la photo de Stacy qui était juste derrière ses épaules rigides le regardait : une double image mêlée. Une bouche pleine, une peau fraîche, des yeux clairs. L'amante idéale, la sœur, la mère, la femme dont il avait besoin pour monter sur scène à sa place.

Maintenant elle était avec Tony Lord.

Lord était presque aussi intuitif que Phoenix lui-même. Cela lui était apparu de manière évidente quand il regardait le procès. Que ce soit son besoin à lui qui ait amené Stacy à Lord, cela lui ôtait le sommeil et le tourmentait.

Il fit signe à Alexis d'avancer.

C'était pareil que devant son appartement ; le trottoir devant son bureau était bourré de journalistes, de caméras, de camions sono. Il passa outre, ignorant les questions.

Cass avait préparé le magnétoscope.

— L'employé a lâché la copie de ce film, dit-elle.

— Très bien. Est-ce que tu as appelé Stacy ?

— Oui. Elle est en sécurité au Mark, elle prépare son concert avec Bill Graham. Elle t'a demandé de lui téléphoner s'il y a du nouveau à propos de Damone.

Il jeta un coup d'œil sur les feuilles jaunes qui s'amoncelaient sur son bureau.

— Tout ça à propos de Phoenix ?

Cass fit signe que oui.

— La plupart c'est des gens qui veulent des interviews. (Elle s'arrêta.) *Us* voudrait faire une couverture avec toi et Stacy Tarrant.

Il la regarda :

— C'est grotesque.

— Prends-le du bon côté. *People* a bien voulu Marcia.

Ils sourirent.

— La consigne pour tout le monde, dit Lord enfin : aucun commentaire avant que les otages ne soient rendus. Moore pense que la pire des choses à faire c'est de donner des idées à Phoenix ou de le mettre en colère.

— C'est sûr.

Elle quitta la pièce.
Lord composa le numéro de Marty Shriver.
Il sembla surpris de l'entendre.
— Je vous ai vu à la télévision, dit finalement Shriver.
— C'est justement pour ça que je vous appelle, d'une certaine façon. Di Palma croit que Phoenix est lié à Harry.
Il y eut un silence étonné.
— Vous avez des raisons pour le croire aussi ?
— Aucune, mais il faut voir Harry pour ça.
— Comment au juste ? On va lui dire, au fait, est-ce que vous êtes lié au plus grand maniaque des années quatre-vingts ? Je suis encore en train d'essayer de le sortir du Vietnam.
— Ça ne va pas mieux, alors ?
— Non. Il ne veut pas communiquer.
Lord hésita.
— Écoutez, j'ai besoin que ce soit vous qui lui en parliez. Moi, je ne peux aller nulle part sans que les médias s'en mêlent et veuillent savoir pourquoi — autant dire que ça se retournerait contre Harry.
— Oui, mais ça fout en l'air ce qu'on essaie de faire pour lui.
— Je suis dans une situation impossible, Marty, et cette question doit être posée. (Lord s'arrêta.) Avant que Stacy Tarrant donne le concert !
Il pouvait presque entendre Shriver penser.
— Et alors ?
— Rappelez-moi.
Shriver garda le silence de l'autre côté.
— Je vais annuler des rendez-vous, dit Shriver, et le voir demain matin.
— Merci.
Shriver raccrocha.
Pensif, Lord brancha le magnétoscope.
Sur l'écran, Carson et les deux autres hommes opéraient un kidnapping ; une mission qu'ils avaient faite, il y avait plus de quinze ans ; ils portaient des armes semi-automatiques et étaient en train de descendre une colline complètement rasée.
Un peu plus tard, tout en continuant à regarder, Lord prit à nouveau le téléphone.
Le numéro qu'il composa sonna pendant quelques minutes.

Quand Carson fit irruption dans le village, la standardiste répondit de la voix de quelqu'un qui a l'air débordé :

— Bureau d'Hart Taylor, bonjour.

Phoenix ouvrit la porte et lui fit signe de sortir.

Elle enleva le micro d'une main hésitante et lentement passa devant lui. La lumière du jour l'aveugla. Il mit sa main entre ses deux omoplates et la poussa dehors.

Alexis trébucha dans l'herbe. Quand elle se tourna, il lui indiqua le bois de pins où il avait enterré les trois hommes.

Sans un mot, calmes, ils respiraient l'humidité du printemps ; des branches qui bruissaient et qui filtraient la lumière du soleil. Phoenix se sentait apaisé ; les bois le distrayaient de Lord et de Stacy.

Alexis avançait avec difficulté, en tournant la tête pour le voir.

Par la fente de sa cagoule, il alluma un joint. De dos, elle semblait beaucoup plus jeune ; le pantalon et le pull-over noir lui allaient bien — comme il l'avait prévu. La première bouffée lui alla droit à la tête.

Les yeux d'Alexis se posèrent sur le joint.

Phoenix prit une deuxième bouffée en lui faisant signe de continuer. Elle marchait de côté, en crabe, inquiète de ne plus le voir, trébuchant sur la terre nouvellement retournée.

Elle s'arrêta et comme Phoenix attendait qu'elle comprenne, elle regarda le sol. Alors ses yeux changèrent — elle avait compris.

Elle se tourna vers lui, les bras collés au corps. Les pins étaient presque immobiles et il sentit une très légère émotion dans un coin de son esprit. Elle pâlit quand il porta à nouveau le joint à sa bouche, et il put l'observer en train d'imaginer sa propre mort.

Et un moment, il l'imagina aussi ; puis, lentement, Alexis se remit à marcher.

Quand il passa sur la terre molle, elle marchait toujours en le regardant ; la distance qui les séparait était comme une corde invisible. Elle ne se rendit pas compte qu'elle était arrivée à la lisière du bois de pins.

Quand il lui fit signe de se retourner pour regarder devant elle, elle obéit ; il la vit frissonner.

Tout d'un coup, elle découvrit, surprise, l'océan devant elle qui scintillait au soleil de l'après-midi. Elle avança instinctivement d'un pas puis s'arrêta et regarda derrière elle. Il lui montra du doigt l'océan ; elle quitta les arbres, le soleil brillait au-dessus de sa tête.

Elle s'arrêta à nouveau, effrayée par la falaise. Le vent jouait dans ses cheveux. Elle semblait lui répondre ; debout, bien droite, elle rejetait une mèche en arrière. Les couleurs étaient revenues sur son visage. Il aurait aimé enlever sa cagoule et sentir lui aussi le vent et le soleil sur son visage.

A regret, il lui indiqua le chemin du retour.

Elle passa devant lui et s'éloigna, et il comprit qu'elle n'était pas encore sûre qu'il l'ait fait sortir pour une promenade et non pas pour la tuer. Et quoique la peur la transformât comme il le souhaitait, tout d'un coup il se sentit profondément irrité.

Arrivé au bungalow, il la poussa vers sa chambre et ferma la porte à clé.

Il finit son joint et pensa à la façon dont il allait utiliser Alexis contre Parnell.

Le plan marchait. Maintenant que la peur commençait à la faire replonger dans son passé, il n'avait besoin que d'une seule chose, c'était que SNI l'aide.

Quand Stacy entra dans le salon de SNI avec Lord, Hart Taylor se leva pour la saluer.

— J'aurais eu tellement plaisir à vous recevoir, dit-il, si ce n'avait été dans de pareilles circonstances.

Il se tourna vers la femme aux yeux noisette qui était à côté de lui et, avec un sourire lumineux :

— Tony, vous connaissez Rachel Messer. Nous l'avons volée à TV 6.

Leurs yeux se rencontrèrent.

— Félicitations, dit Lord après un moment.

Rachel toisa Stacy puis lui lança un « bonjour » glacial. Stacy eut alors la certitude qu'entre elle et Lord, il devait y avoir eu quelque chose d'aussi simple ou d'aussi complexe que le sexe.

Toujours souriant, Taylor dit à Lord :

— C'est Rachel qui va couvrir le compte à rebours de Phoenix.

— C'est comme ça que vous l'appelez ? demanda Lord. C'est facile à retenir.

Le sourire de Taylor se contracta :

— C'est simplement un raccourci journalistique, dit-il. De toute façon, je suis content que vous ayez fait appel à nous.

Un garçon les conduisit vers une table qui donnait sur Bay Bridge. Les phares des voitures bougeaient sur l'eau comme des fourmis, un vide noir avec au premier plan une multitude de traits brillants, patchwork de petits rectangles sombres avec des carrés jaunes. A côté de la fenêtre, Stacy vit une alcôve disposée comme une salle de projection privée, avec un écran de TV sur tout un mur.

— Est-ce que vous désirez un apéritif ? demanda Taylor.

Lord regarda Stacy.

— Pas ce soir. Merci.

— D'accord. (Taylor tendit les mains). Vous voulez qu'on discute ?

Lord acquiesça.

— Pour commencer, Mlle Stacy Tarrant tente de sauver Damone d'un terroriste que personne ne connaît. Comme tout son plan repose sur la télévision, j'ai pensé que vous aviez peut-être une idée sur ses méthodes sophistiquées, sur ce qu'il escompte, et même sur le genre de personne que c'est.

— J'y ai pensé depuis votre coup de fil. (Le doigt tendu, Taylor se pencha vers Stacy.) Même si c'est répugnant, il faut dire que c'est un coup de maître. Il a enlevé Alexis pendant un week-end, au moment où l'information est ralentie, et il a imposé une cassette spectaculaire au monde entier. Il a mis en scène le drame suprême : la vie ou la mort. Et en focalisant la tension sur deux célébrités, il recrute des centaines de millions de jurés qu'il va faire voter.

Stacy avait froid aux bras et aux poignets. Elle essaya de se réchauffer et surprit le regard que Lord lui lançait.

— Puis Phoenix, continua Taylor, démarre les transmissions nocturnes pour donner aux jurés toute l'information qu'il veut. Mais elles sont bien plus fascinantes que les pubs habituelles, parce que chaque fois, il ménage une surprise, et ça va jusqu'à l'éventualité du meurtre d'un otage. Plus personne ne peut se permettre de rater un seul épisode jusqu'à la fin.

Ce qui frappait Stacy, c'était qu'il en parlait avec admiration.

— Je crois, dit-elle doucement, qu'il aurait un bel avenir comme directeur de programmes.

Taylor se tourna vers elle sans sourire.

— En effet, je pense qu'il a parfaitement compris le rôle d'un directeur de programmes. C'est parce que vous êtes qui vous êtes, Stacy, que Joe Shmoe de la chaîne X peut aller à la morgue pour faire des clips — dont celui du sénateur Kilcannon. C'est la même chose pour le premier enlèvement des Parnell. Phoenix est en train de créer une programmation parallèle...

— Je vous donnerai un exemple. (C'est Rachel qui parlait, pour la première fois. Ses yeux avaient un certain éclat.) Il y a une heure, j'ai vu une dépêche qui annonçait que l'UHF d'East Lansing redonnait les vieux films d'Alexis dans un festival du film Alexis Parnell.

Stacy la regarda.

— Ce que Rachel est en train de dire, intervint Taylor, c'est que cette histoire c'est comme *La Guerre des Mondes,* et Phoenix c'est Orson Welles.

Et sur un ton plus intime :

— Je pense qu'il sait utiliser les médias et qu'il a du talent. En fait, ce doit être un génie.

— Compte tenu de tout ça, dit Lord, quels ont été les pourcentages d'écoute pour Stacy et Parnell ?

Taylor montra un visage parfaitement tranquille.

— On n'a pas encore les chiffres mais on peut estimer à quatre-vingts pour cent le taux d'écoute.

— Et habituellement, c'est combien pour vingt heures ?

— Six pour cent, dit Taylor, après une hésitation.

— Et d'autres chaînes peuvent diffuser les clips, captés avec la collaboration de SNI ?

— Gratis, évidemment.

Lord pencha la tête.

— Est-ce que Phoenix a une idée de ce que vous rapporte la publicité ?

— Je ne sais vraiment pas. Évidemment nous avons été appelés par les annonceurs...

— Je me demandais simplement, observa Lord, si Phoenix le savait.

Avant que Taylor ne la regarde, Stacy surprit le léger sourire de Rachel.

— Nous sommes des otages, nous aussi, Stacy. Si j'avais refusé de transmettre ses émissions, Damone et Alexis seraient morts.

— Est-ce que vous préparez autre chose sur Phoenix ?

— Non, on couvrira les événements comme d'habitude. Peut-être une séquence sur les Parnell...

— C'est tout ?

Taylor mit un doigt sur ses dents.

— Nous pensons que ce serait bien de faire quelque chose sur vous, pour créer un mouvement de sympathie avant le concert. Après tout, c'est de l'actualité, et vous en aurez besoin. Pour les donations, j'entends, réellement.

— Peut-être, interrompit Rachel, pourrions-nous faire une interview ?

Stacy se tourna vers elle :

— Non, merci.

Rachel regarda Lord, et Stacy jeta un coup d'œil à sa montre. Dans vingt minutes, pensa-t-elle, incrédule, elle verrait ce que ce terroriste avait fait à John.

— A ce propos, dit Lord en s'adressant à Rachel, j'ai à vous demander quelque chose. Je suis d'accord avec Hart que le plan de Phoenix est complètement médiatique. (Il se tourna vers Taylor.) Ce que je veux est simple : pas d'interviews, pas de spéculations en dehors des émissions de Phoenix. Aucune fuite venant de Di Palma ou de quelqu'un d'autre. Pas de clips sur Kilcannon. Absolument rien sur Stacy. Rien qui puisse exciter Phoenix, ou le mettre en colère, ou lui donner de nouvelles idées jusqu'à ce que les deux otages reviennent vivants.

Taylor secoua la tête :

— Ce que vous demandez, Tony, c'est qu'on se mette en quarantaine : personne qui a un rapport aux médias ne peut accepter ça. Pour ma part, je ne crois pas que couvrir l'information nous en rende responsables.

— Réellement ? Avant le verdict pour Carson, SNI n'a vraiment pas cherché à influencer le vote des jurés ?

Taylor jeta un regard furtif dans la direction de Stacy.

— Une fois seulement.

— Est-ce que vous vous souvenez du témoin qui a obtenu les plus forts taux d'écoute ?

— Peut-être Stacy, ou Damone — et Carson, bien sûr...

— Ce matin, j'ai pensé à une chose. Le film du kidnapping d'Alexis est presque identique au film de la dernière mission de Carson.

Stacy et Taylor le regardèrent.

— Ça faisait partie de votre tactique d'utiliser ce film, répondit Taylor en soulignant ces mots. C'était comme le film que vous avez montré à Stacy...

— Et lors du procès, j'ai montré à des millions de spectateurs comment le meurtre de Kilcannon la touchait encore. Et puis j'ai fait venir Damone. (Le ton de Lord était tranchant.) Pendant que moi je défendais Carson, je pense qu'on a aussi préparé le terrain pour Phoenix. On lui a peut-être donné le scénario de départ. Et tout ça avec la collaboration de SNI.

— Alexis n'était pas là.

— Les Parnell étaient présents, pourtant. Dans une question que j'ai posée à Stacy. (Lord le regarda.) Nous sommes de retour à la case départ, Hart — juste là où nous en étions avec Carson. Cette fois j'espère que vous serez d'accord avec moi.

Lord l'étonnerait toujours, pensa Stacy.

— Malgré ce que vous pensez à propos du procès de Carson, rétorqua Taylor, SNI ne peut pas être tenu pour responsable des actes de tous les psychopathes qui tirent profit de notre manière de couvrir l'actualité.

— Mis à part que celui-ci vous a appelé et que maintenant vous lui donnez une couverture massive. (Lord se pencha en avant.) C'est dangereux. Si ça continue, vous serez moralement impliqué dans tout ce qu'il fait.

Rachel lui jeta un regard interrogateur, presque neutre. Taylor croisa les bras.

— Si Damone est encore en vie, répondit-il, je veux bien réfléchir à ce que vous me demandez.

Stacy attendit un moment.

— Je vous le demande aussi.

Taylor se tourna vers elle.

— Il est presque vingt heures, interrompit Rachel.

Taylor se leva, fit un signe à Stacy et les conduisit vers l'alcôve.

Stacy se trouva à côté de Lord.

— Vous ne vouliez pas qu'on transmette le procès à la télévision ? murmura-t-elle.

— Mon Dieu, non ! (Il lui lança un brusque regard, rapide.) C'était l'idée de votre ami Di Palma.

Parnell et Danziger attendaient dans le bureau de Moore. Quand Moore éteignit la lumière, sa télévision donna aux carreaux une couleur verdâtre. Pour se distraire, Parnell remarqua les taches, une éraflure.

« Nous avons reçu une image, disait le présentateur. » En levant les yeux, Parnell vit confusément une cagoule entre Danziger et Moore.

« Monsieur Parnell, disait la voix contrefaite. La charité que vous avez faite est un affront pour tous ceux qui sont dans le besoin. Elle dénote votre politique, préoccupée de votre seul profit. Les jurés et moi-même, nous vous aiderons à retrouver votre conscience. »

Parnell s'avança vers l'écran. « S'il te plaît, pensa-t-il. Laisse-moi seulement la voir. »

« Avant demain soir, heure du Pacifique, tous ceux qui ont besoin de votre aide financière devront appeler SNI. La chaîne choisira parmi eux les cinq cas les plus désespérés de San Francisco. Directement après le concert de Mlle Tarrant, sur SNI, ils apparaîtront avec vous pour personnifier la souffrance de ceux qui sont écrasés par une société qui vous a permis de les ignorer. Sous les yeux des jurés, vous choisirez celui qui recevra une donation que vous saurez réévaluer. Pour l'amour de votre femme, j'espère que les jurés apprécieront votre décision. »

L'image changea et, enfin, il vit Alexis, tout habillée de noir.

Sa peur se mua en soulagement, misérable, humilié. Puis ses lèvres s'ouvrirent et se fermèrent, pour s'ouvrir à nouveau. « Colby. » Elle prononça dans un souffle : « C'est pareil que pour Robert. »

Danziger se retourna pour le regarder. Tout d'un coup, Parnell perdit tout espoir ; il était incapable de parler ou de faire un mouvement. Il continuait à regarder, simplement, en luttant contre les larmes.

Puis Alexis disparut, et il se détourna de l'écran et de Danziger.

Stacy sentit Lord qui changeait de place derrière elle. Presque pour lui-même, il murmura :

— Tout ira bien.

Le deuxième visage d'abord flou se précisa, un visage d'homme.

— Mon Dieu, dit Lord.

C'était Damone.

Taylor s'était précipité au téléphone ; Stacy s'enfonça les ongles dans les mains. Sur la barbe de Damone il y avait la trace d'une meurtrissure qui remontait vers la tempe. La crosse d'un revolver, qui l'avait frappé.

« Stacy, disait-il, ne le fais pas. » Quelque chose se passait hors de l'écran ; sa voix devint inaudible. « Ne le... »

Stacy était immobile comme si de bouger pouvait le mettre en danger, puis il disparut.

Phoenix apparut. La bouche de la cagoule dit simplement : « Il lui reste encore un jour, mademoiselle Tarrant. Vous avez le choix. »

L'écran devint blanc.

— Il fiche tout en l'air, le salaud. (Taylor criait au téléphone.) Qui va classer tous ces appels ?

D'instinct Stacy se tourna vers Lord. Rachel les regardait ; il secoua sa tête lentement.

— Il le faut, lui dit-elle.

Alexis étudiait attentivement le visage qui était sur l'écran, le visage de John Damone.

Quand il disparut, elle lança à Phoenix un regard apeuré. Il vit la question qui s'esquissait sur ses lèvres. En silence, elles formèrent les mots :

— Où est-il ?

Phoenix mit l'index sur sa tempe. Il fit le geste d'appuyer sur la détente, et se mit lentement en boule.

Alexis blêmit. Elle ne pouvait pas voir sa grimace sous la cagoule.

QUATRIÈME JOUR : JEUDI

1

Phœnix l'entendait respirer dans l'obscurité.

Il repoussa la porte qui se ferma presque sans bruit ; la respiration d'Alexis prit un rythme différent. Phœnix s'approcha du lit et les couvertures remuèrent. Il sentait qu'elle le regardait.

Il s'agenouilla et ouvrit le réfrigérateur qui était près du lit.

Sa faible lumière la fit tressaillir. La peur dans les yeux, elle serra la couverture contre sa gorge. Il entendait presque les battements de son cœur.

Il lui tendit une poire qu'il avait sortie du réfrigérateur. Alexis ne semblait pas comprendre. Elle finit par tendre la main, tout en le regardant.

Alors qu'elle croquait dans la poire avec hésitation, Phœnix lui découvrit les jambes. Elle se raidit et le fixa. Il toucha ses chevilles et au contact de ses doigts, la peau d'Alexis se hérissa.

Sa main était immobile. Il se demanda quel effet cela lui faisait et il imagina Parnell les regardant, puis il se força à arrêter. Il lui attacha soigneusement les chevilles avec une corde.

Lorsqu'il eut terminé, il leva les yeux vers elle. Alexis croqua une seconde fois dans la poire, comme pour qu'il reste.

Il attendit qu'elle ait terminé, puis il se releva, posa sa main sur sa poitrine et la repoussa doucement sur le lit.

Allongée, elle attendait. Il se pencha sur elle, défit la cordelette passée dans sa ceinture et la tint bien tendue à quelques centimètres de sa gorge.

Elle secoua la tête, pressa ses poignets l'un contre l'autre et les lui tendit. Il les attacha sans la quitter des yeux.

Lorsqu'il eut terminé, il referma le réfrigérateur et la pièce fut à nouveau plongée dans l'obscurité.

Il resta encore un moment près du lit ; il se demandait si quelque chose en elle voulait qu'il reste, et pourquoi. Il se demandait si elle lui était reconnaissante d'être toujours en vie.

Il fit demi-tour et sortit de la pièce, en enfermant Alexis à l'intérieur.

Il enleva sa cagoule et se rasa devant la photo de Stacy Tarrant. Ensuite, il mit ses lunettes et son chapeau à large bord.

Il sortit. Le jour ne s'était pas encore levé. Il fit démarrer la camionnette et roula tous feux éteints dans la clairière. Il connaissait le chemin par cœur. Lorsqu'il arriverait au bord du ravin, il ferait jour. Le matin du concert de Stacy.

La pluie se mit à ruisseler sur le pare-brise.

Lord et Cass buvaient du café. Il était sept heures un quart mais il faisait à peine jour ; le vent du nord-ouest soufflait par rafales et la pluie venait frapper les vitres.

— Bon, dit Lord, tu as lu mes notes sur Johnny Moore ?

— Oui. C'est comme s'il te rendait responsable d'une partie de l'affaire. Étant donné ce qu'ils espèrent faire, c'est une sacrée pression.

— Ça c'est sûr. Mais sur quoi ils se basent ?

— Tu saurais ou tu suspecterais quelque chose qui permettrait d'établir un lien entre Harry et Phœnix, mais tu ne pourrais en parler ouvertement à cause du secret professionnel. (Elle marqua un temps d'arrêt.) Ça doit sûrement être le vol de la recette du concert.

— Ce qui ficherait en l'air mon système de défense.

Cass regarda Lord par-dessus sa tasse tout en buvant son café.

— C'est ce qu'ils pensent, du moins.

— J'ai à nouveau écarté cette possibilité vers une heure et demie du matin. Trop de gens ont apporté la preuve de sa réaction anniversaire pour qu'elle soit truquée. En plus, c'est trop excessif de tuer un candidat à la présidence rien que pour organiser un vol. Et Harry jure qu'il n'était pas au courant.

Cass l'interrompit doucement :

— Il a quand même un peu fabulé à propos de ses prétendus motifs politiques.

— Poussons les choses plus loin en ce qui concerne le vol. Parmi tous ceux qui étaient encore à l'Arena après la mort de Kilcannon, personne n'a pu voler l'argent, pas même Harry. (Lord finit de boire son café.) Entre autres, cela met Damone, le seul ami qu'on lui connaisse, hors de cause. Harry devient donc un rouage dans un complot plus grand dont il n'existe aucune preuve.

— Et toi alors, qu'est-ce que tu penses ?

— Je pense que Moore sait ou suspecte quelque chose — peut-être en ce qui concerne le vol — dont il ne veut pas me parler directement parce que je suis l'avocat d'Harry. Mais j'ignore ce que c'est.

— Il pense peut-être que quelqu'un a une vengeance personnelle à assouvir.

— Le problème, c'est que je ne vois personne qui *connaisse* à la fois Stacy, Damone et les Parnell, sans parler de les haïr tous les quatre. (Lord regarda la couverture du *Time* sur son bureau. Elle représentait Phœnix en marionnettiste, manipulant Stacy et Parnell.) Non, je pense qu'il y a un lien avec le *procès* Carson. Seulement, il est tellement sadique.

Cass leva les sourcils.

— Comment a-t-elle réagi, hier soir ?

— Elle a été très calme. (Après avoir vu Damone, il l'avait reconduite à son hôtel, en silence. Il ne pouvait que garder ses craintes pour lui.) Je crois qu'elle a réalisé qu'elle retournerait vraiment à l'Arena.

— Je me demande si elle peut encore chanter. (Cass regarda sa tasse.) Tu veux du café ?

— Je veux bien. Merci.

Alors qu'elle passait dans l'autre bureau, une lampe clignota sur le téléphone de Lord. Quelques instants plus tard, Cass apparut dans l'embrasure de la porte et dit sur un ton précipité :

— Je crois que tu ferais mieux de prendre la communication.

— Qui est-ce ?

— Il n'a pas voulu me dire son nom. (Elle semblait déconcertée.) Tout ce qu'il a dit, c'est que tu voudrais l'écouter.

Lord décrocha le combiné.

— Monsieur Lord ?

Au bout d'un moment, il reconnut la voix. C'était l'homme qui l'avait appelé lors du procès Carson.

— Oui ? dit-il enfin.

— Elle n'aurait jamais dû vous choisir. (Lord entendit un bourdonnement. Son correspondant appelait peut-être de loin.) Eh bien, si elle commence le concert, elle ne le terminera pas.

Il y eut un léger déclic, comme la fois précédente.

Lord composa lentement le numéro de Marcia.

Au bout de sept sonneries, un homme qui paraissait défoncé dit :

— Ouais ?

— Pourrais-je parler à Marcia ?

— Qui est à l'appareil ?

— Tony Lord.

— Ah ouais ? (Lord se le représentait en train de se redresser dans son lit.) Eh bien, c'est Fred et je ne crois pas qu'elle ait envie de te parler, mec. Franchement, te voir à la télé dans ce feuilleton d'épouvante, c'est comme un mauvais rêve...

— Ce n'est pas moi qui en ai eu l'idée. S'il te plaît, c'est important.

Fred soupira pour montrer à Lord qu'il avait de la patience.

— Écoute, Tony, voilà ce qu'il en est. J'en ai appris de belles sur ton compte, tu sais ? Tu vas chercher Christophe à la garderie alors que tu n'en as pas le droit, par exemple.

La main de Lord se crispa sur le combiné.

— Je verrai ça avec elle.

— T'as vraiment pas l'air de *piger*, mec. Marcia est *vulnérable* en ce moment, elle se sent *menacée* quand tu fais ça...

Lord l'interrompit calmement :

— C'est parce que je suis un vrai salaud et que je vais arrêter de lui verser sa pension alimentaire. Alors tu la descends de la croix en enlevant les clous un à un et tu poses doucement le combiné contre son oreille.

Il y eut un silence. Lord entendit une conversation étouffée, puis Marcia dit :

— Salut, Tony.

— Salut. Désolé de t'ennuyer mais j'ai besoin de ton aide pour quelque chose.

— De quoi s'agit-il ?

— Quelque chose de pénible, j'en ai peur. (Lord hésita.) Ce coup de téléphone, le soir où nous avons rompu. Est-ce que tu t'en souviens ?

Elle répondit d'un ton glacial :

— Je n'arrive pas à l'oublier.

— A quoi ressemblait la voix ?

— C'est très pénible. (Elle marqua un temps d'arrêt.) Pourquoi veux-tu savoir ?

— Je crois que je viens d'avoir de ses nouvelles.

Marcia resta silencieuse un moment, puis elle dit calmement :

— C'était une voix très uniforme, très nette. Mais douce, presque étouffée.

— Pas d'accent ?

— Non.

Lord ne dit rien pendant quelques instants.

— Était-ce le type qui t'a menacée le soir où je me suis chargé de l'affaire ?

D'après son silence, elle réfléchissait.

— C'était il y a si longtemps, et je n'avais pas fait le rapprochement. Je ne puis le dire avec certitude.

Lord soupira.

— D'accord. Je te remercie.

— Pour me remercier tu pourrais être poli avec Fred.

Au bout d'un moment, Lord répondit calmement :

— Lorsque Christophe est né, ce n'est pas à Fred que je pensais pour lui. Mais à moi.

— Il fallait être fidèle, alors. (La voix de Marcia se fit tranchante.) Quoique tu aies toujours trouvé Stacy Tarrant très séduisante.

— C'est juste une de mes clientes, Marcia.

— Comme ça, tu auras moins de contradictions, pour une fois. (Sa voix se radoucit.) Au revoir, Tony.

Lorsque Marcia eut raccroché, Lord appuya sur le bouton du téléphone et composa un autre numéro.

Elle était déprimée par la pluie.

Elle l'avait toujours été, même quand elle était petite et qu'elle n'avait peur que de ce dont les enfants ont peur. Elle s'asseyait à la fenêtre chez ses parents et elle imaginait que la pluie ne cesserait jamais.

Elle se souvenait encore qu'à l'âge de cinq ans elle avait formé un projet. Son matelas pouvait flotter ; elle partirait avec leur doberman, une boîte de pâte de guimauve et de la nourriture pour chiens. Elle se rendit compte bien plus tard que dans ses fantasmes, elle était toujours solitaire — fantasmes d'enfant unique qui, supposait-elle, sentait les tensions entre ses parents — et qu'elle surmontait toujours la peur ou le danger.

Elle se détourna de la fenêtre et regarda le lit défait. Elle ne savait pas ce qui l'effrayait le plus dans son rêve. Le fait qu'elle ne pouvait pas l'interrompre, ou bien le fait qu'on la tuait à la fin ? Elle ne pouvait pas demander à John ce qu'il en pensait. Elle devait chanter dans onze heures et elle ne savait pas si elle en serait capable.

Le téléphone sonna.

Les appels qu'elle recevait étaient filtrés, sauf lorsque c'étaient Lord et Bill Graham qui lui téléphonaient. Elle décrocha le combiné.

— Bonjour, Stacy...

— Il y a du nouveau au sujet de John ?

— Je crains que non. Mais il faut que je vous voie.

— Je suis en train de préparer mon programme de ce soir. Vraiment, je ne sais pas encore ce que je vais chanter...

— Ça ne peut pas attendre.

Elle hésita,les yeux fixés sur le lit.

— J'aimerais partir d'ici.

Il parut réfléchir.

— Le mieux serait mon appartement. C'est à dix minutes de votre hôtel et de mon bureau, et les journalistes ne traînent plus autour une fois que je suis parti.

Lord semblait avoir meublé son appartement avec tout ce à quoi il tenait. En entrant, Stacy vit une affiche de Kandinsky encadrée au-dessus d'une étagère de livres du temps où il avait le temps de lire — *La Politique du mâle*, de Kate Millett, une biographie de Robert Kennedy, *L'Archipel du goulag*, quelques Vonnegut. Quelques livres pour enfants lui laissèrent penser qu'il lisait toujours des histoires à son fils ; à côté des livres, l'enfant blond sur une photo d'école ressemblait tellement à Lord que Stacy se surprit à sourire.

— C'est incroyable, dit-elle. Votre femme n'a fait que le porter.

— J'avais oublié que vous l'aviez vue.

— De dos, surtout, elle partait. (Stacy vint s'asseoir à côté de lui.) Qu'est-ce qu'il y a de si urgent ?

Lord parut mal assuré.

— Quelqu'un a téléphoné ce matin. Pour vous menacer.

Stacy ramena sa frange en arrière ; ce réflexe ressemblait à de l'auto-imitation.

— Qu'a-t-il dit exactement ?

— Que vous ne termineriez pas le concert. Parce que vous m'avez engagé.

Elle haussa les épaules machinalement.

— Ça ne me surprend pas vraiment. Enfin, c'est le genre de chose qui arrive...

— J'avais déjà eu de ses nouvelles auparavant, Stacy. Pendant le procès.

— Pour *vous* menacer ?

— Oui. Il semblait attendre les moments les plus pénibles. Comme avant que Damone ne comparaisse devant le tribunal.

Stacy leva les yeux.

— Alors maintenant c'est mon tour, voilà tout.

— Il m'a aussi suivi, Stacy. (Lord marqua un temps d'arrêt.) La veille du jour où vous avez témoigné, il a laissé un message sur mon pare-brise, rien que pour me le faire savoir. En rentrant chez moi, je me suis rendu compte qu'il aurait pu piéger ma voiture et que j'aurais été bon pour la morgue.

Stacy lissa les plis de sa robe avec un soin exagéré.

— Néanmoins, il ne l'a pas fait.

— C'est vrai. Il a trouvé un autre moyen de me faire du mal.

— Lequel ?

— C'est personnel et sans importance. Mais quand il a appelé ce matin, je n'avais pas d'autre choix que de vous le dire. Il le savait.

Elle regarda par la fenêtre. Il n'y avait plus de vent, la pluie tombait maintenant à verse et il n'y avait aucun signe de changement.

— Vous pensez qu'il est lié à Phœnix ?

— C'est le même mélange de ruse et de méchanceté. Mais je ne vois pas très bien pourquoi Phœnix voudrait bousiller mon système de défense ou vous éloigner de moi. En vous menaçant pour le concert.

Elle appuya son menton sur ses mains jointes et se tourna vers lui.

— Mais vous ne vouliez déjà pas que je chante, *avant* ce qui vient d'arriver, n'est-ce pas ?

Lord détourna les yeux, puis son regard revint se poser sur elle.

— En exigeant que la somme que vous réunirez soit versée à des œuvres de charité, Phœnix ne profite pas *directement* du concert. Mais il vous rend aussi vulnérable. Cela crée des éventualités dont je dois tenir compte.

Stacy hocha la tête.

— Je lui ai déjà promis. Si je n'obéis pas à ce tordu, John mourra.

— Je ne crois pas qu'il soit uniquement un tordu.

— Bon, *j'ai peur,* ça vous va ? (Elle se leva et se dirigea vers la bibliothèque.) Mon Dieu, je voudrais ne pas avoir dit cela.

Stacy l'entendit s'approcher d'elle.

— Vous pensiez que je n'aurais pas entendu ?

— Le fait d'en parler me rend les choses plus réelles et c'est encore plus difficile. (Elle se tourna vers lui.) Qu'est-ce que je me dirai si je ne vais pas chanter ce soir et si je ne revois jamais John ? Ni peut-être Alexis ?

Lord inclina la tête.

— Je ne sais pas.

— Alors, si vous voulez m'aider, Tony, aidez-moi à le faire. (Elle lui adressa un sourire las et ironique.) Je vous assure, si je ne le fais pas, je ne pourrai pas vivre.

Il était seize heures.

Lord se tenait dans la seconde galerie de l'Arena, à cent mètres de la scène. Les deux galeries formaient un fer à cheval surplombant le rez-de-chaussée qui accueillerait cinq mille fans.

Des employés le nettoyaient tandis que la sono crachait *Lucy in the Sky with Diamonds.* Leurs têtes semblaient des points minuscules ; les Beatles se répercutaient sur le béton ; la salle était immense, froide et vide.

A l'extrémité du fer à cheval, là où s'était tenu Kilcannon, l'équipe technique emportait des caisses d'équipement depuis la plate-forme de chargement jusqu'à la scène. Entre les différents morceaux de musique de la bande, Lord entendait le bruit de leurs pas et celui des boîtes métalliques qu'on ouvrait.

Au bout d'un moment, il se dirigea vers la rampe de sortie. Il descendit deux étages jusqu'au couloir qui faisait le tour du rez-de-chaussée ; il suivit la branche droite du fer à cheval et dépassa la dernière entrée. Trois policiers qui interdisaient l'accès du dernier couloir lui firent signe de passer. Derrière eux se trouvait une série de portes : celles qui étaient à la gauche de Lord donnaient accès aux escaliers conduisant à la scène ; derrière celle de droite se trouvaient les bureaux.

Il s'arrêta devant le dernier bureau. La porte avait l'air d'être munie d'une serrure neuve ; la bosselure qui était à côté avait la taille d'un talon de botte.

Il fit demi-tour, ouvrit la porte qui était en face de lui et grimpa les escaliers jusqu'à la scène.

Il s'arrêta près du téléphone que Carson avait utilisé et regarda sa montre. Le concert commencerait dans moins de quatre heures, et personne ne pouvait l'entendre.

Il appela rapidement Shriver.

— Je viens de voir Harry, dit le psychiatre. J'ai essayé de vous joindre...

— Qu'a-t-il dit ?

— Rien. Il est rentré dans sa coquille — il a refusé catégoriquement d'en parler.

Lord examina la scène, puis il demanda :

— Est-ce que vous savez pourquoi ?

— Peut-être que je l'ai blessé. (Shriver semblait las.) Ou c'est autre chose.

— D'accord. Merci.

— Bonne chance quand même.

Lord replaça le combiné.

Devant lui, Curtis Blake donnait des instructions à l'équipe technique. Les « roadies » étaient silencieux, absorbés par leur travail. A l'endroit où Kilcannon était tombé, la tache avait été grattée au papier de verre ; le bois était maintenant d'une couleur légèrement différente. Curtis fit le tour.

— Bonjour, Curtis.

Il semblait sur ses gardes.

— 'jour, monsieur Lord.

— Vos gars travaillent vite. Comment savent-ils où ils doivent poser les caisses ?

Curtis haussa les épaules.

— Ça se voit à la forme, en général.

— Et au poids ?

— Ouais, des fois.

Lord hocha la tête.

— Je crois que vous vous installez plus tard que la dernière fois.

Le regard de Curtis se porta sur le plancher décoloré.

— Stacy n'a pas voulu faire d'essai de sono.

— Ce n'était pas nécessaire ?

Il haussa les épaules à nouveau.

— Je crois que les musiciens en feront un.

— Bien, je ne veux pas vous empêcher de travailler plus longtemps. (Lord suivit le regard de Curtis.) A propos, avec de la cire on ne la verrait plus.

Curtis le regarda, hocha la tête et se tourna vers les « roadies ». Lord emprunta la passerelle menant à la plate-forme de chargement. Par l'ouverture, il aperçut le camion de SNI avec son antenne satellite, puis des caméras qui faisaient un panoramique sur une longue file de fans attendant patiemment sous la pluie. Derrière un cordon de policiers, les « roadies » déchargeaient le camion et emportaient des caisses jusqu'au monte-charge. Ils devaient passer sous un portique relié à un dispositif de détection. Un policier assis surveillait le tout.

Lord reprit la passerelle et monta trois étages.

Quelque part au-dessus de lui, Johnny Moore vérifiait les endroits stratégiques en compagnie de deux tireurs d'élite de la police. Lord se retourna pour regarder les « roadies ».

Au bout d'un moment, il entendit le bruit des chaussures de Moore sur les marches métalliques. Lorsque l'agent du FBI s'arrêta derrière lui, Lord dit :

— Je suis content que la brigade de déminage soit là.

— Y aura pas de bombe, Tony — pas si c'est moi qui surveille. (Moore parlait à mi-voix et on ne pouvait pas l'entendre depuis la scène.) Toujours chou blanc à propos de ce coup de téléphone ?

— Mouais.

Moore resta silencieux un moment.

— Et la question de Di Palma ?

— Je ne vois pas d'autre lien que le procès. (Lord se retourna.) Vous êtes quatre cents et j'espérais que vous vous rendriez plus utiles.

— Oh, on a cru voir Phoenix aujourd'hui près de Gillette, dans le Wyoming. En fait, c'était un chasseur avec un bonnet de ski. (Il fit la grimace.) On a plein de tuyaux, tous mauvais, et pour ce qui est de sauver les otages, on en est au même point qu'il y a deux jours.

— Formidable. (Lord s'appuya sur la rampe.) Plus que trois heures et demie.

— C'est un véritable événement. (Moore vint s'appuyer sur la rampe à côté de Lord.) J'ai vu un connard au parking qui vendait des T-shirts Phoenix.

— Nom de Dieu !

— On l'a fait déguerpir. A propos, vous saviez que les tickets étaient gratuits ? Avec les compliments de Stacy et de l'Arena.

— Au moins, elle ne se fera pas arnaquer. (Lord continua de regarder les « roadies ».) Puisque nous sommes là, dites-moi comment ça s'est passé la dernière fois. Parce que je ne vois vraiment pas du tout ce qu'Harry avait à gagner...

— Celle-là, elle vous aura fait de l'usage, Tony.

Lord répondit calmement :

— A l'heure qu'il est, ce n'est pas une réflexion très utile.

— En fait, je n'ai pas de théorie définitive. Je peux vous raconter ce que disent les rapports de police — j'ai passé toute la nuit à les lire. (Moore se mit à regarder avec Lord.) Une fois qu'il a été abattu, tous les membres de la sécurité sont venus autour de Kilcannon — personne ne surveillait le bureau quand Damone est arrivé en courant avec les infirmiers. Par conséquent, les flics pensent que quelqu'un a ouvert la porte à coups de pied, a pris le sac où était l'argent, a refermé la porte pour que tout ait l'air normal, et s'est tiré au milieu de la confusion générale.

Au-dessous d'eux, Jesus Suarez sortit une autre caisse du monte-charge. Alors qu'il traversait la scène, Lord dit :

— Aucun témoin n'a vu quelqu'un partir avec une serviette ?

— Tony, selon la formule consacrée, ses fans étaient trop secoués pour remarquer quelque chose.

Jesus ouvrit la caisse. Lord sentit le regard de Moore se déplacer du « roadie » jusqu'à lui. Comme s'il pouvait deviner ses pensées.

Lord finit par dire :

— Naturellement, quelqu'un aurait pu le faire sortir en douce en le cachant dans une caisse.

Il y eut une lueur dans les yeux de Moore.

— Ce qui veut dire les « roadies ».

— Est-ce qu'on a vérifié, après le meurtre ?

— Plus ou moins — à cause de Kilcannon, la première enquête des flics sur le vol a été plutôt bâclée. Mais ils ont interrogé les « roadies » et ils ont saisi le camion et toutes les caisses d'équipement qui traînaient. Ils n'ont rien trouvé.

— Dommage. C'était ma meilleure chance.

— Pourtant, c'est une idée. (Moore continua de regarder Jesus.) C'est vraiment une idée.

2

Stacy descendit de la limousine.

Elle avait un blue-jean, une chemise en gros coton kaki et elle portait un sac de voyage. Elle se dirigea vers la plate-forme de chargement. C'était comme un rêve qui se répétait, sauf que la foule était très silencieuse, et qu'elle était seule.

Des policiers l'escortèrent sur la rampe, puis la grille métallique du monte-charge se referma derrière elle.

Il était dix-neuf heures trente et Lord n'avait pas donné signe de vie.

Le béton et les passerelles défilaient devant elle à mesure que le monte-charge s'élevait. Sur la scène plongée dans l'obscurité, Curtis attendait avec une torche électrique.

Ils se regardèrent, puis Stacy fit un signe de tête et suivit

Curtis en direction des loges. Instinctivement, elle regarda le mur sous le téléphone. Il n'y avait personne.

Les musiciens étaient dans leur loge. Elle les serra dans ses bras en terminant par Leon Brennis.

— Merci d'être venus, dit-elle.

— Pas de problème, Stace. (Leon fit un geste vers les autres.) On a revu les morceaux que tu m'as indiqués. Tu en vois d'autres ?

— Pas pour le moment. On reverra la liste avant que je monte sur scène.

Il fit un signe de tête et Stacy l'embrassa sur la joue. Puis elle partit dans sa loge.

En ouvrant la porte, elle s'attendait à moitié à voir Damone se retourner devant la glace. Puis elle se dirigea vers le tabouret vide, en essayant d'imaginer que ce serait la dernière fois qu'elle chanterait.

Il n'y avait aucun bruit.

Elle commença à se maquiller dans une sorte de transe. De la pommade, puis du khôl sur les paupières. Elle espérait à moitié que Lord lui téléphonerait et lui dirait quelque chose qui lui évite de monter sur scène. Sa montre indiquait dix-neuf heures cinquante.

Sa main glissa.

— Zut ! dit-elle dans un murmure.

En remettant du khôl, elle vit que ses doigts tremblaient.

On frappa à la porte.

Elle sursauta.

— Oui ?

Lord apparut dans l'embrasure.

Elle frissonna légèrement. Elle eut un petit espoir, et puis elle vit qu'il avait un bouquet de roses à la main.

— Si elles ne vous plaisent pas, dit-il doucement, j'ai des pivoines dehors.

— Non — elles sont jolies. Entrez.

— Je ne resterai pas longtemps.

Lorsqu'il les posa sur la table, elle remarqua une petite enveloppe.

Elle se pencha et commença de l'ouvrir.

« Il semblerait que je ne sache pas très bien vous parler, lui disait-il, sauf quand il s'agit de quelque catastrophe. J'ai donc pensé vous le dire avec des fleurs. »

La carte était de sa main :

« Voulez-vous dîner avec moi ce soir ? » En dessous, il y avait en post-scriptum : « A dire vrai, vous me plaisez beaucoup. Seulement, vous me rendez un peu nerveux, parfois. »

Elle prit les roses en souriant et respira leur parfum.

— Vous me payez à dîner, dit-elle en levant les yeux, et j'oublie les dix dollars que vous me devez.

Elle fut surprise par le changement qui s'opéra sur le visage de Lord lorsqu'il sourit. Il avait un sourire insouciant et frais qu'elle avait envie de revoir.

Elle fut surprise et gênée par cette idée.

— J'ai vraiment faim, lui disait Lord, alors je ferais mieux de vous laisser. Bonne chance.

— Merci.

Il fit quelques pas et s'arrêta.

— Moore et les flics ont établi une couverture totale. Votre plus gros problème sera donc de savoir quand arrêter de chanter.

— Je n'en suis pas encore là.

— SNI donnera des numéros de téléphone au public pour les appels et ensuite il commencera un compte par ordinateur des contributions. Je serai sur la passerelle à votre droite et je regarderai sur une télé à piles. Levez les yeux de temps en temps ; lorsque SNI indiquera cinq millions je lèverai une main.

— D'accord. (Elle hésita.) Les roses sont vraiment jolies, Tony.

— C'est si peu de chose, dit-il avant de refermer la porte.

Elle la regarda un moment, puis elle sortit une enveloppe de son sac et se mit à griffonner dessus.

Elle sortit et trouva Leon et Greg qui revoyaient la liste. Elle leur dit :

— On fera « Equal Nights » en second afin de ne pas ralentir le rythme, d'accord ?

Leon fit oui de la tête.

— Autre chose ?

Elle lui donna l'enveloppe.

— J'ai noté dans les marges une partie de mon répertoire de night-club. Si je décide de changer quelque chose, je te le dirai.

— Ça baigne, Stace. T'es sûre de t'en tirer sans programme fixe ?

— Cette soirée n'a pas besoin d'être parfaite — seulement différente. Nous verrons bien comment ça tourne.

Elle les suivit dans le couloir.

Elle attendit pendant que Curtis conduisait les musiciens jusqu'à l'estrade et dirigeait le faisceau de sa lampe sur le piano afin que Leon puisse coller l'enveloppe de Stacy.

Elle était seule dans les coulisses et elle regardait autour d'elle.

Un cameraman s'était placé près du téléphone pour filmer par-dessus son épaule quand elle entrerait sur scène. Elle vit la silhouette sombre de Lord sur la passerelle au-dessus d'elle. Un étage plus haut, un tireur d'élite de la police était à son poste pour la protéger ; Stacy pouvait voir sa casquette et le contour d'un fusil.

Elle croisa les bras et baissa les yeux alors que la nausée la reprenait. Puis elle vit le faisceau de lumière à ses pieds. Curtis l'attendait.

Il regarda sa montre. Elle fit oui de la tête et le suivit vers la scène. De l'autre côté du rideau, la salle était silencieuse.

Stacy s'arrêta derrière le rideau. Curtis recula ; elle sentait la caméra qui attendait et le public invisible à quelques mètres. Elle était incapable de bouger.

Elle fit deux pas en arrière, leva les yeux vers l'endroit où se trouvait le tireur de la police, puis vers Lord.

Et puis merde !

Elle se tourna vers Curtis :

— On y va.

Lord voyait qu'elle avait peur.

Puis elle avança sous les projecteurs. Son visage apparut sur l'écran au-dessus d'elle. Elle commença à chanter « Returns at Midnight ».

Dans les premières mesures, sa voix était mal assurée. Elle chantait sans bouger. Lord voyait en dessous de lui une silhouette droite et mince, dont les manches de chemise étaient retroussées au-dessus des poignets. Sur l'écran, ses yeux étaient bleus et grands ouverts ; il y avait un certain dépouillement, dans ce début simple, qui était étranger aux concerts précédents. Devant elle, l'obscurité — de la fumée, des corps serrés, le silence. Trois autres caméras.

Lord jeta un coup d'œil sur l'écran de sa mini-télé. Il n'y avait pas de chiffres sous le visage de Stacy. Sa voix, ou elle-même, se briserait, pensait-il ; ou il se passerait quelque chose d'autre. Il se pencha en arrière pour voir si le tireur d'élite était toujours au-dessus de lui.

En dessous, Stacy continuait de chanter. Il se rendit compte que sa voix semblait plus âpre, moins jeune, un peu plus rauque.

A la fin de la chanson, il n'y avait toujours pas de chiffres sur l'écran de télévision, et pas d'applaudissements.

Elle regarda son propre visage sur l'écran au-dessus d'elle et dit doucement :

— Ce n'est vraiment pas ça.

Le public silencieux semblait retenir sa respiration. Elle se retourna vers les coulisses et demanda :

— Pourrait-on éteindre cet écran et allumer la salle ?

Lorsque les lumières s'allumèrent, le public était debout, même dans les galeries.

Elle regardait l'endroit où Kilcannon s'était écroulé ; Lord s'aperçut qu'elle voyait le plancher décoloré.

Stacy leva les yeux vers l'écran. « Je regarde cette chose, dit-elle, et c'est comme de chanter pour un miroir. Ce que je voulais vraiment, c'était vous voir. »

L'écran s'éteignit. Elle sembla réfléchir, puis elle continua d'une voix claire et calme.

« Vous savez, je crois que tout ceci me fait un drôle d'effet. Mais je suis vraiment contente que vous soyez là. Et je pense que *ma* présence ici me serait moins pénible si nous observions un moment de silence. »

Sur son écran, Lord la vit se pencher en avant, les yeux fermés. Le public l'imita.

Il n'y avait toujours pas de chiffres.

Stacy releva les yeux. « Tout à l'heure, quelqu'un m'a dit que je le rendais nerveux. Je crois que c'était pour lui une façon de s'excuser parce qu'il n'arrivait pas à dire les choses, et aussi, je crois que c'était une manière un peu spéciale de me mettre à l'aise. » Elle esquissa un sourire. « Alors, je voulais vous dire quelque chose : vous me rendez nerveuse. »

Il y eut quelques murmures bienveillants.

Elle ramena sa frange en arrière. « Toujours est-il que, dans les coulisses, j'essayais de savoir comment j'en étais arrivée là. D'abord, quand j'avais onze ou douze ans, j'avais le béguin pour Paul McCartney. C'était devenu assez compliqué — j'avais même mis la pendule de ma chambre à l'heure de Londres. » Un autre sourire se dessina sur ses lèvres. « Et puis, je me suis dit que Paul ne ferait jamais attention à moi, à moins que je ne devienne célèbre, moi aussi. Alors j'ai commencé à écrire des chansons. »

Devant elle, le public sembla plus décontracté.

Elle reprit d'une voix plus douce : « Mais ce que je ne savais pas, c'est que j'avais des pensées et des sentiments que je ne pouvais exprimer que de cette façon. En espérant qu'un jour vous seriez là pour moi. » Elle se dirigea vers le bord de la scène et ajouta : « Et aujourd'hui, vous êtes encore là pour moi. Mais à un certain moment, je n'ai plus vu vos visages. Lorsque c'est arrivé, j'ai eu peur que vous ne veniez plus. Ce genre de peur fout pas mal de choses en l'air. L'idée que j'avais de vous, par exemple. Alors je vous dois des excuses, en somme. »

Elle est si vulnérable, se dit Lord, que n'importe quoi peut arriver. Il vit le chiffre de quatre cent mille dollars clignoter sur l'écran.

Stacy reprit : « Et puis il s'est passé autre chose. Le reste de ma vie est passé comme une ombre devant mes yeux. C'est tout juste si je regardais. Je crois que c'est ce qui m'a amenée ici en juin dernier. J'avais envie de faire partie de quelque chose de plus grand. Et vous étiez à nouveau là pour moi. »

Elle s'arrêta, baissa les yeux vers le plancher et dit doucement : « Vous savez ce qui est arrivé. Pendant que j'essayais d'y faire face, les médias ont commencé leur cirque à propos de *ma* tragédie. Et maintenant quelqu'un a trouvé un nouveau moyen d'exploiter ça. »

Elle releva la tête brusquement. « Toute cette histoire m'avait déjà complètement démolie, parce qu'il est évident que le pire dans tout cela, ce n'est pas ce qui m'est arrivé. Voilà donc une autre chose pour laquelle j'ai besoin de votre aide. S'ils mettent ma photo sur une couverture de magazine et que j'ai l'air triste, ne l'achetez pas, d'accord ? » Elle s'arrêta et se mit à sourire : « Boycottez la tragédie. »

Surpris, le public se mit à rire, puis à applaudir.

Elle pencha la tête. « Vous savez, lorsque j'ai *enfin* rencontré Paul McCartney, il était marié. »

Les rires se firent plus forts et Lord se surprit à sourire.

« Je ne sais pas très bien ce que ça veut dire mais je crois qu'il y a une métaphore quelque part. »

Elle semblait plus décontractée maintenant. « Alors ce concert est vraiment important pour moi. Pas pour échapper à ce qui s'est passé ici, parce que vous avez été super et que parfois je ne me suis pas rendu compte de la chance que j'avais. Mais simplement parce que je suis assez vieille pour trouver d'autres moyens d'exprimer ce que je ressens. Peut-être quelque chose d'intime dont je puisse être fière. »

Elle approcha le micro de sa bouche et dit doucement : « Mais d'abord, je serais fière si vous m'aidiez pour une dernière chose que je ne peux pas faire sans vous. Aidez-moi à sauver John Damone de *cette* chose, quelle qu'elle soit. Ça fait dix ans qu'il est mon ami et, à notre façon, nous nous aimons. C'est pour ça que je suis ici. »

Lord vit que son écran de télévision indiquait maintenant six cent soixante-quinze mille dollars.

« Évidemment, tout ça fait peut-être un peu ringard mais pour une fois j'ai vraiment de bonnes excuses. » Elle s'arrêta et balaya la salle du regard, puis elle termina : « J'espère quand même que ça vous plaît. »

Avant que le public ait pu applaudir, Stacy se tourna vers les musiciens et ils attaquèrent « Equal Nights ». Elle commença à chanter en se balançant.

Lord remarqua que le groupe avait un peu ralenti le tempo ; la voix de Stacy n'était pas aussi forte mais elle sonnait mieux.

Sur l'écran, elle souriait. Sous son visage, le chiffre d'un million cent mille dollars était venu s'inscrire. Une partie du public se mit à chanter avec elle. Lorsqu'elle eut fini, l'écran indiquait un million et demi de dollars.

Lord se demanda combien de temps elle tiendrait.

La foule l'acclamait. Stacy ramena sa chevelure en arrière. « Merci, dit-elle. Je vais maintenant... »

Lord entendit trois coups secs.

Il y eut des cris ; Stacy se raidit, puis chancela.

Lord descendit l'escalier métallique en courant et vit Stacy reprendre son équilibre. Elle resta debout, les yeux écarquillés.

A droite de la scène, la foule avait trouvé quelque chose. Les policiers se frayèrent un chemin à travers la mêlée et s'emparèrent d'un jeune homme blond et maigre qui hurla : « Libérez le Salvador ! »

Un des policiers montra un objet argenté. On entendit quelques cris : « Un pistolet à amorces... »

Comme à Chinatown, se dit Lord.

Elle restait parfaitement immobile, la tête tournée vers l'homme blond. Le public semblait stupéfait, craignant sa réaction.

Lord remonta l'escalier et vit son visage sur l'écran.

Alors que la police évacuait l'individu blond, les yeux de Stacy brillèrent de colère. « Le Salvador est une chose, dit-elle à la silhouette qui s'éloignait, mais *toi,* tu en es une autre. »

Il y eut quelques rires nerveux.

L'écran afficha deux millions trois cent mille dollars.

Stacy se tourna vers le public. « Laissez-moi trouver quelque chose à chanter. Histoire de me remettre dans l'ambiance. »

Elle dit quelques mots à Leon et les musiciens commencèrent à jouer « Love me now ».

Les musiciens prirent le morceau sur un tempo moyen mais qui balançait et elle chanta calmement et sans artifice. Au bout d'un moment, son corps suivit le rythme. Sur son écran, Lord la vit sourire à nouveau.

Elle ralentit pour la fin de la chanson :

Sache que le feu
vit dans les amants
Le soir le feu
en nous tous brûle mieux.

L'Arena retentit d'applaudissements et de sifflets, réactions d'une foule normale.

Soudain, l'écran afficha quatre millions cent mille dollars. Lord sursauta. Encore une chanson et elle pouvait arrêter. Il se pencha par-dessus la rampe.

« Qu'est-ce que vous voulez entendre ? » demanda Stacy à la foule.

Un homme cria : « " Desperado " [1]. »

1. Un des classiques du country-rock composé et interprété par les Eagles en 1973. (*NDT.*)

Elle fit semblant de faire la grimace et se tourna vers Leon.

— On sait le jouer ?

— Moi oui.

« Arrête de déconner », pensa Lord. Leon joua les premières notes et elle commença à chanter l'air comme une chanson d'amour douce et triste :

Des-perado
Tu sais, tu n'es plus jeune
Ta douleur, ta faim
Te font rentrer à la maison...

Mal assurée, elle rata quelques notes. Leon l'accompagnait seul au piano.

Le chiffre de cinq millions de dollars clignota sur l'écran.

Vers la fin, sa voix se fit plus forte. Dans la dernière strophe, elle était haute, claire et superbe. Les dernières notes semblaient flotter.

Elle fut submergée par un tonnerre d'applaudissements. Elle salua puis leva les yeux vers Lord.

Il leva une main.

Elle fit un signe de tête presque imperceptible. La foule continuait d'applaudir.

Stacy attendit que le silence se fasse. « OK. » Elle sourit. « Et maintenant ? »

Lord en resta interdit. « " My Funny Valentine " », cria une femme.

« Ça, c'était il y a neuf ans. » Elle s'abrita les yeux de la main et repéra la femme qui avait crié. « Vous y étiez ? »

« Oui ! »

« Vous savez, dit-elle lentement, ça me flatte vraiment que vous vous en souveniez. »

Elle se retourna vers Leon et démarra.

Sa version donnait une cadence rapide et comique aux paroles. Scrutant la foule, Lord vit que Johnny Moore l'observait.

Pendant qu'elle chantait, il lui sembla qu'un sentiment de bienveillance s'installait dans le public. Ce fut seulement vers la fin que la voix de Stacy perdit un peu de sa force.

Elle porta la main à sa gorge et dit en souriant brièvement : « Je ferais mieux d'arrêter là, car je n'ai jamais promis que je ne ferais pas de disque. »

Le public répondit par des rires, puis son sourire disparut.

« Il y a quelques instants, reprit-elle, on m'a fait savoir que nous avions réussi ce que nous avions entrepris. Je ne saurais vous remercier assez pour cela, pour moi et pour John Damone. » Elle regarda la caméra. « Vraiment, je tiens à remercier tout le monde. »

Elle marqua un temps d'arrêt et sa voix se fit moins chaleureuse. « Il est temps, maintenant, que John et Alexis reviennent. »

Le silence était total.

Elle se tourna vers la foule. « OK, j'avais l'habitude de terminer par des chansons lentes et tristes, parce que ça semblait mieux marcher. Mais ce soir, je ne veux pas terminer de cette façon. Alors j'ai trouvé une chanson connue qui n'est ni triste ni lente, et vous pourrez peut-être chanter avec moi. »

Il y eut quelques coups de batterie et Stacy se lança dans une version enlevée de « That'll Be the Day[1] ».

Et le jour viendra
où tu me feras pleurer
Tu dis que tu me quitteras
tu sais que ce n'est pas vrai
car ce jour-là
je mourrai..

Elle sourit.

Le public rit et applaudit, puis ce fut le délire. Les musiciens se déchaînèrent au milieu des coups de cymbales et de batterie tandis que la foule chantait la dernière phrase avec elle :

Car ce jour-là
je mourrai...

Lorsque le public se mit à crier son nom, elle resta immobile. Les ovations furent longues. Lorsque le silence fut revenu, Stacy était toujours là.

« Je vous aime », dit-elle, et ce fut terminé.

1. Un des grands succès de Buddy Holly enregistré en 1957. (*NDT.*)

Si seulement elle ne l'avait pas décontenancé, se disait Phoenix.

Lorsque l'image changea, il vit le visage d'Alexis changer en même temps.

Sur l'écran, Parnell était assis comme un mannequin de cire entre cinq candidats tendus, trois hommes et deux femmes. Alexis semblait clouée sur place.

Son mari parlait d'une voix hésitante. « Le choix que vous m'avez donné... est trop difficile. » Il regarda la fiche qu'il avait à la main. « Trop difficile... »

Phoenix se mit à sourire en voyant son trouble.

« Euh, voici Valencia Cruz, de Taos au Nouveau-Mexique. » Avec un retard, Parnell tourna la tête vers la femme noueuse et à la peau olivâtre assise à côté de lui. « Elle a six enfants, son mari est sans travail et n'a plus d'assurance maladie. Elle a besoin d'une transplantation de moelle osseuse qui coûte cher... »

Quand la femme le regarda, Alexis rougit.

« A côté d'elle, le révérend Howell... » Parnell s'arrêta, essayant de lire ce qui était écrit sur la fiche ; un Noir vêtu d'un boubou se pencha vers lui pour le corriger. Parnell reprit : « *Harlell* Cleveland, de Washington. Monsieur... le révérend Cleveland s'occupe avec succès d'un programme de réinsertion pour jeunes drogués qui a perdu ses subventions fédérales. »

Pendant un moment, son débit se fit plus rapide. « A ma gauche, Theresa Licavoli, de Saint Louis dans le Missouri. Euh, Theresa s'occupe de trouver des logements pour les personnes âgées sans famille... » Une femme aux traits anguleux l'interrompit avec véhémence pour lui dire quelque chose à l'oreille. Parnell la regarda de travers et dit dans un murmure : « Euh, Mme Licavoli me dit que c'est un problème qui touche des milliers de gens dans notre pays... »

Phoenix pensa que jusqu'ici, SNI avait fait un choix magnifique.

Parnell poursuivit avec peine : « A ma droite, David Feldstein, qui est ici, de San Francisco. David s'occupe d'un programme d'alimentation pour les familles à bas revenus et il vient de perdre ses subventions. » Parnell s'arrêta en voyant ce qui était écrit sur sa fiche. « M. Feldstein voudrait faire une déclaration... »

Un homme barbu prit la parole. « C'est un scandale !.Nous dépensons des milliards à cause d'une prétendue menace soviétique tandis que des Américains n'ont pas de quoi manger. »

Parnell hocha la tête sans rien dire, pour montrer qu'il compatissait ou peut-être pour l'empêcher de continuer. Une fois le silence revenu, il revint à sa fiche. Il la fixa pendant plusieurs secondes, puis il lut d'une voix hésitante : « Enfin, Jon Gustafson, de Bemidji dans le Minnesota... »

Sa bouche continua de bouger, mais aucun son n'en sortait. Il finit par murmurer : « Il dirige l'association Parents sans enfants... »

Il s'essuya le front distraitement. Phoenix s'aperçut que durant le silence de Parnell, le visage d'Alexis avait pris une expression douloureuse.

« Euh, cette association est formée de parents dont les enfants ont été enlevés... »

Phoenix se mit à rire.

Alexis sursauta et se tourna vers lui, les larmes aux yeux.

Parnell continua d'une voix blanche : « Il y a trois ans, Matthew Gustafson, quatre ans, fut enlevé par l'ex-femme de M. Gustafson. Ce dernier a déjà dépensé cent dix mille dollars pour retrouver son fils... »

Soudain, sa voix se brisa complètement. Les larmes coulèrent sur les joues d'Alexis.

Phoenix sut qu'il y avait un type génial à SNI.

Parnell reprit brusquement : « Alors, il a fondé, euh, PSA afin de mettre sur ordinateur toutes les informations susceptibles d'aider à retrouver les enfants kidnappés... »

L'homme brun, impassible, se pencha en avant et dit à la caméra : « Marie, si tu regardes, je t'en prie, ramène Matt à la maison et je ne ferai rien. Je veux juste le revoir... »

Parnell le regarda bouche bée, puis se retourna comme si quelqu'un l'avait appelé dans le studio. Il tenait toujours la fiche. « Euh, j'ai été profondément ému de rencontrer ces quatre... ces cinq personnes très bien. » Il jeta un coup d'œil vers Gustafson. « C'est difficile de choisir... » Il se retourna et remonta ses lunettes sur son nez. « J'ai décidé... de donner à chacun deux cent mille dollars... »

Alexis avait cessé de pleurer ; Phoenix eut soudain conscience que la captivité d'Alexis et ce qu'elle voyait et entendait formaient un mélange explosif.

« Je voudrais aussi faire quelque chose de... personnel. » Parnell se tourna vers Gustafson. « Jon, j'aimerais faire une autre contribution de deux cent mille dollars au nom de mon propre fils Robert, qui lui aussi a disparu... »

Phoenix vit qu'Alexis était pâle et qu'elle tremblait. Elle se leva brusquement, la bouche serrée par la colère et l'émotion. Elle se tourna vers lui et sa bouche se tordit alors qu'elle avait du mal à prononcer ces mots : « Je vous en supplie... »

Instinctivement, il lui plaça le micro autour du cou et vint se mettre derrière la caméra, pour la laisser parler. Il sentait avec une excitation grandissante que quelque chose l'avait séparée de Parnell lors du premier enlèvement. Quelque chose qu'il pourrait ouvrir comme une blessure.

Lord savait qu'il devait rester sur la passerelle. En dessous de lui, Stacy jeta un dernier coup d'œil sur la salle vide, sur la scène où Kilcannon s'était effondré. Puis elle se dirigea vers les loges, sans lever les yeux.

Les musiciens l'attendaient près du couloir. Elle les serra dans ses bras et ce fut une étreinte collective. Puis elle passa ses bras autour de Leon et de Greg Loughery, et ils partirent tous dans leur loge.

C'est alors seulement que les « roadies » commencèrent à ranger le matériel. Appuyé sur le mur du fond, Moore les observa.

Lorsque les musiciens réapparurent, Lord descendit la passerelle. Ils défilèrent devant lui tout en parlant entre eux. Leon Brennis rencontra le regard de Lord et sourit.

Dans la loge, il n'y avait plus qu'un garde.

Lord frappa et entendit une voix étouffée lui dire d'entrer.

Il entra et referma la porte. Stacy était assise et lui faisait face. Après un silence, il dit :

— Avec deux comme vous, on pourrait ramasser dix fois plus d'argent.

Il y eut une brève lueur d'amusement dans ses yeux.

— J'espère que c'était ce qu'il fallait à John.

Il hocha la tête.
— Vous avez toujours faim ?
— Je ne sais pas. En fait, je crois que je suis trop crevée pour manger.
— Bien sûr, dit-il machinalement. (Il était un peu déçu. Elle l'observa, hésitante.) Tony, pouvez-vous m'emmener quelque part ? J'en ai un peu marre des limousines et des hôtels.
Il pencha la tête.
— Où, exactement ?
— J'ai une maison dont tout le monde ignore l'existence. (Elle marqua un temps d'arrêt.) Sur la côte, à Sea Ranch. C'est à trois heures de route.
Il la regarda.
— Il fait nuit et ce n'est pas la porte à côté.
— Il y a de la place. Vous pourrez rester dormir.
Il s'assit sur le bord de la coiffeuse.
— Un souper est une chose, mais vous avez pu voir que je ne vous apportais que des ennuis.
— Il ne s'est rien passé. (Elle sourit faiblement.) Il ne se passera rien.
Ils se regardèrent. Lord finit par dire :
— Dans ce cas, il vaudrait mieux dire à Johnny où ça se trouve. Il aime bien savoir où nous sommes après onze heures du soir.
Elle continua de sourire.
— D'accord.
Elle prit son sac et ils se dirigèrent vers la scène. Lord s'arrêta et regarda la salle pendant que Stacy parlait avec Moore. Puis elle partit en direction de la plate-forme de chargement.
Moore regarda tour à tour Lord et Stacy avec curiosité, avec pitié, presque. Lorsque Lord passa devant lui, il fit un pas dans sa direction et lui dit à voix basse :
— D'un autre côté, il aurait pu faire sortir l'argent *avant* le meurtre de Kilcannon.

Lorsqu'elle eut fini de parler à son mari, devant la caméra de Phoenix, Alexis lui apparut sans défense.
Il vit que sa colère la quittait, remplacée par un sentiment de

gêne. Elle s'était mise en colère sous les yeux de Phoenix et cela créait entre eux une certaine intimité. Phoenix se demanda si c'était un effet de son imagination, de sa solitude, ou bien si une émotion contenue les reliait comme un fil.

Alexis esquissa un geste de la main. Comme si elle cherchait, dans son trouble, quelque réconfort ou quelque chaleur humaine. Comme si les événements la rapprochaient plus de lui que de Parnell.

Il resta derrière la caméra, luttant contre la panique et le désir. Il ignorait si c'était de l'autoprojection ; s'il tendait la main vers elle, qui savait comment cela pourrait finir ?

Pendant un moment, il souhaita ardemment qu'elle pût voir son visage, le *voir* tel qu'il était réellement.

Non, il ne fallait pas.

Sa main bougea. Il fit un effort de volonté et il montra la porte du doigt.

Alexis ferma les yeux. On eût dit qu'elle ne respirait pas. Phoenix sentit sa solitude, qui était aussi la sienne.

Il ne pouvait pas se permettre de chercher à saisir si ce qu'il voyait était la léthargie d'un prisonnier, du désir, ou tout simplement du dégoût de soi-même.

Elle se retourna — comme un automate, lui sembla-t-il — puis elle se dirigea vers la porte et sortit.

Il ferma la porte à clé et s'y adossa, sentant la présence d'Alexis derrière lui.

Au début, regarder SNI ne fut qu'une distraction.

Devant l'Arena, une journaliste disait : « Quel qu'en soit le résultat, ce concert fut au moins, en un sens, un triomphe personnel pour Stacy Tarrant. Il est cependant peu probable que nous puissions connaître rapidement ses réactions... »

Une séquence montrait Stacy escortée par deux policiers courir vers une Datsun blanche.

« Après le concert, Mlle Tarrant est partie pour une destination inconnue en compagnie de l'avocat Anthony Lord. » La journaliste fit une pause, puis ajouta : « Par conséquent, nous ne pouvons pas recueillir ses réactions... »

Phoenix éteignit rageusement la télévision. Une colère sourde montait en lui. Et puis, au milieu de sa haine et de ses sentiments contradictoires, il entrevit une autre possibilité pour terminer le drame en beauté.

S'il ne tuait pas Alexis pour eux, ce pouvait être quelqu'un d'autre.

CINQUIÈME JOUR : VENDREDI

Lord fut réveillé à l'aube.

Repoussant l'édredon, il entendit des poutres craquer et se souvint qu'il était à l'étage. La maison était en bois de séquoia, avec des greniers et des verrières qui éclairaient le rez-de-chaussée, où Stacy dormait. Une brise salée passait à travers le store de sa fenêtre.

Entre la maison et l'océan, s'étendait un espace d'une centaine de mètres où poussaient des salicornes. Le premier rayon de soleil vint frapper la surface de l'eau et révéla des rochers bleu-gris et déchiquetés. Les vagues venaient se briser au pied des falaises basses et l'écume rejaillissait en un arc gracieux pour retomber ensuite. Le rugissement assourdi se faisait entendre quelques secondes plus tard.

Lord se pencha par la fenêtre et regarda la côte. Ici, à cent quarante kilomètres au nord de San Francisco, la côte était déchiquetée à partir du comté d'Humboldt. Même vers le sud, les cyprès poussaient de travers à cause du vent et les montagnes de la Coast Range surplombaient l'océan. Les étendues de salicornes ressemblaient à de la bruyère.

Il était six heures trente et il avait dormi trois heures.

Ils étaient partis de chez lui et avaient fait la route en silence, parlant peu. Lord n'arrêtait pas de penser à ce que Moore avait dit au sujet du vol.

Il décrocha le téléphone qui était à côté du lit.

— Tony ? Où es-tu donc ? (Cass avait la voix endormie.)

— J'ai reconduit Stacy à Sea Ranch, dit-il à mi-voix. Je veux que tu appelles l'hôpital d'Atascadero. Dis-leur qu'il faut que je voie Harry après l'émission de ce soir ou demain le plus tôt possible.

— Quelque chose ne va pas ?

— Je ne sais pas très bien. (Lord lui donna le numéro de Stacy.) Rappelle-moi pour me donner une heure.

Stacy sortit lentement d'un sommeil profond et sans rêves. Il lui fallut un moment avant de se rappeler où elle était et comment elle y était arrivée. Soudain, à l'idée de voir Lord dans un contexte nouveau, elle se crispa.

Elle le trouva dans la salle de séjour, assis sur la banquette d'angle près d'une fenêtre. Il portait un jean et un chandail vert à col roulé et il buvait du café. Il semblait absorbé par l'océan.

— Hypnotisé ?

Lord mit une seconde à se retourner, comme si une partie de lui-même était ailleurs. Il ressemblait tellement à Jamie qu'elle en fut surprise.

— Ça me fait cet effet, lui dit-il. En fait, je me disais qu'il serait impossible de regarder l'océan un certain temps et de continuer à être conscient de soi-même.

Il continua de boire son café et elle appuya son épaule contre une poutre.

— Mon Dieu, je suis tellement soulagée que je me sens coupable.

Il fit un mouvement de la tête.

— Vous avez fait tout ce que vous pouviez. Sauf boire ce café que j'ai préparé.

Elle s'en versa un peu et vint s'asseoir sous la jonction des deux fenêtres.

— Ça fait longtemps que vous regardez ?

— Deux heures. (Son air intéressé et curieux lui révéla qu'il avait suivi sa pensée.) Est-ce que l'océan vous touche de cette façon ?

— Parfois, mais pas de façon négative. (Elle but son café tout en regardant par la fenêtre.) Simplement, quand je me sens plus petite, je me mets à regarder ce qui est le plus près de moi. Je ne sais pas si vous me comprenez.

— Bien sûr. (Il jeta un coup d'œil autour de lui.) C'est un endroit fantastique. Pour la contemplation, ou autre chose.

— J'ai toujours aimé cet endroit. Mon père disait qu'il ne voulait pas connaître quiconque ne l'aimait pas.

— C'est une maison de famille ?

— Pas exactement. Mes parents la louaient pour les vacances. Je dormais au grenier, j'écoutais les bruits et je faisais comme si elle était à nous. Je n'arrivais pas à croire que nous n'étions pas faits pour elle. (Raconter ses souvenirs la mettait plus à l'aise.) Je donnais une personnalité à chaque chose — les arbres, les voitures, les maisons —, et j'associe tellement de choses agréables à celle-ci. Alors, il y a cinq ans, j'ai engagé un agent immobilier pour qu'il me fasse signe si elle était à vendre. Deux jours après avoir reçu sa réponse, je l'ai achetée.

— Satisfaction immédiate.

— Les deux plus longs jours de ma vie..., répondit-elle machinalement avant de s'interrompre.

Lord l'observa par-dessus le bord de sa tasse.

— Cette attente jusqu'à huit heures du soir devient si pénible, dit-elle enfin. Je veux juste les voir tous les deux.

Il hocha la tête et se tourna vers l'océan.

— Vous croyez que vous pouvez m'emmener en promenade ? dit-il au bout d'un moment. Vous devez tout savoir sur cet endroit.

Fixant la porte fermée, Phoenix tira sur son joint.

Il se mit à s'imaginer que, de l'autre côté, elle l'attendait. Il n'avait pas dormi.

Il se demanda si elle pensait à ce qu'elle avait dit la veille au soir.

Il savait que, par impuissance, les prisonniers ont besoin de s'identifier à leurs geôliers et, à la fin, de leur faire plaisir. Mais il n'avait pas imaginé à quel point le fait de le savoir créerait en lui des sentiments contradictoires : des millions de gens le regardaient et pourtant il ne voyait, pour tout public, qu'Alexis. Ils partageaient cela, seuls.

Il essaya de se changer les idées en regardant la photo de Stacy. Mais elle lui apportait aussi l'image de Lord.

Il se tourna à nouveau vers la chambre d'Alexis.

Il resta quelques instants immobile, retardant sa décision. Mais le besoin de connaître ses sentiments à elle était trop grand.

Il se dirigea lentement vers la porte et l'ouvrit.

Alexis était réveillée. Elle le regarda, ignorant si ce qu'elle avait dit devant la caméra avait changé quelque chose, ou si ce qu'elle allait faire serait décisif quant à savoir qui vivrait et qui mourrait. Pour Phoenix, leur silence était comme un fil délicat, leur immobilité celle de deux personnages sur une frise, Alexis ignorant le choix qu'il lui proposerait, Phoenix attendant sa réponse.

Il quitta la pièce sans refermer la porte.

Il sortit de la cabane, enleva sa cagoule et la laissa tomber sur la terrasse. Il réfléchit. Elle ne le savait peut-être pas, mais elle avait peu de chances de lui échapper maintenant. Mais ce qu'il ferait à partir de maintenant dépendait de deux choses : essayerait-elle de s'échapper, ou resterait-elle, afin de vivre ?

Phoenix monta dans la camionnette et s'éloigna, pour commencer ce dernier acte qu'elle écrirait pour lui.

Ils se promenèrent sur la falaise. Au-dessous d'eux, l'eau miroitait. Stacy s'arrêta pour regarder quelques fleurs sauvages.

— Papa et moi avons commencé à faire cette promenade quand j'avais neuf ans, à peu près. Il aimait la nature, même les plus petites choses, et il était d'une patience infinie. Ce n'était pas tant ce qu'il disait que la façon dont il regardait. Je crois que j'apprenais beaucoup de lui.

Lord savait qu'elle avait besoin de parler, peut-être à n'importe qui.

— Les parents et les enfants sont intéressants, fit-il. Les aspects de ma personnalité que je retrouve en Christophe font souvent partie de la personnalité de mon père. Sauf que Christophe se croit parfois plus malin que les autres.

— C'est dû à l'hérédité ou au milieu ?

— Au milieu. Papa est quelqu'un de très bien.

— Il n'est pas avocat, alors.

— Non, mais il a très bien pris la chose. A propos, où sont les phoques que vous m'avez promis ?

Elle le conduisit jusqu'à une avancée rocheuse où les vagues venaient se briser. Quand ils arrivèrent à l'extrémité, elle lui dit :

— Ils sont en bas.

Les rochers étaient couverts de phoques et des têtes gris-brun émergeaient de l'océan, à la recherche d'un endroit libre. Stacy prit ses jumelles et les tendit à Lord en souriant.

Il les braqua sur deux phoques qui sortaient de l'océan. Leur peau luisante ruisselait et ils s'effondrèrent sur le rocher en étalant pattes et nageoires pour se dorer au soleil. De temps en temps, ils levaient paresseusement la tête par curiosité, pacifistes suprêmes.

— Je me demande à quoi ils pensent, fit Lord.

— Aux poissons. A dormir. A se reproduire, quand c'est la saison.

— Ils n'ont pas l'air d'avoir peur de nous.

— Ils ont été suffisamment chassés. Mais ça va, nous ne sommes pas trop près.

— Chassés ?

— Pris au filet et assommés, ou harponnés, ou bien même tués à coups de fusil. (Elle s'assit sur l'herbe à côté de lui.) La première fois que nous sommes venus ici, j'ai vu sur la grève un phoque tué d'une balle dans la tête. Je n'ai pas pu revenir tant que l'océan ne l'eut pas emporté.

Après un silence, elle reprit :

— J'en ai rêvé pendant des semaines. Je n'arrivais pas à savoir qui pouvait faire ça, ni pourquoi.

Quelque chose dans sa voix le fit se tourner vers elle.

Elle avait cueilli une fleur et la retournait entre ses doigts. Elle dit à voix basse :

— Ces problèmes, entre nous... Il n'y a pas que le procès. Il y a quelque chose que je ne vous ai jamais dit.

Lord trouva que ses yeux étaient plus sombres.

— Qu'est-ce que c'est ? demanda-t-il.

Stacy hésita un moment.

— J'ai fait un rêve. Carson tuait Jamie, encore et encore.

— Comme ça s'est passé en réalité ?

— Pas exactement. (Elle continuait de tourner la fleur.) Avant de tirer, Carson regardait vers les coulisses, puis hochait la tête. Je n'arrive jamais à savoir pourquoi.

— Ni ce que cela signifie pour vous ?

— Non. Mais à la fin, c'est ce que Jamie me demande.

Il l'observa.

— Vous vous rappelez quand vous avez fait ce rêve pour la première fois ?

— Oui. C'était le lendemain du jour où vous m'avez fait subir ce contre-interrogatoire.

Il sentit ses yeux se plisser.

— Savez-vous pourquoi ?

— Non.

Lord dirigea son regard vers les phoques. Il lui dit, enfin :

— Je ne sais pas très bien quoi vous dire.

— Je ne vous demande rien.

Il se retourna : elle le regardait.

— Restez seulement un peu, d'accord ? C'est un peu pour ça que je vous en ai parlé.

Phoenix se demandait si elle serait toujours là quand il reviendrait.

Les kilomètres défilaient, il remarquait à peine le paysage, impatient de savoir. Lorsqu'il atteignit enfin la prairie, la cabane n'était qu'un point à deux cents mètres.

A soixante-dix mètres, il freina et prit ses jumelles sur le tableau de bord. Ses mains étaient humides de sueur.

Elle était assise sur le porche. Elle était encore là ; elle attendait.

Il resta où il était. Il put croire un moment qu'elle admirait son génie, qu'elle était plus qu'une prisonnière. Qu'elle l'avait préféré à Parnell.

Ils restèrent ainsi, la camionnette dans la prairie, Alexis sous le porche. Il ne savait pas combien de temps il pourrait rester à l'observer ; il avait tellement envie d'appuyer sur l'accélérateur qu'il sentait son propre pouls.

Soudain, Alexis comprit. Elle se leva tout en le regardant. Puis elle fit demi-tour et rentra dans la cabane, lentement et à contrecœur. Il lui sembla que la porte se refermait assez doucement et il fut pris d'un tremblement.

Il repartit vers la cabane, la gorge serrée. En sortant de la camionnette, il claqua la portière, se disant que le bruit ferait sortir Alexis, qu'elle viendrait à sa rencontre. Il le désirait à moitié.

Il n'entendit que le bruit de ses propres pas. Il s'arrêta brusquement.

Il vit sa cagoule par terre, à côté de l'endroit où elle s'était assise.

Il sut alors que le dernier acte ne se terminerait pas avec Alexis, mais avec Tony Lord.

L'après-midi touchait à sa fin. Ils étaient assis dans la cuisine de Stacy et ils prenaient une collation. Durant les heures précédentes, il lui avait un peu parlé de son mariage et de son fils ; Stacy savait que c'était juste pour se changer les idées, pour passer le temps en parlant d'autre chose que de ce qu'il lui était arrivé. Mais comme il semblait plus humain, elle y revint.

Elle comprit que le silence était de sa faute et elle fit une tentative pour le briser. Elle lui demanda doucement :

— Chez les Parnell, quand vous avez dit que Jamie était si intelligent que ça vous faisait peur, que vouliez-vous dire ?

Lord eut l'air surpris, puis il l'observa.

— Je n'ai vraiment pas envie de reparler de ça, ça nous mènerait trop loin.

— Ça ne changera pas mes sentiments pour lui. (Elle eut un instant d'hésitation.) En fait, je voudrais savoir ce qui vous a fait dire ça.

Lord prit son verre à vin et le tourna entre ses doigts.

— Je peux aussi bien le dire, fit-il. Parce que cela a plus à voir avec moi qu'avec lui.

Il se renversa en arrière sur sa chaise, toujours en examinant son verre. Puis il commença :

— J'ai grandi en croyant à la politique et aux politiciens. Avant l'assassinat de Robert Kennedy, je voulais faire de la politique. Et puis, comme beaucoup de gens, je me suis aperçu que nos présidents commençaient à être élus par ceux qui pouvaient financer les pubs les plus luxueuses et les spots télévisés les plus astucieux, qui ne disaient rien de concret sur les candidats ou sur ce qui avait fait que je m'intéressais à eux. J'étais jeune, idéaliste, et par conséquent j'ai pris ça pour moi. Kilcannon n'a pas inventé ces procédés. Mais il était trop intelligent — et il avait trop de caractère — pour ne pas dépasser et comprendre ce qui lui arrivait.

Lord continuait d'examiner son verre. Après un moment d'hésitation, il reprit :

— Je ne le connaissais pas, mais c'était évident. Et les plus intelligents sont aussi les plus dangereux, du moins pour eux-mêmes, car il y a un antagonisme entre l'ambition et le dégoût de ce qu'elle peut les amener à faire. Et cet antagonisme se met à les détruire. (Il leva les yeux.) Cela ne semble pas trop prétentieux ?

Stacy l'observa.

— Non, finit-elle par répondre.

— Quand vous m'avez vu ce soir-là, j'étais en colère parce qu'un de mes clients s'était laissé prendre au piège. Depuis, j'en sais un peu plus sur l'ambition et sur les pressions qui pouvaient s'exercer sur Kilcannon.

Il continua de la regarder avant de reprendre :

— J'en sais assez pour regretter ce que j'ai dit.

— Vous regrettez d'avoir défendu Carson ?

— En soi, non. Ce que je regrette, c'est que Christophe en ait payé le prix. (Il détourna les yeux.) Lui et d'autres.

— Vous avez tout le temps cru en votre système de défense, alors.

Lord plissa les yeux.

— Je n'avais pas de raison de ne pas y croire, répondit-il. (Puis il lui jeta un regard interrogateur.) Quand vous étiez à l'école, il n'y a jamais eu une matière où vous répondiez tantôt bien, tantôt mal, et où vous n'avez jamais vraiment su pourquoi ?

— Les maths.

— Moi, c'était la chimie. Quoi qu'il en soit, quand l'argument de la défense est la folie, c'est pareil : on gagne ou on perd, on n'est jamais sûr.

Stacy dit sur un ton neutre :

— Alors vous vivez avec.

— En fait, l'essentiel s'est résumé à la date. (Il se frotta le nez.) Comment en *êtes-vous arrivée* à choisir le 2 juin ?

— Le hasard. Comme je vous l'ai dit au procès, Jamie ne m'a demandé qu'une semaine avant. Alors j'ai appelé John.

— Est-ce que Kilcannon a dit la date ?

Elle surveilla sa physionomie et répondit lentement :

— John avait déjà réservé la salle pour cette date. Il disait toujours que je finirais par faire des galas de soutien.

— Il avait raison, dit Lord en haussant les épaules, et Stacy se rendit compte que son regard inquisiteur était une sorte d'écran qui retombait sur ses yeux.

Le téléphone sonna.

Pensive, elle tourna la tête vers le téléphone pour demander à Lord de répondre. Il décrocha le combiné.

— Il y a un problème, dit Cass.

Lord regarda Stacy ; elle entreprit de débarrasser la table.

— Que se passe-t-il ?

— Harry ne veut voir personne. Il s'est replié sur lui-même.

— Ça ne peut pas attendre.

Stacy se tourna vers lui ; il poursuivit plus calmement :

— Dis-leur que je serai là-bas tôt dans la matinée.

Stacy et Lord se regardèrent. Cass dit :

— Tu as découvert quelque chose, Tony ?

Il hésita.

— J'espère que non.

Stacy termina de débarrasser.

Au bout d'un moment, Lord reprit :

— Il y a autre chose ?

— Moore a appelé. Ce matin, leur bureau de Tulsa a reçu un appel d'un homme qui prétendait être Phoenix et qui demandait que SNI enregistre les cinq premières minutes de sa transmission sans les diffuser. Il a appelé ça une « projection privée ».

Alors que Stacy refermait le réfrigérateur, Lord vit qu'elle s'y appuyait d'une main, immobile.

— Nous n'avons plus qu'à attendre, dit-il à Cass.

Parnell était seul. Il était dix-neuf heures trente et il attendait.

Les rideaux étaient tirés et il avait coupé le son de la télévision. Dans son esprit, Alexis était étendue sous son geôlier, et elle criait.

Il ne se fiait plus à ses réactions. Les six jours écoulés depuis sa disparition lui semblaient des années ; sa rencontre avec Lexie Fitzgerald semblait plus proche dans le temps. Ce matin, il n'avait pas eu le courage de se raser.

Il était tour à tour exalté et déprimé. Dans ses moments d'optimisme, il voyait Alexis rentrer chez eux, reconnaissante et profondément changée. Ou, au contraire, il savait qu'elle mourrait en direct à la télévision.

Soudain, il se souvint qu'il avait un revolver dans le tiroir de son bureau.

Il passa devant l'écran, le revolver dans la main. Son propre visage était sur SNI — une rediffusion. Il était l'invité débile d'un sadique « Reine d'un jour ».

Parnell tendit le revolver devant lui. Dans son esprit, Phoenix le suppliait à genoux.

Parnell lui tira une balle dans la bouche.

Le cliquetis de l'arme vide le fit revenir à la réalité. Il comprit immédiatement qu'on le punissait pour avoir assassiné Robert dans son cœur.

Il grimpa l'escalier et se surprit à compter les marches.

Elle n'avait touché à rien dans la chambre de leur fils : les albums de rock, le projecteur, le portrait de John Garfield étaient toujours là. Il ouvrit la fenêtre et vit Alexis à travers la vitre de sa chambre.

Ressaisis-toi, Colby.

Il quitta la pièce rapidement. Lorsqu'il revint dans la bibliothèque, il était dix-neuf heures quarante-cinq.

Des journalistes attendaient devant chez lui. Pour se donner du courage, il s'imagina qu'ils pouvaient le voir.

Il rangea le revolver. Il monta le son de la télévision et s'installa, comme s'il attendait le début d'un film. Sauf que dix minutes semblaient une éternité.

A vingt heures et une minute, Phoenix n'était toujours pas apparu sur l'écran.

Parnell serra les poings. Ce terroriste le faisait attendre, pour voir s'il l'avait suffisamment contenté pour que sa propre femme reste en vie.

A vingt heures et six minutes, SNI diffusait une séquence où l'on voyait Lord faire subir un contre-interrogatoire à Stacy. On eût dit de la torture.

Lorsque l'image changea, Parnell se leva de son siège.

Les larmes coulaient sur le visage d'Alexis. « Je t'ai observé avec tous ces gens, Colby... »

Il s'avança vers elle. Alexis parut s'étrangler, puis elle leva les yeux vers la caméra.

« Tu leur as donné de l'argent *au nom de Robert.* » Il n'y avait que colère et mépris dans sa voix. « Pourquoi ne l'as-tu pas fait quand il était *vivant... ?* »

Il détourna les yeux. Il savait qu'elle avait pensé cela si souvent et pendant si longtemps que maintenant il s'imaginait qu'elle le lui avait dit. Puis il entendit Phoenix énoncer lentement : « Charité bien ordonnée commence par soi-même... »

Elle avait déclaré ça devant des étrangers, des millions d'étrangers.

Phoenix reprit : « Demain, le jury me dira d'épargner ou d'exécuter le dernier membre de votre famille. Mais il faudra que vous ayez fait pénitence de deux façons. D'abord, vous préparerez cinq millions de dollars en billets non marqués, que vous utiliserez selon mes directives. » L'image était floue. Phoenix s'approcha de la caméra et dit d'une voix étrangement douce : « Ensuite, vous répondrez à la question de votre femme, sur SNI. Si vous refusez, elle mourra dans les secondes qui suivront. »

Parnell s'assit sur le tapis, à l'endroit où il avait imaginé tuer Phoenix, et se mit à sangloter.

Stacy était assise sous la fenêtre, les doigts croisés. Lord se retint de la toucher.

Le canon d'un fusil était introduit dans la bouche de Damone. Seuls ses yeux bougeaient.

Phoenix continua de parler d'une voix monotone.

« Il y a aussi deux conditions pour que John Damone reste en vie. D'abord, Stacy Tarrant doit s'engager à verser l'argent du concert à Greenpeace, au Comité pour l'arrêt des armements nucléaires, à Foyers pour les sans-abri et au programme pour l'aide alimentaire... »

— D'accord, dit Stacy.

« La seconde condition doit être remplie par son avocat, Anthony Lord... »

Instinctivement, Stacy fit un geste vers lui.

« Il est le seul à pouvoir assurer la libération de John Damone *et* d'Alexis Parnell. A vingt heures quinze, il apparaîtra sur SNI pour donner la réponse de Mlle Tarrant et pour déclarer qu'il est prêt à suivre toutes les instructions que je lui donnerai... »

Le téléphone la fit tressaillir.

— Continuez à regarder, dit-il rapidement, je vais répondre.

« Si M. Lord n'obéit pas, *les deux* otages mourront demain soir à vingt et une heures, en direct sur SNI... »

— Oui ? dit Lord sèchement.

— Johnny Moore, à l'appareil. Il nous en a déjà dit une partie sur bande.

— Qu'est-ce qu'il veut ?

— L'argent.

Une pause, et Moore reprit :

— Il veut que ce soit vous qui le lui apportiez, Tony.

Lord s'assit. Il demanda calmement :

— A-t-il dit pourquoi ?

— Il ne veut pas se retrouver avec un agent du FBI. Il vous reconnaîtra après vous avoir vu sur SNI.

Il resta figé.

— Ça se tient, comme argument ?

— Oui. Il est dans son intérêt d'avoir affaire à un amateur.

— Vous avez progressé, en ce qui concerne son identité ?

Il y eut un silence.

— Non.

Lord ne trouvait pas d'autre question à poser.

— Quand vous aurez regardé la bande, reprit Moore, nous parlerons. Il vous faudra réfléchir sérieusement.

Lord se leva et se dirigea vers la salle de séjour. Le fil du téléphone était trop court pour qu'il aperçoive Stacy.

— Merde.

— Ouais, je suis désolé. (Moore resta silencieux un moment.) A quelle heure serez-vous là, demain ?

— Un peu avant midi.

— Plus tôt, ce n'est pas possible ?

— Non.

Lord raccrocha.

Phoenix arpentait le studio et imaginait ce que Lord devait penser. Il essayerait de trouver des raisons, puis il mettrait dans la balance ses chances de survie et son fils. Avec deux otages, ou un seul.

Il se tourna vers Alexis.

En regardant son mari, elle avait pleuré — non pas par pitié, espérait-il, mais par catharsis. Pourtant, elle était toujours devant la télé et elle détournait les yeux. Il avait besoin d'admiration, et il ne voyait que le doute.

Il l'observa jusqu'à ce que leurs yeux se rencontrent.

Elle ouvrit la bouche et dit quelques mots. L'expression de son visage en faisait une affirmation.

— Vous ne tuerez pas Lord.

Il hocha la tête, soulagé qu'elle n'ait rien dit pour son mari. Puis il s'arrêta. Il avait l'impression qu'elle pouvait savoir qu'il mentait.

Lorsqu'elle se dirigea vers lui, il fut incapable de bouger.

Elle marchait comme si elle était en transe, les yeux grands ouverts, comme si elle avait terriblement besoin d'être réconfortée et rassurée. A cinquante centimètres de lui, elle hésita.

Phoenix se rendit compte que, séparée de Parnell, elle n'avait plus personne.

Dans son imagination, elle essayait de le voir à travers la cagoule. Elle la lui retirait.

Avec ce qui lui restait de maîtrise de soi, il fit non de la tête et tendit le doigt vers la cabane.

Elle resta un moment immobile, attendant un autre signe. Je vous en prie, pensa-t-il, laissez-moi. Je veux vivre pour entendre la réponse de Lord.

Elle se retourna, jeta un rapide coup d'œil en arrière et partit vers la cabane.

Il n'osa pas la suivre. Il attendit cinq minutes et lorsqu'il entra dans la cabane, sa porte était entrouverte.

Il prit sa respiration, traversa la pièce et enferma Alexis. Puis il posa son front contre la porte.

Il s'assit par terre, bouleversé.

Encore quarante-huit heures, se dit-il, pour l'épargner. Quarante-huit heures à attendre la venue de Tony Lord.

Ils étaient assis sous la véranda. Des lucioles virevoltaient et disparaissaient ; l'écho lointain de l'océan était couvert par le chant des criquets. L'air était frais, annonciateur de rosée.

— Ai-je voix au chapitre ? demanda-t-elle à Lord.

Il se tourna vers elle. Calmement, elle reprit :

— Je ne veux pas que vous y alliez.

Il pencha la tête.

— Même pour Damone ?

— Oui. (Il y eut un long silence.) Ce que je fais pour lui, c'est différent.

— Et Alexis ? Vous m'avez demandé hier ce que vous diriez s'il arrivait quelque chose à l'un ou à l'autre.

Stacy hésita.

— Et aujourd'hui ? Quand vous m'avez parlé de votre fils ?

Il ne sut pas quoi répondre. Le téléphone sonna avec un bruit désagréable.

Stacy se leva vivement, comme pour qu'il reste. Il l'entendit répondre, puis il y eut un silence. Il rentra dans la maison.

Elle lui tendit le combiné puis recula, sans dire un mot.

— Harry veut te voir, lui dit Cass laconiquement.

Lord observa Stacy.

— A-t-il dit pourquoi ?

— Non, mais juste après que Phoenix eut dit ton nom, il a dit à un des psychiatres qu'il avait changé d'avis.

Lord vit que Stacy s'était immobilisée, imitant sa réaction.

— Je serai là-bas dès que possible.

Il raccrocha. Elle ne bougea pas.

— Que se passe-t-il ?

— Carson veut me parler.

— Pourquoi ?

— Je ne sais pas. (Il hésita.) C'est mon client, Stacy.

Elle baissa la tête. Après quelques instants, elle la releva et ramena ses cheveux en arrière.

— Je vais appeler mon chauffeur, fit-elle froidement.

SIXIÈME JOUR : SAMEDI

Il roula en direction du sud. Il lui fallut sept heures pour arriver à l'hôpital psychiatrique d'Atascadero. Il faisait encore nuit et il n'avait pas dormi.

Il franchit un portail métallique et se gara près d'un grand rectangle sombre que seule la lumière du jour pouvait rendre plus sinistre : elle révélerait la présence de barreaux aux fenêtres et celle du garde armé à l'entrée.

Le garde lui fit monter un escalier délabré et ils arrivèrent à un labyrinthe de parpaing et de carrelage. L'écho de leurs pas lui remémora le soir où il avait rencontré Harry Carson pour la première fois.

A l'extrémité du quartier de haute sécurité, il y avait une porte métallique fermée à clé. A travers le judas, Lord vit une chaise et une table basse en Formica. Assis sur un divan usé qui avait dû être vert, Carson tapotait sur la table en rythme avec une cigarette, pour passer le temps.

Dans une autre pièce, quelqu'un se mit à hurler. Lorsque le garde ouvrit la porte pour faire entrer Lord, Carson ne parut pas entendre les hurlements. Une lampe fluorescente brillait au-dessus de lui.

Lord dit calmement :

— Ils ne nous donnent jamais une pièce agréable pour parler, hein, Harry ?

Carson ne répondit pas. Lorsque la porte se fut refermée sur les hurlements, Lord prit la chaise qui était en face de lui. D'une voix plate et plus dure, il dit :

— Parlez-moi de Damone.

Carson cessa de tapoter sur la table.

Il y eut un silence. Comme s'il voulait le prolonger, Carson mit la cigarette entre ses lèvres. Il frotta une allumette, tira une grosse bouffée et répondit doucement :

— John m'a demandé de tuer Kilcannon.

Lord plissa les yeux. Pendant un moment — peut-être une minute ou seulement quelques secondes — il ne sut pas quoi dire.

— Pourquoi ? demanda-t-il.

— Pour Beth et Cathy. (Carson souffla.) John savait que je ne pouvais pas m'occuper d'elles.

Lord se pencha en arrière et l'observa. Quelque chose dans son regard fit que Carson détourna les yeux.

— Vous le lui avez dit.

Carson hocha la tête d'un air pitoyable.

— Je pouvais lui parler, à lui — il disait qu'*il* se retrouvait dans le passé, toujours aux mêmes époques, même quand il ne pouvait pas se rappeler pourquoi. (Il s'arrêta, cherchant ses mots.) Voyez, il comprenait pourquoi j'avais frappé Beth...

Lord était immobile. Il lui demanda à voix basse :

— Quand a-t-il parlé de Kilcannon pour la première fois ?

— Plus tard, deux mois avant que ça se passe. (Carson regarda la cigarette se consumer entre ses doigts.) C'était plutôt quelque chose à examiner.

— Quelles étaient ses raisons ?

— Quelqu'un qu'il avait rencontré au Vietnam — il ne m'a jamais dit qui — voulait la mort de Kilcannon. A cause de sa politique, disait John.

Carson écrasa sa cigarette sans la finir et ajouta :

— Comme je vous l'ai dit le premier soir.

Lord prit un stylo et en fit sortir la pointe.

— Et vous étiez d'accord.

Carson haussa légèrement les épaules d'un air gêné.

— John savait que je le ferais.

Lord le fixa des yeux.

— Il vous a dit la date ?

— Non, ça dépendait de Stacy, du concert qu'elle pouvait donner. Même quand j'ai acheté le Mauser, j'espérais à moitié qu'elle ne le donnerait pas...

— Quand vous a-t-il dit qu'elle le donnerait ?

— Une semaine avant, peut-être. (Il déglutit.) C'était pas le bon moment. Je n'arrêtais pas de dire à John que ça déconnait dans ma tête, que je pourrais peut-être pas me concentrer.

— Qu'a-t-il dit ?

— Que c'était pas de chance, c'est tout. (Carson détourna les yeux.) Il m'a proposé cinq cent mille dollars.

Lord mit quelque temps à s'apercevoir de son propre silence.

— Comment étiez-vous censé les toucher ? fit-il doucement.

— Le type avait de l'argent. Au bout de trois ans, si je n'avais pas donné John, ils feraient parvenir le fric à Beth. (Carson parut s'y accrocher.) Comme dans *Le Millionnaire*. Pour pas qu'elle sache.

Lord se frotta l'arête du nez.

— Et vous lui avez fait confiance.

— Je le *tenais* — j'étais le seul à savoir.

Carson leva les yeux, comme pour avoir confirmation de ce qu'il disait, puis son regard changea.

— Quand vous êtes-vous décidé ?

— Seulement le matin du concert. (Sa voix perdit de son intensité.) Il m'a montré cet article sur vous. Il avait entendu dire que vous étiez un bon avocat...

Lord resta silencieux.

— J' suis désolé...

— Dites-moi seulement ce qui est arrivé.

Carson fit un effort sur lui-même.

— C'était comme je l'ai dit au procès. Ça n'arrêtait pas de bouger dans ma tête — ici, le Vietnam, Beth. Glennon. (Il secoua la tête.) C'était vraiment pas le bon moment pour moi. Même quand je lui ai tiré dessus, ça n'allait pas. Cette putain de caméra...

Le stylo de Lord cliqueta.

— Qui a commis le vol ?

— J'étais pas au courant. (Carson se pencha en avant et se toucha les yeux.) Quand vous m'avez dit ce qui s'était passé ce soir-là, je me suis dit que c'était l'argent qu'ils avaient l'intention de donner à Beth.

Lord attendit un moment.

— Leur intention était que vous mourriez, Harry. En essayant de vous échapper.

La main de Carson retomba.

— Vous avez tout fait foirer, reprit Lord doucement. En vous arrêtant pour tirer sur la caméra. Alors on a eu un procès, à la place.

Carson chercha une autre cigarette. Il la mit entre ses lèvres et dit en marmonnant :

— Il fallait que je vous le dise...

— Vous avez dix mois de retard. (Lord frotta une allumette et la lui tendit.) Si je devais leur dire maintenant, vous seriez jugé pour faux témoignage. Par un tribunal fédéral.

La cigarette de Carson s'arrêta à quelques centimètres de l'allumette.

— En ce qui vous concerne, lui dit Lord calmement, vous êtes toujours sous la protection du secret professionnel. Mais ça ne fait que compliquer mon problème, non ?

Carson était pâle. Lord le regarda dans les yeux et souffla sur l'allumette.

— Parlez-moi de Phoenix.

— Je n'ai jamais entendu parler de lui. (Ses yeux semblaient nus.) Sauf que quand ce type a enlevé John, je me suis dit que ça avait peut-être un rapport avec ce qu'on avait fait. Que tout était en train de mal tourner.

Lord hocha la tête.

— Je ne pense pas que vous le revoyiez, pas plus que Beth ne verra cet argent.

Carson baissa la tête.

— J' veux pas votre mort...

Lord préféra ne pas répondre. Son silence semblait reposer sur les épaules de Carson.

Il leva les yeux, presque timidement.

— Vous voulez leur dire ?

Lord rangea son stylo, puis il répondit :

— Je ne crois pas que je puisse faire ça.

— Pourquoi ?

Lord examina encore son visage. Puis il lui dit, très doucement :

— Parce que je suis votre avocat, Harry, et que j'avais raison dès le départ. Vous êtes fou.

Il fallut à Lord quatre heures pour rejoindre San Francisco mais il ne sentit pas le temps passer.

Il n'avait pas le temps de s'arrêter et de réfléchir. Ce n'est qu'en arrivant devant l'immeuble du FBI, assiégé par les reporters, qu'il se rendit compte qu'une partie de ce qu'il avait perdu était l'idée qu'il se faisait de lui-même. Il frôla Rachel sans la regarder.

Au premier étage, le FBI avait installé une seconde réceptionniste pour transmettre les appels d'informateurs. Moore vint chercher Lord et le conduisit dans une grande pièce où se trouvaient plusieurs agents, une série de téléphones, une télévision, deux terminaux d'ordinateurs et une carte des États-Unis et du Canada. Sur la carte, des épingles indiquaient les endroits où Phoenix avait été vu.

— Nous avons parlé à plus de cinq cents correspondants, dit Moore à mi-voix. Nous espérions tomber sur une personne qui puisse nous donner un renseignement utile.

Lord se vit à la télévision, au moment où il était entré, cinq minutes auparavant. Rachel commentait les images. « A l'intérieur, disait-elle, Anthony Lord devra prendre une décision dont des vies peuvent dépendre... »

— Passez-moi la bande, dit Lord.

Sans répondre, Moore le conduisit dans la salle de réunion.

Johnson et Di Palma attendaient, avec un magnétoscope. Il ne se levèrent pas.

— Il paraît que vous avez vu Carson, fit Di Palma.

Lord se tourna vers l'écran. Moore regarda les autres et mit le magnétophone en marche.

« Ceci est une projection privée à l'intention d'Anthony Lord », dit Phoenix.

Bordée de noir, sa cagoule faisait face à la caméra. La voix lente et distordue semblait impitoyable.

« Si Parnell fait pénitence et que le jury donne son accord, je rendrai sa femme et John Damone contre cinq millions de dollars en liquide. C'est à vous seulement que je remettrai mes prisonniers. »

Lord avait du mal à y croire. Il fit tout son possible pour voir les yeux de Phoenix.

« En me permettant de vous distinguer d'un agent du FBI,

SNI a fourni le messager idéal. Je n'accepterai personne d'autre... »

On ne distinguait aucune couleur à travers les ouvertures de la cagoule ; Lord avait seulement imaginé que ses yeux étaient noirs.

« Tout de suite après le passage de Parnell, reprit-il sur un ton autoritaire, vous déclarerez que Mlle Tarrant accepte et que vous voulez vous-même récupérer les otages. Si vous ne le faites pas, ils mourront tout de suite après votre refus. Mais si vous acceptez, ils vivront encore un jour, tandis que je vous indiquerai personnellement l'itinéraire qui vous conduira jusqu'à moi. »

Phoenix marqua un temps d'arrêt pour donner plus de poids à ses paroles, puis son visage remplit l'écran. « Et si vous n'arrivez pas seul, ils mourront *demain* soir, en direct sur SNI. »

Il disparut de l'écran.

Lord s'assit. Les autres le regardèrent. Au bout d'un moment, il dit à Moore :

— Vous croyez vraiment qu'il tuerait quelqu'un en direct ?

Moore fit oui de la tête.

« Que vous a dit Carson ? » demanda Di Palma.

Pendant un moment, Lord fut incapable de le regarder. Finalement, il répondit :

— Tout ce que me dit Carson est protégé par le secret professionnel, Ralph. Vous le savez bien.

Di Palma haussa le ton.

— Si vous savez quelque chose sur Phoenix...

— Nom de Dieu, Carson ne sait pas qui il est...

— Et le vol ? dit Moore doucement.

Lord se retourna.

— Carson n'était pas impliqué là-dedans.

Moore resta silencieux. Lord l'observa pendant qu'il examinait les possibilités que sa réponse n'excluait pas.

Di Palma dit à Lord :

— Vous êtes dans l'obligation de nous aider à le trouver *avant* demain.

Lord continuait d'observer Moore.

— Parnell a l'argent ?

Moore fit oui de la tête.

— Il veut vous voir.

— Je ne suis pas prêt pour ça. (Lord eut l'impression que sa propre voix appartenait à quelqu'un d'autre.) Dites-moi comment un de vos agents effectuerait l'échange.

— Il donnerait l'argent à Phoenix, prendrait les otages et se tirerait. Pas de magouilles, pas d'arme.

— Quelqu'un pourrait le suivre ?

— Ça dépend d'où mène la route. (Moore se pencha en avant.) On arrête les hypothèses, Tony. Vous ne connaîtrez l'itinéraire que quand vous aurez donné votre accord...

Di Palma l'interrompit pour dire sèchement :

— Et si alors vous faites marche arrière, ils mourront le lendemain à cause de vous. On en revient donc à ma question.

Lord resta tourné vers Moore. Il demanda calmement :

— Supposez que nous n'ayons que cette solution, Johnny. Vous préféreriez essayer d'attraper Phoenix, alors qu'il vous reste vingt-quatre heures, ou m'envoyer avec l'argent ?

Le regard de Moore se dirigea vers Di Palma, puis revint vers Lord. Ils se regardèrent. Chacun comprenait l'autre.

— Si c'était la seule solution, dit-il enfin, je vous enverrais.

Lord hocha la tête et dit :

— Alors, je vais y réfléchir.

Il partit sans saluer Di Palma.

Lord franchit la foule de reporters et se dirigea vers sa voiture. Il ne savait pas très bien où il irait. Stacy semblait à des milliers de kilomètres.

« Tu parles d'une plaisanterie ! se dit-il. Mais qu'est-ce que ça veut dire ? »

Lorsqu'il tourna en direction de Noe Valley, il lui restait six heures pour prendre une décision.

Assis sous la véranda, Fred lisait un livre de poche intitulé *Comment se réaliser.*

— Où est Christophe ? dit Lord.

— A l'intérieur. (Fred leva la tête.) Je vais t'expliquer une bonne fois pour toutes, Tony : ça ne nous plaît pas que tu viennes quand ce n'est pas ton week-end, même si tu as des problèmes.

Lord avança sur la terrasse.

— Continue à lire, dit-il, et tu ne t'apercevras même pas que je suis là.

Il se retourna et franchit la porte.

Christophe jouait aux petites voitures dans la salle de séjour. Il était tout seul. En voyant Lord, ses yeux s'illuminèrent et il jeta un regard furtif dans le couloir.

Lord sourit et fit un signe de tête dans cette direction.

— Ta maman est là ? Parce que c'est la journée idéale pour t'emmener au parc.

Christophe sauta en l'air.

— Attends ici. Je vais lui demander...

— Bonjour, Tony.

Marcia était en peignoir. Lord vit qu'elle avait changé de coiffure, comme chaque fois qu'elle était déprimée.

— J'aime tes cheveux, se risqua-t-il à dire.

Elle était sur la défensive, et à son visage elle savait ce qu'il pensait.

— Pourquoi es-tu venu ?

— Pour jouer avec Christophe.

— Ce n'est pas dans nos projets. (Ses yeux changèrent légèrement.) Je suis surprise que tu ne sois pas plus occupé.

— Je le serai peut-être. Plus tard.

Christophe restait à l'écart et les observait. Marcia dit à voix basse :

— Qu'est-ce qu'il veut que tu fasses ?

— Pas grand-chose.

Lord jeta un coup d'œil rapide en direction de son fils pour attirer l'attention de Marcia. Elle fit non de la tête.

— C'est simplement que je serai peut-être parti demain, lui dit-il.

Il avait mis les mains dans ses poches.

Marcia le fixa un moment.

— Fred et moi pouvons faire quelques petites choses à la maison. Tu peux le ramener pour seize heures ?

— Oui.

— Je compte sur toi.

Christophe se retrouva soudain à ses côtés. Marcia regarda leur fils, puis Lord, et elle repartit dans sa chambre.

Lorsqu'ils eurent tourné le coin de la rue, Christophe demanda :

— Tu pars en voyage, papa ?

— Peut-être. Pas pour longtemps.

Son fils hésita.

— Mais tu seras toujours mon papa, hein ?

— Bien sûr. (Lord lui sourit.) Tu m'auras toujours sur le dos.

Ils roulèrent en direction de Golden Gate Park, passant devant des musées, des cerisiers en fleur. Ils s'arrêtèrent au terrain de polo, une vaste étendue d'herbe, grande comme plusieurs terrains de football, avec des buts à chaque extrémité. Christophe attendit pendant que Lord ouvrait le coffre pour prendre leur ballon en caoutchouc mousse.

Son fils lui dit :

— Papa, pourquoi maman ne veut pas que je regarde la télé, aujourd'hui ?

Lord hésita.

— Je ne sais pas. (Il se retourna, le ballon à la main.) Mais quand les garçons de sept ans regardent trop de dessins animés, ils ne savent pas attraper les passes.

— *Moi* je sais..., dit Christophe sur un ton de défi.

Lord lança le ballon.

Christophe le bloqua des deux mains.

— Étonnant, cria Lord.

Christophe courut en riant sur le terrain. Lord avait l'estomac noué. Encore cinq heures. Une heure avec son fils.

« Profite simplement de lui, et qu'il profite de toi », se dit Lord.

Près des buts, ils jouèrent à attraper des passes. Alors que leur jeu adoptait un rythme régulier, Lord fut frappé par une chose : courir, jeter le ballon, l'attraper, tout cela était comme une sorte de conversation. Ils se mirent à lancer des « spirales [1] » et le ballon orange semblait planer au-dessus du terrain. Christophe n'avait jamais si bien lancé.

Il arrêta le ballon et le garda, la tête penchée comme faisait son père.

— Pourquoi tu me regardes comme ça, papa ?

— J'étais en train de me dire que tu étais vraiment bon.

— Mais tu avais l'air triste.

Lord hocha la tête.

1. Au football américain, manière de lancer le ballon de telle sorte qu'il tourne sur son axe longitudinal. (*NDT.*)

— Avoir un garçon, ça consiste en partie à le regarder grandir. C'est amusant de te voir devenir plus grand et meilleur.

Son fils se redressa.

— Si j'ai un petit garçon, je l'amènerai ici, comme toi.

— Je suis sûr qu'il aimerait ça.

— Tu continueras à venir ?

« Il le sent, se dit Lord. Le divorce l'a rendu plus perspicace. »

— Bien sûr.

— C'est bien. (Christophe devint immobile.) Alors, tu pourras nous *regarder.*

— Vous regarder ?

— Ouais. (Lord vit une lueur d'amusement dans ses yeux et se rendit compte qu'il avait été lent à comprendre.) Parce que tu seras trop vieux pour jouer...

Christophe lâcha le ballon et se mit à courir.

Lord lui courut après en criant :

— Christophe Lord, je vous fais prisonnier.

— Non !

— Puis je vous chatouillerai jusqu'à ce que vous demandiez grâce...

Christophe éclata de rire puis il fut à bout de souffle. Il gloussa lorsque son père fondit sur lui et le plaqua au sol. Ils se regardèrent en riant et Lord se mit à lui chatouiller le ventre.

— Répétez après moi, ordonna-t-il : « Je traiterai toujours mon papa... »

Christophe gigotait dans tous les sens et haletait.

— Je traiterai toujours mon papa...

— ... Avec la plus grande déférence.

— ... Avec la plus grande... j' sais pas quoi. . »

Lord le retint encore un instant.

— Merci, dit-il sur un ton solennel. Vous êtes libre.

Christophe sauta en l'air et croisa deux doigts superstitieusement.

— Je ne fais confiance à personne.

Lord sourit et récupéra le ballon.

Père et fils continuèrent à jouer jusqu'à ce que les ombres commencent à s'allonger sur le terrain.

Encore quatre heures.

— Il est temps de partir, dit Lord.

Son fils eut l'air déçu.
— Tu ne veux pas rester ?
Lord eut du mal à répondre.
— Bien sûr que si. Mais j'ai promis à ta mère.
Christophe observa son visage.
— Une dernière, d'accord ?
Lord fit un geste en direction des buts et Christophe se mit à courir.

Le ballon décrivit un grand arc et Lord se dit qu'il l'avait lancé trop loin. Les foulées de Christophe étaient trop grandes pour son âge ; il trébucha et faillit rater le ballon, qui tomba entre ses mains et le déséquilibra. Puis Christophe fonça dans les buts, en faisant nonchalamment sauter le ballon par-dessus son épaule, comme le plus suffisant demi qui ait jamais existé.

Lord courut vers lui en riant.
— Comment as-tu appris à faire ça ? cria-t-il.
— En regardant la télé, dit Christophe, triomphant. (Puis il y eut une lueur d'espoir dans ses yeux.) Encore deux, d'accord ?
— Non. Il vaut mieux finir sur quelque chose de parfait.
Pendant le retour, Christophe resta serré contre lui. Lorsqu'ils arrivèrent dans la rue où habitait Marcia, il devint silencieux.

Lord se gara dans l'allée. Fred l'observait depuis le porche. Christophe se tourna vers son père et dit :
— Tu t' souviens quand on est allés à la plage et que maman a eu froid et qu'elle est restée dans la voiture ?
— Bien sûr. Nous avons tiré la couverture au-dessus de nos têtes. C'était comme une tente. On ne pouvait voir personne, et personne ne pouvait nous voir.
— On pourra le refaire ?
— Mouais. (Lord l'embrassa sur le front.) Le prochain week-end est *notre* week-end, tu n'as pas oublié ?
Son fils eut un instant d'hésitation.
— Je peux garder le ballon jusque-là ? Pour nous deux ?
— Je veux bien.
« Maintenant, ne rate pas ton coup, Lord. » Il étreignit son fils, brièvement.
— Il faut que j'y aille, fiston.
— Salut, dit Christophe avant de descendre en coup de vent.
« Trop vite », se dit Lord. Puis son fils jeta le ballon par-

dessus son épaule et courut vers la terrasse, se retournant pour apercevoir le sourire de Lord.

— Ramasse le ballon, dit Fred sur un ton d'autorité paternelle.

Puis il jeta un regard à Lord.

« Je te promets qu'on va avoir une bonne discussion », se dit Lord.

Christophe fit demi-tour. Il ramassa le ballon et regarda Lord. A travers la vitre, ses lèvres firent : « Je t'aime. » « Moi aussi », répondit Lord.

Son fils se retourna, coinça le ballon sous son bras et enfonça les mains dans ses poches. Il disparut à l'intérieur de la maison.

Ils étaient assis près des pins.

L'océan dansait dans la lumière de l'après-midi. La tache blanche d'une voile, si lointaine que seul le temps pouvait la faire avancer, indiquait l'endroit où l'eau rejoignait la mer. Phoenix était seul à savoir que sur la falaise escarpée toute proche, il y avait, cachée sous un buisson, une échelle de corde permettant de descendre sur le rivage. Celle qu'il utiliserait pour l'abandonner là, attachée sur la grève, attendant qu'on vienne la sauver. Phoenix aurait souhaité pouvoir le lui dire.

Silencieux, ils attendirent la réponse de Lord.

Il ne lui restait plus que de la bière. Alexis buvait au goulot avec une délicatesse incongrue, sans savoir que c'était sa bière préférée. Ça le fit sourire et il se demanda si elle pouvait voir ses yeux ou distinguer leur couleur. Ou si elle devinait qu'il ne fumait pas d'herbe parce qu'elle n'aimait pas ça.

Il n'y avait rien qu'il pût dire ou faire, à part l'aider à attendre.

Le temps passait trop lentement et il avait oublié sa montre.

Alexis avait une Cartier. Il vit qu'elle avait envie de la regarder mais qu'elle avait toujours peur de le blesser. Ça le rendait triste de la voir faire tous ces efforts. La main qui s'élevait lentement pour venir se poser sur son genou. Les yeux qui balayaient l'océan et venaient s'arrêter au-dessus de la montre. Les cils qui se baissaient pour masquer son regard.

Elle le vit du coin de l'œil.

Elle retira sa main, comme si elle s'était brûlée. Puis elle se retourna, si vulnérable qu'on ne semblait voir que sa peur.

N'osant pas lever les yeux, il mit sa main sur la sienne. Elle essaya de sourire.

Il se leva rapidement et l'aida à se mettre debout. Alors qu'elle le regardait, gênée, il eut envie de la prendre dans ses bras.

« Je t'en prie, dit-il mentalement à son mari, fais ce que je demande. Lord peut prendre sa place. »

Il se dirigea vers la cabane.

Alexis le suivit à quelques pas. Ils arrivèrent à la tombe et la contournèrent. Puis la main d'Alexis frôla celle de Phoenix. Elle avait besoin d'être rassurée.

Il ouvrit la porte et ils furent attirés par la télévision. La propre voix de Phoenix les accueillit.

« Si M. Lord n'obéit pas, *les deux* otages mourront demain soir à vingt et une heures, en direct sur SNI... »

Sur l'écran, Tony Lord sortait précipitamment de l'immeuble du FBI, au milieu d'une nuée de reporters. Il semblait à peine les remarquer.

Une journaliste reprit : « Bien que Lord soit déjà au courant, la nature exacte des exigences de Phoenix n'a pas été révélée. Mais associées à la demande de rançon, il se peut qu'elles entraînent certains risques... »

Lord repoussa un micro et arriva à sa voiture.

« Le rôle que joue Lord dans cette affaire devient d'autant plus complexe que, selon des sources autorisées, il s'est rendu tôt ce matin à l'hôpital psychiatrique d'Atascadero, où il a rencontré Harry Carson... »

Phoenix se leva brusquement.

« On ne sait pas encore si Lord peut révéler le contenu de son entretien et quelle incidence il peut avoir sur sa décision. »

En le regardant s'éloigner, Phoenix se demanda anxieusement ce que Lord pouvait savoir ou ce dont il se doutait, et s'il accepterait de venir.

Lord devait venir, maintenant. Non seulement pour le bien d'Alexis, mais aussi pour celui de Phoenix.

Il se tourna instinctivement vers elle.

Comme si elle devinait sa tension, elle tendit la main pour lui montrer le cadran de sa Cartier en or.

Encore trois heures.

Après avoir quitté son fils, Lord perçut la réalité comme à travers un kaléidoscope : Christophe disparaissant dans la maison ; un étranger qui le reconnut à un feu rouge ; le ronronnement des caméras lorsqu'il entra dans le garage ; le silence irréel de sa salle de séjour.

Il avait l'impression d'avoir vécu la moitié d'une vie en un seul jour. Christophe avait l'air tellement plus âgé que sur sa photo.

Kilcannon.

Il y avait une tristesse qu'il n'avait pas le temps de ressentir. Encore moins pour lui-même.

Dans deux heures, il irait à SNI.

Lord commença à se préparer. Il prit une douche. Il choisit un costume et une cravate. Il se demandait comment les choses les plus ordinaires pouvaient bien paraître imaginées.

Enfin, il se demanda pourquoi il devait se préoccuper d'Alexis.

Il commença à nouer sa cravate devant la glace.

Deux jours auparavant, il avait trouvé Stacy dans sa loge, en train de se dire qu'elle ne pourrait peut-être plus se regarder dans une glace. Aujourd'hui, son propre visage lui semblait différent.

Ce foutu Carson !

Où était-elle ? Que pensait-elle ?

Le téléphone sonna. Il s'empressa de répondre.

— Monsieur Lord ?

Lord s'assit sur le lit.

— Bonjour, monsieur Parnell.

— Je n'ai pas eu de vos nouvelles. (Il prit un ton plaintif.) Cette attente...

— Je suis désolé. (Lord essaya de comprendre ses raisons.) C'est de la lâcheté morale, en fait. Je n'ai pas voulu ressentir plus de choses que je n'en ressens déjà...

— Mais il la tuera sous mes yeux. Je vous en prie, vous êtes obligé de...

— Nom de Dieu ! Je ne suis pas *obligé* de faire quoi que ce soit !

— Je vous en prie. (Parnell semblait ému par ses propres paroles.) S'il vous plaît, je vous en supplie...

Lord se força à avoir l'air calme.
— Moi aussi je vous supplierais. J'essaie seulement de savoir quels sont mes devoirs...
— Quels autres devoirs pourrait-il y avoir ?
Lord marqua un temps d'arrêt, partagé entre la lassitude et la colère.
— J'ai un fils, âgé de sept ans.
Il y eut un silence.
— Un fils, répéta Parnell.
— Oui.
— Je vois. (Parnell resta encore silencieux.) Ce qu'on m'a demandé de faire... c'est très dur. J'espérais que vous pourriez me dire, avant.
— Je suis désolé, monsieur Parnell. J'espère seulement savoir ce que je ferai...
— Vous envisagez de le faire, alors, s'empressa de dire Parnell.
Lord serra les dents.
— Oui.
— Merci. Au moins pour ça...
— Au revoir, dit Lord.
Parnell ne raccrocha pas immédiatement.
Lord prit l'appareil et le lança contre le mur. Il retomba sur le sol. Lord le regardait quand la tonalité se fit entendre.
« Ne fais pas que réagir. Réfléchis. »
La tonalité se faisait toujours entendre lorsqu'on frappa à la porte.
Lord remit le téléphone en place puis ouvrit la porte, sans enlever la chaîne de sûreté.
— Le portier m'a fait entrer, dit Moore. Votre ligne est occupée.
— Parnell a appelé, dit Lord laconiquement.
Il fit entrer Moore dans la salle de séjour.
Moore s'assit mais Lord resta debout.
— Les alcools sont à côté du frigo. Versez-vous un verre.
— Non merci.
— Alors, en quoi puis-je vous être utile ?
Moore leva les yeux vers lui.
— Vous vous sentez plus ou moins responsable de tout cela. S'il y a quelque chose que vous puissiez me dire...

— Rien qui vous permette de trouver Phoenix d'ici demain. (Lord prit un ton plus acéré.) Comment quatre heures pourraient-elles changer quelque chose ?

Moore soupira.

— Cet après-midi, votre amie Rachel a mentionné votre entrevue avec Carson.

Lord s'assit.

— Di Palma ?

— Je suppose. Son raisonnement n'est pas difficile à suivre. Si Carson sait quelque chose et si Phoenix sait que *vous* savez, vous courez un plus grand danger en l'affrontant. (Moore attendit sa réaction.) Di Palma se sert de cela pour vous briser le premier, obtenir ce qu'il veut et coincer Carson.

— Et vous ?

— J'ai pensé que vous devriez être au courant. Avant de prendre une décision.

Lord se tourna et regarda par la fenêtre.

— Allez vous faire foutre, dit-il d'une voix blanche. C'est vous qui l'avez invité à se mêler de tout ça.

Il entendit Moore se rendre dans la cuisine puis revenir. Lord leva les yeux : il était debout, un verre de bourbon à la main.

— A l'époque, dit Moore, je n'ai pas vraiment su voir comment ce plan évoluerait.

— Ça ne vous gêne pas de l'utiliser...

— Écoutez, avant que Di Palma ne lâche cette information à Rachel, j'étais déjà ennuyé par ces coups de téléphone dont vous m'aviez parlé. Je crois que Phoenix en a après vous.

Lord se leva et se dirigea vers la fenêtre.

— Quand vous m'avez interrompu, je pensais à Alexis.

Moore resta silencieux un moment, puis il dit sur un ton neutre :

— C'est-à-dire ? Qu'elle a près de soixante ans ?

— Qu'elle commence à faire preuve d'hostilité envers son mari. L'émission d'hier soir m'a fait mal au cœur pour Parnell.

— Ce n'est pas neuf. L'emprisonnement déforme l'esprit des gens et ils finissent par s'identifier à leurs geôliers, et celui-ci a fait resurgir la captivité d'un fils. Pour lequel Parnell ne voulait pas verser de rançon.

Les mains dans les poches, Lord fit quelques pas et se retrouva devant la photo de Christophe.

— Alors Tony, qu'est-ce que vous allez faire ?

— Je ne sais pas très bien. (Lord continuait de regarder la photo.) J'ai essayé de m'imaginer en train de la regarder mourir...

Il haussa les épaules. Il sentait que Moore l'observait.

— Et Damone ? fit Moore.

Lord se retourna et répondit calmement :

— Et lui, Johnny ?

Moore continua de l'observer, puis il posa doucement son verre.

— Je vous emmène à SNI, dit-il.

Le cadran de sa Cartier indiquait dix-neuf heures quarante-six.

Sur l'écran de télévision, Tony Lord se frayait un chemin à travers la foule rassemblée devant les studios de SNI.

« Il y a quelques instants, disait une journaliste, Anthony Lord a traversé l'immense foule qui s'est rassemblée ici pour voir les protagonistes de ce qui est devenu, purement et simplement, l'épisode le plus terrifiant de l'histoire de la télévision. La tension est extraordinaire. Afin de protéger ses otages, Phoenix a forcé SNI à diffuser des émissions qui pourraient montrer leur mort, ce qui déclencherait un psychodrame national... »

Comme s'ils craignaient de se faire face, ils regardèrent le montage de clichés qui prit la place de Lord : Phoenix parlant devant la caméra ; la première apparition de Stacy avec Lord ; Parnell lisant ses déclarations de revenus ; Stacy la tête penchée lors du concert ; Parnell regardant Gustafson avec dégoût ; Damone avec l'extrémité d'un fusil dans la bouche. Rachel commentait les images.

« Alors que Stacy Tarrant et Colby Parnell luttaient pour sauver ceux qu'ils aiment, nous avons été témoins de choses presque trop personnelles pour être regardées : Stacy Tarrant essayant de surmonter sa douleur après l'assassinat de James Kilcannon ; la surprise causée par l'aide que lui apporta Anthony Lord ; les Parnell à la fois unis et désunis par la disparition de leur fils, Robert... »

La gorge d'Alexis se serra. La dernière image la montrait dans ses vêtements de tennis. Elle était immobile.

« Et maintenant, le public le plus nombreux de l'histoire attend de sauver Alexis Parnell par un vote, vote que Phoenix ne prendra en considération que si Parnell et Lord cèdent à ses dernières exigences. Mais l'autre éventualité — l'exécution télévisée d'Alexis Parnell dans à peine plus d'une heure — dépasse l'imagination... »

Sa montre indiquait dix-neuf heures cinquante-cinq.

Sur l'écran, son visage laissa la place à celui de Rachel.

« A l'étage, poursuivit-elle, dans un bureau situé près du plateau, Parnell attend en compagnie de son avocat. Lord et l'agent spécial John Moore sont à la régie, mais Lord a refusé de parler à quiconque, sauf à Phoenix... »

Ses doigts cherchèrent ceux de Phoenix.

Il se tourna vers elle. Il essaya de sourire et cela lui fit mal qu'elle ne pût le voir.

« Quant à Stacy Tarrant, personne ne sait où elle se trouve. » Rachel marqua un temps d'arrêt. « On ne sait pas s'il y a un rapport avec la décision que Lord a pu prendre, ou avec Harry Carson... »

Alexis parut sentir que Phoenix s'était raidi. Délicatement, comme si elle craignait de le heurter, elle lui toucha l'épaule.

Rachel poursuivit : « Mais d'ici quelques minutes, nous connaîtrons la décision de Parnell. »

La main d'Alexis était froide. Ils se retournèrent vers l'écran et elle se raidit.

Parnell était assis, seul. Il avait des cernes sous les yeux et il semblait avachi. Son front luisait sous les projecteurs. Il resta un moment sans parler, puis il dit sur un ton de lassitude : « Phoenix. »

D'une certaine façon, pensa Phoenix, cela le rendait plus conscient d'elle.

« Comme... » Parnell s'étrangla et reprit : « Comme vous devez me haïr... »

Sauve-la, merde !

« Je vous en prie, ne la haïssez pas. » Sa voix tremblota. « Je... j'ai préparé les cinq millions de dollars... »

Phoenix s'effondra sur son siège et se toucha le front.

Les doigts d'Alexis frôlèrent son épaule, comme pour le

réconforter. Seul le silence de Parnell le fit se retourner vers l'écran.

Désorienté, Parnell hochait la tête. Il bafouilla. « Vous m'avez demandé d'expliquer quelque chose de personnel... »

Phoenix devint tendu. Parnell fit un effort visible pour fixer la caméra.

« Je ne puis le faire... qu'en parlant à ma femme. Comme si elle était ici, devant moi... »

La main d'Alexis s'immobilisa.

« Lexie... »

Phoenix frissonna. Il n'arrivait pas à la regarder.

« J'ai voulu te protéger de cela. Robert et moi... »

Que dirait-il ? Que penserait-elle ?

« Tu étais si belle... » Elle enfonça ses ongles dans l'épaule de Phoenix, tandis que Parnell balbutiait : « Mon Dieu, je croyais qu'il n'était pas de moi... »

Elle se leva en tremblant.

Il se leva aussi. Soudain, elle cria :

« Merde, il était de *toi*... »

Parnell se couvrit le visage de ses mains.

Elle se détourna de l'écran, pâle comme la mort. Sa voix semblait se répercuter dans la cabane.

« Il était *notre* fils... », murmura-t-elle à Phoenix.

— Nom de Dieu, dit Lord.

Il était debout avec Moore derrière les techniciens qui étaient aux commandes des deux consoles de la régie et surveillaient un mur d'écrans de télévision. Chaque écran montrait Parnell sous différents angles et à des distances différentes.

« Pardonne-moi... », dit-il à sa femme en marmonnant.

— Caméra numéro deux et plan fixe, dit le réalisateur.

Parnell, le visage caché par ses mains, apparut en gros plan sur tous les écrans sauf un. Lord se retourna et sortit.

Danzinger surgit au bout du couloir, suivi de Parnell qui venait de quitter le plateau.

Lord se dirigea vers eux dans la pénombre.

Parnell ne le vit pas tout de suite. Lorsqu'il détourna les yeux et porta la main à ses lunettes par réflexe, Lord se rappela le contre-interrogatoire. Il semblait plus loin dans le passé qu'en réalité.

— Vous y allez, *maintenant ?* demanda Parnell.

Lord hésita.

— Il faut que nous parlions, seuls.

— Je vous en prie, il attend votre réponse...

— Il est presque trente, monsieur Parnell. Nous n'avons plus beaucoup de temps.

Bouleversé, Danziger regarda tour à tour son client et Lord.

— Il y a un bureau au bout du couloir, dit-il.

Dans la pièce, il y avait juste une table et des sièges. Les deux hommes s'assirent et Lord vit que Parnell s'était coupé en se rasant. Danziger les laissa seuls et Parnell regarda la montre de Lord. Elle indiquait vingt heures vingt-trois.

— Vous me demandez beaucoup, dit Lord. Sauver une femme que je ne connais pas des mains d'un terroriste dont j'ai peur, quand beaucoup de choses semblent indiquer qu'elle s'est mise à l'aider.

Parnell rougit.

— Elle est prisonnière...

— De plus, elle s'en prend à vous et je ne sais pas très bien ce qu'elle fera si je rencontre Phoenix. Elle pourrait même s'en prendre à *moi.*

Après un silence, il reprit :

— Si vous ne pouvez pas m'expliquer avec précision ce qui se passe et me dire ce que Phoenix a trouvé à exploiter, je crains que vous ne soyez trop exigeant.

Les mains de Parnell tremblèrent.

— Je vous en prie, je viens d'expliquer...

— Monsieur Parnell, ça fait sept ans maintenant que je connais mon fils. Si je l'aime, ce n'est pas seulement parce qu'il est *mon* fils.

Parnell vit qu'il était maintenant vingt heures vingt-sept. D'une voix presque rauque, il dit :

— Il... Robert était trop proche d'Alexis...

Il s'arrêta et soudain se mit à pleurer. Ému, Lord ferma les yeux pour ne pas voir ses larmes.

— Proche ? fit-il.

Parnell déglutit.

— C'est venu s'interposer entre nous... Même quand il était

petit, il me détestait. Je venais dans sa chambre et il se couvrait les yeux. Pendant des années, il se couvrait simplement les yeux et attendait Alexis...

Lord le vit frissonner et contenir son émotion. Parnell resta silencieux.

Lord lui demanda doucement :

— Pourquoi Robert l'a-t-il quittée, alors ?

Parnell porta la main à ses lunettes.

— Il y a eu un incident...

Parnell ne termina pas sa phrase. Il pleurait à chaudes larmes.

Lord vit qu'il était vingt heures vingt-neuf mais Parnell ne faisait plus attention à l'heure.

Sa voix fit sursauter Lord. Il dit dans un murmure :

— Elle s'habillait près de la fenêtre. Parfois, sa peau semblait rayonner au soleil. Si belle... (Sa voix se voila.) C'était comme ça, le matin où je suis allé dans la chambre de Robert...

Lord leva les yeux. Parnell était livide.

— Ses vêtements étaient sur le lit. Robert se tenait près de la fenêtre. Lui et moi pouvions voir sa mère. (En se rappelant ce qui s'était passé, Parnell ouvrit les yeux.) Quand il s'est retourné, j'ai vu ce qu'elle était devenue pour lui.

Lord regarda la table.

— Alors, vous lui avez dit de partir...

— Je lui ai proposé un arrangement. (Parnell semblait avoir honte en utilisant ce mot.) S'il partait le matin même, elle ne l'apprendrait jamais...

Lord le regarda et dit :

— L'a-t-elle appris ?

— Oui. (Parnell leva la tête puis détourna brusquement les yeux.) Elle fut dégoûtée, marmonna-t-il. Dégoûtée...

Lord entrevit l'effroyable vérité.

— Vous le lui avez dit, *avant* l'enlèvement ? dit-il calmement.

Parnell eut un spasme et fit « oui » de la tête.

— Après cela, nous n'avons jamais pu en parler. (Il éleva la voix.) Comment pouvions-nous, alors que j'avais refusé de verser sa rançon et qu'elle avait trop honte pour m'en empêcher... ?

Lord le regarda, incapable de parler. Parnell avait le visage déformé.

— Voyez-vous, quelque chose en moi voulait qu'il meure.

Lord comprit que c'était la culpabilité qui le faisait pleurer.

Son regard s'altéra.

— Elle a tout compris, grâce à ce monstre. Sans lui, ça ne serait jamais arrivé. Jamais...

Lord pensa un instant à Carson. Il pouvait entendre son propre silence.

— Je vous en prie, monsieur Lord, ce n'est pas de sa faute. Elle ne mérite pas de mourir.

Lord lui toucha le bras, pour l'arrêter.

Parnell le regarda faire sans dire un mot, puis il vit la montre de Lord.

Il était vingt heures trente-quatre.

La montre d'Alexis indiquait vingt heures trente-cinq.

Ils faisaient face à la télévision, Phoenix debout derrière Alexis. Il ne pouvait pas se résoudre à regarder son visage.

« En ce moment, disait Rachel, Parnell et Anthony Lord sont en tête à tête... »

A les attendre, Phoenix ressentait un mélange d'appréhension et de colère, comme un enfant que ses parents auraient enfermé. Il entendait presque battre le cœur d'Alexis.

« Je t'en prie, espèce de salaud. Laisse-la vivre. »

Il voulait qu'elle vive et il se prit à imaginer la suite des événements. Il l'abandonnerait sur la plage déserte, où ils pourraient la recueillir quand il les appellerait. Elle voudrait peut-être rester avec lui et le regarderait disparaître avec Lord quand il partirait faire sa dernière émission.

Il annoncerait sur SNI qu'elle était vivante. Mais quand il tournerait la caméra, Lord serait assis à la place d'Alexis.

Devant deux cents millions de téléspectateurs, il poserait doucement le Mauser contre la tempe de Lord et appuierait sur la détente.

Il laisserait la caméra s'attarder sur ce spectacle, comme son esprit était en train de le faire maintenant ; cet instant était si surprenant dans sa beauté qu'il n'arrivait pas à imaginer ses prochains gestes.

Il enterrerait le cadavre de Lord.

Soudain, il se retrouverait seul. Il démantèlerait la salle de contrôle et jetterait tout l'équipement dans l'Eel. La camionnette et la cabane seraient tout ce qu'il resterait d'un reclus anonyme qui avait tout simplement disparu. Il téléphonerait au SNI pour leur dire où trouver Alexis. Elle continuerait de lui manquer.

Puis ce serait la fuite.

Deux semaines en pleine nature dans le comté d'Humboldt pendant qu'on serait à ses trousses. Puis un vol de nuit au-dessus de la Californie pour aller au Mexique, l'itinéraire secret des passeurs de came.

Il débarquerait de nuit dans les îles Caïmans. Il attendrait le matin, sous la protection du Mauser.

A neuf heures, il entrerait dans une banque bien choisie, avec cinq millions de dollars sur lui.

La banque ne poserait pas de questions. Elle ferait transiter l'argent par cinq pays jusqu'à un compte numéroté en Suisse, grâce au télégraphe. Comme elle l'avait fait pour beaucoup d'autres.

Les jours suivants, il se ferait passer pour un vagabond. Les recherches seraient moins intensives à mesure que leur champ s'élargirait au monde entier. Il se demanderait quelle vie elle menait maintenant. Il attendrait le vol pour Genève qui déciderait de son sort.

Il y avait un chirurgien esthétique là-bas, et Phoenix n'avait jamais aimé son propre visage.

Pourtant, tout cela et la vie d'Alexis dépendaient de la venue de Lord.

En un éclair, il revit Lord mourant sur la chaise d'Alexis.

Sur l'écran, l'image changea. Lord était maintenant assis à la place de Parnell.

Instinctivement, Phoenix mit sa main sur l'épaule d'Alexis. Elle lui communiqua son frisson.

Le regard de Lord était froid et direct. « Je serai bref. En premier lieu, vous avez demandé à Stacy Tarrant de verser la recette du concert à certaines organisations. Elle le fera... »

Il ferma les yeux et les paroles de Lord lui parvinrent à travers une sorte de brouillard. « Ensuite, vous avez demandé que je récupère les otages. » Lord marqua un temps d'arrêt. « Je le ferai. »

Alexis s'effondra contre lui.

Il sentit son propre cœur battre la chamade.

Quand elle le regarda, les numéros de téléphone pour le vote clignotaient sur l'écran, en dessous des photographies : Alexis la starlette ; Alexis souriant le jour de son mariage avec Parnell ; Alexis, son mari et leur jeune fils.

— Je vous en prie, murmura-t-elle.

Elle posa délicatement le doigt sur la cagoule et suivit le contour de son visage. Il frémit lorsque le doigt passa sur sa joue.

Lorsqu'elle essaya de passer sous la cagoule, il fut incapable de l'arrêter.

Sur l'écran, un listing informatique apparut. Quatre-vingt-dix-neuf personnes qui avaient appelé durant les trois premières minutes voulaient qu'elle vive.

Son index passa légèrement sur le contour de sa bouche.

Il ne bougea pas lorsqu'elle toucha les rides près de ses yeux, ses paupières, l'arête de son nez. Elle s'y attarda.

Elle retira son doigt lorsqu'elle sentit ses larmes.

Il éprouva des picotements sur la peau. Il sentait qu'Alexis penchait la tête, il l'imaginait le regardant.

Il ouvrit les yeux.

Elle regardait les deux fentes de sa cagoule.

Elle retira sa main et ses doigts essayèrent de passer à travers les deux fentes, effleurant à peine la toile. Comme si elle sentait qu'il ne respirait plus.

Paralysé, Phoenix les vit comme deux silhouettes sous une ampoule nue. Chacun attendant que l'autre bouge.

Elle pressa lentement la toile contre son visage.

Il avait les tempes qui battaient. La bouche entrouverte, elle vit la couleur de ses yeux.

Phoenix ne voyait plus, n'entendait plus la télévision. Seulement Alexis.

La main tremblante, elle commença à lui retirer sa cagoule.

— Non ! cria-t-il.

Elle devint livide.

Le son de sa propre voix le cloua sur place. La main d'Alexis semblait se mouvoir toute seule.

— Non, murmura-t-il.

Elle regarda son visage.

Abasourdie, elle fit un pas en arrière. La cagoule tomba par terre, entre eux deux.

Lord quitta le plateau. Dans le couloir, il vit Stacy.

Ils se dévisagèrent un moment. L'obscurité leur procurait un peu d'intimité.

— J'ai essayé d'appeler. (Elle parlait calmement.) Vous n'étiez pas là. Ensuite, la ligne était occupée. Alors je suis venue.

Il ne sut pas quoi dire. Il lui demanda enfin :

— Il n'y a jamais eu une journée où il vous semblait que vous reviviez toute votre vie, et celle d'autres gens ?

— Si. Sauf que c'est moi qui vous ai entraîné là-dedans.

— Non. (Il marqua un temps d'arrêt pour souligner ce qu'il allait dire.) C'est moi.

Elle pencha légèrement la tête, comme pour entendre ce qui n'était pas dit. Puis elle murmura :

— Carson vous a dit quelque chose au sujet de John.

— Ce rêve. (Il s'adossa au mur, les mains dans les poches.) Vous vous êtes interrogée sur Damone, n'est-ce pas ? Dès le début.

— Pas consciemment... Je n'ai pas voulu y être confrontée. (Elle ramena ses cheveux en arrière et sa main s'arrêta sur sa tempe.) Je crois maintenant que je voulais que ce soit *vous* qui y soyez confronté. Je croyais peut-être, au début, que vous saviez quelque chose sur lui.

— On n'arrête pas de me dire ça.

Elle détourna son regard.

— Quoi qu'ait pu vous dire Carson ce matin, vous n'étiez pas au courant, n'est-ce pas ?

— Non.

— Oh, Tony..., commença-t-elle. (Puis elle s'adossa contre le mur, en face de lui.) Je regrette tellement...

— Ce n'est pas la peine. (Il esquissa un sourire.) Vous savez ce que je souhaite, pourtant ?

Elle haussa les épaules.

— Non.

Il attendit qu'elle le regarde à nouveau.

— Que nous soyons amis très longtemps et que nous n'ayons jamais à nous poser d'autres questions. Pas comme celles-là.

Elle observait son visage, quand Moore apparut au bout du couloir.

Lord lui fit un signe de tête. Stacy se retourna, vit Moore, puis elle dit à Lord, à voix basse :

— Je retourne à Sea Ranch. J'aimerais que vous veniez. Enfin, quand vous serez libre.

— Bien sûr.

Elle le regarda encore un moment. Puis elle lui caressa légèrement l'épaule et s'éloigna en direction de Moore.

Moore regarda Stacy, puis il demanda à Lord :

— Prêt ?

— Mouais.

Ils entrèrent dans l'ascenseur. Lorsqu'il se retourna, elle les observa du couloir, jusqu'à ce que les portes se ferment.

SEPTIÈME JOUR : DIMANCHE

— Nous essayerons de vous suivre, fit Moore. En restant assez loin pour qu'il n'y ait pas de danger.

Ils étaient assis dans la chambre minable d'un motel que Moore avait trouvé pour le cacher : une lampe, deux chaises, le bruit de la circulation, SNI en fond sonore. Un téléphone qu'ils n'arrêtaient pas de regarder.

Lord se tourna vers Moore.

— Pas de danger pour qui ?

— Pour vous, et pour les otages. (Moore se pencha en avant.) Nous pouvons cacher un émetteur dans vos vêtements et dans votre voiture, et capter leurs signaux. De cette façon, Phoenix ne nous verra pas, mais nous saurons où vous trouver. Et si l'endroit du rendez-vous n'est pas trop compliqué, nous pouvons le surveiller, surtout dans une zone habitée.

— Il risque de s'en douter, non ?

— Peut-être.

Après un silence, Moore reprit :

— Nous avons des hélicoptères, des Jeeps et même des avions. Il y a peu d'endroits où nous ne puissions aller.

Le silence de Lord fut rompu par la voix de Rachel. « Bien que le FBI ait imposé un black-out sur toutes les informations, on sait que Phoenix a choisi Anthony Lord comme seul intermédiaire acceptable. A la veille de la dernière émission, durant laquelle le terroriste menace d'exécuter Alexis Parnell, Lord reste introuvable... »

— Mon chœur de tragédie grecque, murmura Lord.

Moore se leva pour couper le son.

— J'ai l'impression d'être sur un tapis roulant, fit Lord au bout d'un certain temps. Ce dont j'ai eu peur toute ma vie, c'est de ne pas avoir de prise sur les événements.

Moore hocha simplement la tête. Lorsque Lord regarda le téléphone de nouveau, il n'était pas loin de dix-huit heures.

C'était la première fois qu'ils parlaient de Phoenix depuis des heures.

Cet intervalle avait rappelé à Lord sa jeunesse, quand il était loin de chez lui, dans un endroit inhabituel qui lui réservait un avenir incertain, et qu'il parlait pour se raccrocher à quelque chose de sûr. Ils parlèrent de choses diverses : l'ex-femme de Lord ; la deuxième femme de Moore ; les deux années où Moore avait infiltré les Weathermen [1] et qui lui avaient coûté son premier mariage ; les espoirs de Lord pour Christophe ; la fille de Moore, qui faisait sa grande fierté et l'étonnait, sa réussite à Wellesley [2]. Ce que tous les deux pourraient faire différemment.

— Je ne sais pas comment vous pouvez supporter ce métier, se risqua à dire Lord. Toujours à attendre.

— Oh, c'est un travail intéressant, si les gens vous intéressent, et puis on s'habitue aux inconvénients. (Moore l'observa.) Je ne sais pas comment vous pouvez supporter l'ambiguïté morale.

Leurs regards se rencontrèrent. Lord haussa les épaules.

— Infiltrer une organisation est ambigu, Johnny. Tout est ambigu.

— C'est comme ça que vous raisonnez ?

— C'est en partie comme ça que je raisonnais. Je me disais que si personne ne faisait preuve de la plus haute moralité, qu'est-ce qui pourrait alors empêcher les gens de forcer la main à quelqu'un pour des raisons bien à eux ?

Après un temps d'arrêt, Lord reprit :

— Sans Christophe, s'il m'arrivait quelque chose, ce serait comme démissionner. Quelqu'un d'autre prendrait ma place, voilà tout.

Moore regarda le téléphone, puis il demanda :

1. Organisation gauchiste américaine active durant les années soixante-dix. (*NDT.*)

2. Université de la côte Est des États-Unis. (*NDT.*)

— Juste Christophe ?

Lord dirigea son regard vers la fenêtre et vit le jour se lever à travers les rideaux.

— Je suis très surpris, Tony, surtout quand je pense à ce qu'elle *devrait* ressentir. J'ai passé une bonne partie de la journée de vendredi à me demander si vous étiez né avec un fer à cheval dans le cul.

Cette expression et les efforts de Moore le firent sourire.

Le téléphone sonna et Lord sursauta. Moore semblait long à répondre.

— Oui ? fit Moore, puis il garda le silence. Je m'en souviens.

Lord n'entendait qu'un grésillement. Tout en écoutant, Moore regardait le mur, la télévision, sa montre.

Son regard s'arrêta.

Lord sentit son estomac se nouer. Il faisait froid dans la pièce.

— Je vous rappelle, dit Moore avant de raccrocher.

Il contempla le plancher pendant quelques instants. Lord se força à rester silencieux.

— Il a appelé notre bureau de Boston. (Il n'y avait aucune trace d'émotion dans la voix de Moore.) A six heures trente ce matin. Vous partez dans quatre heures.

— Où ça ?

— Jusqu'à une aire de stationnement sur la 101. (Moore leva les yeux vers lui.) A environ six kilomètres après l'Eel.

Lord se frotta le nez.

— C'est dans le comté d'Humboldt.

— Vous devrez être en short et en T-shirt, reprit Moore, pour ne pas dissimuler d'armes. L'argent sera dans un sac à dos placé dans votre coffre de voiture. Lorsque vous arriverez à l'aire de stationnement, vous verrez des chiottes et un téléphone. A seize heures, vous recevrez un appel et Phoenix vous dira où aller pour recevoir d'autres instructions. Il vous surveillera avec un fusil et un Bearcat — c'est un détecteur de signaux radio. (Moore croisa les mains.) Si vous appelez qui que ce soit ou s'il capte un signal, vous mourrez. Ensuite, ce sera le tour d'Alexis.

Lord regarda les mains de Moore.

— En d'autres termes, fit-il, vous ne pouvez pas me suivre.

— Phoenix dit qu'il veut que vous soyez introuvable à

partir du moment où il vous appellera. Ce sera seulement après que vous récupérerez Alexis.

Lord leva les yeux.

— Pas Damone ?

Les yeux de Moore ne bougèrent pas.

— Il n'a rien mentionné à son sujet.

Lord se retourna. Sur l'écran de la télévision, Rachel parlait mais aucun son ne sortait de sa bouche.

— Où croyez-vous que j'aille ?

— Je pense que vous ferez la dernière partie du chemin à pied, en empruntant un itinéraire que Phoenix ou ses hommes puissent surveiller pour s'assurer que personne ne vous suit. Peut-être jusqu'à un certain moment, à la nuit tombée et juste avant l'émission, pour protéger sa fuite.

Lord se leva, les mains dans les poches.

— Tony, il vous faudra être vigilant. Souvenez-vous de l'itinéraire. Dès que vous serez arrivé, pensez à un moyen pour repartir.

— Qu'est-ce qui pourrait l'empêcher de m'arrêter ?

Moore eut un moment d'hésitation.

— Il vaut mieux pour lui qu'il rende Alexis. Et vous.

Lord éteignit la télévision. Quand il se retourna, les yeux de Moore lui semblèrent plus grands que la normale.

— Je n'ai jamais été fataliste, Johnny.

— Nous pouvons essayer de mettre le téléphone sur écoute et d'entendre ses instructions.

— C'est tout ?

Moore examina ses mains.

— Tant que vous roulerez, dit-il enfin, nous pourrons vous suivre d'un avion avec une lunette, en restant assez haut pour qu'il ne nous voie pas. Nous saurons au moins quand vous partirez, et où.

— Et la nuit ?

— On vous perdra.

Lord s'assit sur le bord du lit.

Moore soupira.

— Une fois arrivé, gardez autant que possible vos distances — vous n'avez aucune chance s'il est près de vous. N'essayez pas de voir son visage : s'il n'a pas l'intention de vous faire de mal, il portera sa cagoule pour que vous ne puissiez pas l'identifier plus tard. L'important est qu'il vous montre Alexis.

— Et s'il refuse ?

— Alors, c'est que quelque chose ne va pas. (Moore l'observa.) Jetez l'argent et courez aussi vite et aussi loin que possible.

Lord était calme.

— Sans Alexis.

— Vous êtes censé nous aider à la ramener. Si vous vous faites tuer, vous n'aurez été d'aucune utilité...

Lord l'interrompit doucement.

— Il ne me laissera pas aller loin et vous ne nous retrouverez jamais, ni moi ni elle.

— Nous allons coudre un émetteur dans votre short — vous pourrez le mettre en marche en pinçant. (Moore parlait sur un ton neutre.) Il a une portée de huit kilomètres. Si nous captons un signal, nous arriverons aussi vite que possible. Comme ça, il y aura au moins une chance que vous nous meniez à Alexis.

Lord se frotta les tempes. Il ne se voyait pas quittant la pièce.

— Il y a une autre solution, dit Moore. Je peux prendre votre place.

Lord se retourna vers lui. Le regard de Moore ne le jugeait pas.

— Écoutez-moi, Tony. Vous êtes un civil, et le danger fait partie de mon métier. Je peux essayer d'offrir à Phoenix le même choix que nous offrirons à Parnell : moi ou personne.

Après une pause, Moore dit lentement :

— Phoenix veut que ce soit vous qui veniez, et il nous a donné une raison. Se pourrait-il qu'il y en eût d'autres ?

Lord s'aperçut qu'il ne pouvait pas le regarder.

— C'est allé trop loin, dit-il enfin. Quand je reviendrai, vous pourrez me payer un verre.

A onze heures, Lord franchit le Golden Gate Bridge à bord d'une voiture blanche du gouvernement. Il portait un T-shirt et un short dans lequel on avait cousu un mince disque argenté. Moore était allé lui chercher ses tennis.

Il y avait environ cinq cents kilomètres de San Francisco jusqu'à l'Eel. Les cinq dernières heures dont Lord était sûr.

Pendant deux heures, il roula comme dans un rêve. Quand il eut dépassé l'embranchement pour Sea Ranch, il se retrouva dans une contrée inconnue.

Loin devant lui, de vertes montagnes s'élevaient comme des vagues. Elles se rapprochaient, et cela lui déplaisait. Les dernières soixante-douze heures avaient passé trop vite et il n'avait dormi que six heures. Les quatre tasses de café qu'il avait avalées lui donnaient un regain d'énergie.

Le soleil se coucherait à dix-neuf heures dix.

Quelque part au-dessus de lui, Moore était à bord d'un petit avion. Mais le temps qui restait avant le crépuscule continuait à s'écouler tandis que la circulation se raréfiait autour de lui.

« Pense à Alexis. »

Il était maintenant sur une route à deux voies. Les montagnes et les ombres s'allongeaient, des collines apparaissaient, et la civilisation se réduisit à des églises dispersées, de petits entrepôts frigorifiques, des stations-service. Passer devant tout cela en transportant cinq millions de dollars paraissait totalement irréel.

Soudain, la route se mit à grimper fortement en suivant des escarpements qui disparaissaient à chaque virage. Les ombres commencèrent à s'allonger et le paysage se referma sur lui.

A sa gauche, le Mendocino coulait dans une ravine de plus en plus profonde. Des montagnes se dressaient de tous côtés ; les pins étaient de plus en plus grands et se mêlaient aux séquoias ; la route était bordée de gros morceaux de rochers qui avaient été renversés par les torrents au printemps.

Sa montre indiquerait bientôt quatorze heures.

Pendant une heure, Lord roula dans une côte pleine de virages, avec une alternance d'ombres, de rochers et de ravins qui changeaient de forme et de couleur. A quinze heures, le Mendocino était devenu l'Eel, plus profond et plus large, et les montagnes étaient si escarpées qu'elles semblaient tomber sur Lord. Les pins avaient disparu ; le vert et le brun fonçaient à l'ombre des séquoias imposants qui bordaient la route et empêchaient la lumière de passer. Le ciel n'était plus qu'un ruban au-dessus de l'Eel.

Lord réalisa que les séquoias pourraient bientôt le rendre invisible. Il n'arrêtait pas de freiner, d'accélérer, de changer de vitesse, et il avait les mains moites.

Quinze heures trente. Dans une demi-heure, il entendrait la voix de Phoenix.

Soudain, la rivière fit un coude.

Lord vit d'abord le pont, puis le bouquet de séquoias, monolithe sans lumière. Quelques secondes plus tard, il lisait le panneau : Comté d'Humboldt.

Lord franchit la rivière et roula vers l'est. La rivière descendait des sierras en traversant des forêts et des montagnes désertes ; à des kilomètres de là, une légère brume flottait au-dessus des arbres. Lord laissa le pont derrière lui et le ciel disparut.

Il eut l'impression de pénétrer dans une cathédrale — immense, sombre, silencieuse. Il regarda le compteur kilométrique pour savoir quand il aurait fait six kilomètres. Il roulait lentement, à présent. Il était fatigué et il avait des crampes d'estomac.

A quinze heures cinquante, il trouva le point de rendez-vous.

C'était un chemin de terre, à moitié caché par des séquoias. Il tourna et la route disparut derrière lui.

Dans la clairière, il y avait des installations sanitaires en bois. Un téléphone était accroché au mur. Les séquoias étaient si hauts et si rapprochés qu'il n'y avait pas de soleil. Aucune voiture ne stationnait.

Lord s'arrêta à quelques mètres du téléphone. Il baissa sa vitre et put sentir l'odeur des troncs et des aiguilles en décomposition. Il resta dans la voiture.

Il n'y avait aucun bruit. Il examina le bouquet d'arbres à travers son pare-brise. Peut-être apercevrait-il quelqu'un. Les arbres étaient si serrés qu'on ne pouvait rien voir.

Lord s'efforça de ne pas regarder sa montre.

Pourvu que ses instructions soient simples, pourvu que Moore et ses gars puissent les écouter. Pourvu qu'on en finisse rapidement.

Ses yeux allaient du pare-brise au rétroviseur ; le silence lui mettait les nerfs à vif. Il n'osait pas regarder l'heure. Quand il regarda enfin sa montre, ce fut à contrecœur.

Seize heures deux.

La sonnerie du téléphone se répercuta à travers les arbres.

Lord resta immobile.

La sonnerie retentit encore deux fois avant qu'il ne sorte de sa voiture, les clés à la main. Il ne referma pas la portière. Sa nuque le picotait, comme s'il sentait que Phoenix l'observait. Il n'arrivait pas à se mouvoir plus rapidement.

La sonnerie continuait de retentir.

Arrivé près du téléphone, Lord tourna le dos au mur et regarda les arbres. Il avait la bouche sèche. Il décrocha le combiné.

— Lord, fit-il.

Il entendit une bande magnétique se mettre en marche.

Une voix qui articulait mal dit : « Ceci est un message enregistré, transmis par un téléphone sans fil, à vingt mètres de l'endroit où vous vous trouvez... »

Stupéfait, Lord toucha l'émetteur.

« Vous n'êtes pas plus loin que ça de la mort. Si quelqu'un vous avait suivi, grâce à un émetteur ou tout autre moyen, vous ne seriez jamais arrivé jusqu'au téléphone. Mais je ne souhaite pas vous rencontrer ici ou vous donner des instructions par téléphone. Il pourrait être sur écoute. »

Phoenix marqua un temps d'arrêt et Lord frémit en se rappelant la dernière phrase.

« A vingt mètres du séquoia brûlé par la foudre, j'ai placé un magnétophone à cassette et une bande. Vous l'écouterez sans bouger. »

Instinctivement, Lord éloigna l'écouteur de son oreille, pour voir s'il entendait une seconde voix.

Il écoutait toujours quand il entendit la tonalité. Affolé, il balaya les arbres du regard. Rien ne bougeait. Il ne vit qu'une centaine de troncs.

Lord raccrocha et tenta de se ressaisir.

Il se mit à examiner chaque arbre. Ses yeux lui faisaient mal.

De l'autre côté de la clairière, il vit un séquoia dont l'écorce était marquée de noir.

Lord se dirigea lentement vers l'arbre et s'imagina entendre le rire de Phoenix.

Au-delà, il n'y avait que des arbres. Vingt pas. Lord se demanda si Phoenix l'observait.

Il commença à compter. Il s'attendait à entendre les coups de feu dans son dos.

A cinq pas, Lord se mit à regarder à droite et à gauche. Il

s'arrêta et se retourna. Il sentait la fraîcheur et l'humidité du bois sur sa peau. Les arbres étaient trop rapprochés pour qu'il puisse marcher en ligne droite. Il faisait si sombre que rien ne poussait, à l'exception de la mousse et des champignons.

En se retournant, il ne sut pas reconnaître le séquoia d'où il était parti. Il se retourna, désorienté. Il eut la nausée.

Quinze pas, se souvint-il.

Les séquoias étaient tout autour de lui, telle une grande salle plongée dans la pénombre, où tout paraissait plus grand, plus petit, ou déformé.

Une boîte de café rouge. A côté de lui, avec son couvercle en plastique. Un peu plus loin, une branche cassée sur laquelle Phoenix avait marché.

Lord ouvrit la boîte, maladroitement. A l'intérieur, il vit un magnétophone et une cassette. Autour de la cassette, il y avait une montre de femme Cartier.

Elle devait avoir les poignets fins, pensa Lord. Il eut des sueurs froides.

La Cartier indiquait seize heures quinze.

Lord introduisit la cassette dans le magnétophone et appuya sur la touche « lecture ».

« Je ne vous donnerai Alexis Parnell que si vous suivez ces directives », fit la voix.

Lord écouta attentivement, tout en regardant autour de lui. La voix de Phoenix semblait filtrer à travers les arbres.

La voix continuait. « Mais pas avant le crépuscule et dans un endroit où les voitures et les Jeeps ne peuvent aller... »

Le froid s'était intensifié.

« Quand vous aurez fini d'écouter cette bande, retournez à votre voiture en l'emportant. Ne vous approchez pas du téléphone : vous seriez mort avant de l'atteindre. Et Alexis mourrait à la fin de ma dernière émission. »

Lord se leva et fit un tour complet.

« Vous roulerez vers le nord pendant trois cents mètres jusqu'à un chemin de terre sur votre gauche. Une fois que vous vous y serez engagé, vous ne pourrez appeler personne et personne ne pourra vous voir. Il ne vous restera plus qu'à venir chercher Alexis, ou à la laisser mourir. »

Il était immobile, à présent. Il écoutait.

« Le chemin continue à travers les séquoias, jusqu'à une

crête. Pendant quelques minutes, vous roulerez en terrain découvert. Vous ne pourrez pas échapper à notre surveillance. Si vous vous arrêtez, Alexis mourra. Si vous n'atteignez pas le point de rendez-vous au coucher du soleil, Alexis mourra.

« Écoutez attentivement. »

Pris de colère, Lord s'efforça de se concentrer.

« Depuis la crête, la route descend dans une vallée et franchit un pont. Neuf kilomètres après le pont, vous tournerez à gauche dans un chemin de bûcherons. Juste après le premier tournant, il y a un bois de chênes. » Phoenix s'interrompit pour donner plus d'importance à ses paroles. « Garez-vous en dessous, pour que votre voiture ne soit pas visible d'en haut. Ensuite, vous prendrez le sac à dos dans le coffre et vous y mettrez la bande. Je vous observerai. Si vous n'avez pas la bande, je ne vous donnerai pas Alexis. »

Pas d'indice. Rien pour aider Moore.

« Vous verrez un chemin qui traverse le bois. Suivez-le sur huit kilomètres. Vous verrez alors un arbre déraciné qui ressemble à une tête de lion. C'est là que je vous rencontrerai. Si vous y arrivez au coucher du soleil, elle vivra. »

La montre d'Alexis indiquait seize heures trente.

« Dépêchez-vous, fit doucement la voix. La route est longue et le temps presse. »

Puis, ce fut le silence.

La bande continuait de tourner, sans bruit, et une autre partie de lui-même, plus calme, vit à quel point Phoenix était intelligent.

Lord pencha la tête en arrière et essaya de suivre les troncs des séquoias. Il ne voyait pas où ils s'arrêtaient.

Une fois qu'il aurait quitté cet endroit, personne ne pourrait le suivre en avion.

Il resta immobile quelques instants. Seuls ses yeux bougeaient.

Rappelez-vous le chemin parcouru, lui avait dit Moore. Sa voiture était à vingt mètres et il ne savait pas très bien dans quelle direction.

Il fit prudemment vingt pas et regarda autour de lui. Il s'était perdu et il avait l'impression que le temps n'existait plus. Il tenait toujours le magnétophone et la montre.

Quelque chose sur sa gauche, à peine visible. La lumière n'était pas la même.

Lord souffla et se dirigea vers la clairière.

Il s'arrêta en face du téléphone. Phoenix avait pu être à quelques mètres, ou à des kilomètres, quand il avait appelé. Rien ne bougeait ; il n'y avait aucun bruit.

La montre indiquait seize heures quarante.

Lord essaya d'imaginer ce qu'Alexis pouvait ressentir. La gratitude qui serait la sienne.

Le téléphone continua de le fasciner. Il était tenté de l'utiliser, d'appeler au secours.

Trop long.

Il fit demi-tour et monta dans sa voiture. Il posa le magnétophone à côté de lui. Ses doigts eurent du mal à tourner la clé de contact.

Il retourna au bord de la route en regardant dans le rétroviseur. Il s'arrêta un instant, puis repartit vers le nord.

Il tourna à gauche. Le second chemin ressemblait à un tunnel.

De lourdes branches pendaient au-dessus de la voiture. La brume se distinguait à peine dans la pénombre. Au bout de quelques mètres, Lord dut allumer ses phares.

La température baissa et la brume s'épaissit.

La voiture ne roulait plus qu'à quinze kilomètres à l'heure, cible presque immobile. Lord roula ainsi pendant d'interminables minutes au milieu des séquoias géants. Des branches surgissaient brutalement du brouillard. Exténué, Lord s'attendait à moitié à ce qu'on lui tire dessus et il essayait d'apercevoir des formes insolites, des mouvements soudains, des hommes armés au bord de la route ou dans son rétroviseur.

« Il est en train de t'avoir à l'usure. Tu es fatigué, tu as froid, tu es tellement sur les nerfs que lorsque tu arriveras à destination, il n'aura plus qu'à te cueillir comme une fleur. »

Un bras.

Lord freina brutalement.

Au bord de la route, ses phares illuminèrent les racines noueuses d'un séquoia qui était tombé en laissant une blessure dans le sol. Rien d'autre.

La montre d'Alexis indiquait dix-sept heures trente.

Lord repartit. Il était en sueur.

Le brouillard devint moins dense.

Le chemin était en pente, à présent. Lord se sentit soulagé. Il était toujours vivant. Ça voulait sûrement dire qu'Alexis était vivante, elle aussi.

Lord appuya sur l'accélérateur. Il roulait vers la vallée. Après quelques kilomètres de montée, les pins prirent la place des séquoias. Lord roulait trop vite. Sa nuque lui faisait mal, puis ce fut les tempes.

Il calcula que Moore avait perdu sa voiture de vue depuis près de deux heures. Lorsque le chemin se termina sur la crête, Lord s'arrêta.

En contrebas, une rivière coulait dans une vallée, au milieu des collines.

Il n'était plus à couvert.

Pendant moins d'une heure, maintenant, le soleil lancerait ses derniers rayons avant de disparaître. Plus Lord roulerait lentement, plus Moore avait de chances de le retrouver et plus Alexis avait de chances de mourir.

Il avait oublié ses instructions.

Pris de panique, il écouta de nouveau la cassette. Cela lui sembla plus long qu'auparavant.

Un chemin de bûcherons, neuf kilomètres après le pont. Puis un chemin de huit kilomètres jusqu'à un arbre déraciné en forme de tête de lion.

Lorsque Lord redescendit de la crête, il était dix-huit heures vingt.

Durant les dix minutes qui suivirent, il descendit jusqu'à la vallée avec une lenteur éprouvante, en espérant que l'avion de Moore fût quelque part dans le ciel, pour repérer sa voiture à nouveau. Il ne vit rien à l'horizon.

Après le pont de bois, il y avait une station-service, un magasin, deux maisons. Un téléphone au bord de la route.

Lord ralentit et regarda.

Au-delà du téléphone, il y avait des montagnes ; de l'autre côté de la rivière, une chaîne de collines. Il se trouvait à découvert.

Alors que le téléphone s'éloignait dans son rétroviseur, la route fit un coude en suivant la rivière, et il disparut.

Plus que quarante minutes avant le coucher du soleil.

Lord appuya sur l'accélérateur. Il avait donné à Moore tout le temps qu'il pouvait.

Au bout de quelques minutes, il trouva le chemin de bûcherons.

Il tourna et fut bientôt invisible depuis la route. Il pénétra dans la chênaie. Les branches se refermèrent sur son véhicule, mettant fin à tous ses espoirs : Moore ne pourrait pas le voir.

Lord sentit des picotements sur sa peau lorsqu'il sortit la cassette du magnétophone.

Il descendit de voiture, ouvrit le coffre, glissa la bande dans le sac lourd qu'il mit ensuite sur son dos. Il ne regarda pas à l'intérieur.

Il lui restait vingt-huit minutes pour parcourir huit kilomètres, la portée de son émetteur. Il n'avait jamais couru si vite et si longtemps.

Il se fraya un chemin à travers les arbres et arriva sur un coteau. En contrebas, la route s'écartait de la rivière, qu'un sentier longeait.

Lord descendit péniblement le coteau, glissant, se raccrochant aux branches, trébuchant.

Depuis la colline, on pouvait l'observer ou lui tirer dessus. En face, derrière un mince rideau de bouleaux, la rivière gênerait sa fuite.

Le soleil était bas sur l'horizon, dans l'axe du chemin et de la rivière.

Lord se mit à courir vers le soleil.

Ses muscles étaient raides parce qu'il ne s'était pas échauffé. A chaque minute, le soleil descendait un peu plus bas et la rivière, toujours bordée de bouleaux, s'ouvrait devant lui.

Ses pieds continuaient de marteler le sol.

S'il réussissait, il rencontrerait Phoenix au crépuscule et Phoenix profiterait de l'obscurité pour faire son émission et disparaître. C'était l'idéal pour rendre Alexis, ou tuer un messager épuisé.

Plus que vingt minutes avant le coucher du soleil. Plus que quinze. Il s'imaginait vu d'en haut, un point dans la lumière qui diminuait, trop petit pour que Moore l'aperçoive.

A l'horizon, la rivière rejoignait le soleil.

Un vent frais lui tonifiait la peau. Tellement froid, fort et constant que rien ne semblait pouvoir l'arrêter.

« Je vous en prie, monsieur Lord. Elle ne mérite pas de mourir... »

A l'horizon, le soleil commença à disparaître et des taches blanches apparurent sur la rivière.

Lord accéléra l'allure. Il entendit un bruit sourd, lointain et régulier, apporté par le vent qui lui fouettait le visage.

Les taches devaient être l'océan qui moutonnait.

Il continuait de courir et le bruit devenait plus fort, le vent plus froid. Il sentit une douleur dans la jambe, le début d'une crampe. Le soleil avait disparu à moitié.

« Mais tu seras toujours mon papa, hein... »

Les moutons étaient plus grands et la rivière semblait orange dans le soleil couchant. Mais le sentier se mit à monter. Une dune empêchait de voir le rivage ; seul le fracas des vagues indiquait la présence de rochers.

S'il s'arrêtait, il aurait les mollets paralysés par le vent et le froid.

« Je retourne à Sea Ranch, avait-elle dit. J'aimerais que vous veniez. Enfin, quand vous serez libre... »

Pense à Alexis.

Là où la rivière se jetait dans l'océan, des vagues de cinq mètres moutonnaient. La dune vers laquelle il courait semblait avoir été construite à partir des débris d'un rivage qu'il ne voyait pas.

Le soleil avait presque entièrement disparu.

Plus qu'une minute. Il était obsédé par Phoenix, à présent.

« Phoenix veut que ce soit vous qui veniez, et il nous a donné une raison. Se pourrait-il qu'il y en eût d'autres... ? »

Dans un dernier sprint, Lord arriva au sommet de la dune, à bout de forces.

Il n'avait jamais rien vu de semblable.

Sur des kilomètres, le sable noir était jonché de séquoias morts abandonnés par le ressac, et que le vent, le soleil et le sel avaient dépouillés et blanchis. Certains étaient empilés de travers les uns sur les autres, tels les ossements de quelque mastodonte ; d'autres, taillés par les éléments, ressemblaient à des sculptures modernes. L'écorce des séquoias plus jeunes pourrissait et se décollait.

Haletant, Lord fouilla les débris.

C'était interminable et déprimant. Les vagues semblaient

exploser sur les rochers déchiquetés ; elles se précipitaient sur la grève et le courant aspirait sauvagement les arbres les plus proches tandis que d'autres vagues venaient se briser. Lord était à trente mètres et les embruns atteignaient son visage. Le vent lui piquait les yeux.

Il s'arrêta soudain de chercher.

A sa gauche, les racines d'un énorme séquoia étaient écartées, telle une gueule béante, sous un œil creusé par le vent.

Il n'y avait personne.

Lord se retourna : il était seul.

De chaque côté de la rivière, s'élevaient des falaises abruptes couvertes de buissons. Il ne pourrait repartir que par là où il était arrivé, ou en longeant le rivage vers le sud. Ses jambes se raidirent dans le froid.

Il devait attendre près de la tête de lion.

Il se rappela les instructions de Moore et s'éloigna en direction de l'océan pour être le plus loin possible de l'endroit où Phoenix surgirait et pour qu'il y ait le plus grand nombre possible de troncs entre eux deux. Il s'arrêta au bord de l'eau : les rochers étaient gris ardoise et une brume rougeâtre flottait au-dessus de l'océan.

Il se retourna. Les montagnes passèrent du vert au brun jaunâtre. Derrière lui, les vagues faisaient un bruit assourdissant ; à chaque vague qui venait se briser, il s'attendait à être renversé et emporté dans les turbulences. Son cœur se mit à battre la chamade.

Une forme humaine était debout en haut de la dune.

Elle ne portait pas de cagoule. Ils s'observèrent dans la lumière qui baissait.

La forme était seule.

Elle portait quelque chose en bandoulière et une boîte était suspendue à sa ceinture. Ses cheveux semblaient foncés et son visage était glabre.

Lord ne distinguait pas ses traits.

La forme leva un bras et lui fit signe d'avancer.

Lord avait la chair de poule.

Une vague vint se briser contre ses mollets et le tira en arrière. Il reprit son équilibre et lorsqu'il leva à nouveau les yeux, la forme était devenue une silhouette.

Il entendait le vent gémir et il avait les jambes engourdies. Il faisait presque nuit.

Lord mit ses mains en porte-voix et cria :

— Je veux la voir.

Sa voix tendue semblait portée par le vent.

La silhouette resta immobile. Derrière elle, la pleine lune devint plus grande et plus brillante.

Lord attendit un signe, un geste.

Rien.

Lord frissonna.

— Où est-elle ? cria-t-il.

La silhouette resta immobile, sans répondre. Puis, la lumière changea. Lord eut du mal à voir Phoenix.

Ses yeux essayèrent de percer l'obscurité.

Du métal luisait, là où Phoenix s'était tenu.

Lord enleva le sac à dos et le prit par une lanière. Il n'était pas sûr que Phoenix avançait, mais il le sentait se rapprocher.

Il appuya sur l'émetteur.

— Stop ! cria-t-il. Montrez-moi Alexis.

La silhouette devint plus distincte. Elle avançait.

« Vous n'avez aucune chance s'il est près de vous... »

Quelques fractions de seconde pour prendre une décision.

Elle était peut-être dissimulée sur la plage. Phoenix pourrait l'y emmener une fois qu'il aurait l'argent.

« Vous êtes censé nous aider à la ramener. Si vous vous faites tuer, vous n'aurez été d'aucune utilité... »

La distance diminuait, la silhouette grandissait.

« Faites fonctionner l'émetteur, avait dit Moore. Courez et espérez : grâce au signal radio, le FBI peut vous retrouver, vous et Alexis. »

— Il faut que je la voie.

Il n'y eut pas de réponse. Éclairé par la lune, Phoenix parut surgir de l'obscurité. Une silhouette avec un fusil pointé sur Lord.

Vingt mètres, à présent. La silhouette se rapprochait.

— Stop.

Quinze mètres.

Lord appuya sur l'émetteur.

La silhouette s'immobilisa ; la boîte qu'elle portait à la ceinture était un détecteur.

Lord pivota sur la gauche, lança le sac à dos dans la mer et partit en courant dans le sens opposé.

Il boitillait et il avait mal. Il se retourna et vit Phoenix plonger pour récupérer l'argent.

Lord essaya de prendre de l'avance. Il courait là où le ressac effaçait ses traces. Il avait de l'eau jusqu'aux genoux et le courant l'aspirait vers le côté.

Une vague de plus de trois mètres vint se briser devant lui. Le courant le fit trébucher.

Un tronc d'arbre arriva à toute vitesse sur sa gauche, trop rapide pour qu'il l'évite. Il essaya de sauter. Le tronc vint frapper ses mollets. Il tomba sur le côté, roula sur le sable, puis une autre vague vint le submerger.

L'eau froide et noire s'empara de lui en tourbillonnant, remplit ses poumons et l'emporta vers le large. Il se débattait, près de se noyer, et il essayait de maintenir sa tête au-dessus de l'eau.

Quelque chose lui rentra dans les côtes. Sans voir ce que c'était, il passa son bras autour.

Le tronc d'arbre le ramena sur le rivage. Il se retrouva à quatre pattes. Ses côtes lui faisaient mal et il toussait. Une autre vague se brisa derrière lui. Elle le frappa dans le dos et il chancela. Puis elle le catapulta en avant ; il essaya de conserver son équilibre mais le ressac le fit tomber.

Il resta allongé, suffoquant. Ses poumons étaient en feu.

Dans la clarté de la lune, Phoenix était un spectre qui surgissait de l'océan, tenant un paquet au-dessus de sa tête. Il était peut-être à soixante mètres.

Lord se mit debout et courut. Des vagues se brisaient à côté de lui ; ses jambes étaient de plomb et le froid le faisait trembler.

Une énorme vague se brisa devant lui.

Il fit un écart pour l'éviter. Soudain, il entendit des bruits secs et l'eau se mit à gicler derrière lui.

Les balles d'un fusil semi-automatique tirées au niveau des genoux. Pour blesser, pas pour tuer.

Lord regarda par-dessus son épaule : Phoenix était à sa poursuite et se rapprochait.

Il se débarrassa de ses chaussures et se dirigea vers la plage pour se mettre à couvert en profitant de l'obscurité.

Devant lui, la falaise se confondait avec le sable ; des arbres morts, noirs et argentés, étaient éparpillés en travers de son chemin. Il zigzagua entre eux, manquant de tomber. Il s'arma de courage contre les balles. Froide et grise, la plage ressemblait à un paysage lunaire.

Il n'y eut pas de coups de feu.

A douze mètres devant lui, il y avait un tas de bois.

Il courut, se retourna mais ne vit rien d'autre que l'obscurité ; peut-être que Phoenix avait disparu avec l'argent et Alexis. Peut-être avait-il échoué.

« Restez en vie », avait dit Moore.

Lord baissa la tête et courut vers le tas de bois.

Le sable jaillissait sous ses pieds nus ; il ne sentait plus ses mollets. Le tas de bois se rapprocha.

Dans un dernier effort, il allongea le pas et fit un plongeon. Sa tête et son torse passèrent par-dessus les branches et il se retrouva sur le ventre. Il dégagea ses pieds coincés par les branches. Il avait l'impression d'être un animal.

Il se retourna et regarda par-dessus le tas de bois. Il se demandait si Alexis était à proximité. Il cherchait à apercevoir Phoenix.

Rien.

Lord pria pour que Moore les retrouve, puis son estomac se noua.

Si Phoenix était toujours à sa recherche, l'émetteur le trahirait.

Il enleva son maillot et son short, les roula en boule et les cacha entre les branches en claquant des dents.

Lord s'empressa de s'éloigner de l'émetteur. Il rampait au milieu des morceaux de bois, regardait en arrière, puis devant lui pour trouver un abri.

Il n'y avait pas d'autres tas de bois. Seulement un tronc épais, droit devant lui. Il changea de direction pour l'éviter mais ne trouva rien de mieux.

Il revint vers le tronc en marchant de côté, puis sauta par-dessus et tomba sur le flanc.

Il mit ses bras autour de son torse pour se réchauffer et regarda l'endroit qu'il avait quitté.

Les vagues luisaient sous la lumière de la lune. Les troncs d'arbre à moitié éclairés ressemblaient à des épaves éparpillées entre Lord et l'océan.

Une silhouette sombre se mouvait parmi elles.

Dans la clarté de la lune, Phoenix se détachait sur l'océan. Il tournait la tête à droite et à gauche.

Lord le regardait. Il avait une façon de bouger et de tenir son arme qui lui rappelait Carson.

Malgré le bruit du vent et de l'océan, il entendit un faible bip-bip. Le détecteur.

Phoenix s'arrêta et regarda le tas de bois où Lord s'était caché. Il avança de quelques pas. Le bip-bip s'intensifia et Phoenix parut regarder plus loin.

Lord se pelotonna et pressa son visage contre le sable.

Phoenix regarda le tas de bois, en attendant un bruit ou un mouvement. Il n'y avait que le bruit du détecteur. Il régla quelque chose sur son fusil ; Lord attendit qu'il tire sur la proie qu'il croyait dissimulée derrière le tas de bois.

Il n'y eut pas de détonation. Le bip-bip semblait plus fort qu'auparavant.

Phoenix avança jusqu'au tas de bois. Il se pencha et en retira le short de Lord. Il se mit à le déchirer.

Il trouva quelque chose qu'il mit sur du bois, juste sous le canon de son arme. Lord frémit en entendant la détonation. Le détecteur se tut.

Lord suait à grosses gouttes. Peut-être que Phoenix ferait demi-tour et partirait. Peut-être voulait-il seulement arrêter le signal ; Lord n'avait pas vu son visage, il ne pouvait pas l'identifier.

La silhouette se remit en marche un peu sur sa gauche, lentement et prudemment. Elle était peut-être à six mètres.

Phoenix était toujours à sa poursuite.

Le tronc qui les séparait était placé de travers. Lord rampa vers son extrémité pour se cacher.

Phoenix avançait pas à pas et se retrouva au même niveau que lui. Il regarda de part et d'autre, puis dans la direction de Lord.

Lord s'aplatit.

Un pas, puis un autre. Phoenix l'avait dépassé.

Il s'arrêta et leva la main gauche jusqu'à son visage pour voir l'heure.

Le chasseur devait être rentré à l'heure.

Lord se mit sur les genoux.

Phoenix balaya l'océan du regard. La tête tournée vers lui, Lord commença de décrire un cercle. Il avait des crampes et boitait.

Lorsque le regard de Phoenix revint vers la plage, Lord se déplaça doucement.

Phoenix continuait de tourner la tête ; Lord continuait d'avancer dans son dos. Il s'arrêta droit derrière lui.

Un morceau de bois, semblable à un gourdin, les séparait.

Lord s'avança en boitillant et s'en empara. Le vent et l'océan couvrirent le bruit de ses pas.

Lord serra les dents et se releva.

Phoenix progressait avec des mouvements de gymnaste. Les jambes de Lord étaient si raides que la distance diminuait trop lentement.

Encore deux mètres et demi.

Lord marchait en se courbant. Bientôt, Phoenix regarderait forcément en arrière.

Deux mètres.

Lord leva son gourdin, les yeux fixés sur la nuque de Phoenix.

A peine plus d'un mètre.

Les épaules de Phoenix se raidirent. Lord s'arrêta, prêt à frapper.

Phoenix pivota sur lui-même.

Il lui fallut une fraction de seconde pour décider de ne pas le tuer sur la plage et Lord en profita pour le frapper sur le crâne.

Il y eut un bruit sourd. Lord sentit les effets du choc dans son bras. Le fusil partit. Phoenix bascula, laissant tomber son arme.

Lord se précipita sur lui. Sa tête vint heurter les côtes du terroriste. Phoenix tomba en arrière. Lord était sur lui, hurlant, incapable de voir son visage.

Phoenix lui frappa la carotide du tranchant de la main.

Lord cessa de hurler. Sa gorge se serra et un coup de coude dans la mâchoire l'envoya rouler sur le sable. Il sentit les tissus déchirés et le sang dans sa bouche.

Phoenix rampa vers le fusil.

Lord se mit sur ses genoux et plongea pour attraper les pieds du terroriste. Puis il se hissa sur son dos au moment où Phoenix s'emparait du fusil.

Lord lui serra la gorge à deux mains.

Phoenix banda ses muscles, se tordit et essaya de se retourner pour tirer. Lord lui appuya sur la nuque.

Avec une force presque animale, Phoenix se retourna sous lui, prit le fusil d'une main, le doigt sur la détente, tandis que son autre main frappait Lord. On n'entendait que le vent et le rugissement de l'océan.

Les doigts de Lord s'enfoncèrent dans sa gorge.

Le fusil s'immobilisa. Puis, lentement, il glissa de la main de Phoenix.

Dans un dernier sursaut, Phoenix griffa les poignets de Lord. Il y eut un gargouillement.

Lord rassembla ses dernières forces pour étrangler le terroriste, tandis qu'il penchait son visage vers celui de Phoenix.

Ses yeux étaient ceux de John Damone.

Ils étaient grands ouverts, tout comme sa bouche qui cherchait de l'air. Tandis que Damone le regardait, Lord sentait le pouls battre dans la gorge du terroriste. Damone ne pouvait plus respirer.

Lord saisit le fusil et en appuya le canon sur la tempe de Damone.

Ce dernier frissonna tandis que l'air se précipitait dans ses poumons. Il haletait. Le visage de Lord était à cinq centimètres du sien.

— Où est-elle ? murmura Lord.

Damone ferma les yeux.

Durant les quelques secondes où il attendit sa réponse, Lord sentit que les battements de leur cœur les unissaient comme deux animaux.

Damone bougea lentement la tête à droite et à gauche, une seule fois.

Pendant un moment, Lord fut seulement conscient de son doigt posé sur la détente, tandis que son autre main serrait la gorge de Damone.

— Pourquoi... ?

Damone ouvrit les yeux. D'une voix si basse que ses paroles sonnèrent comme une malédiction, il répondit :

— Parce qu'elle a vu mon visage.

Parnell reposa le téléphone.

L'horloge qu'il tenait de son père indiquait vingt heures cinquante-cinq. Pour une raison ou pour une autre, il était important qu'il se souvienne de l'heure.

Il écarta les rideaux et vit la police contenir les curieux, les projecteurs de la télévision, la femme aux cheveux noirs qui l'avait harcelé pour obtenir une interview. Elle faisait face à une caméra. Il entendit sa voix derrière lui ; elle sortait de la télévision. « D'ici quelques minutes, nous devrions connaître le sort de John Damone et d'Alexis Parnell... »

Il coupa le son et se rappela ce que Moore lui avait raconté.

Ils avaient trouvé Lord sur une plage déserte. Il était nu et appuyait le canon d'un fusil sur la nuque de Damone. Damone, l'ennemi qu'il ne connaissait pas.

Ses traces de pas montraient qu'il était descendu de la falaise grâce à une échelle de corde. En haut de la falaise, une cabane se dissimulait derrière un rideau de pins.

A l'intérieur, il y avait une chaise, placée devant une caméra et éclairée par des projecteurs. Mais Alexis reposait dans une tombe peu profonde qui surplombait l'océan.

Ils ramèneraient son corps, et Damone, à San Francisco.

Immobile, Parnell imaginait ses derniers instants. Pour une fois, il ne pleura pas.

Sa main ne trembla pas lorsqu'il composa un numéro. Il se sentait désincarné, comme s'il avait juste un cerveau.

— Allô ? fit Danziger.

— Colby, à l'appareil, dit-il avant de réaliser que c'était idiot. Elle est morte, John.

Il fut surpris par l'absence d'émotion dans sa propre voix. Seul le silence de Danziger lui rappela sa douleur.

— J'arrive tout de suite, Colby...

— Tenez-les simplement à l'écart. S'il vous plaît. (Il marqua un temps d'arrêt et pensa à ce qu'il allait faire dans les heures qui suivraient.) Je vais laisser le téléphone décroché. Pour être un peu seul avec tout ça.

Danziger attendit avant de répondre. Puis il demanda, avec un calme éloquent :

— Vous tiendrez le coup tout seul ?

— Oui, merci.

— Bon, je comprends, murmura Danziger. Je suis vraiment désolé...

— Je sais, répondit doucement Parnell avant de raccrocher.

Il plaça le téléphone sur le sous-main, à côté de son revolver.

Il le souleva, les yeux fermés. Il se rappela qu'il l'avait chargé ce matin après avoir appelé Danziger. Pour la protéger quand Lord serait revenu.

Bien sûr, elle serait changée. Mais il avait demandé à Danziger de trouver des psychiatres spécialistes de ce genre de cas, plutôt que de rester à attendre avec lui. Demain ne serait pas trop tôt pour commencer.

Sa main se crispa sur la crosse.

Alexis était morte avant lui, dans l'angoisse et la peur. Il sut qu'il ne pourrait jamais l'oublier. Il sut également qu'il ne pourrait pas le supporter.

Il plaça le revolver contre sa tempe.

Parnell resta ainsi jusqu'à ce qu'il fût satisfait.

Lorsqu'il se leva, deux heures s'étaient écoulées.

Il se dirigea vers la fenêtre et vit que les policiers étaient plus nombreux. La foule des journalistes grossissait, la femme aux cheveux noirs parlait toujours devant la caméra. Sur l'écran, ses lèvres remuaient en silence ; Parnell sentait son embarras. Il n'en fut que plus décidé.

Il fallait d'abord prendre certaines précautions. Il avait des préparatifs à faire.

Il retourna à son bureau.

Il consulta l'annuaire téléphonique, et nota l'adresse du palais de justice. Puis il appela MUNI, une des compagnies de transports en commun.

Il tomba sur un répondeur. « Merci d'appeler MUNI. Si vous avez besoin de connaître un itinéraire, indiquez au standardiste où vous vous trouvez et où vous voulez vous rendre... »

La bande magnétique lui rappelait Phoenix.

— Renseignements MUNI, fit une voix d'homme.

— Excusez-moi, répondit Parnell poliment. Pourriez-vous me dire comment aller de Broderick, près de Broadway, jusqu'au 850 Bryant Street ?

— A quelle heure, monsieur ?

— La nuit. (Parnell regarda l'horloge.) Après minuit.

Un silence.

— Trajet quotidien ?

— Non. Une seule fois.

— En semaine ou le week-end ?

— Le week-end.

Parnell entendit le bruit des pages que l'on tournait et se raidit.

— Ah, voilà... allez à pied jusqu'à Jackson Street à Divisadero. Prenez le bus numéro 3 jusqu'à Van Ness. Là vous changerez pour prendre le bus 42 qui va vers le sud. Il passe dans Bryant Street...

Parnell nota ces renseignements sur un papier et répéta :

— Le 3 dans Jackson, le 42 dans Van Ness...

— C'est cela, fit son correspondant, puis il raccrocha.

Parnell fourra le papier dans sa poche de chemise et redébrancha le téléphone.

Il monta jusqu'à leur chambre, prit une cravate et sa plus vieille veste de sport, trouva un chapeau qu'il mettait rarement. Puis il ouvrit la penderie.

Ses fourrures et ses manteaux l'arrêtèrent.

Les larmes lui montèrent aux yeux. Il prit son imperméable et referma la porte.

Il redescendit précipitamment l'escalier. Dehors, la foule avait encore grossi. La femme attendait toujours.

Parnell ouvrit le tiroir de son bureau, prit la carte de presse que ses collaborateurs lui avaient donnée à la soirée de fin d'année et la mit dans une des poches de sa veste. L'autre était déformée sous le poids de son revolver.

Il s'arrêta un instant et vit la femme sur l'écran. Il monta le son.

Sa voix semblait fatiguée. « Nous attendons toujours la dernière émission ou des nouvelles des otages. Tout ce que nous pouvons vous promettre, c'est de rester en direct jusqu'au dénouement de ce drame terrible... »

Il sortit par-derrière en passant par l'office.

Le vent frais caressait son visage. Les étoiles brillaient au-dessus de la baie et les lumières des bateaux étaient comme d'autres étoiles. Mais la maison qui séparait la sienne de Broderick était sombre. Il n'y avait entre elles qu'un mur de plâtre et le cerisier qu'Alexis avait planté à côté.

Il attrapa les branches, mit un pied sur la fourche de l'arbre et se hissa. Sa chaussure de ville faillit glisser ; les bras de Parnell tremblèrent lorsque l'arbre plia sous son poids. Il poussa d'une jambe et passa l'autre par-dessus le mur. Il y resta allongé, haletant.

Chez les voisins, un chien aboya.

Parnell sentit son cœur battre plus vite. Il sauta dans le jardin et tomba sur les mains et les genoux, tandis que son revolver glissait hors de sa poche. Affolé, il se mit à tâtonner autour de lui.

Des projecteurs illuminèrent le jardin.

Parnell vit le revolver à un mètre devant lui.

Il le mit dans sa poche et courut de projecteur en projecteur, une ombre avec la main sur le chapeau. Il se tourna sur le côté et vit le rideau s'écarter au moment où il atteignait les marches qui menaient à Broderick Street.

Il disparut et le chien cessa d'aboyer.

Broderick Street était calme. Le trottoir longeait une allée privée en courbe, et s'éloignait de Broadway en descendant vers la baie.

Il avait mal aux genoux. Il descendit les marches en glissant à cause de ses semelles lisses.

« Ressaisis-toi. N'aie pas l'air suspect. »

Il s'épongea le front ; tout d'un coup, il n'était plus qu'un excentrique bien habillé qui faisait tranquillement sa petite promenade nocturne. Il prit à droite vers Divisadero. A partir du second pâté de maisons, la rue remontait vers Broadway. Il guettait les voitures de police. Il se mit à respirer bruyamment. Ses lunettes étaient couvertes de buée.

Elle lui avait dit de prendre de l'exercice.

Il essuya ses lunettes et se retourna. Il regarda leur maison, un pâté plus bas. Les camions de la télévision étaient garés des deux côtés de la rue ; la foule occupait tout leur pâté de maisons et la moitié du suivant. Au-dessus d'elle, il voyait le réseau métallique de l'antenne satellite d'un camion de SNI.

Il se retourna et reprit sa marche. Au bout d'un moment, la rue redescendit. Puis un bus arriva vers lui ; son numéro était éclairé. Le 3.

On le reconnaîtrait.

Parnell enleva rapidement ses lunettes. Ses mains étaient moites.

Le bus s'arrêta et la porte s'ouvrit. Parnell ne voyait pas le visage du conducteur. Il fouilla dans son portefeuille et en sortit un billet.

— C'est un billet de cinq dollars, monsieur.

— Je sais.

— Nous ne rendons pas de monnaie. Soixante cents, s'il vous plaît.

— Ça ne fait rien. Prenez, s'il vous plaît.

Le conducteur prit le billet et Parnell sentit que l'homme le jaugeait. Il baissa les yeux.

Une main apparut, tenant quelque chose.

— Votre ticket.

— Oh, oui. Merci.

Parnell prit le ticket.

De vagues formes bougèrent pour le regarder. Il s'assit en hâte à côté d'une Noire qui portait une perruque rousse.

Le bus descendit Fillmore Street, passant devant des vitrines vides et des magasins de spiritueux dont Parnell n'arrivait pas à lire les enseignes clignotantes. Puis le bus se dirigea vers Van Ness ou une rue qu'il ne reconnaissait pas. Des formes sombres sortaient des magasins de spiritueux, sans but.

Parnell se tourna vers la femme en lui montrant son ticket.

— Excusez-moi, comment ça marche ?

La femme le regarda d'un air soupçonneux, puis elle dit :

— Donnez-le simplement au conducteur de l'autre bus.

— Est-ce qu'on approche de Van Ness ?

— C'est là que vous allez ?

— Presque. (Il hésita.) Il faut peut-être que je le dise au conducteur ?

Elle regarda par la fenêtre et tira sur la poignée au-dessus de la fenêtre. Il y eut un son semblable au carillon des annonces dans les grands magasins, puis le bus s'arrêta.

— Vous y êtes, lui dit-elle.

Parnell se leva et mit le ticket dans la poche où était son revolver.

— Merci, fit-il.

Il attrapa la barre à côté de la porte et descendit du bus en trébuchant.

Il remit ses lunettes et s'orienta.

Il était de nouveau seul et il avait froid. Il regarda les phares des voitures qui passaient. Il n'y avait pas de bus et il avait l'impression d'être dans une ville inconnue plus maligne que lui.

Il était déjà une heure et demie.

Les minutes s'écoulaient lentement et Parnell attendait, indécis et abandonné. Le choc auquel il n'arrivait pas à penser se changea en torpeur.

Un autre signe lumineux, se déplaçant au-dessus des voitures. Le numéro 42.

Il enleva ses lunettes juste avant que le bus ne s'arrête. Il tendit son ticket d'un geste hésitant.

Le conducteur le prit.

Parnell s'effondra dans le siège qui était derrière le conducteur. Il était seul.

Le bus roulait lentement, s'arrêtant pour laisser monter des ivrognes et des clochards qu'éclairait sa pâle lumière jaune. Le visage tourné vers la vitre, Parnell connut un moment de triomphe : il savait qu'on ne le reconnaîtrait pas. Le bus traversait un quartier d'entrepôts, des rues identiques, sans arbres et désertes. Le paysage lui était aussi étranger et froid que l'avenir que Damone lui avait réservé.

Damone serait contraint de l'affronter en premier.

Le bus tourna dans Bryant Street.

La rue était, comme les autres rues, déserte et silencieuse. Parnell tourna la tête. Il eut soudain la certitude qu'ils avaient emmené Damone ailleurs, qu'il accomplissait un dernier acte inepte. Puis il mit ses lunettes.

A deux pâtés de là, le palais de justice était éclairé par les gyrophares rouges des voitures de police. Parnell se rappela brièvement les séquences tournées lorsqu'on avait amené Carson et il se demanda si Moore était déjà arrivé avec Damone.

Il leva la main vers la poignée mais ne put se décider à la tirer.

Le bus continuait de rouler.

Un pâté de maisons, puis un autre. Parnell pressait son visage contre la vitre. Il vit des journalistes, des caméras, encore un camion avec le logo de SNI.

Il frissonna.

Le bus s'arrêta et il vit la femme aux cheveux noirs de l'autre côté de la rue.

Parnell vit qu'elle parlait à son cadreur. L'homme regardait l'entrée principale du bâtiment ; comme si elle était inquiète, la femme montra du doigt une rue transversale, où se trouvait la sortie du garage souterrain de l'immeuble.

Parnell tira la poignée.

Il était plus de deux heures du matin lorsque Stacy aperçut les phares de Lord.

Depuis son coup de téléphone, elle avait entretenu le feu dans la cheminée, incapable de se faire à ce qu'il lui avait dit. Son poste de télévision restait sur SNI, qui diffusait les films d'Alexis en remplissage jusqu'à ce que l'on apprenne ce qui lui était arrivé ; ce que Stacy savait mais ne pouvait pas accepter n'en était que plus sinistre. Pourtant, elle aurait cru manquer de respect envers elle en éteignant le poste. Il n'y avait que John Damone qu'elle ne pouvait regarder.

Elle ouvrit la porte : Lord avait la bouche enflée et son regard sembla traverser Stacy. Il était livide.

Stacy posa lentement la tête contre sa poitrine.

Il l'enlaça.

Ils restèrent ainsi quelques instants. Puis elle le conduisit près du feu et lui apporta un verre de brandy. A côté d'eux, Rachel réapparut sur l'écran.

Sa voix était plus aiguë et elle parlait rapidement. « Il n'y aura pas d'exécution télévisée. On vient de nous confirmer que Phoenix *a* été capturé et qu'on l'amène à San Francisco. Toutefois, le FBI n'a pas révélé son identité et n'a rien dit sur le sort d'Alexis Parnell, de John Damone et d'Anthony Lord... »

Lord but une grande gorgée de brandy en regardant les flammes.

— Après vous avoir appelée, dit-il enfin, j'ai appelé mon fils. Il croyait que j'étais à San Francisco. Il m'a demandé si nous allions toujours à la plage. Je lui ai répondu que oui et qu'il fallait que je raccroche. J'étais là, dans la cabine. Ma voix n'avait pas changé et je pleurais. Je ne savais même pas pourquoi.

Elle ne dit rien.

— Je suis désolé, Stacy.

Ces mots firent resurgir son aversion et sa colère.

— C'est dix ans de ma vie, dit-elle à voix basse, et tout ce que je sais, c'est que je ne pourrai jamais penser à ces années ou à Damone comme auparavant. Mon Dieu, il devait me haïr.

— C'est plutôt le contraire. (Lord but une autre gorgée de brandy.) Je pense qu'il voulait savoir si vous seriez prête à subir tout cela pour lui.

— Mais *Alexis*...

— Quelque chose a cloché, dit-il d'une voix neutre. Je ne sais pas très bien quoi.

— Cloché..., répéta Stacy.

Lord continuait de regarder les flammes danser. Presque comme s'il n'arrivait pas à détourner les yeux.

— Il aurait pu me tuer sur la plage, fit-il. Mais il fallait qu'il le fasse à la télévision.

Elle resta silencieuse.

— John voulait *vous* tuer, dit-elle enfin. Mais Jamie fut le premier, n'est-ce pas ?

Il parut se crisper. La douleur, l'horreur, le sentiment d'avoir été trahie, tout cela se mélangeait en Stacy et elle sentit que ce qu'elle avait dit était à la fois juste et cruel. Elle prit le verre de Lord, avala une gorgée et le reposa.

— Quand je lui ai demandé pourquoi il avait tué Alexis, murmura Lord, tout ce qu'il a dit, c'est : « Parce qu'elle a vu mon visage. »

Elle frissonna. Lord restait silencieux et elle entendit à nouveau la voix de Rachel.

« On nous dit que malgré l'heure tardive, des millions de gens dans tout le pays attendent devant leur poste de télévision pour apercevoir Phoenix, en se demandant qui il est réellement... »

Lord regardait toujours les flammes.

— Toutes ces voix...

Lorsqu'il se tourna vers Stacy, quelque chose avait changé dans son visage.

— Lorsqu'il a dit ça, il n'avait pas d'accent.

— Que voulez-vous dire... ?

Il se leva et se tourna vers l'écran : un filet de lumière rouge fendit la nuit qui entourait le palais de justice.

Des lumières rouges apparurent au loin, sans bruits de sirène. Alors qu'elles avançaient vers lui, elles semblaient tourner d'elles-mêmes, suspendues en phalange au-dessus de Bryant Street.

Le cœur battant, Parnell s'arrêta au coin de la rue, ne sachant pas très bien où aller.

De l'autre côté de la rue, les caméras et les reporters avaient l'air aussi indécis que lui. Ils hésitaient entre l'entrée principale et le garage souterrain. Puis il vit la femme aux cheveux noirs se précipiter vers la rue transversale.

Parnell accrocha la carte de presse sur sa veste. Les lumières se rapprochaient. Elles ne s'arrêteraient pas devant l'entrée principale : elles allaient trop vite.

Elles passèrent devant l'entrée alors qu'il traversait en courant derrière la femme.

D'autres personnes surgirent en courant pour suivre le mouvement. Il courait derrière et descendit la rampe d'accès du garage.

Il était déjà à l'intérieur quand les premières lumières tournèrent le coin de la rue.

Le garage était immense et peu éclairé, avec des recoins sombres. Des voitures étaient garées en biais de part et d'autre des allées. En bas de la rampe, la foule tourna brutalement à gauche et se dirigea vers une rangée d'ascenseurs. Le bruit des pas se répercutait sur le béton. Parnell aperçut un cordon de policiers se mettre en place devant les ascenseurs puis il aperçut les cheveux noirs et bouclés de Rachel, qui était déjà derrière les policiers avec son cadreur, adossé au mur. L'angle idéal d'où filmer les voitures quand elles s'arrêteraient.

Derrière lui, les lumières rouges descendirent la rampe.

Devant lui, la meute se pressait devant les ascenseurs et lui bloquait le passage. C'étaient moins des êtres humains que des corps qui luttaient pour un peu d'espace.

Parnell se dégagea et se mit à courir entre deux rangées de voitures parallèles au mur vers lequel tout le monde se précipitait. Il était en sueur, il avait du mal à respirer et il avait l'impression que ses jambes étaient en plomb. Partagé entre la panique et l'exaltation.

Il regarda en arrière et vit la première voiture de police tourner derrière les reporters et ralentir tandis qu'ils se bousculaient.

Parnell se mit à courir plus vite.

Lorsqu'il se tourna vers Rachel, quatre rangées de voitures les séparaient. Il se glissa entre elles et la vit ouvrir la bouche tandis que le cadreur levait sa caméra au-dessus de sa tête. Les paroles de Rachel se perdirent au milieu des cris.

Il n'était plus qu'à une rangée d'elle, à quelques mètres derrière.

La première voiture s'arrêta.

Parnell entendit la voix de Rachel malgré le tumulte. Elle s'adressait aux téléspectateurs. « Nous allons enfin voir dans quelques secondes le visage de Phoenix… »

Elle se haussa sur la pointe des pieds. Trois shérifs-adjoints sortirent rapidement de la voiture et se précipitèrent vers l'ascenseur. Puis la seconde voiture arriva.

Parnell, tremblant, passa derrière la dernière rangée et se retrouva derrière Rachel. Devant lui, des têtes n'arrêtaient pas de remuer : Rachel, un shérif, le cadreur. Personne ne le vit.

Des épaules s'écartèrent.

La portière arrière de la seconde voiture s'ouvrit, comme au ralenti.

Moore descendit en regardant la troisième voiture d'où sortirent deux autres shérifs-adjoints. Il y eut des cris, des flashes.

Tout comme Rachel, Parnell reporta son attention sur la seconde voiture.

Il y avait un autre homme sur la banquette arrière. On ne voyait que ses jambes et son torse.

Moore le prit par le bras et la silhouette sortit en se penchant. Parnell vit d'abord les mains et les menottes, puis les avant-bras musclés et le dessus de son crâne. Des cheveux foncés, lisses.

Parnell étreignit la crosse de son revolver. Il n'arrivait pas à le sortir de sa poche. La caméra se mit à ronronner.

Puis Damone se redressa et Parnell vit son profil.

Il en resta bouche bée. Rachel tendit son micro et cria au meurtrier : « Pourquoi… ? »

Damone se retourna et vit Parnell derrière elle.

Parnell continuait de fixer son visage, paralysé par la surprise et l'incrédulité. Il leva son arme. Puis Moore et Rachel suivirent le regard horrifié du tueur lorsqu'il reconnut Parnell. Rachel hurla et Moore s'interposa entre eux.

Instinctivement, Robert Parnell abrita ses yeux derrière ses mains.

Un frisson d'horreur et de dégoût traversa Parnell et le fit appuyer sur la détente.

A la télévision, un coup de feu retentit.

L'homme que Stacy connaissait sous le nom de John Damone tomba en arrière, tandis que le sang coulait entre ses doigts.

Rachel cria : « On l'a abattu ! Oh, mon Dieu, on l'a abattu... »

Moore courait vers elle. En pivotant brusquement pour le suivre, la caméra découvrit Parnell.

Il la regarda, le revolver contre la tempe. Presque timidement, il tourna la tête avant d'appuyer sur la détente.

Stacy et Rachel eurent le souffle coupé.

Tournée vers Moore, la tête de Parnell se pencha brutalement sur le côté. Moore le rattrapa avant qu'il ne tombe sur le ciment tandis que d'autres caméras se rapprochaient.

Il y avait du sang sur le chemisier de Rachel. Elle dit sur un ton haché : « Colby Parnell s'est tiré une balle dans la tête. Il a abattu Phoenix juste sous nos yeux... »

La caméra se tourna vers Damone.

Il était allongé, immobile. La tache sombre à côté de sa tête était comme celle de Jamie.

Stacy se retourna et pressa son visage contre la poitrine de Lord. Elle ne savait pas très bien lequel des deux tremblait.

Conséquences

Avril-septembre

Ils restèrent encore deux jours à Sea Ranch.

Lord eut de la fièvre et son sommeil fut agité. Stacy fit pour lui ce que les amis font d'habitude. Ils avaient vu ce que Colby Parnell avait fait, savaient qui était Damone et ils n'avaient pas envie d'en parler. Ils se sentaient incapables d'allumer la télévision. Ils ne firent pas l'amour.

Au matin du troisième jour, Lord se sentit mieux. Ils burent du café assis sous la fenêtre. Lord avait parlé à Moore ; on enterrait les Parnell ce matin, et un examen dentaire avait confirmé que Damone était leur fils. Il n'y avait rien d'autre à faire.

Stacy était silencieuse ; ses yeux reflétaient encore la terrible scène dont elle avait été témoin avec Lord.

— Ce n'est pas seulement John, dit-elle enfin. C'est que Colby et Alexis sont morts et tout ce que nous avons fait est dénué de sens.

Lord regarda l'océan pendant quelque temps, puis il dit :

— Tout ce que nous avons fait ?

Elle le regarda presque comme si elle voulait graver ses traits dans sa mémoire.

— Il y a tellement de choses avec lesquelles il faut vivre, Tony. Il y en a certaines dont nous ne pourrons jamais vraiment parler, n'est-ce pas ?

Lord chercha quoi lui répondre.

— Ça nous laisse quand même des tas d'autres sujets. Je me vois très bien penser à quelque chose à la fin de la journée et avoir envie de vous appeler.

— Il y a des moments où le téléphone ne me réussit pas du tout. (Elle but son café tout en le regardant.) C'est parce qu'il faut tout le temps parler, je crois, et quand je suis troublée, mes paroles ne semblent pas correspondre à ce que je pense.

Lord se sentit gêné.

— Nous pourrions peut-être essayer la télépathie.

— Ou les lettres. (Pour la première fois depuis des jours, elle sourit.) Si j'arrive à déchiffrer votre écriture.

Lorsque Lord retourna à son bureau, Cass l'embrassa et lui dit en souriant :

— Il faudra que ça te dure cinquante ans ou à peu près.

— C'est bien pour ça que je me suis donné tout ce mal.

Dehors, les caméras et les journalistes attendaient toujours. Les pages de son bloc-notes étaient couvertes de demandes d'interviews et de propositions d'éditeurs.

— Tu es un héros, Tony.

— Ce n'est pas l'impression que ça m'a fait.

Il repoussa son bloc-notes et essaya de reprendre son travail normal ; les exigences de ses clients commençaient à l'énerver. Cass vint lui dire que Rachel était en ligne et voulait une interview exclusive.

— Maintenant que je suis toujours vivant, fit-il. Elle n'en a pas eu assez ?

— Qu'est-ce que je lui dis ?

— Juste ce que je viens de dire. Elle est capable de comprendre ça.

Alors qu'elle fermait la porte, Lord comprit que sa colère était en partie dirigée contre Carson ; à cause de lui, il avait l'impression d'être un fumiste.

Plus tard, il dicta une déclaration à Cass : il disait seulement qu'il n'avait rien à dire.

Les journaux la publièrent le lendemain tout en émettant l'hypothèse que Lord aiguisait l'appétit du public en vue d'un livre éventuel. Le soir, sur la plage, son fils resta serré contre lui ; Lord se demandait s'il pourrait jamais entendre le bruit des vagues sans penser à Robert Parnell.

Le dimanche, il raccompagna Christophe chez Fred et Marcia, rentra chez lui et écrivit à Stacy.

« Rien n'a changé, lui disait-il. Sauf moi.

« Je veux réfléchir à ce qui est arrivé, passer plus de temps avec Christophe. Mais j'ai pris du retard dans mon travail, je ne vois mon fils qu'un week-end sur deux. J'ai passé une partie de celui-ci au bureau afin de pouvoir continuer à m'occuper de lui.

« Je suis enfin arrivé à comprendre ce que mon père a sans doute toujours su : la plupart des adultes ne peuvent changer leur vie qu'avec le temps, même quand ils savent ce qu'ils devraient faire.

« Je crois que je n'apprends pas vite.

« Je ne vous envie pas pour ce que vous devez ressentir au sujet de Damone. Mais votre réussite peut vous être maintenant de quelque secours. Vous êtes une des rares personnes qui soient libres d'agir, en tout cas une fois que vous avez compris comment les choses se passent. J'espère qu'avec le temps les choses s'arrangeront.

« Je continuerai de penser à vous. »

Elle avait rédigé l'enveloppe à la hâte et en voyant ses gribouillis, il pensa à son profil, à ses cheveux qui lui tombaient dans les yeux. Ça le fit sourire.

« La seule chose dont je sois sûre, disait-elle, c'est que je suis contente que vous ayez écrit. Si seulement je pouvais vous envoyer, à vous et à Christophe, une partie de mon temps ! Mais il y a ce terrible vide, cette question qui n'a pas vraiment reçu de réponse : la mort de Jamie.

« A cause de John, je ne sais pas si je peux toujours me fier à l'impression que me font les gens ou les choses.

« Une des raisons pour lesquelles je le hais, c'est que j'oublie parfois de le haïr.

« Et puis, je suis en colère contre moi-même. Pendant dix ans, quand il m'aidait dans ma carrière, il était trop commode de ne pas chercher à en savoir plus sur quelqu'un que je croyais connaître. Je suis donc en partie responsable de ce qu'il a fait subir à ceux qui étaient près de moi.

« Je ne connais pas très bien le nombre de gens à qui il a fait du mal. Je m'en suis tirée à bon compte, c'est tout ce que je sais.

« Je ne pourrai jamais admettre que ce qui est arrivé était inévitable.

« Je regrette de vous importuner avec tout cela, mais à qui d'autre pourrais-je en parler ? »

Lord resta songeur. Il décrocha le téléphone pour appeler Moore.

— Il me faut des renseignements sur Robert, dit-il.

— Ça dépend. (Moore parlait d'une voix neutre.) On reparle de l'argent, comment Robert a financé l'enlèvement. Di Palma veut accuser Carson de complicité, entre autres choses.

Lord se frotta le nez.

— C'est une faveur que je vous demande, Johnny. Pour Stacy.

Ils parlèrent assez longuement. Après avoir raccroché, Lord comprit la difficulté de sa propre situation, pris entre Stacy et Carson.

Il écrivit à Stacy.

« Ce qui me frappe le plus chez Robert Parnell, c'est le soin avec lequel il s'est dissimulé.

« D'après ce que m'a dit Moore, il a commencé avec le certificat de naissance d'un bébé mort — le vrai John Damone est mort dans un orphelinat du Bronx — qui lui a permis de faire l'armée, et ensuite d'aller à l'université de Berkeley grâce au GI Bill[1]. Dans les années soixante, c'était assez facile à faire : les gauchistes et les revendeurs de drogue avaient monté tout un réseau à partir de fausses cartes d'identité pour tous ceux qui voulaient disparaître ou juste échapper à la conscription. Robert n'a fait qu'inverser le processus.

« Deux semaines avant de simuler son propre enlèvement, il s'est engagé dans l'armée sous le nom de John Damone. Moore est persuadé que son projet était de cacher l'argent de la rançon, de se faire incorporer et de récupérer l'argent deux ans après, muni d'une nouvelle identité.

« Lorsque son père a refusé de verser la rançon, il s'est conformé au reste de son plan. Robert avait avant tout de remarquables facultés d'adaptation.

« C'était aussi un acteur et une sorte de génie.

« Pendant qu'on le cherchait dans tout le pays, il faisait ses

1. Loi passée par le Congrès en juin 1944 et qui permet aux anciens combattants de faire des études à l'université aux frais du gouvernement. (*NDT.*)

classes comme tant d'autres jeunes. Personne n'eut l'idée d'aller le chercher dans une caserne. Pour les autorités, Robert avait complètement disparu, tué par ses ravisseurs. Et l'armée a fourni à John Damone une identité bien à lui.

« Quand vous avez fait sa connaissance, il avait eu sept ans pour peaufiner son rôle. Aucun adulte sain d'esprit ne pouvait s'attendre à ça. Pas plus que les flics ou l'avocat qui eurent affaire à lui plus tard, si important qu'il ait été pour nous tous.

« Surtout moi. »

Lord posa son stylo et réfléchit à ce qu'il allait dire au sujet du procès.

« Après la mort de James Kilcannon, j'ai bien compris que Damone voulait éviter toute publicité et, en particulier, de témoigner au procès. J'ai examiné toutes les raisons possibles et imaginables, sauf le fait qu'il était quelqu'un d'autre.

« Quand il s'est enfin montré au procès, le juge n'a pas autorisé les gros plans de témoins. Sur SNI, Damone était un homme de trente-quatre ans avec une barbe et l'accent du Bronx. Sa propre mère ne l'aurait pas reconnu.

« Je sais que cette dernière phrase n'est pas très bien choisie mais l'idée qui est derrière reste valable — surtout en ce qui vous concerne, vous qui ne le connaissiez que sous le nom de Damone, votre imprésario et votre ami.

« Je sais que vous êtes devenue très critique. J'espère seulement que vous serez équitable vis-à-vis de vous-même, c'est tout. »

Faites-le aussi pour moi, pensa Lord. Il s'aperçut ensuite qu'il ne pouvait pas se décider à aller voir Harry Carson.

Lord n'eut pas de nouvelles pendant plusieurs semaines. Il se retint d'écrire jusqu'au soir où il rendit visite à Marcia et Fred.

En rentrant de chez Marcia il écrivit à Stacy.

« Nous étions installés dans ce qui avait été notre salle de séjour. Christophe était couché ; Fred n'était pas là. Quand Marcia apporta deux verres de vin, cela fit resurgir en moi pas mal de souvenirs.

« J'étais venu demander la garde conjointe de notre fils. Ce que Marcia essayait de me dire, c'était qu'elle avait rompu avec Fred — elle n'arrivait pas à “ comprendre son manque d'ambition ”. J’espère que ma stupéfaction ne s’est pas lue sur mon visage.

« Je lui ai proposé de l’aider à supporter son nouveau fardeau en prenant Christophe deux semaines par mois. Elle pourrait peut-être reprendre ses études. Elle s’est renfrognée et m’a dit platement que, depuis la rupture, elle avait “ appris à attacher beaucoup de valeur à son côté nourricier ”.

« Le divorce a un effet qui reste inexpliqué : les gens se mettent à parler d’une drôle de façon.

« Ce qui est moins drôle, c’est qu’elle est sortie trois soirs cette semaine. Mais en fin de compte, ça m’arrange ; nous nous sommes finalement mis d’accord sur une semaine et un droit de baby-sitting illimité. Tout s’est fait très civilement.

« Je suis parti avant qu’elle ne change d’avis. »

Lord ne continua pas. Stacy n’était pas là pour lui répondre et il parlait tout seul.

Lorsque sa lettre arriva, Lord se précipita à l’étage pour la lire.

« Je suis désolée de ne pas avoir répondu plus tôt, mais d’un autre côté, j’en suis heureuse.

« Lorsque j’ai lu ce que vous disiez sur John, je n’ai pas su que penser, pour de nombreuses raisons. Mais j’ai relu ces lignes de temps en temps.

« Je me suis rendu compte hier à quel point ça m’aidait.

« Je me suis mise à faire un peu de piano. Quand j’étais petite, mon père et ma mère aimaient Gershwin et Cole Porter, alors moi aussi. Ce matin, je me suis demandée ce que ça ferait d’enregistrer certains de leurs airs. Sûr que ça résoudrait le problème de *People* qui ne dit que des conneries sur les paroles de mes chansons.

« Mais assez parlé de moi. Je ne vous vois plus à la télé. Est-ce que ça veut dire que vous êtes au chômage, ou que vous passez tout votre temps aux aires de jeux ?

« Comment va Christophe ? »

Elle signait d’un grand S.

Lord s’assit en souriant pour terminer sa lettre.

« Ça veut dire que je ne suis pas “ télégénique ”, répondait-il, et qu'il y a des gens que je préfère ne pas côtoyer. Mais je n'ai rien contre Gershwin. »

Il s'arrêta un moment, songeur.

« Je ne sais pas très bien comment vous le dire mais vous m'avez manqué, en quelque sorte. Je crois que c'est parce que je suis parti en pensant que pour être amis, il y avait de meilleures raisons que ce par quoi nous étions passés.

« Je sais quels sont les problèmes. Mais vous me plaisiez, alors, et à présent vous me manquez. »

Il se hâta de poster la lettre et se demanda ensuite s'il n'en avait pas trop dit, cette fois ou auparavant. En regardant le calendrier, il vit qu'elle recevrait sa lettre aux alentours du 2 juin.

Il n'eut pas de réponse pendant deux semaines et il fut persuadé que c'était fini entre eux. Et puis Cass lui apporta un télégramme :

AI RELU VOTRE LETTRE STOP JE VOIS QUE VOUS NE VOUS RÉCONCILIEZ PAS AVEC MARCIA STOP NI RACHEL STOP ON POURRAIT DONC SE VOIR UN WEEK-END
SEA RANCH PAR EXEMPLE STOP LE 12 JUILLET

Elle était sur le seuil et lui souriait. Pendant un moment, Lord ne sut pas quoi faire.

Stacy l'embrassa.

Ses lèvres étaient pleines et chaudes. Lorsqu'elle pressa son corps contre lui, ils ressentirent la même chose. Elle mit sa tête contre son épaule en tremblant et en soupirant.

Il ferma doucement la porte.

Elle releva la tête. Ses yeux étaient grands ouverts et elle lui dit avec sérieux :

— Cette fois est la bonne, n'est-ce pas ?

Ils allèrent s'asseoir à côté de la fenêtre pour profiter du soleil de l'après-midi. Leurs épaules se touchaient.

— Tony, je ne sais pas comment commencer avec toi.

Cela remua des souvenirs en lui.

— Est-ce que tu te souviens de la première fois où tu as embrassé quelqu'un ?

— Bien sûr.

— Je ne savais pas quoi dire ni comment m'y prendre. (Il pencha son visage vers elle.) Sauf comme ça.

Il l'embrassa délicatement, la bouche fermée.

— Ce fut tout ? demanda-t-elle.

— Non, dit-il sur un ton solennel. J'ai pris de l'assurance.

Il l'embrassa de nouveau, de la même façon mais plus longuement. Leurs fronts se touchaient.

— Qu'est-il arrivé ensuite ? demanda-t-elle.

Il sourit. Au bout d'un moment, il dit doucement :

— Je ne sais pas si j'aurai la patience d'attendre.

L'ombre d'un sourire passa dans les yeux de Stacy. Elle regarda par la fenêtre avec Lord. Il n'y avait que les salicornes et l'océan.

Elle ne le quitta pas des yeux pendant qu'ils se déshabillaient.

Lorsqu'ils furent tous les deux nus, Lord la tint serrée contre lui. La gorge serrée, il lui caressa doucement les cheveux et la peau.

Ses seins touchèrent sa poitrine. Il sentait sa peau changer sous ses doigts. Il avait le cœur qui battait. Elle l'embrassa plus fort. Ils glissèrent sur les coussins. Elle le serra dans ses bras. Il sentit leurs corps se fondre l'un dans l'autre, se mettre à bouger lentement, sans hâte, sans réserve. Puis il se perdit en elle. Ce fut doux et intense.

Ils restèrent immobiles à se regarder dans les yeux. Lord sentait le changement qui s'était opéré en eux ; il aurait voulu dire quelque chose.

Elle parut s'en apercevoir et sourit.

— C'est drôle comme les visages peuvent changer, dit-elle doucement. Tu ne me parais plus arrogant, à présent.

— Je ne l'ai jamais été envers toi.

Ils restèrent allongés côte à côte. Leurs doigts se frôlaient.

— Comment était-ce réellement la première fois que tu as fait l'amour ? demanda-t-elle.

Il tourna son visage vers elle.

— Elle s'appelait Mary Jane Kulas. Nous étions catholiques et nous avions tous deux seize ans. Nous nous sentions tellement coupables que j'ai utilisé deux préservatifs.

Elle écarquilla les yeux.

— *Ça* faisait quel effet ?

— Comme de faire l'amour à un pneu radial.

— C'est à Mary Jane que je pensais.

— Difficile à dire. (Il l'embrassa.) Vu ma délicatesse, son visage n'a pas bougé.

Stacy éclata de rire.

Elle se sentait plus attirée par lui qu'elle ne l'aurait cru possible.

Ils firent l'amour dans tous les endroits agréables ou tièdes qu'elle pouvait trouver. Leurs étreintes, comme leurs conversations qui suivaient, semblaient se nourrir d'elles-mêmes.

Ils parlèrent de tout pendant deux jours, sauf de Jamie et d'Harry Carson. Ils n'allumèrent pas la télévision.

Le matin du troisième jour, ils partirent en voiture vers le nord et achetèrent des ormeaux dans un endroit où personne ne parut les reconnaître. Sur le chemin du retour, ils projetèrent un repas en plein air. Elle connaissait une crique depuis son enfance, et c'était sa préférée. Lorsqu'il fut l'heure de dîner, elle le conduisit jusqu'à une falaise qui s'incurvait pour former une baie où les vagues venaient se briser sur une plage rocheuse. Ils arrivèrent à une crique abritée du vent et de l'océan, et qui donnait sur la baie ; des restes de vagues venaient mourir sur le sable fin et brun. Un escalier en bois branlant et attaché par des cordes permettait de descendre de la falaise.

Au crépuscule, elle fit un feu entre deux bûches, comme son père le lui avait appris. Lord regarda la baie.

— Christophe aimerait cet endroit, dit-il. Il est dingue de l'eau.

— Comment va-t-il maintenant ?

Il jeta un morceau de bois dans le feu.

— Mieux, je pense. Il semble être heureux que nous soyons plus souvent ensemble.

— Je n'ai jamais beaucoup fréquenté les enfants, en fait. (Elle termina son premier verre de vin.) Depuis la fac, je sais que je ne peux pas en avoir.

Lord tendit le bras vers la bouteille glacée. En le regardant, Stacy réalisa bêtement qu'elle attendait de lui un geste ou un mot indiquant que ça n'avait pas d'importance.

— Je peux toujours t'infliger le mien.

— Un petit *garçon* ? dit-elle en faisant semblant d'être

horrifiée. Avec une voix criarde, un pénis et tout ça ? Qu'est-ce que je ferais de lui ?

Lord leva les yeux vers elle et sourit. Stacy s'appuya contre lui. Ils s'enveloppèrent dans la veste en duvet de Lord et mangèrent les ormeaux.

Ils étaient en train de se faire un irish coffee lorsque le téléphone sonna.

— C'est pour toi, lui dit-elle. Marty Shriver.

Lord prit le téléphone et Stacy se dirigea vers la fenêtre, laissant le café en plan.

— Désolé de vous appeler ici, dit Shriver lentement, mais Cass avait le numéro et j'ai pensé que vous n'étiez pas encore au courant.

— Que se passe-t-il ?

— Harry Carson est mort.

Lord s'assit. Au bout d'un moment, il chercha Stacy des yeux ; il faisait nuit mais elle regardait l'océan.

— Comment est-ce arrivé ?

— Ils appellent ça une évasion. Tôt ce matin, Harry a utilisé un ou deux trucs appris au Vietnam. Il a fabriqué une corde avec ses draps et il est sorti par la fenêtre. En un rien de temps il a assommé le garde à l'entrée et il a piqué une Harley dans le parking. Ils l'ont seulement entendu franchir le portail à toute vitesse.

— Il a été abattu ? demanda Lord calmement.

Stacy se figea sur place.

— Non. Il a pris la nationale 1 et a roulé jusqu'au lever du soleil. C'est arrivé vers sept heures. La police de l'autoroute l'avait pris en chasse. Ils étaient près de San Luis Obispo, sur une falaise au bord de l'océan, juste avant un virage en épingle à cheveux. Harry a poussé sa moto jusqu'à cent cinquante et il est allé tout droit. Pas de traces de pneus. (Shriver marqua un temps d'arrêt.) Il avait l'intention de se tuer, Tony. Une affaire classique, jusqu'au bout.

En entendant cette expression, Lord comprit à quel point Shriver était las et triste.

Lord finit par dire :

— On va faire quelque chose ?

Il y eut un silence.

— Il se peut qu'il y ait une cérémonie religieuse, si Beth et la mère d'Harry peuvent se mettre d'accord.

— Alors j'y serai. Merci d'avoir appelé, Marty.

— Il n'y a pas de quoi. (Un dernier silence.) Je vous parlerai plus tard.

Lorsque Lord reposa le combiné, elle ne bougea pas.

Il resta immobile, lui aussi. Il revit Carson tuer James Kilcannon. Il se rappela que sa mère sentait les fraises. Il se souvint d'un orage, de la ferme et de Beth qui lui tendait un poème. De la dernière fois où il avait vu Carson.

Il sentait que Stacy attendait.

Il regarda son dos droit et mince. Puis il s'approcha d'elle.

Il lui expliqua, aussi clairement et délicatement que possible, que Carson était mort, pourquoi il avait tué James Kilcannon, et comment Damone avait utilisé l'argent du concert.

Elle se retourna, en larmes.

Lord se sentait désemparé.

— Si j'avais su lire en Harry Carson, Stacy, les Parnell seraient peut-être encore en vie. Maintenant, tu peux arrêter de te faire des reproches à cause de Damone...

— Comme ça, chaque fois que je te regarderai je m'en rappellerai, comme je me rappelle lui avoir amené Jamie. (Elle continuait de pleurer.) Oh, Tony, comment avons-nous pu croire que ça marcherait ?

Il haussa les épaules, découragé.

— Ce n'est pas le moment...

Elle courut se réfugier dans sa chambre.

Lord passa la nuit sur la banquette près de la fenêtre, trop malheureux pour dormir. Il ne savait qu'une chose : elle avait besoin d'être seule.

A l'aube, il était au bord de l'océan à regarder les phoques. Il entendit Stacy s'approcher derrière lui.

— Tu as dormi ? demanda-t-elle.

— Bien sûr que non.

Elle resta silencieuse un instant.

— Une partie de moi-même a toujours compris ce que tu ne pouvais pas dire. Mais le fait de *savoir*... (Sa voix se brisa.) Tony, je ne me suis jamais rendu compte, à propos de l'argent.

Il hocha la tête, sans dire un mot. Puis il sentit qu'elle l'observait.

— Lorsque je l'ai su, j'ai eu envie de laisser tomber

Il haussa les épaules.

Elle s'assit à un mètre de lui. Elle avait les yeux cernés ; elle ramassa des galets et les jeta dans l'eau.

— C'est tellement compliqué, Tony.

Il se tourna vers elle.

— Tu n'aurais pas pu comprendre Robert Parnell, en aucune façon. Il t'en aurait empêchée.

— Je ne pensais pas seulement à cela. (Elle ferma les yeux.) Plus tard, peut-être, nous pourrons en parler. Mais j'ai besoin d'être seule, maintenant. S'il te plaît.

L'enterrement de Carson avait lieu dans une église en bois blanche, à quelques kilomètres de la ferme. Quand Lord arriva, quelques personnes se frayaient un chemin au milieu des photographes et des caméras de télévision dont Beth ne voulait pas à l'intérieur.

Elle attendait dans une chapelle. Non loin de là, Cathy regardait les caméras. Lord vit qu'elle avait les cheveux de Carson mais les yeux de Beth.

— Elle ne sait pas quoi penser, lui dit Beth.

Il hocha la tête.

— Toutes mes condoléances.

— Je savais que ce serait comme ça. Mais elle est assez grande pour que je lui explique certaines choses. Que son père était un homme bon, mais que la guerre l'avait changé.

Lord ne dit rien et regarda Cathy qui venait vers eux. Puis Beth lui serra le bras et dit :

— Merci d'être venu.

En entrant, il vit Rachel assise près de la porte. Il la regarda avec incrédulité et elle détourna les yeux.

Les proches et les amis du défunt étaient assis près du cercueil. Lord vit la mère de Carson et Rob Bramley, l'ami de Carson depuis le Vietnam, puis Marty Shriver. Il s'assit à côté de lui ; Shriver leva les sourcils. Tout le monde avait cet air figé et accablé de ceux qui savent que tout ce qu'ils peuvent dire ou faire ne servira pas à grand-chose.

La cérémonie fut courte et dépouillée ; Lord s'aperçut qu'il s'en souvenait par cœur. Ensuite, le cercueil passa devant lui, porté par des voisins.

Lord se leva et vit Rachel se précipiter derrière le cercueil.

Rob Bramley attendait Lord sur les marches. Ils se serrèrent la main.

— J' vous emmène ? fit Bramley.

— Je veux bien.

Autour d'eux, les caméras ronronnaient. Ils montèrent dans une voiture de location et roulèrent à travers la campagne du New Jersey.

Bramley tripotait sa cravate.

— Il fallait que je vous parle.

Lord se tourna vers lui et attendit.

— Écoutez, je sais que vous ne devez pas avoir la frite. J' veux dire, vous avez voulu aider Harry... (Bramley fit la grimace.) Au bout du compte, c'est moi que vous avez aidé.

— Comment cela ?

— Le procès... C'était la première fois que je revenais sur ce qui s'est passé. Cela a tout changé, pour ma thérapie et le reste. Sue — c'est ma femme — et moi on va essayer à nouveau. Si vous ne m'aviez pas fait témoigner, on ne l'aurait jamais fait.

Lord le regarda et murmura :

— C'est chouette.

Bramley resta silencieux durant le reste du trajet.

Alors qu'il garait la voiture, Lord lui toucha l'épaule.

— Bonne chance, hein ? C'est quelque chose qui compte, pour moi.

Bramley se détendit. Ils marchèrent ensemble jusqu'au cimetière.

L'après-midi était frais et ensoleillé ; un petit vent vif soulevait la soutane du prêtre qui célébrait le service funèbre. La mère de Carson versa la première pelletée de terre, puis elle tendit la pelle à Beth. De l'autre côté de la barrière blanche, sur le terrain d'une zone industrielle qui avait été naguère des terres cultivées, des caméras filmaient la scène.

Lorsque ce fut terminé, Lord dit à Bramley :

— Ne m'attendez pas, Rob. Il faut que je parle à quelqu'un.

Ils se serrèrent la main. Lord partit saluer Beth et s'éloigna de la tombe. Shriver l'attendait à l'entrée du cimetière.

Ils s'appuyèrent tous les deux contre la barrière.

— J'ai toujours été curieux, Tony. Ce matin-là, quand vous êtes allé voir Harry, qu'est-ce qu'il voulait ?

Lord regarda derrière lui. Beth et Cathy étaient seules à côté de la tombe, les mains jointes. La scène avait une beauté paisible et étrange ; puis Lord aperçut l'éclat d'un objectif de caméra.

— C'était étrange, fit Lord. Harry ne voulait pas que j'y aille parce que je risquais de me faire tuer. Ce fut la seule fois où je sus que je m'étais fait comprendre de lui.

Shriver resta silencieux en regardant Beth. Puis il mit sa main sur ses yeux et hocha lentement la tête.

Quelques semaines plus tard, Johnny Moore invita Lord à boire un verre.

Il avait choisi un bar irlandais avec des chaises en bois sombre confortables, et où toutes sortes d'objets rappelant l'Irlande étaient accrochés aux murs et au plafond. Ils buvaient tous les deux du Bushmill.

Ils en étaient à leur deuxième verre lorsque Moore dit :

— Jusqu'à ce que vous l'ayez attrapé, il n'y avait aucun moyen de savoir que Robert Parnell était toujours en vie — c'est à l'armée qu'on lui a pris ses empreintes digitales pour la première fois et alors qu'il se faisait appeler Damone. Mais après avoir lu ce dossier, je n'arrêtais pas de me dire que l'on n'avait jamais retrouvé son corps. Je me demande si Parnell y avait pensé. Avant.

Moore regarda Lord.

— Vous ne vous poseriez pas la question si vous aviez vu le visage de Parnell, fit-il doucement.

Lord regarda son verre.

Au bout d'un moment, Moore continua :

— Maintenant, la question est de savoir qui jouera son rôle dans le film. C'est qu'avec tous ces bénéfices qui lui sont tombés du ciel, Hart Taylor a monté une société de production. Pour garantir la vraisemblance, dit-il, et parce que le public a le droit de savoir...

— Oh non...

— En fait, il m'a appelé l'autre jour. Il voulait m'engager comme conseiller. Il a même parlé de vous.

Lord se mit à rire.

Moore haussa les épaules.

— Il pense que ce que vous devez savoir donnerait vraiment du piment à son histoire. Il ne sait pas à quel point c'est vrai.

Lord observa ses yeux.

— Vous pensez aux Parnell ?

— En partie, fit Moore sur un ton affable. Pourquoi Colby n'a pas payé la rançon, et puis ce que vous m'avez dit sur Robert et Alexis.

— Quel dommage ! Pensez un peu à ce que Taylor pourrait faire avec ça.

— Ce type ferait dégueuler un asticot. (Moore commanda une autre tournée.) Après tout ce qui s'est passé, comment ça s'est terminé avec Stacy ?

— Seul, pour le moment. Ça risque de durer.

Moore le regarda en silence.

— Pourtant, vous ne direz jamais rien sur Carson, n'est-ce pas ? Ni à moi ni à personne d'autre. Même pas pour de l'argent.

Lord ne répondit pas. Lorsque la commande arriva, ils ne touchèrent pas à leurs verres.

Moore dit enfin :

— Évidemment, sans vous Di Palma ne trouvera jamais le rapport entre les deux. Ce serait pourtant sa seule chance de ne pas se ramasser.

Lord resta silencieux. Au bout d'un moment, il leva son verre et dit :

— Aux amis absents, Johnny.

Moore esquissa un sourire. Ils burent ensemble, en silence.

En rentrant chez lui, Lord trouva un mot de Stacy.

« Je n'aime toujours pas le téléphone. Surtout maintenant. Mais j'ai envie de vous voir. Je ne peux rien promettre — même pas le minimum. Simplement, la façon dont nous nous sommes quittés me met mal à l'aise.

« Le premier lundi de septembre à Sea Ranch, ça ira ? J'aurai peut-être retrouvé mes esprits d'ici là. »

Il y avait un post-scriptum :

« Si c'est la semaine de Christophe pas de problème. »

En arrivant avec Christophe, Lord était nerveux. Elle aussi Après quelques sourires rapides et quelques paroles échangées

Lord monta la valise de Christophe dans une chambre et la sienne dans une autre.

L'anniversaire de son fils approchait. Stacy apporta un gâteau couvert de bougies. Il y avait des ballons sur la table.

— Quels poumons ! fit Lord.

Stacy eut un sourire et se tourna vers Christophe.

— Ma maman m'a toujours dit de faire un vœu et que si je soufflais les bougies, il se réaliserait.

— Ma maman *à moi* dit ça, aussi.

Stacy pencha la tête vers le gâteau tout en continuant de regarder Christophe.

— Mais est-ce que tu y arriveras ?

Il compta les bougies d'un air incertain et vit le ballon rouge à côté du gâteau. Ses yeux brillèrent.

— Est-ce que je peux l'avoir maintenant ?

— Bien sûr. Il est pour toi.

Il commença à défaire la ficelle.

— Et le gâteau ? demanda Lord.

D'un air triomphant, Christophe pointa le ballon sur les bougies et laissa sortir l'air.

Les bougies s'éteignirent et la table fut pleine de sucre glacé. Christophe regarda tour à tour la table et Stacy, effaré et gêné.

Stacy regarda son visage un moment.

— Zut ! J'aurais jamais pensé à ça, fit-elle.

Christophe se mit à rire.

Tandis que lui et son père faisaient la vaisselle, Stacy se mit au piano. Lord reconnut quelques airs de Cole Porter.

— J' suis désolé, papa.

— Eh bien, va le dire à Stacy, hein ?

— D'accord. (Christophe lui tendit une assiette.) Tu l'aimes plus que maman ?

Lord se retourna pour le regarder.

— C'est simplement que nous nous ressemblons plus, je crois. Parfois il nous est plus facile de nous comprendre l'un l'autre.

Son fils réfléchit à ce qu'il venait de dire.

— Je peux l'écouter jouer ?

— Tu ne préfères pas faire la vaisselle ?

Christophe courut dans la salle de séjour.

Au bout d'un moment, le piano se tut. Lord entendit quelques notes hésitantes, puis d'autres, qui n'étaient visiblement pas jouées par Stacy. Il l'entendit rire.

Lorsqu'il entra dans la pièce, ils le regardèrent avec un petit sourire complice.

— Au dodo, dit Lord à son fils.

Lorsqu'il revint, Stacy était sur la banquette près de la fenêtre. Elle lisait un magazine. La lumière et l'ombre se réfléchissaient sur la vitre. Lord s'assit en face d'elle.

— Comment ça va ? demanda-t-il.

Elle sourit légèrement.

— Je suis plutôt nerveuse.

— Comme moi. (Lord jeta un coup d'œil vers l'escalier.) Ça fait beaucoup à la fois.

— C'est un gentil petit garçon, vraiment. Je crois qu'il sent que je ne suis pas sûre de moi, même s'il n'en connaît pas toutes les raisons.

Lord hocha la tête. Stacy resta silencieuse un moment.

— Comment va ton travail ?

— Ça va mieux. J'ai gagné deux procès récemment. Je savais que je les gagnerais. Ça aide.

Cela parut la rendre songeuse.

— J'ai décidé de ne pas faire de films, dit-elle enfin.

Lord pencha la tête.

— Pourquoi ?

Elle se tourna vers la fenêtre.

— J'aimerais que ma vie soit un peu moins publique.

Il l'observa en silence tandis qu'elle regardait son reflet dans la vitre.

— J'ai pas mal réfléchi, Tony. J'ai fini par me rappeler que tu n'aurais jamais connu Harry Carson si je n'étais pas venue te voir. D'une certaine façon, nous nous sommes fait ça l'un à l'autre.

Elle se retourna vers lui. Il y avait de l'ironie et une certaine complicité dans son regard.

« Quelle plaisanterie, se dit Lord. Qu'est-ce que tout cela signifie ? »

Il lui demanda doucement :

— D'après toi, qu'est-ce que Kilcannon penserait de tout cela ?

Il vit à ses yeux qu'elle était étonnée. Puis elle esquissa un sourire.

— Il penserait que personne d'autre que nous ne saura jamais la vérité. Je crois même que ça lui plairait.

Ils dormirent chacun de son côté.

Lorsqu'il descendit pour le petit déjeuner, Stacy était assise près de la fenêtre et regardait l'océan. Lord la regarda d'un air timide et surpris.

— Je déteste les haricots blancs, dit-elle.

— Qu'est-ce qui t'a fait penser à ça ?

— Christophe. Hier soir, il m'a demandé d'acheter des betteraves pour le déjeuner.

Il parut contrarié.

— Il te joue un tour, Stacy. Je ne supporte pas les betteraves.

Elle lui répondit en souriant :

— C'est ce qu'il a dit.

Ensuite, elle les emmena tous les deux voir les phoques.

Elle fut frappée de voir à quel point Tony faisait attention à tout ce que Christophe disait ou demandait, de telle sorte que l'enfant savait à tout moment que personne n'était plus important que lui. Elle parla peu ; il lui suffisait de l'aimer pour des raisons qui n'avaient rien à voir avec elle.

Après le déjeuner, elle les emmena dans un nouvel endroit. L'océan s'était retiré, laissant entre les rochers luisants et humides des poches d'eau remplies d'animaux marins. Christophe fut attiré par les petits animaux — liparis, moules, crabes minuscules. Elle le mit au défi d'enfoncer son doigt dans une anémone de mer ; Christophe sursauta lorsque la bouche de l'animal inoffensif aspira son doigt. Au même moment, Stacy fit un bruit de succion, comme son père le faisait quand elle était petite pour lui faire une farce. Christophe riait tellement fort qu'il dut s'asseoir.

Ils s'en allèrent. Christophe courut devant eux en donnant des coups de pied et en lançant des pierres.

— Tout ceci doit lui paraître bien sage, fit-elle.

— Il fait travailler ses muscles. Nous avons l'habitude de jouer au ballon. (Tony le regarda en souriant.) Mais attends. Il demandera à revenir demain.

Après le dîner, Christophe conduisit Stacy jusqu'au piano et demanda à Tony de rester dans la cuisine. Lorsqu'il eut fini d'apprendre la mélodie de la *Berceuse* de Brahms, il appela son père pour se produire devant lui. Pendant un bref moment, Stacy pensa à Alexis ; tandis que Tony écoutait tranquillement d'un air content, elle se souvint qu'il n'était pas là. Le souvenir s'évanouit.

Lorsque Christophe eut terminé, Tony l'envoya se coucher rapidement et monta avec lui pour lui raconter une histoire.

Stacy partit dans la salle de bains. Elle se doucha en prenant son temps et réfléchit. Elle était en train d'enfiler un peignoir de soie lorsqu'elle entendit des voix dans la salle de séjour.

Tony avait mis les informations, ce qu'elle ne l'avait pas vu faire depuis la nuit où ils avaient appris qui était John Damone. Ses yeux étaient rivés sur l'écran et il ne s'aperçut pas de la présence de Stacy derrière lui.

Elle remonta les escaliers sans bruit.

Christophe dormait paisiblement. Il ressemblait tellement à son père que Stacy sourit. C'était facile de les aimer quand ils dormaient, se dit-elle ironiquement.

Elle redescendit et s'arrêta en bas des marches.

Rachel Messer était présentatrice maintenant.

Elle était en train de parler des élections. « Une chose à retenir dans les primaires de San Francisco : la défaite écrasante du procureur Ralph Di Palma. Selon la plupart des spécialistes, le facteur décisif fut son impuissance à obtenir une condamnation dans le procès Harry Carson. Il semblerait que la mort récente de Carson lors de sa tentative d'évasion n'ait fait que rappeler aux électeurs leur mécontentement... »

Tony éteignit la télévision et vit Stacy. Ils se regardèrent un moment. Elle comprit ensuite qu'ils penseraient à leur façon à Jamie ou aux Parnell, à John Damone ou à Harry Carson. Mais elle était presque sûre que c'était la dernière fois qu'ils en parleraient. Tout avait été dit.

— Christophe dort, fit-elle. Tu viens te coucher avec moi ?

Lorsque Lord se réveilla, elle n'était plus là.

Il arriva à la crique et vit Stacy et son fils qui ramassaient des coquillages, les jambes de leurs jeans retroussées. Alors que les vagues arrivaient, Stacy montrait à Christophe qu'il fallait attendre que le sable soit retombé et que l'eau soit redevenue claire. Ils ne le virent pas.

Lord décida de les laisser tranquilles.

Il regarda négligemment dans la glacière. Il n'y avait qu'une boîte de betteraves.

Il ouvrit la boîte et commença à manger en imaginant la surprise de Stacy et de Christophe Et puis il les entendit se retourner et rire.

REMERCIEMENTS

J'ai été autorisé à reproduire de nombreuses informations déjà publiées et j'en suis très reconnaissant à :

Irving Music : Paroles de « Good Vibrations » de Brian Wilson et Mike Love. Musique de Brian Wilson. © 1966 Irving Music, Inc. (BMI). Tous les droits réservés. Copyright international garanti.

Little Brown and Company : Extrait de « The Adventures of Isabel » de Ogden Nash. Copyright 1936 Ogden Nash. Réimpression accordée par Little, Brown and Co. et Curtis Brown Ltd. Droits dans le Royaume-Uni administrés par Penguin Books, Ltd. Réimpression de *Ogden Nash : Custard and Company* (Kestrel Books, 1979), p. 88. Copyright des poésies © 1979 Estate of Ogden Nash. Pour cette collection et illustrations le copyright © 1979 revient à Quentin Blake. Reproduction autorisée.

MPL Communications INC : Paroles de « That'll Be the Day » de Norman Petty, Buddy Holly et Jerry Allison. © 1957 MPL Communications and Wren Music Co. © renouvelé en 1985 MPL Communications and Wren Music Co. Copyright international garanti. Tous les droits réservés. Reproduction autorisée.

Red Cloud Music et Cass County Music : Paroles de « Desperado » de Glenn Frey et Don Henley. © 1973 Red Cloud Music and Cass County Music. Tous les droits réservés. Reproduction autorisée.

« *SPÉCIAL SUSPENSE* »

RICHARD BACHMAN
La Peau sur les os
Chantier

CLIVE BARKER
Le Jeu de la damnation

GERALD A. BROWNE
19 Purchase Street
Stone 588

JEAN-FRANÇOIS COATMEUR
La Nuit rouge
Yesterday
Narcose

CAROLINE B. COONEY
Une femme traquée

PHILIPPE COUSIN
Le Pacte Prétorius

JAMES CRUMLEY
La Danse de l'ours

ROBERT DALEY
La nuit tombe sur Manhattan
L'Année du Dragon (hors série)

WILLIAM DICKINSON
Des diamants pour Mrs Clark
Mrs Clark et les enfants du diable
De l'autre côté de la nuit

FRÉDÉRIC H. FAJARDIE
Le Loup d'écume

CHRISTIAN GERNIGON
La Queue du Scorpion
(Grand Prix de littérature policière 1985)

JEAN-CLAUDE HÉBERLÉ
La Deuxième Vie de Ray Sullivan

JACK HIGGINS
Confessionnal
L'Irlandais (hors série)

MARY HIGGINS CLARK
La Nuit du renard
(Grand Prix de littérature policière 1980)
La Clinique du Docteur H
Un cri dans la nuit
La Maison du Guet
Le Démon du passé
Ne pleure pas, ma belle

STEPHEN KING
Cujo
Charlie
Simetierre (hors série)
Différentes saisons (hors série)
Brume (hors série)

DEAN R. KOONTZ
Chasse à mort

FROMENTAL / LANDON
Le Système de l'homme-mort

PATRICIA J. MACDONALD
Un étranger dans la maison
Petite Sœur

LAURENCE ORIOL
Le tueur est parmi nous

ALAIN PARIS
Impact
Opération Gomorrhe

STEPHEN PETERS
Central Park

FRANCIS RYCK
Le Nuage et la Foudre
Le Piège

BROOKS STANWOOD
Jogging

« *SPÉCIAL FANTASTIQUE* »

CLIVE BARKER
Livre de Sang

JAMES HERBERT
Pierre de Lune

ANNE RICE
Lestat le Vampire

« *SPÉCIAL POLICE* »

PATRICK RAYNAL
Fenêtre sur femmes

ANDREW VACHSS
La Sorcière de Brooklyn

La composition de ce livre
a été effectuée par Bussière à Saint-Amand,
l'impression et le brochage ont été effectués
sur presse CAMERON
dans les ateliers de la S.E.P.C. à Saint-Amand-Montrond (Cher)
pour les éditions Albin Michel

AM

Achevé d'imprimer en avril 1988
N° d'édition 10053. N° d'impression 2140-1586.
Dépot légal : avril 1988.

Imprimé en France